Der dreizehnte Band der Ostfriesenkrimi-Serie von Nummer-1-Bestseller-Autor Klaus-Peter Wolf führt Frank Weller in eine lebensgefährliche Ausnahmesituation.

Ein Mörder geht um in Ostfriesland. Einer, der Frauen in Ferienwohnungen tötet. Genau dort, wo sie sich am sichersten fühlen. Was verbindet diese Frauen? Haben die Morde etwas damit zu tun, dass alle Frauen ein Tattoo trugen?
Der neue Fall bringt Ann Kathrin Klaasen an ihre Grenze: Beruflich jagt sie einen Serienkiller, privat versucht sie, ihren Mann Frank Weller vor einem Desaster zu bewahren. Und zu allem Überfluss mischt sich auch noch das BKA ein. Nur gut, wenn man echte Freunde hat.

»Klaus-Peter Wolf kennt mittlerweile nur noch eine Richtung, mit der seine Bücher auf Bestsellerlisten einsteigen: von oben.«
Oliver Schwambach, Saarbrücker Zeitung

Klaus-Peter Wolf, 1954 in Gelsenkirchen geboren, lebt als freier Schriftsteller in der ostfriesischen Stadt Norden, im selben Viertel wie seine Kommissarin Ann Kathrin Klaasen. Wie sie ist er nach langen Jahren im Ruhrgebiet, im Westerwald und in Köln an die Küste gezogen und Wahl-Ostfriese geworden. Seine Bücher und Filme wurden mit zahlreichen Preisen ausgezeichnet. Bislang sind seine Bücher in 24 Sprachen übersetzt und über zehn Millionen Mal verkauft worden. Mehr als 60 seiner Drehbücher wurden verfilmt, darunter viele für »Tatort« und »Polizeiruf 110«. Die Romane seiner Serie mit Hauptkommissarin Ann Kathrin Klaasen stehen regelmäßig mehrere Wochen auf Platz 1 der Spiegel-Bestsellerliste, derzeit werden einige Bücher der Serie prominent fürs ZDF verfilmt und begeistern Millionen von Zuschauern.

Weitere Informationen finden Sie auf www.fischerverlage.de

KLAUS-PETER WOLF

Ostfriesen
NACHT

Der dreizehnte Fall
für Ann Kathrin Klaasen

FISCHER Taschenbuch

4. Auflage: August 2019

Originalausgabe

Erschienen bei FISCHER Taschenbuch
Frankfurt am Main, März 2019

© 2019 S. Fischer Verlag GmbH,
Hedderichstr. 114, D-60596 Frankfurt am Main

Satz: Dörlemann Satz, Lemförde
Druck und Bindung: CPI books GmbH, Leck
Printed in Germany
ISBN 978-3-596-29921-8

»Das schlechte Wetter ist immer woanders. Wir in Ostfries-land haben nur schönes Wetter. Mal regnet es schön, mal scheint schön die Sonne. Und immer ist es schön windig.«

Hauptkommissarin Ann Kathrin Klaasen, Kripo Aurich

»Solange die Pfützen nicht zufrieren, ist Sommer!«

Hauptkommissar Rupert, Kripo Aurich

Sie hatten sich schon oft gestritten, aber so heftig noch nie. Mein Gott, was hatte sie ihm alles an den Kopf geworfen?! Erschrocken über ihren eigenen Mut, staunte sie über sich selbst.

Sabine Ziegler war das Leben mit diesem Choleriker leid. Sie hatte ihn tatsächlich rausgeschmissen, und er war völlig perplex von einem Bein aufs andere hüpfend in seine Jeans geschlüpft und hatte die Ferienwohnung fluchtartig verlassen. Barfuß, in T-Shirt und Jeans. Auf dem weißen T-Shirt war in Brusthöhe ein roter Fleck von den Spaghetti mit Tomatensoße und Flusskrebsschwänzen, die sie gekocht hatte.

Jetzt lag sie frierend im Bett und rieb ihre Füße gegeneinander. Sie fragte sich, ob das alles wirklich so gewesen war – oder hatte sie es nur geträumt?

Sie tastete im Dunkeln neben sich. Da war niemand.

Sie grinste, und Stolz keimte auf. Sie war tatsächlich im Nachthemd auf den Balkon gestürmt und hatte seine Sachen nach unten geworfen. Zuerst die Schuhe, dann seinen Reisekoffer mit den Hemden drin, schließlich eine Hose und dann den Roman. *Schitt häppens* von Herbert Knorr. Ein Hardcover.

Sie hoffte, ihn damit am Kopf zu treffen, und sie hatte Glück gehabt. Er bückte sich nach den Schuhen, sah hoch und zack, krachte die Ruhrgebietsgroteske mit der Breitseite auf seine Nase.

Er jaulte.

Sie rief: »Schitt häppens! Du Arsch!«

Er betastete wehleidig sein Gesicht, und sie spottete: »Da bekommt das Wort Facebook doch mal eine ganz neue Bedeutung, was?!«

Sie griff den Schlüsselbund, der auf dem Tisch der Ferienwohnung lag und pfefferte ihn auch in Florians Richtung. Es tat ihr sofort leid, denn daran hing nicht nur der Autoschlüssel, sondern auch ihr Wohnungsschlüssel. Und zumindest in diesem Moment hatte sie nicht vor, ihn weiter bei sich wohnen zu lassen.

Sie hätte ihm gern noch mehr hinterhergeschleudert, es waren noch genug Sachen von ihm da. Ein Kulturbeutel im Badezimmer mit dieser brummenden Zahnbürste und dem Angeber-Rasierwasser, das angeblich irgendwelche Pheromone enthielt, die Frauen paarungswillig machen sollten, wie die Werbung suggerierte. In der Tat war es ein Wohlgeruch aus Myrrhe, Sandelholz und Kokos mit einem Hauch von Weihrauch.

Er konnte allerdings damit nicht richtig umgehen. Sie wusste immer, wann er scharf auf sie war, und das machte sie sauer. Wenn er Sex wollte, benutzte er einfach zu viel davon.

Sie mochte den Duft in einer kaum wahrnehmbaren Intensität, als eine Ahnung von etwas Angenehmem. Auch die schönsten Gerüche konnten aufdringlich werden und in ihr geradezu Fluchtreaktionen auslösen.

Er schaffte es manchmal, sein Rasierwasser mit dem Eau de Toilette zu kombinieren, das sie ihm geschenkt hatte. Die angeblich aphrodisierende Wirkung von Maninka und Passionsfrucht lösten aber in der Heftigkeit einen Brechreiz in ihr aus. So erreichte er genau das Gegenteil von dem, was er wollte. Sie zog sich zurück, statt wuschig zu werden. Das frustrierte ihn, und er benutzte noch mehr Parfüm, womit alles für sie unmöglich wurde. Sie konnte ihn dann im wahrsten Sinne des Wortes nicht mehr riechen, war aber kaum in der Lage, es ihm zu sagen.

Im Laufe der Zeit war sie vorsichtig geworden. Choleriker sollte man nicht zu oft frustrieren, wenn man einen schönen Urlaub haben wollte. Sie gestand es sich ein, jetzt, hier in der einsamen Ferienwohnung, war sie immer noch wütend auf ihn, aber gleichzeitig wünschte sie ihn auch zurück. Diese ewige Ambivalenz!

Er hatte ja auch ganz andere, gute Seiten. Konnte ein zärtlicher Liebhaber sein, ein witziger Gesprächspartner und ein loyaler Freund. Sie mochte seine Stimme, samtweich und mit einem dunklen Kratzen bei den tiefen Tönen.

Seine Wildlederjacke hing noch im Flur am Garderobenständer. Darin, immer in der rechten Tasche, sein Schlüssel für die Ferienwohnung. Ja, er war in solchen Sachen ein Gewohnheitstier. Alle Schlüssel immer in der rechten Jackentasche.

Sie suchte ständig etwas. Ihren Autoschlüssel. Ihr Handy. Das Ladekabel. Den Lippenstift. Bei ihm hatte alles einen festgelegten Platz. Schlüssel rechte Jackentasche, Handy links, Brieftasche mit Kreditkarten und Führerschein neben dem Kugelschreiber in der Brusttasche.

Da seine Jacke noch hier war, musste er wiederkommen. Sie stellte sich vor, wie er durch Norddeich lief, auf der Suche nach Blumen. Jetzt, mitten in der Nacht, hatte er schlechte Karten. Aber nach einem Streit war er immer mit Blumen zurückgekommen, manchmal mit Tulpen von der Tankstelle. Einmal mit Plastikblumen von einer Kirmes. Selbstgeschossen.

Besonders gut hatten ihr die Rosen aus Nachbars Garten gefallen. Nur blöd, dass die Nachbarin am anderen Tag zu Besuch kam und sich tierisch darüber aufregte, dass »irgend so ein Banause« ihre Rosen aus dem Garten geklaut und dabei noch die Lavendelbüsche zertrampelt hatte. Immer wieder hatte sie beim Kaffeetrinken in der Küche zu dem Strauß im Wohnzimmer hingeschielt.

»Ich will ja nichts sagen, aber kann es sein, dass da hinten meine Rosen in deiner Vase stehen?«

Sabine hatte es einfach lachend zugegeben: »Ja, Florian und ich hatten einen heftigen Streit. Er ist dann raus, ein paar Bier trinken und sich abkühlen. Er hält es nie lange aus. Er kam mit den Blumen zurück …«

»Und dann?«

»Und dann hatten wir herrlichen Versöhnungssex.«

Die Nachbarin bekam leuchtende Augen: »Du Glückliche! Wenn es zwischen meinem Tarzan und mir kracht, dann ist er danach wochenlang eingeschnappt und redet nur das Nötigste. An den Rest ist dann gar nicht zu denken …«

Er wird zurückkommen, dachte Sabine Ziegler, auch nach diesem heftigen Streit. Er ist ja immer zurückgekommen. Er bereut es hinterher, wenn er so aus der Haut gefahren ist, und dann kehrt er, von Schuldgefühlen geplagt, zu mir zurück.

Wenn er sich schämte, weil er genau wusste, dass er unhaltbare Dinge gesagt hatte und das auch noch laut, dann war er geradezu unterwürfig, sprach und guckte devot. Aber sie wollte keine Domina sein, sondern einfach nur seine Frau.

Da er den Schlüssel zur Ferienwohnung nicht bei sich hatte, würde er sie wachklingeln müssen. Sie stellte sich vor, ihm verschlafen zu öffnen. Ihr Nachthemd war mehr ein T-Shirt mit Überlänge. Darauf stand: *Wenn man uns die Flügel bricht, fliegen wir auf einem Besen weiter.*

So hatte sie ihn rausgeschmissen. Aber so wollte sie ihm nicht öffnen. Sie brauchte etwas Verführerisches. Sie hatte genau das Richtige im Koffer. Ein Weihnachtsgeschenk von ihm.

Sie hatte es grinsend mit dem Satz kommentiert: »Da hast du wohl eher dir was geschenkt als mir.«

Sie zog sich um und kroch wieder unter die Bettdecke. Eine Kerze in einem hohen Glas spendete milchiges Licht. Das Glas war zu einem Drittel mit Sand gefüllt, darin stand die Kerze. Das Licht gab dem Raum etwas Sakrales.

Sabine schlief besser ein, wenn sie dabei auf eine Kerze sah. Ihre Sinne beruhigten sich, und ihre Augenlider wurden schwer. Sie war noch nicht ganz eingeschlafen, höchstens ein wenig weggedöst, da hörte sie Geräusche. Sie lächelte in sich hinein. Er war wieder da.

Aber wie hatte er es ohne Schlüssel geschafft? War er über den Balkon gekommen? Sie hatte die Tür nicht wieder geschlossen. Sie liebte die metallhaltige Nachtluft am Meer. Mücken gab es hier kaum.

War er wirklich an der Außenfassade hochgeklettert? Es gab links unten neben dem Balkon einen Carport. Von dort wäre es für ihn ein Leichtes gewesen ...

Sie hatte ihm im Kletterzentrum *Neoliet* auf dem ehemaligen Gelände der Zeche Constantin beim Indoorklettern zugesehen. Für sie war das nichts. Ihr wurde schon beim Zuschauen schwindlig. Sie fuhr im Urlaub auch nicht gern in die Berge. Sie brauchte das flache Land, die Weite.

Er war an einer freistehenden Trainingswand nach ihrer Schätzung mindestens zehn Meter hoch geklettert und wollte noch weiter hinauf. Sie hatte sich die Augen zugehalten und ihn aufgefordert, wieder runterzukommen.

O ja, für ihn war diese Hauswand aus rotem Backstein mit Rosengitter und Mauervorsprung kein Hindernis, sondern eine Herausforderung.

Sie hörte ihn in der Küche. Hatte er noch Hunger?

Sie stellte sich schlafend.

Es gab eigentlich nur zwei Möglichkeiten. Entweder er war reumütig zurückgekommen und wollte gleich unter ihre Decke kriechen, als sei nichts gewesen, oder sie hatte ihn so tief verletzt, dass er nur hereingeschlichen war, um seine restlichen Sachen zu holen und dann endgültig aus ihrem Leben zu verschwinden, wie sie es ihm hinterhergebrüllt hatte.

Kinder hatten sie keine. Verheiratet waren sie nicht. Warum denn auch? Er war damals in die große Wohnung ihrer Eltern nach Dinslaken an den Rotbach gezogen.

Verdammt, was machte der da so lange in der Küche? Warum kam er nicht endlich? Wollte er sich noch Brote schmieren, bevor er endgültig verschwand?

Der Wind ließ die Balkontür klappern.

Einmal, so erinnerte sie sich, war er nach einem Streit erst morgens zurückgekommen, hatte ihr frische Brötchen, gepressten Orangensaft und ein Omelett mit Käse und Pilzen ans Bett gebracht. »Eine kleine Entschuldigung vom großen Kindskopf«, hatte er gesagt. Sie nannte ihn liebevoll »Mein Wüterich«.

Sie sah den alten, digitalen Radiowecker auf dem Sideboard. Wer benutzte heute, im Zeitalter der Handys, noch so etwas? Aber in Ferienwohnungen standen diese kleinen Monster herum. Manche Vermieter entsorgten ihren Einrichtungsmüll in ihren Ferienwohnungen, von der Matratze bis zur Kaffeemaschine, als sei es für die Gäste gerade noch gut genug.

Es war, falls das Ding richtig ging, kurz nach drei. Also zu früh für ein Frühstück.

Was hatte er vor?

Sie zwang sich, im Bett liegen zu bleiben. Sie wusste selbst nicht genau, warum. Es kam ihr richtig vor. Sie wollte nicht so, wie sie war, in die Küche gehen. Sie wusste nicht, was sie sagen sollte, und ihre verführerische Nachtwäsche kam ihr plötzlich albern vor. So aufdringlich wie sein Rasierwasser.

Wieso, fragte sie sich, machte er in der Küche kein Licht? Hatte er Angst, sie zu wecken? War er neuerdings so rücksichtsvoll? Oder war das in der Küche gar nicht Florian, sondern ein Einbrecher, der nach Bargeld suchte? Der Gedanke kroch wie eine Giftschlange zu ihr ins Bett.

Sie zog die Knie an den Körper und rollte sich zusammen. Sie hielt die Bettdecke an ihrem Hals fest, als könnte jemand versuchen, sie ihr gleich wegzureißen.

Ihr Handy lag unerreichbar weit weg. Weil sie nicht ständig diese Handystrahlung in ihrer Nähe haben wollte, lud sie das Gerät nachts im Badezimmer auf.

Sie zog sich die Bettdecke bis über die Nase.

Ich könnte zum Balkon laufen, dort um Hilfe schreien und auf das Dach des Carports springen. Es sind viele Feriengäste hier. Um die Zeit grillt zwar keiner mehr draußen, aber irgendjemand wird mich schon hören.

Dann stellte sie sich den viehisch lachenden Florian vor, mit einem Käsebrot in der einen Hand und einer Flasche Bier in der anderen.

»Das ist meine Frau! Erst wirft sie meine Sachen vom Balkon, knallt mir ein Buch an den Kopf, und jetzt flieht sie übers Dach aus ihrer Ferienwohnung. Aber ich bin hier doch der Choleriker! Ich, nicht sie!«

War das seine Rache für den Rauswurf? Machte er sich über sie lustig? Es war alles so verwirrend.

Die Küchentür quietschte, und sie hörte den Holzfußboden knarren. Schritte kamen näher zum Bett. Sie spürte den Blick. Es war, als würden die Beulen der Bettdecke abgetastet und mit Röntgenaugen durchleuchtet werden.

Sie wagte es nicht, ihre Augen zu öffnen. Sie stellte sich weiter schlafend.

Wäsche raschelte. Eine Gürtelschnalle wurde geöffnet.

Sie entspannte sich. Das war kein Einbrecher. Das war Florian.

Er zog sich aus, ließ wie immer die Wäsche vor dem Bett auf dem Boden liegen und kroch dann zu ihr.

Sie seufzte. Unter der Decke suchte seine Hand nach ihr. Aber etwas irritierte sie. Er roch weder nach Alkohol noch nach Myrrhe, Sandelholz, Kokos oder Weihrauch.

Hatte er geduscht? War er in die Nordsee gesprungen, um sich abzukühlen? Aber bisher hatte er nach jedem Streit erst irgendetwas getrunken, bevor er zurückgekommen war.

Sie hob die Bettdecke ein Stückchen an und sog die Luft tief durch die Nase. Der Mann in ihrem Bett roch sauer, nach Schweiß und einem Hauch von Maiglöckchen.

Sie bäumte sich im Bett auf. Ein hoffnungsvoller Schrei entfuhr ihr: »Florian?!«

Eine kräftige Hand legte sich über ihren Mund und drückte sie ins Kissen zurück.

»Pssst …« Er zog die Bettdecke weg. »Du hast dich aber schick gemacht. Das wäre doch gar nicht nötig gewesen.«

Rupert setzte sich auf den Stuhl wie ein Cowboy auf sein Lieblingspferd. Er grinste breit. Endlich ging es mal nicht um Ann Kathrin Klaasen!

Der Chefredakteur des *Ostfriesland Magazins*, Holger Bloem, rührte die Sanddornkekse auf dem Tisch in der Polizeiinspektion nicht an. Stattdessen stellte er Fragen und schrieb fleißig mit.

Jessi Jaminski plauderte munter drauflos. Die Pressesprecherin der ostfriesischen Polizei, Rieke Gersema, saß pikiert daneben, weil sich niemand für sie und ihre vorbereiteten

Erklärungen interessierte. Frustriert zerkrachte sie schon den vierten Keks. Sie mochte eigentlich keine Sanddornkekse, aber Schokokekse gab es heute nicht.

Sie hatte viel zur Initiative der ostfriesischen Polizei, Nachwuchskräfte zu gewinnen, zu sagen. Anwärter wurden nach ihrem Studium an der Polizeiakademie in Oldenburg eingeladen, direkt in den ermittelnden Bereich in Aurich, Wittmund und Norden einzusteigen. Das Ganze lief recht erfolgreich, aber Holger Bloem interessierte sich nicht dafür, sondern nur für Jessi. Ihre Erfahrungen als Boxerin im Boxclub Norden und ihre Teilnahme an den Niedersachsen-Meisterschaften fand Holger Bloem viel spannender als die Einstiegsmöglichkeiten in den Polizeidienst für Realschüler nach einem Jahr weiterer Fachoberschule.

Polizeichef Martin Büscher hörte zu, nickte manchmal freundlich-amüsiert und trank die dritte Tasse Tee. Er vertraute immer mehr auf sein gutes Team und ließ den Dingen ihren Lauf. Verglichen mit seinen krampfhaften Profilierungsversuchen am Anfang hatte er jetzt etwas Buddhahaftes an sich, nur dass Buddha wahrscheinlich nicht so viel schwarzen Tee getrunken hatte.

Jessi zeigte auf Rupert: »Ohne diesen Mann säße ich heute gar nicht hier! Er ist mein Held!«

Rupert flegelte sich betont lässig auf dem Stuhl herum. Er saß umgekehrt darauf, so dass er seine Arme auf die Rückenlehne stützen konnte.

»Ich war bei ihm Praktikantin. Also, nicht richtig, aber …«

Bevor das Gespräch in gefährliches Fahrwasser abgleiten konnte, bremste Rieke Jessi aus: »Also … eigentlich gibt es ja Regeln dafür …«

Holger Bloem sah sie fragend an. Er spürte, dass hier irgendetwas nicht stimmte oder verschwiegen werden sollte.

Rupert platzte mit der Erklärung raus: »Ich habe sie als Sandsack mitgenommen.«

»Als Sandsack?«, hakte Holger Bloem nach.

»So nennen wir scherzhaft eine dritte Person, die im Streifenwagen mitfährt, um in die richtige Polizeiarbeit zu schnuppern. Die jungen Leute haben nämlich oft sehr klischeehafte Vorstellungen ...«, warf Martin Büscher ein und widmete sich wieder seinem Tee.

Rieke verzog den Mund.

»Rupert«, fuhr Jessi fort und strahlte ihn an, dass er ganz verlegen wurde, »hat meine Begeisterung für den Polizeidienst geweckt. Seine Leidenschaft ist einfach ansteckend.«

Holger Bloem horchte auf. Das wollte er gern konkreter haben. »Wie meinen Sie das: Seine Leidenschaft ist einfach ansteckend?«

Rupert ermahnte Jessi: »Pass auf, was du sagst. Die denken sonst noch, wir hätten was miteinander. Gerade der Bloem mit seiner ...« Rupert schluckte die Worte *schmutzigen Phantasie* herunter.

Holger Bloem ermunterte ihn, es auszusprechen: »Ja? Mit seiner was?«

»Analytisch-journalistischen Art ...« schlug Rieke diplomatisch vor. Dafür erntete sie von Büscher einen lobenden Blick.

Jessi winkte fröhlich ab und sagte zu Rupert: »Ach, das denken die Spießer doch sowieso alle. Ich meine, die sehen eine junge, hübsche Frau wie mich mit einem alten Knacker wie dir und denken gleich: *Ui, ui, ui, zwischen denen, da läuft bestimmt etwas.*«

Die Bezeichnung *alter Knacker* hatte Rupert in der Magengrube wie ein ansatzloser Tiefschlag getroffen. Er versuchte, den Schmerz wegzulächeln.

Jessi erzählte munter weiter, und Holger Bloem schrieb mit:

»Also, ich meinte natürlich seine Leidenschaft für den Polizeidienst. Für den Kampf des Guten gegen das Böse. Ja. So muss man sich das vorstellen. Er hat mir viel erzählt, zum Beispiel, wie er die Russenmafia aus Aurich vertrieben hat …«

Rupert blickte auf den Boden.

»Ach, hat er das?«, fragte Bloem.

»Ja. Praktisch im Alleingang«, bestätigte Jessi. »Und wie er sich als Geisel hat austauschen lassen …«

Rupert räusperte sich und deutete Jessi an, sie solle jetzt besser schweigen.

Sie interpretierte seine Geste. »Es ist ihm unangenehm«, sagte sie. »Rupi ist doch so bescheiden. Arbeitet lieber unerkannt im Hintergrund und schafft Fakten.«

»Bescheiden«, wiederholte Rieke Gersema staunend für sich selbst.

»Der Presse gegenüber wurde das alles ja nie an die große Glocke gehängt«, behauptete Jessi und guckte geradezu verschwörerisch. »Ich finde das aber falsch.« Sie deutete damit an, dass das eigentlich Riekes Versäumnis war. »Die Welt braucht solche Heldengeschichten. Also, wenn es nach ihm hier ginge … dann wäre die Presse voll mit wahren Heldenstorys.« Jessi griff sich an den Kopf. »Wenn Polizei und Feuerwehr eine Katze vor dem Ertrinken retten oder einer Witwe den entflohenen Wellensittich zurückbringen, dann wird da in den Medien eine Meldung draus. Aber wenn internationale Drogenkartelle Ostfriesland verlassen, weil ihnen durch konsequente Ermittlungsarbeit hier der Boden zu heiß wird, dann …«

Rieke verdrehte die Augen. Kripochef Martin Büscher griff ein: »Ich denke, es ist doch besser, wenn wir uns auch in diesen Dingen in ostfriesischer Zurückhaltung üben.«

»Darf ich das zitieren?«, fragte Holger Bloem.

Martin Büscher räusperte sich: »Ich finde, Herr Bloem, das alles sollte nicht zu hoch gehängt werden. Es ist im Grunde geheim. Eine Berichterstattung könnte schwebende Ermittlungsverfahren gefährden.«

Holger Bloem verstand. Er kannte Rupert gut und ahnte, mit welchen Aufschneidereien der versucht hatte, die zweifellos attraktive Jessi zu beeindrucken.

»Ich bin ja hier, um ein Porträt zu schreiben. Die junge, in Norden aufgewachsene Frau, die sich als Boxerin lokal einen Namen gemacht hat und sich nun für den Polizeidienst entscheidet ... Das ist meine Geschichte.«

Mit dieser Klarstellung beruhigte Bloem alle Beteiligten.

»Ich möchte«, strahlte Jessi, »wie mein Vorbild Rupi Ermittlerin in der Mordkommission werden.« Mit stolzgeschwellter Brust bekräftigte sie: »Ja, ich möchte Ermittlerin in der Königsdisziplin werden!«

»Haben Sie«, fragte Holger Bloem, »schon mal eine Leiche gesehen?«

Jessi schluckte schwer.

Florian Pintes hatte zunächst versucht, die Nacht im Auto zu verbringen. Aber die Liegesitze erwiesen sich als äußerst unpraktisch. Gar nicht gut für seinen Rücken. Er erinnerte sich daran, dass sein alter Klassenkamerad, Gerd Wollenweber, traditionell in den Sommerferien seinen Wohnwagen in Norddeich auf dem Parkplatz beim Ocean Wave stehen hatte.

Er weckte ihn gegen vier Uhr morgens. Gerd war vor dem Fernseher eingeschlafen. Auf dem Klapptisch standen mehrere Dosen Bier. Gerd hatte seinem alten Kumpel nicht nur gern

Asyl gegeben, sondern auch noch zwei Dosen Bier mit ihm geknackt.

Gerd hatte nie wirklich Glück mit Frauen gehabt. Am Ende fühlte er sich immer ausgenommen, gegängelt und geradezu entmannt. Er hatte bei seiner Vorgeschichte viel Verständnis für Florian. Diese Sabine war einfach zu gutaussehend, um die Richtige zu sein, fand Gerd. Außerdem war sie zu Hause von ihren Eltern verwöhnt worden. Immer Papis Liebling. Dagegen kam ein Partner sowieso nicht an. Darin hatte Gerd Erfahrung. Frauen mit Heldenpapis verließen Männer immer nach einer Weile, sobald klarwurde, dass sie von ihnen nie so bedingungslos geliebt werden würden wie von ihrem Papi.

»Finger weg von Frauen mit tollen Vätern«, lautete Gerds Lebensmotto inzwischen. »Die Väter versauen die Töchter.«

Gemeinsam hatten sie über Frauen geschimpft und gelästert, bis die Sonne aufging. Eigentlich wollten sie zum Deich, um sich das Schauspiel anzusehen, aber dann waren sie doch zu träge und zu müde.

Zweimal weckte Florian Gerd, weil der so schnarchte. Es kam zu einem kurzen, aber heftigen Streit zwischen ihnen, und zum zweiten Mal seit seiner Ankunft in Norddeich flog Florian raus.

Diesmal warf ihm niemand Sachen hinterher. Er hatte, wie in weiser Voraussicht, alles im Auto gelassen. Er tigerte zunächst auf dem Parkplatz herum wie ein ausgebrochenes Raubtier, das mit seiner neuen Freiheit nichts anfangen kann und nicht weiß, wohin. Er war so unglaublich wütend!

Dann sah er den alten, roten BMW in der vierten Reihe, nahe beim Toilettenhäuschen. Er wackelte so verdächtig rhythmisch auf und ab. Florian ging hin und sah, an einen VW-Bus gelehnt, dem Pärchen zu. Sie waren laut und wild. Sie ritt ihn, und er wühlte in ihren Haaren.

Der Anblick besänftigte Florian Pintes keineswegs. Im Gegenteil. Es hätte alles so schön sein können mit Sabine, dachte er grimmig, wenn sie nicht manchmal so verdammt widerspenstig wäre. Sie konnte so dickköpfig sein! Er wusste, dass er ein Problem hatte, seine Gefühle in den Griff zu kriegen. Wenn er zu sehr geärgert wurde, konnte er schon mal ausrasten. Er war eben keiner dieser weichgespülten Typen, die sich zum Tanzbären dressieren ließen, statt Männer zu bleiben.

Nein, er hatte sie nie geschlagen. Nur manchmal niedergebrüllt. Mehr nicht.

Dabei liebte er sie sehr. Er wollte sie nicht verlieren.

Er hatte mehrfach ein Anti-Aggressionstraining mitgemacht. Nie wieder wollte er eine Frau verprügeln, wie seine letzte Ex. Er hatte sich grässlich danach gefühlt, und so etwas sollte ihm nie wieder passieren. Seit er Sabine kannte, arbeitete er ernsthaft an sich.

Er beschloss, zur Ferienwohnung zurückzulaufen. Er würde nicht mit dem Auto fahren, sondern sich die letzten Aggressionen aus dem Körper rennen.

Ja. Das ging! Er hatte es trainiert. Es half, wenn er sich über eine Schmerzgrenze hinaus belastete. Wenn die Muskeln brannten und er nach Schweiß roch, dann wurde er friedlich. Lammfromm.

Er wollte losspurten, aber noch faszinierte ihn das Pärchen im Auto. Er beneidete sie, weil sie auf so eine hemmungslose Weise frei waren.

Die Frau stieß mehrfach hintereinander mit dem Kopf gegen das Verdeck. Sie versuchten einen Positionswechsel. Dabei entdeckte die Frau Florian. Sie schrie.

Ihr wilder Hengst war sofort bereit, den Helden zu spielen und ihr zu zeigen, was für ein furchtloser Typ er war. Die Beifahrertür flog auf. Dabei krachte sie hart gegen den VW-Bus, der daneben parkte.

»Ich krieg dich, du Scheißspanner!«, drohte der Mann und kroch behände auf allen vieren aus dem Auto.

»Hat der Fotos gemacht?!«, kreischte seine Freundin. Dann, als habe sie etwas gesehen, beantwortete sie ihre Frage gleich selbst: »Ja, der hat Fotos gemacht! Der hat bestimmt Fotos gemacht! Mein Mann bringt mich um, wenn …«

Florian hob die Hände hoch und zeigte vor, dass sie leer waren. »Ich habe keine Fotos gemacht. Ich …«

Weiter kam er nicht, denn jetzt richtete sich ein Mann in grau-blau gestreiften Shorts der Marke *Nur Der* vor ihm auf. Die Augen zu Schlitzen verengt, fixierte er Florian.

Florian glaubte, dass es irgend so ein männlicher Wettstreit – *wer guckt zuerst weg* – werden würde. Aber es war nur ein Ablenkungsmanöver. Während Florian sich noch darauf konzentrierte, dem Blick standzuhalten, platzierte sein Gegner seine rechte Faust auf Florians Nase.

Der Schlag traf Florian deckungslos. Es tat höllisch weh.

Kurz hintereinander wurde er noch zweimal hart am Kopf getroffen, und schließlich riss jemand an seinen Haaren und trat gegen seinen Brustkorb.

Er wusste nicht, ob er bewusstlos geworden war. Jedenfalls lag er jetzt auf dem Boden, und der BMW war weg. Er konnte kaum noch etwas sehen. Das rechte Auge war zugeschwollen, und vor dem linken schien ein milchiger Vorhang zu wehen.

Jetzt brauchte er Sabine mehr denn je. Sie würde keine Schadenfreude empfinden, da war er sich sicher. Sie würde ihn bedauern, vielleicht sogar Schuldgefühle entwickeln, weil sie ihn weggeschickt hatte, und sie würde zu einer sanftmütigen, fürsorglichen Krankenschwester werden.

Er drehte sich aus zwei Papiertaschentüchern Tampons für

die Nasenlöcher, um die Blutung zu stillen. Er ärgerte sich, dass er nicht genügend Taschentücher hatte, um sich wenigstens die schlimmsten Wunden im Gesicht zu versorgen. In den Rückspiegeln der Fahrzeuge, an denen er vorbeitaumelte, konnte er sehen, dass sein Gesicht immer weiter anschwoll, als würde sein Kopf aufgeblasen werden.

Zwei pubertierende junge Männer kamen ihm auf Fahrrädern entgegen. Der eine rief: »Guck mal! Der ist vielleicht auf die Fresse geflogen!«

Florian schimpfte nicht einmal hinter ihnen her. Er hatte sich im Griff. Von wegen Choleriker! Er war praktisch die Ruhe selbst.

Er lief bis zur Ferienwohnung. Es war nicht weit, aber jetzt kam es ihm endlos vor. Er klingelte und klopfte, aber Sabine öffnete ihm nicht.

Er stieg nicht über den Balkon ein, wie sie vermutet hatte. Dazu wäre er gar nicht mehr in der Lage gewesen. Sein Geduldsfaden riss. Er stand hier blutig, fröstelnd und zusammengeschlagen vor der Tür, während er meinte, dass Madame am Frühstückstisch saß und schmollte.

»Aber nicht mit mir«, grummelte er, »nicht mit mir.« Sie sollte ihm bloß nicht erzählen, sie hätte ihn weder klingeln noch klopfen hören, und auch seine Rufe seien ihr entgangen. Gerade sie, die Lärmempfindliche, musste genau mitbekommen haben, dass er hier draußen stand und Einlass begehrte.

Er warf sich gegen die Tür, und sie gab sofort nach. Jeder Zehnjährige hätte sie mühelos ohne Werkzeug knacken können.

Er rief laut: »Sabine?! Sabine?!«

Ja, sie sollte ihn ruhig so sehen. Damit wäre gleich alles zwischen ihnen wieder klar. Er würde ihr vergeben. Nicht sie ihm. Das von dem Pärchen würde er nicht erzählen, sondern dass er überfallen worden war, als er versucht hatte, auf einer Parkbank zu schlafen. Ja, das war zweifellos die bessere Geschichte. Damit würde ihr Schuldenkonto bei ihm erhöht werden, und er hatte durchaus vor, sie lange abzahlen zu lassen.

Plötzlich war da überall Blut. Er sah es, als würde er durch ein engmaschiges Netz gucken. Zunächst glaubte er, eine Ader in seinem zerbeulten Gesicht sei geplatzt oder seine Nase endgültig explodiert, doch dann entdeckte er ihren Leichnam.

In seinen Ohren begann ein Brausen wie von heißgelaufenen Propellern. Er hielt sich am Bett fest, weil ihm schwindlig wurde. Er brauchte eine Weile, bis er ansatzweise begriff, was geschehen war, und es schaffte, den Notruf der Polizei zu wählen.

Ann Kathrin Klaasen wusste nicht, ob es Ubbo Heides Gegenwart war oder einfach das Meer. Jedenfalls wurde sie hier ruhig. Es war, als würde das Geräusch der Wellen Worte überflüssig machen.

Einmal im Monat besuchte sie ihren alten Chef Ubbo Heide auf seiner Lieblingsinsel Wangerooge. Sie nahm sich jedes Mal vor, auf Wangerooge lange auszuschlafen, um dann doch wieder morgens zwischen vier und fünf Uhr mit ihm auf dem Balkon zu sitzen und auf den Sonnenaufgang zu warten.

Er hatte dann immer schon einen Tee neben sich stehen. Mit ihm, hier, morgens, trank sie Tee wie er, und zwar schwarz, mit einem frischen Pfefferminzblatt darin.

Die Schreie der Möwen waren ein Begrüßungskonzert. Für die Dohlen und Spatzen hatte Ubbo immer ein paar Kekskrümel übrig. Für die Möwen nie.

Jeder Sonnenaufgang war anders. Heute Morgen flimmerte

das Meer zartrosa, wurde darüber glutrot und verlief dann zu lila Schlieren, die in weißen Wolken mündeten. Die Wolken sahen jetzt aus wie Rieseninsekten, die sich mit langen, dünnen Beinen spinnenartig am Himmel bewegten.

Dann zerstörte der Wind das Bild, indem er die Wolken wegwischte wie ein Maler eine störende Farbe. Der Himmel war jetzt stahlblau. Der Kondensstreifen eines Flugzeugs zog eine scharfe Linie darin. Ann Kathrin versuchte, den Gedanken zu verdrängen, dass es aussah wie ein eitriger Schnitt.

Sie hatten keine zehn Worte gesprochen. Einfach nur geschaut, geatmet und Tee getrunken.

Wenn Ann Kathrin da war, nahm Ubbo Heides Frau Carola manchmal einen freien Tag, um auf dem Festland shoppen zu gehen. Sonst kümmerte sie sich rührend um ihren Mann, der durch eine Messerattacke an den Rollstuhl gefesselt worden war.

Wenn Carola dagewesen wäre, hätte sie sicherlich ein großartiges Frühstück zubereitet, mit Krabben, Eiern und Waffeln zum Nachtisch, außerdem Berge von Obst. Aber wenn Ann Kathrin und Ubbo allein waren, frühstückten sie gern unten im *Friesenjung*, bei einem Wetter wie diesem natürlich draußen.

Über ihnen knatterte die Wangerooge-Fahne im Wind. Ann Kathrin trank jetzt Kaffee. Obwohl hier Selbstbedienung war, brachte die polnische Kellnerin Ubbo Heide alles, was er wollte, an den Tisch.

Er aß mit Heißhunger schon die zweite Portion Rührei und dazu Bratwürstchen. Ann Kathrin stippte, ohne hinzusehen, ein Croissant in ihren Kaffeetopf. Sie saugte immer noch diese Naturgewalt in sich auf. Je näher sie am Meer war, umso näher kam sie sich selbst …

»Ich hatte«, sagte Ubbo Heide, »ein Nahtoderlebnis.« Es

klang, als hätte er gesagt: *Ich habe eine neue Pizzeria entdeckt. Die musst du unbedingt auch mal ausprobieren.* Seine Stimme war überhaupt nicht dramatisch.

Ann Kathrin sah weiterhin aufs Meer und fragte: »Und?«

Er ließ sich mit der Antwort Zeit, nahm zunächst einen Schluck Tee, stellte sorgfältig die Tasse wieder ab: »Ich bin an der Hölle vorbeigeschrammt. Ich musste auch nicht ins Fegefeuer. Ich bin direkt durchgefahren ins Paradies.«

Ann Kathrin lächelte ihn an. Es war, als würden die *Kiu-Kiu*-Schreie einer Möwe ihm recht geben.

»Ins Paradies?! Und wie war es da?«

Ubbos Lächeln wurde zu einem breiten Grinsen: »Och«, sagte er, »ganz nett.«

»Ganz nett?«

»Ja, man kann nicht meckern. Das Paradies ist ganz in Ordnung. Aber dann habe ich denen gesagt, Jungs, seid mir nicht böse, aber jetzt möchte ich doch gerne wieder zurück nach Wangerooge.«

»Jo«, sagte Ann Kathrin, »das kann ich verstehen.«

Ann Kathrin bestrich sich einen Toast mit Honig. Der Seehund in ihrem Handy jaulte jämmerlich auf. Auf dem Display stand: *Marion Wolters.* Pflichtbewusst nahm Ann Kathrin das Gespräch an, stand aber auf, um Ubbo nicht damit zu belästigen. Sie ging ein paar Schritte auf der oberen Strandpromenade auf und ab.

Ubbo winkte Ann Kathrin zu, sie solle sich nur Zeit lassen, und bewegte seinen Rollstuhl in Richtung *Café Pudding.* Von dort kam ihm ein alter Bekannter entgegen, ein pensionierter Kripochef aus Süddeutschland, mit dem er gerne Schach spielte.

»Ich hoffe, es ist wichtig«, sagte Ann Kathrin schroff.

Marion Wolters bestätigte sofort: »O ja. Verdammt wichtig.

In Norddeich ist eine junge Frau in ihrer Ferienwohnung ermordet worden. Rupert ist mit Jessi dahin, um ihr zu zeigen, wie man so einen Fall löst. Er hat ausdrücklich darum gebeten, dass ich dich nicht informiere.«

»Waas?«

»Ja, der Arsch will vor der Kleinen jetzt den großen Todesfallermittler spielen und dir am liebsten den gelösten Fall präsentieren, wenn du zurückkommst.«

»Ich chartere mir sofort einen Flieger nach Norddeich. Frank soll mich dort abholen.«

»Geht klar.«

Ann Kathrin klickte das Gespräch weg. Sie hörte ein Geräusch über sich, und etwas fiel von oben herunter. Sie sprang zur Seite und hob eine Hand schützend über ihren Kopf. Ein halber Toast mit Honig landete in ihren Haaren. Sie drehte sich um. Keine zehn Meter von ihr entfernt plünderten gerade zwei Möwen den Frühstückstisch.

»Ihr elenden Viecher!«, rief sie und rannte, mit den Händen fuchtelnd, hin. Sie wusste nicht, auf wen sie wütender war: auf die Möwen, auf Rupert oder auf sich selbst. Jedenfalls war dieser schöne Morgen für sie beendet.

Rupert konnte Journalisten sowieso nicht leiden. Aber dieser Holger Bloem war für ihn eine ganz besondere Pfeife. Bloem galt als Ann Kathrin Klaasens Vertrauter. Die beiden hatten ein geradezu freundschaftliches Verhältnis, und jeden Furz, den die Kommissarin ließ, blies Bloem in Ruperts Augen zu einem Küstensturm auf. Er hatte einen großen Anteil daran, dass sie so berühmt geworden war. Von vielen wurde sie als informelle Chefin angesehen. Das wurmte Rupert.

Nun hatte er die wunderbare Gelegenheit, der Kommissar-Anwärterin Jessi zu zeigen, was in ihm steckte. Und dieser Bloem sollte ruhig dabei zugucken, fein aufpassen und hinterher einen großen Artikel schreiben. Deshalb hatte er Bloem gegen alle Regeln mitgenommen und ihm sogar zugezwinkert, als er ihm das Angebot machte.

Holger Bloem saß hinten im Auto und überprüfte die Einsatzbereitschaft seiner Canon. Der machte doch tatsächlich noch analoge Bilder, statt mit einer Digitalkamera zu knipsen, wie alle anderen auch.

Im Auto dozierte Rupert los. So, wie Jessi ihn ansah, war sie echt beeindruckt.

»Die meisten Mordfälle sind ganz einfach. Die Ehefrau liegt erschlagen im Garten, am Spaten klebt noch Blut, an den Händen des Ehemanns genauso. Und nach einer halben Stunde gesteht er auch schon. Die meisten Menschen werden von Ehepartnern, Familienmitgliedern oder ihrem besten Freund umgebracht. Die Gefahr, nachts im Park von Junkies auf Entzug ausgeraubt, vergewaltigt und umgebracht zu werden, ist wesentlich geringer, als dass die Schwiegermutter einem Gift unters Essen mischt oder der nette Nachbar mit der Grillzange zusticht.«

»Im Ernst?«, fragte Jessi. Sie sah nervös aus und kratzte sich ständig im Gesicht. Sie wusste, dass sie gleich eine Leiche sehen würde, und hoffte, nicht ohnmächtig zu werden. Sie tat immer so, als sei sie total taff, aber an dem Tag in der Gerichtsmedizin, der eigentlich zur Ausbildung dazugehörte, hatte sie es vorgezogen, eine Magen-Darm-Grippe zu bekommen.

Rupert fuhr fort: »Die eigentlichen Massaker finden in den Familien statt. Das ist reine Statistik! Als Frau solltest du dir auch immer sehr genau überlegen, mit wem du ins Bett gehst.«

»Häh? Was? Warum?« Jessi geriet in Rechtfertigungsdruck und entschuldigte sich: »Ich hab im Moment keinen Freund.«

Rupert lächelte: »Das ist auch besser so. Neunzig Prozent aller Frauen werden von einem Mann getötet, mit dem sie vorher schon mal Geschlechtsverkehr hatten.« Er hob den Zeigefinger: »Und zwar freiwillig, oftmals über viele Jahre.«

»Mir wird ganz anders, wenn du so redest, Rupi.«

Holger Bloem hatte inzwischen sein Aufnahmegerät eingeschaltet. Er fand Ruperts Ausführungen in ihrer zugespitzten Art sehr interessant.

»Heiraten«, fuhr Rupert fort, »heiraten ist ganz schlecht. Das erhöht die Chance, umgebracht zu werden, um fünfunddreißig bis vierzig Prozent.«

»Also wäre man als Junggeselle ohne Geschlechtsverkehr statistisch gesehen auf der sicheren Seite?«, fragte Holger Bloem vom Rücksitz aus.

Rupert gab ihm recht: »Ja, falls man keinen Streit mit seinem Nachbarn hat oder seinen besten Freund verärgert. Lottogemeinschaften sind auch sehr gefährlich.«

Holger Bloem hakte nach: »Lottogemeinschaften?«

»Ja, Lottogemeinschaften«, bestätigte Rupert. »Und ich würde auf gar keinen Fall eine Lebensversicherung abschließen.«

Der Gedanke leuchtete Jessi nicht ein. Sie war jetzt schon kreidebleich, und ihre Lippen wirkten blutleer. »Warum nicht? Was ist so schlimm an Lebensversicherungen?«

»Ha«, lachte Rupert, »wenn du eine Lebensversicherung abschließt, heißt das doch, dass irgendjemand davon profitiert, wenn du abkratzt. Na, muss ich mehr sagen? Wir hatten es zum Beispiel schon mit einem Mann zu tun, der hatte eine Risiko-Lebensversicherung«, Rupert wiederholte das Wort und dehnte es lang: »Risiko-Lebensversicherung über fünfhunderttausend Euro abgeschlossen. Das ist eine halbe Million! Damit wollte er seine zwanzig Jahre jüngere Ehefrau absichern, weil er bei seinem ausschweifenden Lebenswandel vermutlich an Leberzirrhose sterben würde, bevor sie die Fünfzig auf ihrer Geburtstagstorte gesehen hätte. Er wollte sie nach seinem Tod versorgt wissen – aber dann konnte sie es gar nicht mehr abwarten und hat ihm Gift ins Essen gemischt. Glaub mir, ohne seine Lebensversicherung würde der noch leben.«

»Da kriegt das Wort *Lebensversicherung* eine ganz neue Bedeutung«, kommentierte Holger Bloem.

»Ja«, lachte Jessi und hielt sich dann die Hand vor den Mund, weil ihr das eigene Lachen unangemessen vorkam. Immerhin ging es hier um Mord.

Rupert passte es nicht, dass Bloem sich einmischte. Er hatte Angst, der Typ könne zu viel Eindruck auf Jessi machen. »Vielleicht war es doch keine so gute Idee, ihn mitzunehmen«, grummelte Rupert leise vor sich hin und setzte dann seinen Praxislehrgang für Jessi fort. Er fuhr wesentlich schneller als erlaubt.

»Wenn eine Leiche gefunden wird, ist das gleich immer so ein Wettrennen. Jeder versucht, als Erster da zu sein. Die Typen von der Spurensicherung verändern jedes Mal den Tatort, weil sie irgendwelche Flusen aufsammeln. Am schlimmsten aber sind die Notärzte und Rettungssanitäter. Die machen so lange an einer Leiche rum, bis nicht mehr klar ist, woran der Mensch gestorben ist.«

Verwirrt fragte Jessi: »Wieso das denn?«

Rupert klatschte sich beim Autofahren mit der linken Hand gegen die Stirn, um zu zeigen, wie bescheuert er solche Aktionen fand. »Nun, die akzeptieren erst mal nicht, dass jemand gestorben ist, sondern machen gleich Reanimationsversuche. Da werden Leichen intubiert und alle möglichen Spritzen in den Toten reingeschossen. Hinterher weißt du nicht, woher all die Nadelstiche kommen. Hat die Ehefrau ihrem Gatten eine tödliche Dosis verpasst oder nur der Rettungssanitäter versucht, seine Wundermittel auszuprobieren?« Rupert winkte ab. »Wenn ich sehe, dass einer tot ist, dann fange ich doch nicht an, an dem rumzumachen, sondern ich sammle Beweismaterial. Gucke mir an, wie er liegt, und versuche, anhand der Blutspritzer die Tat zu rekonstruieren.«

Jessi schluckte.

Rupert bemerkte, dass er einen wunden Punkt getroffen hatte, und fuhr fort: »Wir haben in Niedersachsen eine Spezialistin für Blutspuren. Bei der haben wir mal einen Lehrgang gemacht. Das war echt hilfreich. Ich kam mir vor wie ein Indianer bei der Fährtensuche. Blutspuren erzählen einem ganz viel. Welcher Angriff zuerst erfolgte, wie sich die Tat vielleicht in andere Räume verlagert hat, mit welcher Intensität zugehauen oder -gestochen wurde ... Unsere Kriminaltechniker wollen nur die DNA feststellen. Völlig bescheuert! Wenn da einer mit einem Messer in der Brust am Boden liegt, finde ich doch nicht erst im Labor heraus, zu wem das Blut auf dem Teppich gehört.«

»Ich glaube«, sagte Jessi, »mir wird jetzt schon übel.«

Rupert lachte: »Ich hatte keine Ahnung, dass du so zart besaitet bist. Du boxt doch im Norder Boxverein.«

»Ja«, sagte Jessi mit brüchiger Stimme, »aber wir tragen Boxhandschuhe und gehen nicht mit Messern aufeinander los.«

Als sie ankamen, standen vor dem Ferienhaus zwei Polizeifahrzeuge und ein Rettungswagen. Es hatte sich eine Menschentraube gebildet. Einige Väter trugen ihre Kinder auf den Armen, viele hatten Brötchentüten in der Hand. Eine strubbelige Frau in blau-weißem Schlafanzug schlürfte viel zu starken Kaffee aus einem Pott, auf dem *Ostfriesentee* stand. Sie erzählte jedem, der es wissen wollte oder auch nicht, dass sie im Urlaub immer so ein Pech habe. Bei ihrem letzten Italienurlaub sei eine Frau im Gardasee ertrunken, und in Andalusien sei jemand direkt neben ihr aus dem Fenster gesprungen. »Jetzt wollten wir mal nach Ostfriesland fahren. Wir dachten, hier geht es anders zu. Aber mein Mann und ich scheinen solche Scheiße geradezu anzuziehen ...«

»Eigentlich«, sagte Rupert zu Jessi, »müssten wir die jetzt befragen, ob jemand etwas Verdächtiges gesehen hat. Das machen wir aber nicht. Wir gehen erst mal rein, um die schlimmste Zerstörung und Verschmutzung des Tatorts zu verhindern. Dann schauen wir uns ihren Ehemann an, sofern sie einen hat. Und ich schlage vor, dass ihr eure Hände in die Tasche steckt, während wir am Tatort sind.«

Jessi verstand nicht ganz warum und verzog den Mund.

Rupert erklärte: »Wenn man die Hände in der Tasche hat, fasst man auch versehentlich nichts an. So wird der Tatort am wenigsten von uns mit fremden Spuren verunreinigt. Man berührt sonst unwillkürlich Dinge. Eine Türklinke. Ein Glas. Die Toilettenspülung. Deswegen ist meine Devise: Hände in die Hosentasche.«

Jessi nickte und fragte dann: »Soll ich vielleicht die Befragung der Leute übernehmen?« Sie hoffte schon, so um eine Besichtigung der Leiche herumzukommen.

Doch Rupert schüttelte den Kopf: »Nein, die Hälfte von denen erzählt dir jetzt irgendwas, um sich wichtig zu machen, und die anderen stellen dir blöde Fragen, weil sie neugierig sind. Wir kümmern uns jetzt erst mal um das Wesentliche.«

Er schob Jessi vor sich her ins Gebäude.

Ein Mann von beachtlicher Gestalt hielt Rupert auf. Er hatte einen Fotoapparat mit einem Riesen-Teleobjektiv bei sich. »Mein Name ist Uwe Hartmann.«

Rupert wollte den Typen nur loswerden. »Schön für Sie, Herr Hartmann.«

»Ich war heute Morgen schon auf der Vogelpirsch«, erklärte der Mann. »Ich habe einen großen Brachvogel verfolgt.«

Weil Rupert so blöd guckte, erläuterte er: »Wissen Sie, die mit dem langen, gebogenen Schnabel. Ich habe ihn zunächst gar nicht gesehen, sondern nur gehört. Die haben so einen melancholischen Ruf mit Trillern am Ende.«

Der Mann machte die Vogelstimme nach. Damit stieß er bei Rupert auf wenig Verständnis.

»Die sind etwa so groß wie ein Haushuhn. Es ist der größte europäische Wattvogel. Die brüten nur ganz selten im Wattenmeer. Hier ist aber ein Pärchen. Und dann so weit im Inland! Ich meine, bei den Möwen sind wir es ja gewöhnt, dass sie sich ihr Futter auf der Müllkippe holen, aber die großen Brachvögel ...«

Er machte eine Geste, als könne nur ein Idiot so etwas von diesen Tieren glauben, und wollte Rupert zum Beweis auf dem Display seines Fotoapparats ein paar Schnappschüsse zeigen.

»Das ist ja alles sehr schön für Sie«, sagte Rupert, »aber wir sind gekommen, um einen Mord aufzuklären, nicht, um das Balzverhalten von Vögeln zu studieren.«

Rupert ließ den Mann einfach stehen.

Das Erste, was Rupert auffiel, war der Geruch. Er schnupperte wie ein Hund. Er machte das demonstrativ. Jessi sollte es mitbekommen. Das hier würde ihre Feuertaufe werden. Sie würde nie vergessen, wer sie angeleitet hatte, den ersten Mordfall zu lösen.

»Es hängt«, sagte Rupert ruhig zu ihr, »kein Verwesungsgeruch in der Luft. Hier liegt keine Leiche seit Tagen herum. Aber dieser süßlich-metallische Geruch, der sagt uns, das alles ist gerade erst passiert.«

Tatsächlich saugte Jessi jetzt Luft ein, dass sich ihre Nasenflügel nur so aufblähten.

Holger Bloem beobachtete das alles sehr interessiert. Man sagte ja über Rupert, er habe einen guten Riecher. Jetzt kapierte Bloem, dass das möglicherweise wörtlich gemeint war.

»Meine Frau«, sagte Rupert, »macht manchmal Räucherstäbchen an. Die hat Duftkerzen und all so ein esoterisches Zeug. Da riecht es bei uns auch manchmal so. Das ist Weihrauch, Myrrhe. Riechst du noch mehr?«

»Ja. Irgendwas Karibisches … Kokos«, sagte sie. »Es riecht nach Kokosnüssen oder Kokoseis.«

Rupert wollte als Erstes die Leiche sehen. Jessi bemühte sich um eine andere Blickrichtung. Während Rupert unwillkürlich einen Pfiff ausstieß und etwas von »scharfer Schnitte« murmelte, betrachtete Jessi die brennende Kerze in dem hohen Glas. Dicke Wachstropfen hatten sich an einer Seite zu einem Fluss versammelt. Der sandige Boden um die Kerze herum wurde von einem weichen See aus Wachs überlagert. Während die Frau umgebracht wurde, musste also die ganze Zeit die Kerze gebrannt haben, folgerte Jessi.

Mit Hinweis auf die Dessous sagte Rupert: »Da hat sie sich für ihren Mörder aber richtig schick gemacht. Meine Frau hat so ähnliche Klamotten, trägt sie aber schon lange nicht mehr. Ich denke mal, die Sachen passen ihr nicht mehr. Sie hat am Hintern richtig zugelegt. Das kommt vom vielen Meditieren. Das ist einfach der falsche Sport. Dabei verbraucht man keine Kalorien. Ich habe ihr neulich noch gesagt: Pass auf, dass du nicht so einen Bratarsch bekommst wie die Wolters.«

Jessi guckte Rupert nur an, und gleich war er still.

Die Frau war mit mehreren Messerstichen in den Brustkorb getötet worden. An ihrem rechten Oberschenkel sah man eine handtellergroße Fleischwunde. Nicht besonders tief. Eine oberflächliche Verletzung, als habe jemand ein Stück Haut abgeschnitten.

Rupert schob einen Kriminaltechniker zur Seite und wollte, dass Jessi sich die Wunde genau anschaute. Sie tat ihm den Gefallen.

»Vermutlich hat sie sich gewehrt. Es hat einen Kampf gegeben. Der Täter ist mit ihr aufs Bett gefallen, und die scharfe Klinge hat ihr am Bein ein Stück Haut abrasiert. Ich habe es mal mit einem Fall zu tun gehabt, da hat der Mann versucht, in die Klinge zu greifen, um den Messerstecher zu entwaffnen. Dabei wurde ihm die Hand zerschnitten. Wir haben es hier vermutlich mit einer Übertötung zu tun. Auf den ersten Blick sehe ich sechs Messerstiche. Wahrscheinlich hätten einer oder zwei gereicht. Was folgerst du daraus, Jessi?«

Sie zuckte mit den Schultern und antwortete: »Da war jemand richtig wütend?«

»Genau.«

»Andererseits«, gab Holger Bloem zu bedenken, »werden wohl meistens Leute in Wut sein, wenn sie jemanden erstechen, oder?«

Rupert warf ihm einen zornigen Blick zu. Er fand, dass Bloem solche Kommentare nicht zustanden. Er überlegte, ob er einen Satz sagen sollte, wie: *Ich bin hier der Kommissar*, aber er klemmte es sich. Wer so etwas klarstellen musste, hatte eigentlich schon verloren.

Stattdessen fragte Rupert: »Wo ist denn unser Pappenheimer?«

So, wie Rupert *Pappenheimer* aussprach, klang es nach *Hauptverdächtiger*, wenn nicht gar nach *Mörder*.

Der Kollege Schrader, der als Erster am Tatort gewesen war, spielte sich mit seinem Wissen für Ruperts Verhältnisse ein bisschen zu sehr auf, so als würde er hier die Ermittlungen leiten oder sei gar der Staatsanwalt persönlich.

»Die Tote heißt Sabine Ziegler. Sie hat die Ferienwohnung für vierzehn Tage gemietet. Sie macht nicht zum ersten Mal Urlaub hier. Schon mit ihren Eltern ist sie als Kind nach Norddeich gekommen. Die typische Touristenkarriere. Erst kommen sie mit den Eltern, später mit ihren Partnern und dann mit den eigenen Kindern. Ich habe bereits mit der Vermieterin gesprochen. Ihr Typ heißt Florian Pintes. Die beiden sind seit ein paar Jahren zusammen. Letztes Jahr waren sie schon gemeinsam hier. Er sitzt in der Küche.«

Rupert klopfte Schrader demonstrativ auf die Schulter, so dass Jessi es mitbekommen musste, und sagte: »Danke, Kollege. Gute Arbeit.«

Rupert warf einen Blick in die Küche und sah dort auf der Eckbank, hinterm Tisch eingeklemmt, Florian Pintes. Er trug nur Unterhose und Unterhemd. An seinem geschwollenen Gesicht ließ sich unschwer erkennen, dass er heftig Prügel bezogen hatte.

Rupert zog Jessi zu sich ran und flüsterte ihr, jedoch laut genug, dass auch Holger Bloem es hören konnte, ins Ohr: »Gleich wird er uns irgendeine rührselige Geschichte erzählen. Vielleicht ist er die Treppe runtergefallen, oder ein Unbekannter hat ihn verprügelt. Jedenfalls wird er nicht zugeben, dass die Ziegler sich heftig gewehrt hat. So. Und jetzt zeig ich dir, wie man so einen Typen in die Mangel nimmt.«

Die Tasse in Florian Pintes' Hand zitterte. Es sah aus, als würde er sich daran wärmen oder festhalten, wie ein Ertrinkender an einer Boje. Er schaute Rupert nicht an und gab ihm auch nicht die Hand. Er sah stattdessen auf die Tischplatte, als sei sie ein Bildschirm und dort liefe ein Film, der seine Aufmerksamkeit vollkommen absorbierte.

»Der Mann«, gab Holger Bloem zu bedenken, »steht unter Schock.«

»Ja«, konterte Rupert hart, »das kann er ja später auch alles seiner Therapeutin und seiner Bewährungshelferin erzählen. Aber jetzt werde ich ihm erst mal auf den Zahn fühlen. Haben Sie einen Verdacht, wer das gewesen sein könnte, Herr Pintes?«, fragte er so laut, dass man ihn auch noch im Nebenzimmer verstand.

Pintes starrte weiterhin auf die Tischplatte, reagierte aber. »Nein. Keine Ahnung.«

»Sehen Sie«, sagte Rupert, »das unterscheidet uns. Ich habe da nämlich eine Idee.«

Jetzt lösten sich Pintes' Blicke von der Tischplatte und wanderten langsam an Ruperts Körper hoch bis zu seinem Gesicht. »So?«

»Ja. Lassen Sie uns doch mal gemeinsam überlegen. Ich finde eine erstochene Frau im Schlafzimmer, ihr Typ sitzt Kaffee trinkend in der Küche und hat deutliche Blutspuren am Kopf. Was würden Sie vermuten?«

Da der Mann nicht antwortete, versuchte Jessi eine Erklärung: »Vielleicht hat er mit dem Mörder gekämpft ...«

Rupert schüttelte den Kopf: »Und ihn hat der Mörder dann nicht gestochen und nicht geschnitten, sondern ihm hat er nur was aufs Maul gehauen? Das sieht mir doch nach einem sehr ungleichen Kampf aus. Der eine hatte ein Messer, der andere keins ...«

Florian Pintes sprach sehr langsam: »Ich habe die Polizei gerufen. Ich.«

»Das hat auch niemand bestritten«, stellte Rupert klar. »Wo waren Sie denn, als Ihre Freundin attackiert wurde?«

»Ich hatte das Haus nur ganz kurz verlassen. Ich habe einen Freund besucht, der kann das bestimmt bestätigen. Wolli ...

Gerd Wollenweber. Er hat einen Wohnwagen am Ocean Wave.«

»Ja, ich habe auch ein paar Kumpels, die jederzeit bestätigen würden, dass ich nachts bei ihnen war, wenn ich ein Alibi brauche. Jeder Mann hat so etwas. Aber dann geht es doch um einen Seitensprung, eine schöne, kleine Affäre oder eine durchzechte Nacht. Nicht um Mord. Glauben Sie mir, Herr Pintes, bei Mord halten nur die wenigsten Kumpel ihre Versprechen. Da brechen die Alibis immer zusammen.«

Pintes schlug mit der Faust auf den Tisch. Kaffee schwappte aus seiner Tasse. »Verdammt, ich habe sie nicht umgebracht! Ich habe sie geliebt! Wir wollten heiraten!«

Mit einem wissenden Blick sah Rupert Jessi an. »Siehst du ... Genau, wie ich es dir gesagt habe. Wenn man mit einem Typen im Bett war, steigt die Wahrscheinlichkeit, von ihm umgebracht zu werden ...«

»Ich habe sie nicht umgebracht!«, brüllte Pintes. »Ich will endlich meine Klamotten wiederhaben!«

Rupert grinste breit und zwinkerte Jessi zu: »Die haben die Kollegen bereits gesichert, und die sind unterwegs zum Labor. Ich wette zwei Monatsgehälter, dass wir daran deine Blutspuren und die der schönen toten Frau dort nebenan finden.«

Holger Bloem und Jessi Jaminski hielten sich an Ruperts Anweisungen. Ihre Hände steckten tief in den Hosentaschen. Rupert selbst schien seine eigenen Worte aber völlig vergessen zu haben.

Ein Kriminaltechniker, der in weiße Schutzkleidung gehüllt war, hob zwei Plastiktüten hoch. Darin eine Jeans und ein Oberhemd.

Erst als der Verdächtige aufstand und versuchte, an Rupert vorbei die Küche zu verlassen, fiel allen auf, dass er barfuß war.

»Wohin des Weges?«, fragte Rupert und ließ Florian Pintes nicht durch.

»Ich will einen Anwalt sprechen, und zwar sofort!«

Rupert spottete: »Ooooch, das kann ich verstehen. Wir wünschen uns doch alle etwas. Ich zum Beispiel hätte jetzt gerne eine Currywurst mit Pommes, doppelt Mayonnaise und ein kühles Bier.«

Pintes machte einen zweiten Versuch: »Lass mich durch, verdammt!« Er fasste Rupert an der Schulter an, um ihn wegzuschieben.

Rupert verpasste ihm einen Tiefschlag. Die Luft wich aus Florian Pintes heraus, und er sackte in den Knien ein. Aus großen Augen sah er Rupert ungläubig an. Der klopfte sich die Finger ab, als hätte er sich schmutzig gemacht.

»Sagte ich schon«, fragte Rupert, »dass ich es nicht mag, wenn man mich anfasst …?« Dann drehte er sich zu Jessi um und vervollständigte seinen Satz: »Das gilt natürlich nicht für alle Menschen.«

Sie nahm es zur Kenntnis.

Rupert wandte sich wieder Pintes zu. »So, jetzt machst du dich mal wieder gerade, und dann setzt du dich da hin. Oder soll ich dir Handschellen anlegen und dich mit ins Kommissariat nehmen? Du hast die freie Wahl. Und als Nächstes wüsste ich gerne von dir, woher die Verletzungen an deinem Kopf stammen.«

Abwehrend hob Florian Pintes die Hände, hielt sie sich schützend vors Gesicht, als würde er einen Fausthieb von Rupert befürchten, und zeterte: »Ich bin auf dem Parkplatz vor dem Ocean Wave verprügelt worden.«

»Oh, oh, oh«, sagte Rupert, »böse Sache. Der große Unbekannte?«

»Da hat ein Pärchen rumgevögelt. Sie hielten mich wohl für

einen Spanner. Der Typ ist völlig ausgerastet und auf mich los-gegangen ...«

»Na, dann kannst du uns doch bestimmt die Autonummer geben, nicht wahr, mein Freund?«

»Nein, verdammt, das kann ich nicht! Ich hatte echt andere Sorgen.« Florian Pintes begriff, dass ihm niemand glaubte. »Und dann hat Sabine mir noch ein Buch an den Kopf geworfen.«

»Ein Buch?«, fragte Rupert. »Was für ein Buch?«

»*Schitt häppens* ...«

»Der war gut«, grinste Holger Bloem. »Zitierfähig!«

Als Ann Kathrin Klaasen zum Flugplatz auf Wangerooge los-ging, herrschte noch wunderbares Badewetter. Als sie wenige Minuten später dort ankam, hatte der Nordwestwind dunkle Regenwolken herbeigepustet, und eine Nebelbank verschlei-erte wie ein trüber Pinselstrich den blauen Himmel.

Typisch Ostfriesland, dachte Ann Kathrin. Alle zehn Minu-ten wechselt das Wetter.

Die zehnsitzige Islander war zwar abflugbereit, doch der Pilot winkte ab: »Nee, nee, nee. Wir haben kein Radar, wir fliegen auf Sicht. Wir müssen warten, bis sich der Nebel ver-zogen hat.«

»Wie lange kann das dauern?«, fragte Ann Kathrin und är-gerte sich über sich selbst, denn sie hätte die Antwort voraus-sagen können.

»Vielleicht fünfzehn Minuten, vielleicht zwanzig. Wenn wir Pech haben, zwei Stunden. Am besten setzen Sie sich einfach da ins Restaurant, Frau Klaasen. Die machen einen ganz guten Kaffee, und ich kann Ihnen auch den Käsekuchen empfehlen. Ich vermute mal, es wird nicht lange dauern.«

Sie hatte die erste Tasse Kaffee getrunken, und noch bevor sie sich die zweite nachgießen und den restlichen Käsekuchen verzehren konnte, war der Himmel wieder blau. Sie ließ sich direkt nach Norddeich fliegen. Sie war der einzige Fahrgast, und sie genoss diesen Dienstflug.

Unter ihnen waren riesige Vogelschwärme. Sie sah eine Sandbank mit Seehunden und einen Krabbenkutter, dem eine Hundertschaft gieriger Möwen folgte.

Dieses Land war so schön, dass ihr die Tränen kamen. Sie spürte, wie sehr sie hierhin gehörte. Ostfriesland war nicht nur ihr Sehnsuchtsort. Dieses Land an der Küste mit den sieben Inseln war wirklich zu ihrer Heimat geworden.

Hier, dachte sie, wird mich nichts mehr vertreiben. Hier werde ich bleiben. Und irgendwann will ich auch hier begraben sein. Nein, nicht begraben. Ich will im Meer bestattet werden. Ich will Teil von dieser Kraft werden, die so schön und doch so zerstörerisch sein kann.

Die Islander war laut. Die Motoren der Propeller dröhnten. Aber es machte ihr nichts aus. Der Blick nach unten strahlte Ruhe genug aus.

Sie unterhielt sich nicht mit dem Piloten. Sie hörte auf eine Stimme in sich selbst. Sie spürte, dass sie glücklich war und endlich wusste, wo sie hingehörte.

Frank Weller stand winkend unten vor dem Tower. Sie stieg aus der Maschine und lief auf ihren Ehemann zu wie eine frisch verliebte junge Frau. Sie sprang in seine Arme, und er wirbelte sie einmal um sich herum. Dann erst wurden sie dienstlich.

Er gab ihr auf dem Weg zum Auto die ersten Infos: »Sabine Ziegler aus Dinslaken wurde in ihrer Norddeicher Ferienwohnung mit mindestens sechs Messerstichen getötet. Ihr Lebensgefährte Florian Pintes hat uns verständigt. Er hat sie angeblich gefunden. Ich habe bereits Erkundigungen über ihn eingezogen. Er ist kein ganz schlimmer Finger, aber wenn ich mir vorstelle, dass eine meiner Töchter mit so einem nach Hause käme, würde ich alles dransetzen, den Typen zu vergraulen.«

»Heißt?«, fragte Ann Kathrin kurz.

»Er hat seine Aggressionen nicht so gut im Griff, wurde mehrfach gegen seine früheren Partnerinnen gewalttätig. Es ist dreimal zu Anzeigen gekommen. Zweimal wurden sie wieder zurückgezogen. Einmal war der Richter gnädig, weil Pintes sich einer Therapie unterzogen hat. Irgend so ein Anti-Aggressionstraining. Scheint aber, wenn du mich fragst, nicht allzu viel genutzt zu haben. Die beiden wollten wohl heiraten. Ihre Eltern sind nicht ganz arm. Sie haben ein kleines Häuschen in Dinslaken, dazu zwei Eigentumswohnungen. In einer davon wohnte Frau Ziegler mit ihrem Typen. Er ist Orthopädieschuhmacher, aber wohl stellungslos, und sie arbeitet in Dinslaken in der Stadtverwaltung.«

Ann Kathrin glaubte, sich verhört zu haben: »Ein arbeitsloser Orthopädieschuhmacher? Ich denke, die werden gesucht?«

»Und wie«, bestätigte Weller. »Meine Jule könnte praktisch in der ganzen Welt arbeiten.«

»Die werden also gesucht, und der findet nichts?«, fragte Ann Kathrin.

»Ann, das sag ich dir: Deutsche Orthopädieschuhmacher genießen einen ausgesprochen guten Ruf von Brüssel bis Tokio«, sagte Weller merkwürdig grimmig.

»Ist was mit dir, Frank?«

»Ach, schon gut.«

»Na komm. Sprich's aus.«

»Nee. Alles in Ordnung.«

Ann Kathrin ahnte es. »Ist das Treffen mit deinen Töchtern schiefgelaufen?«

Zerknirscht antwortete er: »Ja. Keine von beiden ist gekommen. Sabrina hat Ärger mit ihrem Freund, und Jule hat es wohl völlig vergessen.«

»Vergessen?«

»Ich habe Sabrina seit sechs Monaten nicht gesehen, und Jule seit vier Monaten. Wir wollten eigentlich zusammen Pizza essen gehen, und dann ...«

Er sprach nicht weiter. Ann Kathrin spürte seinen Schmerz. Sie berührte seinen Unterarm und strich hinauf bis zu seiner Hand. Es rührte sie, wie sehr er versuchte, ein guter Vater zu sein.

Er sprach, als würde er es sich selbst nicht verzeihen: »Früher hatte ich nie Zeit. Immer war irgendein beruflicher Scheiß, vor allen Dingen an den Wochenenden. Dieser Staat schuldet mir zig Stunden mit meiner Familie ...«

»So geht es uns allen«, sagte Ann Kathrin. »Wenn die Kinder klein sind, bauen wir gerade unsere Karrieren auf, sind beruflich bis zum Zerreißen angespannt, und wenn sie groß sind, dann ...«

Weller schlug aufs Lenkrad: »Ach, Scheiße, was nutzt es mir, dass es allen so geht? Ich habe erwachsene Töchter, aber ich sehe sie praktisch nie.«

»Eike ist auch nicht gerade ein Muttersöhnchen«, gab Ann Kathrin zu bedenken, um Weller ein bisschen von seinem Schmerz abzulenken. Doch das ließ er nicht gelten: »Der liebt seine Mama. Das merkt jeder. Allein, wie dein Sohn dich anschaut ...«

»Trotzdem habe ich ihn an Weihnachten zum letzten Mal gesehen.«

»Aber du hast wenigstens Ubbo.«

»Und jetzt ärgerst du dich, dass du nicht mit nach Wangerooge gefahren bist.«

»Ja. Ich ärgere mich tierisch darüber. Stattdessen habe ich mich mit Pizza überfressen und dann zur Verdauung zwei Doornkaat getrunken, und wenn ich eines nicht mag, dann Doornkaat.«

Sie ersparte sich die Frage, warum er ihn getrunken hatte. Manchmal neigte Weller zu Selbstbestrafungen.

In der Ferienwohnung waren Ann Kathrin deutlich zu viele Leute. Rupert. Jessi. Drei Kriminaltechniker. Staatsanwältin Meta Jessen, die vor zwei Wochen zur Oberstaatsanwältin geworden war und die aus Ann Kathrins Sicht unpassend hohe Stöckelabsätze trug, die Klack-Klack-Geräusche verursachten. Florian Pintes, immer noch barfuß und in Unterwäsche. Schrader, der in seinen Zähnen pulte. Holger Bloem stand am Fenster und telefonierte mit seiner Redaktion. Dazu noch die Leiche …

Ann Kathrin ging in die Küche. Hier war im Moment der ruhigste Ort. Sie stand in der Mitte, ohne irgendetwas zu berühren, und drehte sich ganz langsam, Zentimeter für Zentimeter um dreihundertsechzig Grad. Dabei tastete sie mit Blicken die Kücheneinrichtung ab, als wolle sie sie einscannen.

Weller beobachtete mehr Ann Kathrin, als dass er sich in der Wohnung umsah. Er hatte sie schon oft zu Tatorten begleitet und fragte sich jedes Mal, was da gerade in ihr vorging. Sie registrierte Sachen, die andere, auch er selbst, nicht zur Kenntnis nahmen, und daraus folgerte sie später Zusammenhänge, die alle anderen übersehen hatten.

Zu gern hätte er das von ihr gelernt. Es gab dazu keine Theorie. Die hätte sie ihm längst verraten. Es war nicht wissenschaftlich überprüfbar. Für ihn war es, als würde sie einen

Sinn aktivieren, den andere nicht hatten. Eine gute Ermittlerin musste vielleicht so etwas wie eine Spürnase haben. Jedenfalls hatte sie jetzt alle Sensoren ausgefahren.

Er wusste, dass sie später, wenn alle anderen den Tatort verlassen hatten, hierher zurückkehren würde, um in der Wohnung allein zu sein. Um keinen störenden Energien oder Tönen ausgesetzt zu sein.

Jetzt bewegte sie sich auf den Herd zu und sagte ruhig: »Haben die KTU-ler sich hier umgesehen?«

Weller zuckte mit den Schultern. »Sieht nicht so aus.«

Rupert, der Ann Kathrins Frage gehört hatte, rief durch die offene Tür: »Der Tatort ist da drüben, Frau Kommissarin! Frau Ziegler wurde in ihrem Bett ermordet!«

Rupert hätte gern noch mehr gesagt. Das tat er aber nicht. Er grinste in sich hinein. In der Tiefe seiner Seele war er davon überzeugt, dass Frauen eigentlich in die Küche oder ins Schlafzimmer gehörten, und er fand es ganz passend, dass Ann Kathrin sich nun in der Küche aufhielt. Das sagte er aber nicht, weil er wusste, dass er sich damit eine Menge Ärger einhandeln könnte.

»Der Täter«, sagte Ann Kathrin, »hat sich hier noch irgendetwas gebraten. Ich glaube, er hat die Pfanne berührt. Am Griff sind Blutspuren.«

Rupert versuchte, die Abkürzung zu nehmen. Statt Indizienbeweise aufzubauen, fragte er einfach den Tatverdächtigen Pintes: »Na komm, raus mit der Sprache. Hast du dir nach der Tat noch ein paar Eier in die Pfanne gehauen?«

»Nein, verdammt! Sie hat uns Spaghetti mit Flusskrebsen gemacht.«

Rupert verschränkte die Arme vor der Brust: »Ach? Das ist ja interessant. Ich denke, du hast bei deinem Kollegen Wollenweber übernachtet?«

»Ja, hab ich auch. Das war aber danach. Also, sie hat uns vorher Spaghetti gemacht ...«

Ann Kathrin sah sich den Topf auf der Spüle an. Ja, darin waren zweifellos Spaghetti gekocht worden. Es klebten noch zwei fest. Auch an dem Sieb in der Spüle waren Pastaspuren zu finden. Eine rote Soße, in der Flusskrebsfleisch schwamm, stand neben der Pfanne auf dem Herd.

Die Spuren am Pfannengriff konnten auch daher stammen, deswegen forderte Ann Kathrin ein zweites Mal, die KTU-Leute sollten sich bitte die Küche vornehmen. Schon per Augenschein entdeckte sie am Boden ein paar Blutspritzer. So, wie sie verteilt waren, konnte es möglich sein, dass sie dem Täter einfach von der Hand getropft waren.

Ann Kathrin betrachtete jetzt den Kühlschrank. Falls der Täter ihn geöffnet hatte, müssten sich ihrer Meinung nach auch daran Blutspuren feststellen lassen. Rein per Augenschein gelang ihr das nicht.

Rupert schielte in den Raum, sah, mit welcher Konzentration Ann Kathrin den Kühlschrank betrachtete, und fragte Florian Pintes: »Na, komm, raus mit der Sprache. Das verstehen wir doch. Danach hast du den Kühlschrank aufgemacht und auf den Schrecken einen Schnaps genommen. Stimmt's?«

»Nein, verdammt!«

»Also, ich hätte das getan. Ich meine, all das Blut, all die Aufregung. Da will man doch erst mal runterkommen.«

Oberstaatsanwältin Meta Jessen bat Rupert, sich zu mäßigen und seine Worte klüger abzuwägen: »Sie reden geradezu so, als sei Mord ein alltägliches Ereignis, mit dem wir alle ständig umgehen.«

»Ja«, konterte Rupert, »so ist das, wenn man bei der Mordkommission arbeitet. Wir sind ja hier nicht beim Einbruchsdezernat.«

»Aber«, schlug Ann Kathrin vor, »wir sollten die Kollegen durchaus zu Rate ziehen.«

»Wieso das denn?«

Ruperts Frage war Ann Kathrin zu blöd. Darauf gab sie nicht mal eine Antwort. Sie verließ jetzt die Küche, sah sich die Leiche an und nickte Holger Bloem zu, der durch die gläserne Balkontür die Leute draußen auf der Straße fotografierte.

Das kann nützlich sein, dachte Ann Kathrin, bat dann aber trotzdem Schrader und Jessi, runterzugehen und die Personalien von allen aufzunehmen, die sich da unten aufhielten.

»Ja«, kommentierte Rupert in Jessis Richtung, als müsse er den Auftrag für sie konkretisieren, »frag mal, ob jemand etwas beobachtet hat.«

»Wir brauchen die Namen aller, die da unten stehen. Und ladungsfähige Adressen dazu«, ergänzte Ann Kathrin.

Jessi sah sie fragend an, und Ann Kathrin erklärte: »Es kommt oft vor, dass Täter die Nähe zur Tat suchen, weil sie selbst nicht glauben können, was sie gemacht haben, oder weil sie sehen wollen, wie die anderen Menschen darauf reagieren. Gerade bei Mord findet man den Täter oft in unmittelbarer Tatortnähe. Unter den Zuschauern oder auch angeblichen Zeugen.«

»Ich habe vorsichtshalber schon mal alle fotografiert«, sagte Holger Bloem und erntete dafür von Ann Kathrin einen anerkennenden Blick.

Rupert protestierte: »Was soll das denn? Wir haben den Täter doch! Der Fall ist so gut wie geklärt. Gib mir noch zwei Stunden, und wir haben ein Geständnis.« In Florian Pintes' Richtung fuhr er lauter fort: »Jedes Leugnen ist doch sinnlos. Die Indizienkette ist erdrückend.«

»So?«, fragte Ann Kathrin.

»Muss ich dir das wirklich erklären? Sie sind in Streit geraten, er hat sie in äußerster Wut erstochen und uns dann angerufen.«

»Das stimmt nicht!«, schrie Pintes. »Ich ...«

»Gib dem Mann was Vernünftiges anzuziehen, verdammt!«, schimpfte Ann Kathrin. Dann wandte sie sich an Rupert: »Und wo ist die Tatwaffe?«

»Ja, äh, also ... keine Ahnung.«

»Das ist nicht die Antwort, die wir in die Akten schreiben können.«

»Na ja, vielleicht hat er sie verschwinden lassen. Ins Meer geworfen oder so.«

»Ich dachte, er hat uns nach der Tat angerufen und hier auf uns gewartet? Ist er also erst noch zum Meer gefahren?«

Rupert geriet sofort ins Schwimmen. »Hm, oder er hat das Messer abgespült, und es steckt jetzt irgendwo zwischen den anderen Küchenmessern, sieht ganz harmlos aus, ist aber eine Tatwaffe ...«

»Ja«, sagte Ann Kathrin, »kann alles sein. Aber jetzt nehmen wir die Personalien von allen auf, die da unten stehen.«

Jessi und Schrader kamen Ann Kathrins Anweisung sofort nach.

Rupert war die Leitung des Ganzen durch Ann Kathrins Erscheinen aus der Hand genommen worden. Das ärgerte ihn.

Weller ging noch einmal in die Küche und sah sich dort in Ruhe um. Kochen gehörte zu seinen liebsten Hobbys, und er fragte sich, wozu man eine Pfanne brauchte, wenn man Spaghetti mit Flusskrebsen in Tomatensoße zubereitete. Die Tomatensoße und das Krebsfleisch waren in einem kleinen Topf heiß gemacht worden, die Spaghetti in einem großen. Wozu die Pfanne?

Am liebsten hätte er von der Soße probiert. Er fand als

Gourmet, dass die Tomatensoße viel zu dominant war und den Geschmack des zarten Flusskrebsfleisches erschlug.

Er zog sein Schweizer Offiziersmesser aus der Tasche, klappte die Klinge heraus und nahm eine Spitze von der roten Soße. Ja, es war genau, wie er vermutet hatte.

Oberstaatsanwältin Meta Jessen beobachtete ihn und fragte: »Haben Sie gerade wirklich von der Soße probiert?«

Weller hörte die Empörung in ihrer Frage, verstand sie aber nicht. »Ja, wenn Sie mich fragen, also, kochen konnte die nicht. Die Soße ist viel zu dick, außerdem überwürzt. Das Chili öffnet nicht die Geschmacksknospen, sondern macht alles zu einem scharfen Etwas. Statt Flusskrebsen hätte sie genauso gut Pferdefleisch verwenden können. Die Flusskrebse sind praktisch in der Soße ertränkt worden, also, wenn sie nicht schon vorher tot gewesen wären ... Ich sehe hier keine Schalen, ich wette, die haben einfach tiefgekühlte Flusskrebsschwänzchen gekauft. Also, wenn ich Spaghetti mit Flusskrebsen mache, dann koche ich eine klare Brühe aus Gemüse, Weißwein und Wasser. Aus den Krebsschalen bereite ich einen Fond. Natürlich koche ich die Krebse mit den Schalen. Ich gare die Spaghetti auch nicht einfach in Wasser, sondern natürlich in dem Krebsfond. Und zum Schluss gebe ich dann ...«

»Ich glaub es nicht! Ist das hier ein Kochkurs?«, fragte Meta Jessen. Ihr letzter Freund hatte sie angeblich verlassen, weil sie weder gut kochen konnte noch überhaupt in der Lage war, ein vernünftiges Essen zu genießen. Sie zählte ständig Kalorien, probierte Diäten aus und ließ immer irgendetwas weg. Mal kein Weizen, dann keine Milch. Lust, Leidenschaft und Geschmack blieben dabei einfach auf der Strecke.

Sie war allerdings sicher, dass ihr Freund sie verlassen hatte, weil er ein Typ war, der nur bewundert werden wollte, und jetzt hatte er endlich eine Frau gefunden, die ihn ständig bewunderte, und sei es nur, weil ihm ein guter Blumenkohlauflauf gelungen war.

»Ich habe mal«, fuhr Weller fort, »eine Komödie von Louis Malle gesehen, mit Michel Piccoli. Piccoli fing darin Flusskrebse. Er stieg ins Wasser, und als er wieder rauskam, hatten sich viele Krebse an ihm festgebissen. Sie hingen an seinen Fingern, an seiner Hose, er musste sie nur noch abpflücken. Keine Ahnung, ob das wirklich so geht. Ich habe nie Flusskrebse gefangen. Schade eigentlich. Ich kaufe sie immer nur bei …«

Oberstaatsanwältin Jessen verzog den Mund. »Sie finden bestimmt jemanden, den das interessiert. Ich bin die falsche Person für solche Anekdoten. Wir haben hier einen Mordfall aufzuklären und …«

Ann Kathrin untersuchte die Tür. Das Schloss hing schräg im Holzrahmen.

»Die hat jemand gewaltsam geöffnet«, stellte sie fest.

»Ja«, bestätigte Rupert.

»Warum bleibt sie im Bett liegen, wenn jemand die Tür aufbricht? Sie hätte auf den Balkon fliehen können, um Hilfe rufen, sich bewaffnen oder …« sagte Ann Kathrin.

»Ich denke, nachdem er sie umgebracht hat, hat er sich noch einmal kurz gegen die Tür geworfen, um es wie einen Einbruch aussehen zu lassen. Die Kollegen haben schon die Spuren gesichert«, sagte Rupert.

Ann Kathrin hatte genug gesehen. Sie beschloss, wiederzukommen, wenn die Wohnung geräumt und versiegelt war. Sie bat, Florian Pintes ins Präsidium zu bringen, sie wolle ihn direkt verhören. An Rupert gewandt fragte sie: »Hat sich bereits ein Arzt um ihn gekümmert?«

Rupert grinste verständnislos: »Der soll sich nicht so anstellen …«

Kommentarlos verließ Ann Kathrin das Haus.

Draußen sprach Jessi gerade mit Uwe Hartmann, der doppelt so breit war wie sie und sie auch um zwei Köpfe überragte.

Seit gut einer Viertelstunde saßen sich Ann Kathrin Klaasen und Florian Pintes am Tisch in der Polizeiinspektion gegenüber. Jeder von ihnen hielt einen Kaffeebecher in der Hand. Mit fast synchronen Bewegungen nippten sie ab und zu daran. Sie sprachen nicht und sahen von weitem aus wie ein Pärchen, das sich nichts mehr zu sagen hatte, aber jeder von ihnen bebte innerlich vor Wut auf den anderen.

Manchmal setzte Ann Kathrin im Verhörraum Schweigen als wichtiges Mittel ein, andere zum Reden zu bringen. Sie war keine Freundin von zu vielen bohrenden Fragen. Zumindest nicht in dieser Phase des Verhörs, das sie noch Gespräch nannte.

Manche Menschen konnten es nicht ertragen, schweigend mit einem anderen in einem Raum zu sein. Sie gerieten geradezu unter Erzählzwang, um die Stille mit Worten zu füllen. Manchmal hatten sich schon ganze Wasserfälle von scheinbar zusammenhanglosen, sinnlosen Sätzen über Ann Kathrin ergossen. Wenn sie lange genug darin fischte, fand sie aber oft die Wahrheit, verborgen hinter vielen Worthülsen.

Sie sah nicht auf die Uhr. Sie hatte Zeit. Die meisten Menschen, das wusste sie, hatten ein Bedürfnis, zu reden. Besonders, wenn sie gerade etwas Schreckliches erlebt hatten.

Hinter der Glasscheibe standen sowohl Oberstaatsanwältin Meta Jessen als auch Rupert und Kripochef Martin Büscher. Weller machte gerade seine Runde bei den Nachbarn und befragte Touristen, die in der Nähe Ferienwohnungen hatten.

Auch den Wohnwagen von Gerd Wollenweber hatte Weller inzwischen ausfindig gemacht.

»Spielen die da Mikado, oder was?«, fragte Rupert. »Wer sich zuerst bewegt, hat verloren?« Er stupste Büscher an. »Lass mich da reingehen. Ich hatte den Typen schon fast so weit. Dann kam sie dazwischen.«

Büscher antwortete nicht. Er sah einfach nur durch die Glasscheibe. Er spürte, dass es gleich losgehen würde, und wurde nicht enttäuscht.

Mit belegter Stimme sagte Pintes: »Wir haben uns schrecklich gestritten. Sabine hat mich rausgeschmissen, richtig rausgeschmissen! Und dann ist sie auf den Balkon gestürmt und hat mir meine Sachen hinterhergeworfen. Sie hat mir ein Buch an den Kopf geschmissen, Hardcover«, er deutete auf die Wunde, »einen Schlüsselbund und …« er winkte ab.

»Ich dachte, Sie seien auf dem Parkplatz vom Ocean Wave verprügelt worden«, hakte Ann Kathrin ein.

»Ja, das bin ich auch. Das kam ja noch dazu.«

Rupert feixte: »Ja, muss ein Scheißtag für ihn gewesen sein.«

Da Florian Pintes jetzt wieder schwieg, versuchte Ann Kathrin, die Situation zu rekonstruieren: »Sie haben sich also gestritten, und Sabine Ziegler hat Ihnen die Sachen hinterhergeworfen.«

»Ja. Vom Balkon aus.«

»Und dann?«

»Dann bin ich erst so rumgerannt. Ich wollte im Auto schlafen, aber dann bin ich zu meinem Kumpel Wolli.«

»Der mit dem Wohnwagen?«

»Ja.«

»Wann sind Sie wieder in die Wohnung zurückgekommen?«

»Keine Ahnung.«

»War die Sonne schon aufgegangen?«

»Ja klar. Ich habe Sabine gefunden und kurz danach auch schon die Polizei angerufen.«

»Ich versuche, mir das gerade so vorzustellen«, sagte Ann Kathrin. »Sie haben einen schrecklichen Streit, Ihre Partnerin schmeißt Sie raus, dann stürmt sie auf den Balkon und wirft Ihnen Ihre Sachen hinterher. Dabei hat sie vermutlich laut geschimpft.«

»Ja, wie ein Rohrspatz.«

»Wissen Sie, was mich an Ihrer Aussage stört? Die Art der Bekleidung.«

Er zupfte an seinem Hemd. »Wieso, ich …«

»Nicht Ihre Bekleidung. Die Ihrer Freundin. In der Öffentlichkeit laufen Frauen normalerweise nicht gerne so herum. Sie war auch eher für eine Liebesnacht gekleidet als für einen großen Familienkrach … Ich kenne nicht viele Frauen, die in solchen Dessous auf den Balkon laufen und besonders viel Krach machen, damit sie von überall gesehen werden.«

Pintes begann zu stottern: »D … d … das war ja auch überhaupt nicht so. Sie hatte so ein Nachthemd an, also, im Grunde so ein langes T-Shirt, mit so einem dämlichen Spruch drauf, dass Frauen zu Hexen werden, wenn man sie ärgert, oder so ähnlich.«

»Sehen Sie, das glaube ich schon eher. Aber dann muss sich Frau Ziegler ja nach dem Streit und nachdem sie Sie rausgeschmissen hatte, umgezogen haben.«

Er schluckte, stellte den Kaffeebecher hart ab und nickte.

»Hat sie Sie vielleicht rausgeschmissen, weil sie inzwischen eine andere Beziehung hat? Hat sie auf einen Lover gewartet? Hatte sie irgendeine Affäre? Wenn Frauen alleine schlafen gehen, ziehen sie sich nicht so an …«

»Nein, das war nicht so! Ich nehme an, sie hat damit gerechnet, dass ich wiederkomme.«

»Ach, sie schmeißt Sie raus, wirft Ihnen alle möglichen Sachen an den Kopf und zieht sich dann scharfe Dessous an, weil sie damit rechnet, dass Sie wiederkommen? War das so eine Art Spiel zwischen Ihnen?«

»Nein, verdammt, das war es nicht! Aber …« Er bewegte sich, als würde er sich unwohl in seiner Kleidung fühlen, als würde seine Haut jucken oder sein Hemd zu eng werden. »Wir haben uns in letzter Zeit öfter gestritten. Verdammt, welches Pärchen zankt sich denn nie? Ist es zwischen Ihnen und Ihrem Mann denn immer harmonisch?«

»Wir sind hier nicht Thema. Es geht um Sie und die Tote.«

Er druckste herum. »Na ja, wir waren beide sehr temperamentvoll, und manchmal, dann … dann gingen so richtig die Pferde mit uns durch, und wir haben uns gezankt wie die Kesselflicker. Aber ich bin dann immer abgehauen, oder sie hat mich rausgeschmissen, wie Sie wollen. Ich bin ein paar Stunden um den Block, hab ein paar Bierchen getrunken, und wenn ich dann wiederkam … ja, verdammt, dann hatten wir meistens Versöhnungssex. Ziemlich wild und toll. Besser als sonst im ganz normalen Alltag.«

Ann Kathrin ließ das Wort langsam auf der Zunge zergehen: »Versöhnungssex …«

»Ja. Das ist ja wohl nicht strafbar. Hatten Sie so was noch nie?«

»Okay, nehmen wir mal an, es ist genau so, wie Sie sagen. Warum liegt sie dann jetzt tot im Bett?«

Er schlug mit der flachen Hand auf die Tischplatte. »Keine Ahnung! Finden Sie es heraus. Ich war es jedenfalls nicht!«

»Ich würde Ihnen gerne glauben«, sagte Ann Kathrin. »Aber hier ist etwas, das macht mich stutzig.«

»Ja? Was denn, verdammt?« Er sprang auf. Der Stuhl fiel um. Pintes brüllte: »Ich hab keine Lust mehr, mit dir zu reden!

Ich sag dir gar nichts mehr, du dusselige Polizistenschlampe! Ich will endlich meinen Anwalt sprechen, verdammt nochmal!«

Ann Kathrin blieb ganz ruhig sitzen. »Genau das meinte ich. Sie sind als Choleriker bekannt. Sie sind gegen frühere Partnerinnen gewalttätig geworden. Einiges davon ist aktenkundig.«

Er holte tief Luft, versuchte, sich zu mäßigen, schaffte es aber nicht und brüllte: »Ich lasse mir das nicht von Ihnen unterstellen! Sie wollen mir was anhängen! Aber da sind Sie bei mir an den Falschen geraten! Mit mir nicht!«

Es kostete ihn große Mühe, sich wieder zu setzen. Er ballte beide Fäuste, dass seine Hände zitterten.

Ann Kathrin sprach leise, ja verständnisvoll: »Solange Sie sich im Griff haben, sind Sie ein ganz reizender, charmanter Kerl, stimmt's? Aber manchmal rasten Sie eben einfach aus. Dann gehen die Pferde mit Ihnen durch. Jetzt sind Sie zum Beispiel kurz davor. Haben Sie dann Phantasien? Würden Sie mich gerne würgen? Schlagen?«

»Ja, verdammt, das würde ich gerne! Aber ich tu's nicht! Die Gedanken sind frei. Vorstellen darf ich mir, was immer ich möchte. Wenn es mir Spaß macht, kann ich mir vorstellen, Sie nackt über den Deich zu jagen, mit einer Peitsche hinter Ihnen herzulaufen und …«

Ann Kathrin warf einen Blick zum Fenster, als könne sie hindurchgucken.

»Wollen Sie nicht rein?« fragte Oberstaatsanwältin Jessen. Büscher winkte ab: »Die kommt schon alleine klar. Wir würden da jetzt nur stören. Sie provoziert ihn, will alles aus ihm herausholen.«

»Im Grunde«, kommentierte Rupert, »war das doch ein Geständnis. Ich weiß gar nicht, was das ganze Theater jetzt noch soll. Wir haben ihn. Wir brauchen sein Scheißgeständnis nicht mal. Wenn er sich so vor dem Richter gebärdet, ist er sowieso geliefert.«

»Beweise. Wir brauchen Beweise«, forderte Meta Jessen.

»Beweise? Ich hab doch Augen im Kopf!«, konterte Rupert hart und zeigte auf die Glasscheibe. »Sollen wir ihm ein Messer geben, damit er Ann Kathrin genauso zurichtet wie Frau Ziegler, und wir schauen uns das Ganze von hier aus an? Ist das dann Beweis genug? Das ist doch eine ganz typische Karriere. Erst verprügeln sie ihre Freundinnen, später ihre Frauen, und irgendwann hauen sie mal zu feste zu. Wenn Sie und Ihre Kollegen nicht immer so verständnisvoll mit diesen Drecksäcken umgehen würden, säßen einige dieser Gestalten im Knast, und ihre Opfer würden auf Malle im Bikini Urlaub machen, statt auf dem Friedhof zu liegen.«

Büscher hatte das Gefühl, sich jetzt schützend vor die Oberstaatsanwältin stellen zu müssen. Er forderte Rupert auf: »Halt endlich die Fresse!«

Rupert drehte den beiden den Rücken zu. »Ach, ist doch wahr!«, grummelte er.

Uwe Hartmann zeigte Jessi Fotos auf seinem Display. Es waren immer verschiedene Vögel – im Flug, beim Nestbau, beim Streit um Futter. Er konnte zu jedem Bild eine Geschichte erzählen, wusste zu jedem Vogel etwas über Brut- und Flugverhalten. Einige Arten waren bedroht, andere nicht. Er teilte sein Wissen gerne mit.

Jessi versuchte, auf das Wesentliche zurückzukommen: »Sie haben also gesehen, wie eine Frau dort oben vom Balkon Sachen nach unten geworfen hat?«

»Ja, das habe ich Ihnen doch schon zweimal erzählt. Ein

Buch hat sie ihm an den Kopf gepfeffert. Ich glaube, die hat richtig gezielt. Die wollte ihn treffen, wollte ihm weh tun. Dann kamen ein Paar Schuhe, eine Hose … Ich war ganz fasziniert. Man erlebt ja viel, wenn man so auf der Vogelpirsch ist.«

»Wie spät war es?«

»Sehen Sie doch, man kann es auf den Fotos erkennen. Ich habe einen Brachvogel verfolgt und auch dreimal abgeschossen. Einmal um zweiundzwanzig Uhr vierzehn, dann um zweiundzwanzig Uhr fünfzehn. Hier ist es doch in der digitalen Anzeige.«

»Also zwischen zehn und elf Uhr?«, fragte Jessi nach.

»Ja. Die Frau hatte so ein knielanges T-Shirt an.« Er lachte. »Darauf stand: »*Wenn man uns die Flügel bricht, fliegen wir auf einem Besen weiter.* Das habe ich mir gemerkt, weil ich es so originell fand. Vor allem in dieser Situation.«

»Haben Sie ein Foto davon gemacht?«

»Ich bin kein Spanner. Ich fotografiere keine Menschen. Schon mal gar nicht in peinlichen Situationen. Ich sagte doch schon, ich war hinter dem Brachvogel her. Aber als ich dann hier die Polizeiwagen sah, das Blaulicht und den ganzen Aufwand, da dachte ich, ich muss Ihnen das erzählen.«

»O ja. Das ist für uns eine wichtige Aussage. Falls Sie aber ein Foto hätten, wäre das natürlich noch toller.«

»Junge Frau, ich weiß nicht mal, ob das legal wäre. Aber ich habe wirklich keins. Sie können gerne meine Speicherkarte bekommen und es selbst überprüfen. Löschen Sie nur nicht die schönen Tieraufnahmen …«

Jessi wusste nicht, ob sie die Karte an sich nehmen sollte oder nicht. Sie fragte Schrader. Der war der Meinung: »Sicherstellen ist immer richtig. Gib ihm aber eine Quittung.«

Er nahm nicht den doppelrümpfigen Hightech-Katamaran. Das Ding war ihm einfach zu schnell. Er befürchtete, sich dann übergeben zu müssen. Stattdessen nahm er die *MS Ostfriesland*. Hinter ihm unterhielten sich zwei Männer darüber, dass es bisher in Europa keine vergleichbare Fähre gäbe. Dies hier sei die umweltfreundlichste Art, das Meer zu überqueren. Statt Schiffsdiesel würde die *MS Ostfriesland* mit Flüssiggas fahren.

Ihm war das alles völlig egal. Er suchte Abstand zu den Männern, wollte sich von ihren Worten nicht erreichen lassen, ja, er hatte Angst, dass sie versuchen würden, ihn in ein Gespräch zu ziehen. Er hatte mit sich selbst genug zu tun. Er war wütend und enttäuscht. Ja, er fühlte sich regelrecht betrogen. Es war, als hätte er Sabine Ziegler umsonst getötet.

Er hatte sie so lange beobachtet ... Und in seiner Phantasie war alles ganz anders gewesen. Schöner. Erhebender. Bedeutsamer.

Jetzt war ihm einfach nur schlecht. Er musste ständig aufstoßen, fühlte sich, als hätte er verdorbenen Fisch verspeist. Dabei mochte er Matjes kurz vor dem Verfallsdatum am liebsten. Er hatte eine feine Nase. Im Kino fand er manchmal die Gerüche um sich herum spannender als den Film.

Er hatte seinen Wagen in Emden stehen lassen. Jetzt wollte er auf dem Außendeck die Meeresluft einatmen und in die Weite schauen, während sich die Fähre langsam der Insel näherte. So eine Überfahrt konnte für ihn gar nicht langsam genug sein. Er genoss jede Minute. Er liebte Fähren.

Er wusste nicht, ob seine Luftröhre so brannte oder seine Speiseröhre. Es war wie Feuer im Hals. Wenn er die kühle Luft einsaugte, ging es ein bisschen besser. Er wollte Eis essen. Am liebsten eine Riesenportion. Dazu musste er unter Deck.

Er schob sich die blaue Baumwollmütze aus der Stirn. Vor ihm stand eine Schlange. Obwohl sie alle dicht zusammenstanden, ein Reiseziel hatten und auch vom Alter her gut zusammengepasst hätten – alle zwischen zwanzig und höchstens dreißig Jahre alt –, kam ihm jeder Einzelne merkwürdig vereinsamt vor. Die Generation mit den gesenkten Köpfen. Jeder starrte auf den Bildschirm seines Handys.

Der junge Mann, der gerade dran war, merkte noch gar nicht, dass die Servicekraft auf seine Bestellung wartete. Stattdessen pflegte er seine Facebook-Seite und beschwerte sich gerade darüber, dass er in einer endlosen Warteschlange stand und es überhaupt nicht vorwärtsginge.

Die kurzhaarige Frau hinter der Theke mit dem Sonnenbrand auf der Nase nahm es gelassen und lachte ihn an: »Wollen Sie mir Ihre Bestellung auf meine Facebook-Seite posten oder mir eine persönliche Nachricht schicken? Sie könnten mir allerdings auch direkt sagen, was Sie haben wollen.«

»Häh? Was? Ja, also … ach so, ich bin schon dran. Ja, also, ich hätte gerne 'ne Latte.«

»Wer nicht?«, feixte ein breitschultriger Bodybuilder mit Jesuslatschen in kurzen Hosen hinter ihm. Ein paar Leute kicherten.

Ihn machte das alles traurig. Er konnte über solche Scherze nicht lachen. Er fühlte sich mal wieder nicht zugehörig. Unverstanden. Ausgeschlossen. Wie ein Alien, das sich verstecken musste, um nicht von den Menschen gejagt zu werden.

Er hatte Mühe, nicht wegzulaufen. Er wollte so gerne ein Eis. Er zwang sich, in der Reihe stehen zu bleiben und Schritt für Schritt vorwärtszugehen.

Als er endlich dran war, war es, als würde der Blick der jungen Bedienung sein Gehirn lähmen, jeden Gedanken aus seinem Kopf jagen und ihn zum Idioten machen. Er schaffte es, die Worte »Ein Eis. Ich hätte gerne ein Eis« zu stammeln. Er kam sich dumm vor. Peinlich.

Er zeigte auf die Sorte, die er gerne hätte, als müsse er befürchten, das Wort falsch auszusprechen. Ja, er fühlte sich wirklich als Fremder. Dieser Kultur nicht zugehörig.

Sie bot ihm ein Eis am Stiel an und hielt auch noch einen Becher hoch. Seine Hinweise waren für sie wohl nicht eindeutig genug gewesen.

Er nahm einfach beides und legte einen Zehn-Euro-Schein auf den Tisch. Er nahm kein Wechselgeld. Er gab auch nicht wirklich Trinkgeld. Er floh, als sei dieser Verkaufsstand hier für ihn geradezu lebensgefährlich geworden.

Das Eis kühlte das Feuer auf der Zunge und den Brand im Hals. In seinen Zähnen flackerte ein kurzer Schmerz auf. Irgendwo musste ein Loch sein oder ein sehr empfindlicher Zahnhals. Er kannte das. Alles, was kalt oder heiß war, bereitete ihm manchmal zuckende Schmerzen.

Er lief die Treppen hoch und suchte oben an Deck eine Stelle, wo er so weit wie möglich alleine war. So war es früher oft gewesen. Einerseits hatte er große Sehnsucht danach, mit dazuzugehören, andererseits kapselte er sich ab.

Die Menschen kamen ihm näher, als er wollte, und der Wind sorgte dafür, dass er genügend von ihren Gesprächsfetzen mitbekam. Jeder hatte einen anderen Grund, nach Borkum zu fahren, und die Menschen erzählten es sich voller Freude.

Einer hatte die Insel schon als Dreijähriger mit seinen Eltern kennengelernt. Seine Eltern lebten inzwischen nicht mehr, aber jetzt fuhr er mit seinen Kindern dorthin. Borkum sei für ihn so etwas wie sein zweites Zuhause geworden, tönte er.

Ein anderer wollte seine Freundin besuchen, die schon seit einer Woche auf der Insel sei. Auch, wenn er sich bemühte, cool auszusehen, klang seine Stimme rasend eifersüchtig.

Er löffelte jetzt den Becher aus. Der Schmerz in den Zähnen tat sogar gut. So spürte er sich wenigstens.

Alle wissen genau, warum sie kommen, dachte er. Sie sind auf der Suche nach einem Partner, Erholung, Spaß, guten Erinnerungen. Sie können es jedem erzählen. Sie sind frei miteinander. Ich dagegen muss schweigen. Nur ich weiß, warum ich komme. Ich werde es noch einmal tun. Und diesmal richtig. Vielleicht war Sabine Ziegler einfach die Falsche gewesen.

Er erinnerte sich an einen Vampirfilm, den er als Jugendlicher im Kino gesehen hatte. Da saugte der Vampir nur Jungfrauen aus. Und wenn er sich mal vertan hatte, ging es ihm schlecht, und er musste sich übergeben.

Er grinste über sich selbst. Er war ganz sicher nicht auf der Suche nach Jungfrauen. Trotzdem, irgendetwas hatte mit Sabine Ziegler nicht gestimmt. So eine Enttäuschung wollte er nicht noch einmal erleben.

Vielleicht wäre es besser gewesen, einen Bogen um sie zu machen. Vielleicht hätte er sich gleich Conny Lauf holen sollen. Sie hatte ihr Profilfoto auf Facebook geändert. Sie saß im Liegestuhl vor *Ria's Beach-Café*, nippte an einem farbigen Drink, der geradezu von innen heraus zu leuchten schien. Der Liegestuhl neben ihr war frei, darauf stand: NIMM JETZT PLATZ HIRSCH.

Conny Lauf trug ein hellblaues Strandkleid, hatte die langen Beine übereinandergeschlagen und strahlte urlaubsselig in die Kamera. Auf der rechten Wade trug sie ein interessantes Tattoo. Es war nur zur Hälfte sichtbar.

Du gehörst mir, Conny Lauf, dachte er. Bald schon gehörst du ganz mir. Wir werden eins werden.

Weller hatte Ann Kathrin zum Tatort begleitet. Als sie unten die Tür öffnete, hatte er sogar noch die Hoffnung, sie könne ihn mit in die Ferienwohnung nehmen und würde ihn dabei zusehen lassen, wie sie sich in den Tatort hineinfühlte. Doch er wusste längst, dass er dabei nur stören konnte.

Mit einem kurzen »Danke, Frank« ließ sie ihn stehen. Dann verschwand sie allein in den Räumen, in denen Sabine Ziegler getötet worden war.

Neben der Treppe stand ein großer, alter Eichenschrank, der nach Wellers Meinung dringend hätte restauriert werden müssen und der jede Arbeitsstunde wert war, die man in ihn investieren würde.

Weller ließ sich neben dem Schrank auf dem Boden nieder. So war er nicht weit weg von Ann Kathrin, er hatte die Tür unten im Auge und die Treppe. Er kam sich vor wie ihr Beschützer. Ja, er wollte ihr all das ermöglichen, was sie für notwendig hielt, und sie dabei gegen die Umwelt abschirmen. Obwohl sie seine Chefin war und das auch manchmal deutlich zeigte, wurde er das Gefühl nicht los, sie beschützen zu müssen. Manchmal kam sie ihm sehr zerbrechlich, sehr verletzlich vor. Dann wieder hart und taff, was ihm Respekt einflößte. Sie hatte mehr Serienkiller zur Strecke gebracht als irgendwer sonst in Deutschland. Und es gab kaum eine Mordkommission, die sie nicht zu gerne abgeworben hätte.

Er hatte sie oft gefragt, was sie allein am Tatort machte. Manchmal hatte er ihr von weitem heimlich zugesehen, zum Beispiel im Lütetsburger Park, als sie sich nackt hinlegte, wie die Leiche. Mit Gruseln erinnerte er sich an einen anderen Fall, als sie nackt durchs Rapsfeld gerobbt war. Diese spektakulären Aktionen von ihr waren der Anlass für viele Mythen und Gerüchte. Meist aber stand sie einfach nur ganz still am Tatort und horchte in sich hinein.

»Wie muss ich mir das vorstellen, Ann?«, hatte er sie gefragt. »Wie macht man das richtig?«

Sie hatte ihn lächelnd angesehen, sein Gesicht gestreichelt und geantwortet: »Ich *mache* gar nichts, Frank. Ich lasse den Ort auf mich wirken. Manchmal ist es, als würde das Geschehen noch in den Wänden festhängen, als sei es in der Umwelt gespeichert. Es gibt Tatorte, die haben eine ganz besondere Magie. Andere nicht.«

Weil er nicht wusste, was er darauf sagen sollte, hatte er ihre Nasenspitze geküsst und ihr versichert: »Ich liebe dich, Ann.«

Jetzt saß er hier unten im Schatten und hörte über sich ihre Schritte. In seiner rechten Jackentasche steckte ein dünner Kriminalroman von Friedrich Dürrenmatt. Er hatte sich das Taschenbuch gerade erst gekauft. Das hier konnte viele Stunden dauern. Es wäre nicht das erste Mal, dass er die Taschenlampe seines Handys benutzte, um einen Roman lesen zu können, während er auf Ann Kathrin wartete.

Sie hatte ihm einen beleuchteten E-Book-Reader geschenkt, aber E-Books waren irgendwie nicht sein Ding. Er musste Papier in Händen halten, wollte Leim riechen und die Druckerschwärze.

Er stellte sich die Wohnung oben vor. Er kannte sie gut von innen und wusste jetzt genau, wo Ann Kathrin sich befand. Ihre Schritte, das Knarren des Holzbodens, verrieten ihren genauen Standort.

Langsam wurde es dunkel. Die letzten Sonnenstrahlen tauchten Norddeich in mildes Licht. Da war ein rosa Flimmern am Himmel. Er stellte sich vor, wie es jetzt wäre, am Deich zu sein und den Sonnenuntergang zu beobachten.

Ann Kathrin suchte die Tatorte gern allein auf, wenn es dunkel wurde, meist kurz vor Sonnenuntergang, als würden dann die Geister geweckt werden.

Er erschrak über seine eigenen Gedanken. Hoffentlich

tauchte so etwas nie in einem Bericht auf. Manchmal taten sie Dinge, die zum richtigen Ergebnis führten, wussten aber selbst nicht genau, warum. Gefühlsmäßige Entscheidungen, für die der Verstand dann Rechtfertigungen suchte, nannte Ann Kathrin Klaasen wie Sigmund Freud *Rationalisierungen.* So viel hatte Weller inzwischen von Ann Kathrin gelernt. Trotzdem war es ihm lieber, wenn das alles unter der Decke blieb.

Er fischte das Taschenbuch aus seiner Jacke und wog es in den Händen, als könne er den Kriminalfall und die Lösung bereits durch Berührung erahnen. Dann lachte er über sich selbst. Nein, so einfach war es doch nicht. Zum Glück. Beim Lesen war eben wirklich der Weg das Ziel.

Friedrich Dürrenmatts *Das Versprechen* nahm ihn sofort gefangen. Die Sprache war merkwürdig schweizerisch, vielleicht für Wellers Gefühl sogar ein bisschen behäbig.

Ein ehemaliger Kommandant der Kantonspolizei Zürich stritt gerade mit einem Schriftsteller über die Handlung in Kriminalromanen. Er behauptete, das alles sei viel zu logisch aufgebaut, wie bei einem Schachspiel. So sei es aber nicht, denn der Wirklichkeit sei mit Logik nur zum Teil beizukommen, da man nie alle Faktoren kenne. Er beschwerte sich darüber, dass wir nach Gesetzen handeln, die auf Wahrscheinlichkeiten und Statistiken beruhen, aber nicht auf Kausalität.

Der Einzelne, las Weller, steht außerhalb der Berechnung.

Weller fragte sich, was Ann Kathrin dazu sagen würde. Er nahm sich vor, ihr ein paar Passagen aus dem Roman vorzulesen. Er hatte ihren vielfach ausgesprochenen Satz im Ohr: *Ich glaube nicht an Zufälle.* Dürrenmatt war da ganz anderer Meinung.

Währenddessen stand Ann Kathrin zwischen der Küche und dem Wohnschlafzimmer, in dem Sabine Ziegler ermordet worden war. Sie atmete ruhig und versuchte, mit allen Sinnen wachsam aufzunehmen. Das Licht hier oben war diffus. Staub flirrte in der Luft. Natürlich wusste sie, dass die Lichtstrahlen von außen hereinfielen. Aber von innen wirkte es, als würden Engel das Licht mit nach draußen nehmen und so die Wohnung Zentimeter für Zentimeter abdunkeln. Nur noch ein kleiner Teil vom Bett, am Fußende, wurde von den letzten Sonnenstrahlen berührt.

Er hatte sie ohne jede Frage im Bett getötet. Aber was war vorher geschehen? Was danach?

Ann Kathrin achtete nicht auf die Uhrzeit. Lediglich die Veränderungen des Lichts deuteten an, dass sie schon lange so stand. Eine Stunde vielleicht.

Sie hatte ihr Gewicht von einem Bein aufs andere verlagert, mehr nicht. Ansonsten war sie ruhig, fast starr, stehen geblieben. Dabei kam sie sich aber durchlässig vor. Sie nahm eine verwirrende Vielfalt von Gerüchen auf. Einige hatten ihre Kollegen hinterlassen. Aber die waren anders, auf eine profane Art alltäglich.

Sie bewegte sich langsam in die Küche. Sie wurde das Gefühl nicht los, dass hier etwas Entscheidendes passiert war. War Frau Ziegler in der Küche vom Mörder überrascht worden? War sie vor ihm geflohen, er hatte sie ins Schlafzimmer verfolgt und dann auf dem Bett niedergestochen?

Es erschien ihr wenig wahrscheinlich. Sabine Ziegler wäre dabei an der Tür vorbeigekommen. Warum war sie aufs Bett geflohen? Warum nicht zur Tür, um rauszurennen? Warum nicht auf den Balkon? War sie im Bett vom Täter überrascht worden? Schlafend? Das sprach eher gegen den Lebensgefährten. Ein Mord im Affekt war es dann auf jeden Fall nicht.

Warum ging jemand, nachdem er eine Frau ermordet hatte, in die Küche? Warum floh er nicht einfach? Oder reinigte den Tatort? Hatte er Durst? Wollte er sich etwas zu essen machen?

Im ersten Laborbericht, den sie schon nach wenigen Stunden vorliegen hatte, waren Blut und Talkum sowohl am Griff der Pfanne als auch am Kühlschrank gefunden worden. Das sprach dafür, dass der Täter Gummihandschuhe getragen hatte. Ihr Freund hätte das nicht nötig gehabt. Dass seine Fingerabdrücke in der ganzen Wohnung waren, wunderte niemanden. Oder hatte er sich danach noch Handschuhe angezogen, um Spuren zu legen, als sei ein Fremder hier gewesen? Wie hatte er die Handschuhe dann weggebracht? Die Handschuhe fehlten. Die Tatwaffe fehlte. Wenn Florian Pintes es gewesen war, musste er die Wohnung noch einmal verlassen und alles beseitigt haben.

Ann Kathrin versuchte, alles, was sie wusste, zu einer Art Drehbuch, zu einem Film, zusammenzusetzen, um Sekunde für Sekunde nachzuempfinden, was hier geschehen war. Es gab viele verschiedene Möglichkeiten, aber nicht alle erschienen ihr schlüssig.

Sie roch an dem Rest Essen, dann an der Pfanne. Was war in dieser Pfanne zubereitet worden? Die Flusskrebse jedenfalls nicht.

Es war jetzt ziemlich dunkel. Sie zündete die Kerze in dem hohen Glas an. Sie hätte sich am liebsten ausgezogen und aufs Bett gelegt, aber der Raum wirkte nicht, als sei die Spurensicherung schon endgültig damit fertig. Die Blutspritzer auf dem Bettlaken sprachen eine deutliche Sprache. Dieser Tatort war zum Glück noch nicht gereinigt worden, und so bald würde diese Ferienwohnung auch kein zweites Mal vermietet werden.

Wenn sie zur Kerze gesehen hat, dachte Ann Kathrin, dann hatte sie Balkon und Fenster im Rücken. Sie sprach es leise aus: »Was ist geschehen, Sabine Ziegler? Was ist wirklich passiert?«

Ann Kathrin spürte ihre Frage wie ein Echo in sich selbst, doch sie erhielt von nirgendwoher eine Antwort.

Weller hörte Männerstimmen. Jemand sagte viel zu laut: »Psst! Leise! Du mit deinem scheiß Raucherhusten.«

»Das ist kein Raucherhusten! Ich hab eine Allergie. Hier fliegt irgendwas …«

»Allergie?! Komm mir bloß nicht so. Zu meiner Zeit gab es so was gar nicht.«

War das Rupert?

»Zu deiner Zeit? Wann soll das denn gewesen sein?«

»Sei ruhig! Wenn sie uns hört, flippt sie aus.«

Weller zog die Beine an und drückte sich gegen die Wand. Er war im Schatten des großen Eichenschranks nicht so leicht auszumachen.

Rupert öffnete unten die Tür und trat ein. Hinter ihm, gebückt, verstohlen nach links und rechts guckend, Schrader.

»Seit ich die Leiche gesehen habe«, flüsterte Rupert, »krieg ich diese Gedanken nicht mehr aus dem Kopf.« Er kicherte. »Ann Kathrin zieht sich ein paar scharfe Fummel an und legt sich ins Bett, um nachzuempfinden, wie es für das Opfer war …«

»Ich weiß nicht, ob das wirklich so eine gute Idee ist, Rupert. Lass uns lieber wieder abhauen. Mir ist ganz mulmig.«

»Was bist du nur für eine Memme, Schrader?«

»Sie wird einen Riesentanz machen, wenn …«

»Ach, was soll schon passieren? Wir gehen hoch, weil wir etwas vergessen haben. Die Peinlichkeit ist doch ganz auf ihrer Seite. Sie wird froh sein, wenn wir nicht darüber reden. Keine Fotos für Facebook machen oder so …«

Rupert knuffte Schrader in die Seite.

»Und wenn sie nicht da ist, sondern Weller?«

»Glaubst du, Weller fährt mit dem Twingo zum Tatort? Nee, nee. Wo diese froschgrüne Schrottkiste parkt, da ist Ann Kathrin nicht weit. Jetzt halt die Fresse, und wir pirschen hoch.«

Sie betraten die ersten Treppenstufen. Sie befanden sich jetzt über Weller.

»Ich möchte nicht in eurer Haut stecken, wenn sie euch erwischt«, sagte Weller hart. Er blieb sitzen, während er ihnen drohte: »Wenn sie euch die Hölle heißmacht, brennt euch der Rock, Jungs, und glaubt mir, sie wird euch …«

Rupert erschrak fürchterlich und suchte sofort eine Ausrede. »Ich … also, ich wollte sagen, wir … haben Ann Kathrins Wagen gesehen. Wir dachten, vielleicht braucht sie Hilfe. Wir wollten ihr …«

»Red keinen Scheiß. Ihr benehmt euch wie die letzten blödsinnigen Spanner!«

Schrader versuchte zu lachen, als sei das nun wirklich ein abwegiger Gedanke. »Aber Frank, du glaubst doch nicht, dass wir …«

»Eure Mütter würden sich für euch schämen, und von euren Frauen will ich jetzt erst gar nicht reden!«, schimpfte Weller.

Rupert kam mit erhobenen Händen die Treppe runter, als würde jemand eine Waffe auf ihn richten. »Das kann doch unter uns bleiben, Frank. Ich meine, du willst ihr doch nicht wirklich sagen …«

»Was soll ich ihr nicht sagen?«

»Na ja, dass wir … Du weißt schon … Herrjeh, was ist schon dabei? Ich meine, alle reden doch darüber. Sie muss es nicht erfahren, oder?«

»Sei ein Kumpel«, mahnte Schrader. »Halte dicht.«

»Okay«, sagte Weller. »Das bleibt unter uns. Und jetzt verzieht euch!«

In dem Moment stieß Ann Kathrin oben die Tür auf und machte das Flurlicht an. Weller sprang auf. Rupert und Schrader standen geblendet da.

Ann Kathrin sah von oben auf die drei Männer herab.

»Verdammt nochmal, so kann ich nicht arbeiten! Was ist das für ein Lärm da unten? Was starrt ihr mich so an?«

»Ach nichts. Ich dachte …«

»Was? Dass ich nackt hier oben herumrenne? Vielleicht sogar in den Dessous?«

Rupert winkte ab. »Ach, Quatsch, Ann Kathrin, wie kommst du denn da drauf?«

Sie hatte keine Lust, sich auch nur eine Sekunde länger damit zu befassen. »Männer!«, sagte sie nur kurz, drehte sich um und verschwand wieder in der Ferienwohnung.

Er hatte sich im Hotel Vier Jahreszeiten einquartiert. Direkt gegenüber hielt die bunte Inselbahn. Hier fanden die großen Abschieds- und Wiedersehensszenen statt. Hier wollte er beim Frühstück draußen sitzen, praktisch zwei Armlängen von den an- und abreisenden Touristen entfernt. Hier konnte er am Leben teilnehmen, ohne verstrickt zu sein. Ein wunderbarer Ort! Einsam inmitten des Trubels. Gab es etwas Schöneres?

Früher wurde er manchmal *Das Auge* genannt, weil er so gern zusah. Ihm gefiel der Spitzname. Besser als *Pommes*, *Babyface* oder *Die Klinge* genannt zu werden.

Die ostfriesischen Inseln stimmten ihn normalerweise sanft, ja, friedlich. Dort gab es eine Magie, die ihn verzauberte. Borkum war irgendwie großstädtischer als Langeoog. Hier konnte er sich ein Taxi bestellen. Auf Langeoog hätte man darüber nur gelacht und es für einen Scherz gehalten.

Zum Glück hatte Conny Lauf eine Ferienwohnung etwas außerhalb gemietet. Sie suchte nicht den Trubel in der Nähe der Strandpromenade. Aber von wegen Einsamkeit, ein paar Bücher lesen, Abstand gewinnen vom Alltagsstress, wieder zu sich selbst kommen. Nein. Das alles war eine Lüge. Er fühlte sich von ihr hereingelegt und hinters Licht geführt.

Das hier war ihre Liebeslaube. Der Mann, mit dem sie sich heimlich traf, hatte wenig mit ihrem Ehemann gemeinsam. Er war so ein Hippietyp, aber einer dieser modernen Hippies, die zwar noch schulterlange, wehende Haare hatten und viel Zeit darauf verwendeten, sie so zu frisieren, dass sie völlig unfrisiert aussahen, die aber ins Fitnessstudio gingen, statt sich auf Rockkonzerten vollzukiffen. Seine gleichmäßige Bräune sah verdächtig nach Sonnenbank aus.

Conny Lauf war also auf so einen Schönling hereingefallen. Er konnte es kaum glauben. Er kannte diesen Typ Mann. Der hatte nur ein Ziel im Leben: so viele Frauen wie möglich flachzulegen.

Eigentlich hatte er sie für intelligenter gehalten. Oder war sie nur mit dem Typen zusammen, um ihrem Mann eins auszuwischen?

Einerseits würde es ihm leichterfallen, sie umzubringen. Es war wie eine Bestrafung, als würde er die Klinge für ihren Mann führen. Andererseits erschwerte dieser Sunnyboy aber alles. Er hatte gehofft, sie allein anzutreffen, mit einem Stapel Bücher, zurückgezogen in ihrer Ferienwohnung. Genauso, wie sie es auf Facebook angekündigt hatte.

Er schlich ums Haus, suchte eine gute Position, um durchs Fenster zu spähen. Klettern konnte er gut. Er kam selbst astlose Baumstämme hoch wie ein Eichhörnchen. Er hatte zu dem Zweck immer zwei Haken dabei, die er benutzte, als seien es seine Krallen.

Er befestigte die Steigeisen an seinen Schuhen. Sie ließen ihn zu etwas anderem werden. Den Menschen überlegen. Ein flinkes Tier. Ein Raubtier, das auf Bäumen lebte und von oben auf die Menschen herabsah.

Der Hippie hatte sein Fahrrad direkt vor der Ferienwohnung an den Gartenzaun gekettet. Die beiden rechneten nicht damit, entdeckt und überrascht zu werden. Sie fühlten sich völlig sicher.

Sobald der Typ verschwunden ist, gehörst du mir, Conny Lauf, dachte er.

Diesmal würde alles besser werden. Die Phantasien, die ihn so sehr beherrschten, würde er jetzt in der Wirklichkeit realisieren können. Endlich!

Es war wie alles im Leben eine Frage der Übung. Der Perfektion. Auch er würde in dem, was er tat, immer besser werden. Ja, das wusste er jetzt ganz genau.

Über ihm war der sternenklare Himmel, und hier oben, auf der dicken Astgabel sitzend, hatte er einen freien Blick in Küche und Schlafzimmer.

Sie wirkte so herrlich lebendig, diese Conny Lauf.

Es wehte ein sanfter Nordwestwind. Er schmeckte die mineralhaltige Luft auf der Zunge wie Kupfer.

Er schob sich die Baumwollmütze vom Kopf und rieb sie mit der linken Hand über seine rechte. Er musste etwas in der Hand haben, etwas, womit seine Finger spielen konnten, wenn er schon kein Messer benutzte, um sie aufzuschneiden.

Die beiden hatten drei Fenster sperrangelweit auf. Sie saßen sich am Küchentisch gegenüber und aßen Bismarckheringe und Bratkartoffeln. Der Typ beugte sich so tief über den Teller, dass seine Haare fast hineinhingen, und baggerte alles gierig in sich hinein.

Sie lehnte sich auf dem Stuhl zurück und sah ihm zu. Wie

um zu zeigen, dass sie hier wohnte und wie locker und lässig doch alles war, legte sie das rechte Bein auf den Tisch.

Dankeschön, dachte er. So konnte er ihr Tattoo sehen. Perfekt.

Der Typ trug ein Hemd, das seine Muskeln gut zur Geltung bringen sollte, und Boxershorts in Jamaika-Farben. Sie ein weißes T-Shirt und einen ebensolchen Slip. Die Situation wirkte postkoital auf ihn.

Es gab Zeiten, dachte er, da rauchte man nach dem Sex eine gemeinsam. Neuerdings gab's Bratkartoffeln.

Durch das offene Fenster konnte er riechen, dass die Kartoffeln mit Speck gebraten worden waren. Keine Butter und kein Olivenöl.

Hau endlich ab, dachte er. Ich will nichts von dir. Ich will nur sie.

Weller wollte seiner Frau nach diesem harten Tag noch etwas Gutes tun. Er schlug vor, ihr die Füße zu massieren. Sie lehnte ab, weil er selber so kaputt aussah, als brauche er etwas, statt etwas zu geben.

»Dann lass uns wenigstens eine gute Flasche Rotwein aufmachen und noch einen Absacker nehmen, Ann ...«

Aber auch das wollte sie nicht. Sie musste es nicht mal sagen. Ihr Gesicht erzählte ihm alles. Am liebsten wäre sie ihn jetzt losgeworden. Er sollte schlafen. Sie wollte weiter arbeiten. Jetzt rumorte der Fall in ihr, und sie konnte kaum noch an etwas anderes denken.

Wenn sie so war, vergaß sie manchmal sich selbst. Dann übernahm er die Verantwortung dafür, dass sie etwas aß oder trank. Es war noch gar nicht lange her, da war ihr plötzlich während der Ermittlungen schlecht geworden, weil sie zu wenig getrunken hatte. Sie roch schon nach Azeton. Seitdem hielt er ihr immer wieder ein Wasserglas hin und erinnerte sie: »Trink etwas, Ann.«

Er brachte sie damit natürlich gegen sich auf. Sie fühlte sich bevormundet. Aber er tat es trotzdem.

»Also, ich trinke jetzt einen Schluck Wein und hau mich mit meinem Krimi ins Bett.«

»Ich habe«, sagte sie und klang abwesend dabei, »einen realen Fall zu lösen.«

Weller gab ihr recht: »Ja, Ann. Ich auch. Aber nicht mehr heute Nacht. Wenn man seine Arbeit gut machen will, muss man auch schlafen, essen, trinken, entspannen. Das alles gehört mit dazu.«

Sie antwortete nicht. Sie saß vor dem Sofa auf dem Boden, hatte ihren Laptop auf den Knien, lehnte sich mit dem Rücken gegen das Sofa und sah sich an, was sie bisher schon an Erkenntnissen gewonnen hatten.

Er hatte Akten aus Papier lieber. Sie im Grunde auch. Aber so ging es einfach schneller.

Die Wunde an Sabine Zieglers Bein war gut drei Millimeter tief und sechs Zentimeter breit. Ann Kathrins Chef Ubbo Heide hatte ihr, genau wie ihr Vater, einen Satz mit ins Berufsleben gegeben. Manchmal wusste sie nicht mehr, wer von beiden es zuerst gesagt hatte: *Im Grunde steht alles in den Akten, Ann. Später, nach der Lösung des Falles, wenn man sie dann noch einmal genau liest, merkt man: Eigentlich wussten wir alles. Wir haben es nur falsch gedeutet.*

Sie sah diese beiden alten Männer vor ihrem geistigen Auge. Dabei wirkte ihr toter Vater genauso lebendig wie Ubbo Heide.

Weller brachte ihr, obwohl sie es nicht wollte, ein Glas Rotwein und stellte es vor ihr auf den Couchtisch, nah an die

Tischkante, so dass der Wein auf ihrer Kopfhöhe sein Bouquet entfaltete.

So eine tiefe Verletzung, dachte sie, ist doch nicht zufällig entstanden. Ist das Messer abgerutscht, durch ihr Bein gesaust?

Für Ann Kathrin sah es aus, als hätte man ein Stück Fleisch in der Größe einer Salamischeibe aus der Haut geschnitten. Sie wusste selbst nicht, wie sie auf Salami kam. Dieses Wort war plötzlich in ihrem Kopf. Vielleicht eine Assoziation, weil sie Hunger hatte. Trotzdem war sie nicht bereit, sich die Zeit zu nehmen, etwas zu essen. Hunger half ihr nicht nur beim Abnehmen, sondern manchmal auch beim Denken.

Sie sah sich Sabine Zieglers Facebook-Seite an. Es gab hundertdreiundachtzig öffentliche Fotos. Eine sportliche junge Frau, beim Tennis, beim Golf. Ein paar Selfies von ihr mit Freundinnen und immer wieder mit Florian Pintes. Ein glückliches Paar, das offensichtlich genug Geld hatte, um fleißig zu verreisen.

Die Karibik. Havanna. Mit ein paar Rastaleuten auf Jamaika. Und immer wieder die ostfriesischen Inseln. Da war der Wasserturm von Langeoog im Hintergrund.

Ann Kathrin klickte durch die Bilder, ohne zu wissen, was sie eigentlich suchte. Sie ließ alles auf sich wirken.

Man brauchte keine richterliche Anordnung, um sich eine Facebook-Seite anzuschauen. Oder?

Sie ging arglos damit um, nahm alle Informationen, die sie finden konnte, auf.

Ein Foto zoomte sie größer heran. Sabine Ziegler im kurzen, weißen Tennisdress. Verschwitzt, völlig konzentriert, mit dem Schläger in der Hand, den Aufschlag der Gegnerin erwartend. Sie hatte eindeutig ein Tattoo am rechten Oberschenkel.

Das war doch die Stelle …

Ann Kathrin sprang auf. Sie stieß dabei gegen die Tischkante. Das Rotweinglas wackelte bedenklich, fiel aber nicht um. Sie warf den Laptop achtlos aufs Sofa. Wie oft hatte Weller ihr gesagt, dass diese Dinger mehr Zartgefühl erforderten als mancher Liebespartner, doch solche Sätze prallten an ihr ab. Für sie waren das alles nur Gebrauchsgegenstände.

Sie stürmte ins Schlafzimmer. Weller lag im Bett. Beide Fenster waren gekippt. Eins schlug jetzt zu.

Neben ihm stand das Rotweinglas. Entweder hatte er gar nichts getrunken oder sich noch einmal eingegossen und war dann eingeschlafen. Der Kriminalroman lag aufgeschlagen auf der Bettdecke.

»Frank«, sagte sie, und schon der Tonfall reichte aus, um ihn aufrecht im Bett sitzen zu lassen. »Sie hatte ein Tattoo!«

Er walkte sich mit der linken Hand durchs Gesicht und rieb sich die Augen. »Ja, Ann. Das haben viele junge Leute heutzutage. Es ist eine richtige Modewelle.«

»Aber die Leiche hat kein Tattoo.«

»Du meinst«, fragte Weller irritiert, »wir haben die falsche Leiche? Das ist gar nicht Sabine Ziegler?«

Er brauchte dringend etwas zu trinken. Er griff zum Weinglas, zögerte aber. Ein Schluck Wasser wäre ihm jetzt lieber gewesen. So, wie sie da stand, hatte sie ihn nicht geweckt, um einen gemütlichen Abend mit ihm zu erleben, sondern wollte sofort weitere Ermittlungen anstellen.

»Nein«, sagte sie hart. »Ich glaube, er hat es ihr herausgeschnitten.«

Weller nahm jetzt doch einen Schluck Rotwein, bevor er auf Ann Kathrins Aussage reagierte: »Es gibt jede Menge kranker Typen.«

»Das Tattoo war aber nicht da, Frank. Wir hätten es finden müssen.«

Er zuckte mit den Schultern. »Na ja, wenn es nicht da war …«

»Das heißt, ihre Verletzung am Bein ist nicht zufällig beim Kampf entstanden, sondern …«

»Ann, hat das nicht Zeit bis morgen?« Er sah auf die Uhr. »Es ist jetzt kurz vor drei.«

Sie reagierte verständnislos. »Was willst du mir damit sagen? Dass wir Mörder grundsätzlich nur während der vorgeschriebenen Bürozeiten einkassieren? Was ist mit Sonn- und Feiertagen? Wärst du da bereit, jemanden hoppzunehmen, oder wäre dir das lästig?«

»Ann, bitte! Wen sollen wir denn verhaften? Du hast eine Erkenntnis. Na gut, meinetwegen. Vielleicht hast du auch einen Verdacht. Aber das hat doch alles, verdammt nochmal, auch Zeit bis morgen.«

»Hat es nicht«, zischte sie und knallte die Tür zu.

Er zog sich an, ging in die Küche und trank erst mal ein großes Glas Leitungswasser. Als er zu ihr ins Wohnzimmer kam, zeigte sie ihm ein Blatt Papier. Darauf hatte sie die Größe des Tattoos in etwa aufgemalt und versucht, es nachzuzeichnen. Für Weller sah es aus wie das Wappentier Niedersachsens. Ein springendes Pferd.

»Das hier, Frank, hat er ihr rausgeschnitten. Wenn wir es nicht gefunden haben, was hat er dann damit gemacht?«

»Keine Ahnung, Ann. Vielleicht klebt er es in sein Album. Vielleicht war es auch ein Symbol für irgendetwas, das jetzt zwischen ihnen zerbrochen ist, und er hat es deshalb …«

»Du meinst, so etwas wie einen Ehering, den man wiederhaben möchte, wenn man sich scheiden lässt?«

»Kann doch sein. Oder?«

Ann Kathrin wischte ihre Haare aus der Stirn. Sie sah wüst aus, fand Weller, und auch wenn es jetzt unpassend gewesen wäre, sie darauf anzusprechen und er sich das nicht getraut hätte, sah sie in ihrer Aufgeregtheit unglaublich sexy aus, fand er.

»Das bedeutet, sie hatte eine Beziehung zu ihrem Mörder. Kannte ihn gut und …«

Weller gab ihr recht. »Ja, vermutlich. So ist es doch meistens.« Er kratzte sich am Hals. »Spricht das jetzt für oder gegen diesen Pintes?«

Kommissar Winfried Kleinert vom Einbruchsdezernat war aufgebracht. Er hatte eine piepsige Stimme, die überhaupt nicht zu seiner Gesamterscheinung passte. Wenn er nervös wurde oder wütend war, wurde alles noch schlimmer. Er klang dann ein bisschen so, als hätte er Heliumgas eingeatmet. Durch seinen Schnauzbart und seine dunklen Augen erinnerte er sehr an einen Seehund.

Er hatte sich immer noch nicht an Ann Kathrin Klaasens Klingelton gewöhnt. Jedes Mal, wenn der Seehund bei ihr aufheulte, schüttelte er den Kopf, als würde er es zum ersten Mal hören und als sei es eine persönliche Beleidigung, eine Anspielung auf sein Aussehen.

»Wieso erfahre ich erst jetzt davon?«, schimpfte er.

Ann Kathrin versuchte, ihn zu beruhigen. »Aber bitte. Wir sind zu einem Mordfall gerufen worden. Wir sind die Mordkommission.«

»Wenn ein Einbrecher zum Mörder wird, dann ist meine Abteilung durchaus mitbetroffen. Wer hat denn hier die größte Einbrecherkartei Niedersachsens angelegt? Ihr oder ich? Bei vielen läuft das jahrzehntelang glatt. Das sind richtige Profis. Die leben davon und werden im Grunde nie geschnappt. Und wenn, dann lässt der gnädige Richter sie mit einem strafenden Blick wieder laufen. Die meisten beherrschen ihr Handwerk aus dem Effeff. Aber es kommt immer mal vor, dass so eine Sache aus dem Ruder läuft, jemand früher nach Hause kommt, sie einen falschen Tipp bekommen haben. Vielleicht dachte der Einbrecher, dass niemand in der Ferienwohnung ist und …«

»Nun mach mal halblang«, bat Ann Kathrin. Sie sah übernächtigt aus, blass um die Nase. Weller hielt ihr ein Glas Wasser hin und fragte, ob er Kaffee besorgen solle. Sie reagierte gar nicht darauf.

»Ich glaube nicht, dass es sich um einen Einbrecher handelt, der einen Fehler gemacht hat. Dann wäre das Ganze ja eine Verdeckungstat.«

»Ja«, gab Kleinert ihr recht, »um zu verhindern, dass jemand die Polizei ruft, kann es schon mal sein, dass ein Einbrecher …«

Ann Kathrin ließ ihn nicht ausreden, was ihn rasend machte. »Ja, dass einer zuschlägt, vielleicht sogar überzieht und den anderen tötet. Aber hier haben wir es mit einer klaren Übertötung zu tun. Hier war sehr viel Wut im Spiel, Hass oder …«

Winfried Kleinert winkte ab: »Ja, das ist eure Baustelle. Aber ich erkenne einen Einbrecher am Stil. Vielleicht ist ja einer meiner Pappenheimer jetzt euer Kunde geworden.«

Weller versuchte, seiner Frau mit einem befreienden Scherz weiterzuhelfen: »Ja, dann hätten wir bestimmt eine Menge Papierkram über die Abgrenzung der verschiedenen Zuständigkeitsbereiche zu erledigen. Oder meinst du, wir können das auf dem kurzen Dienstweg …«

Tatsächlich grinste Kleinert.

»Fahren wir zusammen hin und gucken uns die Sache an?«

Jetzt machte Kleinert sich gerade und verschränkte trotzig die Arme vor der Brust. »Soll das ein Scherz sein? Wenn eure

Spusi-Leute da durchgelaufen sind, findet man doch höchstens noch die Spuren, die die selbst da hinterlassen haben. Viel interessanter ist für mich die genaue Lage der Wohnung, die Architektur des Hauses und natürlich die Sicherheitslage.« Er zählte auf: »Gibt es einen Hund? Gitter an den Fenstern? Nachbarn gegenüber, die etwas sehen können? Kameras …«

Er winkte Ann Kathrin mit einer kurzen Bewegung näher zu sich. Sie mochte solche vertrauten Gesten eigentlich gar nicht, kam dem Fingerzeig aber trotzdem nach. Sie war jetzt so nah, dass sie seinen Körper riechen konnte. Er benutzte üblicherweise ein Duschgel, das nach Mango und Zitrone roch, aber heute Morgen war er nicht dazu gekommen.

»Wir haben ein Computersystem entwickelt«, sagte er und betonte das *wir* so, als sei er wesentlich daran beteiligt gewesen, »damit können wir vorausberechnen, wo berufsmäßige Einbrecherbanden als Nächstes zuschlagen.«

Ann Kathrin war erleichtert, weil er jetzt selber Abstand zu ihr suchte. Er wollte ihre Reaktion sehen und musterte sie nun für Wellers Geschmack ein bisschen zu heftig. Sie sah ihn nur an und wartete auf weitere Erklärungen. Sofort geriet er ins Schwimmen: »Also, eigentlich ist das alles noch geheim. Wir wollen auf keinen Fall, dass die Presse davon Wind bekommt.« Er hielt ihr den Zeigefinger vor die Nase. »Auch Holger Bloem gegenüber kein Wort! Wir wollen die Typen ja nicht warnen.«

»Ihr klärt die Verbrechen also nicht mehr nach hinten auf, sondern nach vorne?«, fragte Ann Kathrin.

Er nickte. »Wir haben es mit hochprofessionellen Einbrecherbanden zu tun. Sie sind wie marodierende Heuschrecken, die plötzlich über eine Stadt oder ein Viertel herfallen. Aber sie verhalten sich nach Mustern. Wir haben computermäßig Tausende Informationen über sie gespeichert, und jetzt können wir …«

Weller signalisierte mit seiner Körperhaltung deutlich, dass er das für großspurige Spinnerei hielt. Ann Kathrin nahm die Sache ernster. »Klar«, sagte sie, »die suchen Wohngegenden, wo etwas zu holen ist, nach Möglichkeit nicht gut bewacht, nicht gut beleuchtet. Liege ich da in etwa richtig?«

Kleinert grinste. »Es wird noch viel genauer. Es gibt ganze Straßenzüge, da wohnen praktisch nur Lehrerehepaare. Und jetzt ratet mal, wo die in den Sommerferien sind …«

»Die liegen mit einer Schrotflinte auf dem Dach und verteidigen ihr Grundstück«, orakelte Weller.

»Das ist nur fast richtig«, spottete Kleinert.

Ann Kathrin versuchte, das Gespräch abzubrechen, da sie Angst hatte, dass ein Hahnenkampf der beiden Männer daraus werden könnte.

Wellers Handy spielte *Piraten Ahoi!*. Er ging sofort dran, denn er sah auf dem Display das Foto seiner Tochter Jule. Es gab nur drei Menschen, die ihn jederzeit stören durften: Ann Kathrin und seine beiden Töchter.

Er ging mit dem Handy vor die Tür. Ann Kathrin blieb im Büro alleine mit Winfried Kleinert zurück.

»Das ist ja alles sehr interessant«, sagte sie, »aber ich fürchte, in unserem Fall kommen wir damit nicht weiter.«

Um Anerkennung heischend, malte Kleinert jetzt mit großen Gesten imaginäre Bilder in die Luft. »Stell dir mal vor, Ann, wir beide könnten das perfektionieren und auf deinen Bereich übertragen. Meine Erfahrung und dazu deine … Niemand in Deutschland hat so viele Serienkiller überführt wie du. Vermutlich hältst du sogar in ganz Europa die Spitze. Vielleicht könnten wir ein Computerprogramm entwickeln, mit dem …«

Ann Kathrin musste lachen. »Mit dem man vorausberechnet, wann wo ein Serienkiller als Nächstes zuschlägt? Ach, hör doch auf. Außerdem haben wir es hier nicht mit einer Serie zu tun, sondern mit einem einfachen Mordfall. Die Sache ist schlimm, aber ich will sie nicht größer aufbauschen, als sie ist.«

Sie sah jetzt sehr nachdenklich aus, so als habe er sie auf eine Idee gebracht und sie könne sich das nur noch nicht zugestehen.

»Wir haben ein kleines Problem. Der verdächtige Partner der Toten behauptet, er sei zurückgekommen, und da er keinen Schlüssel hatte, warf er sich gegen die Eingangstür. So kam er rein. Angeblich fand er die Leiche. Die Frage ist, kann es sein, dass vor ihm jemand eingebrochen ist?«, fragte Ann Kathrin und klang mutlos.

Kleinert grinste breit: »Ja, wenn man die Tricks nicht kennt, merkt man das nicht. Manche kommen mit einer Scheckkarte durch jede Tür, und wenn sie die danach wieder schließen, dann …«

»Dann bitte ich dich hiermit offiziell, dir den Tatort einmal anzuschauen. Ich erwarte deinen Bericht heute bis spätestens achtzehn Uhr.«

Er pfiff durch die Lippen, wobei sich ein paar Speichelreste lösten, die auf sein Hemd klatschten. »Na, das hört sich aber stressig an. Solche Terminarbeiten haben wir normalerweise …«

»Siehst du«, sagte sie, »das ist eben der Unterschied. Ihr habt Zeit. Wir nicht. Wir können auch nicht vorausberechnen, wer wann wo noch mal zuschlägt. Wir müssen einfach nur versuchen, ihn zu kriegen, bevor er es noch einmal tut, sofern er das vorhat. Im Rahmen der Arbeit der Mordkommission ist ein halber Tag eine lange Zeit. Ich wette, du kriegst das auch schneller hin.«

Sie drehte sich um und ging zu Weller in den Flur. Er war ganz auf das Gespräch mit seiner Tochter konzentriert, schirmte sein Handy mit den Fingern ab, ging gebückt und sah aus, als habe er plötzlich einen Buckel bekommen. Er flüsterte.

Frank, der Mädchenpapa, dachte sie. Sie liebte ihn dafür, dass er ein guter Vater war. Er sah sich selbst zwar nicht so, gab aber sein Bestes. Darin war er ihrem toten Vater gleich.

Ann Kathrin sah ihm eine Weile zu. Es rührte sie an, diesem Vater-Tochter-Gespräch beizuwohnen. Sie hielt sich zurück, wollte den beiden Raum lassen und schützte sie gleichzeitig, indem sie sich mit dem Rücken so zur Tür stellte, dass niemand einfach an ihr vorbei in den Flur kommen konnte.

»Ich liebe dich, meine Süße«, flüsterte Weller ins Handy und küsste den Apparat.

Weller sah aufs Display. Er knipste das Gespräch nicht weg, sondern wartete darauf, dass seine Tochter es beendete. Dann erst drückte er auf den roten Knopf.

Ann Kathrin verstand genau, was er tat. Seine Tochter sollte nicht das Gefühl haben, dass er weg war, sollte selbst aber gehen können, wann immer sie wollte.

Er war da, wenn sie ihn brauchte. Ein Fels in der Brandung. Das wollte er sein. Es gelang ihm nicht immer, aber er hatte diesen Anspruch an sich.

Als er Ann Kathrin ansah, wirkte er merkwürdig betroffen, ja, zornig.

Sie machte mit dem Kopf eine Bewegung, die er richtig als Vorschlag deutete, ein paar Schritte im Flur spazieren zu gehen, bis hin zum Ausgang. Vor der Polizeiinspektion gingen sie auf und ab.

Der Maurer Peter Grendel fuhr mit seinem gelben Bulli vorbei und grüßte die beiden freundlich. Ann Kathrin winkte zurück. Weller nahm den Freund gar nicht zur Kenntnis. Er war zu sehr mit sich und seiner Tochter Jule beschäftigt.

»Sie war so glücklich in diesem Beruf«, sagte Weller wie zu

sich selbst. »Jule und Schuhe! Als Orthopädieschuhmacherin war sie eine Wucht. Sie hat so begeistert und leidenschaftlich über ihren Beruf gesprochen. Sie wollte Schuhe machen für gehbehinderte junge Frauen. Besonders schöne Schuhe, verstehst du? Nicht diese Gesundheitslatschen, die gut sind für die Wirbelsäule und den Defekt ausgleichen, sondern Schuhe, die auch toll aussehen und einen die Behinderung vergessen lassen. Mit ihr über Schuhe und Leder zu reden, das war, als wenn man mit Jörg Tapper vom *Café ten Cate* über Torten sprach. Ich sah jedes Mal den Glanz in ihren Augen und dachte: Wie schön, dass sie einen Beruf gefunden hat, der ihr gefällt.« Weller fuchtelte mit den Armen, als müsse er sich durch Spinnweben arbeiten. »Wie viele Menschen hassen ihren Job und machen ihn nur um des Geldes willen? Jule ist da ganz anders! Schuhe machen, das war wirklich ihr Ding.«

»Ja und?«, fragte Ann Kathrin. »Ist sie gekündigt worden? Hat sie sich mit ihrem Chef verkracht?«

»Nein. Ach was! Und sie würde auch sofort einen neuen Job finden. Gute Orthopädieschuhmacher sind gefragt. Sie wollte sogar einen eigenen Laden eröffnen und …« Weller winkte ab.

»Ja, was ist denn? Nun erzähl doch!«

Er druckste herum. Es war ihm peinlich. »Die hat dieses Ganglion.«

»Was?«

»Na ja, so eine Art Geschwulstbildung.« Er tippte auf sein rechtes Handgelenk. »Etwa hier, zwischen zwei Gelenkkapseln. Das ist so was wie eine Zyste. Sieht aus wie ein Knoten, ist inzwischen kirschgroß bei ihr geworden und hat wohl Mörderschmerzen verursacht.«

»Und warum erfahre ich das erst jetzt?«, fragte Ann Kathrin.

»Erst hat sie keinem was erzählt, weil sie ihren Job liebt

und … Aber als ich es spitzgekriegt habe, hab ich ihr irgendwann gesagt, du kannst doch nicht immer Schmerztabletten nehmen, um deine Arbeit zu machen. Die ist natürlich immer mit Hammer und Werkzeug zugange. Schließlich hat man ihr das Ganglion herausoperiert. Oft funktioniert so etwas ganz gut, und danach ist man schmerzfrei. Aber durch die ständige Überreizung ist es neu entstanden, und jetzt kann Jule ihren Job nicht mehr ausüben.«

»Das hat sie bestimmt furchtbar getroffen.«

»Das kann ich dir sagen«, bestätigte Weller, »aber das ist noch nicht alles. Ich habe ihr gesagt, guck dich in Ruhe um, lerne etwas Neues, meinetwegen studiere noch mal. Es gibt auch andere schöne Berufe.«

Ann Kathrin nickte. Wellers Schritte wurden immer schneller, sie hatte Mühe, mitzuhalten. Sie wollte ihm beim Gehen gern ins Gesicht sehen, und genau das wollte er verhindern. Er mochte es nicht, wenn sie ihn so zerknirscht sah.

»Ich habe«, sagte Weller, »immer eine Versicherung für meine Töchter bezahlt, selbst in den Zeiten, als mir das richtig schwerfiel, habe ich das nie gekündigt. Damals ist ein Versicherungsvertreter bei mir gewesen und hat erzählt, ich müsse dringend für meine Töchter so eine Unfallversicherung abschließen, falls sie sich mal verletzen, später ihre Berufe nicht mehr ausüben können, einen Rollstuhl brauchen und was weiß ich. Er erzählte mir von einer Frau, die unbedingt Bäckerin werden wollte oder Konditorin, die mit solcher Begeisterung von diesem Beruf sprach wie unser Jörg. Aber nach einer Weile bekam sie eine Mehlallergie und musste aus dem Beruf heraus. Zum Glück war sie bei ihm versichert und bekam eine Abfindung und genügend Geld für einen Neuanfang mit Studium undsoweiter. Ich dachte, als das alles passierte, na prima, wie gut, dass du immer die Versicherung bezahlt hast.«

»Ja. Genau«, bestätigte Ann Kathrin. »Du bist eben ein Vater, der an seine Kinder denkt.«

»Pustekuchen«, sagte Weller grimmig. »Sie haben mich reingelegt.«

»Reingelegt?«

»Ja. Jetzt sagt die Versicherung, das Ganze sei ja schließlich kein Unfall, und ich hätte eine Unfallversicherung abgeschlossen, und deshalb wollen sie nicht zahlen.«

Ann Kathrin spottete: »Das ist doch typisch. Die Versicherung zahlt immer, es sei denn, der Schadensfall tritt ein …«

Weller schlug mit der rechten Faust in seine linke Handfläche, als würde er einen Gegner k. o. hauen. »Ich fühle mich so verarscht! Es ist mir auch unglaublich peinlich! Ich habe die Versicherungsverträge studiert. Leider erst im Nachhinein. Juristisch betrachtet haben die natürlich recht. Wenn Jule sich einen Finger abgeschnitten hätte oder am besten eine ganze Hand, dann hätten die gezahlt. Aber in diesem Fall eben genau nicht.«

»Warum nicht? Es ist doch so etwas wie eine Mehlallergie, oder?«

»Ja, genau. Aber die war eben gar nicht mitversichert. Das hat er mir ja alles nur mündlich erzählt. Und jetzt erinnert sich natürlich keiner mehr daran. Da hätten wir noch eine zusätzliche Versicherung abschließen müssen und – ach«, erneut schlug Weller in seine linke Handfläche, jetzt noch heftiger. »Am liebsten würde ich mir so einen Typen zum Verhör laden und ihn richtig auseinandernehmen …«

»Ich verstehe deinen Zorn gut, Frank. Hat Jule dir das gerade am Telefon gesagt?«

»Ja, verdammt. Hat sie.«

»Und du siehst aus, als würdest du dich schämen.«

»Ja, im Grunde ist es auch so. Ich dachte, ich habe für alles gut vorgesorgt. Aber ich habe eben das Kleingedruckte nicht gelesen. Ich, der Kommissar der Mordkommission, habe mich reinlegen lassen. Von einem Versicherungsvertreter!!!«

»Und jetzt würdest du am liebsten hinfahren und ihn ...«

Weller blieb abrupt stehen. »Genau. Und ihn kreuz und quer durch sein Büro prügeln.«

»Genau das wirst du aber nicht tun, Frank. Stimmt's?«

Er schluckte. »Ja, verdammt. Stimmt. Lass uns zu *ten Cate* gehen. Ich brauche etwas Süßes.«

»Oben läuft noch eine Dienstbesprechung.«

Er winkte ab, als sei das völlig belanglos. »Ach ...«

Sie saßen noch kaum im *Café ten Cate*, da kam schon Monika Tapper an ihren Tisch, begrüßte Ann Kathrin mit einer heftigen Umarmung und bedauerte, dass Jörg nicht da sei, weil er als Obermeister der Konditoren-Innung Ostfrieslands im Prüfungsausschuss Gesellenprüfungen abnehmen müsse.

Ann Kathrin und Monika versanken augenblicklich in ein Frauengespräch. Weller setzte sich an die Kopfseite des Tisches, so dass er zwar bei ihnen war, aber die beiden trotzdem das Gefühl haben konnten, unter sich zu sein.

Manchmal beneidete er die Frauen darum, welche Innigkeit sie augenblicklich miteinander erreichen konnten. Er selbst kochte innerlich noch.

Ja, Ann Kathrin hatte recht. Am liebsten würde er hinfahren und sich Maximilian Fenrich greifen. Er hatte schon lange nicht mehr so eine Stinkwut gehabt.

Er sah Fenrich noch vor sich sitzen, den jungen Versicherungsvertreter, der seinen gesamten Freundeskreis abgraste, um möglichst viele Verträge abzuschließen. Sie waren zwei Jahre zusammen zur Schule gegangen und hatten gemeinsam Basketball gespielt. Weller hatte ihm völlig vertraut.

Nein, sie waren eben keine Freunde gewesen. Sie hatten sich danach im Grunde ja auch nicht mehr wiedergesehen, außer zwei-, dreimal zufällig oder wenn Maximilian eine neue Versicherungsidee hatte, Verträge »optimieren« wollte.

Weller hatte alles bei ihm versichert. Nie wäre er auf die Idee gekommen, woandershin zu gehen. Und nun stand er da und wusste nicht, wohin mit seinem Zorn.

Damals, als ihm die Verträge sehr teuer erschienen waren, hatte Maximilian ihn geschickt damit geködert, dass er ihm vorrechnete, wie viele Zigaretten er pro Tag weniger rauchen müsste, um Jule und Sabrina gut abzusichern. Da stand dann die Aussicht auf Lungenkrebs gegen eine gute Versorgung der Kinder. Das hatte ihm die Entscheidung leichtgemacht. Später rauchte er weiter. Für sich selbst hatte er solche Versicherungen nicht. Es war ihm wichtiger, seine Töchter gut abzusichern.

Notfalls würde er sich eben Geld leihen – wieder einmal – um Jule ein sorgloses Studium zu finanzieren.

Maximilian Fenrichs Büro war in Oldenburg in der Nähe des Schlossgartens. Weller federte hoch. »Ich muss mal telefonieren.« Er ging raus, stolzierte vor dem Café auf und ab wie ein General, der seine Truppen inspiziert, bevor er den Angriffsbefehl gibt. Draußen saßen einige Touristen und berauschten sich geradezu an der legendären Ostfriesentorte.

Weller erreichte Fenrich nicht, sondern nur eine junge Mitarbeiterin, die so freundlich ins Telefon flötete, dass sie Weller gleich den Wind aus den Segeln nahm. Maximilian hätte er angebrüllt, aber was hatte diese Mitarbeiterin damit zu tun?

Weller hinterließ nur die Nachricht, dass wenn Maximilian Fenrich keinen Ärger haben wolle, er jetzt besser nicht auf Tauchstation gehen, sondern gefälligst seiner Tochter dabei helfen solle, die Ansprüche gegen die Versicherung durchzusetzen und für seine eigenen Fehler geradezustehen.

Weller wollte noch mehr sagen, verzichtete dann aber, um noch genügend Munition zu haben, sobald er seinem ehemaligen Kumpel gegenüber stand.

Er ging ins Café zurück. Auf dem Weg zum Tisch, an dem Ann Kathrin und Monika Tapper immer noch ganz versunken saßen, entdeckte er auf seinem Handy eine Nachricht, die ihm gefiel.

Na bitte. Die Jungs im Labor waren eben doch keine trüben Tassen, die nur an ihren Urlaub dachten. Wenn es um Mord ging, zeigten sie alle eine Menge Einsatzbereitschaft.

Er unterbrach das Gespräch zwischen Ann Kathrin und Monika mit einem lauten Ausruf: »Wir haben sein Sperma in ihrer Scheide gefunden!«

Im gesamten Café wurde es still. Alle sahen Weller an.

Monika Tapper blickte zu ihren Gästen und lächelte ihr unwiderstehliches Lächeln. Sie hatte es nicht nötig, um Verständnis zu heischen. Ihr konnte sowieso kaum jemand etwas übelnehmen.

Ann Kathrin zeigte überhaupt kein Gespür für die Situation. Sie war sofort vollständig auf den Fall konzentriert.

»Ich denke, es gab keinen Versöhnungssex?«

»Scheinbar doch«, grummelte Weller.

Ann Kathrin bat Monika um Verständnis. »Ich glaube, wir müssen.«

Ihre Freundin nickte nur. »Na klar.«

Er wollte Conny Lauf alleine erwischen. Sein Hass auf diesen Typen, mit dem sie ihren Mann betrog, war unermesslich geworden. Es war ihm egal, mit wem sie schlief, aber verdammt nochmal, nicht jetzt! Er hatte anderes mit ihr vor.

Die ganze Nacht über hatten ihn Phantasien gequält. Die Zeiten, in denen er diese Träume genoss, waren vorbei. Ja, vielleicht hätte er wirklich Filmregisseur werden müssen, um seine Phantasien zu verwirklichen. Mehrfach war er am Set dabei gewesen, als in Ostfriesland eine berühmte Krimireihe verfilmt worden war.

Der Regisseur war in der Lage, Dinge sehr weit umzusetzen. Immer wieder wurde etwas neu gedreht, weil es noch nicht seinen Vorstellungen entsprach. In der Realität sah so etwas leider ganz anders aus. Da konnte man nicht einfach sagen: »Eins, die Zwote. Wir hatten hier Probleme mit dem Licht, Freunde.«

Nein, in der Realität war es dann eben geschehen. Aber nur in der Realität ließ sich etwas verwirklichen. Film war doch nur künstlich. Auch da blieb ein schaler Beigeschmack. Das Blut war eben nicht echt. Die Schmerzen gespielt. Die Schreie einstudiert. Trotzdem faszinierte es ihn, wie sehr der Regisseur in der Lage war, Menschen zu führen. Wie sie sich bemühten, es ihm recht zu machen.

Was für ein Beruf, dachte er. So ist es bei mir nie im Leben gewesen. Ganz im Gegenteil. Ich habe immer versucht, es anderen recht zu machen. Auf mich hört doch keiner.

Er musste vorsichtig sein. Wenn er solche Gedanken hatte, knirschte er manchmal mit den Zähnen. Er hing jetzt wie so viele andere ganz entspannt in einem Sessel auf der Terrasse von *Ria's Beach Café*, ließ sich die Sonne ins Gesicht scheinen, hatte freien Blick aufs Meer und hinten auf die Sandbank mit den Seehunden. Hier knirschte man nicht mit den Zähnen. Hier hatte man keine üblen Gedanken. Hier genoss man die Ferien und flirtete ein bisschen herum.

Hatte niemand außer ihm hier solche Mordgedanken? Das Pärchen zwei Meter weiter schielte schon zu ihm rüber. Die Frau kicherte und flüsterte ihrem Typen etwas ins Ohr.

Sie spotten über mich, dachte er. Sie hat genau mitgekriegt, dass ich mit den Zähnen geknirscht habe. Ich muss etwas essen. Sofort. Meine Zähne brauchen Arbeit.

Vor ihm stand ein junges Mädchen und strahlte ihn an. Sie verdiente sich hier in den Sommermonaten das Geld für ihr Studium. Ihr Freund hatte ihr gestern einen Heiratsantrag gemacht. Sie war bestens drauf. Am liebsten hätte sie alle freigehalten.

»Was darf ich Ihnen bringen?«

»Ich muss etwas essen. Was geht am schnellsten?«

Sie lächelte unentwegt weiter. »Ich könnte ein Körbchen mit Fingerfood bringen. Chicken Wings, Kartoffelspalten, Käseröllchen mit Chili drin und …« Sie wollte weiter ausschmücken, welche Köstlichkeiten sie auf Lager hatte.

Er schickte sie mir einer Handbewegung weg: »Ja, genau das nehme ich. Und dazu noch einen Kaffee.«

Er öffnete den Mund weit und bewegte den Kiefer heftig nach links und rechts. Wenn er mit den Zähnen knirschte, besonders, wenn das nachts geschah, verspannte sich dabei manchmal sogar sein Nacken bis zur Schulter, und am anderen Tag schmerzte das ganze Gebiss. So weit war er noch nicht. Aber wenn er nicht bald in der Lage war, seine Phantasien zu verwirklichen, würde es sich wieder dahin entwickeln, bis alles verkrampfte.

Die Frau neben ihm stand auf, bückte sich in ihrem wippenden Kleidchen noch mal, gab ihrem Typen einen Kuss auf die Nase und verschwand im Restaurant.

Ja, dachte er, diese Pärchen haben es gut. Sie lässt ihre Handtasche stehen. Sie weiß, dass sie ihren Sitzplatz nicht verlieren wird, denn er ist ja da und passt auf. Wenn ich aber jetzt reingehe und die Toilette aufsuche, kann es sein, dass mein schöner Platz besetzt ist. Und liegenlassen sollte ich erst recht nichts.

Er fühlte den Schmerz der Einsamkeit. Ja, er war freier als diese Paare. Aber er musste auch nach ganz anderen Regeln leben.

Okay, dachte er, ich gehe jetzt trotzdem rein zur Toilette. Obwohl mein Platz dann aussieht, als sei er frei. Ich will ihn nicht bewachen, bis mein Essen kommt, und dann mit voller Blase speisen. Nein, ich muss den ganzen Druck loswerden. Im Kiefer, in der Blase und am besten auch all das, was sich in meiner Phantasie aufgebaut hat.

In der Nähe des Eingangs im Lokal stand ein alter, roter VW Käfer, die Sitze mit schwarzweißem Fell überzogen, so als hätte jemand eine Kuh gehäutet und daraus Autositze gemacht. Ihm gefiel dieses Fahrzeug, auch wenn es vielleicht nicht mehr funktionstüchtig war. Etwas daran war wie er. Ein bunter Fleck. Eine Augenweide. Und doch fehl am Platz.

Rupert stand mit Jessi im ersten Stock in der Polizeiinspektion am Fenster und sah Weller und Ann Kathrin kommen.

»Schau dir ihren Gang an«, kommentierte Rupert. »Sie hat die Nachricht auch schon erhalten. Siehst du, Jessi? Selbst die berühmte Kommissarin Klaasen lässt sich durch Fakten manchmal überzeugen. Jetzt weiß auch sie, dass wir den Richtigen eingebuchtet haben. Früher war das alles ein unglaublicher Eiertanz. Man konnte nur Blutgruppen feststellen und damit bestimmte Verdächtige ausschließen. Aber eine hundertprozentige Zuordnung gab es nie. Alles, was uns die Wissenschaftler sagen konnten, waren so tolle Sätze wie: *Fünfzig Prozent der Bevölkerung scheiden damit als Täter aus.* Ja, herzlichen Dank! Inzwischen ist das alles eine sehr genaue Wissenschaft. Ein paar Millimeter Haar, eine kleine Fluse, das reicht aus. Und bei Sperma ist es natürlich besonders toll, denn wir wissen alle, wie es in die Welt gelangt.« Er freute sich über seinen Triumph.

Jessi lehnte sich ein Stück aus dem Fenster. Rupert hatte recht. So, wie Ann Kathrin ging, war sie von etwas getrieben, wollte ein Ziel erreichen.

Was man am Gang eines Menschen alles sehen kann, dachte Jessi. Ja, sie lernte tatsächlich von Rupert. Er war nicht so ein grober Macho-Klotz, wie alle dachten. Natürlich hatte er manchmal Sprüche drauf, die einen zur Raserei bringen konnten. Aber er war auch in der Lage, genau hinzusehen und die richtigen Schlüsse zu ziehen. So erschien es ihr zumindest heute.

»Dieser Fall«, sagte Rupert, »wird noch heute Abend zu den Akten gelegt werden. Als Nächstes wird es lange juristische Auseinandersetzungen geben, und irgendwann dürfen wir dann alle vor dem Richter auftreten und uns vom Verteidiger in die Mangel nehmen lassen. Er wird versuchen, uns die Worte im Mund rumzudrehen und aus seinem Klienten ein Opfer von Polizeiwillkür, Missgunst und Ermittlungsfehlern zu machen. »Ja«, grinste er, »das ist immer so, Jessi. Da muss man durch. Eine Abiturprüfung ist nichts dagegen. Weißt du, im Abi geht es ja immer noch um irgendwelche beweisbaren Fakten. Um Dinge, die man nachlesen kann. Um eine Wahrheit, die irgendwo aufgeschrieben wurde. In solchen Prozessen geht es genau ums Gegenteil. Da soll all das erschüttert werden, was wir ermittelt haben. Die Verteidiger haben nur eine Chance: Sie müssen uns zu Idioten machen. Vor Gericht findet die Entwertung unserer Arbeit statt. Nicht alle halten das durch. Ein paar von uns leiden darunter.«

»Und du?«

Rupert zeigte den erhobenen Mittelfinger. »Ich denke mir:

Ihr könnt mich mal. Wir liefern euch den Täter, und der Rest ist eure Sache. Wenn ihr ihn dann wieder laufen lasst, seid ihr die Arschlöcher, nicht wir.«

Jessi nickte. Diesen Spruch würde sie sich merken. Das konnte man von Rupert lernen: Er war resilient. Er nahm nicht jede Schuld auf sich, die man ihm anbot. Er versuchte nicht, es jedem recht zu machen. Er war einfach er selbst, und der Rest der Welt musste eben damit leben. Es war ihm egal, was sie von ihm hielten. – Nun, nicht ganz. Bei jungen, hübschen Frauen war es ihm schon wichtig, den tollen Hecht zu spielen. Aber der Rest der Welt konnte ihn mal …

Ich nehme mir alles viel zu sehr zu Herzen, dachte sie und fragte sich, ob sie einen Prozess, wie Rupert ihn ihr prophezeit hatte, überhaupt durchstehen würde. Ihr brach ja schon der Schweiß aus, wenn sie für ihre Freunde eine Pizza machte, weil sie Angst hatte, irgendjemandem könnte die Pizza nicht schmecken oder sie hätte eine Zutat verwendet, gegen die einer allergisch war.

Es wurde ja immer schwieriger, für ein paar Leute zu kochen. Die einen waren Vegetarier, die anderen vegan, wieder andere wollten glutenfrei essen. Einfach mal eben eine Pizza mit all den Resten belegen, die man im Kühlschrank findet, die Zeiten waren vorbei. Genau genommen, hatte Jessi sie noch nie erlebt. Sie kannte sie nur aus Erzählungen.

»Die Dame«, kommentierte Rupert, »wird natürlich das Verhör selber zu Ende führen wollen. Komm, schauen wir es uns an, Jessi. Werde bloß nie wie sie«, ermahnte er Jessi. »Die verheirateten Kampflesben sind die schlimmsten.«

Ann Kathrin nannte den Raum *Befragungszimmer*. Rupert *Verhörraum* und den Sitzplatz des Verdächtigen *den heißen Stuhl*. Florian Pintes saß ganz ruhig darauf, wirkte, als habe er

Beruhigungstabletten genommen oder sei in tiefer Meditation versunken. Die Fingerspitzen hielt er gegeneinander gedrückt. So sah jemand aus, der auf alles gefasst war und den nichts mehr erschüttern konnte.

Rupert folgerte daraus, dass der Typ bereits mit seinem Anwalt gesprochen hatte und ab jetzt über Polizei- und Ermittlungsarbeit nur noch grinsen konnte.

Ann Kathrin ging alleine rein. Sie bat auch Weller, draußen zu bleiben. Er stellte sich aber nicht zu Rupert und Jessi an die große Scheibe, sondern sonderte sich ab, um zu telefonieren. Rupert hatte das Gefühl, dass es hierbei nicht um den Fall ging, sondern um irgendein privates Zeug.

Ann Kathrin eröffnete das Gespräch mit dem Hinweis: »An Ihrer Stelle würde ich jetzt auf jeden Fall einen Anwalt hinzuziehen. Glauben Sie mir, Herr Pintes, Sie werden ihn brauchen.«

Er reagierte überhaupt nicht, sah Ann Kathrin nicht mal an. Saß da, als sei er allein im Zimmer.

»Der spielt«, kommentierte Rupert, »den coolen Hund. Kenn ich. Ist auch manchmal bei einigen Kandidaten aus dem arabischen Raum so. Die nehmen eine Frau überhaupt nicht ernst und haben auch keine Angst vor ihr. Die denken, solange kein Mann kommt und sie verhört, kann ihnen nichts passieren. Da sind einige von Ann Kathrin schon eines Besseren belehrt worden.« Er lächelte still in sich hinein.

Ann Kathrin konfrontierte Florian Pintes: »Ihre Spermaspuren wurden eindeutig nachgewiesen, Herr Pintes.«

Er sprang auf, dass selbst Rupert hinter der Scheibe zurückzuckte. Rupert hatte ihn falsch eingeschätzt. Er war viel sportlicher und reaktionsschneller, als Rupert gedacht hatte.

»O ja«, fuhr Pintes Ann Kathrin an. »Wie kann das denn nur sein? Wir sind ein Liebespaar, wir wohnen zusammen, wir fahren zusammen in Urlaub! Verdammt nochmal, wir leben seit fünf Jahren zusammen! Und jetzt wird mein Sperma gefunden? Das spricht wohl eher dafür, dass sie mir eine treue Frau war, oder?«

Ann Kathrin konkretisierte: »Es spricht nur dafür, dass Sie Geschlechtsverkehr hatten.«

»Und? Haben Sie so etwas nicht mit Ihrem Mann? Ist bei Ihnen schon alles gelaufen? Was machen Sie stattdessen? Golf spielen? Kreuzworträtsel?«

Rupert hatte Mühe, nicht mit der Faust gegen die Scheibe zu schlagen. »Du musst ihn härter rannehmen!«, schimpfte er. »Viel härter! Lass ihm das nicht durchgehen! Klopf ihn weich, Mädchen! Oder lass mich endlich ran …«

»Ich finde, sie macht das ganz gut«, sagte Jessi.

»So, findest du.«

Ann Kathrin blieb einfach bei der Sache: »Als Frau Ziegler Sie rausgeschmissen hat, trug sie ein T-Shirt mit der Aufschrift …«

»Ja, ja, ja!«, brüllte Pintes und kam Ann Kathrin einen Schritt zu nah. Sie richtete den Zeigefinger ihrer rechten Hand auf ihn wie ein Messer und verlangte: »Setzen Sie sich!«

Zu Ruperts Erstaunen tat er es tatsächlich. Frauen, dachte Rupert. Welche Macht sie über Männer haben … Wie, verdammt, hat sie das hingekriegt? Nur mit ihrem Zeigefinger …

»Das«, flüsterte Jessi leise, als habe sie Angst, im Befragungszimmer gehört zu werden, »möchte ich auch mal können. Hast du das gesehen?«

»Ja«, brummte Rupert. »Zufall …«

»Sie haben sie dann angeblich in diesen Dessous tot aufgefunden.«

»Ja. Genau so war es«, behauptete Pintes.

Ann Kathrin verfiel jetzt in ihren Verhörgang. Drei Schritte.

Eine Kehrtwendung. Drei Schritte. Ein Blick auf den Verdächtigen. Pintes saß und sah ihr zu. Es war, als würde ihr Gang ihn hypnotisieren.

»Und wann hatten Sie dann Ihren berühmten Versöhnungssex?«

»Überhaupt nicht.«

»Überhaupt nicht?«

»Ja, sind Sie schwerhörig? Als ich zurückkam, war sie doch schon tot.«

»Und wie kommt dann Ihr Sperma in ihre Vagina?«

»Das wird mir langsam zu blöd. Vor dem Streit haben wir es uns richtig gutgehen lassen. Der Tag hatte sehr schön begonnen. Sabine stand auf Sex vor dem Frühstück. Warum gucken Sie so, Frau Kommissarin? Schieben Sie nur diese spießigen Nummern nach dem Spätfilm? Wenn man sowieso schon keine Kraft mehr hat und kurz vor dem Einschlafen ist?«

Ann Kathrin atmete schwer aus. Sie kannte das. Jeder zweite Verdächtige versuchte von sich abzulenken, indem er die Kommissarin mit Gegenfragen verunsichern wollte. Gegen so etwas war sie auch nicht immun. Manchmal saß der Stich eines Verdächtigen tief und konfrontierte sie mit ihrer eigenen Unzulänglichkeit.

Sie musste versuchen, das alles sachlich zu sehen, und gleichzeitig war sie doch mit ihrer ganzen Persönlichkeit in jeden Fall verstrickt. Brauchte jede noch so kleine Faser ihres Wahrnehmungsvermögens, all ihre Erfahrung und eine gute Portion Gespür, um die Wahrheit hinter vielen Lügen zu erkennen.

»Wenn Ihr Tag so schön begann und Sie sich vor dem Frühstück schon geliebt haben, wann und warum kippte alles so um, dass sie Sie rausgeschmissen hat?«

»Das«, erklärte Pintes und machte eine Geste, als sei er ein Professor, der vor den Erstsemestern spricht, »kennt man aus jeder Ehe. Im Alltag funktioniert alles prima, aber der Urlaub ist die große Herausforderung. Nie gibt es mehr Scheidungen als nach dem Urlaub und nach den Weihnachtsfeiertagen. Im normalen«, er malte Anführungsstriche in die Luft, »Geschäftsbetrieb funktionieren doch die meisten Beziehungen. In der Freizeit dann, wenn man endlich Zeit füreinander hat, kracht es eben.«

»Ich wollte nicht Ihre allgemeine Philosophie zu Beziehungen hören, sondern ich habe Ihnen eine konkrete Frage gestellt. Worum ging es?«

»Worum es immer geht, wenn Leute sich streiten: Um Geld! Das ist doch ein sehr beliebtes Thema für Beziehungskrach, oder?«

»Es geht Ihnen beiden doch gut.«

Er lachte. »Ja, gut ist immer so eine relative Geschichte. Das Geld kommt im Grunde von ihren Eltern. Denen gehört eigentlich auch die Wohnung in Dinslaken und ...« Er sprach nicht weiter, als sei es nicht der Rede wert. Er saß jetzt wieder da, als sei dies ein Meditationswochenende für junge Zen-Buddhisten.

»Sie sind arbeitslos?«

»Arbeitslos, das klingt so, als wolle mich keiner haben. Merken Sie das? Es liegt eine Abwertung in diesem Wort. So, als sei ich ein Nichtskönner. Aber ich bin verdammt gut, wissen Sie? Und ich habe meinen Preis! Unter zweifünf mache ich den Rücken nicht krumm.«

»Zweitausendfünfhundert Euro?«

»Ja, die D-Mark ist abgeschafft«, grinste er.

»Brutto oder netto?«

»Sie wollen es aber genau wissen.«

»Das ist mein Beruf.«

»Netto.«

Rupert bog sich hinter der Glasscheibe durch. Sein Iliosakralgelenk begann zu schmerzen. »Dann müsste bei uns die ganze Abteilung kündigen.«

»Und sie wollte nicht, dass Sie sich weiterhin auf die faule Haut legen?«

Offensichtlich traf Ann Kathrin mit ihrer Frage ins Schwarze. Pintes rastete völlig aus, hatte nichts mehr vom meditierenden Mönch, sondern wurde zum Wüterich. Er brüllte sie an, bezeichnete sie als *dämliche Schlampe, die ihre Lebensweisheiten für sich behalten solle* und keifte, er lasse nicht von einer blöden Möse in Uniform wie ihr so mit sich reden.

Noch bevor er seinen Satz zu Ende gesprochen hatte, lag er mit dem Oberkörper auf dem Tisch. Sie bog seinen rechten Arm auf den Rücken, zog seinen Kopf nach hinten, drückte sein Kinn auf die Tischplatte und sagte ohne das geringste Beben in der Stimme: »Ich trage keine Uniform. Aber Sie werden sich jetzt in aller Form bei mir entschuldigen.«

»Das werde ich nicht, du ...« Er schluckte das Schimpfwort herunter.

»Ja? Sprich's ruhig aus. Jetzt wissen wir wenigstens genau, warum sie dich rausgeschmissen hat. Sie war eine kluge Frau. Ich frage mich, wie sie es überhaupt so lange mit dir ausgehalten hat.«

Rupert gähnte hinter der Scheibe und sagte zu Jessi: »Siehst du, so läuft das dann. Deswegen ist es besser, wenn Männer so ein Verhör führen. Gleich werde ich mir den mal vorknöpfen.«

Weller kam zurück. Er war blass um die Lippen und wirkte fahrig. Er murmelte: »Ich krieg dich, du Sauhund. So leicht lasse ich dich da nicht raus!«

Rupert fragte sich, wer damit gemeint sei. Ihm war klar, dass es nicht um Florian Pintes gehen konnte.

Wie ein Schuljunge, der dabei ertappt worden war, den Unterricht geschwänzt zu haben, versuchte Weller, wieder den Anschluss zu bekommen. Er sah erst Jessi an, dann Rupert und fragte: »Habe ich was verpasst, Leute? Hat sie ihn gargekocht?«

Pintes saß heulend auf dem Stuhl, rieb sich den Arm, guckte auf seine Fußspitzen und jammerte: »Ich bin hier das Opfer! Ich! Was soll denn jetzt aus mir werden? Wir sind nicht verheiratet! Wenn ich nach Dinslaken zurückkomme, habe ich nicht mal mehr eine Wohnung. Die Eltern können mich sowieso nicht leiden. Ich erbe nichts … Ich habe kein Auto. Ich muss froh sein, wenn ich meine Klamotten aus der Wohnung herausholen darf. Kapieren Sie überhaupt, in welcher Lage ich bin? Ich bin erledigt! Erledigt!«

»Oh, der Arme, jetzt heult er«, kommentierte Rupert die Szene und fuhr augenzwinkernd fort: »Ich würde ihm nun für die nächsten Jahre eine günstige Übernachtungsmöglichkeit in der JVA anbieten. Und zwei warme Mahlzeiten täglich gibt's auch.«

»Haben Sie«, frage Ann Kathrin, »einen Verdacht?«

Jetzt sah Pintes sie an, wischte sich mit dem Handrücken über die Lippen. Speichelfäden blieben daran hängen. Er spottete: »Verdacht? Man sagt so was ja nicht gerne. Bestimmt kann man dafür belangt werden, wenn es am Ende nicht stimmt. Aber ich glaube nicht an irgendeinen verrückten Einbrecher. Haben Sie mal Ingo Stielmann überprüft?«

»Ingo Stielmann? Wer ist das?«

Er lachte. »Ja, schon klar. Ihr habt überhaupt keine Ahnung. Mit dem war sie zusammen, bevor wir zusammen waren.«

»Sie hat Ingo Stielmann verlassen und ist dann Ihre Freundin geworden?«

»So kann man es auch ausdrücken.«

»Dann sagen Sie mir mal, wie Sie es sehen«, forderte Ann Kathrin ihn auf.

Er lehnte sich im Stuhl zurück, streckte die Beine von sich. Jetzt ging es ihm besser. Er witterte Morgenluft. »Sie hat mich damals benutzt, um ihn rauszuschmeißen. Alleine ist sie ihn nicht losgeworden. Dazu hat sie mich gebraucht. Ich habe ihn vor die Tür gesetzt.«

»Wo wohnt dieser Stielmann? Was wissen Sie noch über ihn? Hat er Frau Ziegler in letzter Zeit belästigt?«

»Er wollte, dass sie zu ihm zurückkommt.«

»Ja, das ist ja an sich noch nicht strafbar. Hat er sie belästigt? Gestalkt? Wann haben Sie ihn das letzte Mal gesehen?«

Pintes lachte bitter: »Er war der Weltmeister aller Stalker. Wir haben in Dinslaken alle Schlösser austauschen lassen, weil wir davon ausgehen mussten, dass er noch einen Schlüssel hatte. Wir haben den Zaun höher gemacht, Rollläden angebracht und alle möglichen Haussicherungen. Im Grunde fühlte Sabine sich nur sicher, wenn ich bei ihr war. Weil sie wusste, dass ich ihm was auf die Fresse haue, wenn er sich noch mal blicken lässt.«

Ann Kathrin wiederholte ihre Frage: »Wann haben Sie ihn zum letzten Mal gesehen?«

»Vor zwei Tagen.«

»In Norddeich?«

»Ja. Wir haben uns bei *de Beer* Fischbrötchen gekauft. Da haben wir ihn gesehen.«

»Er reist Ihnen nach?«

»Mir nicht. Sabine.«

»Warum haben Sie mir das nicht sofort erzählt? Es hätte Sie entlastet … Oder haben Sie das gerade erst erfunden?«

»Frau Kommissarin – haben Sie schon mal einen Geliebten

erstochen im Bett gefunden? Dann denkt man nicht mehr logisch. Dann ...«

Ann Kathrin beschloss, das Verhör zu beenden. Fürs Erste hatte sie genug. Mit einem Blick zur Scheibe kündigte sie den Kollegen an, dass sie jetzt den Raum verlassen würde und jemand anders sich um Florian Pintes kümmern solle.

Rupert grinste. »Dann hat sich die Ziegler die scharfen Klamotten also für diesen Ingo angezogen ...« Er pfiff anerkennend durch die Lippen.

»Und warum«, fragte Weller, »hätte er sie dann töten sollen?« Darauf wusste Rupert keine Antwort.

Als er von der Toilette nach draußen kam, griff der Wind nach ihm, als wolle er die bösen Gedanken aus seinem Gehirn treiben. Aber es war nur eine kurze Böe, dann brannte die Sonne wieder auf der Haut. Sein Liegestuhl war tatsächlich frei geblieben. Der einzige leere Liegestuhl in der ganzen Reihe. Fast, als würde etwas nicht damit stimmen.

In Richtung Strand saßen knutschende Pärchen auf den Bänken. Wohin er auch guckte, überall sah er verliebte Paare. Es versetzte ihm jedes Mal einen Stich.

Die freundliche Servicekraft brachte ihm das Essen, schenkte ihm noch ein Lächeln und sah dann verwundert, mit welcher Wut er in die Hähnchenflügel biss. Er knabberte sie nicht ab wie andere Leute, er schien sie auch nicht zu genießen. Er gab sich Mühe, sie nicht samt Knochen zu verschlingen. So, wie es krachte, biss er sie durch.

Er sah eigentlich nett aus, aber er hatte etwas Unheimliches an sich. Und sie war froh, dass sie bereits einen Freund hatte, mit dem sie glücklich war. Die Suche hatte ein Ende.

Sie hatte wahrlich genug zu tun. Sie wusste nicht warum, aber sie beobachtete ihn immer wieder, wenn sie anderen Gästen die Getränke oder die Rechnung brachte. Er war tief in den Liegestuhl hineingerutscht. Sein Kopf war fast auf der Höhe seiner Knie. Sie wusste genau, was er tat. Er stand auf Beine. In dieser tiefen Haltung, scheinbar schlummernd, konnte er die vorbeiflanierenden Frauen besser beobachten. Bei dem Wetter zeigten einige eine Menge Bein. Das gefiel ihm.

Er pfiff nicht hinter den Frauen her. Nein, so einer war er nicht. Das hätte auch nicht zur Insel gepasst. Er verbarg seine Augen hinter einer großen Sonnenbrille, machte einen auf cool und mit Hangover im Liegestuhl eingeschlafen. In Wirklichkeit aber bewegte sich sein Kopf mit den vorbeigehenden Mädels. Je kürzer die Röcke, desto länger sah er ihnen nach.

Einigen Frauen gefiel das, und sie schlenderten zweimal an ihm vorbei. Andere ignorierten ihn einfach.

Er war auf der Suche. Das war ihr ganz klar. Aber er flirtete nicht offen. Er suchte wie jemand, der nicht will, dass man von ihm weiß, dass er sucht.

Er gab ein großzügiges Trinkgeld, blieb dann noch eine Weile sitzen, und irgendwann war sein Liegestuhl leer. Er stand am Pavillon herum, an dem am Vorabend noch Bieber mit seinem Trio gespielt hatte. Nein, nicht der Justin, sondern der Eberhard.

Er stand da und guckte nur. Aber nicht wie die meisten aufs offene Meer.

Sie bediente noch mehrere Gäste. Immer wieder sah sie zu ihm hin, bis der Typ mit der Sonnenbrille ganz verschwunden war. Irgendwie bewegte sie sich danach freier, fühlte sich wohler, hätte aber nicht sagen können, warum.

Conny Lauf hatte sich einen Strandkorb gemietet. Sie trug einen knappen, knallgelben Bikini, der ihre braune Haut besonders gut zur Geltung brachte. Sie hatte zwei Taschenbücher mit zum Strand genommen. Im Strandkorb liegen, mit Blick aufs Meer, dazu ein spannendes Buch, das Prickeln der Sonne auf der Haut, ein sanfter Wind – Conny Lauf war glücklich. In solchen Momenten konnte sie alles andere vergessen. Beruflichen Stress, Ärger mit dem Ehemann, das alles spielte überhaupt keine Rolle. Es war, als würde sich das Meer zwischen sie und die Probleme der Welt schieben, und mit seinem Rauschen und Donnern schluckte es jedes störende Geräusch.

Sie wusste nicht, wie spät es war. Sie ging ganz nach ihren Bedürfnissen. Als sie Hunger bekam, spazierte sie unten am Wasser entlang in Richtung *Heimliche Liebe*. Der nasse Sand quatschte zwischen ihren Zehen hoch. Dann spülte eine Welle ihren Fuß wieder sauber, bevor sie zum nächsten Mal erneut bis zum Knöchel einsank. Wie schön! Das kalte Wasser tat ihrem Kreislauf gut.

Sie war sensibel genug, um die Blicke hinter sich zu spüren. Zu Hause hätte sie sich nicht getraut, mit so einem Gang über die Straße zu gehen. Aber hier, im Urlaub, war alles anders. Und im Bikini sowieso.

Sie schlenderte nicht bis zur *Heimlichen Liebe*. Vom Restaurant *Strand 5* wehte der Geruch nach gebratenem Fisch herüber. Sie bestellte sich dort eine Dorade auf Ratatouille, dazu eine große Flasche Mineralwasser.

Der Abend mit ihrem Lover hatte ihr gutgetan. Sie mochte es, von ihm begehrt zu werden. Zu lange schon fühlte sie sich in ihrer Ehe als Angebot, für das keine Nachfrage mehr existierte. Es war, als müsse sie es sich selbst beweisen.

Nein, sie hatte nicht wirklich vor, ihren Mann zu verlassen.

Dieses Urlaubsvergnügen hier diente ihrem Selbstbewusstsein. Sie spürte es von Stunde zu Stunde wachsen.

Sie hatte lange nicht mehr mit solcher Freude gegessen. Die Dorade schmeckte köstlich. Sie war froh, nicht mit irgendwem Smalltalk machen zu müssen. Kein Arbeitsessen. Kein Mann, der gelangweilt nachfragte, wie es ihr ergangen war und eigentlich doch nur von sich selbst erzählen wollte.

Sie bekam Lust auf ein Glas kühlen Weißwein. Normalerweise trank sie tagsüber nie. Heute machte sie eine Ausnahme.

Rocco, der eigentlich Richard hieß, aber den Namen zu spießig fand, hätte gern den ganzen Tag mit ihr verbracht. Aber genau diese Enge wollte sie nicht. Im Grunde störte es sie schon, wenn er morgens neben ihr wach wurde.

Nein, sie hatte keine Lust, einem Typen das Frühstück zuzubereiten. Das hier sollte doch keine Urlaubsehe sein, sondern ein Abenteuer. Ja, er durfte sie heute Abend noch mal zum Essen ausführen. Er hatte die *Heimliche Liebe* gewählt, das fand er romantisch.

Sie ging gern mit ihm dorthin. Doch jetzt wollte sie woanders zu Mittag essen. Und später dann, nach dem Abend in der *Heimlichen Liebe* … Sie drehte das kühle Weinglas in der Hand. Alles kann, nichts muss, dachte sie. Das ist Urlaub.

Ihr Handy piepste. Zum fünften Mal an diesem Tag schickte ihr Ehemann ihr eine Nachricht. Sie las sie lächelnd und nahm noch einen Schluck Wein.

Komisch, dachte sie. Wenn ich in deiner Nähe bin, kümmerst du dich nicht um mich, ja, siehst mich kaum. Ich habe das Gefühl, neben dir zum Insekt zu werden. Aber kaum bin ich für ein paar Tage weg, kannst du gar nicht genug Kontakt zu mir haben. Du bist doch nicht etwa eifersüchtig?

Der Gedanke gefiel ihr. Jemand, der eifersüchtig war, der

liebte noch. Seine ständigen Kontaktversuche störten sie und schmeichelten ihr gleichzeitig. Sie wollte sich von ihm nicht kontrollieren lassen. Er würde das hier nicht herausbekommen. Er konnte es sich nicht mal vorstellen. Für ihn war sie irgendwann zu dem biederen Hausmütterchen geworden. Jetzt fühlte sie sich gut und durchtrieben.

Er wollte ihr nicht zu nah kommen. Er wollte nicht in ihrer Nähe gesehen werden. Aber es gefiel ihm, ihr zuzuschauen. Ihr Gang regte seine Phantasie an. Das Tattoo auf ihrer rechten Wade schien sich mit jedem Schritt zu bewegen, als würde ihr Gang den schlafenden Käfer wecken, und nun krabbelte er ihre Beine hoch. Er kam aber nicht weiter, weil er wie angebunden war, als müsse er sich ein Bein ausreißen, um endlich frei zu sein.

Es gab Tiere, die so handelten. Als Kind hatte er oft Spinnen gefangen und Weberknechte und sie an nur einem Bein festgehalten. Die, die ihm das Bein ließen, um in die Freiheit zu kommen, vor denen hatte er am meisten Respekt. Er tötete sie nicht. Nein, er betete sie förmlich an.

Nur wer bereit ist, alles hinter sich zu lassen, kann wirkliche Freiheit erringen, dachte er. Er empfand die Tiere danach nicht als verkrüppelt, sondern als geadelt.

War es eine Option, sie einfach anzusprechen? Er musste sie von hier weglocken, von den vielen Menschen. Für das, was er vorhatte, brauchte er die Einsamkeit. Weiter im Osten der Insel, wo die Dünen zu Wäldern wurden, wo sie unbeobachtet waren. Vielleicht konnte er sie auf eine Radtour einladen, ihr von der Schönheit dort drüben erzählen, um sie dann in der Einsamkeit ganz für sich zu haben …

Irgendjemand würde sich vielleicht später an ihn erinnern. Nein, das Ganze erschien ihm zu riskant. Am schönsten war es, sie allein in ihrer Ferienwohnung zu erwischen. Ohne diesen Typen, der jetzt Strandvolleyball spielte. Ein Sport, der seiner Meinung nach sowieso nichts für Männer war und mit Sport nichts zu tun hatte, sondern nur Spaß machte, wenn bezaubernde Frauen sich nach Bällen reckten und hüpften.

So, wie sie im *Strand 5* saß, konnte er von ihr nur den Oberkörper sehen. Er beneidete sie darum, wie sehr sie genießen konnte. Er fragte sich, ob er jemals im Leben Wein so getrunken hatte wie sie. Er hatte sogar versucht, zum Weinkenner zu werden, hatte Weinbücher gekauft, Weinproben besucht, ja, ganze Seminare mitgemacht. Die Pose des Weinkenners hatte er erlernt. Er konnte auch sehr unterhaltsam über Weine sprechen, hatte inzwischen eine Menge Ahnung. Das Problem war nur für ihn: Er schmeckte es nicht. Das alles war Kopfwissen. Er konnte die Weine nicht unterscheiden. Ohne Etikett kam er nicht weiter. Da fehlte ihm einfach etwas. Dabei wäre er doch so gerne Weinkenner und -liebhaber gewesen. Er roch mehr, als er schmeckte.

Vermutlich kannte sie den Unterschied zwischen einem Grauburgunder und einem Weißburgunder nicht. Sie bestellte sich einfach einen trockenen Weißwein. Genau so schätzte er sie ein. Und nun saß sie glücklich lächelnd da und erfreute sich an dem schönen Tag.

In dunklen Momenten dachte er, dass alle Menschen nur so taten, als würden sie wirklich schmecken, auf welchem Boden der Wein angebaut worden war und um welche Traube es sich handelte. War alles nur Show, um sich wichtig zu machen? Aber für wen sollte Conny Lauf die Show abziehen? Sie wusste doch nicht, dass sie beobachtet wurde. Nein, sie wollte niemanden beeindrucken. Sie gab sich wirklich einer Gaumenfreude hin und schaute dabei aufs Meer. In diesem Moment beneidete er sie voller Missgunst.

Ingo Stielmann hatte sich ein Doppelzimmer zur Einzelnutzung im Hotel Reichshof gemietet. Er war mit einem Motorrad gekommen. Eine schwere Maschine, daran konnten sich noch einige Leute erinnern, weil Jugendliche herumgestanden und sie bewundert hatten. Nein, keine Harley Davidson.

Er hatte das Zimmer für eine Woche gemietet und im Voraus bezahlt, war dann aber übereilt abgereist. Martina Haver-Franke erklärte Ann Kathrin Klaasen: »Ich glaube kaum, dass Herr Stielmann wiederkommt. Er hat nicht mal gefrühstückt. Das Motorrad ist nicht mehr da, und aus seinem Zimmer hat er alles mitgenommen. Keine Zahnbürste mehr, kein Schlafanzug, nichts. Das Zimmermädchen hat mir gesagt, dass dort nur noch ein T-Shirt ist, das hat er offensichtlich vergessen. Ich glaube kaum, dass er wiederkommt, um es sich abzuholen. Gäste reisen manchmal so plötzlich ab. Ein Sterbefall in der Familie … Meistens steckt eine sehr schlechte Nachricht dahinter.«

Ann Kathrin bat, sich das T-Shirt mal ansehen zu dürfen. Es war aus Baumwolle, hatte die Größe L und darauf stand: *Kölsche Sadansbroode*. Er machte aus seiner Liebe zu Köln also keinen Hehl.

Weller stand ruhig neben Ann Kathrin und versuchte, sich auf seine Arbeit zu konzentrieren. Er sagte kein Wort, während Ann Kathrin und Frau Haver-Franke sprachen.

Als sie den Reichshof verließen, wunderte Ann Kathrin sich. Normalerweise wollte Weller immer einmal ins Zille-Zimmer, um sich die Bilder anzusehen. Aber heute hatte er nicht mal dafür einen Sinn.

Draußen sagte Weller: »Entweder hat er sie umgebracht und ist geflohen, oder er hat von ihrem Tod erfahren und ist dann …«

»Ja«, sagte Ann Kathrin, »ich glaube auch, dass seine übereilte Abreise ursächlich mit Sabine Zieglers Tod zusammenhängt. Aber vielleicht ist auch einfach seine Oma krank geworden …«

»Wir haben nichts über ihn«, sagte Weller, und es klang, als spräche das gegen ihn. »Der ist nie irgendwie auffällig geworden.«

»Haben wir seine Handynummer?«

»Nein. Aber wir haben seine Anschrift. Er wohnt in Köln-Dellbrück in der Gierather Straße.«

Weller wurde sehr nachdenklich. Er kratzte sich. Ann Kathrin bemerkte seine Unsicherheit. Weller sprach jetzt leise. Er flüsterte fast, als sei das, was er aussprechen wollte, peinlich.

»Mord aus Eifersucht. Da kann man schon verdammte Wut entwickeln.«

»Du sprichst aus eigener Erfahrung, Frank, was?«

Er wusste nicht, ob er ihre offene Frage als befreiend oder als unverschämt empfand. So war sie halt.

»Ich habe in der Zeit gelitten wie ein waidwund geschossenes Tier. Ich wusste am Ende genau, wann Renate wieder etwas mit einem anderen Typen hatte. Ich habe es an ihrem Gang gemerkt, an ihrer Art zu sprechen. Ich habe es ihr im wahrsten Sinne des Wortes am Gesicht angesehen. Dabei war Renate eine gute Schauspielerin. Ich habe mich bei jedem zweiten Kerl, dem ich in die Augen gesehen habe, gefragt: Ist der es? Manchmal hatte ich solche Wut, da hätte ich am liebsten …«

Er wusste nicht, wohin mit seinen Händen. Er steckte sie vorsichtshalber in die Hosentaschen.

»Lass uns ein paar Meter gehen«, schlug Ann Kathrin vor. »Bewegung hilft meist, Emotionen abzubauen.«

Im Neuen Weg roch es nach Theos Berlinern und gebrannten Mandeln. Theo winkte den beiden aus seinem Verkaufsstand zu. Er hielt ein Tütchen in die Höhe und rief: »Für meine Freundin Ann Kathrin!«

Sie wollte es Weller ersparen, jetzt im Gewühl an Theos Stand Smalltalk zu machen. Sie ließ ihn stehen, lief hin, tauschte mit Theo ein paar Nettigkeiten aus und nahm in Kauf, dass er sie drannahm, obwohl noch vier Leute auf ihre Berliner warteten. Sie warf Theo sogar eine Kusshand zu. Er erwiderte das lachend.

Schon war sie wieder zurück bei Weller. Sie öffnete die Tüte mit den gebrannten Mandeln, nahm aber selbst keine heraus. Stattdessen griff Weller zu und zerkrachte mehrere laut. »Glaub mir«, sagte er, »manchmal hätte ich die Typen kaltmachen können. Also, ich verstehe es schon, dass jemand zum Mörder werden kann.«

»Warum hast du deine Frau nicht einfach verlassen?«

»Einfach?«, fragte Weller zurück. »Wir hatten zwei Kinder. Jule und Sabrina. Ich bin nicht bei Renate geblieben, sondern bei denen, verstehst du? Bis es halt gar nicht mehr ging …«

Er nahm die Tüte an sich, ließ mehrere gebrannte Mandeln in seine offene Hand kullern und warf sie regelrecht ein. Während er mit vollem Mund kaute, fragte Ann Kathrin: »Hat das eine Bedeutung für unseren Fall?«

Er hustete, schluckte und bekam Durst auf ein Bier.

»So verführerisch, wie sie angezogen war, hat sie einen Liebhaber erwartet. Ich konnte es meiner Renate immer schon am Frühstückstisch ansehen, wenn sie abends etwas vorhatte. Sie hatte Unterwäsche fürs Fremdgehen und welche für den Alltag mit mir.«

Einerseits gefiel es Ann Kathrin, wie offen er zu ihr sprach, andererseits wollte sie das überhaupt nicht wissen. Sie stellte ihn sich so wenig wie möglich mit anderen Frauen vor und mit Renate schon mal gar nicht.

»Und dann«, folgerte Ann Kathrin, »hat der sie umgebracht, für den sie sich nicht schick gemacht hatte, der aber eher da war als sein Konkurrent.«

»Vermutlich. Stell dir mal vor, dieser Ingo oder meinetwegen auch ihr Florian taucht nachts auf, klopft, sie öffnet, so angezogen, wie wir sie gefunden haben, und ihm wird klar, das hat sie für den anderen Mann gemacht, nicht für ihn. Sie hat vielleicht sogar noch ein paar abweisende Sätze für ihn auf Lager und will ihn herauskomplimentieren. Der Typ dreht dann einfach durch, stößt sie aufs Bett und …«

»… hat zufällig ein Messer dabei?«

»Herrgott, Messer liegen doch in jeder Ferienwohnung genug herum.«

Als sie am Mittelhaus vorbeikamen, hustete Weller noch einmal demonstrativ und fragte: »Hast du etwas dagegen, wenn ich mir hier ein Bier …«

Sie klemmte sich den Satz: *Wir sind im Dienst*. Mit solchen Plattheiten wollte sie sich nicht abgeben. Er wusste es doch genau. Aber sie hatte Verständnis für ihn. Obwohl sie schon so lange zusammenlebten, hatte er seine kaputte Beziehung zu Renate immer noch nicht verarbeitet. Die damals geschlagenen Wunden schmerzten noch heute, wenn ihn jemand zufällig an dieser Stelle berührte. Dieser Fall brachte ihn an seine eigenen Absturzstellen. Oder war es der Ärger mit Jules Versicherung?

Michael Möss begrüßte die beiden lachend und wollte sofort einen ausgeben. In dem Moment fiel Ann Kathrin ein, dass sie die gebrannten Mandeln bei Theo gar nicht bezahlt hatte. Woanders, dachte sie, würde das aussehen wie Bestechung. In Ostfriesland nennt man es Lebensart.

Marion Wolters saß in der Einsatzzentrale am Computer. Sie hatte sich gerade einen frischen Kaffee aufgebrüht. Sie stieß sauer auf und kämpfte mit ihrer schlechten Laune.

Sie hatte mit ihrer Low-Carb-High-Fat-Diät binnen einer Woche 3,2 Kilo abgenommen. Sie sah sich schon neue Sachen kaufen oder zumindest ein paar alte, zu eng gewordene hervorkramen und freute sich darauf, sie endlich wieder tragen zu können.

Aber dann hatte ihre Nachbarin bei ihr geklingelt, die mit den schrecklichen Kindern und dem Ehemann, der so laut schnarchte, dass sie ihn, wenn bei den Nachbarn das Schlafzimmerfenster geöffnet war, hören konnte. Bei einer Geburtstagsfeier war dort viel übrig geblieben und das durfte natürlich nicht weggeschmissen werden. Also verteilte ihre Nachbarin die Köstlichkeiten in der ganzen Straße.

Marion bekam drei Stücke Buttercremetorte, zwei Stücke Baumkuchen, außerdem eine Riesenschüssel selbstgemachten Kartoffelsalat mit Lammfrikadellen.

Sie wollte ihre Nachbarin nicht beleidigen. Sie legte auf ein gutes Verhältnis zu den Nachbarn wert. Und jetzt war ihr schlecht. Sie fühlte sich mies, denn sie hatte in einem Fressanfall so ziemlich alles in sich hineingestopft. Jetzt hatte sie Verdauungsprobleme und hoffte, dass der starke Kaffee ihr helfen könnte, dieses Problem zu lösen.

Ein Herr Anfang sechzig betrat die Polizeiinspektion. Er hatte schlohweiße Haare, nach hinten gekämmt, sah ein bisschen aus, wie Ben Cartwright aus *Bonanza*. Er trug einen korrekt sitzenden, leichten, hellblauen Sommeranzug und ein schwarzes Aktenköfferchen, das er auf die Theke legte.

Er strahlte sie mit seinen wirklich gutgemachten dritten Zähnen an und stellte sich als Anwalt von Florian Pintes vor. Er entschuldigte sich, dass es so lange gedauert habe, aber er hätte auf dem Ostfriesenspieß im Stau gestanden.

Sie hatte sofort Verständnis für ihn. Er gefiel ihr. Wenn er Arzt gewesen wäre, hätte sie gerne zu seinen Patientinnen gezählt. Würde er Versicherungen verkaufen, hätte sie bei ihm, ohne zu zögern, eine Lebensversicherung abgeschlossen. Und wenn er sie auf sein Segelboot eingeladen hätte, um mit ihr ein bisschen herumzuschippern, wäre sie auch sofort dabei gewesen.

»Ich würde«, sagte er, »meinen Mandanten gerne unter vier Augen sprechen.«

Das gestand sie ihm selbstverständlich sofort zu. Nein, sie fragte nicht nach seinem Ausweis. Sie ließ sich keine Legitimation zeigen. Sie erlag seinem Charme. Und außerdem hatte es sie sowieso gewundert, warum Florian Pintes bisher ohne juristischen Schutz war.

Sie vermutete, dass dieser moderne Ben Cartwright ein Spitzenanwalt war. Teuer und erfolgreich. Es sprach für Pintes, dass er nicht irgendeine Pfeife genommen hatte, sondern den.

Sie hatte hier ein paar Anwälte erlebt, die weltmännisch auftraten und mit Lebenserfahrung und Sachkenntnis einen Fall sehr schnell wendeten. Einige hatten ihre Klienten gleich mit nach Hause genommen. Andreas Cremer zum Beispiel und Wolfgang Weßling.

Sie drückte ein paar Knöpfe, alle Sicherheitstüren öffneten sich, und schon befand sich der Fremde mit den silbernen Haaren im Zentrum der Polizeiinspektion.

Marion Wolters entschuldigte sich: »Ich weiß gar nicht, ob wir im Moment ein Zimmer frei haben. Ich würde Ihnen natürlich gerne einen Kaffee anbieten und eine gemütliche Situation, aber ... da Sie nicht angekündigt waren ...«

Er ging darüber großzügig hinweg: »Bringen Sie mich einfach zu ihm in die Zelle.«

»Es ist in den gekachelten Räumen bei uns nicht so gemütlich«, wendete Marion Wolters ein.

Er lächelte. »Das ist es dort nirgendwo, glauben Sie mir, junge Frau ...«

So, wie er *junge Frau* sagte, ging es ihr runter wie Sahnetorte, machte aber im Gegensatz dazu nicht dick.

Auf dem Weg nach unten begegnete ihnen Jessi Jaminski. Marion Wolters taxierte sie. Es passte ihr überhaupt nicht, wie sehr Jessis Anwesenheit Rupert aufwertete. Dieser eitle Gockel ließ sich von ihr bewundern und beflirten. Vielleicht war er eine Art Vaterersatz für sie. Bei dem Gedanken, dass die beiden etwas miteinander hatten, wurde ihr richtig schlecht. Wenn es nach ihr ginge, wäre Rupert längst vom Dienst suspendiert worden. Der war in ihren Augen nur als abschreckendes Beispiel nützlich. Und so eine dumme Schnepfe wie diese Jessi, ohne jede Lebenserfahrung, fiel natürlich auf den Humphrey-Bogart-Verschnitt rein.

Jessi ging mit runter. Warum, wusste Marion Wolters nicht. Es war ihr auch gleichgültig.

Hier unten im Flur, wo eine Zelle neben der anderen lag und die Stahltüren Sicherheit suggerierten, gleichzeitig auch auf die Gefährlichkeit der Typen dahinter hinwiesen, bekam Marion Wolters oft so ein flaues Gefühl. Es war nicht richtig Platzangst, aber dies war einer der Orte, an denen sie sich nur sehr ungern aufhielt. Die Vorstellung, selbst in so einem gekachelten Raum bei geschlossener Tür auch nur ein paar Minuten verbringen zu müssen, machte sie panisch. Sie bekam sofort Kopfschmerzen und wollte nur noch fliehen. Sie verstand jeden, der sich dagegen auflehnte.

Umso unverständlicher war es ihr, als sie die Tür aufschloss, wie entspannt Florian Pintes auf der blauen Plastikmatratze lag. Der Raum hatte keine Fenster, war vollständig weiß gekachelt, und auf einem gemauerten Bett lag die blaue Plastikmatratze.

Pintes hatte die Hände hinterm Kopf verschränkt, die Füße übereinandergelegt, als würde er in einer Hängematte zwischen zwei Palmen in der Sonne wippen. Er sah Marion Wolters fragend an, als fühle er sich geradezu gestört.

»Ihr Anwalt«, sagte sie und gab die Tür frei.

Florian Pintes zuckte zusammen. Marion Wolters sah ihren Ben Cartwright an und versprach: »Wenn Sie klingeln, bin ich sofort da und lasse Sie wieder raus. Aber jetzt muss ich Sie dann mit ihm hier einschließen.«

»Kein Problem, junge Frau.«

Da war es wieder, das Zauberwort: junge Frau.

Florian Pintes saß sofort aufrecht, machte eine abwehrende Geste. Marion Wolters verstand ihn so, als wolle er sie daran hindern, die Tür wieder zu schließen, was sie aber sofort tat. Hinter ihr stand Jessi und lugte ihr über die Schulter.

Marion wollte diesen Flur so schnell wie möglich verlassen. Schon war sie auf der ersten Treppe. Jessi lief hinter ihr her und fragte: »Was war das denn für eine Nummer?«

Ohne sich nach ihr umzudrehen, antwortete Marion Wolters: »Was für eine Nummer? Wir leben in einem Rechtsstaat. Da hat jeder Beschuldigte ein Recht darauf, seinen Anwalt zu sprechen. Das ist sein Anwalt. Und wenn du mich fragst, der paukt ihn raus. Glaub mir, Mädchen, ich habe ein Auge für so etwas. Ab jetzt wird der Typ nichts mehr aussagen, sondern wir müssen alle Fragen schriftlich stellen, und dann kriegen wir Antwort von seinem Anwalt.«

»Aber«, fragte Jessi und hielt Marion Wolters an der Kleidung fest, »der hatte doch Angst vor dem!«

»Vor wem? Vor seinem Anwalt?«

»Das war doch ganz deutlich!«

Marion Wolters lachte: »Der hat Angst vor dem, was ihm bevorsteht. Aber bestimmt nicht vor seinem Anwalt.«

»Ich hab ein blödes Gefühl dabei«, behauptete Jessi. »Ich würde am liebsten noch mal reingehen und nach dem Rechten sehen.«

So redete hier sonst nur Ann Kathrin Klaasen. Sie hatten sich alle daran gewöhnt, dass die manchmal Gefühle hatte, von denen sie sich leiten ließ. Aber Ann Kathrin bemühte sich wenigstens, alles vernünftig zu begründen. Sie hätte an dieser Stelle etwas gesagt wie: *Ich glaube, ich habe etwas in der Zelle liegenlassen.*

Jessi sprach ganz offen über ihre Gefühle. Das, so wusste Marion Wolters, würde sich mit der Zeit abschleifen.

»Mädchen«, sagte sie streng, »du musst noch eine Menge lernen.«

»Kann ich den Schlüssel haben?«, fragte Jessi. »Ich möchte gerne …«

Marion Wolters verzog den Mund. Treppensteigen sollte ja angeblich gut für die Figur sein, sagte sie sich selbst und kehrte um. Sie war bereit, die Tür zu öffnen, Jessi den Raum zu zeigen, um dann endlich ihre Ruhe zu haben.

Die Mauern waren dick und die Türen ebenfalls. Trotzdem hörte sie schon auf zwei Meter Entfernung den Kampflärm.

Marion Wolters konnte sehr flink und behände sein. Fast blitzartig hatte sie die Tür geöffnet.

Florian Pintes lag nicht mehr auf der blauen Matratze, sondern auf dem Boden. Sein Anwalt kniete auf seinem rechten Arm und hielt so die Hand unter Kontrolle. Gleichzeitig stach er mit einem Messer auf Pintes' Brust ein.

»Hast du es so gemacht?«, schrie er. »So?«

Marion Wolters griff zu ihrer Dienstwaffe, doch noch bevor sie sie ausgepackt hatte, war Jessi an ihr vorbei in den Raum gehuscht. Marion rief: »Hände hoch! Lassen Sie das Messer fallen!«

Jessi schlug einfach zu. Sie landete einen rechten Schwinger in dem deckungslosen Gesicht.

Der Mann im hellblauen Anzug wurde sofort ohnmächtig.

Das Messer fiel auf den Boden. Die vielen Blutspritzer wirkten auf den weißen Kacheln besonders grell und bedrohlich.

Marion Wolters begann zu kreischen: »Scheiße, Scheiße, Scheiße!«

Jessi legte dem ohnmächtigen Mann Handschellen an.

Florian Pintes krümmte sich und drückte seine Handflächen gegen die Stichwunden.

»Einen Arzt! Wir brauchen einen Notarzt!«, schrie Jessi in ihr Handy.

Weller hatte sein Bier im Mittelhaus noch nicht ausgetrunken, und Ann Kathrin nippte noch an ihrem Mineralwasser, da erschien auf dem Display ihres Handys die Nachricht: *Mordversuch! Florian Pintes schwerverletzt.*

Ann Kathrin sah Weller an. Sie verstand nicht ganz. »Was soll das? Der ist doch bei uns in der Zelle.«

Sie lief rüber in die Polizeiinspektion. Frank Weller rief ihr hinterher: »Warte! Warte, Ann, ich komme!«

Michael Möss, der Wirt, stöhnte: »Wenn wir schon mal zusammen einen trinken wollen ...«

Ann Kathrin Klaasen und Frank Weller rannten durch den Flur der Polizeiinspektion, die Treppen hoch. Sie hörten Rupert brüllen: »Ich will deinen Scheißnamen wissen, verdammt nochmal!«

Ann Kathrin stieß die Tür auf. Sie sah einen Mann, mit Handschellen an einen drehbaren Bürostuhl gefesselt. Seine Unterlippe war aufgeplatzt. Sein hellblauer Anzug war mit dunklen Blutspritzern übersät, als sei das eine neue Mode.

Er schien in einem erbärmlichen Zustand zu sein. Trotz seiner schlimmen Lage lächelte er zufrieden, wie jemand, der mit sich und seiner Tat im Reinen ist, ja, geradezu stolz darauf.

Jessi Jaminski stand, den Hintern halb auf der Schreibtischkante, und rieb sich die Knöchel der rechten Hand.

Rupert war sehr aufgebracht. Ann Kathrin schob ihn ein Stückchen zur Seite, um den Gefangenen besser sehen zu können.

»Er sitzt bloß da und grinst dämlich«, schimpfte Rupert.

»Wie konnte er«, fragte Ann Kathrin, »unbeaufsichtigt zu Florian Pintes?«

Rupert pustete Luft aus. »Er hat sich als sein Anwalt ausgegeben.«

»Ausgegeben? Hat das niemand überprüft?«, fragte Ann Kathrin scharf nach.

»Der Bratarsch hat das nicht für nötig gehalten«, konterte Rupert.

Ann Kathrin warf ihm einen tadelnden Blick zu. Sie mochte es nicht, wenn er Marion Wolters so nannte. Sie nahm sich vor, es später noch einmal zu thematisieren. Aber jetzt gab es Wichtigeres zu tun.

»Warum ist der Mann gefesselt?«, wollte Weller wissen.

»Weil er hochaggressiv ist«, erklärte Jessi.

»Er macht eher einen leicht bekifften Eindruck«, erwiderte Weller. »Habt ihr ihn nach Papieren durchsucht?«

Rupert zeigte auf einen schwarzen Aktenkoffer, der hinter Jessi auf dem Schreibtisch lag. »Er hatte das Ding da mit, aber er rückt die Zahlenkombination nicht raus.«

»Wenn Sie mich losmachen«, sagte der Mann, »erzähle ich Ihnen alles, was Sie wissen wollen.«

Ann Kathrin nickte Rupert zu. Der löste die Handschellen und sprach dabei eine Mahnung aus: »Keine Fisimatenten. Nur eine falsche Bewegung, und ich zieh die Acht so richtig stramm.«

Der Mann rieb sich die Handgelenke und rollte den Kopf auf den Schultern.

Rupert brüllte ihn an: »Wir sind hier nicht beim Yoga!«

»Mein Name«, sagte er, »ist Günter Ziegler. Günter ohne H. Und im nächsten Leben werde ich vielleicht auch Rechtsanwalt. Ich bin Geschäftsmann aus Dinslaken. Ich habe zwei Lebensmittelläden, die …«

»Sabine Ziegler ist Ihre Tochter?«, staunte Ann Kathrin.

»Ja. Und Florian hat sie umgebracht. Ich wusste immer, dass das mal so ausgeht! Ich habe sie beschworen. Ich habe ihr gesagt: *Der Mann ist nicht gut für dich, Kind. Er ist ein Wüterich. Der hat seine Gefühle nicht im Griff.* Manchmal konnte der total ausflippen. Es hat Familienfeiern gegeben, die fingen toll an, aber kurz nach seinem Erscheinen lag alles in Schutt und Asche. Er hat sich immer irgendeinen herausgesucht und mit dem dann Krach angefangen. Man konnte das gar nicht verhindern. Der brauchte das, um sich selbst zu spüren. Wenn der richtig wütend war, wenn er kämpfen und verletzen konnte, dann hat er sich wohl gefühlt. Ich habe zu Binchen gesagt. *Das ist doch kein Mann für dich. Mit so einem Choleriker kann man kein glückliches Leben führen.* Aber was nutzt es schon, wenn Väter etwas sagen. Meistens kommt das Gegenteil dabei heraus. Ich habe sie damit nur noch mehr in seine Arme getrieben. Sie hat mir dann gar nichts mehr erzählt. Verschlossen wie eine Auster wurde meine Kleine. Zumindest mir und meiner Frau gegenüber. Sie fühlte sich jedes Mal dafür verantwortlich, wenn er Scheiße gebaut hatte. Auf der Arbeit irgendwo rausflog oder …«

»Ach, erklärt das, warum der Orthopädieschuhmacher arbeitslos war?«

»Ja. Beim letzten Mal ist er mit seinem Schuhmacherhammer auf einen Kunden losgegangen. Der kam mit einer Beschwerde, weil ihm etwas nicht passte. Er hat ihm mehrere Knochen der Hand zersplittert.«

Er schwieg und blickte plötzlich auf den Boden, als könne er erkennen, was gerade eine Etage tiefer passierte.

Ann Kathrin hakte nach: »Und dann sind Sie hierhergekommen, um ihn umzubringen?«

»Ja«, sagte Ziegler geradezu erleichtert. »Ist er denn tot? Habe ich es geschafft?«

Ann Kathrin sah Rupert an, der nur mit den Schultern zuckte, als sei es ihm egal.

Jessi antwortete für ihn: »Ich glaube, er hat eine Chance, durchzukommen.«

Rupert nickte und zeigte auf Jessi. »Ja, und wenn er es überlebt, dann verdanken wir das ihr. Sie hat ihn ausgeknockt.« Rupert machte es nach. »Mit einem rechten Schwinger. So. Klatsch, voll auf die Glocke!«

Ann Kathrin sah kaum eine Chance, dass Rupert sich bald

mäßigen würde. Sie versuchte, ihn loszuwerden. »Kannst du uns nicht mal einen Kaffee besorgen?«, fragte sie. Er tat, als hätte er ihren Satz nicht einmal gehört.

Günter Ziegler deutete auf Ann Kathrin: »Meine Sabine hatte keine Chance. Da hat keiner den Notarzt gerufen. Die habt ihr ganz ihrem Schicksal überlassen.«

»Was Sie auch getan haben«, entgegnete Ann Kathrin, »Ihre Tochter machen Sie auf diese Art und Weise nicht wieder lebendig. Das war sehr unklug von Ihnen. So bringen Sie nur noch mehr Leid über Ihre Familie. Vielleicht braucht Ihre Frau Sie ja jetzt oder Ihre Freunde ...«

Günter Ziegler lachte schrill: »O nein, was ich getan habe, war genau richtig! Ich habe mehrfach miterlebt, wie die Gerichte mit dieser tickenden Zeitbombe umgegangen sind. Der kriegt immer mildernde Umstände, weil er ja nichts dafür kann, dass er ein Choleriker ist. Er kriegt Therapiestunden aufgeschrieben, damit er lernt, mit seinen Aggressionen umzugehen. Ja, herzlichen Dank! Ich hätte das viel eher tun sollen, dann würde meine Tochter noch leben.«

Ziegler stand auf. Weller schob ihn sofort auf den Stuhl zurück. Es war seine ruhige Art, Ann Kathrin zu schützen. Er wusste, dass seine Frau dazu neigte, Menschen zu provozieren, um die Wahrheit aus ihnen herauszulocken. Manchmal gingen die dann auf Ann Kathrin los.

»Bin mal gespannt, ob ich auch mildernde Umstände bekomme«, spottete Ziegler. »Oder gilt das für Väter grundsätzlich nicht?«

Rupert sprach jetzt in Richtung Jessi, als müsse er ihr die Situation erklären. »Er wollte es erst gar nicht zu einem Gerichtsprozess kommen lassen. Er wollte die Sache vorher erledigen.«

Jessi sah Rupert nur an.

Günter Ziegler reagierte auf Ruperts Worte: »Ja, Herr Kommissar. Ich wollte verhindern, dass ihr ganzes Leben vor Gericht durch den Dreck gezogen wird. Glauben Sie, ich weiß nicht, wie das läuft? Sein Anwalt muss doch versuchen, sie schlechtzumachen. Er hat ja nicht zum ersten Mal eine Frau verletzt. Ich weiß es von ihm selbst. Er hat mir voller Hass und Häme erzählt, was für miese Schlampen seine Frauen angeblich gewesen sind. Ihre Beziehungen, ihr Sexualleben – das alles wurde vor Gericht breitgetreten. Nur, damit die Gründe für seine Wut besser nachvollziehbar waren. Nur, um ihn zu entschuldigen. Das wollte ich meinem Binchen gern ersparen und meiner Frau natürlich auch.«

»Sie wollten ihn umbringen«, fragte Weller nach, »weil Sie kein Vertrauen in die deutsche Justiz haben?«

Günter Ziegler wischte sich über die Lippen und schluckte trocken. »Haben Sie Kinder?«

Weller nickte. »Zwei Töchter.«

Es passte Ann Kathrin nicht, dass er etwas Privates über sich erzählte. Sie waren nicht da, um ein nettes Gespräch zu führen, in dem jeder etwas von sich preisgab. Sie verhörten einen dringend Tatverdächtigen.

»Zwei Töchter«, wiederholte Ziegler. »Na, dann verstehen Sie mich doch sowieso …«

In der Nacht verstarb Florian Pintes in der Ubbo-Emmius-Klinik an multiplem Organversagen. Die Ärzte hatten fünf Stunden um sein Leben gekämpft. Vergeblich.

So, wie er jetzt da lag, sah er friedlich aus. Undenkbar, dass er mal ein Wüterich gewesen war …

Sie machte ihn fast wahnsinnig. Er wusste, dass alles, was er tat, falsch war.

Er folgte Conny Lauf seit gut einer Stunde kreuz und quer über die Insel. Sie mied einsame Stellen. Sie radelte aus seiner Sicht herum, als wolle sie ihn vorführen, damit jeder mitbekam, wer ihr folgte.

Sein Verstand rebellierte. Er hörte eine energische Stimme, die ihn aufforderte, diesen Scheiß endlich zu lassen. *Fahr zu Frerk Veen in die Kleine Eiskonditorei und iss da eine Riesenportion. Das kühlt dich ab.* Aber er konnte nicht anders. Es war wie ein Zwang.

Er hatte dieser Macht nichts entgegenzusetzen. Nicht einmal die Drohung, entdeckt zu werden und sein Leben im Gefängnis verbringen zu müssen, reichte aus. Nichts wog die Faszination auf, die der Käfer auf ihrer rechten Wade für ihn hatte. Wenn sie Rad fuhr, war es noch viel berauschender für ihn, als wenn sie einfach vor ihm herging oder im Liegestuhl die Beine übereinanderschlug.

Jetzt wurde dieser Käfer wirklich lebendig. Es war, als könne er jeden Moment davonfliegen.

Sein Mund wurde trocken. In seinem Hals breitete sich eine Feuersglut aus. Er schluckte trocken.

Ich darf nicht zu nah ranfahren. Verdammt, halt Abstand, beschwor er sich selbst.

Ihr Rocco spielte inzwischen nicht mehr Strandvolleyball, sondern hatte sich zu den Kitesurfern begeben. Das Wetter war günstig.

Conny hielt mit dem Rad an und sah ihrem Lover eine Weile zu, während er waghalsige Sprünge vollzog.

Das sind die Balztänze von heute, dachte er. Nie wäre er selbst in der Lage, solche Sachen zu machen, um Frauen zu beeindrucken. Er beneidete diesen Rocco darum, und gleichzeitig wusste er, dass er ihm die Geliebte wegnehmen würde. Noch heute. Er konnte nicht länger warten.

In der Deichstraße hielt sie vor Perners Markant-Markt. Sie war so ohne Argwohn, sie schloss nicht einmal ihr Rad ab.

Er folgte ihr zwischen den Regalen. Sie kaufte eine *Borkumer Zeitung* und ein Taschenbuch, auf dem ein roter Sessel zu sehen war, einsam an einem blauen Strand.

Sie packte zwei Flaschen Weißwein in ihren Korb. Um nicht aufzufallen als jemand, der durch den Supermarkt schleicht, ohne einzukaufen, nahm er selbst auch eine Flasche von der Pyramide. Er konnte sich unter der Bezeichnung *Krimiwein* nichts vorstellen. Aber auch wenn er früher schon einmal eine Flasche davon geleert hätte, wäre jetzt kein Platz in seinem Gehirn dafür gewesen. Die gesamte Festplatte war mit Beobachtungen belegt.

Es gab ein Regal mit glutenfreien Lebensmitteln. Dort suchte Conny Lauf sich mehrere Teile aus.

An der Kasse stand er direkt hinter ihr. Einerseits war das unklug, andererseits hätte er leicht eine Frau mit vollem Einkaufswagen vorlassen können. Aber er befürchtete, Conny Lauf dann zu verlieren.

Hier an der Kasse, dichtgedrängt, konnte er ihre Wade nicht sehen. Später hätte er nicht mehr sagen können, ob er absichtlich etwas fallen gelassen hatte oder ob es wirklich Zufall war. Jedenfalls nahm er sich zwei *Mr Tom*, weil er sich eine Erleichterung im Kiefer erhoffte, wenn er diese Erdnussriegel kleinbiss. Einer davon fiel ihm runter. Er bückte sich, um ihn aufzuheben, und jetzt war er ihrem Bein ganz nah.

Sie bemerkte gar nichts. Sie scherzte mit der Kassiererin. »Ein guter Krimi und dazu ein Gläschen Wein. Was will man mehr?«

Die Kassiererin lächelte: »Oh, wie ich Sie jetzt beneide!«

»Die Sonne auf der Haut, einen Krimi in der Hand, ein Glas Weißwein dazu – da fühlt man sich auf der Insel dem Paradies schon recht nah«, lachte Conny Lauf.

Wenn du wüsstest, dachte er, wie nahe du dem Paradies wirklich bist. Oder wirst du am Ende in der Hölle landen? Müssen untreue Ehefrauen in der Hölle büßen, oder ist die nur für Schwerverbrecher wie mich gemacht? Werden wir uns dort wiedersehen?

Noch während er bezahlte, riss er das Papier vom ersten Erdnussriegel ab und grub die Zähne in die süße Masse. Es krachte bis in sein Gehirn hoch.

Er wollte nicht zu eilig aus dem Laden raus. Er hatte der Kassiererin zwanzig Euro gegeben. Am liebsten hätte er gesagt: *Stimmt so*, aber dann würde sie sich sein Gesicht merken, und das wollte er nun wirklich nicht.

Er bekam eine Papiertüte für den Wein, wartete brav auf sein Wechselgeld und ging dann gemessenen Schrittes hinter Conny Lauf her.

Sie brachte die eingekauften Waren in ihre Ferienwohnung. Er konnte nicht mehr länger warten. Er klopfte.

Polizeichef Martin Büscher hatte alle Beteiligten in sein Büro zitiert. Die Fenster waren trotz der Wärme geschlossen, als hätte er Angst, irgendetwas könne nach draußen dringen.

Büscher räusperte sich ständig. Er wurde den Frosch im Hals nicht los. Er konnte das Geschehene nicht einfach unter den Tisch kehren. Wahrscheinlich musste sogar eine Untersuchungskommission her. Das Ganze war ihm schrecklich unangenehm.

Er beschwor die zerknirschte Marion Wolters: »Wie konntest du nur?! Du kannst doch nicht einfach irgendwen hereinlassen! Und dann auch noch den Vater des Opfers!«

Marion Wolters bog ihren Rücken durch. Es ging ihr schlecht. Sie reagierte körperlich auf den Stress. Sie sah Ann Kathrin Klaasen an, dass sie bereit war, ihr jetzt beizustehen. Ann Kathrin nickte ihr aufmunternd zu.

Marion wählte ihre Worte genau: »Es ist passiert. Ich kann es nicht leugnen. Ich habe ihn für den Rechtsanwalt gehalten. Macht jetzt mit mir, was ihr wollt. Wenn ihr mich rausschmeißen müsst, dann schmeißt mich eben raus.«

Martin Büscher hob die Hände: »Wer spricht denn davon? Niemand denkt über so etwas nach. Aber wir müssen eine Erklärung für die Öffentlichkeit haben. Das, was hier passiert ist, ist einfach …«

Die Pressesprecherin Rieke Gersema half ihm aus: »Der Super-GAU ist das. Ich stehe gleich vor den Pressevertretern. Was soll ich denen erzählen?« Mit Blick auf Ann Kathrin fügte sie hinzu: »Sie sind nicht alle so verständnisvoll wie Holger Bloem. Da gibt es auch eine Menge Leute, die wollen uns einfach nur an den Pranger stellen, weil sie sauer auf uns sind. Sie können uns nicht verzeihen, dass sie mal ein Knöllchen bekommen haben …«

Ann Kathrin wiegelte ab: »Zunächst mal ist das hier auch ein schwebendes Ermittlungsverfahren gegen Herrn Ziegler. Da würde ich nicht zu viel in der Öffentlichkeit preisgeben.«

Rieke Gersema verzog den Mund. »Ja, Ann Kathrin, die Geheimniskrämerin.«

Rupert kam etwas zu spät. Er hatte eine Apfeltasche in der Hand und kaute genüsslich darauf herum. Der Duft verbreitete sich sofort im gesamten Büro.

Rupert versuchte, die Situation im Raum zu erfassen. Die Stimmung war nicht besonders gut, das registrierte er rasch.

»Ach, Leute, was seht ihr denn so miesepetrig aus? Wenn sich die Typen gegenseitig umlegen, bleibt uns eine Menge Arbeit erspart. Den lässt wenigstens kein Richter mehr frei ...«

Rieke Gersema ging sofort hoch. Sie zeigte auf Rupert und zischte: »Wenn der das in einer Pressekonferenz sagt, dann flipp ich aus! Dann leg ich meinen Posten nieder. Soll der uns doch in der Öffentlichkeit vertreten!«

Rupert wischte sich Zucker- und Weißmehlkrümel von der Lippe. »Also bitte, Leute, das könnt ihr nicht von mir erwarten. Wenn ich mit irgendwem nichts zu tun haben will, dann mit diesen Pressefuzzis! Also, ich werde auf keinen Fall Pressesprecher dieser Polizeiinspektion werden!«

Rieke Gersema verdrehte die Augen. »Das war ein Scherz. Ein Scherz! Dieser Idiot versteht es nicht mal, wenn man ...« Sie sprach nicht weiter.

»Nur weil der Vater von Sabine Ziegler Florian Pintes getötet hat, ist Pintes noch lange nicht des Mordes überführt worden. Da fehlen noch einige Dinge in der Indizienkette.«

Rupert blaffte gleich los: »Fang jetzt bloß nicht wieder so an! Was soll denn da noch fehlen?«

»Sein Geständnis zum Beispiel.«

»Tote gestehen selten«, konterte Rupert. Dann stopfte er sich den Rest der Apfeltasche in den Mund. Da er sich selbst damit am Sprechen hinderte, nutzte Ann Kathrin die Möglichkeit, etwas zu sagen, ohne von ihm unterbrochen zu werden. »Wir müssen die Sache sorgfältig zu Ende bringen. Herr Ziegler kommt aus der Nummer nicht wieder raus, und er ist ja geradezu stolz darauf. Aber es wird vermutlich auch für den Richter in seinem Prozess nicht ganz unbedeutend sein, ob der Mann, den er getötet hat, wirklich der Mörder seiner Tochter war oder nicht.«

Rupert hielt es nicht länger aus. Er sprach mit vollem Mund.

Krümel flogen durch die Luft und fielen auf sein Oberhemd.

»Daran zweifelt hier kein Mensch, Ann.«

»Doch«, erwiderte Ann Kathrin Klaasen. »Ich.«

»Ein Geständnis werden wir in der Tat nicht mehr bekommen«, sagte Büscher. »Aber vielleicht können wir die Indizienkette schließen.«

»Sie ist geschlossen«, behauptete Rupert. Dann hustete er, weil er sich verschluckt hatte.

Heftiger als nötig schlug Rieke Gersema ihm zwischen die Schulterblätter. Keiner der Anwesenden hätte sagen können, ob sie ihm helfen oder eins verpassen wollte.

Rocco bestellte sich in der *Heimlichen Liebe* das zweite Pils. Er hatte im Ausflugslokal am Südstrand den besten Platz gewählt, um mit seiner Conny Händchen zu halten. Nach dem sportreichen Tag am Strand hatte er einen Bärenhunger. Jede Minute, die er länger warten musste, machte es ihm schwer. Die Düfte aus der Küche halfen ihm auch nicht gerade, geduldiger zu werden.

Das erste Bier auf nüchternen Magen spürte er sofort. Er wollte langsam trinken. Er versprach sich noch viel von diesem Abend.

Er dachte darüber nach, ob Conny vielleicht etwas falsch verstanden hatte. Glaubte sie, dass er sie in der Ferienwohnung abholte? In seiner Erinnerung waren sie ganz klar hier verabredet. *Heimliche Liebe.* Zwanzig Uhr.

Hatte er sie verärgert? Passte ihr irgendetwas nicht? Hatte sie ihn dabei beobachtet, wie er der Anfängersurferin ein paar Tricks beigebracht hatte? Zugegeben, die Kleine hatte wunderbare Augen, aber er hatte sie völlig korrekt behandelt.

Conny wirkte auf ihn wie eine Frau, die mal sehr verletzt worden war. In sich gekehrt. Wenn man verstand, sie richtig zu nehmen, wurde sie zum Vulkan. Er erhoffte sich noch ein paar schöne Tage mit ihr auf der Insel. Sie würde nicht zu anhänglich werden, sondern später wieder zu ihrem Mann zurückkehren, das war ihm klar. Einerseits fand er das gut, denn er liebte seine Freiheit, andererseits musste er sich eingestehen, dass er richtig verknallt war.

Ja, vielleicht war sie ja die Richtige. Vielleicht war es jetzt Zeit, innezuhalten und ein neues Leben zu beginnen. Er stellte sich das vor: er als Familienpapi.

Sie hatte bereits Kinder. Das Wort *Patchworkfamilie* war in letzter Zeit öfter gefallen. Er hätte lieber ganz von vorne begonnen, aber man musste im Leben die Karten nehmen, die man auf den Tisch bekam.

Er sah auf sein Handy. Nein, keine Nachricht von ihr.

Er tippte ein: *Sitze in der Heimlichen Liebe. Wo bleibst du?*

Aber er schickte die Nachricht nicht ab. Er wusste, wie genervt sie darauf reagierte, dass ihr Mann ihr dauernd schrieb.

Er fand, dass sie auch damit kokettierte. So zeigte sie ihm, wie wichtig sie noch für einen anderen Mann war.

Ich werde mir jetzt etwas zu essen bestellen, dachte er. Und wenn sie so viel zu spät kommt, dann soll sie ruhig merken, dass ich nicht den ganzen Abend auf sie warte.

Er hatte so einen Mörderhunger, da gingen ihm langsam die Argumente aus, warum er mit dem Essen warten sollte. Er bestellte sich einen Fischteller. Es roch außerordentlich gut. Er atmete die Speise geradezu ein. Es war ihm fast peinlich, mit welcher Geschwindigkeit er aß.

Ein Rentnerpärchen, das seit Jahrzehnten seinen Hochzeitstag in der *Heimlichen Liebe* feierte, stieß sich gegenseitig an und grinste über ihn.

Sein Körper gierte nach der Energie, die er Gabel für Gabel in sich aufnahm. Er zwinkerte den beiden älteren Herrschaften komplizenhaft zu. Der Mann rief zu ihm rüber: »Lassen Sie es sich schmecken, junger Mann! Sie müssen ja wahrlich nicht auf die schlanke Linie achten.«

»Stimmt«, gab Rocco zurück. Als er sich nach dem Essen noch einen Aquavit bestellte, war ihm klar, dass er nicht mehr ernsthaft mit Connys Erscheinen rechnete. Er spürte seine Muskeln vom Kitesurfen. Er streckte die Beine aus und überlegte: Ist das ein Spiel? Wollte sie sehen, wie viel Mühe er sich gab? Erniedrigte er sich, wenn er jetzt zu ihr fuhr, wenn er ihr eine Nachricht aufs Handy schickte? Wollte sie mehr umworben werden? Oder war es schlimmer? Hatte ihr Mann Verdacht geschöpft und war auf der Insel aufgekreuzt?

Er wog ab, was dafür sprach, doch noch zu ihr zu fahren. Aber erst mal bestellte er sich noch ein Bier.

Es war schon nach zehn, als Rocco vor der Ferienwohnung auftauchte. Drinnen brannte kein Licht. Ein Fenster stand halboffen. Offensichtlich hatte Conny ein Buch zwischen Fenster und Rahmen geklemmt, um den Wind hineinzulassen.

Er wusste genau, wo der Flachbildfernseher an der Wand hing. Das Gerät war nicht eingeschaltet, sonst hätte er es von außen sehen müssen. Selbst wenn sie beim Lesen im Bett eingeschlafen war, hätte noch irgendeine Lampe brennen müssen.

Er ging ums Haus. Er fühlte sich merkwürdig gedemütigt und ärgerte sich darüber, wie wichtig sie für ihn geworden war. Genau so etwas wollte er eigentlich nie wieder erleben. Geplagt von Fragen und Sorgen ums Haus zu laufen und nicht zu wissen, was mit der Geliebten los ist. Nein, da war ihm jede schnelle Bettgeschichte lieber. Das mit Conny war schon auf dem besten Weg, viel zu wichtig zu werden.

Nein, er war sich sicher. Nicht mal am Bett brannte ein kleines Nachtlicht. Conny konnte also auch nicht beim Lesen eingeschlafen sein.

War sie woandershin ausgegangen? Ohne ihn? Rockte sie ab?

Er stellte sie sich wild auf der Tanzfläche im *Inselkeller* vor. Er hatte eigentlich schon gar keine Lust mehr auf sie, stattdessen wuchs in ihm eine unbestimmte Wut, die nicht nur ihr galt, sondern auch einigen anderen Verflossenen.

Er klopfte. Er klingelte. Ja, er schickte ihr per Handy einen digitalen Blumenstrauß mit der Frage: *Hallo, schöne Frau, Lust auf ein Glas Wein?*

Er bekam keine Antwort.

Er sah ihn. Dieser Hippie schlich ums Haus. Er klopfte sogar. Er klingelte.

Hau ab, du Scheißhippie, dachte er. Er wollte sich jetzt von dem nicht stören, nicht vertreiben lassen. Er duckte sich, kroch auf allen vieren über den Boden, um nicht gesehen zu werden.

Sie lag tot auf dem Bett. Jetzt kam eigentlich der große, der heilige Moment. Der Augenblick, auf den er so lange gewartet hatte. Aber statt das Ritual zu vollziehen, musste er warten. Er setzte sich vor den Herd, lehnte sich mit dem Rücken dagegen und sah zum Fenster. Seine Finger machten sich selbständig. Er wollte sich die Handschuhe herunterreißen, wollte endlich richtig fühlen.

Er versuchte, seinen Atem unter Kontrolle zu bekommen. Nervös zupfte er an seiner ausgefransten Jeans herum. Es war so eine Designerhose, die schon kaputt verkauft werden, als sei sie beim Arbeiten eingerissen. In Wirklichkeit aber war jedes Loch malerisch an der richtigen Stelle angebracht.

Jetzt zog er an den Fäden, so, wie er als kleiner Junge manchmal an seinem Wollpullover herumgezupft hatte, bis er sich auflöste.

Hau endlich ab!!!, flehte er innerlich. Mach mir nicht alles kaputt.

Er hatte jedes Zeitgefühl verloren. Er wusste nicht, wie lange er mit ihr hier inzwischen alleine war.

Diesmal war es schon wesentlich besser gewesen als mit Sabine Ziegler. Immer noch nicht ganz so, wie er es sich vorgestellt hatte, aber besser.

Er spürte eine kalte, feuchte Stelle an seinem Hintern. Er tastete sie ab. Er saß in einer Blutlache.

Er ging auf die Knie, robbte bis zum nächsten Fenster und schob sich ganz langsam hoch. Der Typ stand immer noch unten. Tippte etwas in sein Handy. Dann sah er wieder zur Wohnung hoch.

Wenn du reinkommst, werde ich hinter der Tür stehen und dich empfangen. Danach leg ich deine Leiche zu ihr ins Bett …

Er war so unglaublich wütend. Jetzt, da er zum entscheidenden Akt kommen wollte, versaute dieser Hippietyp alles.

Hau ab, dachte er. Hau ab, bevor ich runterkomme und dich in Stücke hacke.

Jule Weller hatte ihre wunderschöne Zweieinhalb-Zimmer-Dachwohnung in Emden im Herrentorviertel eingerichtet, wie kleine Mädchen sich das Turmzimmer einer Prinzessin vorstellen. Sie wurde vom Fleurop-Boten geweckt, der ihr einen herrlichen Strauß aus Gerbera, Rosen, kleinen Sonnenblumen und Freesien überbrachte.

Sie hatte weder Geburtstag, noch gab es sonst irgendeinen Grund, der ihr eingefallen wäre, warum ihr jemand Blumen schicken sollte. Für einen Moment flammte die Hoffnung in ihr auf, dass sie von Charlie kämen. Charlie, der eigentlich Discjockey werden wollte, aber nun eine Ausbildung zum Beamten im zweiten Einstiegsamt der Laufbahngruppe 1 beim Finanzamt begonnen hatte, sie aber vor drei Monaten für diese süße, blonde Maus verlassen hatte, die im Moment nur kurz als Kellnerin arbeitete, weil sie auf das Angebot eines Produzenten für ihre erste CD wartete.

Tat es ihm leid? Er hatte ja das Management für seine Rocker-Queen übernommen. Er behauptete, sie habe eine unheimliche Röhre, und nachdem sie die zukünftige Pop-Diva zum ersten Mal singen gehört hatte, fragte Jule sich, ob damit wirklich ihre Stimme gemeint war.

Hatte er endlich eingesehen, dass aus der nie ein Star werden würde und dass sie nichts weiter war als eine oberflächliche Tussi, die statt einer guten Stimme einfach nur ein schlechtes Gehör hatte und deswegen gar nicht merkte, was sie verzapfte? War sie ihm weggelaufen, weil es ihm als »Manager« nicht gelang, eine bezahlte Tournee auf die Beine zu stellen, sondern er höchstens in der Lage war, einen Auftritt im Jugendzentrum zu organisieren? Ohne Honorar versteht sich.

Kam er jetzt reumütig zurück? War der Blumenstrauß eine Entschuldigung?

Es war eine Postkarte dabei. Sie hatte Mühe, sie schnell genug aus dem Plastikumschlag zu fischen. *Entschuldigung* stand groß darauf.

Als sie das Kärtchen endlich von der Verpackung befreit hatte, las sie mit Herzklopfen die Nachricht:

Verehrte Frau Weller,
was geschehen ist, tut mir schrecklich leid. Nehmen Sie diesen Blumenstrauß als ersten Versuch einer Entschuldigung. Selbstverständlich komme ich noch persönlich vorbei, um die Sachlage mit Ihnen zu klären.
Mit freundlichem Gruß
Maximilian Fenrich

Zunächst war Jule enttäuscht. Der Strauß war also nicht von Charlie. Er versuchte immer noch, aus der Quietschestimme einen Star zu machen.

Wer, verdammt, fragte sie sich, ist dieser Maximilian?

In der Nacht hatte sie wegen Schmerzen im Handgelenk lange nicht schlafen können. Sie hörte dann Hörbücher. Es gab Sprecher, die sie besonders mochte. Manchmal kaufte sie ein Hörbuch nur, weil sie die Stimme des Sprechers liebte. Es mussten Stimmen sein, die die Dunkelheit zum Flirren brachten, ja, mit Licht erfüllten. Stimmen, die ihre Phantasie anregten.

Aber sie mochte auch Autorenlesungen. Sie bildete sich ein, herauszuhören, ob die Stimmen geschult waren oder nicht. Die Schriftsteller, die ihre Sachen selbst vorlasen, hatten nur in den seltensten Fällen eine Sprecherausbildung. Manche lispelten ein wenig oder hatten Schwierigkeiten mit dem R oder dem L. Sie fand das durchaus sympathisch. Im Zweifelsfall entschied sie sich für eine Autorenlesung, wenn es beides gab, denn sie glaubte, dass niemand seine Romane besser interpretieren konnte und seine Figuren besser kannte als der Autor persönlich.

Bis vier Uhr hatte sie sich Antoine de Saint-Exupérys »Der kleine Prinz« von dem Schauspieler Stefan Kaminski vorlesen lassen. Dann war sie eingeschlafen.

Jetzt machte sie sich mit dem Blumenstrauß auf der Spüle den ersten Kaffee. Sie hatte keine Vase, die groß genug war für den Strauß. Sie teilte ihn in drei kleine Portionen auf und benutzte zusätzlich ein Weizenbierglas, um alle Blumen unterzubringen.

Noch immer dämmerte ihr nicht, woher sie einen Maximilian Fenrich kannte. Wenn er ein Verehrer war, der versuchte, ihr Herz zu gewinnen, wofür entschuldigte er sich dann? Sie war neugierig.

Sie rieb ihr Handgelenk mit einer Salbe ein, die die Entzündung hemmen sollte, und nahm eine Schmerztablette auf nüchternen Magen. Kaum hatte sie die Tablette geschluckt, tat es ihr leid. Sie trank ein großes Glas Leitungswasser hinterher und aß einen Toast mit Nutella. Manchmal brauchte sie das einfach. Besonders, wenn sie Schmerzen hatte.

Im Spiegel sah sie ihren Nutellabart und lachte über sich selbst. Dann zerteilte sie eine Ananas und einen Apfel, um sich ein frisches, gesundes Müsli zuzubereiten. Es tat ihr weh, das Messer zu benutzen.

Nicht mal mehr das kann ich richtig, dachte sie. So weit kommt das noch, dass ich nicht mehr in der Lage bin, einen Apfel zu schälen.

Der Schmerz zog vom Handgelenk in den Ellbogen und von dort die Schultern hoch. Manchmal zog es rauf bis in den Nacken und verursachte Kopfschmerzen.

Sie freute sich, dass ihr Vater sie bei dem Versuch unterstützte, etwas Neues anzufangen. Aber sie war nun mal Schuhmacherin mit Leib und Seele. Sie selbst besaß zweiunddreißig Paar. Zu viel für diese Wohnung. Zum Glück hatte sie noch einen Stellplatz im Keller. Dort bewahrte sie Schuhe auf. Was denn sonst?

Sie war auch nicht in der Lage, alte Schuhe wegzuwerfen.

Sie wusste, dass sie sie nie wieder anziehen würde, aber es kam ihr vor wie ein Sakrileg. So, wie sie es von ihrem Vater kennengelernt hatte, der es nicht schaffte, ein Buch wegzuwerfen, auch wenn er seit zehn, zwanzig Jahren nicht mehr darin geblättert hatte. Nein, das Buch musste bei ihm bleiben. Es durfte weiterhin im Regal stehen, musste den Platz dort nicht verteidigen.

So, wie er ein Buchmensch war, so war sie ein Schuhmensch. Manch abgetragenes Paar reparierte sie, putzte es, bis es glänzte, und stellte es dann unten im Keller ins Regal.

Andere sammeln Briefmarken, dachte sie. Das ist einfacher. Aber für Briefmarken interessierte sie sich nun mal nicht.

Sie löffelte ihr Müsli mit links. Sie hatte noch nicht die Hälfte davon aufgegessen. Sie überlegte, ob sie das Hörbuch zu Ende hören sollte, bei dem sie heute Morgen eingeschlafen war. Da piepte ihr Handy. Eine E-Mail von Maximilian Fenrich.

Ich habe gehört, dass es mit dem Versicherungsvertrag Ärger gegeben hat. Ihr Vater war sehr aufgebracht. Die Sache ist nicht ganz einfach, lässt sich aber regeln. Darf ich Sie in ein Restaurant Ihrer Wahl einladen und alles mit Ihnen besprechen?

Was für ein charmanter Versicherungsvertreter, dachte sie. Reagiert der jetzt so freundlich, weil mein Papa ihm Druck gemacht hat, oder sieht er ein, dass sie einen Fehler gemacht haben? Ein Restaurant meiner Wahl ... interessant.

Ja, sie würde mit ihm essen gehen. Selbstverständlich. Das hier war wichtig, und viele Dinge ließen sich bei einem Essen in einem guten Restaurant besser klären als in einem verstaubten Büro bei Neonlicht.

Gerne, schrieb sie. *Jederzeit. Was halten Sie vom Hafenhaus?*

Endlich wusste er, was nicht stimmte. Es waren diese verfluchten Gummihandschuhe. In seiner Phantasie konnte er alles richtig erfühlen. In der Scheißwirklichkeit versauten diese Gummidinger alles. Es war wie Sex mit Kondom. Das hatte ihm auch nie wirklich Spaß gemacht. Aber alle Frauen hatten darauf bestanden. Selbst die Huren. Immer. Alle.

Er wollte wieder zurück und am liebsten ein ganz normales Leben führen wie andere Menschen auch. Er stellte sich vor, wie es wäre, mit all dem nichts zu tun zu haben. Wie gut wäre es, man könnte das alles einfach aus dem Leben löschen. Die Tat zurückverbannen in seine Träume.

Wieder musste er an diese Krimiverfilmung in Ostfriesland denken. Mit welcher Selbstverständlichkeit der Regisseur eine Szene wiederholen ließ. Wieder und wieder. Bis er aus den verschiedenen Einstellungen zusammenschneiden konnte, was er für richtig hielt. Was nicht passte, flog einfach raus aus dem Film.

Zu gern wäre er so durch sein eigenes Leben gegangen und hätte ein paar Szenen gelöscht. Wie viele Schnitte brauchte man in seiner Biographie, um einen anderen, besseren Menschen aus sich zu machen? Eine Sekunde dort. Ein Wortwechsel da. Ein zu viel getrunkenes Glas. Eine unüberlegte Handlung. Ein zu spät gedachter Gedanke. Eine falsche Reaktion.

Er stellte sich vor, was er aus seinem Leben entfernen würde. Er dachte an seinen Klassenkameraden Matthias, der sich aufgehängt hatte, weil er nicht damit fertig wurde, einen Unfall verursacht zu haben, bei dem eine alleinerziehende Mutter getötet worden war. Er hatte bei Tempo 110 nur eine kurze Nachricht an seine Freunde schicken wollen, dass er später kommen würde. Aus ihm, dem ehemaligen Klassenclown, der alle so oft zum Lachen gebracht hatte, war ein depressiver Mensch geworden. Der gesellige Kerl von damals hatte sich völlig zurückgezogen. Der Einsiedlerkrebs, wie er bald genannt wurde, ging nur noch im Dunkeln auf die Straße, kaufte kurz vor Geschäftsschluss ein und verkroch sich vor der Welt.

Wahrscheinlich hätte es gereicht, aus Matthias' Leben ein paar Sekunden herauszuschneiden, und alles wäre gut gewesen. Er hätte in einer anderen Fassung das Handy nicht aus der Jackentasche gezogen, ja, es vielleicht nicht einmal bei sich gehabt.

Er lächelte. So einfach konnte es sein. Er hätte sein Handy morgens zu Hause vergessen, sich vermutlich den ganzen Tag über die Schusseligkeit geärgert, aber ein glückliches Leben gewonnen.

Bei mir, dachte er, wäre es nicht ganz so einfach. Da reichen ein paar Sekunden nicht. Ich bräuchte mehr Schnitte. Einige Dinge müssten ganz neu gedreht werden …

Der Wind war ideal. Die Wellen ein Traum. Trotzdem bekam Rocco keinen vernünftigen Sprung hin. Er benahm sich wie der letzte Anfänger. Er war unkonzentriert, fahrig, und nach kurzer Zeit kam es ihm so vor, als würde die Nordsee ihn auslachen.

Er war von einem, der auszog, die Elemente Luft und Wasser zu beherrschen, zu ihrem Spielball geworden. Immer wieder landete er im Salzwasser. Während er versuchte, sein Brett zurückzuholen, das sich an der Leine aufführte wie ein störrischer Stier, der entkommen wollte, wurde dieser Sport, aus dem er sonst so viel Selbstbewusstsein zog, zu einer langen Aneinanderkettung von Niederlagen. Fast hätte ihm der Wind das Brett ins Gesicht geschlagen. Er konnte sich nur noch eben mit dem Ellbogen schützen. Nein, für heute war es wirklich genug. Er erhielt schon Tipps von einer Anfängerin. Das war's dann für heute.

Er pellte sich am Strand nur schwer aus seinem Neoprenanzug. Selbst der Sand klebte heftiger an seinen Füßen als sonst. Der Wind, den er sonst so liebte, schien plötzlich etwas von Erkältung zu flüstern. Heute, dachte er, ist echt nicht mein Tag.

Er brachte seine Surfutensilien in Sicherheit. Dabei war er lange nicht so sorgfältig wie sonst. Dann fuhr er zu Conny Lauf.

Er kam sich albern vor. War es peinlich, verliebt zu sein?

Während er bei Gegenwind in die Pedale trat, griff ein Gefühl nach ihm, wie eine kalte Hand, die seinen Magen zusammendrückte. So stellte er es sich vor, weil er nicht wusste, was mit ihm los war. Etwas trieb ihn zu Conny, so als sei sie in Not. Als brauche sie ganz dringend seine Hilfe oder seinen Trost.

Warum hatte sie seine Nachricht nicht beantwortet? War ihr Mann auf die Insel gekommen? Hatte er sie zur Rede gestellt?

In Roccos Phantasie prügelte der Ehemann seine untreue Frau, und er kam als Retter, um Conny zur Seite zu stehen. Er stellte sich einen Faustkampf vor. Ja, er war bereit, einzustecken. Aber er würde auch hart austeilen. Der Sieger würde sie bekommen …

Doch das Leben war kein Märchen. Der Heldentraum, den er Fahrrad fahrend hatte, mündete in der Realität, die sehr schnell zu einem Albtraum wurde. Etwas davon ahnte er bereits, als er sein Rad vor der Ferienwohnung abstellte. Das Fenster oben war immer noch offen. Zwei Romane, unten in die Ecke geklemmt, hielten es gegen den Wind weiter geöffnet.

Er klingelte und rief ihren Namen. Aber niemand meldete sich.

Doch er hatte Glück. Später würde er die gleiche Situation als Pech bezeichnen. Irmi rückte an, die er beim Kiten kennengelernt hatte. Sie studierte im dritten Semester Germanistik und Sport. In den Semesterferien arbeitete sie als Zimmermädchen.

Sie hatte heute noch sechs Ferienwohnungen vor sich. Sie mochte diese Insel. Ja, sie hatte schon mal damit geliebäugelt, ihr Studium an den Nagel zu hängen. Am liebsten hätte sie eine Surfschule eröffnet.

Sie fand Rocco nett. Er war genau ihr Typ. Sie zwinkerte ihm zu, als sie vom Rad stieg, um in der unteren Ferienwohnung sauberzumachen.

»Darf ich dich um einen Gefallen bitten?«, fragte er sie.

»Wer so charmant fragt, immer.«

»Kannst du mir oben einmal aufmachen?«

Sie grinste breit. »Schlüssel verloren? Oder hat sie dich an die Luft gesetzt?«

»Nein. Wir sind immer noch zusammen, und zwar recht glücklich.«

»Ich weiß«, antwortete Irmi und bemühte sich, dass er nicht heraushörte, wie schade sie es fand. »Ich habe euch rumturteln sehen.«

»Ich glaube«, sagte er, »ich hab die Kaffeemaschine angelassen, und sie ist mit dem Schlüssel unterwegs und …«

»Schon gut«, sagte Irmi und schloss ihm auf.

Was Irmi dann sah und roch, würde sie nie wieder in ihrem Leben vergessen können. Da würden auch die Therapiestunden nur wenig helfen, obwohl die Krankenkasse dafür die Kosten übernahm.

Irmi rutschte in der Blutpfütze aus und fiel lang hin. Sie kreischte und strampelte, weil sie es so eklig fand, im Blut zu liegen.

Rocco half ihr nicht hoch, sondern stürmte an ihr vorbei in die Wohnung. Dort lag Conny auf dem Bett.

Er schaffte es gerade noch, mit zitternden Händen die Polizei zu rufen, während Irmi nicht mehr aufhören konnte zu schreien.

Polizeichef Büscher wunderte sich noch immer darüber, wie schnell Ann Kathrin Klaasen einen Hubschrauber bekam. Es war, als gelte ihr Wort mehr als seins. Er hoffte, dass es zwischen ihnen nie zu einer wirklichen Machtprobe kommen würde, denn er befürchtete, dass sie die Kollegen auf ihrer Seite hätte. Oder, wie Rupert es auszudrücken pflegte: »Ist Ann Kathrin doch egal, wer unter ihr Chef ist.«

Auf dem Weg zum Hubschrauber erklärte Ann Kathrin Rieke Gersema die Situation: »Wenn sich das bewahrheitet, was ich vermute, dann hat unser Täter auf Borkum noch mal zugeschlagen.«

»Blödsinn«, feixte Rupert, »der ist doch mausetot.«

»Ich befürchte«, sagte Ann Kathrin, »wenn die Situation so ist, wie sie uns gerade am Telefon geschildert wurde, dann hat Herr Ziegler nicht den Mörder seiner Tochter umgebracht, sondern einfach nur seinen zukünftigen Schwiegersohn.«

»Wenn da etwas dran ist«, brummelte Weller, »dann brennt uns hier bald der Rock.«

»Ja«, nickte Rupert, »mir wird schon der Arsch ganz heiß.«

Er hoffte, das alles könne sich noch als Irrtum herausstellen. Für ihn war Pintes der Mörder, und das hier ein zweiter Fall.

Im Hubschrauber schwiegen sie. Ann Kathrin schrie nicht gerne gegen den Lärm der Rotorblätter an. Rupert machte mehrere Selfies von sich im Hubschrauber. Er schaffte es nach einigen Versuchen, ein Foto hinzukriegen, auf dem das Meer unter ihm zu sehen war, und trotzdem konnte der Betrachter erkennen, dass er in einem Hubschrauber und nicht in einem Flugzeug saß. Eins davon schickte er an seine Frau Beate, dann noch je eins an seine beiden aktuellen Freundinnen und eins an Jessi. Es tat ihm leid, dass sie jetzt nicht mit dabei war. Er fand, solche Hubschrauberflüge hatten etwas Erhebendes, wie eine Belohnung für lange Büroarbeit.

Unter ihnen war die Fähre *MS Ostfriesland* zu sehen, voll mit fast tausend Touristen.

»Wieso«, fragte Rupert laut, »haben die eigentlich alle Urlaub, während ich arbeiten muss?« Er bekam keine Antwort.

Weller las sogar im Hubschrauber in seinem Dürrenmatt-Roman. So verlockend die Aussicht auch war, niemand von ihnen schaffte es so recht, sie zu genießen. Ann Kathrin beneidete Weller darum, dass er sich wenigstens mit dem Roman ablenken konnte.

Laut Wetterbericht bewegte sich ein orkanartiger Sturm auf Ostfriesland zu. Aber davon war noch nichts zu sehen. Der strahlend blaue Himmel und ein sanfter Nordwestwind gaukelten den Gästen vor, in einem unschuldigen Paradies Urlaub zu machen.

Die örtlichen Polizeikräfte auf Borkum hatten den Tatort bereits notdürftig gesichert. Es herrschte eine ernste, bedrückte Stimmung, als Ann Kathrin Klaasen, Frank Weller und Rupert auf das Gebäude zugingen. Die Sonne schien ihnen ins Gesicht und blendete sie.

Rupert hätte am liebsten Irmi befragt. Sie war genau seine Kragenweite. Er mochte diese schmalhüftigen, langhaarigen, blonden Frauen. Weller registrierte, dass Ann Kathrin sehr still war. Sie sah sich nur um, als würde sie die Bilder in sich einsaugen, ja, den Tatort scannen.

Conny Lauf war mit mehreren Messerstichen – auf den ersten Blick registrierte Weller mindestens fünf – getötet worden. Sie lag bäuchlings auf dem Bett, die Beine merkwürdig verrenkt. An ihrer rechten Wade fehlte ein Stück Haut. Genau dahin deutete Ann Kathrin.

»Du meinst …«, fragte Weller.

Sie nickte.

Auch Rupert registrierte, dass zwischen den Verbrechen ein Zusammenhang bestehen könnte. Das Ganze roch nach viel öffentlicher Aufmerksamkeit. Ein Killer, der sich in den Ferienorten schöne Touristinnen holte …

Rupert fragte sich, wie lange es dauern würde, bis die Jungs vom BKA oder LKA anrücken würden, um den prestigeträchtigen Fall zu übernehmen. Zu gern hätte er ihn vorher gelöst. Er gönnte denen keine Schnitte. Seit sie es abgelehnt hatten, ihn in diese Truppe aufzunehmen, war er nicht mehr gut auf sie zu sprechen.

Ann Kathrin ging in die Küche und sah sich die Pfanne auf dem Herd an.

Rupert unterhielt sich mit einem Borkumer Kollegen, der immer da war, wenn Altbundeskanzler Gerhard Schröder in seinem Ferienhaus auf der Insel wohnte. Viele nannten ihn deshalb *Schröders Schatten*. Abgekürzt wurde es zu *Schatti*. Er mochte diesen Spitznamen nicht. Er wirkte nervös, als würde ihm das alles hier nicht in den Kram passen.

Rupert stichelte: »Erzähl mir einen Schwank aus dem Leben der Schönen und Reichen. Wie läuft's so, Schatti?«

Weller sprach Rocco an: »Sie haben die Leiche gefunden?«

Rocco nickte und deutete auf Irmi: »Wir beide.«

Sie saßen nebeneinander auf dem Sofa, als wären sie kaum in der Lage, selbständig zu gehen. Irmi stand völlig unter Schock. Ihre Knie zitterten noch. Sie versuchte, sie mit den Händen festzuhalten, aber es gelang ihr nicht.

Rocco kam Weller steif vor, wie eine Holzmarionette. »Gehören Sie zusammen?«, fragte Weller. Rocco glaubte, damit seien er und Irmi gemeint. Er wehrte ab: »Nein, sie hat mir nur aufgemacht.«

»Aufgemacht?«

»Ja. Ich wollte nach Conny sehen. Sie hat nicht geöffnet und ...«, er zeigte in Richtung Schlafzimmer, »das konnte sie ja auch nicht.«

»Waren Sie verabredet?«

Rocco hatte nicht vor, irgendetwas zu leugnen oder zu beschönigen. Er sagte einfach nur die Wahrheit. »Es war ein Urlaubsflirt, mehr nicht. Wir hatten ein, zwei One-Night-Stands. Als ich gestern Abend hier war, hat sie nicht aufgemacht.«

»War sie da schon tot?«, fragte Weller.

»Das weiß ich doch nicht.«

»Wann genau waren Sie hier? Und sie hat Ihnen nicht geöffnet?«, hakte Weller nach. Er zückte seinen Notizblock.

Ann Kathrin kam aus der Küche und flüsterte Weller zu: »Sie trägt einen Ehering. Er nicht.«

»Du meinst ...« fragte Weller. Sie zog ihn in die Küche und deutete an, er solle ihr sagen, was er von der Situation halte.

»Na ja, so ähnlich haben wir es in Norddeich doch auch angetroffen. Eine Pfanne auf dem Herd, Essensreste ... Das sieht vermutlich in vielen Ferienwohnungen genauso aus, Ann. Die Leute mieten sich ja gerade deshalb eine Ferienwohnung, weil sie sich selbst etwas zu essen kochen wollen.«

»Ich vermute«, sagte Ann Kathrin, »wir werden weder die Mordwaffe finden noch das fehlende Stück Haut.«

»Was macht der damit?«, wollte Weller wissen.

Rupert gesellte sich zu ihnen und beantwortete die Frage: »Vielleicht klebt er es in sein Album …«

Ann Kathrin mochte es nicht, wenn im Beisein einer getöteten Person gescherzt wurde. Sie wies Rupert mit einem strengen Blick zurecht.

»Vielleicht ist ihr Ehemann zurückgekommen und war nicht gerade erbaut von der Art, wie seine Frau Ferien macht. Dann hat er sie …«

So, wie Ann Kathrin guckte, hielt sie Ruperts Worte für dummes Zeug. Also bot er ihr gleich eine neue Theorie an: »Oder dieser Rocco kann nicht verknusen, dass sie zu ihrem Ehemann zurückwollte, und hat deshalb …«

»Merkst du was, Rupert?«, fragte Ann Kathrin. »Der Mörder präsentiert uns immer gleich auch mindestens einen Verdächtigen.«

Rupert machte eine wegwerfende Handbewegung: »Ach, das ist doch Zufall. Jeder hat irgendeinen, der ein paar Gründe hat, ihn umzubringen. Ich zum Beispiel kenne mindestens ein Dutzend Ehemänner, die mich am liebsten ins Jenseits befördern würden.«

Ann Kathrin holte tief Luft und zählte auf: »Wir haben wieder einen Mann mit Blut an den Händen, und er hat uns gerufen. Wieder behauptet er, nicht dabei gewesen zu sein. Das kann doch kein Zufall sein. Bringt hier jemand Frauen um und versucht, uns auch gleich die Täter zu präsentieren?«

Weller pfiff durch die Lippen. So hatte er es bisher noch nicht gesehen.

Aber Rupert regte sich auf: »Gerade hat Madame doch noch behauptet, der Pintes sei gar nicht der Mörder! Wenn das hier eine Serie wird, dann kann er ja schlecht …«

»Nenn mich nicht Madame«, zischte Ann Kathrin genervt.

Rupert drehte sich von ihr weg und fragte Weller: »Ja, soll ich sie mit Prinzessin anreden oder was?«

Weller versuchte, wieder auf den Fall zurückzukommen. »Vielleicht«, sagte er, »ist das ja wirklich nur ein Zufall, Ann. Eine vergleichbare Tat, aber wir haben es nicht mit demselben Täter zu tun, sondern ...«

»Ich glaube nicht an solche Zufälle, Frank. Das weißt du doch.«

Weller dachte an seinen Roman und zog das Buch aus der Tasche. »Dürrenmatt schon.« Er blätterte im Krimi. Am liebsten hätte er Ann Kathrin die Szenen vorgelesen. Er fand sie aber nicht so schnell.

Rupert lachte und winkte ab: »Bloß weil irgend so ein Fuzzi vom LKA sich hier aufspielt und wüste Theorien verbreitet, müssen wir doch noch nicht ...«

»Dürrenmatt ist nicht beim LKA«, erklärte Weller.

»Na, dann eben beim BKA. Noch schlimmer«, sagte Rupert.

Weller stöhnte: »Dürrenmatt ist ein Schweizer Dichter.« Leise fügte Weller hinzu: »Leider schon tot.«

Rupert riss die Augen weit auf. »Ein Schweizer Dichter?«

»Ja. Er hat Kriminalromane geschrieben und Theaterstücke. Zum Beispiel *Der Besuch der alten Dame*.«

Rupert schüttelte den Kopf. »Na, dann hat der doch sowieso keine Ahnung.«

Weller zeigte auf seinen Roman. Er fand die Stelle: »*Ein Geschehen kann schon allein deshalb nicht wie eine Rechnung aufgehen, weil wir nie alle notwendigen Faktoren kennen, sondern nur einige wenige, meist recht nebensächliche.* Im Grunde«, erklärte Weller, »behauptet Dürrenmatt, dass wir uns mit einer Realität herumschlagen, die sich uns immer wieder entzieht. Wir biegen sie uns dann zurecht, um sie zu verstehen, das ist aber alles schon am Rand der Lüge.«

Rupert tippte sich gegen die Stirn. »Schweizer Dichter ... Und den haben sie beim BKA genommen?!«

Ann Kathrin wischte das alles mit der Bemerkung weg: »Jedenfalls läuft unser Mörder noch frei herum. Und es sieht verdammt danach aus, als hätte er Spaß daran gefunden.«

Weller entdeckte eine neue Stelle im Roman, die er zitieren wollte: »Dürrenmatt sagt ...«

Rupert maulte: »Ja, ist jetzt hier Märchenstunde angesagt, oder was?«

Ann Kathrin zeigte auf den Boden vor dem Herd. »Schaut euch die Blutspuren genau an. Es sieht so aus, als habe der Täter dort gesessen.«

»Ja«, grinste Rupert. »Die Arschbacken sind ja in der Blutlache geradezu wundervoll abgebildet. Wir haben zwar keine Fingerabdrücke, aber wir haben Arschabdrücke. Immerhin.«

Ann Kathrin sah ihn tadelnd an. »Komm mal runter und halt die Bälle flach. Die Spusi soll sich das vornehmen. Mit ein bisschen Glück sind da Stoffreste, Haare oder ...«

»Ja, das ist einen Versuch wert«, betonte Weller.

Unten kamen Kriminaltechniker an. Sie zogen sich bereits vor dem Haus ihre weißen Schutzanzüge an.

Ann Kathrin deutete dorthin. Sie hoffte, Rupert loszuwerden. »Warum«, fragte sie Weller, »geht der Täter nach der Tat in die Küche und setzt sich vor den Herd?«

»Es ist nicht bequem«, sagte Weller. »Er hat Knöpfe im Rücken und den langen Griff vom Backofen.«

Eine neue Mitarbeiterin der Kriminaltechnik lenkte Ruperts Aufmerksamkeit auf sich und gewann sein Herz im Flug. Er pfiff durch die Lippen. »Was für ein lecker Mäuschen ...«

Ann Kathrin wurde es zu eng. Wenn die Leute auch noch hier raufkamen, um ihre Arbeit zu machen, dann wurde ihr das einfach zu viel. Sie hatte plötzlich das Gefühl, keine

Luft mehr zu bekommen. Sie waren ihr alle im Weg. Selbst Weller.

Sie lief nach draußen und ging eine Weile spazieren. Sie hatte kein Ziel. Sie flanierte auch nicht herum und sah sich die Landschaft an. Es ging ihr nur darum, einen Fuß bewusst vor den anderen zu setzen, den Wind zu spüren und die Sonne. Dabei ruhig und tief zu atmen.

Manchmal kam es ihr so vor, als würden zu viele äußere Einflüsse und Ereignisse den freien Fluss ihrer Gedanken stören, ja blockieren. Am liebsten wäre sie am Strand Fahrrad gefahren, um sich den Kopf freipusten zu lassen. Fast sehnsüchtig sah sie zum Leuchtturm. Gern wäre sie dort oben gewesen. Draußen und allein, mit einem Rundblick über die Insel.

Leuchttürme waren gut, wenn man den Überblick behalten wollte. Wenn Details drohten, den Blick für das große Ganze zu verstellen.

Sie beschloss, eine Nacht zu bleiben. Sie wollte den Tatort einmal ganz für sich alleine haben.

Wilke Specht, der Chefredakteur der *Borkumer Zeitung*, sprach sie an und riss sie damit aus ihren Gedanken.

»Frau Klaasen, haben Sie schon eine Information für mich? Das ist ja ein ganz schreckliches Verbrechen für die Insel. Natürlich müssen wir morgen darüber berichten, und ich halte mich gern an die Fakten. Kann ich ein Interview mit Ihnen haben?«

Sie schüttelte zunächst den Kopf und wollte einfach weiter, aber dann konfrontierte sie ihn mit ihrem Problem: »Ich brauche ein Zimmer für die Nacht. Ich will jetzt nicht einfach wieder zurückfliegen.«

»Wir sind in der Hochsaison. Die Insel ist voll, Frau Klaasen. Aber ich könnte Ihnen etwas in der Pension meiner Frau Kirstin anbieten. Pension Gutenberg in der Neuen Straße.

Wenn ich mich richtig erinnere, ist Zimmer 1, das *Aurelia*, frei. Bei uns haben alle Zimmer Nummern und Bezeichnungen, die aus dem Druckgewerbe stammen, daher auch der Name Gutenberg.«

Ann Kathrin musste schmunzeln. »Und wer ist Aurelia?«

»Das ist eine Schriftart. Die anderen Zimmer heißen zum Beispiel Bodoni oder Egeria.«

»Sympathische Idee«, nickte Ann Kathrin und nahm das Angebot gerne an.

»Kann ich im Gegenzug mit einem Interview rechnen?«, fragte Wilke Specht nun. Sie wollte schon ablehnen, aber er erweichte sie mit dem Satz: »Ich bin ein Freund von Holger Bloem.«

Allein die Nennung dieses Namens ließ ein Lächeln über ihre Lippen huschen. »Ja, ich weiß. Er hat mir davon erzählt. Ich kann Ihnen aber noch nichts sagen, denn ich weiß noch nichts. Offen gestanden tappen wir ziemlich im Dunkeln. Wir haben einen ähnlichen Mordfall in Norddeich. Und wenn das, was ich befürchte, sich bewahrheitet, dann stehen wir nicht nur vor einer menschlichen Tragödie, sondern es rollt auf die Region geradezu ein Tsunami zu.«

Wilke Specht verstand sofort. »Sie meinen, es könnte touristisch zu einer Katastrophe werden, weil die Leute Angst haben und abreisen?«

Sie schluckte. »Damit könnten Sie recht haben. Die Küstenregion hat gerade in den letzten Jahren viele, viele Urlauber gewonnen, die sich auf ihren Urlaubsreisen sicher fühlen wollen. Und dieses Sicherheitsgefühl ist in vielen Ländern verlorengegangen. Bei uns in Ostfriesland befürchten sie weder einen terroristischen Anschlag, noch müssen sie Angst haben, entführt zu werden. Hier kann man auch als Frau alleine Urlaub machen – diese beiden Morde, wenn sie denn in einem

Zusammenhang stehen, könnten dieses Sicherheitsgefühl der Menschen schwer erschüttern.«

»Umso wichtiger, dass Sie den Mörder bald haben, Frau Klaasen.«

»Wem sagen Sie das …«

Maximilian Fenrich saß Jule Weller gegenüber. Sie schätzte ihn wesentlich jünger ein, als er in Wirklichkeit war. Vielleicht lag es daran, dass er sich so lässig gab. Den Riesenburger aß er nicht mit Messer und Gabel. Sondern nahm ihn zwischen die Finger, presste ihn zusammen und biss genüsslich hinein.

Seine Haare waren lockig und eine Spur zu lang, um ihn wirklich wie einen seriösen Versicherungsvertreter aussehen zu lassen. Er hatte etwas von einem Freak an sich, der das alles nur machte, um seinen Eltern ein guter Sohn zu sein, in Wirklichkeit aber viel lieber nachts in verrauchten Clubs Jazzmusik spielte. Vielleicht malte er auch. Auf jeden Fall war er ein künstlerischer Typ. So gar kein Geschäftsmann, fand sie.

Stelle ich mir Leute, die Versicherungen verkaufen, einfach nur zu spießig vor?, fragte Jule sich.

Er verteidigte seine Branche überhaupt nicht, sondern schimpfte die ganze Zeit auf den Laden. Das sei alles altbacken und viel zu bürokratisch. So könne man doch heutzutage nicht mehr mit Kunden umgehen. Er habe den Schriftverkehr gesehen. Mit vollem Mund lachte er darüber. Das sei doch an Peinlichkeit kaum zu überbieten.

»Ja heißt das«, fragte Jule, »Sie helfen mir?« Ihre Hoffnung wuchs, dass ihr Studium gar finanziert werden würde. Aber da musste er ihre Phantasie gleich ausbremsen. Darauf habe er natürlich keinen Einfluss. Leider säßen die »sturen Böcke in der Rechtsabteilung« ja am längeren Hebel. Aber er wolle ein gutes Wort für sie einlegen. Er mache die Sache jetzt zu seinem eigenen Ding. Er sei empört darüber, wie unflexibel sich das Haus verhalten habe und wie engstirnig die Verträge ausgelegt worden seien.

Noch vor dem Nachtisch gab er zu bedenken, dass juristisch natürlich überhaupt keine Möglichkeit bestünde, Geld herauszuhandeln. Ein Ganglion sei nicht mal als Berufskrankheit anerkannt. Aber es wäre auch für die Allgemeinheit wichtig, wenn sie nun am Ball bliebe. Vielleicht würde das Ganze ja irgendwann als Berufskrankheit für Schuster anerkannt werden ...

Er behauptete, sie könne doch gut ein Dessert vertragen, wenn nicht sogar zwei, wollte aber selbst darauf verzichten und stattdessen einen doppelten Espresso trinken.

Er machte ihr Komplimente, und er hatte eine sanfte, schöne Stimme. Sie stellte sich vor, wie es wäre, wenn er ihr vorlesen würde.

»Mögen Sie Hörbücher?«, fragte sie.

Er staunte. So eine Frage war ihm noch nie im Leben gestellt worden. Und das sagte er ihr auch.

Sie lachte: »Was nun? Mögen Sie Hörbücher?«

»Ich steh drauf. Ich finde sie meistens viel besser als die Verfilmungen der Romane. Hörbücher regen meine Phantasie an, Filme dagegen engen mich oft ein.«

»Mir geht es genauso«, bestätigte sie. »Oft sitze ich zu Hause im Sessel, mache mir eine Kerze an und lege ein Hörbuch ein. Gestern habe ich zum Beispiel *Der kleine Prinz* von Antoine de Saint-Exupéry gehört.«

»Gesprochen von Stefan Kaminski?«, fragte er.

Sie nickte begeistert. »Ja, genau! Ich mag auch Hörbücher, die Hans Paetsch eingelesen hat.«

Er gab ihr recht und ergänzte: »Leider ist er viel zu früh verstorben.«

Eine Weile sahen sie sich nur an. Sie bemerkten nicht einmal, dass der Kellner kam und die leeren Teller abräumte.

»Und welche weiblichen Stimmen gefallen Ihnen am besten?«, fragte Maximilian Fenrich.

»Claudia Michelsen. Und auch Julia Jäger. Oder Julia Nachtmann.«

»Ja! Sehr gut!«, freute er sich. »Ich mag auch noch Katharina Thalbach. Wollen wir noch ein Gläschen Wein zusammen trinken?«, schlug er vor. »Oder fahren wir zu mir, und ich zeige Ihnen meine Hörbuchsammlung? Ich schätze, ich habe achthundert, vielleicht tausend ...«

»Runtergeladen?«, fragte sie.

Er schüttelte den Kopf. »O nein. Ich will sie richtig dinglich besitzen. Sie stehen bei mir im Regal, mit tollen Booklets und ...«

»Mir geht es genauso«, hauchte Jule und fühlte sich unfassbar verstanden.

Er kicherte jetzt.

»Was ist?«, fragte sie.

»Nun, was ist das eigentlich für eine Situation? Früher hätte man wahrscheinlich gesagt: *Darf ich Ihnen noch meine Briefmarkensammlung zeigen?* Heute geht es um Hörbücher, meine CD-Sammlung!«

Sie lachte. »Ja, nur dass in den meisten Fällen der Typ wahrscheinlich gar keine Briefmarkensammlung besaß oder jedenfalls nicht vorhatte, sie zu zeigen.«

»Das kann man von mir nicht behaupten! Ich glaube, ich habe die größte Hörbuchsammlung in Oldenburg.«

Sie hatte keine Lust, jetzt noch nach Oldenburg zu fahren, aber sie war bereit, ihm ihre Hörbuchsammlung zu zeigen.

»Ich wohne nicht weit von hier«, sagte sie. »Besser, wir gehen zu mir. Ich habe nicht ganz so viele, aber doch ein paar ganz tolle Schätzchen darunter, die schon lange vergriffen sind.«

Er winkte den Kellner herbei, bat um die Rechnung und einen Bewirtungsbeleg. Er gab großzügig Trinkgeld.

Im Rausgehen betonte er, dass man sich den Laden merken müsse. Er sei noch nie dort gewesen, aber er wisse einen guten Burger zu schätzen.

»Ich fühle mich Ihrem Vater gegenüber blöd«, sagte er, während sie vor der Tür auf das Taxi warteten. »Ich glaube, ich habe ihn mit der Versicherung einfach falsch beraten. Er hat mir vertraut, und ich habe ihm die falsche Police verkauft. Mir ist das Ganze unglaublich peinlich. Ich werde mich um eine kulante Lösung bemühen. Ganz bestimmt.« Dann schlug er vor: »Sollen wir uns nicht duzen?«

Jule willigte ein.

Ann Kathrin hatte bereits ihr Zimmer in der *Pension Gutenberg* bezogen. Sie hatte sich dort einen Moment aufs Bett gelegt. Sie musste ihre Gedanken sortieren.

Weller ging, fast wie sie sonst, im Verhörgang im Zimmer auf und ab. Seine Nervosität nervte sie. Am liebsten wäre sie alleine geblieben. Sie schlug ihm vor, zurück aufs Festland zu fahren. Sie wolle aber hierbleiben und heute Nacht die Ferienwohnung, in der Conny Lauf getötet worden war, auf sich wirken lassen.

»Ich verlasse doch jetzt die Insel nicht«, erwiderte Weller kopfschüttelnd.

Sie lachte. »Willst du auf mich aufpassen, oder was?«

Er reagierte gereizt. »Ja, verdammt, das will ich. Es sind zwei Frauen getötet worden und …«

»Da würde es dir zu gut in den Kram passen, den Helden zu spielen und deine Frau zu retten, was?«

»Was ist denn mit dir los?«, fragte Weller. »Was wirfst du mir gerade vor? Dass ich dich liebe?«

»Ich fürchte, durch den Tod unseres Verdächtigen, Pintes, sind die Kollegen auf dem Festland ziemlich überlastet, Frank. Mir wäre es lieb, wenn du da ein bisschen …«

Er machte eine wegwerfende Handbewegung. »Damit wird Martin schon fertig. Außerdem ist das Riekes großer Auftritt. Endlich hat die Pressesprecherin mal richtig was zu tun.«

Als sei alles bisher Gesagte völlig nebensächlich, reiner Smalltalk gewesen, steuerte Weller wieder zielstrebig auf den Fall zu. »Glaubst du, Ann, dass der Mörder noch auf der Insel ist?«

»Wir können es nicht ausschließen. Aber sie ist seit zehn, vielleicht zwölf Stunden tot. Möglicherweise auch länger. Er könnte gestern sogar schon mit der letzten Fähre die Insel verlassen haben oder heute Morgen mit der ersten.«

Ann Kathrins Stimme wurde leiser. Weller kannte das. Manchmal konnte sie mitten im Gespräch in Gedanken versinken, führte ihren Satz nicht zu Ende, sondern driftete irgendwohin ab.

»Ann?«, fragte er, um sie daran zu erinnern, dass er auch noch da war. »Was ist?«

»Mir macht seine Taktzahl Sorgen.«

»Seine was?«

»Die Geschwindigkeit, mit der er tötet.«

Sie hatte so ziemlich alles über Serienkiller gelesen und sich mit diesem Phänomen seit Jahrzehnten befasst. Für Ann Kathrin waren zwei Voraussetzungen wichtig, um einen Serientäter zur Strecke zu bringen: Erstens musste man eine Serie als eine solche überhaupt erst einmal erkennen. Und dann den Täter verstehen. Seine Handlungsmuster begreifen.

»Es gibt viele Studien darüber«, sagte sie, als würde sie eine wissenschaftliche Abhandlung über Meeresströmungen zitieren. »Täter wie er versuchen, eine Phantasie zu realisieren. In der Phantasie ist dann hinterher alles schöner oder anders. Sie bekommen beim Morden nicht das, was sie wollten. So baut sich in ihnen wieder neuer Druck auf, bis sie es noch einmal tun. Gleichzeitig stehen sie unter dem Schock der eigenen Tat, müssen das erst verarbeiten. Manche schlagen ein Jahr später wieder zu, andere verhalten sich viele Jahre still. Wieder andere schaffen es nur ein paar Wochen. Aber immer verkürzen sich die Zeiträume zwischen den Taten. Unserem Täter hat der Mord in Norddeich nicht gereicht. Er musste es direkt noch einmal machen. Ist nach Borkum gefahren und ...«

Weller schlug mit der rechten Faust in die linke Hand. »Verflucht, du hast recht. Er kann sich noch nicht lange auf der Insel aufhalten. Wir müssen sämtliche Kameras checken. Wahrscheinlich ist er als Tagestourist gekommen oder ...«

»Entweder wird er auf Borkum ein drittes Mal zuschlagen, oder er ist zurück auf dem Festland. Das wissen wir nicht, Frank. Aber glaub mir, der macht weiter. Wir werden schon bald die nächste Leiche in einer Ferienwohnung finden.«

Weller tippte mit seinem Zeigefinger in die Luft, als würde vor ihm ein Schreibtisch stehen, auf den er klopfte. »Eins steht jedenfalls fest: Ich werde an deiner Seite bleiben. Darauf kannst du dich verlassen, verdammt nochmal.«

Es klopfte an der Tür. Ann Kathrin blieb auf dem Bett liegen. Weller öffnete. Rupert stand fragend da.

Ann Kathrin setzte sich ein Stück im Bett auf.

»Was ist? Habt ihr euch hier mitten in der Hektik zu 'nem Schäferstündchen zurückgezogen? Nicht dass ich dafür kein Verständnis hätte. Aber guckt euch mal an, was ich auf Conny Laufs Handy gefunden habe.« Er las vor: »Hallo, schöne Frau, Lust auf ein Glas Wein? – Und ratet mal, von wem das stammt.«

»Von Rocco«, sagten Weller und Ann Kathrin gleichzeitig.

Rupert schob sich an Weller vorbei ins Zimmer, wippte auf knatschenden Schuhsohlen auf und ab, zupfte sich die zu enge Unterhose zurecht und triumphierte: »Genau. Und das hat er mir auch bereits gestanden. Er war also der Letzte, der Kontakt mit ihr hatte.«

»Nicht ganz«, korrigierte Ann Kathrin. »Oder hat sie geantwortet?«

»Nee.«

»Vielleicht«, sagte Weller, »hat er das auch abgeschickt, nachdem er sie umgebrachte hatte, um so zu tun, als …«

»Ich habe sein Alibi überprüft. Er hat wirklich in der *Heimlichen Liebe* gesessen und einen Fischteller gegessen. Der soll übrigens großartig sein. Wenn wir hierbleiben, dann schlage ich vor, dass wir heute Abend …«

Bevor Rupert sich mit Weller zu sehr in kulinarische Phantasien verstrickte, forderte Ann Kathrin: »Wir brauchen eine Liste aller Leute, die gestern oder vorgestern auf der Insel angereist sind. Und wir müssen überprüfen, wo sie sich im Moment aufhalten.«

»Klar«, sagte Rupert, »wenn's mehr nicht ist. Alle Männer und Frauen oder …« Rupert beantwortete seine Frage selbst: »Ich denke mal, nur alleinreisende junge Männer zwischen zwanzig und vierzig. Stimmt's? Das wird ja wohl kaum ein Familienpapi gemacht haben …«

»Ganz so einfach ist es nicht, Rupert. Der Täter, wer immer es ist, hat es bis jetzt geschafft, unerkannt unter uns zu leben. Er hat eine Tarnung. Eine Familie ist eine sehr gute Tarnung.«

Rupert verzog die Lippen. Einerseits musste er ihr recht geben. Andererseits erhöhte das den Arbeitsaufwand gewaltig.

»Das heißt, wir knöpfen uns auch jeden Familienpapi vor?« Ann Kathrin nickte.

Weller gab zu bedenken: »Es sind zwanzig-, vielleicht dreißigtausend Touristen auf der Insel. Wir haben hier nicht genug Kräfte. Und selbst wenn wir die jetzt anfordern, wir hätten nicht mal genug Zimmer, um sie unterzubringen. Es war doch schon ein Problem für uns, dieses hier ...«

»Ja«, sagte Ann Kathrin, »einen Serienkiller zu fangen, wird immer eine große Herausforderung sein. Sie sind nicht nett, und sie machen es uns auch nicht leicht.«

Rupert drehte sich um und brummte: »Wenn ich solche Sprüche höre ...« Er trollte sich. Doch kaum hatte er die Tür hinter sich geschlossen, war er auch schon wieder da.

Weller machte eine abwehrende Handbewegung. »Was ist? Hast du was vergessen?«

Rupert hielt sein Handy hoch: »Nee. Ich hab 'ne Info bekommen. Das wird euch interessieren, Leute! Diese süße Maus von der KT – ich finde, man sieht ihr an, dass sie dreimal die Woche trainiert. Knackiger Arsch und ...«

»Komm zur Sache oder verschwinde!«, forderte Ann Kathrin.

»Ja, also, die probiert gerade ein neues Schnellverfahren aus. Hab vergessen, wie der Scheiß heißt. Jedenfalls hat sie einen Faden, der in der Blutlache vor dem Herd lag, analysiert, und sie ist sich nicht hundertprozentig sicher, wegen diesem Schnelltest, aber die Wahrscheinlichkeit ist sehr hoch, dass der Faden aus einer Jeans stammt.«

»Einer Jeans?«, fragte Weller und ärgerte sich über sich selbst.

»Ja. Bluejeans«, erklärte Rupert und zeigte auf Wellers Hose.

Weller verzog den Mund. »Na, das schränkt natürlich unsere Suche nach dem Täter gewaltig ein. Er trägt also eine Jeans.«

»Das«, kommentierte Ann Kathrin, »hat er allerdings mit fünfundneunzig Prozent der Bevölkerung gemeinsam. Außer mit denen, die gerne Konfirmandenanzüge tragen, so wie du, Rupert.«

»Wenn wir die Marke und die Größe wissen«, kommentierte Weller, »sind wir ein Stück weiter.«

Rupert zuckte mit den Schultern. »Bin mir nicht sicher, ob die Kleine das rauskriegt. Aber ich traue ihr einiges zu. Sie hat's drauf. Früher haben wir auf so eine pflaumenweiche Aussage eine Woche warten dürfen.«

Weller schob Rupert aus dem Zimmer. »Ja. Lad sie zum Essen ein, füll sie ab und frag sie, welche Größe und welche Marke die Jeans hat.«

Weller lehnte sich gegen die geschlossene Tür, so, als müsse er mit dem ganzen Körper verhindern, dass Rupert wieder zurückkam und ihre Zweisamkeit störte.

»Warum«, fragte Ann Kathrin, »hat er das getan?«

»Rupert? Weil er scharf auf die Kleine ist …«

»Nein. Unser Täter. Warum hat er sich vor den Herd gesetzt? Sobald die Spusi und die ganze Bande mit der Ferienwohnung fertig ist, will ich hin.«

»Schon klar«, nickte Weller. »Ich habe nichts anderes erwartet.«

Jule machte sich nichts daraus, Maximilian Fenrich mit in ihre Wohnung zu nehmen. Sie fühlte sich sicher und gut dabei. Es war, als würde sie Charlie damit eins auswischen. Immer wieder verglich sie Max mit ihm. Dabei kam Charlie nicht besonders gut weg. Verglichen mit Maximilian war er ein Junge und kein Mann.

Maximilian öffnete geschickt eine Flasche Rotwein und fand viel Lob für die Einrichtung ihrer Wohnung. Er konnte nicht nur etwas mit Hörbüchern anfangen, sondern kommentierte auch noch die Bilder an ihrer Wand. Ein paar Bilder, die sie in einem Malkurs bei Marlies Eggers auf Langeoog gemalt hatte, interpretierte er auf eine Art, dass ihr eigenes Bild ihr plötzlich viel schöner und wertvoller vorkam als noch vor wenigen Minuten.

»Such etwas aus deiner Hörbuchsammlung für uns aus«, schlug er vor. »Dann machen wir ein paar Kerzen an.«

Er baute mit ihr zusammen eine kleine Insel, bestehend aus acht oder neun verschiedenen Kerzen auf dem Tisch auf. Sie setzten sich auf den Boden davor. Gleich würde die Stimme erklingen.

»Das ist wie früher«, lachte er, »als wir am Lagerfeuer saßen und den alten Geschichten lauschten. Nur dass jetzt die Stimme von einer CD kommt und das Feuer von einer Kerze stammt.«

»Dafür haben wir es hier schön warm, und wir werden auch heute Nacht nicht von bösen Tieren angegriffen«, scherzte Jule.

Sie ließen sich zunächst aus Mark Billinghams Roman *Love like Blood* vorlesen. Sie blickten ins Feuer, und manchmal sahen sie sich durch den Kerzenschein an. Trotz des durchaus gruseligen Textes entstand eine warme, heimelige Stimmung.

So, dachte Jule, hätte ich mit Charlie nie sitzen können. Den machte so etwas nervös. Der musste immer irgendetwas tun. Wahrscheinlich, weil er im Finanzamt zu lange am Schreibtisch saß. Einfach die Bilder im eigenen Kopf entstehen zu lassen, sich von der Stimme Bilder malen zu lassen, das war nicht sein Ding.

Sie saßen sich fast bewegungslos gegenüber, nippten ab und zu am Wein. Sie tranken so wenig, dass es nicht mal nötig wurde, nachzugießen. Sie befeuchteten nur ab und zu ihre Lippen. Der Wein war dunkelrot, trocken, aber doch fruchtig. Er erinnerte sie an Walderdbeeren.

Als die erste CD durchgelaufen war, stand sie auf und holte Wasser. Einfach klares Leitungswasser.

Maximilian trank das Glas mit einem Zug leer. »Ja«, lachte er, »Wasser! Gibt es etwas Besseres?« Er hielt ihr das Glas noch einmal hin.

Dann stellte er eine Frage: »Es gibt ein neues Hörbuch, das in Ostfriesland spielt. In der Hauptrolle ein Serienkiller. Eine ganz verrückte Geschichte. Ist aus seiner Sicht geschrieben. Keine Whodunit-Story, sondern du weißt von Anfang an, wer der Mörder ist. Du siehst die ganze Welt mit seinen Augen, bist praktisch in seinem Gehirn.« Er tat, als habe er den Titel vergessen, doch sie ahnte, dass es eine Art Test war. Er wollte herausfinden, wie gut sie sich auskannte.

Sie tat so, als müsse sie passen. Nein, davon habe sie noch nichts gehört.

Er guckte ein wenig enttäuscht, dann lachte sie: »Natürlich habe ich das Hörbuch hier. Was denkst du denn? Ich hatte es mir sofort vorbestellt.«

Sie schlug vor, es aufzulegen, und er war gleich mit dabei.

Noch bevor die ersten Töne erklangen, gab ihr CD-Spieler, der fast so alt war wie sie selbst, den Geist auf.

»Och nö«, beschwerte sie sich. »Ausgerechnet jetzt.«

»Es gibt bessere«, lachte er. »Kleiner, leichter, leistungsstärker.«

»Ja, ich weiß. Aber darauf habe ich meine allerersten CDs gehört. Und jetzt«, fragte sie, »was machen wir mit dem angebrochenen Abend? Wir können ja auch Billingham nicht weiterhören.«

Er zog seinen E-Book-Reader aus der Jackentasche. »Wir laden uns den Roman als E-Book runter, und ich lese dir vor.«

Sie setzte sich und sah ihn fasziniert an. »Du bist so eine Art Problemlösungsmaschine, ja? Oben steckt man ein Problem rein, und unten kommt die Lösung raus.«

»Hach«, lachte er, »wenn es doch nur so einfach wäre.«

Sie legte sich aufs Sofa. Von hier aus hatte sie einen besonders schönen Blick auf die Kerzen und auf ihn. Er hockte jetzt im Schneidersitz mit aufrechtem Oberkörper auf einem Kissen mitten im Wohnzimmer. Die Stehlampe zirkelte einen Kreis ab, den er nicht verließ.

In einer Hand hielt er den beleuchteten E-Book-Reader, mit der anderen Hand unterstrich er seine Sätze, als müsse er den Worten Flügel verleihen und sie bei ihrem Weg in die Welt unterstützen.

Er las die ersten Sätze vor. Sie ließ sich hineinfallen und lauschte ihm. Es dauerte nicht lange, und eine Gänsehaut kroch über ihren Rücken und ihre Unterarme.

Er liest das wirklich gut, dachte sie. Es klingt so echt. Er hat eine Stimme wie ein Psychopath. Er kann sich hineindenken in diesen Serienkiller.

Ihr war ein bisschen gruselig zumute. Nicht viel, aber doch ein bisschen. Sie rieb sich die Oberarme.

»Soll ich das Fenster schließen?«, fragte er. »Ist dir kalt?«

»Nein«, sagte sie, »nein. Lies einfach weiter. Du machst das toll.«

Um den Kopf freizubekommen, ging Ann Kathrin am Meer spazieren. Der Wind kämmte ihr die Haare, und sie spürte ihn durch ihre Kleidung hindurch wie unsichtbare Zungen, die an ihr leckten, als würde so der Dreck der Welt von ihr abgewaschen. Sie stellte sich sehr bewusst in den Wind. Hier, ganz nah bei den Seehundbänken, wo die Touristen nicht mehr weiterdurften, um die Seehunde nicht zu stören, breitete sie die Arme aus und atmete tief durch die Nase ein.

Der Wind trieb ihr Tränen in die Augen. Sie sah die Seehunde im Mondlicht. Es waren vierzig, vielleicht fünfzig Tiere. Glänzende Körper, die sich im Sand wälzten, und einige der ganz Mutigen robbten auf sie zu, stießen Laute aus, als wollten sie ihr etwas sagen. Das gab es so nur auf Borkum.

Das Rauschen des Meeres war allgegenwärtig. So nah an den Naturgewalten relativierte sich alles. Dienstvorschriften, Bürokratie, Formulare, die ausgefüllt werden sollten, wurden angesichts dieser Wirklichkeit zum Witz.

Sie ging ein paar Schritte weiter. Muscheln knirschten unter ihren Füßen, und düstere Gedanken stiegen in ihr auf. Zweimal hatte der Täter in der Nähe der Küste gemordet. Suchte auch er Orte wie diese? Inspirierten sie ihn dazu, alle Gesetze und Regeln der menschlichen Gesellschaft über Bord zu werfen? Brauchte er die Nähe zum Meer, um die Grenze übertreten zu können, die Gut und Böse voneinander trennt und unsere Seele vor Fehlentscheidungen schützt wie der Deich das Festland vor dem Zorn der Wellen?

Sie begann zu frieren. Sie ging zurück in Richtung Ferienwohnung. Sie hatte keine Eile. Sie war ganz ruhig und bei sich. Aufnahmebereit für alle Energien, die ihr auf dem Weg begegnen würden.

Bist du auch hier hergegangen?, fragte sie sich. Warst du vor oder nach dem Mord hier? Hast du dir die Seehunde angeschaut? Bist du wie sie? Schön anzusehen, wenn sie sich am Strand in der Sonne aalen, und wirst dann zum mörderischen Jäger, sobald du in die Wellen eintauchst?

Vor *Ria's Beach-Café* spielte eine Band und verbreitete gute Stimmung. *Born to be wild.*

Sie ging den Weg bis zur Ferienwohnung fast schlafwandlerisch. Mehrfach kamen ihr Männer entgegen. Sie versuchte jedes Mal, nah an ihnen vorbeizugehen, als würde sie durch deren Aura laufen und dabei etwas von ihrem innersten Kern wahrnehmen.

Er kann, dachte sie, noch auf der Insel sein. Im Grunde könnte es jeder sein, der mir begegnet. Noch habe ich kein Ausschlussverfahren.

Die Ferienwohnung roch nach den Mitteln, die die Kriminaltechniker benutzt hatten, um ihre Spuren zu sammeln. Noch waren kleine Schilder aufgestellt. Sie waren mit dem Tatort noch lange nicht fertig.

Das Verbrechen in seiner Monstrosität hatte alle schockiert. Niemand achtete mehr auf seine Dienstzeit oder einen Dienstplan, keiner wollte in Urlaub fahren.

Ann Kathrin bewegte sich in der dunklen Wohnung langsam. Sie machte kein Licht an. So ähnlich muss es für den Täter hier gewesen sein, dachte sie. Der nachtblaue Himmel gibt den Möbeln einen gespenstischen Umriss. Sie stehen da wie Schatten in der Finsternis.

Langsam gewöhnten sich ihre Augen an die Dunkelheit, und

sie erkannte immer mehr. Sie setzte sich vor den Herd, so, wie der Täter dort gesessen haben musste. Von hier aus konnte sie durch zwei Fenster nach draußen sehen. Da war der Nachthimmel mit seinen klaren Sternen.

Sie saß eine Weile ganz ruhig. Sie spürte im Rücken den langen Griff des Backofens. Sie legte ihre Handflächen auf ihre Knie und schloss die Augen.

Du hattest sie bereits getötet. Sie lag auf dem Bett. Dann bist du in die Küche gegangen, offensichtlich auch einmal auf allen vieren gekrochen. So sind die Spuren. Dann hast du dich hierhin gesetzt. Was machst du? Wirst du zum Tier? Schnüffelst du auf allen vieren hier herum?

Und plötzlich wusste sie es. Sie erschrak über ihre eigenen Gedanken. Trotzdem war es ganz klar. So musste es gewesen sein.

Sie griff zu ihrem Handy und rief Weller an. Er war nicht weit von ihr, in einer urigen Borkumer Kneipe: *Zum alten Leuchtturm*. Vielleicht war es die kleinste und gemütlichste Spelunke, in der er je gesessen hatte. Der Wirt hieß Herby. Mit seiner Frau Gisela bediente er die Gäste. Sie schenkten beide großzügig ein.

Weller hatte schon den zweiten Sanddornlikör vor sich stehen, den er eigentlich gar nicht bestellt hatte, aber hier gab es Kölsch, in Ostfriesland eher eine Seltenheit. In Norden, in der *Alten Backstube*, da trank Weller auch manchmal sein Kölsch.

Die Gäste hier waren trinkfest und sangesfreudig. Wellers Handy spielte *Piraten Ahoi!*. Offensichtlich kannten hier einige den Song von Bettina Göschl und grölten gleich mit: *Hisst die Flaggen, setzt die Segel …*

Weller winkte ihnen fröhlich zu und lief mit seinem Handy vor die Tür. Drinnen konnte er unmöglich ein ernsthaftes Gespräch führen. Dafür war es viel zu laut.

»Ja?«, fragte er aufgeregt.

»Er schneidet ihnen ein Stück Haut ab und brät das Ganze dann.«

»Und dann?«, fragte Weller entgeistert.

»Dann isst er es«, sagte Ann Kathrin sachlich.

Viel lauter, als Weller wollte, enthuschten ihm die Worte: »Ein Kannibale?«

Ein Pärchen, das neben der Kneipentür stand und knutschte, schielte jetzt erschrocken zu Weller rüber. Er ging ein paar Schritte.

»Ich glaube nicht, dass wir es mit Kannibalismus zu tun haben«, antwortete Ann Kathrin. »Es ist ein anderes Phänomen. Ich verstehe es noch nicht, aber ich bin mir ziemlich sicher, dass er genau das tut.«

Sie schwiegen eine Weile. Weller hörte nur ihren Atem. Dann sagte Ann Kathrin: »Bitte komm. Ich will jetzt nicht alleine sein.«

»Ich bin schon unterwegs«, rief Weller. Er ging noch zurück, um zu bezahlen. Er ärgerte sich, dass er etwas getrunken hatte. Er wollte jetzt ganz für sie da sein. Er brauchte einen klaren Kopf.

Verdammt, dachte er, verdammt. Was, wenn sie recht hat?

Jule radelte zur Uni. Dieser Maximilian Fenrich hatte sie ganz schön verwirrt. Seine Stimme hatte etwas geradezu Erotisches an sich. Ihr Klang brachte sie dazu, sich wohl zu fühlen. Es war, als könne sie sich an ihn anlehnen, ohne ihn dabei zu berühren. Sie fühlte sich in Sicherheit. Die Stimme umgab sie wie ein sicherer Kokon.

Sie musste es sich eingestehen: Sie wäre bereit gewesen, alle

Prinzipien über Bord zu werfen und am ersten Abend mit ihm ins Bett zu gehen. Ja, sie hatte ihm angeboten, er könne doch bei ihr schlafen. Nach dem Weingenuss war eine Autofahrt nach Oldenburg ja ohnehin nicht ratsam. Aber er hatte ganz den Gentleman gespielt. Wenn er in Emden sei, würde er normalerweise im *Upstalsboom* schlafen. Er hätte hier oft beruflich zu tun.

Sie gestand sich ein, dass sie Lust hatte, ihn wiederzusehen. Und es ging keineswegs um die Versicherung. Sie würde ihr Leben auch so geregelt kriegen.

An der Uni Emden gab es einen Studiengang für Kindheitspädagogik, der sie sehr interessierte. Sie hatte noch so viele Interessen. Sie konnte sich auch vorstellen, in Richtung Mediendesign zu gehen, Homepages zu gestalten. Den Internetauftritt von Firmen zu verbessern. Es gab so viele Möglichkeiten, es gab so viel zu tun. Ihr Versuch, ein glückliches Leben zu führen, sollte nicht durch ein Ganglion beendet werden.

Sie hatte mit allen telefoniert. Die meisten waren nett gewesen, doch Geld sollte sie von nirgendwo bekommen. Die Krankheit war nicht anerkannt, sie war schon zu alt für ein Stipendium. Jeder hatte einen anderen Grund, auf freundliche Weise nein zu sagen.

Sie liebte ihren Vater dafür, dass er so tapfer für sie kämpfte. Aber sie ahnte schon, dass der Kampf aussichtslos war. Selbst Max Fenrich hatte ihr nicht viele Hoffnungen gemacht. Er bemühte sich, na klar. Er verkaufte Versicherungen. War aber im Grunde nur ein kleines Licht und konnte nichts entscheiden.

Vielleicht, dachte sie, werde ich einfach irgendwo kellnern, um mein Studium zu finanzieren. Ich könnte auch Nachhilfestunden geben, als Babysitterin arbeiten oder Zeitungen austragen. Sie war sich für nichts zu schade.

Waren das Schmetterlinge im Bauch, die sie da gerade spürte? Hatte sie sich in diesen Max Fenrich verknallt? Er war älter als sie, aber das störte sie nicht. Im Gegenteil. Es gefiel ihr. Es war, als würde sie durch einen *richtigen Mann* erst zu einer erwachsenen Frau.

Alle jungen Männer in ihrem Alter, die sie kannte, hätten an dem Abend versucht, sie anzugraben, um mit ihr die wildesten Stellungen auszuprobieren und ihr zu zeigen, was für tolle Hechte sie doch waren. Von solchen Typen hatte sie die Nase voll.

Mit ihm, so spürte sie, würde sie nicht einfach nur Sex haben, sondern Liebe machen.

Beschwingt trat sie in die Pedale. Das Leben, dachte sie, kann so schön sein und hält so viele Überraschungen bereit.

Nein, sie würde ihn nicht anrufen. Er sollte sich um sie bemühen. Jawohl. So sollte es in Zukunft sein. Nicht sie würde hinter den Typen hertelefonieren, sondern sie würde sich umwerben lassen.

Er hatte ihr noch nicht den ganzen Roman vorgelesen. Es lagen noch gut zweihundertfünfzig Seiten vor ihnen.

Marion Wolters bereitete sich gerade einen Ingwertee mit Honig zu. Das war zwar nicht ganz Low Carb, aber ohne Honig kriegte sie das Zeug nicht runter. Rieke Gersema, die so dünn war, dass ihr Körper Kanten hatte, wo bei Marion Rundungen waren, hatte behauptet, Honig im Tee setze weniger an als Honig auf dem Brötchen.

Sie nahm das Gespräch im Stehen an. Der Anrufer ließ Marion Wolters alle Gewichtsprobleme vergessen. Es war eine aufgeregte männliche Stimme, belegt und gleichzeitig kratzig, wie bei einer abklingenden Erkältung oder akutem Heuschnupfen.

Sie schätzte den Mann auf Anfang, Mitte dreißig. Sie machte schon so lange Telefondienst in der Einsatzzentrale, dass in ihrem Kopf gleich ein Bild von den Anrufern entstand. Stimme und Wortwahl verrieten ganz viel. Hier stand jemand unter Druck, hatte Angst, abgewiesen oder missverstanden zu werden.

»Sie suchen mich.«

Es lief ihr heiß den Rücken runter. Sie setzte sich auf ihren Drehstuhl. Er quietschte. Es wurden immer eine Menge Leute gesucht, aber im Moment stand einer ganz oben auf der Fahndungsliste. Der Frauenmörder, der Touristinnen in ihren Ferienwohnungen überfiel.

Ich habe ihn am Telefon, dachte sie. Verdammt, ich habe ihn am Telefon. Ich darf das jetzt nicht vergeigen.

Das Gespräch wurde aufgezeichnet. Sie stellte sich vor, wie oft es später noch abgehört werden würde. Es gab für solche Fälle bestimmte Codes. Sie tippte ihren gleich ein. Ihr Hals war trocken. Sie hatte Mühe, zu sprechen. Am liebsten hätte sie einen Schluck von ihrem Ingwertee getrunken, obwohl der noch gar nicht ganz fertig war, aber es dampfte heiß aus der Tasse.

Verbrenn dir jetzt bloß nicht noch die Lippen, ermahnte sie sich selbst.

»Mit wem spreche ich?«, fragte sie.

Er räusperte sich und gab tatsächlich seine Personalien an, während sie versuchte, das Gespräch zurückzuverfolgen.

»Mein Name ist Ingo Stielmann. Ich wohne in Köln in der Gierather Straße. Ihre Beamten waren da, haben mich aber nicht angetroffen.«

»Und Sie wollen sich stellen?«

»Stellen? Das hört sich verdammt nochmal an, als sei ich schuldig! Ich rufe an, um Ihnen zu sagen, dass ich es nicht war.«

»Was waren Sie nicht?«

Er wurde laut: »Ich habe sie nicht umgebracht!«

Manchmal, so hatte Marion Wolters gelernt, riefen solche Täter unter großem Stress an, versuchten, etwas geradezurücken oder etwas über die Ermittlungsarbeit der Kriminalpolizei zu erfahren. Sie legten dann aber auch schnell wieder auf. So ein Kontakt hielt nie lange.

»Wo befinden Sie sich im Moment? Ich möchte Ihnen raten, zur nächsten Polizeidienststelle zu gehen und dort alles zu Protokoll zu geben.«

»Ich habe im Hotel angerufen, weil ich dort mein T-Shirt vergessen hatte. Die haben mir erzählt, dass die Kripo nach mir sucht.«

Wir kriegen dich, Junge, dachte Marion Wolters. Ich habe deine Handynummer auf dem Display. Du hättest sie zumindest unterdrücken müssen, dass hier nur »anonym« steht. War die Schule für Serienkiller überfüllt, oder haben sie dich mangels Talent erst gar nicht angenommen?

»Sie denken, dass ich Sabine umgebracht habe. Aber ich habe sie geliebt, verdammt. Geliebt! Wenn sie einer kaltgemacht hat, dann der verrückte Pintes. Der ist auch ein paarmal auf mich losgegangen. Ein gewalttätiges Urviech ist das. Er hat mir das Nasenbein gebrochen und mich zweimal ... ganz übel ...«

»Sagen Sie mir einfach Ihren Standort. Wir sind sofort bei Ihnen.«

»Ich lasse mir den Mord doch nicht anhängen!«

»Wir sind die Kriminalpolizei. Hier wird niemandem etwas angehängt. Wir suchen Sie als Zeugen. Möglicherweise haben Sie wichtige Hinweise für uns.«

»Sie haben doch so eine berühmte Kommissarin. Die will ich sprechen.«

»Ann Kathrin Klaasen?«

»Ja, genau die.«

»Da sind Sie bei uns an der richtigen Adresse. Die möchte Sie auch sprechen. Aber wie kommen Sie auf ihren Namen?«

»Gibt es eine berühmtere Polizistin bei Ihnen? Ich habe zig Artikel über sie gelesen. Sie lag bisher immer richtig.«

»Na, sehen Sie, Herr Stielmann. Dann können Sie sich doch vertrauensvoll …«

»Nee, Mädchen. So nicht.«

Das Gespräch brach ab.

Während der letzten Wortwechsel hatte Kripochef Büscher den Raum betreten. Er fand, Marion Wolters machte das recht gut. Jetzt wollte sie auf Rückruf drücken, um noch einmal mit Ingo Stielmann zu reden, doch Büscher hielt ihre Hand fest: »Nicht.«

»Warum nicht?«

»Weil er dann einfach sein Handy ausschaltet. Jetzt haben wir eine Chance, ihn zu orten.«

»Ja«, gab Marion Wolters zu, »das stimmt.«

»Leite alles in die Wege. Ich informiere Ann Kathrin.«

Er verließ den Raum, nicht ohne sich noch einmal umzugucken und ihr einen aufmunternden Blick zuzuwerfen. Er, der distanzierte Chef, der immer noch um Anerkennung der Kollegen ringen musste, weil die immer noch ihren alten Kripochef Ubbo Heide verehrten und Büschers Tun ständig daran maßen, was Ubbo in so einem Fall wohl getan hätte, hatte gerade bei ihr einige Pluspunkte gesammelt.

Ann Kathrin Klaasen ging immer wieder um die Ferienwohnung herum. Weller folgte ihr mit wenigen Schritten Abstand. Man hätte ihn für einen Bodyguard halten können. Und vielleicht fühlte er sich im Moment auch so. Aber gleichzeitig fühlte er sich wie ein Lernender. Er wollte Ann Kathrin in ihren Gedanken nicht stören, ihr gleichzeitig Schutz gewähren und versuchen, zu kapieren, was geschah.

Sie ging mehrfach die gleichen Wege ab, sah sich das Haus an, in dem Conny Lauf ermordet worden war. Sie interessierte sich auch für die umliegenden Grundstücke, Bäume, Sträucher, ja sogar für einen Hundezwinger. Fahrradständer waren es wert, eine gefühlte Viertelstunde lang von ihr betrachtet zu werden. Sie fasste nichts an, betrachtete die Welt staunend, wie ein Kind beim ersten Zoobesuch. Sie wusste die ganze Zeit, dass er in ihrer Nähe war, auch wenn sie sich nicht ein einziges Mal zu ihm umdrehte.

Was werden Menschen denken, die uns zusehen?, fragte Weller sich.

Sie ging zu einem Baum auf der gegenüberliegenden Straßenseite. Sie sah an ihm rauf und runter. Der Stamm war lang und ohne Äste. Erst in drei, vier Metern Höhe fanden sich dickere Äste, die in der Lage waren, einen Menschen zu halten, und eine dichte Baumkrone.

Plötzlich sprach sie Weller an, und es war, als würden sie eine seit Stunden geführte Unterhaltung fortsetzen. Sie deutete auf verschiedene Stellen am Baum: »Hier ist er hochgeklettert, Frank.« Sie zeigte nach oben. »Dort hat er gesessen und sie beobachtet. Von da hat er einen Blick durch die Zweige. Wenn von innen die Scheiben erleuchtet sind, kann er tief in Conny Laufs Räume gucken.«

Sie zeigte auf Verletzungen von einem spitzen Gegenstand in der Rinde. »Er hat ein Eisen mit, damit kann er Baumstämme oder Telefonmasten hochklettern. Als Kind habe ich diese Männer beobachtet und bewundert. Sie hatten gebogene Haken an den Schuhen.«

»Er benutzt Steigeisen«, konkretisierte Weller.

»Ja, Frank. Und vielleicht auch Sicherheitsgurte.« Sie bat ihn: »Bitte hilf mir.«

Weller machte ihr eine Räuberleiter. Sie setzte den rechten Fuß in seine Handflächen. Er hob sie ein Stück an, dann stieg sie auf seine Schultern, zog sich mit einem Klimmzug hoch, und schon saß sie auf der ersten Astgabel.

Sie kletterte im Baum höher. Er unterdrückte den Satz: *Pass auf dich auf, Ann.* Stattdessen stellte er sich so, dass er notfalls in der Lage war, sie aufzufangen.

Sie berührte den Baum vorsichtig mit ihren Fingerkuppen, tastete Zweige ab.

»Hier haben sich die Spitzen seiner Steigeisen eingegraben«, rief Ann Kathrin. »Hier hat er gesessen und sie beobachtet.«

Nur eine Armlänge von ihr entfernt war ein verlassenes Vogelnest. Es erinnerte sie an das Meisennest, das die fleißigen Vögel unter ihrer Terrassenüberdachung gebaut hatten. Sie entdeckte dort etwas. Sie beugte sich weit vor, um nach dem Nest zu greifen.

Weller stand bereit, sie aufzufangen. Jetzt konnte er es nicht länger unterdrücken. Er mahnte: »Ann!«

Sie nahm das Nest an sich und wollte es in einer ihrer Plastiktüten zur Spurensicherung verschwinden lassen. Aber diese Tüten waren nicht für Vogelnester geschaffen. Zweige brachen, die Tüte riss ein.

»Kann ich dir helfen?«, fragte Weller. Er hatte inzwischen Nackenschmerzen vom Hochgucken.

»Wenn Menschen sehr versunken sind, wenn ihre Innenwelt wichtiger wird als ihre Außenwelt, dann kauen die einen an den Fingernägeln. Die anderen zupfen Flusen aus dem Stoff ihrer Hose oder kratzen sich ihre Schuppenflechte auf. Unser Kandidat hinterlässt zwar keine Fingerabdrücke, weil er Handschuhe trägt, aber er kann die Finger nicht von seiner Kleidung lassen.«

»Der Jeansfaden am Herd ...?«, fragte Weller.

Sie nickte. »Ja. Und er hat lange hier oben gesessen und dabei irgendetwas aus blauer Wolle zerzupft. Eine Mütze, einen Schal oder einen Pullover.«

Ann Kathrin ließ das Vogelnest, das erst halb in der Plastiktüte steckte, zu Weller herunterfallen. Er fing es auf und sah sofort, was sie meinte.

»Ich schätze«, grinste er, »er trägt eine Bommelmütze. Ich hatte so was als Junge auch. Und er hat den Bommel zerpflückt.«

Ann Kathrin kletterte vorsichtig vom Baum herab. Weller stellte sich so, dass sie seine Schulter als Treppe nutzen konnte.

»Das meiste«, sagte sie, »wird der Wind weggeweht haben. Aber wir hatten Glück. Ein paar Fussel sind im Vogelnest hängen geblieben.«

»Unsere Freunde von der Kriminaltechnik werden dich dasselbe fragen, was uns später der Staatsanwalt fragt«, gab Weller zu bedenken.

»Nämlich?«

»Woher wir wissen, dass die Fusseln von ihm sind. Die Vögel können sie genauso gut irgendwo auf der Insel gesammelt und in ihr Nest eingebaut haben.«

»Sie sind nicht verbaut. Sie hängen außen am Nest. Das Nest ist verlassen. Die Meisen haben sich längst woanders häuslich eingerichtet. Das hier ist alt. Die Fusseln sind frisch.«

»Trotzdem ...«

Ann Kathrin sah ihn nur an. »Wir wissen doch beide, dass

ich recht habe, Frank. Wir werden ihn anhand dieser Wollreste nicht überführen können. Aber wir wissen jetzt, was er tut, wie er sich ihnen nähert und dass er dabei nervös an seiner Kleidung rumzupft.«

»Wir suchen also«, konkretisierte Weller ihre Worte, »einen Mann mit blauer Wollmütze und Jeans.«

»Er ist sportlich genug, um solche Bäume hochzuklettern ... in der Dunkelheit. Er benutzt Steigeisen«, fügte sie hinzu

»Er beobachtet seine Opfer vorher.«

»Okay, also alle blinden Rollstuhlfahrer scheiden schon mal aus.«

Sie lächelte. »Siehst du? Wir kommen ihm näher. Er ist ein organisiert handelnder Täter. Keiner, der spontan zuschlägt, weil plötzlich irgendwelche Wahnvorstellungen mit ihm durchgehen. Er sucht seine Opfer gezielt aus, und wir müssen herausfinden, wie er das macht.«

Ann Kathrin hätte zu gerne eine Tasse Kaffee getrunken und dabei aufs Meer gesehen. Diese Liegestühle bei *Ria's* reizten sie, doch sie kam nicht dazu, ihren Wunsch zu äußern, denn der Seehund in ihrem Handy jaulte jämmerlich los. Fast gleichzeitig erklang auf Wellers Handy *Piraten Ahoi!*.

Ann Kathrin erhielt von Marion Wolters die Information: »Ingo Stielmann hat uns angerufen. Er streitet die Morde ab. Aber er will nur mit dir sprechen. Wir konnten seinen Standort ermitteln.«

»Wo ist er?«

»Nicht weit von dir, Ann.«

»Auf Borkum?«

»Nein, auf Langeoog. Sollen wir mit einem Einsatzkommando rüber und ihn hoppnehmen, oder gebe ich dir einfach seine Nummer und du rufst ihn an?«

»Was sagt der Chef?«

»Büscher sagt, dass wir uns beeilen sollen, weil man uns den Fall aus der Hand nehmen wird ... Außerdem naht dieser Orkan ... Gerade wir an der Küste sollten die Kräfte der Natur nicht unterschätzen.«

Weller hatte Rupert am Telefon, der sich tierisch aufregte. »Die Fuzzis vom BKA kommen auf die Insel. Wir sollen mit ihnen zusammenarbeiten.«

So spöttisch, wie Rupert *zusammenarbeiten* aussprach, war er kurz davor, sich zu übergeben und glaubte nicht im Entferntesten an ein Miteinander auf Augenhöhe.

»Ich wäre fast auf den Witz mit dem toten Schweizer Dichter reingefallen«, beschwerte Rupert sich.

»Häh? Was?«

»Mit mir kann man es ja machen. Dieser Dirk Klatt ist ein aalglatter Hund. Ich erkenne Karrieristen von weitem. Das ist einer. Für den sind wir alle nur doofe ostfriesische Bullen, die noch nie einen richtigen Fall gelöst haben.«

»Wovon redest du überhaupt?«

»Na, von diesem Typen, der behauptet, dass die Welt für uns im Grunde nur aus Zufällen besteht, weil wir viel zu dämlich sind, die Zusammenhänge zu durchschauen.«

»Du meinst Dürrenmatt?«

»Ja, der Typ nuschelt. Hörte sich für mich an wie Dirk Klatt oder so ähnlich. Schreibt der wirklich heimlich Theaterstücke?«

Weller stöhnte.

»Jedenfalls sitzt der Macker vom BKA jetzt draußen im *Vier Jahreszeiten* und isst schon das zweite Stück Rumflockentorte. Ich fürchte, die ganze Bande wird sich da einquartieren. Die scheinen es ja ganz schön eilig zu haben.«

Weller knipste das Gespräch weg und sah Ann Kathrin an. Sie bat Marion Wolters gerade: »Von Borkum nach Langeoog ist es nicht weit. Bitte finde heraus, wie er nach Langeoog gekommen ist.«

»Schon geschehen, Schätzchen«, flötete Marion Wolters. »Gestern Mittag, mit einem Charterflug von Borkum nach Langeoog. Ich habe eine Freundin bei der OFD, und ich dachte mir, dass du danach fragst.«

»Wir dürfen nichts riskieren«, sagte Ann Kathrin. »Wir kassieren ihn auf Langeoog ein. Noch heute. Wir brauchen die Besten für einen schnellen Zugriff, denn es sind viele Touristen auf der Insel. Wir …«

»So mag ich dich, Ann. Klare Kante. Hart zupacken. Bevor die Jungs vom BKA auch nur ihre Rumflockentorte verdaut haben, sacken wir den Mistkerl ein.«

Die Information irritierte Kripochef Martin Büscher und führte ihn in eine Nachdenklichkeit, die fast schon an existenzielle Verzweiflung grenzte.

»Was heißt das, wir bekommen kein Mobiles Einsatzkommando?«, fragte er noch einmal nach, als hätte er die Antwort nicht verstanden. »Wie, geheim? Wie kann denn so etwas geheim sein, verdammt nochmal?«, polterte er. »Ich bin Kripochef hier in Ostfriesland und habe für die Sicherheit von einer halben Million Menschen zu sorgen! Wenn die Touristen da sind, können es schon mal locker drei Millionen werden. Ich habe nicht genug Personal … Ich habe nicht genug Autos … geschenkt! Damit lebe ich tagtäglich. Aber jetzt bekomme ich für den Zugriff kein SEK von der Koordinierungsstelle in Hannover und nicht mal das eigene MEK aus Aurich?!«

Büscher war fassungslos. Seinem Gegenüber am anderen Ende der Telefonleitung war das Ganze offensichtlich ebenfalls peinlich. Der Kollege in der Polizeidirektion Osnabrück sprach mit belegter Stimme, als sei er angehalten worden, zu flüstern, wehre sich aber innerlich dagegen, weil er am liebsten schreien würde: »Die Aktion läuft seit zwei Stunden. Möglicherweise geht es bis heute Abend. Wir schlagen in drei Bundesländern gleichzeitig zu und nehmen eine Islamistengruppe hoch. Das Ganze hat höchste Geheimhaltungsstufe, und alle verfügbaren Kräfte, die für solche Spezialeinsätze ausgebildet sind, werden gerade ...«

»Na toll! Und ich habe einen Serienkiller auf Langeoog, der es auf Touristinnen abgesehen hat. Da kann ich schlecht den Inselpolizisten beauftragen ...«

»Langeoog hat eine Inselpolizistin ...« erklärte der Kollege. Büscher stöhnte genervt.

Der Kollege fuhr bedauernd fort: »Tut mir wirklich leid. Ich habe dir das auch nicht gesagt. Aber ihr müsst alleine klarkommen.«

»Ja, danke für die kollegiale Hilfe«, spottete Martin Büscher und tastete seine Jacke nach Kopfschmerztabletten ab. Er stand jetzt am Fenster und schnaufte. Er wünschte sich zurück nach Bremerhaven. Er wäre dort gerne wieder einfacher Hauptkommissar gewesen. Was war das für eine tolle Zeit ... Er konnte über seinen dämlichen Chef schimpfen, und es gab immer einen Oberen, den man dafür verantwortlich machen konnte, wenn etwas schieflief. Jetzt, hier in Ostfriesland, war er selber Chef, verdammt nochmal. Jetzt war er es, der für alles geradestehen musste. Seine eigene Spezialeinheit aus Aurich musste er in Osnabrück anfordern und bekam sie nicht, weil sie von Hannover eingesetzt wurde.

Er fragte sich, was er als Nächstes tun konnte. Wie würde er dastehen, wenn das jetzt schiefging? Er hatte doch ohnehin die ganze Zeit gegen das übermächtige Vorbild Ubbo Heide anzukämpfen. Je länger der ehemalige Kripochef aus dem Dienst war, umso leuchtender wurde er verklärt. Unter Ubbo war alles besser gewesen, selbst die Kekse bei den Dienstbesprechungen hatten damals besser geschmeckt als heute, obwohl Büscher sie genauso bei *ten Cate* kaufte, wie Ubbo es getan hatte. Dass man bei einer Dienstbesprechung Marzipan brauchte, hatte er auch inzwischen kapiert.

Mein Gott, dachte er, wie sehr habe ich mich an diese ostfriesische Mischpoke angepasst! Aber was passiert, wenn ich jetzt mit der Nachricht herausrücke, dass wir kein Mobiles Einsatzkommando bekommen? Wie werde ich dann dastehen? Als nicht durchsetzungsfähig?

Er malte sich verschiedene Möglichkeiten aus, wie die Sache weitergehen könnte. Vielleicht würde Ann Kathrin Klaasen einfach zum Telefonhörer greifen und irgendeinen Onno, Tammo, Habbo oder eine Tomke anrufen und Minuten später wäre die Sache geritzt. Die lösten das ostfriesisch. Eine Hand wäscht die andere.

»Eigentlich geht das ja nicht, aber wir machen das jetzt mal so.«

»Na gut, ausnahmsweise, weil du's bist. Die Spezialeinheit ist schon unterwegs. Ja, nächstes Mal gibst du einen aus.«

Oder noch schlimmer, vielleicht rief einer von ihnen einfach Ubbo Heide an, der vermutlich auf Wangerooge gerade Tee trank und aufs Meer sah, falls er nicht an seinen Memoiren schrieb.

Er stellte sich den Dialog etwa so vor:

»Ubbo, unser neuer Chef, du weißt schon, dieser Trampel aus Bremerhaven, kriegt nicht mal ein Mobiles Einsatzkommando für uns her. Kannst du mal eben ...«

Vielleicht musste Ubbo Heide einfach nur die linke Arschbacke runzeln, und die Sache war erledigt.

Wie auch immer es ausginge, es würde seinem Ruf schaden, so viel stand jetzt schon für ihn fest. Er entschied sich einfach für die Wahrheit. Er rief Ann Kathrin auf Borkum an.

Sie stand zwischen Rupert und Weller. Sie wollten sich an *Hinnis Strandoase* den Magen vollschlagen, denn Rupert hatte behauptet: »Mit leerem Magen denkt es sich schlecht.«

Sie schaltete das Handy auf laut, so dass die beiden mithören konnten. Außer ihnen allerdings auch noch ein paar Touristen, die in der Schlange standen.

»Leute, wir haben zwei Probleme. Das erste: Es kommen orkanartige Böen und eine Sturmflut auf uns zu. Vermutlich wird der Fährverkehr eingestellt werden müssen.«

Weller grinste. Für ihn war das nichts Neues. Dafür brauchte er auch keinen Wetterbericht. Jeder, der hier großgeworden war, wusste es seit vielen Stunden. Wenn das Wetter so klar war wie gestern, wenn man so weit gucken konnte und ganz hinten am Horizont die Sonne flirrte, dann zog ein Unwetter heran.

»Das«, fuhr Büscher fort, »ist aber nur der kleinere Teil unseres Problems. Der größere ist, wir bekommen keine Spezialkräfte.«

Ann Kathrin fragte noch: »Was heißt das?«, da hielt Rupert Weller schon die offene Hand hin und forderte: »Gib mir fünf!«

Büscher eierte herum: »Ich kann euch das jetzt auch nicht erklären. Jedenfalls läuft gerade eine Riesenaktion. Bestimmt ist es heute Abend in den Nachrichten. Aber wir sind jetzt auf uns alleine gestellt.«

Weller schlug ein. Rupert lachte: »Bingo!«

»Was habt ihr jetzt vor?«, fragte Büscher.

»Dämliche Frage«, kommentierte Rupert, dem es gleichgültig war, dass Büscher alles mithörte.

»Nun«, erklärte Ann Kathrin ruhig, »wir sehen zu, dass wir nach Langeoog kommen, bevor es hier zu windig wird, und dann sacken wir den Typen ein.«

Martin Büscher wusste, dass es gar keine andere Möglichkeit gab. Trotzdem tat er so, als würde er protestieren: »Ihr wollt selbst ...«

»Wir sind Polizisten«, stellte Ann Kathrin klar. »Es kann sein, dass die Insel durch den Sturm für eine Weile abgeschnitten wird. Wir können dort keinen Serienkiller frei herumlaufen lassen – bis das Wetter besser wird!«

»Ihr seid nicht ganz auf euch allein gestellt«, versprach Büscher. »Hier sind Leute vom BKA angereist. Die ersten müssten bereits auf Borkum angekommen sein und ...«

»Mach keinen Aufstand, Martin«, mahnte Ann Kathrin. »Die stehen uns da sowieso nur im Weg. Wir fliegen jetzt rüber und lösen das auf unsere Art.«

»Wie denn?«, fragte Büscher erstaunt.

»Nun, wir sacken ihn ein und vernehmen ihn. Ganz einfach.«

»So mag ich das Flintenweib«, lachte Rupert und schlug einen rechten Schwinger in die Luft, als wolle er das Kinn eines großen Gegners treffen.

Büscher kam sich blöd vor, aber gleichzeitig war er irgendwie auch stolz auf seine Truppe. Die jammerten wenigstens nicht herum.

»Passt gut auf euch auf und macht jetzt um Himmels willen keinen Fehler. Vielleicht ist es sogar besser so. Die Festnahme durch Spezialeinheiten erfordert immer besondere Vorbereitungen, und gerade die Verlegung auf eine ostfriesische Insel muss absolut unauffällig erfolgen. Sonst ist es schneller auf den Inseln bekannt, als das Schiff von Bensersiel abgelegt hat ...«

Ann Kathrin steckte ihr Handy ein. Vor ihnen bekam ein

kleiner Junge seinen Milchreis. Mit dem Teller in der Hand fragte er: »Seid ihr richtige Polizisten oder Gangster?«

Weller antwortete: »Wir sind die Guten, Kleiner.«

Jetzt waren sie endlich an der Reihe, doch Ann Kathrin entschied: »Abflug, Jungs.«

»Ich wollte sowieso abnehmen«, kommentierte Weller den Satz seiner Frau.

Rupert brummte kampfeslustig: »Hauptsache, es geht endlich los.«

Ihm gefiel der Gedanke, dass die BKA-Leute auf Borkum Zeugen vernahmen, die Spezialkräfte sich irgendwo anders verausgabten, während sie auf Langeoog den Mörder festnahmen. Ja, genau so sollte es sein.

Später würde er darüber meckern, dass alle sie im Stich gelassen hätten. Doch jetzt wollte er sich nicht von irgendwem hineinpfuschen lassen. Um ein Held zu sein, musste man auch die Möglichkeit haben, Heldentaten zu vollbringen.

Er ahnte, dass ihm so eine Möglichkeit bevorstand.

Als Ann Kathrin, Weller und Rupert zum Flugplatz kamen, pfiff der Wind schon ziemlich heftig. Weller gefiel das. Besonders, weil noch keine Regenwolken zu sehen waren. Er breitete die Arme aus, als müsse er es unter den Achseln mal richtig durchlüften lassen.

Dirk Klatt erwartete die drei schon.

Rupert flüsterte: »Jetzt erzähl mir keiner, dass wir diesen Arsch mitnehmen müssen.«

Ann Kathrin schätzte Klatt auf Ende fünfzig, Anfang sechzig. Er schützte seine Ohren mit den Händen gegen den Wind, als hätte er Angst vor einer Mittelohrentzündung.

Rupert schlug gleich in die Kerbe: »Wenn man das Klima hier nicht gewohnt ist, trägt man besser eine Mütze. Die kann man an jeder Ecke kaufen.«

Klatt reagierte nicht darauf, sondern sprach Ann Kathrin direkt an: »Frau Klaasen, Ihr Chef hat uns versichert, dass Sie und Ihre Leute gern mit uns zusammenarbeiten, dass Sie uns behilflich sein werden und uns sämtliche bisherigen Ermittlungsergebnisse zur Verfügung stellen. Ich schlage vor, dass wir einen Runden Tisch organisieren, um die Erfahrungen in diesem Fall auszutauschen und …«

»Ja, gerne«, erwiderte Ann Kathrin, »aber nicht jetzt.«

»Was soll das heißen, nicht jetzt?«, fragte er, der offensichtlich keinen Widerspruch gewöhnt war.

»Wir haben einen Termin auf Langeoog«, erklärte Weller durchaus stolz, wollte aber nicht damit herausrücken, worum es sich wirklich handelte.

Klatt sagte nichts. Er wippte nur mit dem Fuß und sah Ann Kathrin an.

»Wir müssen den nächsten Flieger nehmen«, sagte sie, »bevor der Wind einen Start unmöglich macht.«

Klatt stellte sich so hin, dass deutlich wurde, er hatte keineswegs vor, die drei einfach ziehen zu lassen. Nun verschränkte er auch noch die Arme vor der Brust.

Weller ging unbeeindruckt einen Schritt vorwärts. Klatt blieb stur stehen. Weller versuchte, sich den Weg freizuquatschen: »Wir haben einen dringend Tatverdächtigen im Fall Sabine Ziegler. Er hat sich, als Conny Lauf ermordet wurde, ebenfalls auf Borkum aufgehalten. Wir fliegen jetzt nach Langeoog, um ihn zu befragen.«

Rupert stupste Weller in die Seite: »Befragen ist gut …« Dabei musterte Rupert Klatt immer wieder und grinste anzüglich.

»Ich bin entschieden dagegen, dass Sie hier irgendwelche unkoordinierten Aktionen starten«, stellte Klatt streng klar. Er hörte sich an wie ein Lehrer, der seine Schüler beim Schummeln erwischt hat. »Außerdem«, ergänzte Klatt, »gibt es dafür Spezialkräfte.«

»Da hat er ausnahmsweise recht«, sagte Weller und fügte triumphierend hinzu: »Aber die haben gerade etwas Wichtigeres zu tun.«

Klatt stellte sich lockerer hin und zeigte auf Rupert. Er fragte Ann Kathrin: »Wieso grinst der mich die ganze Zeit so dämlich an?«

Rupert antwortete: »Sie haben mal ein Theaterstück geschrieben über eine alte Dame, die alles durcheinanderbringt, stimmt's? Und ich frage mich gerade, ob Ihre Schwiegermutter dafür die Vorlage war. Also, wenn Sie meine Schwiegermutter kennenlernen würden, dann ...«

Klatt verstand überhaupt nicht, worum es ging. Er wandte sich an Ann Kathrin: »Können wir ohne diese beiden Clowns reden?«

»Hat der gerade Clowns zu uns gesagt?«, fragte Rupert.

Weller konterte: »Nein, ich glaube, nur zu dir.«

Klatt zog Ann Kathrin hinüber zum Rollfeld. Ihre Maschine wartete bereits. Der Pilot kannte Ann Kathrin und machte eine freundliche Geste in Richtung Flugzeugtür. Dann zeigte er zum Himmel, wo sich mächtig etwas zusammenbraute.

»Frau Klaasen, die Serie«, sagte Klatt, »hat nicht in Ostfriesland begonnen. Wir sind schon eine ganze Weile hinter ihm her. Ich würde ihn gerne aus dem Verkehr ziehen, bevor ich meine Pension einreiche. Wir waren schon einmal ganz nah an ihm dran. Er hat sich mit zwei Kollegen in Köln eine Verfolgungsjagd geliefert. Der Polizeiwagen ist jetzt Schrott, und die Kollegen haben lange gebraucht, bis sie wieder ...« Er winkte ab. »Er fährt wie einer, der es gelernt hat. Vielleicht ein Stuntman oder …«

»Das wird ihm auf Langeoog nichts nutzen«, behauptete Ann Kathrin.

»Warum nicht?«, fragte Dirk Klatt.

»Weil Langeoog eine autofreie Insel ist, und da gehen auch Rennfahrer zu Fuß oder leihen sich ein Rad.«

Dirk Klatt fühlte sich ertappt. Dies hier war einfach nicht seine Baustelle. In Ostfriesland galten andere Regeln. So viel hatte er inzwischen kapiert. Betont sachlich fuhr er fort: »Der erste Mord, den wir ihm zuschreiben, ist in Oberfranken geschehen, im Landkreis Kulmbach. Der letzte in Köln. Er ist äußerst präzise. Er macht keine Fehler.«

»Irrtum«, erwiderte Ann Kathrin. »Den ersten hat er bereits gemacht.«

»Welchen?«

»Er ist nach Ostfriesland gekommen. In mein Revier.«

Klatt lächelte milde über so viel Selbstbewusstsein. Doch dann geriet er ins Staunen.

»Ich hätte gerne die Akten aller Fälle«, forderte Ann Kathrin.

»Sie verwechseln hier die Positionen, Frau Klaasen. Wir hätten gerne Ihre Ermittlungsakten. Wir wollen Sie nicht mit unseren belasten.«

»Waren es immer Ferienwohnungen?«, fragte sie.

»Nein, aber immer Wohnungen. Keine Hotelzimmer oder so.«

»Und jedes Mal stand in der Küche eine Pfanne, stimmt's?«

Er verzog den Mund, als müsse er erst in den Akten nachschauen und wisse das nicht so genau.

»Was? Ich denke, es ist Ihr Fall? Und Sie wissen es nicht?«

»Nun, es war immer eine Küche vorhanden. Und die war

meines Wissens nach selten vorher aufgeräumt und geputzt worden ...«

Ann Kathrin behauptete: »Und er hat ihnen immer ein Stückchen Haut rausgeschnitten?«

Dirk Klatt nickte und schluckte trocken.

»Und es war jedes Mal ein Tattoo?«, fügte Ann Kathrin hinzu.

»Ja, stimmt.«

»Sie haben jedes Mal Blutspuren in der Küche gefunden?«

»Ja ...«

Seine Antworten wurden schon verhaltener, ja, er wirkte kleinlaut auf Ann Kathrin.

»Aber in der Küche waren keine Kampfspuren. Er hat sie im Schlafzimmer getötet. Im Bett.«

»Ja ...«

»Wissen Sie, was er mit den Hautstücken gemacht hat?«

Klatt sah sie fragend an.

»Er brät sie.«

»Und dann?«

»Ich vermute, dass er sie dann isst. Was sonst?«

Dirk Klatt suchte etwas, um sich anzulehnen, fand aber nichts.

Ann Kathrin winkte Weller und Rupert. »Wir holen uns jetzt Ingo Stielmann auf Langeoog. Er ist aus Köln, und er hat fränkische Wurzeln. Er ist in Coburg zur Schule gegangen.«

Als Rupert und Weller an Klatt vorbeigingen, bemerkte Rupert: »Der sieht aus, als hätte Ann Kathrin die Luft rausgelassen. Guck mal, er ist richtig blass. So ist das bei uns in Ostfriesland. So sind die Frauen hier!«, rief Rupert ihm aufmunternd zu.

Klatt, der vor mehr als zwanzig Jahren während einer

schweren Grippe das Rauchen aufgegeben hatte, suchte seine Taschen nach Zigaretten ab, fand aber keine.

Horst stand draußen am Tisch vor der *Langeooger Inselrösterei* und schwärmte seinem Stammkunden vom Black Island Gin No. 2 vor. Der Gin habe dreizehn Monate in einem Eichenfass, natürlich nordamerikanische Eiche, gelagert. Vorher sei das Fass zwölf Jahre lang Heimat für einen Whisky gewesen.

Er hatte nur noch zwei Flaschen, jede knapp achtzig Euro, aber doppelt so viel wert, für Sammler und Liebhaber. Und weil Horst heute in Geberlaune war, gab er ein Schlückchen aus seiner privaten Flasche aus.

Die beiden stießen an und nickten sich zu. Sie waren sich einig. Wenn der Sturm so richtig wütete, dann wollten sie gemeinsam einmal zum Meer runter, um diese Kraft zu spüren.

»Aber vorher«, schlug Horst vor, »nehmen wir noch einen Kaffee und einen Gin.«

Marion Wolters konnte über das Handy den Aufenthaltsort von Ingo Stielmann bis auf zehn Meter genau orten. Sie lenkte Ann Kathrin.

Marion kannte die Insel gut. Sie kam immer wieder zu Yoga- und Meditationskursen nach Langeoog. Zuletzt hatte sie einen Malkurs bei Marlies Eggers besucht. Am liebsten hätte sie den Polizeidienst quittiert und eine Karriere als Künstlerin begonnen. Doch noch fehlten ihr die Käufer für ihre Bilder.

Sie trug einen Sticker mit dem Bild ihres Lieblingsmasseurs auf Langeoog. Sein Foto war umkränzt von dem Spruch: *I survived Thanne.* Er schaffte es jedes Mal, ihre völlig verspannte

Rücken- und Nackenmuskulatur wieder zu lockern. Das waren keine Wohlfühlmassagen, das tat weh. Aber es half.

Sie dachte kurz an ihn und griff in ihren Nacken, der hart war wie ein Brett.

»Er muss auf der Hauptstraße sein. Praktisch vor oder in der *Inselrösterei*.«

»Ich sehe ihn schon«, sagte Ann Kathrin.

Stielmann trug ein Kapuzensweatshirt und darüber noch eine Windjacke. Weller, der gelernt hatte, jeden möglichen Gegner auf Waffen zu taxieren, registrierte Ingo Stielmanns ausgebeulte rechte Jackentasche sofort.

»Jacke, rechte Seite«, raunte er Rupert zu.

Der verstand augenblicklich. »Wenn er darin einen Ballermann spazieren führt, hoffe ich für ihn, dass das Ding gesichert ist. Sonst schießt er sich noch die Eier ab.«

Ann Kathrin ging einen Schritt schneller, doch Weller zupfte an ihrem Ärmel. »Lass uns das machen, Ann. Bitte.«

»Stimmt, Kumpel. Du machst den Buhmann, ich den Wummser.«

»Nein«, protestierte Weller, »umgekehrt.«

»Och nee, lass mich den Wummser machen!«

»Warum?«

Rupert kämpfte richtig um den Job. »Ich bin heute so drauf.«

Rupert ging an Horst und Ingo Stielmann vorbei und blieb in der Tür der *Inselrösterei* stehen. »Ist doch noch offen, oder?«

Aber dann hielt Rupert sich nicht an die Absprachen. Er drehte wieder um und roch an den Gläsern. Er zwinkerte Stielmann zu, als wolle er dessen Einverständnis einholen, am Drink zu nippen. »Eigentlich wollte ich ja einen Kaffee, aber dieser Gin …«

Weller sah Rupert tadelnd an.

Ann Kathrin blieb auf der Straße stehen, um den Überblick zu behalten und notfalls von hier aus einen Fluchtversuch zu verhindern. Sie konnte ihm so den Weg in beide Richtungen abschneiden.

Sie hoffte, die Aktion wenigstens ein bisschen gegen flanierende Touristen abdecken zu können. Je weniger die Leute mitbekamen, umso besser.

Eine Gruppe Radfahrer hielt auf der anderen Straßenseite an. Sie überlegten lautstark, ob sie bei Horst noch einen Kaffee nehmen sollten oder ob es besser sei, vor dem großen Unwetter in die Herberge zurückzufahren.

Weller ließ ein paar Cent-Stücke fallen. Er bückte sich, als wolle er sie aufheben. So kam er nah an Stielmann heran.

Rupert laberte die beiden zu, dass nur echte Männer Whisky, Brandy und Gin zu schätzen wüssten.

Weller landete einen Schlag auf Ingo Stielmanns kurzer Rippe. Der knickte gleich nach vorne ein und schlug mit dem Kopf fast auf die Tischplatte. Weller riss ihm die Beine weg. Rupert konzentrierte sich ganz auf Ingo Stielmanns rechten Arm. Selbst wenn er eine Waffe in der Jackentasche gehabt hätte, wäre er nicht dazu gekommen, sie zu ergreifen.

Schon lag er auf dem Bauch, beide Hände auf dem Rücken, und spürte, wie Weller die Plastikhandschellen festzurrte. Eigentlich waren das Kabelbinder und keine ordentlichen Handschellen, aber bei so einem brisanten Einsatz konnte das Klappern der Handschellen sie bereits verraten.

Rupert fand so eine richtige Acht aus Metall trotzdem immer noch viel besser. Einschüchternder. Dieses neumodische Zeug mochte er nicht.

Rupert drückte ein Knie in Stielmanns Rücken. Der reckte seinen Kopf hoch und rief um Hilfe. Damit es keinerlei Missverständnisse gab, hielt Ann Kathrin ihre Polizeimarke hoch in die Luft und rief, sich nach allen Seiten umdrehend: »Dies ist eine polizeiliche Maßnahme!«

Horst stand mit seinen beiden Gin-Gläsern da. Er wirkte unerschüttert ruhig, so, als sei er ähnliche Aktionen gewöhnt. Seine ostfriesische Gelassenheit erstaunte selbst Ann Kathrin Klaasen.

»Ja«, fragte Horst, »eigentlich wollte ich mit ihm ja noch den Gin probieren. Aber falls jemand von Ihnen Lust auf einen wirklich erstklassigen …«

»Ja, ich!«, rief Rupert, stand auf und hielt schon das erste Glas in der Hand.

»Wir sind im Dienst«, gab Ann Kathrin zu bedenken.

»Scheiß drauf«, antwortete Rupert und kippte den Gin.

Horst wandte ein: »Also, eigentlich ist der viel zu schade, um ihn sich einfach so …«

»Ich glaube«, sagte Weller, »jetzt könnte ich auch einen vertragen.«

Während Horst eingoss, tastete Rupert Ingo Stielmann ab. »Der ist unbewaffnet.«

»Welcher Idiot läuft denn auch auf Langeoog mit einer Waffe herum?«, fragte Ingo Stielmann.

»Ich«, sagte Rupert und zeigte seine Heckler & Koch vor.

Ann Kathrin ging vor der *Inselrösterei* auf und ab und telefonierte. Sie gab die Meldung durch, der Gesuchte sei gefasst. Sie sprach zunächst mit Büscher, der sehr erleichtert war und ihr gratulierte.

Noch während des Telefonats prasselten die ersten Regentropfen auf die Hauptstraße. Die Bäume bogen sich.

Sie zogen sich mit ihrem Gefangenen in die *Inselrösterei* zurück. Dort saß er breitbeinig auf einem Stuhl und sah sich trotzig um.

»Wir haben Hochwasser, und wir haben Sturm«, erklärte

Ann Kathrin die Situation. »Ich hatte es befürchtet. Wir werden hier nicht mehr wegkommen.«

»Wir bekommen hier doch bestimmt auf Staatskosten ein schönes Hotelzimmer«, freute Rupert sich.

Weller zeigte auf Ingo Stielmann: »Und was machen wir mit dem?«

»Die Insel hat eine kleine Polizeiinspektion, und darin gibt es auch eine Zelle …« sagte Ann Kathrin, klang dabei aber so, als würde sie eine andere Lösung bevorzugen. Sie rief die Langeooger Kollegin an und erfuhr, dass in der Zelle ein randalierender Jugendlicher einsaß, der aus Wut und Eifersucht zwei seiner Kollegen blutig geschlagen und mehrere Strandkörbe beschädigt hatte.

»Wir können ihn«, sagte Ann Kathrin, »nicht in die Zelle sperren und uns dann in irgendwelche Hotelzimmer zurückziehen.«

»Was soll das heißen«, protestierte Rupert, »müssen wir etwa bei ihm bleiben?«

Ann Kathrin nickte. »O ja. Wir sind für ihn verantwortlich. Wir werden ihn keine Minute aus den Augen lassen.«

»Ja, hier bei mir in der *Inselrösterei* ist es schlecht«, erklärte Horst. »Ich bin zwar normalerweise recht gastfreundlich, aber …« Dann hakte Horst nach: »Was hat er denn überhaupt gemacht?«

Ingo Stielmann brüllte: »Nichts, verdammt nochmal! Gar nichts habe ich gemacht! Meine Freundin ist umgebracht worden, und jetzt verdächtigen sie mich!«

Rupert schnalzte mit der Zunge. »Kann ich noch etwas von diesem wirklich ganz hervorragenden Gin …«

Ann Kathrin rief den Tourismusdirektor Hinrik Dollmann an. Sie hatte ihn mal bei einer Krimilesung kennengelernt. Hinrik befand sich gerade in einer Besprechung mit dem Bürgermeister Uwe Garrels, ging aber trotzdem ans Handy und begrüßte Ann Kathrin mit den Worten: »Wenn die Polizei anruft, bin ich doch gerne für sie da, besonders, wenn es sich um eine so hübsche Kommissarin handelt, wie du es bist, Ann Kathrin.«

Sie ging auf sein Kompliment nicht ein, sondern konfrontierte ihn sofort mit der Situation: »Wir sind zu dritt hier. Wir müssen einen Mann aus dem Verkehr ziehen, der unter dringendem Tatverdacht steht, mehrere Morde begangen zu haben. Er ist hochgradig gefährlich. Ich möchte ihn ungern in eurer Ausnüchterungszelle unterbringen.«

Das Wort »Ausnüchterungszelle« gefiel Hinrik Dollmann nicht, und es traf auch nicht wirklich den Sachverhalt.

»Menschen mit einer Alkoholvergiftung sperren wir in keine Zelle«, erklärte er ruhig. »Die sind ja medizinische Notfälle und müssen …«

Sie unterbrach ihn: »Hinrik, bitte hilf mir. Ich brauche einen ausbruchssicheren Platz für ihn. Und wir werden abwechselnd Wache halten.«

»Moment«, sagte Hinrik. »Uwe, hast du mitgehört?«

»Ja. Gib sie mir mal.« Hinrik reichte ihm das Handy.

Uwe Garrels war ein Mann praktischer Lösungen. Er bot an: »Wir haben im Rathaus unten im Keller alte Kerkerzellen. Da stehen auch noch ein paar verstaubte Akten. Aber wenn wir damit behilflich sein können …«

Ann Kathrin war begeistert. Sie deutete Weller und Rupert an, dass es eine Lösung gäbe.

Ingo Stielmann protestierte: »Sie können mich doch nicht einfach so einsperren! Haben Sie einen Haftbefehl? Ich will meinen Anwalt sprechen. Ich …«

»Wir sind hier auf Langeoog«, erklärte Horst bedächtig. »Glaub mir, vor morgen früh tut sich hier nichts. Bei dem, was da draußen aufzieht, sind wir völlig auf uns allein gestellt.«

»Aber«, schimpfte Ingo Stielmann, »mir steht gesetzlich …«

Horst lachte. »Wenn jetzt hier ein Haus brennt und wir auf die Feuerwehr vom Festland warten, knistert uns das Dorf nieder. Wir müssen uns schon selbst helfen«, betonte er nicht ohne Stolz. »Deshalb wird auch jeder von der Freiwilligen Feuerwehr – egal, ob er in der Gastronomie oder sonstwo arbeitet, alles aus der Hand fallen lassen und zum Einsatzort fahren, wenn es brennt.«

»Was willst du mir damit sagen, Horst?«, fragte Stielmann und zappelte nervös mit den Beinen, als wolle er auf den Stuhl gefesselt loslaufen.

»Na, dass wir auf Langeoog sind«, erwiderte Horst. Dann fragte er Ann Kathrin: »Darf ich ihm einen Gin eingießen? Ich glaube, er braucht ihn.«

Ann Kathrin willigte ein.

Marion Wolters verfolgte in der Einsatzzentrale die Aktion und fieberte die ganze Zeit mit. Um den Zugriff nicht zu gefährden, hatte sie den Sprachverkehr mit Ann Kathrin eingestellt, beobachtete aber am Bildschirm, wo Ingo Stielmanns Handy sich genau befand. Seit Minuten gab es keine Bewegung mehr. Das deutete auf einen erfolgreichen Einsatz hin, oder der Flüchtende hatte sein Handy liegenlassen.

Während sie diesen Gedanken nachhing, ging ein Notruf ein. Eine aufgebrachte Mutter mit deutlichem Ruhrgebietsakzent beschwerte sich über die Zustände in Norddeich. Sie hatte geglaubt, in einen familienfreundlichen Ort gefahren zu sein, und jetzt das! So ginge es nun wirklich nicht. Sie überlege schon, abzureisen. Ihren beiden dreizehn und fünfzehn Jahre alten Söhnen sei das nicht zuzumuten.

Marion Wolters wollte die Frau nur loswerden. Sie konnte sie aber nicht so einfach abwimmeln.

»Gute Frau, Sie haben den Notruf der Polizei gewählt. Der muss für wirkliche Notfälle immer frei bleiben. Wenn Sie irgendwelche Beschwerden haben, dann müssen Sie sich an die Touristen-Information wenden oder an Ihre Vermieter, aber nicht an die Polizei.«

»Wir wohnen hier direkt auf dem Straßenstrich! Können Sie sich vorstellen, was das bedeutet, mit zwei pubertierenden Söhnen? Die kommen doch aus dem Kichern und Staunen gar nicht mehr raus! So etwas sind wir in Wattenscheid nicht gewöhnt.«

Marion Wolters hatte im Moment wirklich andere Sorgen, aber da sie noch nie von einem Straßenstrich in Norddeich gehört hatte, glaubte sie an einen der üblichen Witzanrufe. Manche Urlauber griffen, wenn sie sich langweilten, gern zum Telefon, um sich einen Scherz zu erlauben. Letzte Woche hatte jemand gemeldet, ein Braunbär sei in die Seehundstation eingedrungen und würde die kleinen Heuler fressen.

Marion Wolters räusperte sich und sagte so sachlich wie möglich: »Es gibt in Norddeich keinen Straßenstrich.«

»Die Autohuren stehen hier direkt vor der Tür!«, keifte die empörte Frau.

Marion Wolters suchte ihre Teetasse. Sie brauchte jetzt dringend ein paar Schlückchen Flüssigkeit. Ihr Kreislauf spielte verrückt.

»Ich habe es fotografiert. Wenn Sie mir nicht glauben, kann ich Ihnen das Beweisfoto schicken. Neben mir sind zwei Holländer, die haben die Prostituierten mit großem Hallo begrüßt.«

Um die Frau loszuwerden, bot Marion Wolters an: »Ja, dann schicken Sie mir doch mal Ihr Foto. Das geht per Whats-App ganz einfach. Ich gebe Ihnen mal die Nummer durch.«

Während die Frau aus Wattenscheid ihrer Hoffnung Ausdruck verlieh, dass diese Zustände wie Sodom und Gomorrha in Norddeich endlich durch die Polizei beendet werden würden, erhielt Marion Wolters das Foto. Sie bekam einen Lachkrampf. Sie kannte das von sich. Es geschah nicht oft, aber ein-, zweimal im Jahr wurde sie von einem Lachkrampf geschüttelt, der ihren ganzen Körper beben ließ. Sie kam dann aus der Situation nicht heraus. Vor vier Jahren hatte sie sich so einen Zwerchfellbruch zugezogen. Jetzt war es wieder so weit. Sie konnte vor Lachen nicht sprechen. Sie hielt sich fest, als habe sie Angst, ihre inneren Organe könnten sonst durch die Haut den Körper verlassen.

Das Beweisfoto auf dem Bildschirm zeigte einen VW Golf mit der großen Aufschrift auf dem Fenster: »AUTO HUREN – bij jou om de hoek!«

Zu gern hätte Marion Wolters der empörten Frau erklärt, dass es sich hierbei lediglich um einen holländischen Leihwagen handelte, aber das typische an ihren Lachkrämpfen war, dass sie dann keine richtigen Worte mehr herausbekam, sondern alles, was sie sagen wollte, zu einem Glucksen wurde.

Die Mutter aus Wattenscheid machte das nur noch wütender. Sie schimpfte: »Sie finden das also witzig? Tut mir leid, ich nicht! Ich bin ja nicht prüde, aber ich wollte mit meinen Söhnen nicht Urlaub auf der Reeperbahn machen!«

Martin Büscher und Rieke Gersema stürmten mit versteinerten Gesichtern in den Raum und starrten Marion Wolters an. Die versuchte, sich zusammenzureißen, aber das machte alles nur noch schlimmer. Und die ernsten Gesichter der beiden trieben ganz neue Lachwellen durch ihren Körper.

»Ich kann darüber nicht lachen«, sagte Büscher, und in seiner Stimme schwang Zorn mit.

»Ich finde es auch nicht lustig«, kommentierte Rieke schmallippig.

Marion Wolters hielt sich mit beiden Händen an der Tischkante fest und presste die Füße auf den Boden, in der Hoffnung, ihren Körper unter Kontrolle zu bekommen.

Rieke Gersema beugte sich vor und öffnete auf Marions Computer eine Facebook-Seite. Der Wasserturm von Langeoog erschien, darunter stand: *Wenn du auf Langeoog Urlaub gemacht hast, dann ...*

In dieser Facebook-Gruppe war auch Marion Wolters Mitglied. Aber sie verstand nicht, was das jetzt sollte. Dann sah sie den ersten dort hochgeladenen Film. Darüber stand: *Scheiß auf New York! Was ist die Bronx gegen Langeoog? Hier tobt die Action!*

Ein verwackeltes Handyvideo zeigte Rupert und Weller, wie sie Ingo Stielmann vor der *Inselrösterei* zu Boden warfen. Horst, bei dem auch sie gerne Kaffee trank, stand mit einer Ginflasche und einem Glas in der Hand seelenruhig dabei.

Marion Wolters' Lachkrampf war augenblicklich beendet. Das Lachen blieb ihr im wahrsten Sinne des Wortes im Hals stecken.

Rieke kommentierte: »Das gleiche Video ist auch schon auf *Wi sünd Ostfreesen un dat mit Stolt* und wird praktisch alle paar Sekunden geteilt.«

»Diese eigenmächtige, praktisch geheime Aktion dürfte für die nächste Zeit das Bild der ostfriesischen Polizei prägen«, befürchtete Büscher.

»Na ja«, gab Marion zu bedenken, »wenn die hier gerade einen Serienkiller hoppnehmen, dann finde ich, müssen wir uns dafür nicht schämen. Sie fassen ihn zwar nicht gerade mit Glacéhandschuhen an, aber sie haben keine Schusswaffen eingesetzt, und seine blauen Flecken werden schnell heilen. Serienkiller kriegt man selten, indem man ihnen Geburtstagspostkarten schickt.«

Büscher stierte Marion Wolters an. Ihr Kopf war immer noch glühend rot, und Lachtränen glänzten auf ihren Wangen.

Marions Worte stimmten Rieke Gersema nachdenklich. Ja, vielleicht konnte man das Ganze wirklich positiv verkaufen. Mit solchen Handyvideos, gedreht bei Polizeieinsätzen, würden sie in den nächsten Jahrzehnten leben müssen. Das war ihr klar. Aber es war alles doch eine Frage der Sichtweise. Bilder waren das eine. Sie zu deuten etwas ganz anderes.

»Wir kriegen«, prophezeite Rieke Gersema, »das aus den Sozialen Medien nicht mehr raus. Würde mich wundern, wenn es nicht heute Abend in den Nachrichten ausgestrahlt wird. Wir können die Aktion verurteilen, oder wir stellen uns ganz klar dahinter.«

Büscher glotzte Rieke Gersema fragend an. »Wie, dahinter?«

»Na ja, dieses Video verstößt ganz eindeutig gegen die Persönlichkeitsrechte unserer Beamten und auch gegen die des Verdächtigen. Man kann nicht einfach Leute filmen und das ins Internet stellen. Aber vielleicht haben unsere Kollegen ja eine wilde Schießerei verhindert und sehr umsichtig gehandelt ...«

»Schießerei?«, fragte Büscher. »Der hat doch gar keine Waffe. Oder habe ich etwas übersehen?«

Die Frau aus Wattenscheid tobte immer noch am Telefon. In ihren Wortschwall hinein flötete Marion Wolters so freundlich, wie es ihr im Moment nur möglich war: »Huur heißt mieten! Ein Fietsenverhuur ist kein Bordell mit besonders flotten Holländerinnen, sondern ein Fahrradverleih.«

Sie klickte das Gespräch weg, sah Büscher an und gab ihm einen kleinen Lehrgang in Loyalität: »Auch wenn ich Rupert nicht leiden kann und ihm die Pest an den Hals wünsche, ich finde, er und Weller haben hier einen guten Job gemacht.«

Rieke Gersema nickte: »Und genau so sollten wir die Sache auch nach draußen verkaufen.«

»Warum, verdammt«, fragte Büscher nachdenklich, »sehe ich da keinen einzigen BKA-ler? Warum nur unsere Leute?«

»Ich glaube«, sagte Marion Wolters, »die sind gar nicht mitgeflogen, sondern auf Borkum geblieben.«

»Dirk Klatt ist auf Borkum geblieben?«, fragte Büscher. Er sah aus, als sei dies für ihn ein schwer verdaulicher Gedanke.

Tourismusdirektor Hinrik Dollmann und Bürgermeister Uwe Garrels empfingen ihre Gäste an der Rathaustür. Garrels war früher einmal Wattführer gewesen, und Ann Kathrin konnte sich noch gut an die Wattwanderung mit ihm erinnern. Holger Bloem hatte ihr damals gesagt: »Wenn Wattführer Bürgermeister werden, geschieht meistens einiges für den Umweltschutz, denn die haben kapiert, worum es geht.«

Genau so war es auf Langeoog. Ann Kathrin schüttelte ihm gern die Hand. Auch Hinrik Dollmann begrüßte sie freundlich per Handschlag, mit einem Strahlen im Gesicht, als sei sie gekommen, um mit ihm den Abend in der *Weinperle* zu verbringen und nicht, um einen Gefangenen zu bewachen.

Auch Rupert und Weller schüttelten brav Hände und bedankten sich für die Gastfreundschaft.

Am liebsten hätte Uwe Garrels auch dem Gefangenen die Hand gegeben, das ging aber nicht, weil der die Hände auf dem Rücken zusammengebunden hatte, deshalb klopfte er ihm auf die Schultern und sagte: »Sie sehen aber ganz schön bedröppelt aus.«

Dollmann ging die Holztreppe runter voran. Er öffnete die schweren Metalltüren, die durch große Stahlriegel gesichert waren. Er musste den Kopf einziehen, um sich nicht an einem der Rohre zu stoßen.

Der Lichtschalter knackte zwar, aber das Licht ging nicht an. Weller und Ann Kathrin schalteten die Taschenlampen in ihrem Handy ein und leuchteten den Raum ab.

»Hier ist natürlich lange kein Mensch mehr gewesen. Hier werden Akten gelagert und alte Möbelstücke«, erklärte der Bürgermeister. »Es gibt zwei Zellen. Die stammen noch aus der Zeit, als die Nazis aus der Insel einen Militärstützpunkt machen wollten.«

Rupert räusperte sich. In seinem Hals kratzte ein Insekt, das hinauswollte. So zumindest fühlte es sich für ihn an. Ein Blick in die erste Zelle reichte, und er bekam kaum noch Luft.

»Die nebenan ist größer, da wurde eine Wand rausgebrochen«, sagte Uwe Garrels.

Rupert überspielte, wie mies es ihm ging, und scherzte: »Okay, dann nehmen wir die Suite. Oder was meint ihr?«

Dollmann, der einen Kopf größer war als Garrels, pustete in ein staubiges Regal und hob ein Holzbrett hoch. Darauf stand ein Tintenfässchen, und daneben lag ein Kolbenfüller. Dollmann war mit einem Schriftsteller befreundet, der seine Manuskripte mit Füllfederhalter schrieb, was in Ostfriesland allgemein bekannt war. »Der«, so prophezeite Dollmann, »könnte bestimmt etwas damit anfangen. Er kommt manchmal nach Langeoog.«

Bevor Dollmann erzählen konnte, was ihn mit dem Autor verband und warum er dessen Bücher so gern las, fiel Ingo Stielmann ihm wütend ins Wort: »Ich protestiere aufs schärfste gegen diese Behandlung! Ich werde hier ganz sicher nicht übernachten! Ich habe ein Zimmer im Strandeck! Sie glauben doch nicht im Ernst, dass ich in diesem alten Kerker die Nacht verbringe?!«

»Diese Entscheidung liegt nicht bei mir«, erklärte Dollmann ruhig und wies auf Ann Kathrin Klaasen.

»Wir stellen hier lediglich der Polizei im Rahmen der Amtshilfe unsere Räumlichkeiten zur Verfügung«, verteidigte Garrels sich.

Rupert nieste. Er gab es nicht gerne zu, aber er hatte eine Allergie gegen Hausstaub und irgendwelche Pilze, die laut Aussage seiner Frau und seines Hausarztes manchmal einfach so durch die Luft flogen. Zu viel davon löste bei ihm eine Nasennebenhöhlenentzündung aus. Außerdem schweren Juckreiz.

Rupert fand, dass Allergien nichts für Männer waren. Allein das Wort hörte sich doch schon an wie eine Frauenkrankheit. Nein, er wollte kein Allergiker sein. In seiner Vorstellung brach sich ein Mann vielleicht ein Bein, hatte ein blaues Auge, einen Kater vom Alkohol oder Rückenschmerzen vom Heben. Aber doch um Himmels willen ebenso wenig eine Allergie wie Menstruationsbeschwerden. Er schämte sich dafür, und das machte ihn besonders sauer.

Niemand, so dachte Rupert, kann sich Humphrey Bogart, Bruce Willis oder Arnold Schwarzenegger mit einer Hausstauballergie vorstellen. Die hatten auch keine Nasennebenhöhlenentzündungen, keine Pickel am Hintern, keine Karies und kein Zahnfleischbluten.

Ruperts Frau Beate hatte ihm Bio-Schwarzkümmelöl, laktosefrei und vegan, kaltgepresst, gegen den Heuschnupfen mitgegeben. Außerdem sollte er dreimal am Tag einen Teelöffel Manukahonig essen. Er hatte auch Kurkuma in Tablettenform mit. Am Anfang hatte er alles einfach weggeworfen und behauptet, er habe es brav genommen, später dann griff er tatsächlich zu den Mitteln, aber immer nur heimlich. Auf keinen Fall sollten seine Kollegen davon erfahren.

Beate hatte ihm ein kleines Notköfferchen gepackt, das er auch ständig mit zum Dienst nehmen sollte. Da war alles drin, sogar eine Ingwerwurzel. Sie hatte ihn gebeten, den Ingwer in kleine Stifte zu schneiden und die dann zu kauen. Sobald Rupert auch nur daran dachte, bekam er das Gefühl, dringend Alkohol trinken zu müssen. Der Wunsch nach schottischem Whisky wurde geradezu übermächtig.

Jetzt kam er aus dem Niesen nicht mehr heraus. Dabei war es, als würden seine Ohren von irgendetwas verstopft werden. Er hörte die anderen gar nicht mehr. Es klang wie sehr weit weg. Die Nase tropfte, und die Augen tränten.

Warum, dachte Rupert, sperren wir diesen Typen nicht irgendwo anders ein? Er stellte ihn sich gefesselt und geknebelt an einer langen Theke vor. Er selbst saß auf einem Barhocker, hielt ein Glas in der Hand und bewachte so gutgelaunt den Gefangenen. Die Wirklichkeit sah leider ganz anders aus.

»Wir müssen den Raum erst mal leerräumen und hier eine Haftsituation herstellen, in der wir ihn auf erträgliche Weise unter Kontrolle halten können«, sagte Weller und untersuchte die Mauern, als hätte er Angst, sie könnten zu dünn sein. Er kontrollierte sogar den Boden auf Falltüren und versteckte Wege.

»Hier«, tönte Ingo Stielmann, »soll ich also meine Untersuchungshaft absitzen oder was? Wie lange darf man einen Menschen eigentlich gefesselt und geknebelt halten? Verstößt das nicht längst gegen die Menschenrechte?«

Rupert fuhr ihn an: »Geknebelt haben wir dich noch nicht, du Arschgeige, aber das ist eine Superidee.«

Garrels und Dollmann verabschiedeten sich. Hinrik Dollmann breitete großzügig die Arme aus und sagte: »Falls ihr noch irgendetwas braucht ...«

Ingo Stielmann gab gleich seine Bestellung auf: »Einen Anwalt für mich, bitte und einen Psychiater für den da.« Er deutete auf Rupert.

»Wir könnten Wasser gebrauchen«, sagte Weller sachlich, »und ein paar Fischbrötchen vielleicht.«

»Eine Pizza wäre auch nicht schlecht«, fügte Rupert hinzu. »Habt ihr hier WLAN, und könnt ihr einen Fernseher auftreiben? Ich möchte ungern das Spiel heute Abend verpassen.«

Ann Kathrin machte einen Wink in Richtung Dollmann. Er solle ihn nicht so ernst nehmen. In Richtung Rupert sagte sie: »Das wird keine Party.«

»Man wird ja wohl noch ein bisschen Spaß haben dürfen«, maulte der.

Uwe Garrels schraubte eine Sicherung wieder rein, und endlich hatten sie genügend Licht.

Nachdem sie sich gut zwanzig Minuten lang angegiftet hatten, kam Hinrik Dollmann in den Keller zurück und brachte tatsächlich einen ganzen Korb voller Fischbrötchen. Matjes, Brathering, Bismarck und sogar zwei Krabbenbrötchen. Dazu zwei Flaschen Wein, um, wie er es ausdrückte, »die Freunde und Helfer vom Festland zu unterstützen. Später soll keiner erzählen, auf Langeoog gäbe es nichts zu essen.«

Draußen tobte inzwischen ein Sturm, der einigen Inselneulingen Angst machte, während die anderen einen Becher darauf leerten, dass die Natur immer noch stärker war als jede Regierung.

Ann Kathrin schlug vor, Ingo Stielmann zum Essen die Hände vor der Brust zusammenzubinden, statt hinterm Rücken.

Rupert erledigte das. Dabei flüsterte er Stielmann ins Ohr:

»Eine falsche Bewegung, und die nächste Mahlzeit bringt dir eine Krankenschwester, Kleiner.«

Ingo Stielmann blieb ruhig. Er sah Ruperts triefende Augen und fragte: »Heuschnupfen? Stauballergie?«

Nachdem sie gegessen und getrunken hatten, legten sich die Emotionen. Die Stimmung wurde friedlicher. Sie fanden sich einer nach dem anderen damit ab, die Nacht hier gemeinsam verbringen zu müssen. Rupert kam damit überhaupt nicht klar, weil er ständig niesen musste und seine Lunge bei jedem Atemzug rasselnde Geräusche machte.

Weller hatte sich auf den Boden gesetzt, direkt neben die Tür. An ihm kam niemand vorbei. Er wirkte auf Ingo Stielmann wie ein Wachhund, ständig bereit, zuzubeißen. Lauernd, hochaufmerksam. Nie müde.

Für Stielmann waren Rupert und Weller so etwas wie Ann Kathrin Klaasens Kettenhunde. Er sprach die Kommissarin höflich an: »Ich habe mich selbst bei der Kripo gemeldet, Frau Klaasen. Ich habe angerufen, um mit Ihnen zu reden. Dieser ganze Aufstand hier wäre nicht nötig gewesen.«

»Ach nein?«, raunzte Rupert. Ann Kathrin deutete ihm an, er solle jetzt ruhig sein. Rupert nahm noch einen Schluck Wein. Er mochte keinen Wein, weder weißen noch roten. *Das Schöne am Wein*, hatte Rupert von seiner Ruhrgebietsmutter gelernt, *ist das Bierchen danach*. Und er hatte die Hoffnung verloren, heute noch ein frisch gezapftes Pils zu bekommen.

»Reden wir«, sagte Ann Kathrin zu Stielmann und machte eine einladende Geste. Sie lief nicht im Raum herum wie sonst beim Verhör, sie setzte sich so, dass sie mit ihm auf Augenhöhe war, keine zwei Meter von ihm entfernt. Sie drehte ein Glas Rotwein zwischen den Fingern, führte es auch ab und zu an die Lippen, aber wohl mehr, um Gemütlichkeit zu demonstrieren oder eine normale Situation, als um wirklich zu trinken.

»Sie waren mal mit Sabine Ziegler zusammen«, stellte Ann Kathrin fest.

Der Satz traf Stielmann. Er wirkte, als habe sie ihm eine Ohrfeige verpasst. Er schluckte. »Ja, ich habe sie geliebt.«

»Wann haben Sie sie zum letzten Mal gesehen?«

»Ich war ständig in ihrer Nähe, habe sie beobachtet. Bei *de Beer* hat Pintes mich gesehen und ist gleich sauer geworden. Der hatte sie nicht mehr alle. Der rastete ständig aus, drohte mir Prügel an und ...«

»Das würde ich auch, wenn jemand dauernd hinter meiner Frau herrennt, sie stalkt, Fotos von ihr macht und all den kranken Scheiß«, kommentierte Rupert. Ann Kathrin zeigte auf ihn, und er kapierte zwar, grunzte aber trotzdem. »Ach, ist doch wahr!«

»Was wollten Sie denn noch von ihr, Herr Stielmann? Sie lebte mit Herrn Pintes zusammen und ...«

Ingo Stielmann lachte bitter. »Was ich wollte? Ich habe auf meine Stunde gewartet. Darauf, dass er ausflippt, sie verdrischt, so, wie er alle seine Frauen verkloppt hat. Und dann wollte ich da sein. Ja, ich wollte den Retter spielen, den Helden und so ihr Herz zurückgewinnen. Leider habe ich völlig versagt. In der Nacht, in der sie mich brauchte, war ich nicht da. Sonst würde sie jetzt noch leben, und Pintes läge mit ein paar Knochenbrüchen im Krankenhaus.«

Die nackte Emotion, mit der er die Worte herausstieß, beeindruckte Ann Kathrin durchaus. Aber sie wusste, dass manche Verbrecher, die innerlich nicht wirklich zu ihrer Tat stehen konnten, eine Geschichte entwickelten, an die sie sich so sehr klammerten, dass sie für sie wahrer wurde als die Wirklichkeit. Sie vertraten die erfundene Story mit solcher Vehemenz, dass jeder Lügendetektorentest bei ihnen scheiterte. Sie wollten glauben, was sie erzählten.

War er so einer?

Er rieb seine zusammengebundenen Hände vor der Brust an dem Sweatshirt entlang, so als wolle er es aufrauen oder habe die Hoffnung, die Fesseln dadurch lösen zu können. Ann Kathrin achtete genau auf seine Finger. Musste er sich viel Mühe geben, um nicht an seinem Sweatshirt herumzuzupfen? War diese reibende Auf- und Abbewegung ein Ersatz dafür? Wurde er schon nervös?

»Ich würde«, sagte Ann Kathrin, »Ihnen Ihre Geschichte gerne glauben. Aber wissen Sie, was mich stutzig macht? Warum sind Sie in Norden so übereilt abgereist und nach Borkum gefahren? Was wollten Sie da?«

»Ich hatte ein Bewerbungsgespräch.«

»Als was haben Sie sich denn beworben?«

»Ich habe ein paar Ideen, wie man den Presseauftritt der Insel verbessern kann. Die ostfriesischen Inseln werden weit unter Wert verkauft. Zum Beispiel denken die meisten Menschen, dass hier ständig schlechtes Wetter ist. Dabei haben die mehr Sonnentage als die meisten deutschen Städte. Freiburg ist meist auf Platz eins, aber dann kommen auch schon die einzelnen ostfriesischen Inseln.«

Rupert hielt das Gelaber kaum noch aus. Seine Haut juckte, und durch das viele Niesen bekam er Kopfschmerzen.

»Und Sie sind so etwas wie ein Pressesprecher?«

»Ich war es. In der ganz schlimmen Zeit bei VW. Als der Abgasskandal Wellen schlug. Ich kann Ihnen sagen, das war ein Höllenjob. Da kämpfte einer gegen den anderen. Im Grunde durfte man nie was sagen, und mit jedem Satz bewegte man sich über ein Minenfeld. Nein, das habe ich nicht lange durchgehalten. Dafür war mir mein Leben zu schade. Vorher habe ich die Presse in Köln für eine große Filmfirma gemacht, hab Kinofilme in die Medien lanciert. Das war eine Zeit! Abendessen mit Fernsehstars, die ganzen großen Egos, ich kenne sie alle ...«

»Dann darf ich doch sicherlich erfahren, mit wem Sie auf Borkum gesprochen haben?«

»Ich war bei Göran Sell. Der ist da praktisch so etwas wie hier Ihr Freund Hinrik Dollmann.«

»Und was wollen Sie jetzt auf Langeoog?«

»Ich schau mir alle Inseln an. Ich arbeite an einem Konzept, die sieben ostfriesischen Inseln gemeinsam zu vermarkten. Mit Ihrem Herrn Dollmann ...«

»Er ist nicht mein Herr Dollmann«, stellte Ann Kathrin klar.

»... wollte ich mich morgen treffen.«

Rupert platzte heraus: »Ich halte dieses Gesülze nicht länger aus. Wenn wir den nicht eingesackt hätten, dann würde doch hier spätestens morgen die nächste Frauenleiche herumliegen.«

»Halt die Fresse!«, zischte Weller.

»Wer? Er oder ich?«, fragte Rupert.

»Na, was glaubst du?«, fragte Weller zurück. »Wollen wir hier mit dir über deine Meinung zur Weltlage sprechen? Die Entwicklung der Bierpreise? Wollen wir einen Verein gründen zur Einführung des Minirocks statt des Kopftuchs? Oder befragt Ann gerade einen dringend Tatverdächtigen?«

Rupert schwieg beleidigt.

Die Wetterstationen Helgoland und Norderney meldeten Windstärke neun auf der Beaufort-Skala. Die Wellen schlugen acht bis neun Meter hoch. Zwölf Kilometer vor Langeoog brachte der schwere Sturm ein Schiff in Seenot. Der Frachter lag eigentlich auf Reede. Er trieb jetzt manövrierunfähig auf Langeoog zu. Sofort versuchten zwei Notschlepper, bei schwerem Wellengang eine stabile Schleppverbindung herzustellen. Die tausend Meter langen Seile rissen.

Der Wind drückte das zweihundertfünfundzwanzig Meter lange Schiff in Richtung Oststrand der Insel. Ein Krisenstab wurde gebildet. Die erste Nachricht erleichterte alle: Es war kein Öltanker!

Aber schon Minuten später erschütterte eine Information alle Küstenbewohner: Der Schüttgutfrachter hatte tausendachthundert Tonnen Schweröl an Bord und hundertvierzig Tonnen Marineöl.

Weller las das atemlos auf seinem Handy. Er fluchte: »Verdammte Scheiße! Das bedroht die ganze Region! Wir reden hier immerhin vom Weltnaturerbe!«

Ann Kathrin guckte ihn nur an. Er fasste hastig zusammen, was er wusste. Ann Kathrin war schockiert. Für einen Moment vergaß sie Ingo Stielmann und stellte sich vor, was das für das Vogelparadies bedeuten würde. Sie sah ölverschmierte Zugvögel flugunfähig am Strand sterben.

Sie wollte diese Bilder sofort aus ihrem Kopf verbannen, so als könne ihre Phantasie das Unglück herbeidenken: »Die Ostfriesen regeln das«, versprach sie. »Die sind Havarien gewöhnt. Sie haben ein Notbergungssystem. Ein Havariekommando. Jeder weiß doch hier, was für eine Katastrophe so ein Schiffsunglück für das Ökosystem bedeuten würde.«

Rupert nieste. »Die sollen bei solchem Wetter ja auch gar nicht auf Reede liegen, sondern im sicheren Hafen bleiben. Das machen die nur, um Geld zu sparen. Im Hafen kostet jede Tonne mindestens einen Euro pro Tag – schätze ich. Da kommen bei so einem Kahn schnell fünfzig- bis achtzigtausend täglich zusammen. Da lässt der Schiffseigner seinen Frachter lieber irgendwo außerhalb der Dreimeilenzone vor Anker gehen.«

»Quatsch«, behauptete Weller, »es kann auch sehr sinnvoll sein, bei Sturm nicht im Hafen zu bleiben, weil es für die

Schiffe dort viel gefährlicher ist. Wind und Wellen können sie gegeneinanderkrachen lassen und ... «

Ingo Stielmann stierte staunend von einem zum anderen. Es ging hier nicht mehr um ihn. Das Meer war wichtiger, so viel hatte er schon begriffen.

»Weißt du«, fragte Weller, »woher der Begriff Dreimeilenzone kommt?«

Rupert zuckte mit den Schultern. Weller, der als Kind viele Seefahrerromane gelesen hatte, trumpfte auf: »Man ging – ich glaube, es war so um siebzehnhundert rum – davon aus, dass die Meere an sich frei seien. Dass aber der Küstenstaat so viel Meer besitzt, wie er auch verteidigen kann. Drei Meilen reichten damals wohl die Geschütze, weiter flog keine Kanonenkugel. Also war da die Macht der Staaten beendet.«

»Echt?«, fragte Rupert. »Woher weißt du so einen Scheiß?«

Ingo Stielmann schnauzte: »Ich kann es nicht glauben! Was seid ihr für Witzfiguren? Ihr haltet mich in diesem Loch hier ohne Anwalt gefangen, beraubt mich meiner bürgerlichen Ehrenrechte und labert nur Mist!«

»Das ist kein Mist«, brüllte Weller, »wir machen uns Sorgen um die Insel! Figuren wie du, die denken immer nur an sich selbst! Du maulst hier rum, weil wir dich gefesselt haben! Da draußen aber sind acht Meter hohe Wellen, und da drin kämpfen Leute ums Überleben! Die Rettungsmannschaft riskiert ihr Leben bei dem Wellengang, und du sitzt dir hier höchstens den Arsch breit. Die würden jetzt gerne mit dir tauschen!«

Ann Kathrin erhielt eine SMS von Ubbo Heide. Er erlebte die Sturmflut auf Wangerooge. Dort brachen Dünen ab, und das Meer holte sich den Sandstrand zurück.

Hier geht gerade die Welt unter, Ann.

Er schickte ein Foto mit. Ann Kathrin hielt sich die Hand vor den offenen Mund, als sie es betrachtete. Die Wellen überfluteten gerade die untere Strandpromenade. Sie liebte die Insel sehr und wusste, was das bedeutete. Jedes Jahr holte sich das Meer Sand, der wieder aufgeschüttet werden musste. Aber solche Abbrüche hatte sie bisher noch nicht gesehen. Ubbos Bild verschlug ihr für einen Moment die Sprache und lenkte sie von Stielmann ab.

Weller war ziemlich aufgebracht. Der Ärger mit der Versicherung nagte noch an ihm. Jetzt kam diese Havarie hinzu. Die ganze verrückte Situation in diesem alten Kerker. Er brauchte ein Ventil. Er richtete seinen Zeigefinger auf Ingo Stielmann und provozierte ihn: »Du bist so ein ganz Altmodischer, was? Alle Welt nutzt mittlerweile Drohnen. Die gibt's für ein paar Euro. Damit filmt heutzutage jeder zwölfjährige Spanner ins Schlafzimmerfenster seiner Lehrerin, auch wenn sie im siebten Stock wohnt. Aber du kletterst auf Bäume und glotzt. Was stimmt mit dir nicht, Alter?«

»Ich klettere auf keine Bäume, und ich habe keine Filme von Sabine gemacht!«

Stielmann sah Ann Kathrin die Erschütterung an. Sie wandte sich ihm zu: »Mein Kollege hat schon recht. In Norddeich wird Sabine Ziegler getötet, am anderen Tag verlassen Sie fluchtartig die Stadt, begeben sich nach Borkum, dort stirbt dann auf gleiche Weise Conny Lauf, und am nächsten Tag verziehen Sie sich nach Langeoog.«

»Leichen pflastern seinen Weg«, rief Rupert, als würde er einen Filmtrailer ankündigen.

Ingo Stielmann sprach aufgeregt, aber mit fester Stimme: »Ich habe Norddeich nicht fluchtartig verlassen. Ich habe nur ein T-Shirt vergessen. Na und? Ich war aufgeregt. Ich habe erfahren, dass die Frau meines Lebens ermordet wurde. Ich war kopflos, und ich hatte mehrere wichtige berufliche Termine vor der Nase. Ich wollte mir hier in Ostfriesland etwas aufbauen, etwas, das für alle gut wäre. Für die Inseln, für die ganze Region.«

Rupert äffte ihn nach: »Wir wissen überhaupt nicht, wie wir bis jetzt ohne den Wunderknaben klargekommen sind.«

Ingo Stielmann reckte seinen Hals und posaunte es gegen die Decke heraus: »Mein Gott, ich kannte diese Conny Lauf überhaupt nicht! Das ist alles nur Zufall! Es sind zigtausend Männer gleichzeitig mit mir auf Borkum gewesen.«

»Aber die waren nicht alle auch noch in Sabine Zieglers Nähe«, konterte Ann Kathrin. »Außerdem glaube ich nicht an Zufälle.«

»Ganz im Gegensatz zu unserem Kollegen, diesem dürren Matt oder wie der heißt. Dabei sieht er mehr aus wie ein fetter Kloß.«

Stielmann verstand nicht, was Rupert meinte. Aber jetzt legte Weller los: »Wenn du uns nichts erzählst, dann werde ich dir mal sagen, wie ich es sehe: Du hast voller Eifersucht deine kleine Freundin getötet, weil sie sich gegen dich und für einen anderen entschieden hat. Natürlich wusstest du, dass der Verdacht auf dich fallen würde, und dann hattest du eine ganz perfide Idee. Du hast auf die gleiche Art und Weise auf Borkum eine andere, völlig Wildfremde, getötet, um von dir abzulenken. Du dachtest, jetzt jagen wir irgendeinen verrückten Serienkiller, der den Frauen Fleisch aus dem Körper schneidet, es in der Pfanne brät und isst.«

Stielmann verzog den Mund und sah Weller schreckensstarr an.

Ann Kathrin bat Weller nach draußen. Sie gingen bis vors Rathaus, weil sie Angst hatte, Stielmann könne sie sonst verstehen.

Der Sturm drückte sie fast in die Tür zurück. Weller hatte das Gefühl, er könne sich gegen den Wind einfach fallen lassen und würde trotzdem nicht auf dem Boden aufschlagen. So mochte er die Küste.

Die Straße war jetzt menschenleer. Ein paar Meter entfernt von ihnen waren mehrere Fahrräder zu einem großen Haufen zusammengeweht worden. Es sah aus wie ein Kunstwerk, ein Denkmal für Fahrräder.

»Was ist, Ann?«, fragte Weller. »Du bist ja richtig wütend auf mich.«

»O ja, das bin ich! Was machst du? Du gibst ihm Täterwissen! Du verrätst ihm mehr als er uns. Du benimmst dich unprofessionell.«

»Verdammt«, verteidigte sich Weller, »ich habe doch mit jedem Wort recht! Natürlich war er es. Der zweite Mord ist nichts weiter als eine Verdeckungstat.«

»Und wie erklären sich dann«, fragte Ann Kathrin ihren Mann, »die Morde, von denen wir gerade erst durchs BKA erfahren haben? Der in Köln und der in Süddeutschland?«

»Köln«, Weller lächelte verschmitzt. »Wohnt der Gute nicht da?«

»Meinst du, er hat da erst geübt? Ist er ein so raffinierter Hund? Glaubst du, jemand inszeniert drei Morde, damit er den einen – um den es ihm wirklich geht – ungesühnt begehen kann?«

»Ja«, sagte Weller, »ich glaube, dass Menschen so sind. Vielleicht kommt auch noch Frauenhass dazu, weil er sich so heftig von einer abgelehnt fühlte.«

Ann Kathrin zuckte mit den Schultern. Eine Plastiktüte wehte an den beiden vorbei.

»Es wird der Tag kommen«, sagte Weller, »da wird so ein Zeug verboten sein.«

Ann Kathrin ging nicht darauf ein. »Weißt du, was mir Sorgen macht?«

»Nein.«

»Wieso ist Dirk Klatt nicht mitgeflogen? Wieso lässt er sich diese Festnahme entgehen?«

Weller zuckte mit den Schultern und grinste. »Vielleicht hatte er keine Lust, die Nacht in irgendeinem staubigen Keller zu verbringen.«

Ann Kathrin stupste ihn an. »Ach, hör doch auf. Der weiß mehr, als er uns erzählt.«

»Du meinst, er geht davon aus, dass wir hinter einem Unschuldigen her sind?«

»Ich habe keine andere Erklärung für sein Verhalten«, gab Ann Kathrin zu.

»Aber das würde ja bedeuten«, folgerte Weller, »dass er glaubt, den wahren Mörder zu kennen.«

»Und schreibt ihn nicht zur Fahndung aus? Verheimlicht es uns? Warum?«

Jule hatte sich entschieden, Maximilian nicht anzurufen. Aber sie musste sich eingestehen, dass sie den Tag über viel öfter an ihn gedacht hatte als an Charlie und seine Discomaus.

Wenn sie mit ihren Gedanken und Gefühlen zu Max ging, dann breitete sich ein wohliger Schauer in ihrem Körper aus, und ihr wurde warm. Dann nagten keine Selbstzweifel an ihr. Sie kam sich nicht ungebildet und untalentiert vor. So, wie er sie ansah, bekam das Gefühl, nicht zu genügen, keine Chance.

Bei Charlie war es für sie immer, als müsse sie sich seinem Urteil unterwerfen, als sei jeder Tag Teil einer Prüfung, und er spielte sich zum Richter auf.

Hatte sie an den Hüften zugenommen? War ihr Busen zu klein? Ihre Lippen zu schmal?

Er schaute gern eine Fernsehsendung, in der ein junger Mann von schönen Frauen umworben wurde. Sie schienen alle verliebt in den Typen zu sein, und er durfte sich die Tollste aussuchen. In jeder Runde musste eine ausscheiden.

Sie sah die Begeisterung in seinen Augen, während sie neben ihm auf dem Sofa saß. Er kaute Chips und hatte zu jeder Frau auch eine Bemerkung auf Lager, wie »Die würde ich auch nicht von der Bettkante schubsen« oder »Nimm die nicht, du Trottel, das ist eine falsche Schlange«. Oder: »Nee, die auch nicht, die ist im Grunde hochnäsig und arrogant. Die bildet sich was ein auf ihre Russ-Meyer-Formen.«

Jule hatte keine Ahnung, wer Russ Meyer war, aber an diesem Abend mit Charlie auf dem Sofa war ihr klargeworden, dass sie sich in diese Bewerbungsgalerie schwanzgeiler Schönheiten, deren höchstes Ziel es im Leben offenbar war, diesen tollen Typen zu erobern, nicht einreihen wollte. An dem Abend war mindestens genauso viel für sie zerbrochen wie an dem Tag, als sie erfuhr, dass er sie mit dieser blonden Quietschestimme betrog.

Sie hatte geschätzt, dass Max zehn, vielleicht fünfzehn Jahre älter war als sie. Inzwischen kannte sie sein Facebook-Profil, und wenn die Angaben dort nicht frei erfunden waren, dann war er bereits zweiundzwanzig, als sie geboren wurde.

Zunächst bildete sie sich ein, diesen Altersunterschied überhaupt nicht zu spüren, redete sich ein, er spielte keine Rolle, doch nach und nach, im Laufe des Tages, wurde es anders.

Vielleicht, dachte sie, ist der Altersunterschied ja gerade das zauberhafte Geheimnis. Max ist einfach schon reif. Ein richtiger, gestandener Mann. Weiß, was er will, ist nicht mehr flatterhaft, sondern beständig. Er, dachte sie, muss sich nicht mehr ständig beweisen, braucht seine Freundin nicht als Statussymbol, um sich selbst zu definieren. So etwas, das hatte sie gelernt, war sehr gefährlich, denn irgendwann kommt immer eine andere, die etwas besser kann, toller aussieht oder an dem Tag besser drauf ist.

Sie wollte einen Mann, der sie auch liebte, wenn sie schlechtgelaunt war, Grippe hatte und ihre Tage. Maximilian Fenrich schien trotz aller widrigen Umstände genau dieser Mann zu sein. Und deshalb wollte sie ihn nicht anrufen. Er sollte nicht merken, wie sehr er sie beeindruckt hatte. Er sollte um sie werben. Sonst würde aus der Sache sowieso nichts werden. Sie wollte erobert werden. Und er war genau der Typ Mann, der sich so einer Aufgabe mit Freuden stellte.

Der Wind tobte mit hundertzehn Stundenkilometern durchs Herrentorviertel. Ein paar zersplitterte Dachpfannen lagen auf der Straße vor dem Haus. Die Fensterscheiben vibrierten in den Rahmen und gaben dabei sonderbare Töne von sich.

Sie hatte sich einen Stapel Bücher aus der Uni mitgebracht. Sie machte sich einen Eiweißdrink und glaubte, eine lange Lesenacht vor sich zu haben, während der Orkan draußen um die Häuser fegte.

Der Himmel war schwarz, als ein weißer Mercedes direkt vor dem Haus parkte, zwei Reifen auf dem Bürgersteig. Maximilian Fenrich war so nah wie möglich an die Haustür herangefahren. Vom Auto bis zur Haustür waren es keine drei Meter mehr, aber der Regen prasselte in den ungeschützten Eingang, und obwohl er vom Klingeln bis zum Öffnen der Tür nur wenige Sekunden warten musste, reichte es aus, um ihn wie einen begossenen Pudel aussehen zu lassen. Mit dem Oberkörper schützte er ein schick verpacktes Geschenk. Er überreichte es Jule mit einem Lächeln.

Aus der Form des Geschenks folgerte sie: »Pralinen?«

Er scherzte: »Nein, eine Flasche Klarer. Ich dachte, wir hauen uns bei dem Wetter einfach die Glatze weg.«

Sie ließ ihn in ihre Wohnung eintreten, hängte seine nasse Jacke auf einen Bügel und setzte sich, um das Geschenk zu öffnen. Er lobte, wie schön warm es hier in der guten Stube sei, und deutete auf den Eiweißdrink: »Ist das dein Abendessen?«

Sie nickte.

Er lächelte anerkennend. »Gesund ist das bestimmt. Aber es gibt bessere Dinge, wenn man das Leben genießen will. Wir könnten uns etwas kommen lassen, oder ich koche uns was.«

»Nein, wie denn, ich hab gar nichts da!«

»Ich nehme einfach die Reste, die du im Kühlschrank hast. Ich bin der typische Resteverwerter, nehme alles, was da ist, und kreiere daraus etwas Neues ...«

Das kannte sie von ihrem Vater. Der war als Koch genauso. Ein Resteverwerter, der Improvisation für wichtiger hielt als jedes Kochbuch. Einer, der über Maßeinheiten und Abwiegen von Zutaten laut lachte. Er probierte lieber.

Jule war nervös, als sie versuchte, das Paket zu öffnen. Sie bekam die Schleife mit dem rosa Band nicht auf. Sie wollte aber nicht einfach das Papier zerfetzen. Sie hatte Angst, unachtsam zu erscheinen. Sie erinnerte sich an ihre Großmutter mütterlicherseits, die an Weihnachten das Geschenkpapier immer sorgfältig zusammenfaltete und fürs nächste Jahr wieder weglegte. Ja, Omi war eine sparsame Frau.

»Soll ich dir helfen?«, fragte er. Ihr Schweigen nahm er als Bestätigung. Er riss das Papier einfach auseinander.

Nein, es war keine Pralinenschachtel, sondern ein neuer CD-Spieler. Flach, klein, hochmodern.

Spontan umarmte sie ihn. Er drückte sie fest an sich. Sie versicherte, das sei doch wirklich nicht nötig gewesen. Er guckte, als wisse er nicht wohin mit seinen Blicken, auf keinen Fall wollte er ihr in die Augen sehen. Er zupfte an seinem nassen rechten Hosenbein herum und gestand ihr ein bisschen verschämt: »Als ich dir vorgelesen habe, das war sehr wichtig für mich.«

»Ich fand es auch wunderschön. Ich hätte dir noch stundenlang zuhören können.«

Er lachte. »Du hast mir stundenlang zugehört. Und du glaubst gar nicht, was mir das bedeutet hat. Weißt du, ich wollte nicht immer Versicherungen verkaufen.« Er hob die Hände hoch über seinen Kopf und blickte zur Decke, als könne er direkt in den Himmel gucken und zu Gott sprechen. »Welcher kleine Junge möchte schon Versicherungsvermittler werden?«

»Und du wolltest eigentlich Schauspieler werden?«, riet sie.

Er schaute ertappt auf seine Knie und zierte sich. »Nein, nicht wirklich. Ich wollte all dies Körperliche nicht, Mimik, Gestik, Reiten, Schießen, Springen – das alles liegt mir nicht so sehr. Ich komme nicht vom Bild her, sondern vom Ton. Ich wollte gerne Hörspiele machen. Gott, was habe ich als Kind viele Hörspiele gehört! Das hat meiner Phantasie Flügel verliehen. Später dachte ich, vielleicht könnte ich es als Synchronsprecher versuchen, bis ich dann endlich Hörbücher für mich entdeckte. Ich dachte, das wäre es. Im Studio sitzen und spannende Romane vorlesen … Allein die Vorstellung, dass viele Menschen, während sie einsam in ihren Betten liegen, während langer Autofahrten oder während eines Krankenhausaufenthalts, sich von meiner Stimme mitnehmen lassen. Oh, das war mein großer Wunsch!«

»Und du hast so eine wunderbare Stimme, Max. Hast du es mal versucht? Hast du Sprechproben eingereicht? Unterricht genommen?«

Er winkte ab. »Ach, nein. Du weißt ja, was ich mache. Und das läuft ja auch ganz gut. Ich kann wirklich nicht klagen. Das Onlinegeschäft hat viel verändert, aber ich bin ein Typ, dem die Menschen irgendwie vertrauen. Sie wollen lieber von mir beraten werden als von einem Algorithmus im Computer.«

Sie fand ihn zum Knutschen, und ohne lange zu überlegen, sagte sie es ihm auch.

Als sich ihre Lippen berührten, hatte sie Sorge, nach Milch und Vanille zu schmecken. Maximilian musste vorher ein Bonbon gelutscht haben. Himbeer vermutlich. Was sie dann machten, hatte wenig mit dem zu tun, was sie aus früheren Beziehungen kannte. Sie hatte das Gefühl, nur noch aus Haut zu bestehen, und ihr ganzer Körper wurde zu einer erogenen Zone.

Am Morgen fühlte Ann Kathrin sich wie gerädert. Sie spürte Muskeln, von deren Existenz sie bisher nichts geahnt hatte. Ihre Gelenke knirschten wie morsche Türen.

Rupert behauptete, einen mörderischen Druck im Kopf zu haben und ein Geräusch in den Ohren, als würden in seinem Gehirn Züge entgleisen.

»Wenn das eine Krankmeldung war«, konterte Ann Kathrin, »so habe ich sie nicht entgegengenommen. Wir werden das hier gemeinsam zu Ende bringen.«

»Schon klar«, spottete Rupert. »Königinmutter hat gesprochen. Wenn ich vor dem Frühstück solche Sprüche höre, dann …«

»Wenn sich draußen alles normalisiert hat«, sagte Weller, »könnten wir die erste Fähre zurück nach Bensersiel nehmen.«

»Wir sollten mit Stielmann auf keine Fähre. Besser, wir nehmen den Flieger«, schlug Ann Kathrin vor.

Ingo Stielmann protestierte schon aus Prinzip. »Und was«, fragte er, »wenn ich jetzt Flugangst habe?«

»Das ist uns scheißegal«, grinste Rupert. »Ich zum Beispiel habe Angst vor einer Darmspiegelung, und glaubst du, das interessiert irgendwen?«

»Sie haben keine Flugangst«, stellte Ann Kathrin klar. »Sie sind von Borkum hierhergeflogen.«

»Na ja, aber theoretisch. Wenn ich jetzt Flugangst hätte, dann …«

Rupert verdrehte die Augen. »Theoretisch …« Allein das Wort machte ihn schon sauer. Er blaffte Stielmann an: »Wenn du so ein Sensibelchen bist, dann habe ich einen guten Tipp für dich: Leg einfach keine Frauen um, dann zwingt dich auch keiner, Dinge zu tun, vor denen du Angst hast. Dann kannst du den Rest deines Lebens zu Hause auf deinem Scheißsofa sitzen und durch die Fernsehprogramme switchen.«

Weller hatte Hunger und Durst, und er wollte nicht so in den Tag gehen. Rupert mit seinem verquollenen Gesicht und seiner Schniefnase sah wirklich aus, als könne er sich bald einen Krankenschein holen.

»Im Strandeck«, schwärmte Weller, »da gibt es ein Frühstück …« Er schnalzte mit der Zunge. »Alles Bio, da flippst du aus.« Der Gourmet begann nun aufzuzählen: »Wunderbares Bündnerfleisch, nur eben vom Langeoog-Rind. Eine wirklich seltene Delikatesse. Die Brötchen ziehen dir die Schuhe aus, die machen Croissants, die erinnern an Bamberger Hörnla …«

Jetzt reichte es Ingo Stielmann. Es platzte nur so aus ihm heraus: »Ich hab ein Zimmer im Strandeck. Halbpension! Und statt in meinem bequemen Bett zu liegen, sitze ich hier!!! Gefesselt auf diesem Folterstuhl. Zahlt der Staat, der mich zwingt, hier die Nacht zu verbringen, wenigstens das leere Zimmer, oder bleibt die Rechnung an mir hängen? Mein Frühstück drüben ist übrigens im Preis mit drin. Vielleicht haben die Damen und Herren ja Lust, mich dorthin zu begleiten! Ich lade Sie auch gerne auf ein Tässchen Kaffee ein, bevor wir zum Festland fliegen, wo mein Anwalt aus Ihren Anschuldigungen Kleinholz macht. Die nächste Zeit werden Sie damit zu tun haben, Dienstaufsichtsbeschwerden und Disziplinarverfahren zu bewältigen. Ich denke mal, für diese Nacht hier wird ein Schmerzensgeld in angemessener Höhe fällig werden. Von der seelischen Grausamkeit mal ganz abgesehen.«

»Seine Idee ist eigentlich gar nicht so blöd«, sagte Rupert. »Sollen wir nicht zum Strandeck rübergehen? Sind doch nur ein paar Meter. Und dann nehmen wir auf Staatskosten ein großes Frühstück ein. Meinetwegen sogar Bio, ist mir doch egal. Hauptsache, ich krieg was zwischen die Kiemen.«

»Ohne Kaffee«, gestand Weller, »bin ich sowieso nicht vernehmungsfähig.«

Ann Kathrin entschied: »Wir werden so wenig wie möglich mit ihm unter Leute gehen. Ich will nichts riskieren. Das hier ist viel zu brisant.«

Auf steifen Beinen ging Weller rüber zu Remmers, kaufte belegte Brötchen und verlangte vier Kaffee to go. Er hatte sich das alles unkomplizierter vorgestellt, denn nun musste er sich einen längeren Vortrag darüber anhören, wie schädlich diese Plastikbecher für die Umwelt seien. Langeoog war stolz darauf, die erste Fair-Trade-Insel zu sein. Hier wurden auch gerade Slow-Food-Tage organisiert, und das Umweltbewusstsein sollte geschult werden. Deswegen bot die Servicekraft mit dem strahlenden Gebiss und den für diese Zeit erstaunlich hellwachen Augen ihm die wiederverwendbaren Langeoog-Becher an.

So, wie die anderen Leute im Laden Weller ansahen, ahnte er, dass es keine gute Idee war, nein zu sagen. Ihm fehlten auch die Argumente. Mit vier hellblauen, 100 Prozent biologisch abbaubaren Langeoog-Bechern und einer Tüte belegter Brötchen verließ er die Bäckerei.

Auf dem Weg zum Flugplatz kamen sie an etwas vorbei, das Ruperts Aufmerksamkeit erregte. Auf einer freien Wiese stand eine Art Holzhaus ohne Dach – nach oben hin offen. Die Wände bestanden aus flatternden, bunten Plastikstreifen, die der Wind bewegte.

»Was«, fragte Rupert, »ist das denn?«

»Ein Kunstwerk«, erklärte Weller knapp und durchaus abweisend.

Rupert prustete los: »Kunstwerk!? Du verarschst mich!«

»Nein, das ist von Jan Philip Scheibe. Er ist ein Lichtkünstler.«

Rupert lachte hämisch: »Lichtkunst?? Da leuchtet doch gar nix.«

Weller hatte keine Lust, sich auf eine Diskussion mit Rupert über Kunst einzulassen. Es war ihm einfach zu blöd. Er sah zum Gefangenen, als hätte er Angst, der könne fliehen.

»Licht«, erläuterte Ann Kathrin an Wellers Stelle, »braucht Dunkelheit, damit wir es sehen können.«

Rupert tippte sich an die Stirn.

»Das Kunstwerk da heißt *House of winds*. Es sieht immer anders aus. Der Wind prägt es, und natürlich das Licht.«

»Und was soll der Scheiß? Ich meine, Leute: Kunst, das ist … Also, ich hab echt nix gegen Kunst. Zum Beispiel kenne ich ein paar astreine Aktzeichnungen von so drallen Frauen von diesem … na, wie heißt der Macker noch? Der immer die Frauen mit den dicken Möpsen gemalt hat …«

Ann Kathrin wollte sich von Ruperts Sätzen nicht provozieren lassen. Sie reagierte ironisch: »Was das soll, fragst du? Dann hat es seine Funktion ja schon erfüllt, Rupert.«

»Ja?«

»Ja. Du hast nachgedacht. Es ist ein Denkmal.« So, wie sie das Wort Denkmal betonte, hörte es sich an wie eine Aufforderung: Denk mal!

Rupert sah belämmert aus.

»Kunst bringt uns eine neue Erfahrung. Wir sollen nachdenken, Rupert.«

Weller gefielen ihre Worte, und sogar Ingo Stielmann hörte interessiert zu.

Ann Kathrin holte weit aus: »Es begann mit der Höhlenmalerei ...«

Da Weller befürchtete, dass die Zeit für einen kunstgeschichtlichen Abriss von der Höhlenmalerei bis zur Moderne nicht mehr reichen würde, sie standen praktisch schon vor dem Flugplatz, erwähnte er wie nebenbei: »Wir haben gemeinsam das Museum für Lichtkunst in Unna besucht. Macht das auch mal«, riet er Rupert. »Deine Frau wird begeistert sein.«

Rupert konnte sich kaum vorstellen, warum irgendjemand freiwillig nach Unna fahren sollte. »Komm! Ihr seid doch nicht etwa echt nach Unna gefahren, nur um da ins Museum zu gehen?«, staunte er.

»Aber ja«, bestätigte Weller, »Ann hat es sich zum Hochzeitstag gewünscht. Es war phantastisch.«

Rupert guckte Weller mitleidig an. »Du hast es auch nicht leicht, Alter, was?«

Maximilian hatte ihr zwar einen neuen CD-Spieler geschenkt, aber der geriet völlig in Vergessenheit. Sie hörten sich nicht ein einziges Hörbuch an. Stattdessen las er ihr weiter aus dem Roman vor, in dem sich ein Serienkiller in Ostfriesland als Hausarzt niedergelassen hatte.

Jule war dabei eingeschlafen und schämte sich nun ein bisschen deswegen. Sie hoffte, ihn damit nicht beleidigt zu haben. Aber das Gegenteil war der Fall. Er fand es ganz zauberhaft, dass sie beim Hören seiner Stimme so sehr entspannen konnte.

Er musste nach Oldenburg zurück. Ein paar wichtige Kunden warteten. Ein Wort von ihm hätte gereicht, und sie wäre bereit gewesen, die Uni zu schwänzen. Aber er war viel zu pflichtbewusst und diszipliniert, um ihr so etwas vorzuschlagen. Sie begriff, dass er sich als Selbständiger durchschlug. Sein eigener Chef war. Je besser und effektiver er arbeitete, umso besser konnte er leben. Er sagte das nicht. Er verhielt sich einfach so.

Als sie wachwurde, war er bereits in der Küche, bereitete ein Frühstück vor und beseitigte die Überreste der nächtlichen Kochorgie. Er nutzte kein Kochbuch, brauchte keine Messbecher und keine Waage. Er improvisierte.

»Wiegen und Messen ist keine Kochkunst«, hatte er zu ihr gesagt, auf seine Zungenspitze gedeutet und behauptet: »Abschmecken. Nur das zählt. Der gute Musiker braucht sein Gehör. Der Koch muss schmecken können.«

Sie spielte einen Moment mit der Idee, ihm zu sagen, er rede wie ihr Vater, aber dann ließ sie es. Sie wollte die Zeit nicht mit einer Diskussion über ihren Altersunterschied vertun.

Ist er, fragte sie sich und tat so, als ob sie noch schlafen würde, der Mann meines Lebens? Sie spürte die Bereitschaft in sich, mit ihm zusammenzuziehen. Die Entfernung zwischen Oldenburg und Emden kam ihr plötzlich viel zu groß vor. In Oldenburg gab es auch eine Uni …

Er hatte Rühreier gemacht und Speck kross gebraten.

Sie machten mehrere Selfies miteinander. Erst mit ihrem Handy, dann mit seinem. Sie kuschelten ihre Köpfe aneinander, sie küssten sich, sie lachten in die Kamera. Das Ganze entsprach ihrem Gefühl, ihr Glück festhalten zu wollen. Wenigstens auf ein paar Fotos.

Bevor er ging, fragte sie ihn: »Sag mir die Wahrheit, Max. Bist du verheiratet oder sonst irgendwie gebunden?«

Er lachte und streichelte ihr Gesicht. Er nahm ihr die Frage nicht übel. Er verstand, dass sie Angst hatte, verletzt zu werden. Und er versuchte, ihr Sicherheit zu geben, indem er sie anstrahlte: »Nein, meine Süße, bin ich nicht. Ich war immer ein einsamer Wolf. Die Richtige hatte ich einfach noch nicht getroffen, bis ich hier vor dieser Tür stand, um mich zu entschuldigen …«

»Da haben wir ja Glück gehabt«, freute sie sich, »dass deine dämliche Versicherung so engstirnig und bürokratisch ist.«

»Wie?« Er verstand zunächst nicht.

»Na ja, wenn die mir einfach, wie mein Vater dachte, mein Studium finanziert hätten, dann hätte ich dich vermutlich nie kennengelernt, sondern stattdessen nur eine monatliche Überweisung auf meinem Konto gehabt.«

»Ja«, schmunzelte er, »da haben wir wohl beide Glück gehabt.«

Der Flug von Langeoog nach Norddeich war ein einziger, wenn auch kurzer, Genuss. Sie hatten eine Britten-Norman Islander gechartert. Vom Sturm war nichts mehr zu spüren.

Der Pilot fragte seine Fluggäste, ob sie das havarierte Schiff sehen wollten. Weller und Ann Kathrin schüttelten den Kopf, Rupert nickte. Stielmann hielt sich raus. Aber da der Pilot selbst neugierig war, umkreiste er das Schiff, allerdings mit gebührendem Abstand.

»Sie haben eine Flugverbotszone errichtet. Man darf das Schiff nicht mehr überfliegen.«

»Wieso das denn?«, fragte Rupert.

»Vielleicht haben sie Angst, es würden zu viele Fotos durchs Netz kursieren, oder sie wollen bei den Rettungsarbeiten nicht gestört werden. Bei uns rufen dauernd Fotografen an, die das Ganze aus der Luft fotografieren wollen. Aber wir nehmen keinen dieser Flüge an. Bevor das Flugverbot ausgesprochen wurde, habe ich noch Martin Stromann und Holger Bloem mit hoch genommen. Das *Ostfriesland Magazin* wird wohl die besten Bilder haben.«

Rupert, der weder Bloem noch Stromann leiden konnte, zischte: »Typisch! Die Burschen vom OMA schaffen es mal wieder, durch die Tür zu kommen, bevor sie abgeschlossen wird.«

Es war ein wundervoller Tag. Sie hatten freie Sicht. Rasch näherten sie sich Norddeich. Es gab nur ein paar Schäfchenwolken am Himmel, und wer genau hinguckte, konnte an der dem Meer zugewandten Seite des Deiches erkennen, dass die hohen Wellen Äste und Strandgut angespült hatten.

Rupert stichelte: »Guck es dir genau an, Stielmann. Präg dir die schönen Bilder ein. So was wirst du lange nicht mehr sehen.«

»Wenn mein Anwalt mit euch fertig ist, könnt ihr euch so einen Flug auch nicht mehr leisten, Freunde«, giftete Stielmann zurück. »Eure Häuser und Autos werden mir gehören. Ich werde euch in der Presse so fertigmachen, davon erholt ihr euch nie.«

»In der Presse, huhuhu! Jetzt hab ich aber Angst«, erwiderte Rupert grimmig.

»Auf dem Klavier kann ich spielen, das könnt ihr mir glauben. Das ist sozusagen meine Kernkompetenz!«

Weller genoss die Aussicht nicht, starrte nur auf das Display seines Handys. Er hatte eine WhatsApp-Nachricht von seiner Tochter Jule erhalten.

Papi, ich hab mich verliebt!

Dahinter zwei Herzchen, und dann folgte ein Selfie, das sie und Maximilian Fenrich zeigte.

Wellers schlechte Laune war für Ann Kathrin geradezu greifbar. Sie ahnte, dass es um privaten Ärger ging. Wenn irgendetwas mit seinen Töchtern schieflief, dann sah er manchmal aus, als müsste er durch eine unsichtbare Wolldecke atmen und bekäme nur schwer Luft. Seine Finger krallten sich um sein Handy, dass die Plastikhülle knirschte. Das Handy überstand den Druck nur knapp.

»Wenn wir gleich zurück sind«, sagte Weller, »geht die Party bestimmt sofort los. Stundenlange Verhöre, Dienstbesprechungen, dann die Typen vom BKA …«

Ann Kathrin teilte seine Einschätzung wortlos.

»Ich brauche ein paar Stunden für mich. Ist das drin?«

Rupert beschwerte sich: »Aus gewerkschaftlicher Sicht hätten wir ohnehin nach dieser Aktion hier bis zum Ende der Woche frei. Die Überstunden wird uns ja niemand bezahlen. Wir müssten sie schon …«

»Ist es okay für dich, wenn ich mich heute kurz ausklinke?«

»Wenn es dir dann bessergeht«, antwortete sie.

Schrader holte die Kollegen am Flugplatz in Norddeich ab. Er beglückwünschte sie zu dem »Fang«.

Weller ging erst gar nicht mit in die Polizeiinspektion. Er

befürchtete, dort in irgendwelche Dinge verwickelt zu werden. Er hatte die Erfahrung gemacht, dass es schwer wurde, sich zu lösen, wenn er erst einmal da war.

Sie parkten den Wagen hinter der Polizeiinspektion am Markt. Es waren nur noch ein paar Meter bis zum Eingang. Weller verabschiedete sich wortlos und ging zu seinem Auto.

Weller dachte jetzt sehr kleinschrittig. Er wollte keinen Fehler machen. Zunächst kam es darauf an, bis Oldenburg zu kommen, ohne ein paarmal geblitzt zu werden. Er neigte jetzt dazu, richtig Gas zu geben, und hatte Mühe, sich zu zügeln. Nein, er wollte jetzt keine Strafmandate kassieren. Die Überweisungen würden ihm weh tun. Das Geld gab er lieber seinen Töchtern.

Weller parkte in der Nähe des Schlossgartens in der Elisabethstraße. Er wollte noch ein paar Meter zu Fuß gehen, um sich zu sammeln und sich abzuregen. Aber selbst der Schlossgarten wirkte nicht beruhigend auf ihn, sondern mit jedem Schritt wuchs Wellers Zorn auf seinen ehemaligen Klassenkameraden. Hatte der wirklich erst ihn betrogen und dann seine Tochter flachgelegt? Er mochte diesen schmerzhaften Gedanken nicht weiterdenken. Doch jetzt hatte er Bilder im Kopf. Bilder, die er lieber nicht sehen wollte. Phantasien, die ihn fast verrückt machten.

Er erwischte ihn vor der Tür. Maximilian Fenrich stieg gerade aus seinem weißen Mercedes. Maximilian breitete seine Arme aus, um Weller willkommen zu heißen. Er lachte: »Schön, dich zu sehen, Franky!«

Weller flippte sofort aus: »Nenn mich nicht Franky!«, brüllte er. »Du hast mich beschissen! Du hast mich reingelegt! Und ich Idiot hab dir vertraut! Wie stehe ich jetzt vor meinen Kindern da? Wie der letzte Idiot! Wie ein Trottel, der Verträge unterschreibt, ohne sie zu lesen!«

Er ärgerte sich, weil er um den heißen Brei herumredete. Es ging längst nicht mehr um eine Versicherung.

»Ich versuche, die Sache zu regeln, Franky! Ich bin auch bereit, privat Geld in die Hand zu nehmen und …«

Weller hatte Mühe, seine Faust unten zu halten. Er bekam das Flackern in der Pfote, wie er es als Junge genannt hatte, wenn seine Faust unbedingt in ein Gesicht wollte, aber nicht durfte.

»Reg dich ab. Mensch. Ist doch alles halb so wild und lässt sich regeln. Wir sind doch Kumpels …«

Eine junge Frau mit langen, lockigen Haaren, im hellblauen Kostüm mit Schlitz im Rock, die sehr sportlich aussah, erschien im Türrahmen.

Vermutlich ist das die, mit der ich telefoniert habe, dachte Weller. Die, die mich ständig abwimmelt und seine Briefe schreibt.

Sie hatte von drinnen erkannt, dass ihr Chef in einer schwierigen Situation war. Sie wollte ihm ihre Loyalität beweisen.

»Schon gut, Imken. Ich werde mit der Sache fertig. Wir sind alte Freunde und …«

Weller schlug nicht sofort zu, aber er schubste Fenrich. Er stieß ihn mit den Fingern mehrfach gegen die Brust. Maximilian Fenrich ging rückwärts.

»Hast du was mit meiner Tochter?«, fauchte Weller.

Fenrich hob die Arme, als wolle er sich ergeben, und versuchte zu lachen: »Hey, Mann, sie ist eine erwachsene Frau. Und was für eine! Du hast eine ganz tolle Tochter, du Glückspilz!«

Weller landete eine rechte Gerade in Fenrichs Gesicht.

Imken Meents kreischte und lief ins Büro, um die Polizei zu rufen. Weller holte weit aus und wollte einen linken Schwinger hinterherschicken.

»Du hast auch meine Frau Renate gebumst, du Dreck-sack!«

Fenrich wischte sich Blut von der Nase, machte aber keine Anstalten, sich zu verteidigen.

»Verdammt, das ist zig Jahre her. Außerdem seid ihr ge-schieden. Du bist doch glücklich mit deiner Ann Ka…«

Weiter kam er nicht, da traf ihn Wellers Schwinger. Maximi-lian Fenrichs rechte Augenbraue platzte auf. Er sackte in den Knien ein. Für Weller sah es aus, als würde er nur vortäuschen, k. o. zu gehen, um nicht noch mehr Prügel einstecken zu müs-sen. Er fiel zu malerisch um und zu vorsichtig. Erst auf die Knie, dann auf die rechte Seite.

»Mach dich gerade!«, forderte Weller.

Imken Meents kam aus dem Büro gelaufen und schrie: »Ich habe die Polizei gerufen! Lassen Sie ihn in Ruhe!« Sie hielt ihr Handy mit beiden Händen wie eine Waffe vor sich: »Ich nehme alles auf! Ich filme Sie!«

Weller wusste, dass er einen Fehler gemacht hatte. Aber ir-gendwie war es ihm egal. Immer machten alle, was sie wollten, und er war am Ende der Dumme. Nein, jetzt reichte es. Er war nicht mehr bereit, sich etwas gefallen zu lassen.

Notfalls, dachte er, quittiere ich eben den Polizeidienst und mache endlich in Norddeich am Hafen eine Fischbude auf.

Die Oldenburger Kollegen waren schneller da, als es Weller lieb war. Fenrich lag noch mit blutverschmiertem Gesicht auf der Straße. Er krümmte sich und machte die Sache schlimmer, als sie war, um Pluspunkte zu sammeln.

Hauptkommissar Tjark Oetjen konnte es nicht glauben: »Frank, du?«

Für einen Moment hoffte Oetjen, dass Weller nur privat vorbeigekommen war und durch sein Eingreifen den eigent-lichen Täter verjagt hatte. Aber Imken Meents zeigte auf Weller und kreischte: »Er hat ihm hier vor der Tür aufgelauert und ist sofort auf ihn losgegangen!«

Maximilian Fenrich jammerte laut und betastete sein Gesicht mit zittrigen Fingern.

»Stell dich nicht so an«, forderte Weller.

»Müssen wir einen Krankenwagen rufen?«, fragte Oetjen.

Weller sagte: »Nein«, doch Fenrich und Imken Meents forderten: »Ja, natürlich.«

Imken bückte sich und half Fenrich hoch. Sie hielt ihn unter den Achseln fest.

Kaum stand Maximilian Fenrich wieder auf den Beinen, wütete Weller: »Hast du mit ihr geschlafen? Ich frag dich was, verdammt! Antworte mir!«

Fenrich zeigte nur seine offenen Handflächen vor. Wellers Verstand sagte nein, doch etwas, das stärker war als sein Verstand, brachte ihn dazu, erneut auf seinen alten Klassenkameraden loszugehen.

Oetjen griff sofort ein. Es klickte metallen, und Weller brauchte einen Moment, um zu kapieren, dass es seine Handgelenke waren, um die sich Handschellen gelegt hatten, und nicht die von Fenrich.

»Beruhige dich erst mal, Frank«, sagte Oetjen. »Komm runter, Alter, und halt die Bälle flach.«

»Ich soll die Bälle flach halten? Ich? Der hat meine Tochter ...«

»Ich hätte meinen ersten Schwiegersohn auch am liebsten an die Wand geklatscht. Es hat vier Jahre gedauert, bis sie den Taugenichts verlassen hat. Vier Jahre! Das war hart, sag ich dir.«

Um zu deeskalieren, schob Oetjen Weller in sein Auto. »So. Hier bleibst du jetzt ruhig sitzen, mein Lieber. Ich nehme ein Protokoll auf. Später erzähle ich dir, was mich von Wilhelmshaven nach Oldenburg verschlagen hat. Du wirst staunen, alter Knabe.«

»Ich will telefonieren«, verlangte Weller. »Lass mich telefonieren.«

»Meinetwegen.« Oetjen vermutete, dass Weller einen Anwalt anrufen würde, doch dem war keineswegs so. Während Oetjen und seine Kollegin die Zeugin befragten, rief Frank Weller Renate an. Sie hob schon nach dem zweiten Klingeln ab.

Ohne weitere Umschweife kam Weller zur Sache. »Dein Exlover, Maximilian Fenrich, hat ein Verhältnis mit unserer Tochter!«

»Er ist nicht mein Exlover. Wir hatten nie was miteinander. Wir sind nur ein paarmal zusammen essen gegangen.« Sie schnaubte. »Und von welcher Tochter sprichst du? Wir haben zwei, erinnerst du dich? Jule und Sabrina!«

»Wie viele meiner Klassenkameraden hast du gevögelt?«, fragte Weller. »Er war doch nicht der Einzige.«

Ihre Stimme bekam wieder diesen gelangweilten Tonfall, der ihn rasend machte und ihm vermittelte, er sei nur zu dämlich, um einen Zusammenhang zu kapieren: »Ich habe während unserer Ehe von dir leider nicht alles bekommen, was ich gebraucht habe. Und glaube mir, mein Lieber, damit meine ich nicht nur Sex, sondern vor allen Dingen Anerkennung. Zuneigung. Aufmerksamkeit. Zeit …«

»Du hattest während unserer Ehe viel mehr Sex als ich!«, brüllte Weller, so dass es außerhalb des Polizeiautos alle hören konnten.

»Der ist verrückt, Herr Kommissar. Sie hören es ja«, sagte Maximilian Fenrich. »Früher war der mal ein ganz normaler Kerl. Ich werde keine Anzeige erstatten, um der alten Zeiten willen.«

Weller hörte den Krankenwagen. Ihm war zum Heulen zumute.

Ich habe mich, so dachte er selbstkritisch, zum Idioten gemacht.

Er hoffte, dass das hier gut ausgehen würde, konnte sich im Moment aber nicht vorstellen, wie so ein guter Ausgang aussehen sollte.

Martin Büscher hatte sich wirklich Mühe gegeben. Er wollte jetzt keine Fehler machen. Auch atmosphärisch sollte alles stimmen. Er war sogar rüber zu *ten Cate* gegangen, hatte drei Marzipanseehunde und für jeden einen Deichgraftrüffel gekauft. Jessi ging ihm gern zur Hand. Sie hatte Tee und Kaffee gekocht. Sie spürte die Nervosität des Kripochefs. Sie wollte in dieser brisanten Situation ihre Loyalität zeigen.

Vor jedem Platz am runden Tisch stand eine Teetasse, und eine goldene Deichgrafkugel deutete ein herzliches Willkommen an. Dazu gab es noch Baumkuchenspitzen und Gebäck.

»Die sind«, hatte Martin Büscher Jessi erklärt, »das so von ihrem früheren Chef gewöhnt. Ubbo Heide hat immer alle mit solchen Süßigkeiten versorgt, wenn es brenzlig wurde.«

»Ja«, scherzte Jessi, »das kann ich verstehen. Mit so einem Stück Marzipan im Mund kann man eine bittere Medizin besser schlucken.«

Zwei Flipcharts und eine zwei Meter lange Pinnwand, in der bisher nur bunte Pins steckten, verdeckten die schöne Aussicht auf den Marktplatz. Jessi schob alles in der Ecke zusammen. Der Raum wurde dadurch gleich heller.

Der Besprechungsraum duftete, und Jessi hatte eigenmächtig noch einen Blumenstrauß besorgt. Holländische Tulpen, nicht mehr ganz frisch, aber dafür zu einem Spottpreis. Jetzt, da Jessi sie in ein Weizenbierglas stellte, weil ihr eine Blumenvase fehlte, fielen bereits die ersten Blütenblätter ab. Sie hoffte, dass die Tulpen wenigstens die Sitzung überstehen würden. Dann hätten sie bereits gute Dienste geleistet. Jessi fand, dass ein paar Blumen im Raum sich immer positiv auf die Stimmung auswirkten.

Es waren auch mehrere BKA-ler im Gebäude. Sie tuschelten, verhielten sich wie eine verschworene Gemeinschaft. Sie wirkten, als hätte man ihnen beigebracht, sich an irgendeine Etikette zu halten. Formal war das alles tadellos, aber unterschwellig waren da Misstrauen und Aggressionen spürbar.

Einerseits freute Jessi sich darüber, dass sie dabei sein durfte. Ja, sie empfand es als Ehre. Andererseits hatte sie auch Angst davor. Hier würden gleich die Fetzen fliegen. Das Gebäude schien schon jetzt zu vibrieren, so sehr kochten hier gerade die Emotionen hoch. Sie befürchtete, sich auf eine Seite schlagen zu müssen. Sie war ganz neu hier, und von den meisten noch nicht wirklich anerkannt. Man gab ihr eine Chance, das war ganz deutlich.

Hoffentlich, dachte sie, ist heute nicht der Tag, an dem ich diese Chance vertue. Für viele bin ich doch nur das kleine Mäuschen, das zu viele Krimis gelesen hat und deswegen zur Kripo möchte. Außerdem glauben fast alle, dass ich mich in Rupert verknallt habe, ja, dass wir ein Verhältnis miteinander haben. Sollen sie doch, dann graben mich die anderen wenigstens nicht an.

Sie lief jetzt noch einmal um den großen runden Tisch herum und verteilte Servietten. Sie wog ab, ob sie den Deichgraftrüffel auf die Serviette legen sollte oder auf die Untertasse. Vermutlich sah es besser aus, wenn nur der Löffel drauflag.

Sie hatte gelernt, wie man Servietten schön faltet. Ja, das hatte ihre Mutter ihr beigebracht. Eine Bischofsmütze, einen Fächer oder eine Bestecktasche, ein Segelschiff, einen Schmetterling, ja, selbst einen kleinen Schwan bekam sie hin. Den Osterhasen ließ sie weg. Sie fand, der passte nicht in diese Jahreszeit.

Der Schwan sah am schönsten aus, dauerte aber zu lange. Sie hatte bereits drei Schwäne gefaltet, als ihr klar wurde, dass die Zeit drängte. Mit zwei Fächern machte sie weiter, dann Bischofsmützen und Segelschiffchen.

Noch einmal lief sie um den Tisch herum und verteilte die Servietten neu. Es ist doch schön, dachte sie, wenn jeder eine anders gefaltete Serviette hat. Darum sollten nicht drei Fächer nebeneinander stehen, sondern immer alles abwechselnd.

Sie hatte es endlich geschafft, nahm Abstand und sah sich den großen Tisch im Besprechungsraum an. Das Ganze wirkte jetzt mehr, als seien Gäste zum Kaffeeklatsch eingeladen. Genau so sollte es sein, freute Jessi sich.

Sie war davon ausgegangen, dass ihre eigenen Leute zuerst hereinkommen würden. Büscher mit dem gesamten Tross. Aber es lief genau anders herum.

Dirk Klatt betrat als Erster den Raum. Er wirkte missmutig. Schlechtgelaunt sagte er: »Was wird das hier? Ein Kindergeburtstag?«

Mit schnellen Schritten eilte Büscher durch den Flur herbei. Er hatte Klatts Worte genau gehört und versuchte mit einem Lächeln, die Spitze gegen Jessi abzufedern. »Ja, das ist ostfriesische Lebensart. Daran musste ich mich auch erst gewöhnen. Aber wissen Sie, wir haben hier unseren eigenen way of life, wie die Ostfriesen so nett sagen. Und wenn Sie mich fragen, hat eine gute Praline während einer Dienstbesprechung noch niemandem geschadet.«

Er nahm einen Deichgraftrüffel von seinem Platz, wickelte ihn demonstrativ aus dem Goldpapier, schob ihn zwischen seine Lippen, schloss die Augen und biss so hinein, dass jeder das Knacken hören konnte, als die Kuvertüre zerbrach. Mit einem langen, ausgedehnten »Hmmm« gab er sich dem Genuss hin.

Schnell trudelten jetzt alle anderen ein. Rieke Gersema war äußerst angespannt. Für Jessis Geschmack hatte sie sich viel zu heftig geschminkt und bekam dadurch einen künstlichen Gesichtsausdruck. Sie wirkte wie jemand, der etwas zu verbergen hatte und sich fürchtete, sein wahres Gesicht zu zeigen.

Rupert hatte beide Hände in den Hosentaschen und trug sein unverschämtes Grinsen zur Schau, als würde er das hier sowieso alles nicht ernst nehmen, denn für ihn war die Sache, die hier verhandelt werden sollte, längst erledigt, und zwar durch seinen Einsatz. Er und Weller hatten den Bodyjob gemacht, und jetzt kamen diese Schlafmützen und wollten große Reden führen. Da waren sie bei ihm genau an der richtigen Adresse.

Er raunte Jessi zu: »Wir haben den Sausack unten in die gekachelten Räume gesperrt. Genau da gehört er auch hin.«

Jessi war stolz darauf, dass Rupert sie ansprach und ihr etwas zuflüsterte. Die anderen bekamen das mit. Es war für Jessi wie eine Auszeichnung. Es gab einen in der ostfriesischen Truppe, der sie ins Vertrauen zog.

Ann Kathrin Klaasen betrat den Besprechungsraum, als sei er ihr Wohnzimmer und sie habe hier zu einer Party eingeladen. Sie suchte sich einen Platz mit dem Rücken zu den Fenstern und deutete auf die Stühle rechts und links neben sich. Sie wollte dort bestimmte Leute sitzen haben.

Büscher nahm den Platz an, den Ann Kathrin ihm anbot. Ann Kathrin wurde jetzt von Büscher und Rieke Gersema flankiert. Kaum hatte Büscher sich gesetzt, registrierte er, dass vor ihm noch eine eingepackte Deichgrafkugel lag. Dafür befand sich vor Klatt, der Büscher exakt gegenüber mit dem Rücken zur Tür saß, nur noch zusammengeknülltes Goldpapier.

Sylvia Hoppe setzte sich neben Marion Wolters. Links und rechts neben Klatt nahmen zwei ausgesprochen schöne, aber wenig entspannt wirkende Kolleginnen des BKA Platz. Zu einer davon versuchte Rupert, Blickkontakt aufzunehmen. Sie war genau seine Kragenweite. Sie tat die ganze Zeit, als würde sie nur vor sich hin starren, beobachtete die Männer aber aus den Augenwinkeln und nahm die Frauen kaum zur Kenntnis.

Die, so folgerte Rupert, ist auf der Suche. Wenn sie auf ein kleines Abenteuer aus war, so wollte er ihr dabei nur zu gern behilflich sein.

Klatt nahm das zusammengeknüllte Goldkügelchen und rollte es zwischen den Fingern. Er registrierte, dass jeder einen Trüffel bekommen hatte, nur er nicht.

Büscher versuchte, das sofort aus der Welt zu schaffen, und sagte: »Oh, Kollege Klatt, ich habe, glaube ich, hier Ihren Trüffel.« Er schoss ihn wie einen Ball über den Tisch. Die Kugel rollte zu Klatt und sprang mit einem Kloink von seiner Teetasse ab.

»Danke«, sagte Klatt pikiert, »sehr aufmerksam. Aber ich esse keine Süßigkeiten.«

»Sollten Sie aber«, kommentierte Rupert. »Schokolade macht intelligent und ist gesund.« Er griff demonstrativ zur Etagere in der Mitte des Tisches. Er fischte sich die Baumkuchenspitzen mit der dunklen Schokolade heraus. Die weißen ließ er liegen. Nach der Nacht hatte er das verdient, fand er.

Rupert verkündete die frohe Botschaft: »Solange Kakaobohnen auf Bäumen wachsen, ist Schokolade für mich Obst.«

Jetzt sah Jessi, dass sie mit ihren Servietten und dem schön gedeckten Tisch den Anwesenden nicht nur Freude bereitete, denn sie hatten alle ihren Laptop mitgebracht, einige von ihnen zusätzlich auch noch Akten und Fotos. Nun wussten sie nicht, wohin damit.

Als Erster zerstörte Klatt die Kaffeetafel. Er schob alles, was vor ihm stand, beiseite und baute seinen Laptop auf, als könne er damit Argumente, die von der anderen Seite des Tisches herüberfliegen sollten, in der Luft abschießen, bevor sie ihn erreichten. Er sah aus wie einer, der ganz auf Abwehr eingestellt war.

Jessi lief herum und bot Kaffee und Tee an. Sie goss Rupert schon ein, aber Klatt machte eine abschneidende Handbewegung. »Danke, ich glaube, das kann hier jeder selbst.«

Jessi sah sich um, als brauche sie Bestätigung. Sie fragte sich, ob sie irgendetwas falsch gemacht hatte.

Rupert lachte zynisch. »Es ist immer wieder schön, Leute mit Lebensart zu treffen.«

Büscher befürchtete, das alles könne in einen zickigen Kleinkrieg ausarten.

Ann Kathrin sprach ihm aus der Seele, als sie sagte: »Können wir dann bitte beginnen … Einige von uns hatten eine sehr lange Nacht.«

Büscher räusperte sich: »Wir treffen uns hier, um Informationen auszutauschen. Ich glaube, dass ich ohne Übertreibung sagen kann, die Augen der Nation sind auf uns gerichtet.«

»Ja«, flocht Rieke Gersema ein, »praktisch alle großen Boulevardblätter stehen mir auf den Füßen, und nicht nur die. Frauenmorde in einer Touristenregion, und das zur Saure-Gurken-Zeit. Sonst macht immer irgendein Politiker Scheiß, und man kann darüber berichten. Aber die sind jetzt selbst im Urlaub …«

Büscher fand, dass sie mit der Aussage etwas weit gegangen war, lächelte ihr aber zu. Sie sah jetzt schon ein bisschen entspannter aus. Manchmal, so wusste Büscher, müssen die Leute erst Druck ablassen, und danach kann man vernünftig mit ihnen reden. Er nahm es also mit anfänglichen Bollerigkeiten nicht so genau. Überhaupt war es eine seiner herausragenden Eigenschaften, dass er wenig nachtragend war, immer allen in jeder Beziehung eine neue Chance gab. Menschen machten eben Fehler.

Wer arbeitet, so hatte Büscher in Bremerhaven gelernt, macht Fehler. Wer viel arbeitet, sagte man dort, macht viele Fehler. Und wer keine Fehler macht, ist eine faule Sau.

Diesen Spruch hatte er sich in seinem Büro an die Wand gehängt. Es tat Mitarbeitern gut, diesen Zettel zu sehen, wenn sie etwas zu beichten hatten. Es löste ihre Zunge, es machte ihnen das Eingestehen von Problemen und Fehlern leichter.

»Wir haben«, begann Ann Kathrin, »Ingo Stielmann auf Langeoog verhaften können.« Sie deutete mit dem Finger nach unten. »Wir haben ihn hier auf Nummer Sicher. Er wartet auf seinen Anwalt. Ohne den wird er wohl kaum eine Aussage machen. Er ist hochintelligent, überheblich, ja, arrogant. Er hält uns für Trottel, und das wird ihm dann wohl auch zum Verhängnis werden. Wir können zumindest nachweisen, dass er sich kurz vor ihrem Tod in unmittelbarer Nähe von Sabine Ziegler aufgehalten hat. Das Gleiche gilt für den Mord auf Borkum. Er war genau zu dem Zeitpunkt auf der Insel. Nun wäre es nett, Herr Klatt, wenn Sie uns über die beiden vergleichbaren Mordfälle informieren könnten, für die er als Täter ebenfalls in Frage kommt.«

Klatt fühlte sich unwohl in seiner Haut. Unter Ann Kathrins Blicken griff er sich mehrfach ins Gesicht, als müsse er sich Spinnenweben herauswischen.

Büscher versuchte, ihm ein bisschen Luft zu verschaffen: »Angesichts der Dringlichkeit der Situation haben wir auf eine Vorstellungsrunde verzichtet. Wenn alle einverstanden sind, dann beginnen wir jetzt einfach so mit einem informellen Gespräch über ...«

Ann Kathrin wurde das Gefühl nicht los, dass Klatt etwas verheimlichte. Sie war nicht bereit, es ihm durchgehen zu lassen. Sie nahm einige Fotos und Papiere aus ihrer Tasche, stand auf und ging zur Pinnwand. Sie zog einen roten Pin heraus und einen gelben und piekste zwei Fotos an die Wand. Auf jedem war ein Tattoo zu sehen.

»Dieses Pferd hier hatte Frau Ziegler auf ihrem rechten Oberschenkel, und diesen Käfer trug Frau Lauf an der rechten Wade. Der Täter hat ihnen die Tattoos abgeschnitten. Das ist zunächst ein herausragendes Kriterium, das beide Fälle miteinander verbindet. Welche Tattoos hatten Ihre Opfer?«

Sie fixierte Klatt. Da sie stand und er saß, guckte sie von oben auf ihn herab. Er hielt ihrem Blick nicht lange stand, schob Teetasse und Laptop zur Seite und machte die Serviette mit dem Segelschiffchen platt, indem er einen schwarzen Aktenkoffer achtlos daraufstellte. Mit metallischem Klicken öffnete er die Schlösser und nahm Fotos aus seinem Koffer. Er ging an den anderen vorbei zu Ann Kathrin Klaasen. Jetzt standen sie so nah nebeneinander, dass sie sein Rasierwasser riechen konnte. Sie mochte es nicht.

Er hängte ebenfalls zwei Bilder an die Wand.

»Der erste Mord, vor ziemlich genau einem Jahr ...«

»Also auch zur Sommerferienzeit«, warf Ann Kathrin ein. Es gefiel Dirk Klatt überhaupt nicht, dass er von ihr gleich zu Beginn unterbrochen wurde, und sein Gesichtsausdruck zeigte seine Verärgerung deutlich. Aber Büscher unterstützte sie sofort: »Wenn wir wissen, welche Bundesländer gleichzeitig Ferien hatten, grenzt sich die Zahl der Verdächtigen sofort ein.«

Klatt drehte allen den Rücken zu und heftete ein Foto an die Pinnwand. Es zeigte das frisch gestochene Tattoo einer Schildkröte, direkt unterm Bauchnabel, so, als wolle sie hineinkriechen.

»Annerose Greet. Siebenundzwanzig Jahre alt. Alleinerziehende Mutter. Sie hat mit ihrem vierjährigen Sohn in Kulmbach Ferien auf dem Bauernhof gemacht. Er hat sie getötet, während der Kleine nebenan schlief.«

Jessi hielt sich eine Hand vors Gesicht und schluckte.

»Kulmbach? Wo ist denn das?«, fragte Rupert.

»Bei Bayreuth«, sagte Jessi, die in Geographie ein ›Sehr gut‹ hatte.

»Die Aufnahme wurde noch im Tattoostudio gemacht. Er hat die Schildkröte großflächig rausgeschnitten. Sie selbst wurde mit sieben Messerstichen in den Oberkörper getötet. Zweimal traf er ihr Herz. Keinerlei Spuren einer Vergewaltigung. Dann haben wir hier Leah Dittmann. Am zwanzigsten Dezember, vier Tage vor Heiligabend in Köln. Er entfernte einen Adler von ihrer rechten Pobacke.«

Rupert fand, dass der Adler auf dem Bild mehr wie eine Taube aussah, sagte das aber nicht.

Ann Kathrin zählte auf: »Ein Pferd. Ein Käfer. Eine Schildkröte. Ein Adler. Gibt es da einen Zusammenhang? Ich wäre sehr erleichtert, wenn unsere Psychologin Elke Sommer hier mit uns am Tisch säße. Ich würde gerne ihre Meinung zum Täterprofil …«

»Och nö, nicht diese Schnepfe«, brummte Rupert, aber dann erhellte sich sein Gesicht. »Gibt die nicht gerade diesen Flirt- und Streichelkurs auf Malle?«

Büscher korrigierte: »Frau Sommer leitet ein Seminar zur Stressbewältigung für Führungskräfte.«

Rupert lehnte sich zurück und verschränkte die Arme hinterm Kopf. »Ja, sag ich doch.«

Ann Kathrin überging diese Hahnenkämpfe. Sie zeigte auf

die Fotos: »Sind die alle im gleichen Studio gemacht worden? Ich meine, wie findet er seine Opfer?«

Dirk Klatt ging auf die Frage nicht ein, stattdessen sagte er: »Frau Dittmann wurde mit neun Messerstichen getötet. Sie hat sich offensichtlich heftig gewehrt. Sie hatte Koks geschnupft und auch eins Komma zwei Promille Alkohol im Blut.«

Es fiel Ann Kathrin auf, dass er nichts dazu sagte, ob der Mord in einem Hotel stattgefunden hatte oder in einer Privatwohnung. Oft, dachte Ann Kathrin, verraten die Dinge, die jemand nicht sagt, viel mehr, als das, was er uns freiwillig erzählt.

»Das«, erklärte Klatt, »ist so ziemlich alles, was wir haben. Und jetzt sind Sie dran, Frau Klaasen.«

Sie schlug mit der flachen Hand auf den Tisch, dass die leichten ostfriesischen Teetassen hochhüpften und auf die Unterteller zurückklirrten. Alle sahen Ann Kathrin an.

»O nein, Kollege. So nicht! Was verschweigen Sie uns?«

»Verschweigen? Ich?«

»Als wir nach Langeoog wollten, haben Sie gesagt, der Täter sei ein sehr guter Autofahrer. Bei der Verfolgung sind sogar Kollegen verletzt worden und ein Polizeifahrzeug ist zu Schaden gekommen. Das erinnere ich doch richtig, oder? Wer wurde verfolgt? Wie lautete sein Autokennzeichen? Die Kollegen werden ihn doch beschrieben haben, oder?«

Klatt wand sich: »Jemand hat sich in der Nähe des Tatorts verdächtig verhalten. Die Kollegen haben ihn verfolgt. Das Ganze ist aber ergebnislos verlaufen.«

»Ergebnislos? Sie haben ein Auto verfolgt und wissen das Kennzeichen nicht mehr?«

Ann Kathrin ließ ihn aus der Nummer nicht raus. Rupert lehnte sich zurück, verschränkte die Arme vor der Brust und nickte Jessi zu. Ja, das sollte sie sich ruhig angucken. Wenn einer glaubt, dass er die Ostfriesen verarschen kann, dann muss er früher aufstehen, dachte er.

Klatt druckste herum: »Ja, der Fall hat seine Besonderheiten, aber ...«

Ann Kathrin fragte jetzt direkt: »Was verheimlichen Sie uns? So ein Herumgeeiere habe ich selten erlebt. Sie gehen doch ganz klar davon aus, dass wir auf Langeoog die falsche Person festgenommen haben. Das kann nur bedeuten, dass Sie zu wissen glauben, wer es wirklich war. Sie sind hinter einem anderen Täter her.«

Klatt fuhr sich mit den Fingern seiner rechten Hand durch die Haare.

Ann Kathrin konfrontierte ihn hart: »Sie benehmen sich hier wie ein Zeuge, der genau Bescheid weiß, die Wahrheit aber verschweigt, um jemanden zu decken.«

Rupert beugte sich vor und erklärte Jessi: »Normalerweise passiert so was, wenn eine Mutter nicht will, dass ihr Sohn ...«

»Warum machen Sie es mir so schwer, Frau Klaasen?«, fragte Klatt. »Ja, es gibt einen Verdächtigen. Aber bevor wir nicht absolut sicher sind, können wir unmöglich damit heraus...«

Rupert schaute auf seine Teetasse. »Waren da Drogen im Tee, Ann?«

»Wir beschatten den Mann rund um die Uhr.«

»Na, das ist euch ja super geglückt«, spottete Rupert. »Arbeiten bei euch auch Leute, die das gelernt haben, oder besteht eure Gurkentruppe nur aus Amateuren?«

Büscher ermahnte Rupert, sich zu mäßigen, verlangte aber dann trotzdem Aufklärung von Klatt: »Nennen Sie Ross und Reiter, verdammt!«

»Es könnte diplomatischen Ärger geben. Wir können nicht agieren, bevor wir nicht hundertprozentig sicher ...«

»Diplomatischen Ärger?«, wiederholte Büscher fassungslos, und Rupert kommentierte: »Hauptsache, der Deich hält.«

Klatt ballte die Fäuste: »Die Beziehungen beider Länder gestalten sich ohnehin äußerst schwierig.«

»Dürfen wir nicht mal wissen, um welches Land es sich hier handelt?«, fragte Rieke Gersema, die sich langsam getäuscht fühlte, gleichzeitig als Pressesprecherin aber wusste, was es bedeutete, wenn man eine Information hatte, sie aber nicht weitergeben durfte.

»Wir verdächtigen einen saudischen Prinzen, der in Deutschland studiert. Wenn wir ihn ohne triftige Beweise festnehmen, könnte das zu Gegenreaktionen führen. Viele hundert deutsche Geschäftsleute, die sich dort im Moment aufhalten, wären möglicherweise gefährdet ...«

Sylvia Hoppe ließ ihren Kugelschreiber auf den Tisch fallen, als hätte sie nicht mehr genug Kraft, ihn festzuhalten. »Und jetzt ist euch der Typ ernsthaft durch die Lappen gegangen?«, fragte sie.

»Nein«, triumphierte Dirk Klatt und fuhr nicht ohne Stolz fort: »Praktisch seit Anfang des Jahres, also seit sich die Verdachtsmomente erhärtet haben, um genau zu sein, seit dem zwölften Januar dieses Jahres können wir seinen Aufenthaltsort lückenlos dokumentieren. Wir haben zwei Leute in seiner Nähe, außerdem ...«

Die BKA-lerin, deren Schönheit Rupert so begeisterte, unterbrach jetzt ihren Chef: »Wir sind nah daran, den gesamten Einsatz zu gefährden«, zischte sie.

Ann Kathrin konterte sofort: »Wollen Sie damit sagen, dass wir hier im Raum eine undichte Stelle haben?«

Die Kollegin ruderte sofort zurück: »Nein, das wollte ich damit nicht behaupten.«

»Ja, äh, was heißt das jetzt?«, wollte Rupert wissen. »War

er es, oder war er es nicht? Wenn ihr ihn unter Aufsicht hattet, konnte er ja schlecht in Norddeich und auf Borkum ...«

Dirk Klatt schwitzte. Er trat von einem Fuß auf den anderen und knackte mit den Fingern. »Unser Verdacht ist ein anderer. Ich muss vielleicht vorausschicken, dass es sich hier um märchenhaft reiche Menschen handelt. Da spielen die Kategorien, in denen wir denken, überhaupt keine Rolle. So jemand verfügt über Möglichkeiten, die ... Womöglich ahnt er, dass wir ihm auf den Fersen sind, und nutzt nun genau diese Situation.«

»Kapier ich nicht«, gab Rupert zu.

»Er engagiert jemanden, der ähnliche Morde verübt. Morde, die er nicht begangen haben kann. Wie würden wir dastehen, wenn wir einen Serienkiller verhaften, der bei einigen Morden sogar ein Alibi von unseren Leuten bekommt, weil sie ihm dabei zugesehen haben, wie er gleichzeitig bei einem großen Bankett über die Digitalisierung der Dritten Welt gesprochen hat.«

»Das würde bedeuten«, sagte Rupert, »dieser Ingo Stielmann hat gar keinen an der Waffel, hört keine Stimmen oder so'n Scheiß, sondern hat das für Geld gemacht?«

Dirk Klatt nickte.

»Er streitet die beiden Morde ab«, erklärte Ann Kathrin. »Es käme also im Verhör darauf an, herauszufinden, ob ihn jemand angestiftet hat.«

Rupert gab ihr recht: »Genau. Denn wenn das so ist, dann wollen wir Ihren Prinzen genauso an den Eiern kriegen wie seinen Schergen.«

»Kann ich bitte«, sagte Klatt, plötzlich kleinlaut, »ein Glas Wasser haben? Mir ist ein bisschen flau geworden.«

Ann Kathrin Klaasen nahm darauf wenig Rücksicht. Ja, aus Büschers Sicht nutzte sie Klatts Schwäche sogar aus. Sie führte die Ermittler des BKA und ihre bisherige Arbeit geradezu vor. Jeder erkannte das deutliche Signal und die Warnung darin: Versucht nicht, uns reinzulegen!

»Haben sich in Kulmbach und Köln in der Nähe des Tatorts große Bäume befunden?«, fragte Ann Kathrin.

Klatt kam sich vor wie bei seiner Abiturprüfung. Er wusste die Antwort nicht. Er blickte zu seiner Mitarbeiterin an seiner linken Seite, die Rupert so nervös machte. Sie nickte, räusperte sich, fischte mit fahrigen Fingern zwei Fotos aus den Unterlagen und lispelte: »In Kulmbach ganz klar ja. Eine Eiche ist das – glaube ich – in unmittelbarer Nähe des Tatorts.«

»Sie werden im Baum Spuren seiner Steigeisen finden. Die benutzt er, um hochzuklettern«, behauptete Ann Kathrin. Rupert sah sich triumphierend in der Runde um, als hätte er das alles herausgefunden.

Da niemand vom BKA reagierte, hakte Ann Kathrin nach: »Und in Köln?«

Die Kollegin fand das Foto und zeigte es vor. Es war vor dem Haus in Dellbrück gemacht worden.

»Nein, da nicht«, sagte sie und klang unsicher.

»Lag das Zimmer, in dem die Frau getötet wurde, zur Straßenseite?«, wollte Ann Kathrin wissen.

»Nein«, gab Klatt widerwillig zu, der ahnte, worauf das alles hinauslief, »zum Hof.«

»Dann sollten wir uns den Hof ansehen. Stehen da große Bäume?«

»Ja, dort gibt es zwei Bäume ...« hüstelte die BKA-lerin.

»Dann ist Ihr saudischer Prinz ja ein echter Klettermaxe«, warf Rupert ein.

Klatt versuchte, aus der Situation herauszukommen, Fragen beantworten zu müssen. Er war lieber einer, der Fragen stellte. »Sie gehen also davon aus, dass er seine Opfer nach der Beschaffenheit der Umgebung aussucht?« Er bemühte sich, Ann Kathrins Gedanken lächerlich oder wenigstens unsinnig erscheinen zu lassen. »Ob da Bäume stehen oder nicht?« Er blickte sich lächelnd in der Runde um, gab mit seiner Mimik zu verstehen, das könne doch wohl alles nicht ihr Ernst sein.

Ann Kathrin blieb sachlich: »Nein, denn in Norddeich steht kein Baum an der Fensterseite. Wir müssen aber davon ausgehen, dass er seine Opfer vorher beobachtet. Er sucht sie gezielt aus und geht sehr organisiert vor. Er schlägt nicht zufällig irgendwo zu, wenn es ihn überkommt. Wenn wir herausfinden, wie und nach welchen Kriterien er die Frauen aussucht, sind wir ein Stück weiter. Er tötet sie, wenn sie Urlaub machen. Das ist aber kein relevantes Kriterium.«

»Sondern?«, fragte Klatt fordernd.

Ann Kathrin spielte mit ihrer Teetasse. »Er reist ihnen nach. Er beschattet sie lange vorher. Er weiß viel über sie.«

»Warum greift er sie nicht zu Hause in ihrer vertrauten Umgebung an?«, fragte Hauptkommissarin Sylvia Hoppe.

»Ich vermute«, antwortete Ann Kathrin, »dass er sich dort nicht sicher fühlt. Vielleicht gehört er zu ihrem Bekanntenkreis, hat Angst, von anderen erkannt zu werden.«

»Das ist unmöglich«, konterte Klatt. »Die Frauen haben nichts miteinander zu tun. Sie kannten sich nicht einmal. Sie …«

Ann Kathrin unterbrach ihn: »Und doch hat er sie ausgesucht. Die Tattoos sind sicherlich wichtig für seine Entscheidung. Dabei stellt sich die Frage, wie gut er die Frauen kannte. Das Tattoo an Conny Laufs Wade konnte jeder sehen. Das am Po von Leah Dittmann und das unterm Bauchnabel von Annerose Greet sicherlich nicht. Er muss ihnen also sehr nah gekommen sein. So nah, dass er die Tattoos sehen konnte.«

»Das spricht doch wieder für einen Sexualpartner«, kommentierte Sylvia Hoppe. Sie war blass um die Nase und fächelte sich mit der rechten Hand Luft zu.

»Die Wechseljahre?«, bemerkte Rupert und tröstete sie gleich ungefragt: »Hat meine Frau auch. Die fliegende Hitze.« Er fing sich einen zornigen Blick von Sylvia Hoppe ein. Sie konnte ihn sowieso nicht leiden, weil er sie ständig an ihren Ex erinnerte.

»Solche Tattoos kann man auch woanders sehen«, orakelte Rupert. »Und zwar, ohne den Damen näherzukommen.«

»So?«, fragte Sylvia Hoppe spitz, »wie denn?«

Rupert zählte auf: »In der gemischten Sauna. Am FKK-Strand. An der Theke im Swingerclub …« Er wollte fortfahren, doch Ann Kathrin stoppte ihn mit einer Frage an Klatt: »Waren die Damen Saunagängerinnen?«

Klatt verzog den Mund. »Ja … äh … also …« Er gab auf. »Keine Ahnung.«

Büscher bemerkte, dass Ann Kathrin von *den Damen* sprach. Es war, als würde sie den Opfern damit die Ehre zurückgeben, die der Täter versucht hatte, ihnen zu nehmen.

»Ist Ihr saudischer Prinz denn ein Saunagänger? Oder hält er sich des Öfteren am FKK-Strand auf? Kann es sein, dass er sie da kennengelernt oder zumindest gesehen hat?«

Klatt sackte in sich zusammen. Er hatte das Gefühl, hier geradezu gegrillt zu werden. Seine Stirn glänzte schweißnass, und unter seinen Achseln bildeten sich im Hemd große, feuchte Flecken.

Jule war noch nie so wütend auf ihren Vater gewesen. Überhaupt war sie noch nie im Leben so wütend gewesen, nicht einmal, als Charlie etwas mit diesem Möchtegern-Stimmwunder angefangen hatte. Sie kannte sich so gar nicht.

Maximilian machte alles nur noch schlimmer, indem er ihren Vater praktisch in Schutz nahm und Entschuldigungen für ihn suchte.

»Er macht sich halt Sorgen um seine Tochter und ist so enttäuscht von mir, weil ich dieses Missverständnis mit der Versicherung nicht aus der Welt räumen konnte … Er hat halt überreagiert.«

So, wie Maximilian aussah, konnte er als Versicherungsvermittler in den nächsten Tagen keine Kundenbesuche machen. Jemand mit einem blauen Auge, dickem Gesicht, aufgeplatzten Augenbrauen und geschwollener Oberlippe war wenig vertraueneinflößend. Man fragte sich unwillkürlich, ob er denn selbst eine gute Versicherung hatte. Man wünschte sie ihm. Er erweckte Mitleid.

»Niemand schließt aus Mitleid Versicherungen ab«, erklärte Maximilian. »Ich muss vertrauenswürdig sein. Sachlich, kompetent und weitsichtig. Im Grunde wie ein guter Computer, nur eben sympathischer.«

Sie wollte ihn trösten. Sympathisch sei er immer noch, selbst so blau gehauen, aber nicht einmal das schaffte sie. Ihr war zum Heulen zumute, und sie spürte so irre Aggressionen gegen ihren Vater, dass sie ihn am liebsten geohrfeigt hätte, und dabei war sie strikt gegen Gewalt. Sie belegte ja gerade an der Uni ein Seminar *Friedenserziehung im Kindergarten*.

Jule sprach per Skype mit Maximilian. Sie konnte sein geschundenes Gesicht auf dem Bildschirm sehen. Ton und Bild kamen zeitverzögert. So, nicht lippensynchron, wirkten seine Kopfverletzungen noch heftiger, als sei etwas Grundsätzliches kaputtgegangen. Seine Nase sah dicker aus, als sie in Wirklichkeit war.

Sie streichelte den Bildschirm. Sie wäre jetzt so gerne bei ihm gewesen, wollte ihn zu gern liebevoll umsorgen. Ihm Tee kochen und für ihn da sein.

Der Weg von Emden nach Oldenburg schien plötzlich sehr weit, ja unüberwindbar. Für die neunzig Kilometer brauchte sie schon normalerweise gut eine Stunde oder mehr. Jetzt war auf der A 28 auch noch eine riesige Baustelle. Der Verkehr lief auf beiden Seiten nur einspurig. Das konnte Schritttempo bedeuten. Aber was viel wichtiger war, durch den Jobverlust hatte sie ihren alten Golf verkaufen müssen.

Der Sturm gestern hatte in ganz Norddeutschland den Bahnverkehr komplett lahmgelegt. Umgekippte Bäume lagen zwischen Hamburg und Berlin ebenso auf den Schienen wie zwischen Emden, Oldenburg, Bremen und Hannover. Da ging nichts mehr. Die Nachrichten waren voll mit Katastrophenmeldungen.

Vor Langeoog drohten tausendachthundert Tonnen Öl ins Wasser zu fließen, und der Bahnverkehr lag flächendeckend lahm. Es hatte Tote und Verletzte gegeben. Lediglich die ostfriesischen Fähren fuhren wieder. Aber Oldenburg ließ sich mit einer Fähre von Emden aus nicht gut erreichen.

»Was ist los mit dieser Welt?«, klagte Jule. »Alles geht kaputt. Können die Katastrophen nicht wenigstens vor meinem Privatleben haltmachen?«

Er lächelte, was mit seiner dicken Lippe ziemlich komisch aussah. »Also, als Katastrophe würde ich das jetzt nicht bezeichnen, dass unsere Wege sich gekreuzt haben. Es macht mich geradezu zum glücklichsten Mann der Stadt – ach, was sage ich – des Landes! Der Welt!«

»Das meine ich doch nicht! Ich fühle mich richtig mies. Schuldig! So, als hätte ich dir das angetan …«

»Du?! Aber bitte, Jule, das war dein verrückter Vater! Wirf

dir das doch nicht vor! Das ist doch völliger Quatsch! Mach dir das Leben nicht schwer. Früher hieß es auf vielen Baustellen: *Eltern haften für ihre Kinder.* Da stand nie: *Kinder haften für ihre Eltern.*«

Er versuchte, witzig zu sein und sie aufzuheitern. Es wäre ihm auch fast gelungen, aber dann verzog er vor Schmerz sein Gesicht. Er betastete mit dem Zeigefinger sein Zahnfleisch.

»Was ist, Max? Hat er dir auch einen Zahn rausgehauen? Er kann so ein Schuft sein …«

Maximilian schüttelte den Kopf: »Nein, nein. Alles halb so wild.«

»Hast du Schmerzen?«

»Hm. Ja. Aber es gibt gute Medikamente. Heutzutage muss keiner mehr Schmerzen erleiden.«

Sie klagte: »Ich kann jetzt nicht mal zu dir. Mit dem Rad ist es ein bisschen weit …«

Er zeigte sich verständnisvoll und versprach ihr zu kommen, sobald die Wirkung der Medikamente nachgelassen habe und er dadurch wieder fahrtüchtig wäre.

»Aber wer kümmert sich um dich? Wer …«

Er beruhigte sie: »Imken, meine Mitarbeiterin, sorgt liebevoll für mich, und meine Nachbarin war früher Arzthelferin. Meine Hausärztin ist auch ganz klasse. Ärztin mit Leib und Seele … also mach dir bitte wegen der paar Kratzer keine Sorgen.«

Sie spürte einen Stich Eifersucht bei dem Gedanken, wie viele Frauen sich offensichtlich gern um ihn kümmerten. Sie schämte sich ein bisschen wegen des Gefühls und sprach vorsichtshalber nicht aus, was sie dachte. Gleichzeitig wuchs damit aber die Wut auf ihren Vater.

Nein, sie wollte ihn nicht anrufen. Sie wollte es ihm ins Gesicht sagen. Schreien! Aber sie musste erst von Emden nach Norden in den Distelkamp kommen. Mit dem Fahrrad dauerte es ihr eigentlich zu lange, aber sie hatte die Strecke schon mehrfach mit dem Rad bewältigt. Es waren knapp fünfunddreißig Kilometer.

Sie nahm den Weg durch die Krummhörn und ein Stückchen am Meer entlang. Sie fuhr im fünften Gang. Sie legte all ihre Wut in die Beine. Ihre Oberschenkel wurden heiß und hart. Sie würde die Strecke heute in einer Rekordzeit schaffen. Normalerweise brauchte sie knapp zwei Stunden.

Sie war einfach ohne Proviant losgefahren. Sonst nahm sie immer einen Liter Wasser mit und einen Energieriegel. Ein Handtuch. Eine Sonnenbrille. Heute hatte sie nichts davon dabei, nicht einmal ihren Helm oder ihre Fahrradhandschuhe. Die atmungsaktive Funktionswäsche lag frisch gewaschen im Schrank. Ihr T-Shirt klebte jetzt nass auf ihrer Haut.

Ein Räumfahrzeug stoppte den Verkehr, weil ein umgefallener Baum von der Straße gehoben werden musste. Jule radelte an der Autoschlange vorbei. Aus dem geöffneten Fenster an der Fahrerseite flog aus einem Geländewagen ein angebissener fauler Pfirsich. Er klatschte gegen ihren Hals und fiel dann zwischen ihre Oberschenkel.

Sie griff angewidert danach, packte ihn und bremste mit dem Rücktritt. Sie drehte um und sah den lachenden Fahrer hinter dem Lenkrad sitzen. Er hatte ein feistes Gesicht, umrandet von einem wuscheligen braunen Bart.

Er nahm die Bedrohung zunächst nicht ernst. Dann – als sie näher kam – ahnte er, dass es Ärger geben könnte. Er hätte am liebsten die Scheibe schnell hochgekurbelt, aber das lief in seinem neuen Geländewagen automatisch per Knopfdruck. Leider nicht schnell genug. Bevor die Scheibe oben war, hatte er den angekauten Pfirsich im Gesicht.

Nein, sie warf ihn nicht. Sie drückte dem Fahrer das Fruchtfleisch fest gegen die Nase und die linke Wange.

Die hochfahrende Scheibe klemmte ihren Arm ein, aber ein Sicherheitsmechanismus stoppte sie. Jule verrieb den faulen Pfirsich so gut es ging im Gesicht des Bartträgers.

Er stieß die Wagentür auf. Sie krachte gegen Jules Knie und federte zurück. Jetzt setzte er sein ganzes Gewicht ein, und die Tür traf Jules Schulter und Kopf.

Sie stürzte samt Rad.

Einmal brauche ich meinen Fahrradhelm, und prompt habe ich ihn nicht auf, dachte sie.

Der Mann kletterte umständlich aus dem Fahrzeug und zog mit beiden Händen seine Cordhose über den Bauch. Pfirsichsaft tropfte von seinem Bart. Er wischte sich mit dem Ärmel über die Lippen und spuckte in Jules Richtung aus.

»Du verdammtes Luder!« Er trat nach ihr.

Sie wich ihm rückwärts über den Boden kriechend aus. Das Rad lag zwischen den beiden.

»Ich hab noch mehr Pfirsiche im Auto. Eine ganze Kiste! Die werde ich jetzt auf dir zerquetschen, und zwar ganz langsam!«, drohte er.

Schon war Jule wieder auf den Beinen. Die Autos fuhren an. Hinter dem Geländewagen, der für die nachfolgenden Autofahrer den Weg versperrte, begann ein Hupkonzert.

Der Mann trug klobige Arbeitsschuhe. Er trat gegen den Fahrradlenker.

»Ja, ja, ja, ist ja schon gut!«, brüllte er zu den anderen Autofahrern und stieg in sein Fahrzeug zurück.

Jule beeilte sich, mit dem Rad wegzukommen. Es gab knapp hundert Meter weiter einen Feldweg quer durch eine Wiese. Dorthin versuchte sie sich durchzuschlagen. Sie schaffte es, die Abzweigung vor dem Geländewagen zu erreichen, weil er in der Schlange nur sehr langsam vorwärtskam.

Aber der Bartträger drohte ihr nicht aus dem Auto, wie sie

gehofft hatte, sondern er scherte aus der Schlange aus und bog hinter ihr in den Feldweg ein.

Es war ein lehmiger Boden, ausgefahren von landwirtschaftlichen Fahrzeugen, mit einer Grasnarbe in der Mitte. Für seinen Vierradantrieb kein Problem. Er klebte geradezu an ihrem Hinterrad.

Links neben Jule war ein schmaler Wassergraben. Auf der Wiese grasten schwarzweiße Kühe, zwischen ihnen stolzierten Möwen auf und ab. Weit und breit kein Mensch, und der Typ hinter ihr rammte sie fast.

Jetzt begann er, Pfirsiche nach ihr zu werfen. Einer flog an ihrem Kopf vorbei und klatschte in den Wassergraben. Ein zweiter traf sie hart zwischen den Schulterblättern.

Er war ihr mit dem Auto weit überlegen. Für einen Moment fühlte sie sich ausgeliefert. Wie ein Wild, das gejagt wurde.

Wie weit würde er gehen? Sie anfahren? Wollte er sie verletzen? Oder demütigen?

Er lenkte den Wagen neben sie und griff nach ihr. »Ich werde dir Manieren beibringen!«, brüllte er.

Er zog sie zu sich ran. Ihr Rad schrammte gegen die Fahrertür. Ihr Bein schmerzte.

Er lenkte nur mit rechts, mit links hielt er sie fest. Sie griff ihm ins Lenkrad. Der Wagen trudelte und kam vom Feldweg ab. Er rutschte mit zwei Reifen in den Wassergraben. Der Wagen lag schräg im Wind wie ein leckgeschlagenes Segelschiff.

Der Bärtige fiel im Inneren auf die Beifahrerseite. Dort auf dem Sitz stand die Kiste mit dreißig Pfirsichen. Ein paar rollten in den Fußraum. Er selbst zerquetschte mit seinem schweren Körper ein paar Früchte. Er fluchte.

»Mein Papa ist Polizist!«, schrie Jule. »Der macht Sie so was von fertig!«

Sie hatte sich weh getan, Bein und Hand geklemmt. Aber irgendwie hatte sich ihre Lage verbessert. Sie fand es selbst blöd von sich, dass sie mit ihrem Polizistenpapi gedroht hatte. Sie wollte sich nur noch so schnell wie möglich aus dem Staub machen. Auch mit seinem geländegängigen Vierradantrieb würde er nicht so ohne weiteres aus dem Graben kommen. Er war zwar schmal, aber tief.

Sie hatte eine Acht in ihrem Rad, aber es fuhr noch. Sie schwang sich darauf und trampelte los. Als sie gut vierzig, fünfzig Meter zwischen sich und den Typen gebracht hatte, drehte sie sich um. Sie wollte sich das Nummernschild einprägen. Ein Wilhelmshavener Kennzeichen.

Der Fahrer hatte Mühe, aus dem Wagen zu kommen. Er brüllte: »Ich mach dich fertig, Schlampe!«

Sie zeigte ihm den Mittelfinger, und dann sah sie zu, dass sie Land gewann. Auf dem Weg nach Norden sah sie sich immer wieder um. Sie wurde von zahlreichen Autos überholt. Das Pfirsichgesicht war nicht dabei.

Als sie Norden erreichte, ging es ihr gleich besser. Sie fuhr erleichtert am Bahnhof vorbei, zwischen den Windmühlen durch. Die Doornkaatflasche am Ortseingang erinnerte sie daran, dass ihr Hals geradezu ausgetrocknet war. Sie hatte mörderischen Durst.

Sie fuhr in die Fußgängerzone. Hier war zwar Fahrradfahren um diese Uhrzeit verboten, aber das störte sie jetzt wenig, denn hierher würde er ihr auf keinen Fall folgen. Je mehr Menschen da waren, umso besser für sie.

Sie überlegte, ob sie direkt zur Polizeiinspektion am Markt fahren sollte oder lieber gleich nach Hause in den Distelkamp. Ja, dort wollte sie ihren Vater überraschen. Hoffentlich, dachte sie, habe ich vorher noch Zeit, zu duschen.

Hier, auf dem Neuen Weg, war plötzlich jeder Druck aus der Situation. Die Menschen flanierten durch die Einkaufszone.

Sie schleckten Eis, aßen Bratfisch im Brötchen und freuten sich des Lebens.

In der Seitenstraße lag das *Dock N° 8*. Ein neues Restaurant, in das ihr Vater sie neulich eingeladen hatte. Es war ihr peinlich gewesen, dass sie ihn draufgesetzt hatte. Jetzt fand sie, es geschah ihm recht.

Der Durst wurde immer schlimmer. Sie schob ihr ramponiertes Rad und bog in die Osterstraße ein. Bei *ten Cate* waren draußen alle Stühle besetzt. Es duftete nach Kaffee. Am liebsten hätte sie sich hingesetzt und verschwitzt, wie sie war, erst mal einen Latte Macchiato bestellt, einen Liter Wasser und ein großes Stück Kuchen mit Sahne.

Direkt vor ihr wurde ein Platz frei.

Danke, Universum, dachte sie und setzte sich.

Der Oldenburger Hauptkommissar Oetjen saß Weller gegenüber, sah ihn aber nicht an, sondern guckte zur Fensterbank. Dort faulte nicht nur eine Orchidee, dort stand auch ein gerahmtes Foto, das seine Frau mit den Kindern zeigte.

»Ich bin einfach zu gut für diese Welt«, behauptete Oetjen mit mitleidheischendem Tonfall. Er deutete auf die Orchidee: »Die Pflanze kommt eigentlich aus dem Regenwald, aber mir ist es tatsächlich gelungen, sie totzugießen.«

»Kenn ich«, sagte Weller.

»Bei meinen Kollegen vertrocknen selbst Kakteen. Aber ich ertränke Regenwaldgeschöpfe. Ich meine es einfach zu gut«, behauptete Oetjen.

Weller verstand, dass der Kollege ihm damit durch die Blume sagen wollte, dass er vorhatte, die ganze peinliche Sache unter den Tisch zu kehren.

»Ja«, bestätigte Weller, »diese Welt ist zu den Bösen oft viel netter als zu den Guten. Wer seine Frau und seine Kinder liebt, sich abrackert, Überstunden kloppt, brav Steuern zahlt und sich an die Gesetze hält und immer fleißig die Blumen gießt, ist am Ende der Doofe.«

»Wie wahr, Frank, wie wahr ... Wir müssen schon froh sein, wenn unsere Töchter nicht mit irgendwelchen drogensüchtigen Wracks nach Hause kommen.«

»Das heißt«, konkretisierte Weller, »du machst jetzt kein großes Ding aus der Geschichte? Ich meine, was ist schon passiert ... Ich hab dem Casanova klargemacht, dass Jule kein Freiwild ist, sondern einen Vater hat ...«

»Der ganz schön hart zuschlagen kann!«, vervollständigte Oetjen den Satz.

»Der auf sie aufpasst«, korrigierte Weller.

»Du hast Glück, Alter. Fenrich verzichtet auf eine Anzeige und Schmerzensgeldforderungen. Das war eine vorsätzliche Körperverletzung, das ist dir doch klar? Es liegt aber kein Strafantrag vor, und ich kann kein besonderes öffentliches Interesse an einer Strafverfolgung erkennen. Wir können die Sache auf sich beruhen lassen. Allerdings kann es sein, dass der Bursche sich das alles in zwei Tagen noch mal überlegt und plötzlich ganz heiß darauf wird, dich vor Gericht zu zerren. Dann kann ich nichts mehr für dich tun. Wenn er sich einen Anwalt nimmt, bist du sowieso am Arsch.«

»Aber das wird er nicht«, prophezeite Weller. Er bedankte sich nicht mit Worten bei Oetjen. Die zwei sahen sich nur an und verstanden sich auf eine Weise, die keiner weiteren Worte bedurfte.

Oetjen ließ Weller zu seinem Auto bringen. Stumm saß er hinten im Polizeiwagen. Zum Glück war der Kollege, der ihn fuhr, selbst mundfaul und froh, nicht reden zu müssen.

Weller sah noch einmal zum Versicherungsbüro, bevor er in seinen Wagen stieg. Er ließ sich auf den Fahrersitz fallen und umklammerte das Lenkrad. Er schloss die Augen. Er kam sich so dämlich vor. Nicht wie ein Sieger! Eher wie ein geprügelter Hund.

Er achtete peinlich genau darauf, sich an die Verkehrsregeln zu halten und die Geschwindigkeitsbegrenzungen nicht zu übertreten. Die Knöchel seiner rechten Hand schmerzten. Als er den Wagen in die Garage fuhr, war ihm zum Heulen zumute.

Er hatte ein wirklich gutes Verhältnis zu den Nachbarn. Peter Grendel winkte ihm zu. Weller tat, als würde er ihn nicht sehen. Er wollte jetzt mit niemandem reden. Nicht einmal mit dem guten Freund. Er war auch nicht in der Lage, jetzt zum Dienst zu fahren. Er fühlte sich innerlich so voll, da war in ihm kein Platz mehr, um neue Informationen aufzunehmen, geschweige denn, diese zu verarbeiten.

Er hatte von der Garage einen direkten Zugang zum Haus. Sonst benutzte er diese Tür kaum. Jetzt war er froh darüber. Sie ermöglichte ihm eine Art geschützten Rückzug, aus dem Auto geradewegs ins Haus.

Er wollte nur noch seine Ruhe haben. Nicht einmal die angebrochene Rotweinflasche reizte ihn. Ein Glas Wasser wäre nicht schlecht, dachte er.

Sein Leben kam ihm vor wie eine einzige Aneinanderreihung von Niederlagen, Betrug und Demütigungen. Verpasste Züge standen auf dem Abstellgleis des Lebens.

Er guckte zum Buchregal über der Tür. Auch hier fand er, anders als sonst, wenig Trost oder Ablenkung. Aber er suchte weiter.

Ann Kathrins Kinder- und Bilderbuchsammlung. Seine Kriminalromane. Zig Meter Buchrücken. Da die Buchregale im

Wohn- und Schlafzimmer schon lange nicht mehr ausreichten, hatte Weller lange Bretter über den Fenstern und Türen angebracht. So blieben die Räume hell, und es gab genug Platz, auch für Neuanschaffungen. Er wollte nicht, dass seine Bücher in Kisten auf dem Dachboden verrotteten. Sie sollten sichtbar sein. Ja! Auch Bücher brauchten aus Wellers Sicht Luft zum Atmen.

Der Nachteil der hohen Buchregale: Er musste immer auf irgendwelche Möbelstücke steigen, um dranzukommen.

Er zog die Schuhe aus, ohne sie mit den Händen zu berühren, und schoss sie in die Ecke. Er stieg auf einen Sessel, um sich ein Buch aus dem Regal zu fischen. Er stand recht wacklig und reckte sich nach der Lektüre, die ihn aufmuntern sollte, als hinter ihm eine vor Zorn bebende Stimme ertönte: »Was hast du dir dabei gedacht? Was glaubst du, wer du bist?«

Er drehte sich erschrocken um. Vielleicht verlagerte er das Gewicht zu rasch von einem Bein aufs andere. Vielleicht gaben auch die Sprungfedern in dem alten Sessel zu sehr nach. Jedenfalls verlor er das Gleichgewicht und fiel vom Sessel.

Es sah schlimmer aus, als es war, denn es gelang ihm, sich mit den Händen ganz gut abzufangen. Aber der Sturz munterte ihn nicht gerade auf, sondern kratzte noch mehr an seinem Selbstbewusstsein.

Er blinzelte hoch. Jules Pose war beängstigend. Ihr Gesicht wutverzerrt. Aber sie trug eins seiner Baumwollhemden. Das flauschige mit den blauweißen Karos. Es war ihr viel zu groß. Es hing aufgeknöpft an ihr herunter. Darunter leuchtete eins seiner weißen T-Shirts mit dem Aufdruck: *Wir sind die Guten.*

Weller erhob sich langsam, ohne den Blick von Jule zu nehmen. Er saugte das Bild gierig in sich auf. So hatte sie auch früher oft vor ihm gestanden. Nicht ganz so zornig, aber doch in ähnlicher Pose.

Sie trug seine Hemden gern. Damals hingen sie noch bis auf den Boden. Manchmal trat sie darauf und stolperte darüber. Jetzt, da sie tobend über ihm stand, erinnerte er sich an die kleine, kranke Jule, die sich, um einschlafen zu können, in sein Hemd kuscheln wollte. Sie war in der zweiten Klasse und hatte ihn nicht um ein frisch gewaschenes und gebügeltes Hemd aus dem Schrank gebeten, nein, sie wollte genau das, was er den ganzen Tag getragen hatte. Er hatte es ausgezogen und ihr ins Bett gereicht. Sie legte den Kopf darauf, drückte die Nase rein, und als er vor ihrem Bett sitzend Michael Endes *Wunschpunsch* vorlas, schlief sie nach wenigen Minuten ein. Er wollte sich aus dem Zimmer schleichen, blieb dann aber im Türrahmen stehen und sah sie einfach nur an.

Jetzt trieb ihm diese Erinnerung die Tränen in die Augen. Er sah Jule doppelt. Einmal als zornige junge Frau und dann als schlafendes krankes Kind.

Er rechnete durchaus damit, dass sie ihm etwas an den Kopf werfen würde. Ja, er wartete darauf. Aber nichts passierte. Sie schnaubte nur wie ein angestochener Stier, der gleich auf den Torero losgehen würde.

»Das da ist mein Hemd …«, sagte Weller.

»Ich war klatschnass! Ich bin von Emden bis hierher mit dem Rad gefahren. Und so ein Irrer ist auf mich losgegangen! Ich musste erst einmal duschen und brauchte frische Klamotten.«

»Früher hast du auch gerne meine Hemden getragen. Besonders die verschwitzten. Du und Sabrina … ihr habt euch manchmal richtig darum gestritten.«

Jule trat einen Schritt zurück. Sie suchte festen Stand. Sie wippte in den Knien und zeigte auf ihren Vater. »Komm mir nicht so!«

Weller stand jetzt aufrecht. Ihm war ein bisschen flau zumute. Nicht direkt schwindlig, aber hinters Steuer hätte er sich jetzt nicht gesetzt.

»Ich bin nur gekommen, um dir eins zu sagen!«, schrie Jule und stampfte von einem Bein aufs andere. Da sie nach der Ankündigung schwieg und auf der Unterlippe herumbiss, fragte Weller: »Was?«

Erneut richtete sie den Zeigefinger auf ihn und zielte auf seine Brust. Sie feuerte die Worte wie Kugeln ab: »Halt dich aus meinem Leben raus!«

Das saß. Er fühlte sich getroffen, griff unwillkürlich an seine Brust, als wollten seine Finger das dort entstandene Loch ertasten. Er mäanderte in Schlangenlinien durch das Zimmer, als hätte er völlig die Orientierung verloren.

Jule zielte noch immer auf ihn. Jetzt auf seinen Kopf. »Hast du mich verstanden? Du sollst uns in Ruhe lassen!«

Er nahm es wahr wie ein Echo in seinem Kopf. Sie hatte *uns* gesagt. *Uns!*

Alles wurde für ihn dadurch nur noch schlimmer. Er stieß sich das rechte Knie am Tisch. Es tat sauweh, aber der Schmerz half ihm fast, war er doch nur körperlich und lenkte von den Seelenqualen ab, die Weller gerade erlitt.

»Er könnte dein Vater sein«, rief Weller merkwürdig kraftlos, obwohl er so viel Anstrengung und Empörung in seine Worte legte.

»Du bist mein Vater«, stellte sie sachlich fest, und diese Aussage erleichterte ihn, machte sie doch deutlich, dass sie ihn als solchen immer noch anerkannte, obwohl sie beide wussten, dass Renate ihm mit Jule ein Kuckucksei ins Nest gelegt hatte.

Als es damals herauskam, hatte sich nichts zwischen ihm und Jule verändert. Es gab – so viel war den beiden klar – einen sozialen Vater und einen biologischen. Renate rückte nicht mit der Sprache heraus, mit wem sie Jule gezeugt hatte.

Weller vermutete, dass sie es selbst nicht so genau wusste. Sie hatte ihre sexuelle Gunst recht großzügig, um nicht zu sagen, wahllos, verteilt.

Jule war immer sein Engelchen geblieben. Sein Augenstern. Er liebte seine beiden Töchter. Ja, verdammt, wenn er an Jule und Sabrina dachte oder mit ihnen zusammen war, spielte es keine Rolle, welche seine leibliche Tochter war und welche nicht. Wie viele Bücher wurden geschrieben, wie viele Filme gedreht, um eigentlich nur eine Behauptung zu bekräftigen, ja, zu beweisen: *Blut ist dicker als Wasser.*

Weller fand, gemeinsame Erfahrungen, miteinander durchlebte Krisen und der tiefe Wunsch, dass es dem anderen gutgehen solle, zählten mehr. Er hatte nachts mit dem Fieberthermometer an ihrem Bett gesessen, bei den Hausaufgaben geholfen und vor Freude einen Tanz am Beckenrand aufgeführt, als sie ihr erstes Jugendschwimmabzeichen geschafft hatte. Das alles war wichtiger als ein One-Night-Stand. Darauf hatten Jule und er sich geeinigt.

Allen Schwierigkeiten zum Trotz bestätigte sie mit ihrer Aussage *Du bist mein Vater*, dass das für sie immer noch galt. So konnte er gleich viel freier atmen.

Aber weiter kam sie ihm nicht entgegen. Im Gegenteil. Sie schimpfte: »Du mit deiner unangemessenen Eifersucht bist einfach nur peinlich!«

Weller versuchte zu lachen: »Du ... du denkst, ich sei eifersüchtig? Nein, Jule, das bin ich nicht. Echt nicht. Nicht im Geringsten. Oh, ich würde mich so sehr für dich freuen, wenn du einen guten Jungen fändest. Einen Studenten. Einen in deinem Alter. Aber doch nicht den! Ich mache mir einfach Sorgen um dich. Maximilian ist ein Schlawiner. Immer schon gewesen. Nur auf seinen Vorteil bedacht. Ein unglaublicher Egoist ...«

Jule hielt sich die Ohren zu und trampelte auf der Stelle.

»Ich will es nicht hören! Ich will es nicht hören!« Sie schloss sogar die Augen.

Weller redete laut weiter: »Er hat zum Beispiel beim Fußball nie lange Pässe zu den Stürmern gespielt, sondern ist, wenn er den Ball einmal hatte, aus dem Mittelfeld ganz alleine in Richtung Tor gelaufen. Der hat den Ball nicht abgegeben, und weißt du, warum? Weil er den Ruhm für sich alleine haben wollte. Der verzettelte sich lieber im Strafraum, statt einem anderen Spieler eine gute Vorlage zu liefern.«

Obwohl sie sich die Ohren zudrückte, hatte Jule offensichtlich jedes Wort verstanden, denn jetzt keifte sie: »Ja, reden wir hier etwa über die Sportschau?! Die Liebe ist kein Länderspiel, Papa! Der Maximilian ist die große Liebe meines Lebens!«

Weller brauste auf: »Och, hast du es nicht ein bisschen kleiner? Musst du das gleich so hoch hängen? Du kennst den kleinen Mistkerl doch erst seit drei Tagen! Der hat mir diese *Wir-versprechen-Ihnen-alles-aber-wir-haben-sowieso-nie-vor-zu-zahlen-Versicherung* verkauft. Der hat nicht nur mich reingelegt, sondern auch dich. Er hat dir massiv geschadet!«

Sie sprach lauter als nötig, fand Weller: »Er kann nichts dafür. Das sind die Bosse in der Bürokratie. Ihm tut es ja auch leid, und er bemüht sich wirklich, das wiedergutzumachen …«

Weller fuchtelte mit den Armen: »Oh, es tut ihm leid!« Weller klopfte sich gegen die Stirn. »Du entschuldigst ihn auch noch?!«

»Papa! Das alles ist meine Sache. Lass Maximilian in Ruhe! Lass mich in Ruhe! Wenn du mir das Glück meines Lebens kaputtmachst, dann …«

Sie stand sehr entschlossen da, sprach aber nicht weiter. Vermutlich war ihr keine Drohung, die ihr einfiel, stark genug. Sie zählte an ihren Fingern auf, was für Maximilian sprach: »Er ist nicht verheiratet! Er hat einen Beruf und ein eigenes Einkommen! Er ist nicht drogenabhängig oder sonst irgendeinen Scheiß! Er ist ein wunderbarer, liebevoller Mann! Ein Hörbuchfan wie ich! Er ist ein Ohrenmensch. Die Lärmverschmutzung der Umwelt geht ihm genauso auf den Keks wie mir ...«

Sie holte Luft, aber bevor Weller einhaken konnte, fuhr sie fort: »Und diesen wundervollen Menschen, den ich liebe, den hast du verprügelt. Du willst uns auseinanderbringen, aber das schaffst du nie! Denn wir gehören einfach zusammen!«

Sie war so aufgebracht. Weller hatte dem nicht viel entgegenzusetzen. Er wollte jetzt das wichtigste, härteste Argument gegen Maximilian Fenrich vorbringen und seine Tochter mit der ganzen Ruchlosigkeit dieses Menschen konfrontieren: »*Er hat bereits mit deiner Mutter geschlafen!*«

Einerseits wäre dieser Satz wie ein K.-o.-Schlag gegen seinen imaginären Gegner. Ein *Lucky Punch* und Maximilian würde aus dem Ring getragen werden müssen. Welche Tochter wollte denn die abgelegten Liebhaber ihrer Mutter? Aber gleichzeitig zögerte er, dieses Argument abzufeuern, denn er ahnte, wie weh er Jule damit tun würde. Und wenn Renate und Maximilian es später abstritten – und das würden sie mit Sicherheit tun –, dann stand er vor seiner Tochter noch als Lügner da.

Verdammt, dachte er, was für eine beschissene Zwickmühle.

Er sagte es nicht. Er behielt sein Wissen für sich. Er hoffte, ihr diese Demütigung ersparen zu können. Es musste einen anderen Weg geben.

Er fühlte sich im Recht, aber der besten Argumente beraubt. Er hatte Angst, die Liebe seiner Tochter zu verspielen, und er hörte sich kleinlaut sagen:

»Es tut mir leid, Jule. Ich hab mich benommen wie ein Idiot.«

Ja, er sagte es, aber er fühlte es nicht. In Wirklichkeit war er der Meinung, er hätte fester zuschlagen sollen.

In diesem Moment reifte ein Entschluss in ihm. Er würde seine professionelle Kompetenz einsetzen und das Leben von Maximilian Fenrich durchleuchten. Er war sich sicher, etwas zu finden, das diesen Typen in Jules Augen entzauberte, ja, sie vielleicht sogar gegen ihn aufbrachte. Etwas, das ihr weniger weh tun würde als der idiotische Fehltritt ihrer Mutter.

Seine Entschuldigung nahm ihr ein bisschen den Wind aus den Segeln. Sie sah fast enttäuscht aus, als hätte sie mehr Widerstand von ihm erwartet oder gar gebraucht, um alles das loszuwerden, was sie ihm schon immer sagen wollte. In ihrem Blick lag mehr als ein Vorwurf. Da war auch ein Hauch Verachtung für ihn mit dabei.

Sie floh dann fast, aus Angst, doch noch weich zu werden.

»Wo willst du hin, Jule? Lass uns reden.«

»Es gibt nichts mehr zu reden«, behauptete sie. »Ich fahre jetzt nach Hause.«

»Mit dem Rad?«

»Nein, ich nehme einen Heißluftballon.«

Schon war sie bei der Tür. Weller rief hinter ihr her: »Ich kann dich bringen! Wir können dein Rad in den C 4 legen und dann …«

Sie schrie ihn an: »Nein! Ich will jetzt nicht mit dir allein im Auto sitzen, den ganzen Weg bis Emden!«

»Aber Jule! Du …«

Er berührte sie am Oberarm. Sie zuckte zusammen und drehte sich schroff weg. »Ich habe nein gesagt.«

Er wollte nicht aufgeben, da keifte sie ihn an: »Wer hat mir denn beigebracht, dass Typen, die ein Nein nicht akzeptieren können, Arschlöcher sind, häh?«

»Ich«, sagte er geknickt und gleichzeitig ein bisschen stolz.

Sie stieg auf ihr Rad und fuhr los.

»Du hast keinen Helm auf!«, rief er hinter ihr her. Sie zeigte ihm den Stinkefinger, ohne sich umzudrehen.

Rupert hatte wieder dieses unverschämte Grinsen im Gesicht und zwinkerte Ann Kathrin verschwörerisch zu. Sie hoffte für ihn, dass er nicht dumm genug war, sich ihr gegenüber etwas herauszunehmen, nur weil Weller gerade nicht da war. So sehr überschätzte er sich doch hoffentlich nicht.

»Tässchen Kaffee, Prinzessin?«, fragte er.

»Du sollst mich nicht Prinzessin nennen«, fauchte sie.

Er machte eine übertrieben unterwürfige Geste. »Pardon, Majestät.«

Sie standen vor dem Kaffeeautomaten. Rupert lehnte sich dagegen. »Aus dem Ding«, sagte er, »bekommt jeder hier in der Inspektion Kaffee. Espresso. Latte Macchiato. Oder was immer er möchte. Bloß bei mir kommt jedes Mal Gemüsesuppe. Wenn du mir verrätst, wie die das machen, verrate ich dir auch etwas.«

Sie sah ihn an, als sei er in den letzten Minuten vollständig verblödet. Er wölbte stolz die Brust vor und gab an: »Ich habe etwas, das wird dich sehr interessieren, Ann.«

»Raus damit, Rupert. Spuck es aus.«

Sylvia Hoppe kam durch den Flur, hinter ihr Marion Wolters.

»Nicht hier«, flüsterte Rupert. »Hier ist mir einfach zu viel Betrieb.«

»Na gut. Gehen wir ins Büro.«

Er klemmte beide Daumen hinter seinen Hosengürtel und schüttelte den Kopf. »Erst will ich wissen, warum dieses Scheißding nur bei mir nicht funktioniert.« Er buchstabierte es fast. »Wieso kommt nur bei mir Gemüsesuppe? Steckt dein Mann dahinter, dieser Spaßvogel? Oder ist das die Rache von Bratarsch Wolters?«

Ann Kathrin sagte nichts. Sie verschränkte die Arme vor der Brust und gab sich provozierend entspannt.

Rupert orakelte: »Ist das Ding mit einer Gesichtserkennung ausgestattet?«

Ann Kathrin gab sich geständnishaft: »Nein, mein Guter. Keine Gesichtserkennung. Es ist viel einfacher.« Sie winkte ihn ganz nah zu sich ran und flüsterte dann: »Es läuft per Fingerabdruck. Wir haben uns schon gefragt, wie lange du brauchst, bis du endlich darauf kommst.«

Rupert war baff, glaubte es aber sofort. Schließlich funktionierte auch sein Handy mittels Fingerabdruckerkennung. Er musste nicht mehr ständig seinen PIN-Code eingeben.

»Echt?«, staunte Rupert empört. »Wer hat sich das denn ausgedacht? Na komm schon! Raus mit der Sprache!«

Sie bat ihn mit dem gekrümmten Zeigefinger noch näher. Sie kam ihm dabei hexenhaft vor, aber er konnte nicht widerstehen.

Marion Wolters und Sylvia Hoppe waren jetzt auf ihrer Höhe.

»Du bist einfach nur zu blöd, das ist das ganze Geheimnis«, sagte Ann Kathrin laut.

Marion Wolters tat, als hätte sie es nicht gehört. Sylvia Hoppe kicherte. Sie stupsten sich gegenseitig mit den Ellbogen an und gingen weiter.

Rupert wollte sein Geheimnis jetzt trotzig für sich behalten, aber dann war der Triumph doch zu groß für ihn. Er konnte sich das einfach nicht entgehen lassen. Er öffnete die Tür zu Büschers Büro und bat Ann Kathrin hinein. Dort begann er, als hätte es die Szene vor dem Kaffeeautomaten gar nicht gegeben.

Er fand, es sei manchmal einfach besser, die »Zickereien der Kampflesbenfraktion« zu ignorieren.

»Dieser Dürrenmatt ...«, begann er, und Ann Kathrin korrigierte: »Dirk Klatt?!«

»Ja, diese Pfeife vom BKA macht ja ein Riesengeheimnis aus seinem Karnevalsprinzen.«

»Saudischen Prinzen!«

»Ja, meine ich doch. Und er unterschätzt natürlich unsere Kontakte. Der denkt, wir seien irgendwelche unterbelichteten ostfriesischen Bullen. Kaum in der Lage, Fahrraddiebe zu fangen. Aber da hat der Herr sich vergaloppiert.«

»Raus mit der Sprache, Rupert. Was hast du herausgefunden?«

Er plusterte sich auf. »Ach, doch interessiert? Mit einem guten Kaffee in der Hand würde es mir leichterfallen ...« Er deutete zur Wand, hinter der sich der Kaffeeautomat befand.

»Überreiz dein Blatt nicht«, ermahnte Ann Kathrin ihn.

»Auch gut. Dann eben nicht.« Rupert brannte so sehr darauf, von seiner Heldentat zu erzählen, dass er dafür sogar auf den Kaffee verzichtete. »Also ... ich hab in Köln mal bei den Kollegen nachgefragt.«

Ann Kathrin war sich sicher, dass diese Informationsquelle trockengelegt worden war. »Offiziell?«, wollte sie wissen.

Rupert grinste. »Nein. Nicht offiziell. Ostfriesisch. Also, auf meine Art ...«

»Häh?«

»Ja, ich hatte da mal eine heftige Affäre mit einer Kollegin. Annika Voss.« Er begann, mit seinen Händen ihren Körper in der Luft zu formen.

Ann Kathrin sah weg.

Rupert schwärmte: »Die war so gelenkig! So horny! Ihr

Ehemann vernachlässigte sie seit Jahren, und ich bin da eingesprungen und habe ...«

Scharf wies Ann Kathrin ihn zurecht: »Zur Sache, Rupert.
Deine Bettgeschichten interessieren mich nicht.«

»Ja, ich ... also, jedenfalls habe ich sie angerufen und nach
dem Unfall gefragt, bei dem die zwei Kollegen in Köln ...«

»Clever«, freute Ann Kathrin sich.

»Und was glaubst du, Prinzessin – sie konnte sich gut daran
erinnern. Sie kennt beide Kollegen. Sie wollte mir die Akte
schicken, also natürlich inoffiziell, einfach ein paar Fotos,
schnell per WhatsApp, ist ja heutzutage kein Ding mehr, aber
sie staunte nicht schlecht. Die Akte ist wohl versehentlich geschreddert worden.«

Das wunderte Ann Kathrin nun gar nicht.

»Aber sie – also diese scharfe Hummel aus Köln – kannte
ja die Kollegen, die plötzlich merkwürdig schweigsam waren und selbst Erinnerungslücken hatten. Also, alles, was
ich dir jetzt sage, hat Horny Honey mir aus dem Gedächt-
nis erzählt. Diesen saudischen Prinzen darfst du dir nicht als
religiösen Mann mit Turban und strengen Sitten vorstellen.
Nein, ganz und gar nicht. Sie wusste nicht einmal, dass er ein
saudischer Prinz ist. Er trainiert mit ihr im gleichen Fitnessstudio.«

»Fitnessstudio?« Ann Kathrin staunte. »Da trainiert er gemeinsam mit Frauen? Er ist also nicht ganz so religiös, wie
man sich einen saudischen Prinzen vorstellt, sagst du?«

Rupert winkte ab. »Ich glaube, deshalb gehen die überhaupt
nur ins Ausland zum Studieren. Hier gibt es alles, was bei ihnen zu Hause verboten ist. Alkohol. Ein freies Leben. Lang-
beinige Mädchen, die stolz auf der Straße Miniröcke tragen.
Von den Bikinis im Freibad will ich erst gar nicht anfangen ...
Die jungen Prinzen stoßen sich hier die Hörner ab und kehren

dann streng religiös wieder zurück und finanzieren Terror-
organisationen wie den IS oder die Taliban, damit sie gegen
die verrottete westliche Welt kämpfen.«

Bevor er sich weiter hineinsteigern konnte, rief Ann Kathrin
ihn zur Ordnung: »Zurück zum Fall, Rupert.«

»Gut. Wenn du meinst, dass es nicht dazugehört … Er
heißt – also, er nennt sich – Lenny Wolfsman. Hat angeblich erst in London studiert und jetzt in Deutschland. Spricht
Deutsch, Englisch und ich vermute mal, auch ein paar arabische Dialekte. Aber damit geht er nicht gerade hausieren. Also,
Annika wusste nicht einmal, dass er ein Prinz ist.«

Ann Kathrin folgerte: »Die haben den mit falschem Namen
und Papieren ausgestattet?! Er lebt hier anonymisiert, wie in
einem Zeugenschutzprogramm?«

»Ja«, lachte Rupert, »bei uns schmeißt man eine Junggesel-
lenparty, besäuft sich oder geht in den Puff, bevor der Ernst
des Lebens beginnt, und die studieren halt ein paar Semester
im Ausland und lassen da mal so richtig die Sau raus.«

Ann Kathrin schüttelte den Kopf. »Oder sie fürchten, dass
er entführt werden könnte, und deshalb lebt er hier unter anderem Namen und studiert. So etwas gibt es oft. Hat nicht
Kim Jong-un, der nordkoreanische Diktator, eine Schule in der
Schweiz besucht? Ich glaube, in der Nähe von Bern. Da wusste
auch keiner, wer er wirklich war. Das eigene Land hat ihm
falsche Papiere ausgestellt.«

Rupert kratzte sich. »Jedenfalls gibt es über diesen Lenny
Wolfsman bei uns nichts. Er ist ein völlig unbeschriebenes
Blatt. Aber er war in diesen Unfall in Köln verwickelt, bei dem
die zwei Kollegen sich so grandios blamiert haben. Guck mich
nicht so an, Ann! Du glaubst doch nicht im Ernst, dass wir
den vorladen können, um ihn zu vernehmen? Da ist viel zu viel
Bürokratie dazwischen. Wir sind in Ostfriesland, die in Köln.

Nicht mal das gleiche Bundesland. Wir müssten die Kölner Kollegen bitten, und da boykottiert uns dann selbstverständlich das BKA.«

Ann Kathrin lächelte wissend. »Stimmt. Hast du einen Vorschlag?«

Rupert räusperte sich: »Ja ... hab ich. Woher weißt du?«

»Ich kenne dich doch!«

»Also gut. Dieser Lenny hat Annika schwer angegraben. Sie hat es mir erzählt. Der hat das volle Programm aufgefahren. Täglich einen Strauß Blumen zu ihr nach Hause geschickt. Ihr Komplimente gemacht. Sie nannte ihn auch den *Baggerkönig von Köln*. Aber er konnte bei ihr nicht landen.«

Ann Kathrin spekulierte: »Weil sie verheiratet ist.«

»Nein, das ist doch eher ein Grund als ein Hindernis. Musst du als Ehefrau doch wissen. Aber ich denke, ich konnte ihr all das geben, was sie brauchte ...«

Ann Kathrin seufzte. »Bitte erspare mir jetzt irgendwelche Machogeschichten, Rupert.«

Verschwörerisch flüsterte Rupert: »Ich könnte sie bitten, uns einen kleinen Gefallen zu tun ...«

»Ich denk, die Akten sind geschreddert?«

»Ja, wer spricht denn hier von Akten? Sie könnte mit ihm essen gehen. Verliebte Männer reden gern. Sie könnte ihn ein bisschen aushorchen.«

Ann Kathrin lachte laut. »Und dann fragt sie ihn beim Sushi so ganz unverfänglich, warum er Tattoos sammelt und Frauen umbringt, oder wie denkst du dir das?«

»Ach komm! Die Annika ist doch nicht irgendwer, sondern eine Professionelle ...«

»Eine Professionelle?!« Ann Kathrin sah Rupert an, dass er sich vergaloppiert hatte. Er korrigierte sich sofort: »Eine professionelle Ermittlerin, meine ich!«

»Und die würde das für uns tun?«

Er atmete tief ein. »Nicht für uns, Ann. Für mich. Was können wir schon verlieren? Fühlen wir diesem Lenny auf den Zahn, statt uns weiter von diesem Dürrenmatt verschaukeln zu lassen, oder wie die Nervensäge heißt ...«

Weller kämpfte mit sich, ob er seiner Tochter hinterherfahren sollte. Er stand vor dem Haus und sah ihr nach. Sie bog um die Ecke in den Haferkamp.

Er suchte den Himmel nach Wolken ab. Mist, verdammter! Sonst wechselte in Ostfriesland ständig das Wetter, aber wenn er den Wetterumschwung mal brauchte, dann ließ der sonst so fleißige Wind ihn im Stich.

Er hätte ein paar Regenwolken gebraucht, um eine Begründung zu haben. Das wäre so einfach gewesen. »Steig ein, Jule, sonst wirst du ja klatschnass.«

Vorgeschobene Gründe konnten sehr hilfreich sein. Sie ersparten einem den verzweifelten Versuch, über den eigenen Schatten zu springen.

Er hob die Arme zum Himmel. Regen! Ich brauche einen kurzen, aber heftigen Schauer.

Sein Nachbar Peter Grendel winkte ihm. »Alles klar, Frank?«

»Jo. Alles gut.«

Nichts ist gut, dachte Weller. Warum rede ich solchen Mist? Ich würde mich am liebsten an Peters Schulter ausheulen. Warum sagte ich, alles gut, wenn ich meine, alles scheiße? Frauen sind da ganz anders.

Ann konnte sich bei ihrer Freundin Rita Grendel aussprechen. Bei Bettina Göschl, Monika Tapper, Angela Bloem oder

Melanie Weiß. Er hätte die Reihe noch lange fortsetzen können, aber das machte ihn nur noch trauriger.

Er hätte Ubbo Heide, der für ihn so etwas wie ein Vater geworden war, fragen können. Ja klar. Und Rupert wäre bestimmt bereit, sich mit ihm bei Wolbergs zu besaufen, zumindest, solange er den Whisky zahlte. Aber mit seinem Kummer wäre er am liebsten zu Ann gegangen. Sie konnte zuhören, ohne zu urteilen. Doch gerade sie wollte er mitten in dieser schweren Phase nicht noch mehr belasten.

Überhaupt, lange konnte er sich nicht mehr ausklinken. Er musste sich wieder ans Team ankristallisieren, sich einbringen und Ann Kathrin unterstützen. Der Fall war im Zweifelsfall doch immer wichtiger als das Privatleben. Aber dazu brauchte er einen freien Kopf. Dieser Maximilian Fenrich nahm zu viel Raum in seinem Denken und Fühlen ein. Er musste diesen Typen loswerden. Ihn irgendwie abschießen. Zumindest musste er sich gegen ihn munitionieren.

Er ging ins Haus zurück, trank ein Glas Wasser und setzte sich an den Computer. Auf leisen Pfoten schlich Kater Willi heran und legte stolz eine tote Maus vor Wellers Füße. Weller entsorgte die Maus im Mülleimer. Als er sich wieder an den Computer setzte, sprang Willi unaufgefordert auf seinen Schoß. Er kraulte den schnurrenden Kater. Das Tier erinnerte ihn immer wieder an Ann Kathrin. Manchmal war Willi wie sie. Leise und geheimnisvoll. Häuslich und doch nie wirklich da. Unbeherrschbar, ausgestattet mit einem Jagdinstinkt.

Ann Kathrin hatte Ingo Stielmann in den Verhörraum holen lassen. Er schaute sie angriffslustig an. Das gefiel ihr. Er würde reden, das wusste sie gleich. Er stand unter Strom. Er würde zwar verlangen, dass sein Anwalt dazukäme, aber er würde trotzdem schon vorher reden. Einfach, weil ihm danach war. Weil er es gar nicht länger aushielt.

Sie begrüßte ihn höflich, fragte, ob seine Zelle in Ordnung sei und ob er etwas brauche. Er funkelte sie spöttisch an. Der Zyniker in ihm war geweckt.

»Also, nach unserer gemeinsamen Nacht auf Langeoog ist es in dieser Suite hier auf dem Festland doch recht einsam für mich. Der Zimmerservice lässt auch zu wünschen übrig. Wenig geschultes Personal. Ich habe gerade einen trockenen Martini bestellt, geschüttelt, nicht gerührt. Und wissen Sie, was kam? Ein Plastikbecher mit lauwarmem Leitungswasser.« Er verzog sein Gesicht angewidert.

»Ich habe eine konkrete Frage an Sie. Sie könnten mir bei meinen Ermittlungen weiterhelfen, Herr Stielmann.«

»Ohne meinen Anwalt?«

»Es steht Ihnen frei, mit mir zu sprechen oder nicht.«

Er gab sich gelangweilt und großzügig zugleich: »Fragen Sie nur, Frau Klaasen, fragen Sie.«

»Sagt Ihnen der Name Lenny Wolfsman etwas?«

Sie beobachtete ihn genau. Sie ging davon aus, dass er leugnen würde, Wolfsman zu kennen. Sie hoffte, dass sie an seinen Körperreaktionen und an seiner Sprache erkennen konnte, ob er die Wahrheit sagte. Aber er verblüffte sie lachend: »Den kennt doch jeder!«

»Jeder?«

»Ja. Er ist ein berühmter Spieler der Kölner Haie. Vorher war er bei einem Londoner Club.«

»Die Kölner Haie? Er spielt Eishockey?«

»Ja, und wie! Ich bin Haie-Fan. Wir waren achtmal Deutscher Meister.«

Ann Kathrin bemühte sich, ruhig am Tisch sitzen zu bleiben, obwohl es sie drängte, aufzustehen und den Raum mehrfach zu durchqueren. Dies sollte mehr einem vertrauten Gespräch ähneln.

Wenn dieser Lenny wirklich ein steinreicher arabischer Prinz war, hatte er, wie Weller vermutete, einen Killer – nämlich Ingo Stielmann – damit beauftragt, zwei Frauen zu töten, so, wie er selbst es vorher getan hatte? Wenn er wusste, dass er beschattet wurde, dann war das ein folgerichtiger Schritt, der ihn entlasten würde.

Ann Kathrin atmete schneller, als ihr lieb war. Er sollte ihre Aufregung nicht bemerken.

»Sie sind nur ein Fan, oder kennen Sie ihn persönlich, Herr Stielmann?«

Nicht ohne Stolz antwortete er: »Wir haben schon ein paar Bierchen zusammen getrunken. Also, ich würde ihn jetzt nicht als meinen besten Freund bezeichnen. Er lebt recht abgeschottet. Aber er würde mich, wenn wir uns auf der Straße begegnen, zurückgrüßen.«

Damit wurde die Sache heiß für Ann Kathrin.

Annika Voss mochte Abenteuer. Sie stand auf Geheimniskrämereien. Sie liebte alte Agentenfilme und las gern John le Carré. Es war eine Aufgabe ganz nach ihrem Geschmack. Sie sagte Rupert sofort zu.

Sie wählte ihre Unterwäsche sehr sorgfältig aus, was ihr sagte, dass sie bereit war, sehr weit zu gehen. In dem haifischgrauen Kostüm fühlte sie sich schön und sexy. Ihr Mann sah schon lange nicht mehr hin, aber sie brauchte das: bewundernde Blicke. Intensives Flirten. Dieses aufregende Kribbeln –

beißt er an oder nicht? So war dieses Treffen eine Aufgabe ganz nach ihrem Geschmack.

Lenny Wolfsman hatte sofort zugestimmt. Jetzt saß er ihr im *Café Reichard* gegenüber. Sein Hemd sah aus, als habe er es eine Nummer zu klein gekauft, war aber maßgeschneidert.

Sein Bizeps schien den Ärmel zu sprengen, wenn er nach dem silbernen Kaffeekännchen griff. Auf der Brusttasche fein gestickt seine Initialen, LW. Es hatte schmale, weinrote Streifen mit strahlend weißem Kragen und ebensolchen Manschetten. Er trug noch Manschettenknöpfe.

Annika Voss konnte sich nur daran erinnern, so etwas zuletzt bei ihrem Vater während einer Beerdigungsfeier gesehen zu haben.

Lenny war ein Mann, der auf sich achtete. Die krausen schwarzen Haare glänzten durch irgendein Styling-Gel, mit dem er seine Frisur bewusst so geformt hatte, als sei er gerade bei Sturm vom Schiff gestiegen. Alles, was an diesem Mann zufällig wirkte, war in Wirklichkeit geplant.

Er aß ein Stück Obstkuchen mit einer doppelten Portion Sahne obendrauf. Einer, der so viel Sport machte wie er, musste keine Kalorien zählen.

Er hatte eine tiefe, sanfte Stimme, sprach langsam, mit wohlformulierten ganzen Sätzen. Da war eine Poesie in seiner Ausstrahlung, die Annika wundervoll fand.

Er hatte sie im Fitnessstudio mehrfach eingeladen. Zu einem Haie-Spiel, zu einem klassischen Klavierkonzert … Aber selbst den Vorschlag, mit ihm tanzen zu gehen, hatte sie ausgeschlagen.

Sie wusste nicht, wie sie beginnen sollte. Sie hatte eine lange Liste von Fragen, die sie ihm stellen wollte, aber das würde ihn sofort misstrauisch machen. Sie musste langsam reinkommen ins Gespräch, ihn verwickeln in einen Strudel von Geschichten, bis er schließlich über sich ausplauderte, was die ostfriesischen Kollegen wissen wollten. Sie musste feinfühlig sein. Das Ganze brauchte Zeit.

Er hatte das Café ausgewählt, und er passte doch so gar nicht hierhin.

Die Nähe zum Bahnhof und zum Dom lockte viele Köln-Touristen an. Draußen vor dem *Café Reichard* standen Tische und Stühle eng beieinander, und die Kellner rannten.

Innen war alles sehr plüschig und wirkte wie aus der Zeit gefallen. Keine zwei Meter von ihnen entfernt stand auf einer kleinen Bühne ein weißer Flügel. Daneben trat jetzt ein Geiger auf, im Frack, mit schwarzer Fliege. Was er spielte, kam ihr vor wie Zigeunermusik. Draußen saßen die Touristen und schleckten Eis, hier drinnen trafen sich gebildete Damen und sprachen über Bücher, Literatur oder ihre verstorbenen Ehemänner.

Annika Voss fragte sich, warum er diesen Ort gewählt hatte. Er war ein Typ, der mehr nach einem Edelrestaurant mit Sterneküche aussah, nach Nachtclubs und einer Portion Sushi am Ende einer durchtanzten Nacht. Aber er schien sich hier wohl zu fühlen.

Er legte den Kopf schräg, als wolle er sie aus einer anderen Perspektive betrachten, und fragte dann sehr direkt: »Warum plötzlich die Einladung, Annika? Ich freue mich natürlich, aber ich frage mich, womit ich das verdient habe. Wie oft habe ich es in den letzten Monaten bei dir versucht? Viermal? Fünfmal? Habe ich zu früh aufgegeben? Ist es deine Art, die Männer zu testen, wie lange sie am Ball bleiben?«

Sie lächelte und fühlte sich durchaus geschmeichelt. »Ich gebe normalerweise einer Einladung von Männern nicht einfach so nach. Ich bin eine verheiratete Frau ...«

Sie tat, als würde sie sich zieren, und sah vor sich auf die

Tischdecke, die sie jetzt sorgfältig glattstrich, als sei sie nicht richtig gebügelt worden.

»Ach komm«, sagte er und lächelte. »Ich mag es, wenn du so spießig bist.«

Er hob die Kaffeetasse, als wolle er ihr damit zuprosten, und nippte daran.

Der Geiger hatte Fans hier sitzen. Eine Dame, die sich sehr fein gemacht hatte und so dünn war, dass es schwerfiel, sie sich mit einem Stück Kuchen vorzustellen, kam zu ihm zur Bühne und flüsterte ihm zu, er sehe aus wie Rodolfo Valentino. Für den habe sie in ihrer Jugend geschwärmt. Er bedankte sich und verbeugte sich vor ihr.

»Mit meiner Ehe, das läuft nicht mehr so gut«, sagte Annika. »Nicht, dass ich auf der Suche wäre, aber … Als du mich eingeladen hast, da musste ich einfach nein sagen …«

»Um deine Ehre zu retten?«, scherzte er.

»Nein«, sagte sie und bügelte weiter die Tischdecke, »um mich vor dir zu schützen. Ich gebe zu … du gefällst mir.«

Geschmeichelt lächelte er sie an. »Und dann hast du deinen Mut zusammengenommen und mich angerufen.«

»Na ja, eine Weile habe ich schon noch darauf gewartet, dass du einen weiteren Versuch machst. Aber du hattest wohl aufgegeben oder bist inzwischen anderweitig engagiert …«

»Und jetzt willst du mir so etwas anbieten wie Freundschaft plus?«

Sie hatte das Wort noch nie gehört, ahnte aber, was er damit meinte. Keine große Liebe. Keine Verpflichtungen. Eine freundschaftliche Beziehung. Sex eingeschlossen …

»Freundschaft plus«, flötete sie. »Das hört sich sehr modern an.«

»Ist es auch«, lachte er. »Eine häufig praktizierte Lebensform.«

Er winkte die Kellnerin herbei und bestellte eine große Flasche Mineralwasser. Medium.

»Ich fühle mich ganz komisch bei so einem Gespräch«, sagte sie. »Es ist irgendwie ... unanständig.«

»Wie ich sagte: Ich mag es, wenn du so spießig bist, Annika.«

»Ich weiß doch im Grunde gar nichts über dich«, warf sie ein und musterte ihn.

»Dann frag mich alles, was du wissen willst.« Er setzte sich gemütlich hin, wie ein Schauspieler in einer Talkshow, der auf die Fragen schon wartet und hofft, gleich seinen neuen Film promoten zu können.

»Nun«, sagte sie, »fangen wir bei den Basics an. Was bist du ursprünglich für ein Landsmann? Du siehst nicht gerade sehr deutsch aus ... Auch wenn du besser Deutsch sprichst als viele in meinem Viertel.«

Er beugte sich zu ihr vor und fragte: »Kennst du *Casablanca*?«

»Den Film?«

»Ja. Mit Humphrey Bogart und Ingrid Bergman.«

»Natürlich.«

»Er spielt den Barbesitzer Rick, in dessen Laden sich viele treffen, die vor den Nazis geflohen sind. Als ein deutscher Offizier ihn fragt, welche Nationalität er hat, weißt du noch, was er da geantwortet hat?«

Sie konnte sich nicht daran erinnern.

Genüsslich beantwortete Lenny Wolfsman seine Frage selbst: »Er sagte: Ich bin Trinker.«

Sie lachte gekünstelt, und er winkte der Kellnerin erneut. »Darauf sollten wir doch im Grunde einen Cognac trinken, oder?«

Sie nickte. Was für ein raffinierter Hund, dachte sie und

wollte ihm die nächste Frage stellen, doch er wehrte mit dem Zeigefinger ab: »O nein, so nicht. Jetzt bin ich dran. Ich will natürlich auch etwas über dich wissen.«

Sie nickte. »Gut. Schieß los.«

»Was ist deine größte Sehnsucht? Ich meine, wenn du einen Wunsch frei hättest, völlig egal, was du dir wünschst, er würde dir erfüllt. Was wäre das?«

Sie blies heftig aus. »Na, das ist ja geradezu eine tiefe philosophische Frage. Gesundheit. Ich glaube, jeder wünscht sich doch Gesundheit, oder?«

»Na, dafür dass das so klar ist, eierst du aber ganz schön herum. Und soll ich dir sagen, warum?«

Sie sah ihn nur an.

»Weil du denkst, du müsstest sagen: Frieden. Der Frieden betrifft schließlich uns alle. Aber doch ist dir deine eigene Gesundheit wichtiger.«

Sie fühlte sich von ihm ein bisschen in die Ecke gedrängt. Das Gespräch nahm eine Wendung, die sie nicht erwartet hatte.

»Ja, im Grunde hast du recht. Man ist ja so erzogen worden, dass man nicht nur an sich selbst denken darf, sondern dass man an alle denken muss. Natürlich ist mir Frieden wichtig.«

Er lächelte. »Aber wenn du entscheiden darfst, ob du Krebs hast oder ob es im Nahen Osten Frieden gibt, dann entscheidest du dich für den Krieg im Nahen Osten, stimmt's?«

Sie schluckte. Sie fühlte sich nicht mehr wohl in ihrem Kostüm. Es wurde plötzlich unerträglich heiß hier, als sei dieses Café in eine Sauna verwandelt worden, und gerade würde der Aufguss gemacht.

»Ich würde mir wünschen«, sagte sie, »dass ich zwei Wünsche hätte. Überhaupt, hat man bei einer Fee nicht immer drei Wünsche?«

»Ja, drei Wünsche, das ist einfach«, konterte er. »Einen politisch korrekten, offiziellen, einmal Gesundheit und dann ... das, was man sich ganz im Geheimen wünscht. Aber gut, ich will nicht so sein. Du hast drei Wünsche. Also: Weltfrieden, du willst keinen Krebs, sondern bis ins hohe Alter gesund bleiben, und dann, was ist dein dritter Wunsch? Ich will etwas über dich wissen, was sonst niemand weiß.«

»Mir verrätst du nicht mal, wo du geboren wurdest, aber ich soll mit meinen geheimsten Wünschen rauskommen?«

»Also gut. Ich wurde in Riad geboren und wuchs in einem Haus auf, das du wahrscheinlich Palast nennen würdest. Mit vielen Dienern, Fahrern, Lehrern ...« Er winkte ab. »Ich sollte von Beruf so etwas werden wie Sohn. Viele Saudis lernen erst mal nichts, weil es unter ihrer Würde ist, einen Beruf zu ergreifen. Ich sollte Islamwissenschaften studieren. Aber das war nicht ganz mein Ding. Ich habe erst in London Sport studiert und dann hier ... na ja, was ich hier mache, weißt du ja. Und nun zu dir. Dein dritter, dein geheimer Wunsch. Der eigentliche sozusagen. Wo geht's lang? Suchst du sexuelle Befriedigung oder spirituelle Erlösung?«

»Ich glaube«, sagte sie, »ich wünsche mir das, was sich fast alle Menschen am meisten wünschen.«

»Nämlich?«

»Geliebt zu werden.«

Ihre Antwort amüsierte ihn. Er suchte einen Cognac aus.

Sie fragte sich, ob er prinzipiell das teuerste Getränk nahm, nur um klarzustellen, dass er wirklich gutbetucht war.

Sie registrierte zwei Männer in lockeren Sommeranzügen, die sowohl die Tür als auch Lenny Wolfsmans Rücken im Auge hatten. Für Polizisten waren sie zu gut gekleidet. Kollegen liefen nur selten in Zweitausend-Euro-Anzügen herum.

Lenny bemerkte, dass sie hinsah. Mit einer wegwerfenden

Handbewegung sagte er: »Das sind meine Leute. Oder besser gesagt, die meiner Familie.«

»Bodyguards?«

Er schmunzelte: »Ich weiß nicht genau, ob sie auf mich aufpassen und mich schützen, oder ob sie mich überwachen sollen, damit ich keinen Mist baue, der meine Familie kompromittieren könnte.«

Sie versuchte, in den Gesichtern der Männer zu lesen. Sie machten einen bewusst unbeteiligten Eindruck. Die Gemütlichkeit des Cafés übertrug sich nicht auf sie. Sie kamen ihr vor wie tickende Bomben, die jeden Moment losgehen konnten.

Nach einer langen Pause sagte er: »Zurück zu deiner Antwort. Soll ich die als Appell verstehen? Das ist doch das Problem heutzutage: Alle wollen geliebt werden … Daraus erfolgt gleich so viel Anspruch. Deshalb wurde ja die Freundschaft plus erfunden. Da reicht es, wenn man sich sympathisch findet. Und ich finde dich sehr sympathisch.«

Sie versuchte, das Gespräch auf den Ursprung zurückzuführen. Ihr fehlten harte Fakten. Was sollte sie Rupert berichten? Vorsichtig begann sie, ihre Liste abzuarbeiten.

»Jetzt bin ich wieder dran.«

Mit großzügiger Geste lud er sie ein, zu fragen.

Die Kellnerin stellte zwei große Cognacgläser auf den Tisch. Er nahm sein Glas in die Hand, schwenkte den Cognac, roch daran und probierte.

»Das«, sagte er, »ist bei uns eine Sünde. Ich sündige gern.«

»Magst du«, fragte sie, »Tattoos?«

Er lachte demonstrativ. »Warum? Willst du dir extra für mich eins stechen lassen?«

»Nein, aber beim Training habe ich dich beobachtet.«

Der Gedanke schien ihm zu gefallen. Er setzte sich in Positur.

»In so einem Fitnessstudio kriegt man viel voneinander

mit. Du hast immer wieder zu den tätowierten Frauen hinge-schaut.«

»Viele«, sagte er, »tragen Tattoos mit chinesischen oder arabischen Schriftzeichen. Ich glaube, sie wissen teilweise gar nicht, was sie da auf dem Körper haben. Also, um deine Frage klar zu beantworten: Ja, ich mag gut gemachte Tattoos auf Frauenkörpern. Bei Männern finde ich sie eher«, er verzog den Mund, »unpassend.«

So, wie er aussah, hätte er fast ein stärkeres Wort gewählt: widerlich.

»Jetzt«, sagte er, »bin ich wieder dran. Deine größte Sehnsucht kennen wir. Nun frage ich mich, wovor hast du am meisten Angst?«

»Du gehst aber ganz schön ran. Meine größte Sehnsucht, meine größte Angst ... Du kommst mir vor wie ein Vampir, der meine Seele aufessen will und vorher mal ein bisschen schnuppert, ob sie schmeckt.«

Er lächelte, als würde ihm der Gedanke gefallen.

Weller wusste nicht konkret, wonach er suchte. Irgendetwas Negatives, das gegen diesen Maximilian Fenrich sprach, musste doch zu finden sein. Etwas, das Jules Liebe erkalten lassen würde. Etwas, das so schlimm war wie Sex mit ihrer Mutter gehabt zu haben, aber Jule nicht so weh tat.

Maximilian Fenrichs Facebook-Seite war öffentlich. Weller scrollte sich durch alte Einträge, begutachtete Fotos, hörte sich Songs an und staunte, wie oft Hörbücher oder Hörbuchspre-cher vorkamen. Die Seite wirkte fast wie ein Werbeblog für Hörbücher, als wolle er nicht Versicherungen verkaufen, son-dern Kunst.

War es seine Art, nach Freundinnen oder Kunden zu fischen? Weller schätzte, dass Fenrich mindestens sechzig, wenn nicht siebzig Prozent weibliche Facebook-Kontakte hatte. Frauen zwischen zwanzig und fünfzig.

Okay, das sprach noch nicht direkt gegen ihn, nährte aber Wellers Verdacht, Fenrich sei einer dieser Typen, die sich ständig beweisen mussten, was für tolle Hechte sie waren, indem sie versuchten, mit so vielen Frauen wie möglich in die Kiste zu hüpfen. Weller erinnerte sich an einen Spruch aus der Pennälerzeit: *Am Wochenende mal wieder den Marktwert testen.*

Wenn Maximilian so einer war, dann würde Jule schon bald Schluss mit ihm machen. Doch so gehässig Weller auch jeden Post gegen Maximilian Fenrich auslegte, er fand nichts wirklich Kompromittierendes.

Er schickte ihm als Kim Lohmann eine Freundschaftsanfrage. Dazu legte Weller sich ein Facebook-Profil als Frau an. Er war jetzt die vierundzwanzigjährige Tochter eines deutschen Diplomaten und einer japanischen Lehrerin. Hatte viel Zeit im Ausland verbracht, ein paar Jahre in Rio, dann in New York und Schanghai. Immer wegen Papis Beruf.

Jetzt wollte Kim in Deutschland heimisch werden und suchte Freunde.

Weller fischte sich Fotos eines Models aus dem Netz. Die Gute machte einen leicht verhungerten Eindruck und wirkte eher indianisch, aber Weller fand trotzdem, ihr Foto passte. Er wollte nicht länger suchen.

Er wusste, dass er gerade etwas Illegales tat, aber für ihn als erfahrenen Mitarbeiter der Mordkommission war es höchstens ein Kavaliersdelikt. Sicher hatte dieses Model ein Recht an ihrem eigenen Bild, und er missachtete das, außerdem die Urheberrechte des Fotografen, aber es ging hier für ihn um ein höheres Gut: das Glück seiner Tochter.

Trat man nicht auch Türen ein, um einem Verletzten zu helfen oder einen Verdächtigen zu verhaften?

Er konnte sich schlecht bei der jungen Frau entschuldigen, die offensichtlich ihr Geld damit verdiente, überteuerte Kleidung vorzuführen und für Tiefkühlkost zu werben. Trotz der schwierigen und angespannten Situation hätte Weller fast einen hämischen Kommentar auf ihrer Fanseite hinterlassen: *Na, in der Tiefkühlkost scheinen ja nicht genug Nährstoffe drin zu sein.*

Er schickte den Kommentar aber nicht ab, sondern löschte ihn wieder.

Maximilian Fenrich reagierte augenblicklich und nahm die angebotene Freundschaft an. Er fragte, ob das ihr echter Name sei, woraus Weller folgerte, dass er sie sofort gegoogelt hatte und unter Kim Lohmann nicht fündig geworden war.

›Nein. Kim heiße ich wirklich, aber nicht Lohmann. Da mein Papa Diplomat ist, trete ich nicht gern mit meinem *Realname* auf‹, antwortete Weller.

›Ist dein Vater denn eine so bekannte Person?‹

Weller freute sich, ihn an der Angel zu haben. ›Also auf jeden Fall in politischen Kreisen.‹

Max Fenrich kam schnell zur Sache. Er bot Kim an, ob sie ihre Unterhaltung nicht per Messenger oder WhatsApp fortsetzen wollten.

Weller war einverstanden.

Ob sie einen Freund habe, wollte Maximilian wissen.

›Vielleicht bin ich sogar verheiratet‹, kokettierte Weller, der es nicht gerade gewöhnt war, mit Männern zu flirten.

›Nein, du bist nicht verheiratet, denn dann würdest du doch nicht mehr so heißen wie dein Vater.‹

›Stimmt. Bist du von der Kripo, oder warum kombinierst du so gut?‹, fragte Weller als Kim, obwohl er natürlich genau wusste, dass Eheschließungen mit unterschiedlichen Familiennamen heutzutage gar kein Problem mehr waren.

Männer mögen es doch einfach, ein bisschen bewundert zu werden, dachte er. Dann ärgerte er sich, dass er nicht *Bulle* geschrieben hatte. Um sich selbst zu schützen, könnte es gut sein, etwas Negatives über die Polizei zu äußern, fand er.

Maximilian Fenrich kam ihm zuvor: ›Nein, ich bin kein Bulle. Ich bin Versicherungsberater.‹

›Berater?‹

›Ja. Viele Menschen schleppen überteuerte oder sinnlose Verträge mit sich herum, und die wirklich wichtigen Dinge haben sie nicht versichert. Ich helfe ihnen, das alles zu durchforsten. So sparen sie bis zu tausend Euro im Jahr und sind doch viel besser versichert als vorher. Viele versichern ihren Hausrat, haben aber keine Berufsunfähigkeitsversicherung. Hausrat kann man leicht neu beschaffen, aber einmal berufsunfähig, braucht man Geld für eine Umschulung, vielleicht für ein Studium … Das ganze Leben kann sich in Sekunden durch einen Unfall verändern. Morgens ist die Welt noch in Ordnung, abends sitzt man schon im Rollstuhl …‹

Da war es wieder, das böse Wort, das Weller so auf die Palme brachte: *Berufsunfähigkeitsversicherung.* Seine Magensäure blubberte schon. Am liebsten wäre er durchs World Wide Web geflogen wie eine Information, ein Foto oder ein Lied, und hätte Fenrich an der Gurgel gepackt, doch Weller verstand es, seine archaischen Gefühle zu kontrollieren. Oder, besser gesagt, der Computer nötigte ihn dazu, andere Mittel einzusetzen als seine Fäuste, um den Gegner zu stellen.

Während Kim weiter mit Maximilian flirtete: ›Ich suche eigentlich einen Freund, keine Versicherung …‹, klickte Weller sich geradezu manisch durch Maximilians Freundschaftsliste.

›Willst du mich beleidigen? Ich berate Menschen … Ich helfe ihnen mit Sachverstand.‹

›Klar. Und wo gehst du abends so hin, wenn du dich amüsieren willst?‹

Weller stockte und hatte Mühe, Kim zu bleiben und nicht zum Hauptkommissar zu werden. Ein Foto in seiner Freundschaftsliste ließ Weller frieren. Das hier war ganz klar Sabine Ziegler.

Weller musste den direkten Kontakt zu Fenrich sofort beenden. Er hatte Angst, sich sonst zu verraten.

›Ich muss Schluss machen …‹

›Was ist? Habe ich etwas falsch gemacht?‹

›Nein. Mein Vater …‹

›Hey, hast du solche Angst vor dem, Kim? Du bist doch keine dreizehn mehr …‹

Weller klickte ihn weg. Er konnte jetzt nicht mehr ruhig sitzen. Er tigerte durch die Wohnung.

Zunächst wollte er es allen sagen. Am liebsten hätte er gleich einen Haftbefehl beantragt, aber er sah Ann Kathrin schon milde lächeln: »Frank, Sabine Ziegler war mit zig Menschen auf Facebook befreundet. Um genau zu sein, mit achthundertzweiundsiebzig. Dazu war sie noch in vielen geschlossenen Gruppen wie *Ostfrieslands Fotofreunde, Du bist norddeichverrückt, wenn …* und einer Ostfrieslandkrimi-Fangruppe. Maximilian Fenrich als Täter, das ist Wunschdenken, Frank. Wenn ich freundlich bin, nenne ich es reine Spekulation. Andere werden es peinlich finden.«

Nein, Ann konnte er so nicht kommen. Vermutlich hätte sie mit all dem sogar recht. Aber die Frage, ob der Täter die Frauen so kennenlernte, war trotzdem naheliegend. Suchte er sie in Facebook-Gruppen? War das der Zusammenhang?

In *Ostfrieslands Fotofreunde* entdeckte Weller zwei Bilder, die Leah Dittmann, das Kölner Opfer eingestellt hatte. Eins zeigte sie selbst auf der Fähre nach Norderney, das zweite war kein Selfie, sondern ein recht gut gelungener Schnappschuss eines Sonnenuntergangs. Es sah aus, als würde eine Möwe nach der Sonne picken. Das Bild hatte sechsundfünfzig »Gefällt mir«-Klicks. Auch Fenrich hatte den »Gefällt-mir«-Button gedrückt.

Damit, dachte Weller, kann ich beweisen, dass Fenrich zu zwei Opfern Facebook-Kontakt hatte.

Es war für ihn ein Gefühl, als würde er eine Schlinge um Maximilian Fenrichs Hals legen und sie langsam zuziehen. Ein gutes Gefühl!

Trotzdem. Er kannte seine Frau vermutlich besser als sie sich selbst. Ihre Art, Rückschlüsse zu ziehen, hatte etwas von glasklarer Analyse, wenn sie ihre Gedanken aussprach. Aber eben erst dann. Sie kamen anders zustande. Sie ließ sich von ihrem Gefühl leiten. Beschnüffelte einen Fall, wie ein Hund einen vergrabenen Knochen sucht. Spürte hinein und argumentierte später aber, als sei sie durch Nachdenken und logisches Kombinieren zu ihren Überzeugungen gekommen.

Warum, dachte Weller, soll ich mir das nicht auch mal zugestehen? Dürfen nur Frauen ihren Gefühlen trauen? Oder noch enger: Hatte nur Ann dieses Vorrecht?

Im Laufe der Jahre hatte er so viel von ihr gelernt, dass er nun auch wie ein Spürhund Witterung aufnahm …

Selbstzweifel und Gewissheit lösten sich rasant ab. Er befand sich in einem Karussell der Gefühle und stieg nur kurz aus, um sich dann wieder an der Achterbahn in die Schlange zu stellen und im Looping fast den Verstand zu verlieren.

Das hier war nicht einfach irgendein Fall. Hier ging es um seine Tochter. Hatte das Schwein sich Jule als neues Opfer ausgesucht? Seine kleine Jule?

Plötzlich kam es Weller so vor, als habe er das alles schon immer gewusst. Da waren Blicke von Maximilian, die er erst jetzt zu deuten verstand. Diesen manchmal so verächtlichen Zug um die Mundwinkel, als fühle er sich aller Welt überlegen. Das war nicht einfach Arroganz, nein, das war ein Raubtierlächeln.

Weller hatte so etwas bei einigen Serienkillern gesehen. Es zeigte sich meist erst, nachdem sie überführt worden waren.

Wie kann es immer wieder einigen dieser Kreaturen gelingen, unerkannt in der menschlichen Gemeinschaft zu leben? Sie waren alle Blender, hatten Charme und konnten Menschen für sich gewinnen. In der Theorie war das ganz klar. Aber dieser hatte sich in der Praxis an seine Tochter rangemacht …

Maximilian Fenrich verkaufte Versicherungen, beriet Menschen in allen Lebenslagen und Umbrüchen. Er kam mit vielen Leuten in Kontakt, hatte immer einen Grund, sich auch jungen Frauen zu nähern. Es war ganz natürlich, dass einer wie er ihnen über ihre Lebensumstände Fragen stellte. Kaum etwas musste so sehr maßgeschneidert sein wie ein Versicherungspaket.

Er wusste, wann sie in Urlaub fuhren. Brauchten sie einen Auslandsschutz? Eine Reiserücktrittsversicherung?

Wenn Weller jetzt einatmete, war es für ihn, als könne er den Leichengeruch riechen, der in Maximilian Fenrichs Kleidern hing.

Der langjährige Chef der Kripo, Ubbo Heide, rief an. Ann Kathrin freute sich jedes Mal, wenn sie seine Stimme hörte. Er erinnerte sie an ihren Vater, den sie sehr geliebt hatte. Sie wollte ihn so viel fragen. Wo sollte sie mit ihren Zweifeln und Unsicherheiten denn sonst hingehen?

Aber er war so voll mit anderen Dingen, dass sie es nicht schaffte, ihn mit dem komplizierten Fall zu belasten. Er schimpfte auf Land und Bund, die seine Lieblingsinsel Wangerooge hängenlassen würden: »Die kleine Insel muss jetzt allein mit den Folgen der Sturmflut und damit letztendlich des Klimawandels fertig werden. Wie dämlich können Politiker eigentlich sein, wenn sie jetzt auf Tauchstation gehen? Wir brauchen grundsätzliche Regeln für den Inselschutz. Es gibt sogar ein Kunstwerk hier an der Strandpromenade, da halten drei Figuren gemeinsam eine Schale fest, um daran zu erinnern, dass es nur gemeinsam geht. Aber hier wohnen einfach zu wenig Wähler. Der ganze Strand ist weg, Ann! Es ist ein Trauerspiel.«

Sie verstand, dass Ubbo ein Ventil für seinen Zorn brauchte. Er regte sich auch über die Situation vor Langeoog auf. Der Frachter war immer noch nicht geborgen worden. Inzwischen steckte er vor der Insel bei Ebbe im Sand fest. Der Kapitän weigerte sich angeblich, Rettungskräfte an Bord zu lassen. Die Besatzung sprach weder Deutsch noch wirklich Englisch, die eigentliche Sprache der internationalen Seefahrt. Aber entweder waren sie nicht in der Lage, die richtigen Entscheidungen zu fällen, oder sie ließen das Schiff bewusst vor der Küste havarieren.

Das konnte Ann Kathrin sich nun beim besten Willen nicht vorstellen, doch Ubbo Heide orakelte: »Das glaube ich für dich mit, Ann. Wenn das Schiff auf hoher See havariert, zahlt die Versicherung nicht, das ist dann Sache des Eigners. Aber wenn es vor der Küste auf Sand läuft, und die Katastrophe verhindert werden muss, dann ist es ein Schadensfall für die Versicherung.«

Ann Kathrin hoffte, dass es sich nur um ein Gerücht handelte. Ubbo war der Meinung, die ganze Bande solle festgenommen und vor Gericht gestellt werden. Immerhin wurde hier das Weltnaturerbe gefährdet.

Als er noch im aktiven Polizeidienst gewesen war, formulierte er so etwas bedächtiger und politisch korrekter. Die Pensionierung gab ihm da mehr Freiheit, seine Wahrheiten auszusprechen, und er tat es gern. Plötzlich hielt er inne. »Oh, mein Mädchen« – so nannte er sie manchmal, wenn die väterlichen Gefühle mit ihm durchgingen – »oh, mein Mädchen, was bin ich doch für ein ignoranter alter Mann. Du hast Sorgen. Ich höre es an deiner Stimme. Und ich spreche nur von mir. Was ist los mit dir?«

Da sie nicht antwortete, sondern noch einen Moment brauchte, um sich auf die neue Gesprächssituation einzustellen, beantwortete er seine Frage selbst: »Die Morde in Norddeich und auf Borkum …«

»Ja«, bestätigte sie.

Er atmete erleichtert auf. »Ich dachte schon, es wäre etwas zwischen dir und Frank. Beziehungen sind heutzutage so brüchig. Dauernd geht irgendwo ein Pärchen auseinander, als seien Ehebruch und Scheidungen ein Volkssport geworden.«

»Mit Frank und mir ist alles in Ordnung. Aber diese Mordserie macht mich verrückt. Die BKA-ler verhalten sich, als würden sie etwas verdecken oder vertuschen …«

»Das ist ein heftiger Vorwurf, Ann.«

»Nein, das ist kein Vorwurf, sondern eine Vermutung.«

Rupert betrat flötend Ann Kathrins Büro. Er fläzte sich auf einen Bürosessel und legte die Füße auf Anns Schreibtisch. Dabei sah er sie vielversprechend an.

Sie hasste dieses ungebührliche Verhalten. Sie bat Ubbo Heide um Verständnis, sie könne jetzt nicht länger sprechen, und legte auf.

Ann Kathrin schenkte Rupert ihre ganze Aufmerksamkeit, verschränkte dabei aber die Arme vor der Brust. »Also?«

Er pfiff einen Song, den sie entweder noch nie gehört hatte, oder er verunstaltete einen ihr bekannten Song zur Unkenntlichkeit. Er verkündete es wie einen Olympiasieg: »Es hat funktioniert. Annika hat Wolfsman im *Café Reichard* zum Sprechen gebracht.« Er lachte. »Die wesentlichen Dinge hat sie mir per WhatsApp als Sprachnachricht geschickt.«

»Hoffentlich«, sagte Ann Kathrin, »war das kein Fehler. Wenn der Mann so gefährlich ist, wie unsere BKA-ler glauben, dann …«

Rupert wollte jetzt keine Bedenken hören. »Wir haben den Fisch an der Angel. Du solltest mich jetzt beurlauben, oder ich lasse mich krankschreiben. Oder kriege ich einen offiziellen Auftrag?«

»Warum? Wofür?«

»Na, weil ich nach Köln muss. Ich fürchte, sonst erliegt unsere Annika noch dem Charme dieses Scheichs.«

Ann Kathrin lachte: »Und das willst du verhindern?«

»Ja. Glaub mir, eine Frau, die mich hat, braucht keinen anderen Typen.«

Ann Kathrin ging zur Spüle und goss sich ein Glas Wasser ein. Sie trank langsam und bedächtig. »Ich fasse das jetzt mal zusammen, Rupert. Eine ehemalige Affäre von dir hat sich an unseren Hauptverdächtigen herangemacht, und nun willst du, praktisch dienstlich und auf Spesen, dir ein paar schöne Tage mit ihr machen …«

»Bitte, wenn du das so sehen willst … Ich dachte, ich hätte einiges möglich gemacht. Wir sind jetzt immerhin ein erhebliches Stück weiter.«

Ann Kathrin spürte einen kalten Schauer über ihren Rücken laufen. »Trägt deine Annika ein Tattoo?«

Rupert schüttelte den Kopf. »Nein, ganz sicher nicht.«

»Einige dieser Tattoos waren an intimen Stellen. Man sieht sie nicht gleich.«

Rupert grinste: »Du kannst es mir glauben, ich kenne ihren Körper gut. Zumindest, als wir zusammen waren, hatte sie ihre pfirsichzarte Haut nicht verunstaltet.«

»Hm«, sagte Ann Kathrin. Es klang mehrdeutig für Rupert. Sie konnte auf so viele Arten »Hm« sagen wie er »Moin«.

»Du hast echt Angst um sie?«, fragte Rupert.

Ann Kathrin machte ein nachdenkliches Gesicht und nickte.

»Heißt das, ich kann nach Köln fahren?«, wollte Rupert wissen.

Weller spielte seine Möglichkeiten durch. Eine Hausdurchsuchung schien ihm in Fenrichs Fall ein geeignetes Mittel zu sein, um Beweise gegen den Verdächtigen zu sammeln. Laut Strafprozessordnung war die Anwesenheit eines Richters oder Staatsanwalts erforderlich, nur bei Gefahr im Verzug konnte statt eines Richters auch die Staatsanwaltschaft oder die Polizei eine Durchsuchung anordnen.

Weller sah auf die Uhr. Es war kurz nach zwanzig Uhr. Mist. Eine Durchsuchung durfte nicht nach einundzwanzig Uhr stattfinden; in der Zeit von einundzwanzig bis vier Uhr morgens galten Wohnungen und Büros als unantastbar. Vom ersten Oktober bis zum einunddreißigsten März wurde die Nachtzeit sogar bis sechs Uhr verlängert.

Weller konnte sich gut an die Fortbildungsmaßnahme erinnern, in der Ubbo Heide das Gesetz erklärt hatte. Die Nazis hatten ihre Gegner gerne nachts aus den Betten geholt und verschleppt. So sollte mögliche Gegenwehr durch Freunde oder

Bekannte verhindert werden. Mit dem Gesetz versuchte man, sich von solchen Methoden deutlich abzugrenzen und den polizeilichen Maßnahmen einen rechtsstaatlichen Charakter zu geben.

Weller fand das eigentlich auch ganz klasse, aber jetzt fühlte er sich dadurch behindert. Er hatte also knapp sechzig Minuten, um einen zuständigen Richter zu überzeugen, und damit war dann auch schon die Zeit abgelaufen. Nein, so ging es nicht.

Außerdem befürchtete er, blöd dazustehen mit seinem Verdacht. Es wäre nicht das erste Mal. Er hatte keine Lust, sich in einer so aufgeheizten emotionalen Situation maßregeln zu lassen. Es war, als hätte er in sich so etwas wie einen einsamen, aber zu allem entschlossenen Helden. Und dieser Held übernahm jetzt das Kommando. Vielleicht handelte er nicht als Polizist, sondern mehr als Vater. Jedenfalls informierte er Ann Kathrin nicht. Wenn das hier schieflief, sollte es niemand erfahren.

Er ging rüber zur Nachbarin. Bei Bettina Göschl im Garten saßen Peter Grendel und seine Frau Rita. Bettina hatte den Grill angeworfen, und im Außenofen brannten Buchenholzscheite. Es duftete nach gebratenem Fisch und Lamm.

Sie begrüßte ihn mit großem Hallo, und Peter wollte ihm gleich ein Bier in die Hand drücken, doch Weller lehnte ab: »Schade, Leute, ich würde gerne mit euch einen trinken, und so eine gegrillte Forelle wäre auch nicht schlecht, aber ich habe noch einen dringenden Termin, und meine Mistkarre springt nicht an. Kann mir vielleicht jemand ein Auto leihen?«

Peter Grendel hatte seinen Autoschlüssel als Erster in der Hand und hielt ihn Weller hin. Bettina Göschl packte für Weller zwei Forellen und ein Deichlammfilet ein. Dazu frisch geröstetes Weißbrot.

Weller war schon an Peters Auto. Bettina lief hinter ihm her: »Hier, Frank, Wegzehrung. Falls es bei dir nicht zu spät wird, guck doch später noch mal bei uns vorbei.«

»Jo«, rief Rita Grendel, »wir sitzen hier bestimmt noch eine Weile am Feuer.«

In Peter Grendels Wagen fühlte Weller sich gleich wohler. Maximilian Fenrich würde vielleicht die Straße vor seinem Haus beobachten. Anns froschgrüner Twingo war bekannt und vielleicht auch der C4 Picasso. Aber niemand würde ihn in Peter Grendels privatem Auto vermuten.

Der Duft der gegrillten Forellen erfüllte den Wagen. Er war intensiver als der vom Deichlamm. Aber auch der Weißbrotgeruch ließ Weller das Wasser im Mund zusammenlaufen. Zu gern hätte er mit den Freunden zusammengesessen, gespeist und Geschichten erzählt. Aber er hatte jetzt etwas zu erledigen, in das er sie nicht hineinziehen wollte.

Er gab Gas, um nach Oldenburg zu kommen. Einerseits fühlte er sich sehr clever und gerissen, andererseits aber auch schuldig und mies. War er längst dabei, seine Freunde hineinzuziehen? Er benutzte Peters Wagen für eine im Grunde zutiefst illegale Aktion, und er ließ seine Frau und seine Freunde im Unklaren über das, was er tat. Aber wie würde er dastehen, wenn er wirklich die Beweise fände? Er würde zum Retter seiner Tochter werden und zum Helden der Polizeiinspektion.

Manchmal musste ein Mann einfach tun, was ein Mann tun musste, redete er sich ein, und der Satz kam ihm plötzlich wie eine bahnbrechende philosophische Erkenntnis vor, obwohl er vermutlich von Rupert stammte.

Ja, aber trotzdem, genau so war es doch! Heiligte nicht der Zweck die Mittel? Ann Kathrin wäre ganz sicher anderer Meinung, aber er war jetzt nicht bereit, sich von Zweifeln den Schneid nehmen zu lassen.

Weller übertrat die Geschwindigkeitsbegrenzung mehrfach, wurde aber nur einmal geblitzt. Er schaltete das Radio ein, nicht so sehr, um sich abzulenken, sondern mehr, um einen Hauch von Normalität herzustellen.

Es lief ein Bericht über das Altersdrama *Liebe*, in dem Jean-Louis Trintignant mitspielte. Mitten in der Filmbesprechung fielen Sätze über den inzwischen siebenundachtzigjährigen Trintignant, die Weller ins Herz trafen. Seine Tochter Marie sei von ihrem Freund, einem Rocksänger, in einem Eifersuchtsanfall erschlagen worden. Ihren Tod bezeichnete Trintignant als das große Drama seines Lebens. Er vermisse sie in jeder Minute, und nein, nie habe er dem Täter vergeben. Viele Jahre habe er geglaubt, es sei sein Schicksal, diesen Mann zu töten.

Weller fühlte sich Trintignant auf eine Weise verbunden, die ihm Tränen in die Augen trieb. Er erinnerte sich an Filme mit Trintignant und Brigitte Bardot. Einige Bilder aus *Und ewig lockt das Weib* hatte er nie vergessen. Seine Erinnerung bestand aus Schwarzweißbildern. Er hätte aber jeden Eid geschworen, dass er den Film damals in Farbe gesehen hatte.

Dies brachte ihn zurück zu seiner alten These, wie fragwürdig Zeugenaussagen waren. Er versuchte, sich eine Weile an Überlegungen festzuklammern, wie das menschliche Gehirn funktionierte und wie Erinnerungen zustande kamen und sich veränderten, fragte sich, ob unser Leben nicht vielleicht einfach das ist, was unsere Erinnerung daraus macht. Merken wir uns die tollen Ereignisse, die glücklichen Momente, oder neigen wir dazu, die zu vergessen, und geben den negativen mehr Raum? Wurde nicht dadurch ein Charakter geprägt, ja, ein Leben? Entschied unser Erinnerungsspeicher darüber, ob aus uns Frohnaturen wurden, unerschütterliche Optimisten, oder traurige Miesepeter?

Dann sah er Bilder vor sich, die ihn gruseln ließen. Maximilian Fenrich zwischen den Beinen seiner Tochter. Er biss sich die Lippe blutig.

Obwohl er es zunächst anders geplant hatte, fuhr er jetzt doch bis vor die Versicherungsagentur. Da dort auch noch ein Parkplatz frei war, hielt er direkt vor dem Laden. Der war längst geschlossen, aber im Schaufenster strahlte ein Scheinwerfer, dessen Licht ständig die Farbe wechselte, ein Foto von einem Pärchen an, das rundum sorglos in die Zukunft blickte.

Das Türschloss war für Weller ein Witz. So etwas ließ sich praktisch durch Handauflegen und konsequentes Ein- und Ausatmen öffnen, dachte Weller, der so etwas bei einer Fortbildung gelernt hatte. Er würde nicht einmal seine Scheckkarte brauchen, um es zu entriegeln.

Es sah fast zu leicht aus. War es eine Falle? Hatte Maximilian Fenrich seinen Laden nicht mit Alarmanlagen gesichert? Gab es keine Kameras?

Weller entschied sich, nicht die offizielle Eingangstür zu nehmen. Über dem Büro waren ganz normale Wohnungen. Weller klingelte ganz oben. Die Tür wurde aufgedrückt, und schon stand er im Flur. Von hier aus gab es ebenfalls einen Zugang zur Versicherungsagentur.

Weller zog sich keine Plastikhandschuhe an. Er fackelte nicht lange. Er knackte gekonnt das Schloss.

In den sehr ordentlich aufgeräumten Zimmern roch es nach einem schweren, süßlichen Parfüm, das Weller an arabische Bauchtänzerinnen erinnerte. Früher, dachte Weller, waren solche Büros voll mit Aktenordnern und alphabetisch geordneten Karteikästen. Die Digitalisierung hatte das alles überflüssig gemacht. Heutzutage lief doch das meiste über Computer und war auf Festplatten gespeichert.

Er hatte vier Sticks mit einer Speicherkapazität dabei, die

ausgereicht hätte, um die Hollywood-Filmproduktionen der ganzen Saison zu überspielen. Das Problem war nur, er kam nicht in die passwortgesicherten Computer. Er konnte sie einschalten und dann Segelbooten beim Gleiten über den Bildschirm zusehen. Mehr war nicht drin.

Er hoffte, eine vergessliche Sekretärin hätte auf einem Zettelchen den Zugangscode irgendwo notierte. So etwas lag gern unter der ledernen Schreibtischunterlage. Er hob sie hoch. Er fand auch zwei Zettel. Einen gelben und einen grünen. Auf einem die Telefonnummer eines Frauenarztes, darunter ein Termin, 10 Uhr 30, und die Worte: AIDS-Test/Schwangerschaftstest!

Oh, dachte Weller, da hatte wohl jemand ungeschützten Geschlechtsverkehr.

Gleich loderte die Wut auf Fenrich wieder auf. Weller hoffte, dass seine Jule klug genug war und keine Dummheiten ohne Gummischutz angestellt hatte.

Vielleicht, dachte er, ist sie gerade jetzt bei diesem Mistkerl, und er treibt es mit ihr.

Auf dem zweiten Zettel stand:

Geschenk für Uschi besorgen

Rotwein

Salat ohne Thunfisch und Paprika

Das Wort »ohne« war zweimal unterstrichen.

Nein, so kam er nicht weiter. Er ging zu den verschlossenen Aktenschränken, in denen sich Versicherungsverträge befanden. Er öffnete das Vorhängeschloss nicht, er riss es einfach ab. Welcher Idiot schob den Bügel eines dicken, stabilen Vorhängeschlosses durch zwei Blechringe, die vielleicht ausgereicht hätten, um den Reißverschluss eines Reisekoffers zu sichern?

Weller lachte hämisch. Es war, als hätte er eine Bierdose geknackt. Alles war hier ganz auf tutti und edel gemacht, aber die Schränke waren das Billigste vom Billigen. Da nutzte ein gutes Vorhängeschloss gar nichts.

Der kurzen Euphorie, als der Schrank sich öffnete, folgte sofort eine lange Ernüchterung. Es war einfach viel zu viel Papier, und er hatte Mühe, ein Ordnungsprinzip zu erkennen. Da standen keine Namen oder wenigstens Buchstaben auf den Ordnern, sondern nur Nummern.

Er hatte sich das einfacher vorgestellt. Er wollte gezielt nach den Namen der Opfer suchen. Jetzt stocherte er doch nur in dem berühmten Heuhaufen herum. Trotzdem begann er, zog Ordner heraus und blätterte darin. Er versuchte, das Ordnungsprinzip zu durchschauen. Es musste eins geben! Nach Städten? Straßen? Alter der Kunden? Immerhin, alle KFZ-Versicherungen hatten dieselbe Anfangsnummer.

Zunächst stellte Weller jeden durchblätterten Ordner wieder korrekt zurück, doch als er einen zum zweiten Mal erwischte und es erst nach der Hälfte des Durchblätterns bemerkte, begann er, die Ordner frustriert hinter sich auf den Boden zu werfen. Er war kurz davor, aufzugeben.

Er haderte mit sich, ob er versuchen solle, alles wieder einzuräumen und ordentlich herzurichten. Aber ungeschehen machen konnte er es sowieso nicht. Die aufgebrochene Tür … das abgerissene Schloss … Das Kind, sagte er sich, ist nun mal in den Brunnen gefallen.

In dem Moment, an seinem tiefsten Punkt, kam es ihm vor wie ein Wunder, als würde das Universum ihn für seine Hartnäckigkeit belohnen. Der achtlos weggeworfene Ordner öffnete sich, und der erste sichtbare Vertrag trug den Namen *Annerose Greet*.

Ein Blitz des Zweifels durchzuckte ihn. Hatte er eine Halluzination, oder stand da wirklich *Annerose Greet*? Er betastete das Papier, als sei es in Blindenschrift geschrieben. Er zog sein Handy und fotografierte das Dokument vorsichtshalber mehrfach.

Jetzt hab ich dich, du Drecksack! Das ist die Verbindung! Mit Sabine Ziegler bist du auf Facebook befreundet. Leah Dittmann hast du bei den ostfriesischen Fotofreunden kennengelernt, und dem ersten Opfer, Annerose Greet, hast du eine Lebensversicherung verkauft. Abgeschlossen zugunsten ihres Sohnes. Na, wenn das keine Ironie ist. Du verkaufst ihr eine Risiko-Lebensversicherung, und dann bringst du sie um. Damit hast du ihren Sohn reich gemacht. Fühlst du dich auch noch gut dabei?

Weller sah sich das Foto auf dem Display seines Handys an. Es war ein Triumph für ihn.

Sehr bald schon würde er erkennen, dass seine Aktion nicht bei allen so gut ankam. Jetzt gerade war nur er stolz auf sich. Sehr stolz. Er hatte das gehabt, was Ann Kathrin von einem guten Ermittler forderte: den richtigen Riecher.

Ihre Worte klangen in seinen Ohren: *Wenn man den richtigen Riecher hat, muss man sich nur von seiner Intuition leiten lassen. Hinterher kann man dann alles mit knallharten Fakten belegen.*

Rupert hatte vorsichtshalber ein Doppelzimmer im Hotel Uhu in Dellbrück nahe beim Busbahnhof gebucht. Er hoffte, Annika Voss würde dort die Nacht mit ihm verbringen. Er wollte sie verwöhnen und natürlich beschützen. Außerdem würde er sicherlich noch mehr über Lenny Wolfsman in Erfahrung bringen.

Er fand seinen Beruf plötzlich wieder klasse. Er passte zu

ihm wie ein maßgeschneiderter Anzug. Wie das Supermankostüm zu Superman.

Hoffentlich musste er Annika vorher nicht in eine dieser Heulbuden einladen, wie er Weinstuben gerne nannte. Er stellte sich einen rundum gelungenen Abend anders vor. Ein paar Bierchen, ein gutes Stück Fleisch und dann ein bisschen Akrobatik im Bett. Ihm hätte eine Currywurst gereicht, aber eine Frau wie Annika lud man besser in ein Steakhaus ein. Hauptsache, kein Sushi und nichts Vegetarisches oder Veganes, davon gab es schon bei ihm zu Hause genug. Seit Beate vegan kochte, nahm sie ab, nur er nicht, was sie ständig zu Verdächtigungen veranlasste, er würde heimlich an Imbissbuden essen.

Er stellte den Wagen gegenüber vom Hotel Uhu im Parkhaus ab. Annika hatte seine WhatsApp-Nachricht, er komme nach Köln und wolle sie treffen, erfreut mit einem Smiley beantwortet.

Rupert, der diese Symbole mochte, weil so viele Analphabeten auch Nachrichten verschicken konnten, antwortete mit zwei Sektgläsern, einem Bett, einem Herzchen und einem Kleeblatt. Er wollte noch ein Ei als Anspielung auf ein gemeinsames Frühstück hinterherschicken, das ließ er aber. Ein Ei konnte missverstanden werden.

Sie hatte seit zwei Stunden nicht mehr reagiert, war aber vor wenigen Minuten noch online gewesen. Rupert stellte sich vor, dass sie sich hübsch für ihn machte. Der Gedanke gefiel ihm.

Annika freute sich in der Tat auf Rupert. Ihr Mann war auf einer Dienstreise. Trotzdem war die eheliche Wohnung für sie tabu. Sie hatte keineswegs vor, sich mit Rupert im Ehebett zu wälzen. Aber die Waschmaschine streikte seit gut einer Woche. Es war gar nicht so leicht, einen Handwerker zu bekommen. Einer war angeblich angereist, hatte sie aber nicht angetroffen. Jetzt sollte sie die Fahrtkosten zahlen.

Rupert hatte mal davon erzählt, er sei handwerklich sehr begabt und würde praktisch alles selber machen, um Geld zu sparen. Die letzte Hälfte der Aussage stimmte. Um Geld zu sparen, wurde in seinem Haus tatsächlich vieles selbst gemacht, allerdings nicht von ihm, sondern von seiner Frau Beate.

Annika hatte kein schlechtes Gewissen ihrem Mann gegenüber. Im Gegenteil. Sie kam sich wertvoll vor, begehrt und gemeint. Aber sie wollte Rupert noch ein bisschen schmoren lassen. Sie mochte es, wenn Männer sich Mühe gaben, bereit waren zu warten und sich anzustrengen.

Außerdem irritierte sie als Polizistin der BMW auf der anderen Straßenseite, in dem seit Stunden jemand saß und ihre Haustür beobachtete. Seit dem Treffen mit Wolfsman fühlte sie sich beschattet. Hatte ihr eifersüchtiger Ehemann einen Detektiv auf sie angesetzt? Wollte er während seiner Dienstreise ihre Treue überprüfen lassen?

Der Gedanke amüsierte und erschreckte sie zugleich. Sie nahm sich vor, ihren Verfolger, sofern es einen gab, per Rad abzuhängen. Das funktionierte in Köln recht gut. Wenn man wusste, welche Straßen man benutzen musste, konnte ein Radfahrer jeden PKW-Fahrer abhängen.

Sie schrieb an Rupert: *Ich komme mit dem Rad zu dir. Habe das Gefühl, verfolgt zu werden.*

Rupert reagierte sofort: *Dem zeigen wir es! Ich hole ihn vor dem Uhu aus dem Auto und hau ihm eins auf die Zwölf!*

Sie antwortete: *Falls er es schafft, mir bis dahin zu folgen … Ich werde nicht in den scharfen Klamotten kommen, die du so sehr magst, sondern in verschwitzter Fahrradkleidung.*

Ich steh drauf! Er fügte noch ein pochendes Herz an.

In der Feuerstelle glommen die Reste zweier Holzscheite. Ann Kathrin saß im Distelkamp auf der Terrasse. Sie sah seit geraumer Zeit Ameisen zu, die eine Straße von der Tür zum Wohnzimmer, quer über die italienischen Fliesen, unter dem Gartentisch lang bis zur Garage gebildet hatten. Sie hielten gebührenden Abstand von der Feuerschale, bewegten sich aber im kupferfarbenen Licht der Glut.

Dieses rege Treiben zu beobachten, ohne einzugreifen, hatte etwas Meditatives an sich. Es war, als würden diese eifrigen Tierchen, die offensichtlich gutorganisiert einen Plan verfolgten, Ann Kathrins Gedanken zur Ruhe kommen lassen, ja, ihr helfen, sie zu ordnen.

Die Stille nachts im Distelkamp hatte etwas Magisches an sich, fand sie. Sie konnte das Rascheln eines Igels unter der Hecke hören. Sie saß einfach nur mit wachen Sinnen da und nahm auf, was um sie herum geschah. Der Mond suchte Deckung hinter den Bäumen bei den Gleisen.

Ihr Mann Frank Weller kam zurück. Er fuhr den Wagen nicht in die Garage, sondern parkte vor dem Haus. Hatte er Sorge, das klapprige Garagentor könne beim Hochfahren seine Frau wecken?

Ja, so war er. Ein liebevoller, rücksichtsvoller Vater und Ehemann.

Leise betrat er das Haus, fast wie ein Dieb. Er folgte ihrem Duft. Ja, er behauptete, noch lange, nachdem sie durch einen Raum gegangen war, ihre Anwesenheit erschnuppern zu können. Sie benutzte weder starkes Parfüm noch intensiv riechende Kosmetika. Vielleicht war auch alles nur ein Bluff, und er wollte ihr damit sagen, wie sehr er sie mochte.

Er erschien mit zwei Weingläsern und einer Rotweinflasche auf der Terrasse. Er gab sich viel Mühe, relaxed auszusehen, machte einen ganz auf entspannt und gutgelaunt.

Ann Kathrin wusste gleich: Da stimmt etwas nicht.

Er öffnete die Flasche. Ein El Grifo, der sie an die gemeinsame Zeit auf Lanzarote erinnern sollte. Er wollte für gute Stimmung sorgen.

»Hast du schon gegessen?«, fragte er.

»Es ist kurz vor zwei«, antwortete sie.

»Ich könnte uns eine Platte machen. Ein bisschen Käse und Fisch …«, schlug er vor.

Sie lehnte ab. »Für mich nicht. Aber wenn du noch Appetit hast, tu dir keinen Zwang an, Frank.«

Er setzte sich nicht zu ihr. Er goss den Wein im Stehen ein.

Sie trank gern noch ein Glas mit ihm. Sie nannte es: *Einen Absacker nehm ich noch.*

Er hatte Redebedarf, das spürte sie genau. »Also, schieß los«, schlug sie vor. Sie wollte es rasch hinter sich bringen, bevor die Müdigkeit sie übermannte und sie nicht mehr genug Energie hatte, ihm aufmerksam zuzuhören. Für Ann Kathrin war das ein großer Beziehungskiller: Der eine hatte das Bedürfnis zu reden, und der andere hörte nicht richtig zu. So etwas wollte sie nicht wiederholen. Sie kannte es aus ihrer Ehe mit Hero.

Sie nippte am Wein. Weller legte ein Holzscheit nach und pustete in die Schale. Sofort züngelten gierige kleine Flammen daran hoch. Es würde also ein längeres Gespräch werden.

Er setzte sich nicht neben sie, sondern drehte den Gartensessel so, dass er ihr in die Augen sehen konnte. Er räusperte sich. »Ann, es ist ungeheuerlich … Es ist monströs … Ich konnte es erst nicht glauben, hatte Angst, mich lächerlich zu machen, aber dann …«

Er hielt ihr sein Handy hin, als wolle er neue Beweismittel in einen schon verloren geglaubten Indizienprozess einbringen. Auf dem Display leuchtete das Foto eines Vertrages.

Ann Kathrin fasste das Handy nicht an. »Was ist das?«, fragte sie.

»Annerose Greet war bei Maximilian Fenrich versichert.«

Ann Kathrin guckte Weller fragend an: »Und?«

»Er ist mit Sabine Ziegler auf Facebook befreundet und in der gleichen Fotogruppe wie Leah Dittmann ...«

»Hm.« Sie war sich sicher, dass jetzt noch etwas kommen würde.

»Und er hat ein Verhältnis mit meiner Tochter.«

Es hielt sie nicht auf dem Sitz. Ihr Aufstehen erinnerte Weller an ein Klappmesser, das aufschnappte.

»Wie bist du an das Foto von dem Vertrag gekommen?« Ihre Stimme klang verdammt vorwurfsvoll.

»Ann, ich ...«

Sie hielt sich die Ohren zu. »Ich glaube, ich will es gar nicht wissen!« Dann nahm sie die Hände herunter. »Doch. Ich muss es wissen! Und zwar ganz genau!«

»Herrje, was hätte ich denn tun sollen bei dem Verdacht?« Er sah sie an und hoffte, sie könne ihm ersparen, es auszusprechen, weil sie es doch eh längst ahnte.

Sie tat es nicht, sondern forderte ihn gestisch auf, endlich weiterzureden.

Er schluckte und sah auf seine Füße. »Ich habe sein Büro durchsucht ...«

Ann Kathrin hob die Arme, öffnete den Mund, sagte aber nichts und ließ die Arme kraftlos wieder fallen.

»Da ist noch mehr, Ann. Garantiert! Er ist unser Mann ...«

Sie rang um Fassung. Dann atmete sie heftig aus: »Bist du wahnsinnig? Du brichst beim Freund deiner Tochter ein? Durchsuchst Versicherungsakten und präsentierst ihn mir jetzt als Mörder?«

»Das sind Beweise, Ann«, verteidigte Weller sich.

»Ja, Frank, für dich vielleicht. Für den Rest der Welt hast du dich aber zum Affen gemacht, und deine Beweise sind vor Gericht nicht zu gebrauchen. Kein Richter erkennt Beweismaterial an, das auf illegalem Weg beschafft wurde.«

»Wir könnten das alles jetzt offiziell machen, Ann. Wir können den Einbruch sogar zum Anlass nehmen, um …«

Sie machte eine schneidende Geste. Aber er sprach weiter: »Wir werden da noch mehr finden, ganz sicher, Ann!«

»Hör auf«, rief sie, »und sag nicht dauernd Ann. Glaubst du, du kannst mich so einfach einwickeln?«

»Es geht um meine Tochter, Liebste. Das ist nicht irgendein Fall!«

Sie kämpfte mit völlig widersprüchlichen Gefühlen. Einerseits dem Wunsch, ihren Mann in den Arm zu nehmen, und gleichzeitig dem, ihn zu ohrfeigen.

Rupert war es nicht gewöhnt, von Frauen versetzt zu werden. Er hatte jetzt seit zwei Stunden nichts von Annika gehört. Immer wieder sah er ihre letzte Nachricht auf dem Handy an. Das war doch kein Scherz! Sie war ganz klar unterwegs zu ihm, und sie war mindestens so scharf auf ihn wie er auf sie. Aber wo zum Teufel steckte sie? War ihr Mann ihr auf die Schliche gekommen? Hatte es eine Aussprache zwischen ihnen gegeben?

Ja, so etwas gab es. Aber nicht ausgerechnet jetzt! Sie war doch schon unterwegs zu ihm gewesen. Mit dem Rad.

Hatte sie noch einen Abstecher in den *Saitensprung* gemacht, um sich Mut anzutrinken? Die Kneipe mit dem verlockenden Namen war nicht weit. Er wollte hingehen, einerseits, um sich einen zu genehmigen, andererseits, um sie zu suchen. Er stellte sich das witzig vor. Die untreue Ehefrau wird von ihrem Lover im *Saitensprung* an der Theke aufgegabelt.

Aber was, wenn sie inzwischen doch kommen würde? Und war der Typ, der sie angeblich beschattete, nur eine Erfindung von ihr, um sich interessanter zu machen?

Sie spielte gerne die spannende Frau. Eine Femme fatale. Sie umgab sich mit so einem leicht verruchten Nimbus, wie ihn Gangsterbräute genießen, Groupies oder die Musen großer Künstler.

Oder hatte Ann Kathrin recht, und die ganze Aktion war nicht ungefährlich? Hatten Lenny Wolfsman oder seine Schergen gewittert, dass sie ein auf ihn angesetzter Polizeispitzel war?

Vielleicht, und das erschien Rupert naheliegend, hatte der Privatdetektiv ihres Mannes dem gehörnten Ehemann Bescheid gesagt. Wollte man sie in flagranti erwischen? Hatte sie Wind davon bekommen und war folglich von ihrem Plan zurückgetreten?

Er versuchte noch einmal, sie zu erreichen. Vergeblich.

Hatte sie seine Handynummer blockiert oder ihr Gerät ausgeschaltet? Sie antwortete nicht auf WhatsApp und nicht auf SMS. Wenn er anrief, ging sie nicht ran. Er war kurz davor, seine Kölner Kollegen zu informieren und um Amtshilfe bei der Suche nach ihr zu bitten. Aber er konnte schlecht eine Vermisstenmeldung machen. Das stand mehr dem Ehemann zu als dem Geliebten.

Er war ratlos und machte sich Sorgen um seinen Ruf. Ein Rupert war nicht der Typ, der grüblerisch von Selbstzweifeln zerfressen auf sein Date wartete. Im Gegenteil. Ein Rupert ließ auf sich warten.

Jule stand vor dem Spiegel. Maximilian Fenrich lag in ihrem Bett und betrachtete sie.

»Du bist eine wunderschöne Frau«, sagte er zu ihr. Das gefiel ihr. Sie glaubte ihm zwar nicht, aber sie mochte seine Worte.

Sie kämmte sich die Haare zur Seite und deutete auf eine Stelle an ihrem Hals: »Was hältst du davon, wenn ich mir hier ein Tattoo machen lasse?«

Er stand auf und beäugte die Stelle kritisch aus der Nähe. Er streichelte darüber, roch daran und schüttelte dann den Kopf: »Nein. Du solltest diese zauberhafte Stelle nicht verunstalten. Es ist eine meiner Lieblingsstellen.«

Er küsste sie dort.

»Eine deiner Lieblingsstellen? Hast du an mir Lieblingsstellen?«

Er lachte. »Aber ja! Da und da und da …« Er hatte plötzlich mehr Arme als eine Krake. Er streichelte, kniff und küsste sie.

Sie verrenkte sich unter seinen Umarmungen, bis sie das Gleichgewicht verloren und gemeinsam aufs Bett fielen.

Sie reckte ihr linkes Bein hoch, tippte an eine Stelle über ihrem Knöchel: »Oder da?«, fragte sie.

Er küsste jetzt ihre Knöchel.

»Das sieht bestimmt klasse aus, wenn man Pumps trägt«, freute sie sich.

»O nein. Ich will dich so, wie du bist. Pur. Ich will nicht, dass irgendwer an dir herumfingert, mit deiner Schönheit spielt und dir mit seinen Folterinstrumenten die Haut ritzt.«

Sie setzte sich im Bett aufrecht hin. »Ach hör auf, Mad Max. Du hast ja echt Angst, dass es schiefgeht.«

Er nickte. »Bitte tu es nicht.«

»Okay«, sagte Ann Kathrin, »ich will versuchen, mit dir die Kohlen aus dem Feuer zu holen. Morgen früh gehen wir beide zu Martin Büscher, und du beichtest.«

Weller nickte. Er schien fest entschlossen.

»Alles, Frank, aber wirklich alles. Dass du ihn verprügelt hast ... Dass er dir die blöde Versicherung angedreht hat ... Dass er mit deiner Tochter ...«

Frank Weller explodierte fast: »Ja, ja, ja! Ich werde ihm alles sagen. Ich mache reinen Tisch. Aber nicht erst morgen früh.«

»Wann dann?«

»Jetzt sofort.«

»Weißt du, wie spät es ist?«

»Hoffentlich noch nicht zu spät, Ann. Das Monster will meine Tochter.«

»Frank, bitte sei vernünftig. Wir können nicht um diese Uhrzeit in einer so schwierigen Situation ...«

Er konfrontierte sie mit ihren eigenen Ansprüchen: »Wer sagt denn immer: Wenn du nachts anrufst, weil du Hilfe brauchst, dann fragt ein Freund nicht: Hast du mal auf die Uhr geguckt? Er fragt nur: Wo bist du?«

Sie stöhnte. Er klang fordernd: »Ann, das sind deine Ansprüche an Freundschaft.«

»Martin ist unser Chef. Er hat die Verantwortung für den ganzen Laden. Wir bürden ihm eine Menge auf.«

»Ubbo Heide hätte sich mit breitem Kreuz vor seine Leute gestellt und uns geholfen, diesen Mistkerl augenblicklich aus dem Verkehr zu ziehen.«

»Ja, Ubbo Heide. Er hat so einiges auf seine Kappe genommen.«

Weller stocherte im Feuer herum. »Ann«, beschwor er seine Frau, »es geht um meine Tochter!«

»Ja, Frank, das ist die einzige Entschuldigung, die du hast. Okay, klingeln wir Martin in Esens aus dem Bett.«

In diesen Minuten verstarb im Krankenhaus Köln-Holweide Annika Voss an den Folgen eines schweren Unfalls auf der Bergisch-Gladbacher Straße. Ein olivgrüner Geländewagen hatte ihr die Vorfahrt genommen und sie quer über die Straße geschleudert.

Martin Büscher sah aus, als hätte er noch gar nicht geschlafen. Sein Gesicht war aufgedunsen. Die Augen lagen tief in den Höhlen. Er massierte seine Stirn und seine Wangen immer wieder mit den Fingerkuppen, während er den beiden zuhörte. Er seufzte ein paarmal und guckte zwischen Weller und Ann Kathrin hin und her, als müsse er sich vergewissern, dass dies kein Traum war.

Er sah nicht wütend aus. Eher ungläubig. Er holte drei Gläser und füllte sie mit Leitungswasser. Er trug sie mit einer Hand zurück, in jedem Glas einen Finger. Als Kellner wäre er nicht weit gekommen.

Er stellte die Gläser ab und lutschte das Wasser von seinen Fingern. Er sprach, als seien seine unteren und oberen Zahnreihen zusammengewachsen: »Du warst also auf der Suche nach Material gegen deinen Schwiegersohn in spe und bist dabei zufällig darauf gestoßen, dass er unser gesuchter Serienkiller ist?«

»Genau«, sagte Weller erleichtert.

»Ich erspare es mir, aufzuzählen, gegen welche Gesetze du verstoßen hast. Ich müsste gegen dich sofort ein Disziplinarverfahren einleiten und dir deine Dienstwaffe abnehmen. Wenn das Ganze hier aktenkundig wird, bist du die längste Zeit Polizist gewesen. Es wäre deine Pflicht gewesen, uns sofort zu informieren und ...«

Ann Kathrin unterbrach ihn: »Du wolltest es uns ersparen ...«

Büscher presste die Lippen zusammen. Er kämpfte mit einer Entscheidung. Ann Kathrin und Weller waren hochangesehene Ermittler. Wenn er es sich mit den beiden verdarb, bekam er in Ostfriesland kein Bein mehr auf den Boden. Die Ostfriesen konnten verdammt stur sein. Andererseits waren beide nicht unumstritten. Gerade weiter oben, in Osnabrück und Hannover, galten sie als schwierig und wenig teamfähig. Das Ehepaar, das gemeinsam ermittelte, war vielen ohnehin ein Dorn im Auge.

Ann Kathrin hatte diesbezüglich alle Argumente mit der Frage ausgehebelt, wo das denn enden solle? Einige Kollegen und Kolleginnen hatten sich im Dienst verliebt. Nicht alle waren unverheiratet. Von der wilden Ehe bis zur kurzen Affäre gab es alles. Es menschelte halt in der Polizeiinspektion. Sollten jetzt die, die sich vor dem Standesbeamten das Jawort gegeben hatten, allen anderen gegenüber benachteiligt werden? Standen nicht Ehe und Familie unter dem besonderen Schutz des Staates?

Die zwei galten als sehr durchsetzungsfähig und meinungsstark, auch wenn Weller gerade einfach nur zerknirscht wirkte.

»Also gut«, entschied Büscher. »Dieses Gespräch hat nie stattgefunden. Die illegale Hausdurchsuchung auch nicht. Wir haben einen anonymen Hinweis bekommen ...«

Weller war erleichtert. Ann Kathrin ebenfalls.

Martin Büscher fuhr fort: »Morgen laden wir diesen Herrn Fenrich zum Gespräch.«

Weller polterte los: »Morgen kann es bereits zu spät sein!«

Martin Büscher wurde laut: »Mehr kann ich nicht tun! Ich hänge mich hier für euch verdammt weit aus dem Fenster. Was ihr von mir verlangt, ist praktisch unmöglich.«

»Aber meine Tochter …«

»Wir könnten Fenrich überwachen lassen«, schlug Ann Kathrin vor. »Jeden seiner Schritte. Das wäre sogar mit den eigenen Leuten zu organisieren. Dafür verzichten die auf ihre Freizeit, das garantiere ich.«

Von Weller forderte Büscher: »Okay, aber du hältst dich da raus. Du hältst die Füße still, hast du das kapiert, Frank? Ist das klar?«

»Danke, Martin«, sagte Ann Kathrin, »den Rest organisiere ich.«

»Aber«, warf Weller ein, »ich verhöre ihn. Ich kenne ihn und seine Tricks besser als jeder andere. Schließlich sind wir zusammen zur Schule gegangen.«

»Morgen«, bestimmte Büscher, »sehen wir weiter.« Er deutete zur Tür.

Als Ann Kathrin und Weller gegangen waren, saß er noch eine Weile unschlüssig da. Er zappte durch die Fernsehprogramme. Niemand hatte aus den Wassergläsern getrunken. Er leerte alle drei nacheinander. Er wartete darauf, endlich rülpsen zu können. Seit seiner Scheidung rülpste er zu Hause gern und oft. Seine Frau hatte ihn deswegen immer getadelt.

Die Chancen, dass dieser Maximilian Fenrich unser Mann ist, sind verschwindend gering. Aber niemand soll mir nachsagen, ich hätte nicht jede Spur ernst genommen und gewissenhaft verfolgt, dachte er.

Weller fuhr in Richtung Emden.

»Wir wohnen in Norden«, stellte Ann Kathrin klar, als könne er das vergessen haben.

»Er ist bei meiner Kleinen in Emden, Ann.«

»Halt an, Frank. Lass mich weiterfahren.«

»Ich denke, du willst telefonieren?«

»Ja, aber du bist mir zu aufgeregt. Und bei allem Verständnis, Frank, es ist besser, du lässt das jetzt die anderen erledigen. Da hat Martin völlig recht. Ubbo hätte nicht anders entschieden.«

»Erledigen? Was heißt erledigen?«

»Ich stelle jetzt ein Team zusammen, das ihn beschattet.«

»Beschattet?« Frank Weller sprach das Wort aus, als hätte er keine Ahnung, was das Wort bedeutet und würde es für sehr unanständig halten. »Du meinst, die stehen vor Jules Wohnung rum, trinken Kaffee und rauchen, um nicht einzuschlafen, während oben bei meiner Tochter der Serienkiller ist und mit ihr – weiß der Himmel, was – anstellt?!«

Da er mit den Händen herumfuchtelte, statt zu lenken, ermahnte sie ihn: »Fahr jetzt rechts an. Und Hände ans Lenkrad, verdammt nochmal!«

Weller hielt an. Ann Kathrin übernahm das Steuer aber nicht sofort, sondern telefonierte zunächst vom Beifahrersitz aus. Ihre linke Hand streichelte dabei abwechselnd Wellers Gesicht, dann seinen Oberarm.

Ann Kathrin erreichte Schrader und Jessi. Beide waren sofort bereit, ein Team zu bilden und loszufahren. Weller tat, als sei das eine schlechte Lösung.

Ann Kathrin verteidigte ihre Wahl: »Ein erfahrener Polizist und eine junge, hochmotivierte Kollegin.«

Es durchzuckte Weller wie ein Stromschlag: »Rupert! Rupert ist der richtige Mann dafür!«

»Rupert? Wieso Rupert?«, fragte Ann Kathrin.

»Na, der guckt nicht nur blöde zu. Der handelt.«

»Ja, er neigt dazu, den Helden zu spielen. Und wie stellst du dir das in dem Fall vor?«

Weller wusste dazu nichts zu sagen.

Ann Kathrin phantasierte: »Er wird bei völliger Ahnungslosigkeit selbstsicher auftreten. Er klingelt, holt die beiden aus dem Bett ...« Weller strahlte.

»Dann haut er diesem Fenrich was aufs Maul ...«, fuhr Ann Kathrin fort.

Weller nickte hocherfreut.

»Und schiebt ihm ein paar Gramm Heroin unter, um ihn vorläufig festnehmen zu können ...«

»Genau so!«, rief Weller.

Ann Kathrin verdrehte die Augen, stieg aus und übernahm das Steuer. Eine Weile saß Weller grüblerisch auf dem Beifahrersitz. Die ganze Zeit nervte ein Piepton, der darauf hinwies, dass er sich nicht angeschnallt hatte.

Er versuchte, per Handy seine Tochter zu erreichen. Da sie sich nicht gleich meldete, drehte Weller fast durch.

»Sie geht nicht ran! Warum geht sie nicht ran?«

Es klingelte inzwischen zum vierten Mal.

Ann Kathrin versuchte Weller zu beruhigen: »Frank, bist du in dem Alter ans Telefon gegangen, wenn nachts deine Eltern ...«

»Das ist doch ganz etwas anderes!«, tobte er. »Es könnte ja auch etwas mit mir sein. Ein Notfall oder so ...«

Nach dem fünften Klingelsignal befiel Weller die Panik, seine Tochter könne schon tot sein. »Was, wenn er sie längst umgebracht hat? Er mordet in verflucht schneller Schlagzahl.«

»Frank bitte! Reg dich ab! Du stehst ja kurz vor einem Herzinfarkt!«

Weller hatte sich schon lange nicht mehr so darüber gefreut, von seiner Tochter angeraunzt zu werden.

»Was ist denn los?«, blaffte Jule ins Telefon. »Es ist kurz nach vier Uhr!«

Weller griff sich ans Herz. Sie lebte. Alles andere war zweitrangig.

Er holte tief Luft. Er versuchte, etwas zu sagen, ohne sich zu verhaspeln: »Jule! Hier spricht dein Vater.«

»Das sehe ich auf dem Display. Ich bin doch nicht blöd!«

»Ist er bei dir?«

»Wer?«

»Maximilian Fenrich.«

Sie seufzte gereizt. »Erstens geht dich das gar nichts an, und zweitens, nein, ich liege allein im Bett und schlafe. Ich habe morgen ein wichtiges Seminar.«

Einerseits war Weller erleichtert, andererseits glaubte er ihr nicht.

»Stimmt das auch, Jule? Bitte belüg mich nicht. Du bist in großer Gefahr.«

Ann Kathrin verzog den Mund und zischte leise: »Na klasse! Warn ihn doch! Jetzt weiß er, wer das in seinem Büro war …«

»Papa, du nervst! Dein Scheißberuf hat dich paranoid gemacht. Du siehst überall nur noch Verbrecher. Mörder. Betrüger. Ich will in deiner Welt nicht leben. Ich kriege da keine Luft. Mich macht das fertig! Guck dir doch mal an, was aus dir geworden ist!«

»Ich? Was … Wieso … Was ist denn aus mir geworden?« Er brauchte einen Moment, um mit ihrer Aussage klarzukommen. Er fühlte sich getroffen. Ihm fiel keine kluge Antwort ein. Nicht einmal eine dumme. Ihre Worte machten ihn stumm. Gedankenfetzen schwirrten durch seinen Kopf, aber er war nicht in der Lage, etwas zu formulieren.

»Gute Nacht!«, keifte sie und fügte dann nach einer kurzen Pause, fast schon wieder versöhnlich, hinzu: »Ich leg jetzt auf.«

Er saß da. Das Handy lag wie ein schwerer Stein in seiner Hand zwischen seinen Beinen. Er stierte geradeaus auf das Armaturenbrett. Ann Kathrin, die jedes Wort mit angehört hatte, ahnte, wie er sich fühlen musste, und versuchte, noch etwas Positives zu sagen: »Immerhin, Frank, sie lebt, und er ist nicht bei ihr.«

Maximilian Fenrich wälzte sich auf den Rücken. »Ruft dein Vater oft nachts an? Ist er einsam?«

»Nein, ist er nicht. Er ist einfach nur schon viel zu lange Polizist.«

Maximilian reckte sich und richtete sich auf. Er deutete einen Kuss auf Jules Nase an. »Vielleicht sollte ich besser gehen, bevor er hier auftaucht und mich noch einmal verdrischt.«

Sie versuchte, ihn wieder ins Bett zu drücken. »Quatsch. Das wagt er nicht. Er kommt nicht. So verrückt ist er nun auch nicht. Leg dich wieder hin. Bleib heute Nacht bei mir. Ich will nicht alleine sein.«

Er schob die Beine aus dem Bett und stand auf.

»Och nee, nicht«, meckerte sie. »Du hast doch nicht im Ernst Angst vor dem? Der hat nur eine große Fresse, Mad Max. In Wirklichkeit ist mein Papi ein harmloser Spinner.«

Maximilian Fenrich betastete sein Gesicht: »Na, na, na, du unterschätzt ihn. Er hat einen ganz schönen Bums.«

Schrader und Jessi Jaminski parkten direkt hinter Fenrichs weißem Mercedes. Der Innenraum ihres Fahrzeugs duftete nach frischen Waffeln. Jessi hatte zehn in Alufolie eingepackt mitgenommen. Dazu ein großes Glas Apfelmus. Sie schraubte es auf, drehte eine aus sieben Herzen bestehende Waffel zu einer Rolle zusammen, tunkte sie in das Mus und biss dann ein großes Stück davon ab.

Schrader tat es ihr gleich. Er hatte eine Thermoskanne Kaffee mit. Der war Jessi viel zu stark, aber Schrader behauptete, das Zeug schlüge nicht nur auf den Magen, sondern hielte eben auch wach.

»Diese Waffeln«, sagte er, »sind einfach zu gut.«

»Ich hab sie selbst gemacht«, freute Jessi sich. »Ein Geheimrezept meiner Mutter. Ist Zimt mit drin und Muskat.«

»Echt? Muskat?«

»Ja. Man glaubt es nicht. Aber schmeckt irre, zusammen mit dem Apfelkompott.«

Ann Kathrin rief an und erkundigte sich nach dem Stand der Überwachung. Jessi erstattete Bericht: »Sein Mercedes steht vor der Tür. Oben ist Licht. Ich würde mal sagen, er ist noch da, und sie sind noch wach. Im Rest des Hauses ist alles dunkel. Keine Schreie. Kein Lärm.«

Schrader schaltete sich ein: »Er war zweimal am Fenster. Er hat uns gesehen. Wir parken ja auch direkt vor dem Haus.«

»Das ist gut. Er soll ruhig wissen, dass wir ihn beobachten. Dann ist Jule Weller sicherer. Sobald er morgen das Haus verlässt, ladet ihr ihn zum Gespräch ein. Am besten bringt ihr ihn direkt zu uns nach Norden. Ich habe ein paar Fragen mit ihm zu klären.«

»Wir könnten«, schlug Jessi vor, »den Polizeifunk laut schalten und die Scheiben runterdrehen. Dann vergisst er nicht, dass wir in seiner Nähe sind.«

Jessis Art, mitzudenken, gefiel Ann Kathrin. Trotzdem wiegelte sie ab: »Nein, er wird garantiert nicht vergessen, dass ihr da seid. Und es wohnen ja noch mehr Leute in dem Haus. Wir wollen so wenig Ärger wie möglich, wenn sich später herausstellt, dass Fenrich nichts mit der Sache zu tun hat und wir hier im Grunde nur den neuen Lover von Wellers Tochter beschatten.«

Rupert fuhr schon vor dem Frühstück zurück nach Ostfriesland. Er stellte es sich demütigend vor, ein Doppelzimmer zu nutzen, auf seine Geliebte zu warten und dann alleine im Hotel zu frühstücken. Als Übriggebliebener. Als Sitzengelassener. Als ein Angebot, für das es keine Nachfrage mehr gab. Nein, das konnte er mit seinem Selbstbild nicht vereinbaren.

Er bastelte während der Rückfahrt an einer Geschichte herum. Er brauchte eine Story, die sich erzählen ließ, ohne dass er dabei zum Gespött wurde. Er wollte auf keinen Fall den verschmähten Liebhaber geben. Diesen Gefallen wollte er der »Emanzenfraktion« in der Polizeiinspektion nicht tun. Die warteten doch nur darauf, dass sein Denkmal Risse zeigte.

Maximilian Fenrich verließ das Haus recht unausgeschlafen, aber mit einem überheblichen Lächeln auf den Lippen, kurz vor elf. Sie hatten noch gemeinsam gefrühstückt. Als er seine Wagentür mit der Fernbedienung öffnete, klickte es laut. Er winkte Jessi und Schrader freundlich zu und genoss den Gedanken, dass sein Wagen eine Klasse besser war als ihrer und gut zwanzigtausend Euro teurer.

Jessi stieg als Erste aus. Schrader hatte es wegen seiner Knieprobleme schwerer, ließ sich aber nichts anmerken, da er immer Angst hatte, wegen körperlicher Probleme in den Innendienst versetzt zu werden. Er hasste Büroarbeit. Er hatte eine Akten- und Buchstabenallergie, wie Rupert. Da war ihm jede Nacht in einem unbequemen Autositz vor der Tür eines Verdächtigen lieber.

Maximilian Fenrich registrierte, dass Jessi ihre rechte Hand auf ihrer Dienstwaffe liegen hatte, während sie ihn ansprach: »Jessi Jaminski. Mordkommission. Wir arbeiten an der Aufklärung einiger schwerer Verbrechen und glauben, dass Sie uns behilflich sein könnten. Würden Sie uns in die Polizeiinspektion begleiten?«

»Jetzt?«, fragte er erstaunt.

»Wir stehen ziemlich unter Zeitdruck …«, erläuterte Schrader grimmig. Wenn sein Knie schmerzte, konnte er unausstehlich werden. Jessi gegenüber hatte er sich die ganze Zeit zusammengerissen, aber jetzt brachen die Dämme. Er hätte Fenrich nur zu gern angeschnauzt, doch der räumte gleich ein: »Ich bin natürlich gern behilflich, wenn ich kann.«

Jessi lud ihn gestisch auf den Rücksitz ein. »Dann steigen Sie doch bitte ein.«

»Ich würde«, konterte Fenrich, »lieber mit dem eigenen Wagen hinfahren. Oder bin ich etwa festgenommen?«

»Nein, natürlich nicht«, sagte Jessi.

Sie fuhren vor und er hinterher. Jessi beobachtete Fenrich die ganze Zeit im Rückspiegel. Sie hätte ihm einen Fluchtversuch zugetraut. Doch den unternahm er nicht, obwohl er zweifellos den schnelleren Wagen fuhr.

Jessi und Schrader brachten den aus ihrer Sicht lammfrommen und sehr kooperativen Fenrich in den Verhörraum. Jessi bot ihm Kaffee an und ihre letzte selbstgemachte Waffel. Das passte Schrader gar nicht, denn der hätte sie gern selbst gehabt.

Rupert war inzwischen recht wortkarg zurück und drückte sich im Flur rum, als wisse er nicht, wohin mit sich. Er hoffte, dass ihn niemand auf die Sache in Köln ansprechen würde. Er fragte sich, wer außer Ann Kathrin überhaupt davon wusste. Hauptsache nicht Marion Wolters, die blöde Kuh.

Ann Kathrin hatte sich mit Weller darauf geeinigt, dass sie Fenrich »weichkochen würde«, wie sie es nannte. Weller sollte sich raushalten, durfte aber hinter der Scheibe stehen und zusehen.

Dort wollte sich auch Martin Büscher aufhalten, der den ganzen Verdacht für unbegründet hielt und glaubte, dass der eifersüchtige Weller sich die Welt machte, wie sie ihm gefiel.

Doch dann kam alles ganz anders, während Weller auf der Toilette saß. Er war so nervös, dass er ständigen Harndrang verspürte, wie als Sextaner vor der ersten mündlichen Prüfung in Englisch.

Eine kurze Information änderte alles. Klatt vom BKA stampfte herein und ordnete »eine augenblickliche Krisensitzung« an. Das stand ihm eigentlich gar nicht zu, doch sein Satz »Wir haben eine weitere Leiche« gab ihm auch nach Büschers Meinung das Recht dazu.

Als Weller von der Toilette kam, saß Fenrich mit einer Waffel und einem Kaffee allein im Verhörraum. Ann Kathrin, Jessi, Schrader, Büscher und die anderen versammelten sich bereits eine Etage höher.

Weller guckte sich um und fragte sich, wo die anderen geblieben waren. Rupert, der ganz in Gedanken nichts von all der Hektik mitbekommen hatte, schlenderte, beide Hände in den Hosentaschen, über den Flur.

Weller zeigte auf die Scheibe, hinter der Fenrich saß: »Da ist er …«

»Wer?«, fragte Rupert ahnungslos.

Weller kombinierte: Hatte Ann Kathrin alle reingelegt? Sorgte seine Frau gerade dafür, dass er freie Hand hatte, um Fenrich zu verhören? Hatte sie ein Einsehen? Begriff sie, dass man den Typen hart rannehmen musste?

Egal. Weller entschied sich, seine Chance zu nutzen. Je eher sie ein Geständnis hatten, je besser.

»Komm mit rein«, schlug er Rupert vor.

Der war sofort dabei. Alles, was jetzt von seiner Kölner Niederlage ablenkte, war ihm nur recht. Über die Geschichte musste einfach Gras wachsen.

Als Weller mit Rupert den Verhörraum betrat, war er noch ganz cool und glaubte, die Sache eiskalt hinzukriegen. Aber als er nah bei Fenrich stand, der Jessis Waffel in den Kaffee stippte, war Weller gleich wieder schrecklich aufgebracht. Er wusste nicht, wohin mit seiner Wut.

Rupert stand ganz nah bei ihm, als müsse er ihn beschützen.

»Warum«, schrie Weller Maximilian Fenrich an, »hau ich dir nicht einfach eine rein? Du miese Ratte?!«

Fenrich stand vorsichtshalber auf, um mit Weller auf Augenhöhe zu sein.

»Der macht mit meiner Tochter rum und …« Weller holte aus.

Rupert stoppte ihn. »Das wirst du nicht tun«, mahnte er.

»Warum nicht?«

»Weil ich das für dich erledige«, erklärte Rupert und schlug zu. Er traf den deckungslosen Maximilian Fenrich im Gesicht. Der taumelte rückwärts und stürzte.

»Du kannst den doch nicht umhauen!«, rief Weller.

»Ach, wieso nicht?«, fragte Rupert.

»Na, Mensch, es geht um meine Tochter, nicht um deine!«

Rupert zuckte mit den Schultern. »Klar, ich hab gar keine Kinder.«

»Eben.«

Maximilian Fenrich kroch so weit, wie es in dem engen Raum möglich war, von den beiden weg und stand auf.

»Aber wenn ich eine Tochter hätte«, erklärte Rupert, »dann würde ich dem Typen so dermaßen eine reinhauen …«

Schon sprang Rupert hin. Diesmal erwischte er Fenrich am Kinn.

»Lass das!«, schnauzte Weller. »Ich bin dran. Das ist mein Job!«

Maximilian Fenrich stand in der Ecke, hielt die Hände schützend vor sein Gesicht und rief: »Seid ihr irre?«

Weller schüttelte den Kopf. »Nein, nur ziemlich sauer.«

Weller holte aus. Maximilian Fenrich versuchte sich zu schützen, indem er sein Gesicht in die Armbeuge drückte. Es klang, als würde er durch eine Wolldecke sprechen. Er rief: »Könntet ihr euch einig werden, wer mich verdrischt?«

Weller und Rupert antworteten synchron: »Ich!«

Polizeichef Büscher war inzwischen zurück. Er wollte Weller und Rupert holen, um sie über den neuen Sachverhalt zu informieren.

Er hatte hinter der Scheibe genug gesehen. Er riss die Tür auf. »Verhaut ihr hier etwa gerade einen Verdächtigen? Wird hier körperliche Gewalt ausgeübt, um ein Geständnis zu erpressen?«

»Nein, so weit sind wir noch nicht«, sagte Rupert.

»Das hier ist rein privat«, behauptete Weller.

»Privat? Es gibt hier nichts Privates!«, regte Büscher sich

auf. »Ich kann so etwas in meiner Dienststelle nicht dulden.«

»Deine Dienststelle?«, hakte Rupert nach. »Es gibt Gitti's Grill und Aggis Huus, aber steht da jetzt draußen bei uns dran Büschers Polizeiinspektion? Nein. Und weißt du auch, warum nicht?« Rupert beantwortete seine Frage gleich selbst: »Weil es so etwas, verdammt nochmal, nicht gibt.«

»Das hier«, sagte Büscher und zeigte auf den lädierten Fenrich, »kann uns alle unsere Jobs kosten.«

Maximilian Fenrich wischte sich Blut von der Lippe. Er witterte Oberwasser. »Ich könnte«, bot er an, »auf eine Anzeige und eine Disziplinarbeschwerde verzichten, wenn ...«

»Du hältst die Fresse«, polterte Rupert und richtete den Zeigefinger seiner rechten Hand wie eine Waffe auf Fenrich.

»Wenn was?«, wollte Büscher wissen.

Fenrich schleimte los: »Nun, haben Sie mal darüber nachgedacht, Ihre Versicherungsverträge zu bündeln und zu optimieren? Ich könnte Ihnen da ein konkurrenzlos günstiges Angebot machen. Zum Beispiel eine Berufsunfähigkeitsversicherung.«

Weller giftete: »Du sollst die Fresse halten, Mäxchen, hast du das nicht gehört?«

»Hat der gesagt, wir wären unfähig in unserem Beruf?«, fragte Rupert Büscher und fügte gleich hinzu: »Sollen wir uns das bieten lassen? Bitte, wenn es dir nichts ausmacht. Du bist ja der Chef. Aber ich lasse mir das nicht gefallen.«

»Er spricht von einer Berufsunfähigkeitsversicherung«, erklärte Büscher ruhig. Er konnte ja nicht ahnen, dass dies für Weller ein Reizwort war.

»Eine Versicherung gegen Blödheit im Beruf, gibt's das denn? Der will uns doch nur verarschen und provozieren«, schimpfte Rupert.

Marion Wolters meldete sich über die Sprechanlage: »Seine

Anwältin ist da. Ich habe alle Papiere überprüft. Sie scheint okay zu sein.«

»Auch das noch …«, stöhnte Büscher.

Er zeigte auf Fenrich. »Er ist unschuldig. In Köln ist gestern Nacht ein weiterer Mord geschehen.«

»Und da war ich bei deiner Tochter, Weller. Sie wird es bestätigen. Die ganze Nacht.«

Weller sackte in sich zusammen.

Weller und Rupert sollten an diesem Tag noch ihr Waterloo erleben, wie Dirk Klatt es später in seinem Bericht ausdrückte, der nur wenig Schmeichelhaftes über die ostfriesischen Kollegen enthielt. Zunächst knöpfte er sich vor versammelter Mannschaft Rupert vor. Der schielte aus den Augenwinkeln zu den Frauen.

Auf Klatts ausdrücklichen Wunsch hin war Oberstaatsanwältin Meta Jessen dabei.

Die Pressesprecherin Rieke Gersema machte ganz auf die Mitleidstour, nach dem Motto: *Ihr baut Mist, und ich muss alles ausbaden.*

Sylvia Hoppe wirkte bei jedem zweiten Satz, den Klatt sagte, als habe sie von Rupert sowieso nichts Besseres erwartet und wundere sich nur, warum das alles so lange gutgegangen war.

Nur Jessi schickte immer wieder aufmunternde Blicke in Ruperts Richtung. Er tat ihr leid, und sie hoffte, dass er das Blatt irgendwie zu seinen Gunsten wenden könnte. Aber danach sah es ganz und gar nicht aus.

Ann Kathrin saß nur noch auf der Kante ihres Stuhls. Sprungbereit, mit geradem Rücken und hochgerecktem Kopf. Ihr Hals war dadurch merkwürdig lang. Sie kam mit der Situation noch nicht klar. Sie hatte das Gefühl, eingreifen zu müssen, wusste aber noch nicht, wie.

Weller saß neben Rupert auf der Anklagebank, doch die Blitze schlugen zunächst nur bei Rupert ein. Dabei war Weller sich sicher, dass Klatt sich damit nur einschoss. Er lief gerade zu Hochform auf. Links und rechts wurde er von zwei lächelnden Ja-Sagern aus dem BKA flankiert.

Rupert konnte normalerweise gut einstecken. Er galt als äußerst resilient und wenig konfliktscheu. Aber das hier war einfach zu peinlich. Klatt klang, als bereite es ihm Mühe, nicht loszubrüllen. Er zählte auf: »Sie haben gegen jede Dienstanweisung und gegen jede Vernunft versucht, diesen höchst komplizierten Fall, der viel diplomatisches Geschick erfordert, auf Ihre hinterwäldlerische Art alleine zu lösen. Dabei haben Sie einen nicht wiedergutzumachenden Flurschaden hinterlassen. Sie haben versucht, sich, ohne irgendeine Berechtigung dazu zu haben, dem Verdächtigen, Herrn Wolfsman, zu nähern. Sie haben dabei Ihre Geliebte, eine verheiratete Polizistin namens Annika Voss, eingesetzt. Sie haben Ihr privates Verhältnis schamlos ausgenutzt, um die naive Frau in dieses Abenteuer zu treiben. Sie sind – vermutlich sogar auf Spesen – nach Köln gefahren, um dort im Hotel Uhu ein Schäferstündchen mit ihr ...«

Rupert scharrte mit den Füßen. Er stoppte Klatt mit einer Frage: »Woher zum Teufel wissen Sie ...« Rupert guckte vorwurfsvoll zu Ann Kathrin, aber er traute ihr so einen Verrat nicht wirklich zu.

»Wir haben«, triumphierte Klatt, »ihr Handy.«

Rupert griff zu seiner Jackentasche. »Mein Handy?«

Klatt verdrehte die Augen. »Das von Frau Voss. Die unverschlüsselten Nachrichten zwischen Ihnen beiden sind nicht nur peinlich, sondern auch sehr aufschlussreich.«

Rupert schluckte. Das war starker Tobak. Er protestierte: »Ihr Handy?! Ist das nicht Privatsache? Wer mit wem schläft, geht keinen etwas an. Sie verletzen hier unsere Privatsphäre auf unerträgliche Weise. Frau Voss und ich, wir werden uns das nicht gefallen lassen!«

Jessi nickte. Sie war stolz auf Rupert. Sie fand, er wehrte sich tapfer.

Fast genüsslich spielte Klatt seinen Trumpf aus. Er faltete die Hände und legte sie vor sich auf den Tisch, als er sagte: »Annika Voss, Ihre kleine süße Affäre, ist tot.«

Rupert war baff. Er sah sich nach Hilfe um.

Klatt setzte nach: »Sie wurde überfahren. Von dem Fahrer fehlt jede Spur.«

»Fahrerflucht?«, entfuhr es Rieke Gersema.

Klatt konfrontierte Rupert hart mit seiner Meinung: »Ich denke, Ihr dummdreister Versuch, den Fall im Alleingang zu lösen, hat Frau Voss das Leben gekostet.«

»Sie glauben, sie wurde ermordet?«, fragte Ann Kathrin.

Klatt öffnete seine Hände wieder und klopfte sich irgendwelche Flusen vom Ärmel. Er reagierte nicht auf Ann Kathrin, sondern sprach Rupert an: »Ich denke, wir haben damit die fünfte Frauenleiche.«

Weller wollte Rupert helfen: »Wir haben es mit einer Serie zu tun, die völlig andere Merkmale trägt. Unser Mann sticht auf seine Opfer ein und schneidet ihnen die …«

Klatt ließ Weller nicht weiterreden: »Ja, das wissen wir alles, Herr Weller. Zu Ihnen kommen wir gleich. Sie halten jetzt besser mal den Mund.«

»Wie redet denn der mit uns?«, fragte Weller in die Runde.

»Wie man mit solchen Ignoranten und Versagern eben redet! Dieser ganze Haufen hier ist eine Schande für die Polizei. Sie haben diese Frau auf dem Gewissen! Sie haben die labile

Kollegin in diesen Wahnsinn getrieben. Der Täter hat sie umbringen lassen, um uns in die Schranken zu weisen. Er hat sich natürlich die Hände nicht selbst schmutzig gemacht. Warum auch? Dafür hat er seine Leute. Sie sind ihm ein Stückchen zu nahe gekommen. Er hat das Schmierentheater natürlich sofort durchschaut und ein Exempel statuiert. – Genau das sollten wir auch tun.« Er zeigte auf Rupert. »Sie werden nie wieder so einen privaten Alleingang machen. Dafür werde ich sorgen!«

Ann Kathrin sah Büscher an. Sie erwartete etwas von ihm. Er schwieg betreten. Dann tat sie, was ihrer Meinung der ehemalige Chef Ubbo Heide an ihrer Stelle getan hätte. Sie sagte laut und deutlich: »Das war kein Alleingang. Ich war informiert und habe – wenn auch unter Bedenken – zugestimmt.«

Klatt war fassungslos.

Büscher griff sich an den Kopf und seufzte.

Klatt brüllte: »Sie haben die Stirn, mir hier und jetzt zu sagen, dass Sie ...«

Ann Kathrin nickte: »Wir hatten Grund zu der Annahme, dass Sie – dass das ganze BKA – uns gegenüber nicht mit offenen Karten spielen. Wir wollten Gewissheit, und der Kollege Rupert hat mit seiner zweifellos etwas ungewöhnlichen Idee ...«

Klatt schlug mit der flachen Hand auf den Tisch: »Das ist ungeheuerlich! Ungeheuerlich!«

Er dachte an die Frau mit dem kleinen Drachen zwischen den Schulterblättern. Er hatte sie lange gesucht. Sie war, wie vom Erdboden verschluckt, einfach weggewesen. Sie hatte keine Spuren hinterlassen, als sei sie geflohen. Untergetaucht wie ein Agent im feindlichen Territorium.

Jetzt, da er sie endlich wiedergefunden hatte, war das Interesse an ihr, das einst wie ein Feuer gebrannt hatte, fast erkaltet. Die Dinge hatten sich verändert. Er wurde langsam ein anderer. Hatte die Mutation bereits begonnen?

Vivien Terholz war hochattraktiv. Durchtrainiert. Mit schulterlangen braunen Haaren und seegrünen Augen. Gazellenhaft, aber sehr muskulös. Sie achtete auf ihre Ernährung und trainierte regelmäßig. Nach dem Tod ihrer Großmutter war sie in deren Haus in Schortens gezogen und so wieder auf seinem Radar aufgetaucht. Sie hatte eine Freundin in Delmenhorst. Sie war eine bekennende Lesbe, doch das spielte für ihn und seine Pläne keine Rolle. Der Drache zwischen ihren Schulterblättern war viel wichtiger.

Er hatte die Vorlage für dieses Tattoo gesucht. Es war weder der *Drache Kokosnuss* noch *Paffi, der kleine Glücksdrache*. In Kinderbüchern war er nicht fündig geworden. Dabei sah der Drache so süß aus. Niedlich, wie eine Illustration für Kinder.

Wenn sie beim Workout die Arme reckte, sah es aus, als würde der kleine Drache mit seinen Flügeln flattern. Ein bisschen kam er dann wie ein grüner Pinguin rüber. Ungefährlich, aber lebenslustig und interessant.

Wenn er die Augen schloss, sah er sie vor sich. Ja, er konnte so etwas. Sein Gehirn, so kam es ihm vor, funktionierte wie ein Kino. Alles, was er einmal gesehen hatte und was wichtig für ihn gewesen war, lag ständig abrufbereit auf Filmrollen gespeichert. Leider nicht nur die schönen Filme. Auch all der Müll und Dreck lagen im Archiv. All diese Erfahrungen, die er lieber vergessen wollte, warteten wie eine Drohung darauf, endlich wieder gespielt zu werden. Solange er bestimmte, welche Filme liefen, war alles gut. Aber wehe, wenn nicht …

Er kämpfte ständig darum, die Herrschaft über die Filmrollen zu bekommen. Die anderen Menschen merkten ihm seine inneren Kämpfe nicht an. Er erlebte sich in solchen Situationen doppelt. Seine Innenwelt und seine Außenwelt waren wie zwei Zimmer einer Wohnung, und er lief zwischen beiden Räumen hin und her.

Jetzt, in exakt diesem Moment, war er nur körperlich da, wo er sich zurzeit befand. Seine Seele, sein Geist, sein Bewusstsein oder was immer es war, beobachtete Vivien Terholz beim Yoga. Sie ging gerade vom *Krieger* in die *Baumhaltung* über, stand auf einem Bein, die Hände hoch über ihrem Kopf gefaltet. Sie blickte aufs Meer.

Er sah sie von hinten. Der Drache bewegte sich. Welch ein Bild! Für immer hatte er es in sich gespeichert. Eine seiner wichtigsten Filmrollen. Bedeutsam wie die Aufnahmen von Conny Lauf mit ihrem Käfer auf der Wade. Der widerspenstigen Sabine Ziegler. Annerose Greet mit ihrer Schildkröte, die noch lebendig aussah, als könnte sie gleich wegkrabbeln oder sich aus Angst in ihren Panzer zurückziehen, obwohl Annerose längt tot war.

Manches Tattoo war lebendiger als seine Besitzerin. Leah Dittmanns Adler war eine Enttäuschung gewesen. Vielleicht gehörte so ein Krafttier nicht auf eine Pobacke. Vielleicht nahm ihm das einfach die Kraft. Viviens Drachen stellte er sich köstlich vor. Kraftvoll und eigensinnig.

Es sprach vieles dafür, aufzuhören, aber es gab auch gute Gründe, weiterzumachen. Da waren diese ungestillte Gier und diese Wut. Der Wunsch, endlich heil zu werden oder einfach ein anderer.

Er öffnete die Augen und atmete durch. Er brauchte einen Moment, um zu begreifen, wo er gerade war.

Dirk Klatt wollte sich Weller vorknöpfen, da erschien Marion Wolters mit der Anwältin von Maximilian Fenrich. Neben Marion Wolters wirkte Felicitas Waldheim zierlich wie eine halbe Portion. Sie war blass geschminkt, so weiß, dagegen wirkte Martin Büschers Hemd grau. Ihre Lippen setzten in dem kalkfarbenen Gesicht knallrote Akzente. So, wie sie gekleidet war, passte sie besser auf ein Filmfestival als in diese ostfriesische Polizeiinspektion.

Ihre Zähne waren so glänzend makellos weiß, dass sie auf Ann Kathrin künstlich wirkten. Sie konnte diese Frau auf Anhieb nicht leiden und wusste noch in dem Moment, als sie den Raum betrat, dass großer Ärger heraufzog. So, wie wir erst den Blitz über dem Meer sehen und dann den Donner hören.

Ann Kathrin versuchte, sich gerade hinzusetzen. So saß sie aber schon längst. Ihr Rücken begann, von der steifen Haltung zu schmerzen.

»Wer von Ihnen«, fragte Felicitas Waldheim scharf, »ist Frank Weller?« Weller zeigte auf.

»Wir sind doch hier nicht in der Schule«, grummelte Rupert, womit er alles nur noch unangenehmer für Weller machte.

Ann Kathrin sah, dass Marion Wolters sich mit hochrotem Kopf aus dem Raum schlich, als sei es ihr peinlich, dass sie Frau Waldheim den Weg in diesen Besprechungsraum gezeigt hatte. Sie schloss die Tür leise hinter sich. Das Wort »fremdschämen« ging Ann Kathrin nicht aus dem Kopf.

Felicitas Waldheim guckte spöttisch, ja verächtlich, auf Weller herab. »Sie haben«, zischte sie, »sich meinem Mandanten unter Vorspiegelung falscher Tatsachen genähert. Sie haben sich auf Facebook als Kim Lohmann ausgegeben. Die zweifellos ansprechenden Fotos haben Sie sich unter Missachtung des Urheberrechts – von Persönlichkeitsrechten ganz zu schweigen – von der Seite eines Models kopiert.«

Rupert kicherte: »Kim wie?« Er war erleichtert, dass die Aufmerksamkeit nicht mehr auf ihm lag.

Da Weller nichts sagte, griff Ann Kathrin ein: »Ich hoffe, Sie können das beweisen.«

Felicitas Waldheim verzog die großen schmalen Lippen zu zwei Strichen in ihrem Gesicht. »Ihr Kollege«, sie zeigte auf Weller, »hat ein zweites Profil angelegt. Stümperhaft, wenn Sie mich fragen.« Sie sah sich in der Runde um. »Ich muss Ihnen jetzt nicht Facebook erklären, oder?«

Oberstaatsanwältin Meta Jessen kannte Frau Waldheim aus mehreren Prozessen. Sie hatte durchaus Respekt vor ihr. »Sie platzen hier in eine sehr wichtige Besprechung. Sosehr ich Ihren Unmut verstehe, muss ich Sie doch angesichts der Situation bitten ...«

Felicitas Waldheim blies sich auf: »Unmut? Haben Sie Unmut gesagt? Ich habe mich in meiner langjährigen Praxis schon viel mit Polizeigewalt, Übergriffen und staatlicher Willkür auseinandergesetzt. Aber das hier toppt alles. Es wird Zeit, dass hier jemand mal aufräumt und Recht und Ordnung wiederherstellt. Der Polizeiapparat wurde missbraucht, um meinen Mandanten zu bespitzeln, ihn widerrechtlich festzunehmen, und zu allem Überfluss wurde er hier in dieser Polizeiinspektion auch noch misshandelt.«

Rupert kaute das Wort durch: »Misshandelt? Wir haben dem vielleicht eine reingehauen ...«

Weller stieß Rupert an: »Halt bloß die Fresse!«

Klatt gab Felicitas Waldheim recht: »Manchmal muss erst ein Anstoß von außen kommen, um ein morsches Gebäude zum Einsturz zu bringen.«

»Es handelt sich hier möglicherweise um Verfehlungen eines einzelnen Kollegen, der unter großem emotionalen Druck stand. Ich muss mich dagegen verwehren, dass damit die gesamte ostfriesische Polizei pauschal in ein schlechtes Licht gerückt wird«, sagte Martin Büscher. Sein Versuch, seine Leute zu verteidigen, war aber viel zu zaghaft.

Klatt schoss seinen Satz wie einen Giftpfeil auf Martin Büscher ab: »Sie haben Ihren Laden hier nicht im Griff!«

Ann Kathrin spürte es wie einen Schmerz, der ihr körperlich zugefügt wurde. Sie wusste wieder, warum sie nicht befördert werden wollte. Zu viel Verantwortung engte sie ein. Sie fand es schon anstrengend, für sich und ihr eigenes Handeln die Verantwortung zu übernehmen. Jemand wie Martin Büscher musste in seiner Position auch für den Mist geradestehen, den andere verbockt hatten.

Sie sah, wie unwohl Weller sich in seiner Haut fühlte, und wusste doch nicht, wie sie ihm helfen konnte. Er wurde hier in eine Ecke gedrängt, in die er einfach nicht gehörte. Und auch, wenn er selbst heftig dabei mitgewirkt hatte, den Karren in den Dreck zu fahren, kam er ihr merkwürdig hilflos und getroffen vor, wie ein kleiner Junge, der die Welt der Erwachsenen nicht mehr versteht.

»Ja«, schrie er, »ich gebe es zu, ich habe nur Scheiß gebaut! Ich bin ja hier offensichtlich der identifizierte Vollidiot, und ihr seid die schlauen, staatstragenden Klugscheißer, die gerade dabei sind, einen Serienkiller laufenzulassen, weil er cleverer ist, als es unsere Dienstvorschriften vorsehen!«

»Frank, bitte, du redest dich um Kopf und Kragen«, zischte Ann. Aber er mäßigte sich nicht.

»Ja, bin ich denn das letzte Hindernis, das zwischen Max Fenrich und seinem nächsten Opfer steht? Dafür lasse ich mich gerne anklagen. Beschattet ihr nur euren Ölscheich. Ich falle auf den Zirkus nicht rein! Es ist unsere verdammte Pflicht und Schuldigkeit, diesen Killer zu stoppen!«

Felicitas Waldheim schaute Oberstaatsanwältin Meta Jessen

an. »Legal, illegal, scheißegal, oder was? Sehen Sie nicht, dass dieser Mann unberechenbar und unbelehrbar ist? Ziehen Sie ihn endlich aus dem Verkehr, Herr Büscher!«

Mitten in die aufgeregte Situation hinein platzte Marion Wolters. Sie hatte Tränen in den Augen. Sie verkündete es mit großer Geste, so als könne sie damit alle vergessen machen, dass sie diese Anwältin hierhergebracht hatte: »Die ostfriesischen und holländischen Rettungskräfte haben den Frachter freigeschleppt!«, rief sie. Irritiert erlebten Klatt, seine zwei Begleiter und Felicitas Waldheim, wie ein Triumphgeheul anhob.

Rupert jubelte: »Gib mir fünf!« Er und Weller klatschten die offenen Handflächen gegeneinander, wie Jungs, deren Fußballmannschaft gerade ein Tor geschossen hat.

Sylvia Hoppe umarmte Ann Kathrin Klaasen. Rieke Gersema boxte Büscher gegen den Oberarm. Auch er sah erleichtert aus, er konnte seiner Freude aber nicht ganz so euphorisch Ausdruck verleihen wie der Rest der Truppe.

Auch Oberstaatsanwältin Jessen strahlte.

»Ich habe es gleich gesagt!«, tönte Rieke Gersema. »Man darf die Öltanks nicht leerpumpen! Man muss das Ballastwasser ablassen, und dann hebt die Flut den Kahn.«

»Gut«, sagte Ann Kathrin, »dass unsere Einsatzkräfte sich durchsetzen konnten.«

Verständnislos warf Klatt ein: »Ich freue mich ja immer gerne mit, wenn die Menschen Spaß haben. Aber wir haben hier im Moment wichtigere Sorgen.«

Rupert zeigte ihm Doof. »Sie haben doch echt gar nix kapiert, was? Wir sitzen hier im Weltnaturerbe. Vor Langeoog läuft ein Frachter mit tausendachthundert Tonnen Öl auf Grund, aber es gibt wichtigere Sorgen? Ja, welche denn? Ob wir Ihren Schützling gerade mit ein paar Ohrfeigen traumatisiert haben, oder was?«

Felicitas Waldheim drehte sich zur Tür und erklärte im Rausgehen: »Ich werde Sie jetzt verlassen, und meinen Mandanten, Herrn Fenrich, nehme ich mit. Sie werden von uns hören! Wir fahren zu einer Untersuchung ins Krankenhaus. Ich verlange ein unabhängiges medizinisches Gutachten.«

Rieke Gersema zeigte hinter ihr den Stinkefinger.

Weller deutete auf die Tür: »Ihr wollt doch nicht im Ernst zulassen, dass die mit dem Dreckskerl das Gebäude verlässt?!«

Martin Büscher wand sich: »Frank, wir ...«

»Komm mir jetzt bloß nicht so!«, keifte Weller und war schon bei der Tür.

»Herr Weller«, rief Oberstaatsanwältin Jessen, »bitte machen Sie jetzt nicht alles noch schlimmer! Wir können das nicht verhindern. Herr Fenrich ist nicht unser Mann ...«

»Und ob er das ist!«, schrie Weller. »Ich kann beweisen, dass er drei Opfer kannte. Ich bräuchte nur ein bisschen Zeit, und ich finde heraus, wie er Nummer vier ...«

Ann Kathrin legte ihrem Mann eine Hand auf den Unterarm und drückte fest zu, als müsse sie ihn so wecken. »Liebster, versteh doch. Annika Voss wurde ermordet. Das ändert alles. Für Fenrich war sie uninteressant, aber Wolfsman hätte sie gefährlich werden können.«

Martin Büscher erhob sich. »Ich möchte in meinem Büro ein Gespräch unter vier Augen mit dir führen, Frank.«

Büscher ging um den großen, runden Tisch herum auf Weller zu und blieb bei ihm stehen. »Komm, wir klären das alleine.«

Weller trottete hinter Büscher her in den Flur. Die letzten Worte, die er hinter sich hörte, kamen von Klatt: »So. Und ab jetzt wird wieder richtig ermittelt ...«

Vivien Terholz saß im *Henri*. Sie hatte sich in der Stadtbibliothek mit Romanen eingedeckt. Sie las einen, manchmal zwei pro Woche. Fernsehen war so gar nicht ihr Ding. Die Filme im eigenen Kopf waren ihr wichtiger.

Sie gestaltete ihre Abende mit ihren Lieblingsautoren wie eine kleine private Party. Ja, sie konnte ein Candle-Light-Dinner mit Fitzek, Jussi Adler Olsen oder Arno Strobel genießen. Mit ihren Autoren bekam sie keinen Streit. Nie ging ein Gast, weil er plötzlich keine Zeit mehr für sie hatte. Nie war jemand anders wichtiger für die Autoren. Sie blieben alle bis spät in die Nacht, und sie entschied, wann sie mit wem ins Bett ging und einschlief. Von Tolstoi über Hemingway bis zu Jean-Luc Bannalec warteten alle brav in einer Reihe. Sie mochte die Vorstellung, dass die Autoren in ihren Büchern wirklich bei ihr waren.

Sie hatte keine Tageszeitung abonniert. Tageszeitungen las sie am liebsten in Cafés. Heute das *Jeversche Wochenblatt*. Sie unterdrückte den Wunsch nach einem Stück Kuchen, obwohl die Auslage sie sehr reizte. Aber sie achtete auf ihre Figur. Sie trank Mineralwasser und dazu einen Espresso. Das musste reichen.

Sie las einen Bericht von Holger Bloem über den Mord auf Borkum. Der Journalist war ein enger Vertrauter der Kommissarin Ann Kathrin Klaasen. Er hatte einige ihrer Ermittlungen schreibend begleitet und galt seitdem im ganzen Land als Fachmann für Schwerverbrechen in Norddeutschland. Seine Artikel, Interviews und Mutmaßungen wurden von Blättern im ganzen Land abgedruckt, und da Ann Kathrin Klaasen allgemein als pressescheu galt, lud man ihn statt ihrer in Talkshows ein.

Während sie Bloems Eindrücke las, begann ihr Tattoo zwischen den Schultern zu jucken.

Martin Büscher gab sich, als sei die Situation für ihn schwieriger als für Weller. Er räusperte sich ständig, juckte sich am Handgelenk, als habe er eine Allergie gegen sein Uhrenarmband und fuhr sich mehrfach mit dem Zeigefinger zwischen Hemdkragen und Hals entlang. Er schaffte es nicht, Weller anzusehen. Er verbarrikadierte sich geradezu hinter seinem Schreibtisch. Immer wieder fasste er sinnlos Akten an und ordnete Papiere, ohne genau hinzusehen.

»Mach es mir bitte nicht so schwer, Frank. Du hast ja mitgekriegt, was hier los ist. Die machen mir aus Osnabrück und Hannover richtig Feuer unterm Arsch.«

Weller sagte nichts, guckte sein Gegenüber nur an und irgendwie tat Büscher ihm leid. Er kam Weller so gefangen vor wie ein trauriges Wildpferd in einem zu engen Stall.

Büscher redete ohne Unterbrechung weiter: »Machen wir uns nichts vor, Frank. Bei allem Verständnis für dich und deine Situation: Du hast Bockmist gebaut. Du steckst bis zum Hals in der Scheiße. Bitte erspare mir, das alles noch einmal aufzuzählen. Ich muss jetzt handeln.«

Weller zog seine Dienstwaffe.

»Nun eiere nicht so herum«, bat Weller. Er legte die Heckler & Koch auf den Schreibtisch. Dann seine Marke. »Du brauchst mich nicht zu suspendieren, Martin. Ich kündige.«

Büscher sah Weller mit einer Mischung aus Unverständnis und Dankbarkeit an. »Ich könnte dich beurlauben ...«

»Nee, Martin. Ich hau lieber gleich richtig in den Sack. Einer Firma, die solch gravierende Fehleinschätzungen macht, will ich nicht länger angehören. Ich fühle mich da als Fremdkörper.«

»Überleg dir das gut, Frank. Du bist in einer emotional sehr aufgewühlten Stimmung. Solche schwerwiegenden Entscheidungen sollte man überschlafen.«

Weller schüttelte vehement den Kopf. »In Zukunft werde ich deinen frustrierten Leuten Fischbrötchen verkaufen. Und jetzt hätte ich gerne eine Quittung.« Er deutete auf seine Waffe.

»Du versprichst mir, dass du dich und uns nicht noch tiefer reinreitest, Frank?! Wenn du dich diesem Fenrich auch nur auf hundert Meter näherst, nehme ich dich persönlich in Sicherungsverwahrung!«, drohte Büscher. Dann wurde er milder: »Versuch, dich mit deinem zukünftigen Schwiegersohn auszusöhnen. Ich meine, ich kann dich doch verstehen. Mir würde es auch stinken, wenn meine Kleine mit einem ehemaligen Klassenkameraden von mir ankäme. Ich darf gar nicht dran denken! Jeder hat dann doch gleich so Sprüche auf Lager wie Vaterkomplex oder so.«

»Ja, danke, Martin. Das reicht jetzt. Ich hätte gerne eine Quittung und bitte erspar mir dein Verständnis.«

Büscher wand sich wie ein an Land geworfener Aal, der den Haken im Maul spürt und schon weiß, dass er nicht lebend ins Wasser zurückkommen wird. »Frank, ich ...«

Weller machte eine abwehrende Handbewegung und ging ohne Quittung. Er wusste zwar nicht, was er jetzt tun sollte, aber er hatte das Gefühl, er dürfe keine Zeit mehr verlieren. Jede Minute war kostbar.

Es fiel Ann Kathrin schwer, der Sitzung bis zum Schluss beizuwohnen. Ganz gegen ihre sonstigen Gewohnheiten saß sie die Zeit mehr ab, als dass sie sich an der Diskussion beteiligte. Sie war mit ihren Gedanken bei Weller. Er, der besonnene, verständnisvolle Mann und Vater, konnte zum Berserker werden, wenn es um eine seiner Töchter ging. Er hatte etwas Explosives in sich. Er war dünnhäutig und konnte ausrasten, wenn er zu sehr gereizt wurde. Es gab einige Themen, da war mit ihm nicht zu spaßen: Das Glück und die Sicherheit seiner Kinder gehörten ganz klar dazu.

Klatt fasste die Lage zusammen. Die Ermittlungen würden sich ab jetzt wieder ganz auf Wolfsman und den Kölner Raum verlagern. Die ostfriesischen Dilettanten – ja, das hatte er tatsächlich gesagt, und bis auf Rupert wusste garantiert jeder, was er damit meinte – hätten genug Mist gebaut und müssten sich jetzt völlig raushalten. Klatt empfand diese Polizeiinspektion in Norden geradezu als Unsicherheitsfaktor. Als ein Leck in der Sicherheitsstruktur, das rasch geschlossen werden sollte.

Sein Fazit war klar: Wolfsman hatte den ersten Mord begangen. Vielleicht aus Eifersucht. Das Motiv war noch unklar. Danach wurde von seinen Beschützern eine ganze Mordserie daraus gemacht. Möglicherweise hatten sie sogar die Idee mit den Tattoos und schnitten auch beim ersten Mord dem Opfer, bevor es gefunden wurde, das Tattoo heraus, um die Ermittlungen in die falsche Richtung zu lenken.

Unter seinen Bodyguards, die Klatt immer »seine Beschützer« nannte, gäbe es zwei ehemalige BKA-Beamte. Der eine sei hochdekoriert und inzwischen pensioniert, würde aber nun bei Wolfsman im Monat mehr verdienen als früher im Jahr, der andere sei vorzeitig wegen Unregelmäßigkeiten aus dem Dienst entlassen worden. Beide hätten Erfahrungen mit Serienkillern und sexuell motivierten Morden.

»Wenn«, so erklärte Klatt, »sich unser Verdacht bestätigt, werden in den nächsten Tagen ein paar Leute verhaftet und vor Gericht gestellt. Nicht nur unser zum Playboy mutierter Scheich, sondern wir haben es vor allen Dingen auf unsere ehemaligen Kollegen abgesehen, die sich diese perfide Methode zur Verdeckung eines Verbrechens ausgedacht haben.«

Er schrie: »Und ich werde jeden hier zur Rechenschaft ziehen, der uns die Tour vermasselt! Wenn es hier eine undichte Stelle gibt, die unsere Aktion gefährdet, dann werde ich persönlich dafür sorgen, dass diese ausgeräuchert wird! Es gibt diesmal kein Pardon! Haben Sie das alle kapiert? Kein Pardon!«

Nun mischte Ann Kathrin sich doch ein. Es geschah fast automatisch. Da Martin Büscher nicht im Raum war, erwarteten die Kollegen es einfach von ihr.

»Diese unverhohlene Drohung war völlig unnötig, Herr Klatt. Unsere Polizeiinspektion ist landesweit für einige spektakuläre Fahndungserfolge bekannt. Die Dilettanten hier, wie Sie uns so schön nennen, haben bei Mord eine Aufklärungsquote von hundert Prozent. Eine undichte Stelle gibt es bei uns nicht und nur, damit das einmal klargestellt wird: Wir sind es nicht gewöhnt, dass bei Dienstbesprechungen herumgeschrien wird. Überhaupt ist der Stil des Umgangs hier in Ostfriesland anders. Wir bevorzugen eine Atmosphäre des Vertrauens statt des permanenten Misstrauens.«

»Ja, bravo, gib's ihm«, raunte Rupert. Zum ersten Mal in seinem Leben stimmten sogar Rieke Gersema und Sylvia Hoppe ihm zu. Die beiden bezeichnete er sonst gern als *Kampflesben*, und sie hatten ihn ebenso gern wie Durchfall oder Nesselfieber.

Für Weller waren all die Überlegungen, ein saudiarabischer Prinz könne der Mörder sein, Müll. Hirngespinste. Er glaubte immer noch, dem richtigen Täter auf der Spur zu sein, und hatte jetzt nur noch ein Ziel: Er wollte seine Tochter schützen.

Von der Stadtbibliothek aus konnte er den Haupteingang

der Polizeiinspektion sowie die Ausfahrt vom Parkplatz dahinter überblicken. Er sah, wie Maximilian Fenrich gemeinsam mit Felicitas Waldheim das Gebäude verließ. Fenrich stieg mit ihr in einen BMW mit Wilhelmshavener Kennzeichen.

Pass nur auf, du blöde Schnepfe, dass du nicht sein nächstes Opfer wirst, dachte Weller. Vielleicht konnte er diesen Mann nicht überführen und auch nicht stoppen, aber er konnte seine Tochter beschützen. Und genau das hatte er jetzt vor. Er würde einfach nicht mehr von ihrer Seite weichen. Niemand erdolchte eine junge Frau, wenn ihr Papa danebenstand.

Er fuhr zu ihr. Jule war nicht zu Hause. Er hatte keinen Schlüssel zu ihrer Wohnung, aber er kannte sich mit Schlössern aus.

Eine Weile saß er in ihrer Studentenbude herum und legte sich Argumentationen zurecht. Er hoffte, sie überzeugen zu können. Schließlich begann er, aufzuräumen. Staubsaugen beruhigte ihn. Das Sieb der Spülmaschine war mit Scherben verstopft. Er reparierte das im Handumdrehen und ließ die Maschine einmal durchlaufen.

Dann begann er, die stumpfen Messer zu schleifen. Dabei stellte er sich vor, so ein Brotmesser an Maximilian Fenrichs Kehlkopf zu halten und langsam damit höher zu schaben, um ihm ein paar Barthaare unterhalb des Kinns zu entfernen. In Wellers Phantasie gestand Fenrich, mit der Klinge am Hals, jeden einzelnen Mord.

Er hatte vor sich auf dem Tisch sechs glänzende, neu geschliffene Messer liegen und bearbeitete gerade die Klinge des siebten, als Jule aus dem Tattoostudio zurückkam. Sie hatte einen frisch gestochenen Skarabäus am Hals.

Weller staunte nicht schlecht, als er seine Tochter sah. Der Käfer mit den großen Zangen, der aus ihrem T-Shirt zu klettern schien, glänzte. Jule stand wie angewurzelt und starrte auf

ihren Vater und die Messer. Er hatte sie mit seinem Ordnungs-
sinn so aufgereiht, dass die Spitzen auf Jule zeigten. Ihm war
es aber nicht bewusst.

All die klugen, netten Sätze, die er sich zurechtgelegt hatte,
um die Aufmerksamkeit und das Wohlwollen seiner Tochter zu gewinnen, waren mit einem Schlag aus seinem Gehirn
verschwunden. Das Tattoo an ihrem Hals vernichtete jeden
klugen Gedanken in ihm. Stattdessen breitete sich anfallartig
Panik in Weller aus, und genauso guckte er auch. Verflogen all
die guten Vorsätze …

Er sprang auf und zeigte auf ihren Hals: »Hat er das von dir
verlangt?«

Jule machte unwillkürlich einen Schritt rückwärts.

»Wer?«

»Na, dein Versicherungsfuzzi.«

Sie fand die Bezeichnung sehr abwertend. Für Weller dagegen war sie eigentlich eine Verharmlosung. Gegen einen Versicherungsvertreter als Freund seiner Tochter hätte er nichts
einzuwenden gehabt. Gegen einen Serienkiller schon.

»Nein, er war dagegen«, antwortete Jule völlig verkrampft.

Weller glaubte ihr nicht. Er hatte Mühe, nicht zu stottern:
»Dagegen? Und warum lässt du dir dann einen Mistkäfer auf
den Hals tätowieren?«

»Mistkäfer?« Sie bekam vor Empörung kaum Luft. »Das ist
ein Skarabäus! Das Symbol für Schöpferkraft. In einigen Kul-
turen wird der Skarabäus wie ein Gott verehrt. Das ist mein
Krafttier!«

»Dein was?!«

Jule wollte sich und ihr Tattoo nicht länger verteidigen oder
erklären. Stattdessen attackierte sie ihren Vater: »Was machst
du hier? Ich suche weder einen Putzmann noch einen Messer-
schleifer!«

»Ich ... ich ... kann stumpfe Messer einfach nicht ausstehen ...«

»Ja, Papi, das weiß ich. Du hast mir dreimal einen Schleifstein geschenkt, und glaub mir, wenn ich irgendetwas im Leben noch nie benutzt habe, dann einen Schleifstein.«

Er deutete auf die Messer: »Das merkt man.«

»Wie bist du reingekommen, Papa? Mit einem Dietrich?«

»Nein. Ich habe einfach nur ...« Er winkte ab und stoppte sich selbst. Er wollte dieses Gespräch eigentlich ganz anders führen. Weniger vorwurfsvoll. Weniger technisch. »Ich habe«, sagte er ehrlich und atmete aus, »mir Sorgen um dich gemacht. Um die ganze Wahrheit zu sagen. Ich habe eine Scheißangst um dich.«

»Ja, Papa, ich weiß. Paranoia. Sag ich doch. Dein Beruf hat dich fertiggemacht ...«

»Im Gegenteil! Er hat meinen Blick geschärft. Mich wach werden lassen. Glaub mir, mein Mädchen, die Menschen sind nicht alle gut! Wir ermitteln gegen einen Serienkiller, der vier Frauen getötet hat. Möglicherweise mehr. Sie hatten alle ein Tattoo ...«

Sie lachte ihn aus. Es tat ihm nicht einmal mehr weh. Es machte ihn nur ratlos.

»Ach, und deshalb denkst du, dass der Killer jetzt auch Jagd auf mich macht? Papa, das ist doch gaga. Schärfst du deswegen die Messer, damit ich mich besser verteidigen kann?«

»Jule! Dein Freund hatte nachgewiesenermaßen Kontakt zu dreien der Opfer. Er ist praktisch unser Hauptverdächtiger. Das darf ich dir eigentlich alles gar nicht sagen, weil ...«

»Und warum verhaftet ihr ihn dann nicht? Wenn er vier Frauen umgebracht hat, wird er doch vermutlich lebenslänglich bekommen, und ich mache dann garantiert auch Schluss mit ihm ...«

Sie verschränkte die Arme vor der Brust und blickte zornig auf ihren Vater. Sie erwartete, nervös mit dem rechten Fuß wippend, eine Antwort. Ihr Blick war eine einzige Provokation.

»Er … ich … also … Ich darf dich natürlich nicht über den Stand der Ermittlungen aufklären … Ich habe dir schon viel zu viel erzählt …«

»Papa«, sagte sie scharf, »ich kann es dir an der Nasenspitze ansehen. Du bluffst. Du hast nichts gegen Maximilian in der Hand. Gar nichts. Das ist alles nur ein Hirngespinst in deinem vor Eifersucht kranken Kopf. Nicht einmal deine Kollegen nehmen das ernst.«

Ihr Handy piepste. Sie hob es aus der Tasche. Weller wusste sofort, dass die Nachricht von Fenrich war. Jule las sie laut vor: »Dein verrückter Vater hat mich verhaften lassen. Ich bin aber wieder frei. Kein Grund zur Sorge. Zum Glück habe ich eine gute Rechtsschutzversicherung. Grins …«

Es war, als würde damit die Luft aus Weller gelassen. Er setzte sich mit hängenden Schultern wieder hin. Der Stuhl knarzte unter seinem Gewicht. Er machte einen besiegten Eindruck. Fertig. Reif für die Nervenklinik.

Er versuchte es ganz sanft, fast mitleidheischend: »Ja. Du hast recht, mein Engel. Niemand glaubt mir. Vielleicht nicht einmal Ann Kathrin. Aber ich … ich …«

Er kam nicht weiter. Er hatte einen wachsenden Kloß im Hals. Er kämpfte mit den Tränen. Jule bemerkte es. Es rührte sie an. Sie sah ihn in seiner Verzweiflung und nahm ihn in den Arm. So konnte er den Satz nicht zu Ende sprechen. Die Umarmung seiner Tochter löste seine Tränen.

Sie sagte: »Und du hast Angst, einfach nur Angst, deine Tochter zu verlieren.«

Er nickte. Eine Träne tropfte auf Jules Hals. Sie streichelte über seinen Rücken.

Er glaubte, endlich einen Zugang zu ihr gefunden zu haben, und hoffte jetzt, das Blatt zum Guten wenden zu können, da sagte sie mit sanfter Stimme: »Du brauchst dringend Hilfe, Vatti. Es gibt hier in Emden eine sehr gute Psychotherapeutin. Die versteht sich auch auf Krisensituationen. Ich war bei ihr, als meine Verlustängste mit mir durchgegangen sind …«

Er löste sich von ihr. »Ich brauche keine Hilfe, Jule. Du brauchst Hilfe.«

»Fang nicht wieder so an, Papa. Sieh ein, dass du ein Riesenproblem hast. Soll ich Frau Dr. Pütz mal anrufen? Die ist ziemlich nett, und mit ein bisschen Glück bekommst du rasch einen Termin. Die hat sonst lange Wartelisten, aber wenn man unter solchem Leidensdruck steht wie du, dann kann man ja nicht ewig auf Hilfe warten. Ich kenne das aus eigener Erfahrung.«

Kommissar Oetjen bedauert sofort, die Sprachnachricht an Frank Weller abgeschickt zu haben. In seiner ersten Empörung hatte er versucht, ihn anzurufen. Als Weller nicht dranging, hatte Oetjen seinem Frust freien Lauf gelassen: »In Fenrichs Agentur wurde eingebrochen. Jemand hat die Akten durchsucht, aber wohl nichts geklaut. Wenn du das warst, Franky, dann hoffe ich, du warst nicht dämlich genug, das ohne Handschuhe durchzuführen. Die Jungs vom Einbruchsdezernat behaupten, sie hätten jede Menge Fingerabdrücke. Wer ist denn so doof und bricht ohne Handschuhe ein? Höchstens Besoffene oder Junkies auf Turkey. Oder Leute, denen einfach alles egal ist. Muss ich mir Sorgen um deinen Geisteszustand machen, Franky?«

Er war so schrecklich aufgeregt, er musste etwas tun, um runterzukommen. Er hatte Angst, sonst verrückt zu werden. Er wollte nicht wie ein sabbernder Irrer durch die Innenstadt stolpern. Es war, als würde etwas nach ihm greifen, von ihm Besitz nehmen. Etwas, das in seinem Inneren schlummerte wie eine Bestie im Winterschlaf. Ein Reiz von außen hatte sie geweckt. Jetzt war das Untier hungrig und zornig. Sehr zornig.

Er stellte sich Vivien Terholz vor, wie sie, die nackte Panik in den Augen, auf dem Bett rückwärts kroch, weil sie längst wusste, dass sie sterben würde. Der Sensenmann war zu ihr gekommen und zeigte ihr seine tödliche Klinge.

Allein der Gedanke, er könne sie auf den Bauch drehen und den Drachen zwischen ihren Schulterblättern herausschneiden, ließ ein Kribbeln durch seinen Körper rieseln. Er fühlte sich, als hätte er kalte Ameisen direkt unter seiner Haut. Dort krochen sie entlang.

Er fuhr nach Schortens. Er musste es bald tun. Sehr bald. Sie waren längst hinter ihm her. Manchmal spürte er ihre Anwesenheit. Dann wieder fühlte er sich ihnen allen überlegen. Kam sich vor wie ein Hirte unter Schafen. Er entschied, welches aus der Herde geschlachtet werden würde. Die anderen durften weiterleben. Wer am Ende der Nahrungskette stand, war der Herrscher der Welt. Gott nah! Wenn nicht gar Gott persönlich.

Allerdings hielt dieser erhabene Zustand nicht lange an. Das Ganze war sehr fragil. Vivien Terholz' Drache fehlte ihm. Ja, er musste sich den Drachen holen.

Jule hatte Weller in seinem Auto zum Parkplatz an der Berufsschule gefahren. Von hier aus bis zur Abdenastraße, wo Frau Dr. Pütz ihre Praxis hatte, wollte sie ihren Vater zu Fuß begleiten. Ein paar Schritte im Freien würden ihm guttun. Er hatte seit einiger Zeit nichts mehr gesagt, war ganz in Gedanken versunken.

Sie hatte versucht, ihm zu erklären, was für ein guter Mensch ihr Maximilian war.

Vor der Tür zur psychotherapeutischen Praxis begriff Weller, dass Jule keineswegs vorhatte, mit ihm hochzugehen. Ihm war es im Grunde völlig egal, ob sie gemeinsam in einem Café saßen, am Deich spazieren gingen, Fernsehen guckten oder sich in einer psychotherapeutischen Praxis unterhielten. Hauptsache, sie waren zusammen, und er konnte auf sie aufpassen.

Er war bereit, mir ihr überall hinzugehen.

»Wie? Ich soll da alleine hoch?«

Sie nickte. »Ja klar.«

»Und was machst du in der Zeit?«

»Spazieren gehen? Einen Besuch im Museum oder …«

»Ich gehe mit dir mit«, entschied er.

Sie staunte. »Du hast doch nicht im Ernst gedacht, dass wir gemeinsam zu Frau Dr. Pütz …«

»Doch.«

Sie guckte ihn wütend an.

Er deutete auf den Skarabäus an ihrem Hals. »Was ist ein Krafttier, Jule? Was hast du damit gemeint?«

Sie lächelte ihn an: »So etwas hat jeder Mensch, Vatti. Man muss es sich nur bewusst machen. Ich habe das bei einem Meditationskurs in der Volkshochschule gelernt. Das Krafttier repräsentiert einen Seelenanteil …«

Weller hörte intensiv zu, aber jetzt unterbrach er seine Tochter: »Kann jedes Tier ein Krafttier sein? Auch ein Adler? Ein Pferd oder eine Schildkröte?«

»Ja, klar«, lachte Jule, froh, dass ihr Vater sich auf so ein

Gespräch einließ. »Du hast bestimmt auch eins, Papa. Es ist dir nur nicht bewusst.«

Sie wollte klingeln, doch er hatte plötzlich gar kein Interesse mehr daran. Er hatte schon sein Handy in der Hand und rief Ann Kathrin an. Jule stand konsterniert neben ihm.

Weller legte ohne jede Vorrede los: »Er hat es auf die Krafttiere abgesehen. Deshalb tötet er die Frauen. Er verleibt sich damit Seelenanteile von ihnen ein oder irgend so einen Scheiß. Es sind die Tiere. Sie sind die Verbindung. Er macht weiter, weil es ihm noch nicht reicht. Damit will er irgendetwas erreichen. Komplett werden oder was weiß ich. Das ist nicht einfach Kannibalismus, da hattest du recht, Ann. Das ist … der Typ ist völlig verrückt.«

Jule stampfte heftig auf dem Boden auf: »Papa, du bist unmöglich! Es reicht mir jetzt echt. Ich hab dir diesen Termin gemacht und dich hierhingebracht. Jetzt sieh zu, wie du klarkommst. Geh rauf oder lass es sein!« Sie drehte sich um und lief weg.

Aus der Sprechanlage ertönte eine Stimme: »Sie wünschen?«

»Es … es … es war ein Irrtum. Entschuldigen Sie bitte«, sagte Weller.

Ann Kathrin sprach langsam und sehr eindringlich: »Es ist vorbei, Frank. Sie nehmen Wolfsman heute noch hopp. Ein MEK ist unterwegs. Er und seine Helfershelfer werden keinen sehr guten Tag haben. Das mit Annika Voss hat diese Mistkerle letztendlich zu Fall gebracht. Jetzt schlägt die Staatsmacht mit voller Kraft zu.«

Weller lief hinter Jule her. Er telefonierte dabei mit Ann Kathrin: »Sie jagen den Falschen. Fenrich ist unser Mann!«

»Frank, bei aller Liebe … Wo bist du überhaupt?«, fragte Ann Kathrin.

Jule drehte sich um und brüllte ihn an: »Lass mich in Ruhe!

Ich flipp aus! Du sollst mich in Ruhe lassen, verflucht nochmal!«

»Ist das Jule?«, wollte Ann Kathrin wissen. »Ich höre doch ihre Stimme. Was ist bei euch los?«

Weller folgte Jule bis zum Parkplatz.

»Was hast du vor?«, kreischte Jule. »Willst du ab jetzt im Bett zwischen uns schlafen?« Sie stieß ihren Vater zurück.

»Ja«, bestätigte Weller, »warum eigentlich nicht?«

Jule stieg in sein Auto und ließ den Motor an. Er versuchte, auch einzusteigen, doch sie drückte die Türverriegelung. Er rappelte an der Beifahrertür und schlug mit der Rechten, in der er auch sein Handy hielt, aufs Autodach. Es knallte in Ann Kathrins Ohren, als sei ein Schuss gefallen. Dann hörte sie Weller rufen: »Nimm mich mit! Das ist mein Auto! Bleib stehen!«

Er rannte hinter dem Wagen her. Es gelang ihm aber nicht, seine Tochter einzuholen. Sie ließ eine Scheibe herunter und reckte ihren linken Arm heraus. Sie zeigte ihm den Mittelfinger.

Hoffentlich, dachte Weller verzweifelt, ist das nicht das Letzte, was ich von meiner Tochter gesehen habe. Da war eine Stimme in ihm, die gab sie schon fast verloren. Aber der Kampfeswille des liebenden Vaters war größer.

Er stand in Emden vor der Berufsschule, in der oben Radio Ostfriesland die Redaktion hatte. Er überlegte, ob ihm die guten Kontakte zu zwei Moderatoren helfen könnten. Aber er konnte schlecht einen nichtlegitimierten Fahndungsaufruf absetzen.

Er hatte keine Waffe mehr, keinen Dienstausweis und kein Auto. Er fischte sein Portemonnaie aus der Tasche und sah nach, ob er genug Geld für ein Taxi bei sich hatte. Aber wohin sollte die Fahrt gehen? Was waren jetzt die richtigen Schritte? Gab es sie überhaupt?

Er überlegte. Peter Grendel würde ihn sofort abholen. Jörg Tapper war garantiert bereit, sein Café den Angestellten zu überlassen, um einem Freund in Not beizustehen. Falls Bettina Göschl nicht gerade irgendwo auf Tournee war, würde auch die Nachbarin helfen. Überhaupt gab es im Distelkamp ein gutes Miteinander. Aber er schreckte davor zurück, die Freunde oder Nachbarn in die Geschichte hineinzuziehen. Er ahnte bereits, dass es kein wirklich gutes Ende nehmen würde. Nein, er ahnte es nicht. Eine tiefe Gewissheit breitete sich in ihm aus: Das hier lief auf eine Katastrophe für alle Beteiligten hinaus.

Es gab einen Weg, diesen Irrsinn zu stoppen. Leider nur einen einzigen, der ihm einfiel. Er war bereit, diesen Weg zu gehen. Aber das musste er allein tun. Kein Verdacht der Beihilfe oder Mitwisserschaft sollte auf irgendwen fallen. Nicht auf Ann Kathrin und auch nicht auf seine Freunde Peter Grendel, Jörg Tapper oder Bettina Göschl.

Er kam sich plötzlich sehr einsam vor. Aber dadurch in seiner Entscheidung auch gleichzeitig frei.

Trotzdem. Ich brauche ein Auto, dachte er. Ein Mietwagen erschien ihm die beste Lösung und gleichzeitig unangemessen, als sei bereits die Vorbereitung ein Verbrechen …

Ann Kathrin nahm Weller durchaus ernst. Ein Krafttier, ja, das ergab einen Sinn. Es war eine Möglichkeit. Sie überprüfte so viel wie möglich am Computer. Die Sonne schien auf ihren Bildschirm und erschwerte ihr die Arbeit.

Der Nachteil, wenn man in einem Urlaubsgebiet wohnte, war, dass hier Menschen herkamen, um Spaß zu haben und sich zu erholen. Sie wollten einmal im Jahr frei von Sorgen und zu viel Verantwortung das Leben genießen. Die eigenen Probleme erschienen denen, die ständig dort wohnten, dann plötzlich unangemessen, unpassend, ja störend.

Wenn sie aus dem Fenster sah, gingen dort Eis schleckende Touristen spazieren oder machten Fotos von der »berühmten Polizeiinspektion«. Seit es Kriminalromane gab, in denen die Dienststelle am Markt in Norden mitspielte, war das Gebäude zu einer Art Touristenattraktion geworden. Es gab immer wieder Stadtführungen, sogenannte *Krimiführungen*, zu den Schauplätzen der Romane. Jetzt stand gerade wieder eine Touristengruppe unten. Ann Kathrin winkte ihnen zu. In einer anderen Situation hätte sie sie sogar reingebeten. Sie fand es wichtig, dass die Menschen die Scheu vor der Polizei verloren. Sie wollte ein Vertrauensverhältnis aufbauen, aber heute war ihr ganz und gar nicht nach Besuch.

Sie erkannte die Stadtführerin Susanne Roth, die gerade aus einem Kriminalroman vorlas, in dem auch die Schwanen-Apotheke und das *Café ten Cate* vorkamen.

Ann Kathrin wandte sich wieder dem Bildschirm zu. Es gab zig Gruppen:

Entdecke dein Krafttier

Finde dein Krafttier

Dein Krafttier und du

Hatte Weller da einen Zusammenhang entdeckt? Es gab einen regelmäßig stattfindenden Kurs auf Lanzarote: *Reise zum inneren Krafttier*.

Ann Kathrin fand sogar die Teilnehmerlisten der letzten Jahre im Archiv der Gruppe. Der Name Leah Dittmann elektrisierte sie geradezu. Hatte der Mörder seine Opfer in solchen Gruppen kennengelernt? In Meditations- oder Entspannungskursen, in Volkshochschulen oder auf Urlaubsinseln?

Falls Wolfsman dort gewesen war, dann garantiert unter falschem Namen. Für ihn war es überhaupt kein Problem, eine andere Identität anzunehmen.

Sie dachte kurz an Maximilian Fenrich. Wer ließ sich heutzutage noch einen Personalausweis zeigen, wenn jemand einen Kurs besuchte oder eine Massage? Das war doch, als würde man ein Abendessen bestellen.

Sie machte sich Sorgen um ihren Frank. Sie hatte ihn noch nie so zerrissen erlebt. Jetzt, da er sie offensichtlich am meisten brauchte, entzog er sich ihr plötzlich, als sei etwas zwischen ihnen zerbrochen oder als wolle er sie schützen. Er hatte sein Handy ausgeschaltet. Befürchtete er, geortet zu werden? Hatte sie ihn irgendwie beleidigt? Ihr schwante Schlimmes, aber selbst in ihren dunkelsten Minuten kam sie nicht darauf, was er wirklich plante …

Weller rief Rupert von einem öffentlichen Telefon aus an. Ja, so etwas gab es trotz der allgegenwärtigen Handys noch in Bahnhofsnähe.

Rupert war Kommissar genug und kannte die Situation. Er stellte keine Fragen. Er wusste auch so Bescheid. Er kam mit seinem Privatwagen zum *Grand Café* am Stadtgarten. Die zwei saßen dort wie ganz normale Touristen, die den Blick auf den Delft genossen und dabei Pläne für den Abend schmiedeten.

Nicht weit von ihnen lärmte eine Jugendgruppe. Einer von ihnen behauptete, er habe direkt vor dem *Otto Huus* Otto Waalkes persönlich gesehen. Der andere aber lachte: »Den hast du mit Karl Dall verwechselt.«

Weller bestellte Kaffee und Mineralwasser. Rupert sagte ohne Umschweife: »Du brauchst jetzt 'n Ballermann und 'n Freund.«

»Jo«, antwortete Weller ostfriesisch knapp. »Hab ich aber beides im Moment nicht.«

»Irrtum«, grinste Rupert und schob eine Waffe unter einer Serviette über den Tisch zu Weller.

Der steckte die Pistole, ohne hinzusehen, samt Serviette in seine Jackentasche. Sachlich sagte Rupert: »Die Baby-Glock 26. Neun Millimeter. Harrison Ford hat sich damit als *Dr. Kimble* im Film *Auf der Flucht* den Weg freigeschossen. Bruce Willis und Tommy Lee Jones benutzen sie ebenfalls.«

Weller wusste nicht, wo er hingucken sollte. Zwei Kuchen essende Damen um die sechzig lachten laut. Die eine winkte, und Weller meinte zunächst, sie meine ihn, aber dann, als er sich umdrehte, sah er den Mann, dem der Gruß gegolten hatte. Weller kannte ihn. Er hatte ihn schon zweimal festgenommen. Er neigte nicht nur dazu, seine Frau zu betrügen, sondern auch, sie zu verprügeln.

Weller fragte sich kurz, ob die Damen wussten, wen sie da so freudig an ihren Tisch baten.

Unbeeindruckt davon fuhr Rupert fort: »Ich mag diesen österreichischen Rückstoßlader. Zwölf Patronen im Stangenmagazin. Eine Eins A Zimmerflak.«

Weller stimmte dankbar zu. »Registriert?«

Rupert druckste herum: »Na ja«, grinste er, »erinnerst du dich daran, dass wir diesen Kerl verfolgt haben, der sich im *Smutje* unter falschem Namen eingenistet hatte?«

»Hm.«

»Bei der Durchsuchung des Hotelzimmers habe ich diese Glock gefunden. Ich wollte sie immer abgeben, aber du weißt ja, wie das ist ...«

Durchaus empört sagte Weller: »Das ist bestimmt zwei Jahre her!« Rupert setzte sich bequemer hin. »Kommt mir vor, als sei es gestern gewesen.«

Sie schwiegen eine Weile. Am Tisch gegenüber beflirtete der Frauenschläger Jost die zwei Damen. Sie waren ganz fasziniert von ihm.

Weller hielt die Situation kaum aus. Er sah sie schon blau gehauen vor sich sitzen und peinlich berührt eine Anzeige erstatten, die sie hinterher, wie einige ihrer Vorgängerinnen, wieder zurückziehen würden.

Weller stand auf, ging zum Tisch rüber, legte Jost die rechte Hand auf die Schulter und fragte so laut, dass es auch an anderen Tischen gehört wurde: »Geht es Ihrer Frau jetzt wieder besser, Herr Jost? Schöne Grüße von mir.«

Weller bückte sich, tat so, als würde er flüstern, sprach aber mit ungebremster Lautstärke weiter: »Wissen Sie, wenn eine Frau dreimal hintereinander die Treppe runterfällt und ein blaues Auge hat, dann ist das doch bestimmt für Sie als Ehemann blöd, oder? Da denkt doch immer jeder gleich an häusliche Gewalt.«

Die beiden Damen sahen empört aus und rückten deutlich vom Tisch ab. Aber keine stand auf.

Weller tätschelte Josts Gesicht und strahlte ihn freundlich an: »Alles Gute, alter Mistkerl.«

Weller ging zu Rupert zurück. Der winkte in Richtung Jost: »Von mir auch viele liebe Grüße!«

Weller und Rupert steckten die Köpfe zusammen und freuten sich spitzbübisch wie zwei Schüler, denen ein Streich gelungen war.

»Du wirst«, flüsterte Rupert, »ein Alibi brauchen. Ein gutes.«

Weller nickte. »Willst du das wirklich für mich tun, Rupert?«

»Sag mir einfach, wann. Ich könnte für uns beide kochen.«

»Du und kochen? Spiegeleier oder was?«

Rupert zuckte mit den Schultern. »Nee, besser lasse ich uns eine Pizza kommen und gebe denen ein fürstliches Trinkgeld. Wetten, dass die sich später nicht daran erinnern, ob du die Pizzen entgegengenommen hast oder ich?«

Weller fand die Idee gut.

»Also wann?«, hakte Rupert nach. Da Weller nicht antwortete, orakelte er: »Heute Nacht?«

»Erst mal muss ich ihn überhaupt finden«, gestand Weller und blickte auf seine Uhr. Er empfand das alles als Wettlauf gegen die Zeit.

Rupert stand auf: »Wenn ich etwas für dich tun kann ... sag Bescheid.«

Weller wusste, dass Ruperts Worte ernst gemeint waren und sagte leise, fast verschämt: »Danke.«

Rupert hielt noch kurz inne, bevor er das Café verließ, kam zurück und umarmte Weller. »Ich weiß«, flüsterte er, »dass du genug Freunde hast, die das für dich tun würden. Aber du willst sie da nicht mit reinziehen, stimmt's?«

»Stimmt«, gab Weller zu.

»Bei mir macht dir das weniger aus.«

Weller schluckte getroffen, aber Rupert sagte das alles ohne jeden vorwurfsvollen Ton in der Stimme, fast ein bisschen triumphierend. Er deutete einen Kinnhaken gegen Wellers deckungsloses Gesicht an: »Weil du genau weißt, dass ich ein harter Hund bin.«

Rupert ging ohne ein weiteres Wort. Er verließ das Café mit einem überlegenen Siegerlächeln auf den Lippen. Die Welt, dachte Rupert, ist verrückt geworden. Aber das ist für uns doch noch lange kein Grund, durchzudrehen.

Weller glaubte, es gäbe für ihn eine ganz einfache Möglichkeit, Maximilian Fenrich aufzuspüren. Er musste nur seine Tochter beschatten, und der Typ würde ihm direkt in die Arme laufen. Aber es gab zwei Probleme: Erstens, Jule durfte nichts bemerken, und zweitens konnte er ihn unmöglich in ihrer Gegenwart ausschalten. So ging das einfach nicht. Sie durfte von all dem nichts mitbekommen.

Zunächst dachte Weller darüber nach, ihm einmal in jedes Knie zu schießen. Das würde ihn ausschalten und aus einem gefährlichen Killer einen auf Hilfe und Zuwendung angewiesenen Rollstuhlfahrer machen. Genau das war aber auch das Problem. Dieser raffinierte Sauhund würde genau diese Situation für sich ausnutzen. Jules schlechtes Gewissen, dass ihr Vater diese Katastrophe angerichtet hatte, würde sie dann in Wellers Albträumen dazu bringen, diesen Mistkerl auch noch hingebungsvoll zu pflegen.

Weller sah sich jetzt schon vor Gericht stehen. Zur Urteilsverkündung ließ Maximilian Fenrich sich von Jule in den Gerichtssaal schieben. Die beiden gaben den entzückten Presseleuten ihre Hochzeitspläne bekannt. Damit wäre Wellers Niederlage komplett.

Nein, so ging es nicht! Weller musste dieses Trauerspiel ein für allemal beenden. Maximilian Fenrich musste sterben. Das stand für Weller in seltener Klarheit fest. Jule würde um ihn trauern, aber nie erfahren, dass ihr Vater mit diesem Tod etwas zu tun hatte. Es musste schnell gehen und heimlich. Ein Schuss zwischen die Augen, aus nächster Nähe, garantiert tödlich. Es würde wie eine Hinrichtung aussehen.

Vielleicht könnte er es auch wie einen Selbstmord aussehen lassen und ihm die Pistole in den Mund schieben. Ja, das war zweifellos der beste Weg. Über kurz oder lang würde Fenrich ohnehin aller Morde überführt werden, und dann käme auch der dümmste Polizist darauf, dass der Selbstmord eine schlüssige Handlung war. Er hatte es einfach nicht länger ausgehalten und sich selbst gerichtet.

Weller musste ihn von seiner Tochter trennen. Der Rest war nichts weiter als Handwerk.

Es gab so unendlich viel zu tun. Immer, wenn er Schwierigkeiten hatte, Prioritäten zu setzen und Reihenfolgen festzulegen, wuchs in ihm der Wille, zu töten. Es war wie ein Stressabbau. Ein Ritual, das die Zeit anhielt und ihm Kraft verlieh. Alles andere wurde dann unwichtig. Klein. Als würde er alles hoch aus der Luft beobachten. Er kam sich vor, als säße er in einem Flugzeug und würde über seinen Problemen schweben. Sie wurden winzig wie die Häuser einer Großstadt.

Das liebte er so am Fensterplatz im Flieger: Prächtige, Ehrfurcht einflößende Bauten wurden rasch zu Spielzeughäusern. Plötzlich ging dann alles leicht. Der Druck ließ nach. Endlich gab es eine klare Reihenfolge. Eine Prioritätenliste.

Er würde sich den Drachen aus Vivien Terholz' Rücken schneiden. Alles andere war dann nicht wirklich unwichtig, wurde aber leichter. Er hoffte, dass dieses Mal das letzte Mal sein würde. Er wollte ein neues, ein anderes Leben führen. Eins, wie alle anderen Menschen auch. Wollte frei sein von diesen Phantasien, von diesem gruseligen Gefühl, nicht richtig zu sein, nur ein halber Mensch, oder, noch schlimmer, ein Außerirdischer unter Menschen.

Ein Klassenkamerad, Timo, hatte ihm einmal gesagt: »Dein Vater war ein Alien und deine Mutter sein Reagenzglas.«

Er hatte Timo heftig verprügelt, doch nachdem Timos Wunden längst wieder verheilt waren und er sogar die Boßelmeisterschaft gewonnen hatte, tat die verbale Verletzung, die Timo ihm zugefügt hatte, immer noch weh. Sie saß tief, als habe er mit den Worten Giftpfeile abgeschossen, die erst nach und nach ihr Gift verbreiteten.

Jetzt floss es durch seine Adern und machte ihn von innen krank, als hätte Timo nicht einfach eine Beleidigung rausgebrüllt, sondern es schlicht gewagt, eine ungeheuerliche Wahrheit auszusprechen. Wahrer als die Wirklichkeit.

Er war selbst von seiner eigenen Aussage erschrocken. Das hatte er ihm angesehen. Es war, als hätte Timo ein Geheimnis verraten. Den direkt darauf folgenden Kinnhaken kassierte er wie eine gerechte, erwartete Bestrafung, fast froh, dass sie nicht heftiger ausfiel. Als er dann total ausrastete und ungehemmt auf Timo einprügelte, wehrte der sich nicht einmal mehr, sondern steckte nur noch ein.

Aber all die Schläge konnten das einmal Gesagte nicht mehr auslöschen. Die Worte blieben in seinem Kopf wie ein Urteil. Stigmatisierend. Krankmachend.

Immer wieder in den folgenden Jahren erklang der Satz in ihm. Fast wie Musik. Wie ein geheimes Signal. Die Ahnung von etwas Ungeheuerlichem: »*Dein Vater war ein Alien und deine Mutter sein Reagenzglas.*«

Jetzt sah er Vivien Terholz vor sich wie eine Erlösung. Ja, schon in ihrer Nähe ging es ihm besser. Viel besser.

Manchmal, wenn ihm schlecht war, reichte es schon, in eine Apotheke zu gehen oder im Wartezimmer eines Arztes zu sitzen, und er verspürte Besserung. Jetzt war es so ähnlich. Als würde die Medizin schon wirken, bevor er sie eingenommen hatte.

Dreimal hatte Ann Kathrin abwechselnd versucht, ihren Mann oder Jule zu erreichen. Aber beide hatten ihre Handys offensichtlich ausgeschaltet.

Ann Kathrin zwang sich jetzt, an etwas anderes zu denken. Sie überprüfte durch Aktenstudium und Anrufe bei Angehörigen der Opfer die neue Spur, für die es bereits einen Namen gab: *die Krafttier-Theorie.*

Sabine Ziegler hatte sich nach Aussage ihrer Mutter ihr Pferdetattoo nach einem Wellnessurlaub auf Lanzarote stechen lassen. Das Wort *Krafttier* hatte sie aus ihrem Mund mehrfach gehört. Auch Conny Lauf hatte mehrmals Urlaub auf Lanzarote gemacht. Das war für nichts ein Beweis, nährte aber die *Krafttier-Theorie.*

Ann Kathrin versuchte, über Freunde und Verwandte mehr über das Urlaubsverhalten der Opfer herauszufinden. Sie machte sich Sorgen um ihren Mann Frank, aber wie so oft, wenn seelischer Druck sie plagte, machte sie sich mit Arbeit zu. Sie vergaß dabei, zu essen. Wenn sie ein leichtes Schwindelgefühl spürte, trank sie gierig ein Glas Leitungswasser. Sie kannte sich selbst so gut, sie wusste genau, was mit ihr los war. Es war ihr altes Muster. Der Versuch, den Schmerz oder den Konflikt nicht zu spüren, indem sie sich so sehr in einen Fall versenkte, dass sie darin zu ertrinken drohte. Ihre Schulter- und Nackenmuskulatur verkrampften bereits. Gegen den Kopfschmerz halfen keine Tabletten. Nur Arbeit. Ja, manchmal gab es keine bessere und auch keine gefährlichere Droge für sie als Arbeit.

Ihre Freundinnen, Monika Tapper, Rita Grendel, Bettina Göschl, Angela Bloem und Melanie Weiß luden sie per WhatsApp zu einem Eierlikörabend ein. Jede hatte für den Abend Eierlikör selbst gemacht. Es war eigentlich ein Missverständnis. Rita wollte ihren, Marke *Distelkamp Eigenbau*, vorstellen, doch das kam bei den anderen so an, dass jede ein altes

Familienrezept ausprobiert hatte. Es ging insgesamt um gut fünf Liter *Klötenköm*, wie das nahrhafte Getränk in Ostfriesland gern genannt wurde.

Ann Kathrin sagte knapp ab, erntete damit aber den Protest ihrer Freundinnen, denn der Eierlikör sei nicht für die Ewigkeit, sondern ohne irgendwelche Konservierungsstoffe und müsse rasch getrunken werden.

Ann Kathrin wäre unter anderen Umständen gern bei ihren Freundinnen gewesen, aber dieses Morden musste zuerst beendet werden, bevor Zeit für Eierlikör war. Es gab so viele offene Fragen, und es gefiel ihr nicht, dass dieser Unsympath Klatt am Ende vielleicht recht behalten sollte.

Sie versuchte noch einmal, Weller zu kontakten. Vergeblich. Andere Frauen in ihrer Situation wären vielleicht eifersüchtig geworden, wenn ihr Mann sich so komisch verhielt, sein Handy ausschaltete und von der Bildfläche verschwand. Sie aber machte sich ganz andere Sorgen.

Er will nicht von uns geortet werden, und er vermeidet Kontakt zu mir, weil er Angst hat, mich in etwas reinzuziehen oder weil er mir nicht die Chance geben will, ihn von etwas abzuhalten, dachte sie. Sie wusste nicht, was sie schlimmer fand.

Im Flur hörte sie Ruperts unverkennbaren Gang. Es war eine Art schlurfendes Stolzieren, wie bei Revolverhelden in Western, die zum Duell gingen. Sie öffnete abrupt die Tür, als er auf ihrer Höhe war und platzte mit der Frage heraus: »Weißt du, wo Frank ist?«

Rupert grinste. »Nö? Sollte ich?«

»Guck nicht so, Rupert. Du weißt doch etwas ...«

Er zierte sich. »Du kannst ganz beruhigt sein, Ann. Der hat nichts nebenbei laufen. Der ist nicht der Typ für wilde Affären, sondern eher so Marke Pantoffelheld mit einem guten Buch in der Hand, oder?«

»Das meine ich nicht ... Ihr heckt doch etwas aus, ihr zwei ...«

Rupert zeigte seine offenen Handflächen und beteuerte: »Weller und ich sind wie Feuer und Wasser. Unterstell uns nichts. Was sollten wir denn schon gemeinsam aushecken? Denkst du, ich weiß nicht, dass ihr mich alle für einen Deppen haltet und ihn für den intellektuellen Querdenker? Dabei ist er doch nur das Weichei, und ich bin der Draufgänger.«

Sie wollte sich auf so ein Gespräch nicht einlassen. »Bitte, Rupert. Ich mache mir Sorgen. Du weißt doch, wie Frank ist. Wenn es um seine Tochter geht, dann ...«

»Ja, vermutlich hält er irgendwo mit seiner Jule oder seiner Sabrina Händchen, und sie reden über einen Film oder ...«

»Jule erreiche ich auch nicht.«

Rupert wunderte sich darüber nicht. »Ich denke, Jule und Frank haben ihre Handys einfach ausgeschaltet und führen jetzt mal ein längst fälliges Vater-Tochter-Gespräch. Glaub mir, Prinzessin, da will ich nicht dabei sein und du auch nicht. Aber wenn du dich langweilst, könnten wir heute Abend gemeinsam zu Wolbergs gehen und ein paar Cocktails nehmen.«

Sie lächelte milde. »Mir ist nicht nach Cocktails, Rupert.«

»Na ja, ich mache mir zwar nichts aus Wein, aber im Dock haben sie ein paar edle Tröpfchen, sagt man ...«

Amüsiert abwehrend fragte Ann Kathrin: »Sag mal, baggerst du mich gerade an?«

»Ja, darf man eine verheiratete Frau nicht mehr auf einen Drink einladen? Das hier ist Ostfriesland. Kein islamistischer Gottesstaat!«

Wenn Jule sich auspowern wollte, wenn sie sich ihre Probleme aus dem Leib rennen musste, wie sie es nannte, dann joggte sie gern am *Fehntjer Tief*. Davon hatte sie ihm einmal erzählt. Jetzt klammerte Weller sich an diesen Gedanken.

Vor vielen Jahren, als sie noch klein war und die Familie einigermaßen intakt, war er dort mit ihr und Sabrina Boot gefahren. Er war gerudert, und die zwei feuerten ihn an: »Schneller, Papa, schneller!«

Er hatte alles gegeben, um die Mädels zu beeindrucken. Als er völlig aus der Puste war, hatte Sabrina gefragt, warum es *Tief* heißt. Sie könne ja bis auf den Grund gucken, und eigentlich müsste es *Fehntjer Flach* heißen.

Sie hatten laut darüber gelacht. Er hatte die Chance genutzt, um Luft zu holen und die schmerzenden Arme auszuruhen.

»Die Ostfriesen«, hatte er seinen Kindern erklärt, »nennen kleine Flüsschen gerne *Tief*.«

Jule hatte gefolgert, dass es dann ja noch mehr *Tiefs* geben müsse. Er hatte versucht, einige aufzuzählen. Ihm fiel noch das *Knockster Tief* ein, das *Larrelter Tief*, das *Krumme Tief* und das *Bagbander Tief*. Besonders das *Krumme Tief* fanden die Kinder witzig. Sie nötigten ihm das Versprechen ab, alle Tiefs gemeinsam mit dem Boot zu erkunden. Dabei wollten sie picknicken und auch angeln.

Er hatte dieses Versprechen nie eingelöst. Erst schien genügend Zeit. Sie lebten, als sei das Leben endlos und alles würde immer so weitergehen. Immer wieder verschoben sie den nächsten Ausflug. Dann kamen die Ehekrise und die Scheidung. Mit der Pubertät wurden den Mädchen andere Dinge wichtiger, als mit Papa über kleine Flüsschen zu paddeln.

Er bedauerte sehr, die Zeit mit ihnen nicht besser genutzt zu haben. Die aktuellen Ausreden von damals zählten mit den Jahren nicht mehr. Personalmangel in der Dienststelle. Krisensitzung. Fortbildung am Wochenende. Überstunden. Schwieriger Fall.

Ja, damals war das alles vielleicht wichtig gewesen. Aus heutiger Sicht aber belanglos. Gern hätte er die Zeit zurückgespult und alles anders gemacht. Gab es eine bessere Freizeitgestaltung, als mit seinen Töchtern auf einem Boot jedes Tief zu durchschippern?

Er bekam Hass auf seinen Beruf und auf sich selbst und seine Inkonsequenz. Manchmal hatte er in der Kneipe Skat gespielt, statt mit seinen Kindern Mensch-ärgere-dich-nicht.

Was war ich für ein Idiot, dachte Weller und wurde von dem Gefühl getrieben, alles wiedergutmachen zu wollen. Er würde Jule retten! Zählte das nicht mehr als eine verpasste Bootsfahrt?

Das *Fehntjer Tief* war eine Möglichkeit, sie zu finden. In ihrer Wohnung war sie nicht. Bei Maximilian Fenrich zum Glück auch nicht.

Warum, dachte Weller, kenne ich ihre Lieblingslokale nicht? Hat sie überhaupt welche?

Er versuchte, sich daran zu erinnern, ob sie Restaurants oder Cafés genannt hatte. Einige fielen ihm dann doch ein. Alle im Herrentorviertel, nicht weit von ihrer Wohnung entfernt. Alles fußläufig. War ihre Welt so klein?

Für eine sinnvolle, unbemerkte Personenüberwachung wurden normalerweise fünf Teams gegründet. Er war allein. Er hatte die üblichen Hilfsmittel für eine Observation nicht zur Verfügung. Neutrale, getarnte Einsatzfahrzeuge. Nachtsichtgeräte. Von GPS-Überwachung und anderen, eigentlich illegalen Mitteln ganz zu schweigen. Nicht mal ein stinknormales Fernglas hatte er bei sich. Trotzdem glaubte er, sie am *Fehntjer Tief* von weitem in der Dämmerung an ihrem Laufstil zu erkennen. Die junge Frau war allein. Ihr orangefarbener Jogginganzug leuchtete. Jule trug gern orange. Ein nach hinten gebundener Zopf wippte. Sie trug ein weißes Stirnband und hatte einen dicken Kopfhörer auf den Ohren.

Sie war allein. Niemand verfolgte sie. Weller beobachtete sie vom anderen Ufer aus.

In der Weidelandschaft fand er nur wenig Deckung. Überhaupt schien ihm sein Vorhaben fast unmöglich. Er hatte schon an unzähligen Observationen teilgenommen. So manche Nacht hatte er mit steifen Gliedern, Rückenschmerzen und zum Platzen voller Blase in Autos mit abgedunkelten Scheiben verbracht, in denen die Heizung nicht funktionierte, während oben im warmen Haus ein Verbrecher Tee mit Rum trank und mit seinen Freunden den nächsten Coup plante …

Aber seine eigene Tochter zu überwachen war etwas anderes. Komplizierter. So, wie er sie aus Hunderten herausfiltern konnte und erkannte, so ging es ihr umgekehrt mit ihm garantiert auch. Er konnte hier nicht den harmlosen Spaziergänger spielen oder den interessierten Zeitungsleser. Eine Verkleidung war sinnlos, ja lächerlich.

Sie hatte ihn sogar als Nikolaus erkannt. Sie war gerade vier und mächtig stolz darauf, weil sie jetzt glaubte, ihr Papa sei der echte Nikolaus. Plötzlich ergab es einen Sinn, warum er so oft nicht zu Hause war. Man hat als Nikolaus schließlich auch etwas anderes zu tun. Kinder auf der ganzen Welt mussten mit Geschenken bedacht werden.

Er war sich nicht ganz sicher, ob die Joggerin wirklich seine Tochter war. Ein vernünftiger Teil in ihm, der inzwischen auf Erbsengröße geschrumpft war, fragte noch mal kritisch nach, ob das alles nicht vielleicht nur Wunschdenken sei.

Dann tauchte wie aus dem Nichts hinter ihr ein Mann auf. Ein Jogger in Schwarz. Er war schneller als die Frau in Orange. Er näherte sich ihr mit langen Schritten. Verfolgte er sie?

Ein Fischreiher erhob sich nahe bei Weller in die Luft.

Wenn das Schwein sie angreift, dachte Weller, kann ich keinen Schuss riskieren. Auf die Entfernung wäre die Gefahr, sie zu treffen, viel zu groß. Aber jetzt war die Gelegenheit gut. Er lief noch mit mindestens zwanzig Metern Abstand hinter ihr her. Vielleicht würde sie es nicht mal mitbekommen. Der Kopfhörer reichte vielleicht aus, um sie sogar gegen den Knall abzuschirmen. Der Typ könnte hinter ihr umfallen und würde im Gras verrecken, ohne dass ihr die Gefahr je bewusst werden würden, in der sie sich befunden hatte.

Aber gleichzeitig machte dieser Kopfhörer sie auch unglaublich verwundbar. Sie konnte die Gefahr nicht kommen hören. Sie würde ihn erst bemerken, wenn er von hinten nach ihr griff.

Was zögerst du, Weller? Schieß!, forderte eine Stimme in ihm, und er griff zur Glock. Aber da war noch ein Zögern. Ein *Ja, aber*. Ein *Vielleicht*. Was, wenn er sich irrte, und das war nicht Jule und der Typ nicht Maximilian Fenrich? Was, wenn er sich durch die rührselige Erinnerung an eine Bootsfahrt nur selbst vorgaukelte, Jule zu sehen? Hatte er dann am Ende nur irgendeinen harmlosen Jogger erschossen?

Er hatte feuchte Hände und musste aufpassen, dass die Glock ihm nicht entglitt und ins Wasser fiel.

Der schwarze Jogger war jetzt bis auf zehn Schritte an ihr dran. So, wie sie lief, hatte sie ihn noch nicht bemerkt. Neun Schritte. Acht. Höchstens …

Vielleicht, dachte Weller, hat das kluge Kind auf den Vater gehört und Schluss mit dem Typen gemacht. Jetzt läuft sie sich die Seele aus dem Leib, um damit fertig zu werden, und der Drecksack verfolgt sie, um sie sich zu holen, bevor er seiner gerechten Strafe zugeführt wird.

Eine andere Möglichkeit blitzte in Weller auf: Er könnte ins

Wasser springen, das *Fehntjer Tief* mit ein paar Zügen durchqueren und sich den Typen schnappen. Ein Bodyjob. Mann gegen Mann. Kaum denkbar, dass Jule davon nichts mitkriegen würde.

Der schwarze Jogger war schon viel zu nah. Jetzt lief er mit ihr auf gleicher Höhe. Sie trabten im Gleichschritt nebeneinander her. Sie nahm den Kopfhörer ab. Na bitte. Die zwei kannten sich! Sie redeten im Laufen miteinander.

Warum, verdammt, habe ich nicht geschossen, dachte er.

Sie wurden langsamer. Schließlich blieben sie stehen. Sie küssten sich.

Weller spuckte unwillkürlich aus. Ihm wurde richtig schlecht beim Zusehen. Er sprang ins Wasser und kraulte hinüber.

Die zwei bemerkten ihn. Der Mann bot Weller Hilfe an, als er Mühe hatte, die Böschung hochzukommen und in einem Loch einkrachte, das wohl von einer Bisamratte stammte.

»Sind Sie gestürzt?«, fragte der schwarze Jogger. Er war nicht Max Fenrich. Er sah ihm nicht einmal ähnlich. Er war sechsundzwanzig Jahre alt und studierte Biotechnologie und Betriebswirtschaft in Emden. Er nannte die spindeldürre Joggerin in Orange altmodisch *seine Verlobte*. Weller wünschte den beiden viel Glück für ihr weiteres Leben und verließ sie tropfnass. Irgendwie kam er sich geschlagen vor. Besiegt. Und war doch glücklich, keinen Schuss abgefeuert zu haben.

Er hoffte, dass nie jemand von dieser Aktion erfahren würde. Die zwei wollte er auch nie wiedersehen, und er würde garantiert niemals ein Wort darüber verlieren. Er war sich sehr bewusst, dass er gerade kurz davor gewesen war, jemanden zu erschießen.

Noch bevor seine Kleidung von der warmen Abendluft und dem ostfriesischen Wind trocknete, verflogen all diese Gedanken, und er hatte nur noch zwei Probleme: Wo zum Teufel steckte seine Tochter Jule? Und wo war dieser Max Fenrich?

Vivien Terholz war komisch zumute. Ihr Tattoo juckte zwischen den Schultern. Sie war nervös, so als stünde ein Ereignis bevor. Eine Umwälzung. Eine Katastrophe. Sie musste ständig zur Toilette, hatte keine Lust, Sport zu treiben, und kämpfte gegen einen unbändigen Hunger auf Süßes an. Sie, die sonst Zucker mied, entwickelte geradezu eine Gier auf Pralinen und Schokolade.

Sie switchte durch die Fernsehprogramme und surfte dabei im Internet. Sie wusste nicht, was langweiliger war. Nichts interessierte sie wirklich, außer Schokolade vielleicht. Es war, als wolle sie alles nachholen, was sie sich bisher im Leben viel zu selten erlaubt hatte. So, als wisse etwas in ihr genau, dass der Mörder schon zu ihr unterwegs war.

Er fuhr bereits über die Landstraße 814, die Schortens mit Wilhelmshaven verband. Neben ihm auf den Schienen tuckerte ein Zug so langsam daher, als würde ihm bald die Energie ausgehen. Jeder trainierte Radfahrer hätte den Zug überholen können.

Ihr Häuschen im Ortsteil Accum mit Blick auf die Mühle lag so friedlich und malerisch da, als gäbe es auf der Welt nur gute Menschen.

Vivien stieg noch auf den Stepper. Sie hatte zwar überhaupt keine Lust, aber sie tat es, als müsse sie den Fressanfall gleich abbüßen. Dabei schaute sie Fernsehen. Ein Hollywoodstreifen mit ungeheuer muskulösen Männern, die gern mit nacktem Oberkörper herumliefen und dabei martialische Waffen trugen, mehr Kanonen- oder Raketenwerfer als Schnellfeuergewehre, fesselte ihre Aufmerksamkeit für knapp dreißig Sekunden. Dann kam die Werbeunterbrechung und zeigte all die Produkte, die diese Männer garantiert nie aßen.

Zornig zappte sie weiter. Auf dem nächsten Sender war Werbung für ein Shampoo. Die Frau unter der Dusche sah so glücklich und entspannt aus, dass Vivien ebenfalls Lust darauf bekam, die Brause voll aufzudrehen und Wassertropfen über ihre Haut perlen zu lassen. Sie ärgerte sich ein bisschen darüber, dass solche Werbefilme auf sie Wirkung zeigten. Aber der Ärger verflog schon, als sie im Badezimmer war. Immerhin benutzte sie ein anderes Shampoo, mit Urea, das die Kopfhaut weniger reizte.

Ihr Duschkopf hätte auch schon vor Jahren ausgewechselt werden müssen. Der dünne, zweigeteilte Strahl war ein Hohn auf das, was sie gerade im Fernsehen gesehen hatte. Trotzdem tat das Wasser gut.

Sie duschte kalt. Erst dadurch wurde ihr bewusst, wie schwül es in der Wohnung war. Das Mückengitter am Fenster hielt nicht nur die Mücken ab, sondern dämpfte auch die Frischluftzufuhr.

Er hatte vor der St.-Willehad-Kirche in Accum geparkt. Er war nicht gerade ein gläubiger Christ, aber er mochte alte Kirchen. In der hier befand sich das Grabmal von Häuptling Tido von Inn- und Knyphausen neben dem Abendmahltisch. Auch seine Frau war dort beigesetzt worden.

Er sah sich das an. Er suchte gerne geschichtsträchtige Orte auf. Sie gaben dem belanglosen Alltag einen tieferen Bezug. Hier gab es, wie in der Ludgerikirche in Norden, eine Arp-Schnitger-Orgel. Er hatte mehrere Orgelkonzerte in Kirchen besucht. Sie gaben ihm ein erhabenes Gefühl. Fast so gut, als würde er am Herd stehen und sich ein Stück Haut knusprig anrösten.

Diese Krafttiere schmeckten wie frisch gesottene Chips. Sie machten Hunger auf mehr. Wer einmal anfing, hatte ein Problem, damit wieder aufzuhören. Das war bei ihm schon als kleiner Junge so gewesen. Er musste essen, bis die Chipstüte restlos leer war. Auch wenn ihm danach schlecht wurde und er gegen Verbote handelte, er musste immer wieder hineingreifen.

Es war hier in der kühlen Kirche, als würde er zu einer höheren Macht sprechen. Betete er gerade? Er erschrak fast bei dem Gedanken, aber er spürte die Anwesenheit von etwas, und außer ihm war hier kein lebender Mensch. Wobei er manchmal sogar bezweifelte, selbst einer zu sein.

Kirchen brachten ihn dazu, eine Art Zwiegespräch zu führen, mit wem auch immer. Es kam ihm vor, als hätte er dort ein Gegenüber. Einen Partner für den sonst unmöglichen Gedankenaustausch.

Ich will aufhören. Ich will endlich die Finger aus der Chipstüte lassen. Nur noch diesen Drachen … Dann ist Schluss! Bitte hilf mir, dass ich dann aufhören kann. Ich will ein normales Leben führen. Ich habe dann genug Krafttiere in mir. Mehr brauche ich nicht. Von zu vielen Chips wurde mir auch immer schlecht.

Er hielt sich selbst den Mund zu. Fast hätte er »bitte, lieber Gott« gesagt. Dabei glaubte er doch gar nicht an Gott. Nicht an den der Christen und auch sonst an keinen.

Er verließ diese sakralen Räume, um sich ganz Vivien Terholz zu widmen. Dabei verursachten seine Schritte einen merkwürdigen Hall, so als würde ihm jemand folgen. Er drehte sich um. Da war niemand zu sehen. Trotzdem hätte er schwören können, dass dort jemand war. Oder etwas …

Ann Kathrin kam bei Wellers Tochter Sabrina durch. Sie klang, als sei sie vom Anruf ihrer Stiefmutter wenig begeistert. Sie bemühte sich aber deutlich um einen freundlichen Tonfall: »Na, wie geht's dir denn so, Ann?«

Sie klang sehr gelangweilt. Ann Kathrin fragte sich, ob Sabrina möglicherweise gar keine Ahnung hatte und das hier für den monatlichen Routineanruf hielt. Sie kam sich plötzlich erbärmlich dabei vor, Sabrina mit all ihren Problemen zu belasten. Sie musste vermeiden, den Vater in ein schlechtes Licht zu rücken. Das würde Weller ihr nie verzeihen und sie sich selbst ebenfalls nicht.

»Sag mal, du Gute, ich hoffe, es läuft alles rund bei dir?«

Ein verhaltenes »Ja« war die Antwort. Das Ja hörte sich so an, als würde Sabrina sich lieber die Zunge blutig beißen, als Ann Kathrin von ihren Sorgen zu erzählen. Das tat Ann Kathrin weh und zeigte ihr, wie viel Beziehungsarbeit noch nötig war, wollte sie jemals ein gutes Verhältnis zu Wellers Töchtern entwickeln. Sie waren im Grunde immer noch eifersüchtig und machten sie für das Scheitern der Ehe verantwortlich.

Ann Kathrin riss sich zusammen und versuchte, sich auf das zu konzentrieren, was jetzt vordringlich war. »Ich versuche, Jule zu erreichen. Sie geht nicht ans Handy. Weißt du, ob sie eine neue Nummer hat oder was mit ihr los ist?«

Sabrina stöhnte, und Ann Kathrin wusste, dass sie voll ins Fettnäpfchen getreten war. Sabrina versuchte, sich nicht anmerken zu lassen, wie typisch sie es fand, dass hinter Jule her telefoniert wurde, während sich offenbar niemand für sie interessierte. Das alte Konkurrenzverhältnis zwischen den Schwestern flammte sofort wieder neu auf.

Sie antwortete spitz: »Ach, meldet sie sich bei euch auch nicht? Und ich dachte schon, das hätte etwas mit mir zu tun ... Nein, ich weiß nichts. Wenn sie etwas Neues, Spannendes anfängt oder sich neu verliebt hat, dann bin ich sofort abgeschrieben. Sie meldet sich erst wieder, wenn die neue Beziehung zu Bruch geht oder sie sonst wie Stress hat.« Patzig fügte sie hinzu: »Und danke der Nachfrage. Mir geht's gut ...«

Ann Kathrin suchte nur noch eine gute Möglichkeit, dieses Gespräch rasch zu beenden. So kam sie sowieso nicht weiter. Ihr Hals war plötzlich trocken, und ihre Augen tränten, als habe sie sich erkältet oder sei gegen irgendetwas allergisch.

Die Krise hatte Weller dazu gebracht, viel über seine Tochter nachzudenken. Gesprächsfetzen, Erinnerungen setzte er zu einem Bild zusammen. Immer mehr fiel ihm ein.

Im Grunde wusste er eine ganze Menge über sie. Zum Beispiel, dass sie gern im *Hafenhaus* aß. Es war jetzt ziemlich voll, und mindestens die Hälfte der Gäste schien in Jules Alter zu sein. Das Stimmengewirr war enorm. Aber er fand sie nicht.

Sie hatte ihm mal erzählt, dass sie fast jede Woche einmal zu *Fenna* ging. Aber nur, wenn sie richtig »Schmacht hatte«, denn dort waren die Portionen riesig, und wer nicht satt wurde, bekam sogar Nachschlag. Der Laden in der Kranstraße hieß in Wirklichkeit nicht *Fenna*, sondern *Herrentor-Grill*. Aber Fenna stand mit ihrem Mann hinter der Theke und schmiss den Kultladen seit Jahrzehnten.

Er sah seine Tochter! Sie aß den großen Hamburger zweimal. Erst einmal mit den Augen und dann mit dem Mund. So, fast starr vor Fressgier, hatte sie schon mit zwei Jahren vor ihren Pommes gesessen. Sie hatte sich »einen Chicken-Burger mit Pommes zum Hieressen« bestellt. Weil sie so lange warten musste oder weil sie Stammkundin war, vielleicht aber auch, weil sie so hungrig aussah, wer wusste das schon, hatte sie eine Extra-Frikadelle dazu bekommen.

Detlef, Fennas Mann, spießte Fleischstücke und Zwiebeln auf. Er bereitete geschickt in wenigen Minuten zwei Dutzend Schaschlik vor.

Jule entschied sich, mit den Fingern zu essen. Alles.

So, wie sie reinhaute, sah es für Weller nach einem Frustessen aus. Entweder hatte sie Ärger mit Maximilian Fenrich, oder sie war an der Uni bei einer Prüfung durchgefallen. Jedenfalls lebte sie noch, und er hatte sie endlich gefunden.

Er versuchte, sich so zu positionieren, dass er ihr beim Verlassen des Ladens unauffällig folgen konnte. Aber das ging schon im Ansatz schief. Eine Kommilitonin setzte sich zu Jule, griff sich ungebeten ein paar Pommes und sagte: »Draußen steht dein Vater rum, als würde er sich nicht reintrauen. Habt ihr Stress miteinander?«

Jule mampfte weiter. Jetzt erst recht. Sie blieb extra lange. Sie hörte sich eine Geschichte ihrer Kommilitonin Angie über einen Mitstudenten an, der angeblich noch nicht genau wusste, ob er schwul war oder nicht oder vielleicht bi. Angie bemühte sich, ihn für ein heterosexuelles Leben zu begeistern, musste aber dabei herbe Niederlagen einstecken. Außerdem lebte er vegan, und sie behauptete, er könne sogar riechen, wenn sie Fleisch gegessen habe. Der Aasgeruch klebe dann praktisch an ihr, und er könne dann auch nicht mit ihr schlafen.

Da Angie sehr umständlich und detailreich erzählte, nahm das Ganze so viel Zeit in Anspruch, dass schon die ersten Gäste maulten, ob der Tisch noch lange besetzt sei.

Jule trank noch eine Cola Zero und verließ dann die Grillstation, als sei nichts gewesen. In den Spiegelungen der Fenster und Autos konnte sie ihren Vater sehen. Sie huschte plötzlich in einen Hauseingang und wartete dort. Er hatte sie tatsächlich kurz verloren. Er vermutete sie eine Straßenecke weiter, als sie hinter ihm aus dem Dunkel sprang und laut »Buh!« schrie.

Er erschrak.

»Was soll das, Papa? Beschattest du mich, oder was? Drehst du jetzt völlig am Rad?«

Seine Kleidung sah aus, als hätte er sich auf dem Flohmarkt eingekleidet. Außen an den Hosenbeinen und den Ärmeln waren die Sachen immer noch nass. Er roch modrig.

»Papa, bist du ins Hafenbecken gefallen?«

»Nein, ins *Fehntjer Tief*«, gab er zu. Er wunderte sich selbst über seine Ehrlichkeit. »Lass uns zu dir gehen und reden, Jule ...«

»Worüber willst du mit mir reden?«

»Über Max Fenrich ...«

»Nein, Papa! Nie wieder! Ich will davon nichts mehr hören!«

Sie ließ ihn stehen. Er lief ihr nach. Sie beschleunigte ihre Schritte. Nach knapp hundert Metern drehte sie sich abrupt um und pflaumte ihn an: »Lass mich in Ruhe, oder ich rufe laut um Hilfe! Was glaubst du, wie viele junge Männer bereit sind, dich zu verprügeln, wenn ich jetzt schreie: Der Mann belästigt mich! Hilfe!«

»Das würdest du wirklich tun?«, fragte er ungläubig.

»Ja«, log sie.

»Keiner.«

Sie wusste nicht gleich, was er meinte und guckte ihn nur groß an.

»Keiner würde dir helfen«, erklärte er. »Ja, liebe Tochter, das steht leider zu befürchten. Und genau deshalb bin ich da. Ich bin nämlich bereit, einzugreifen, wenn dir etwas geschieht.«

»Ja. Ich weiß. Davon träumst du nachts. Du wärst so gern

mein Held und Retter, dass du dich dabei restlos lächerlich machst. Es geht aber nicht um mich, Papa, sondern um dich!«

Ihre Kommilitonin war wieder da und behauptete: »Dein Papa ist ein echt cooler Typ.«

Jule rollte vor Zorn mit den Augen. Angie stellte sich vor: »Angie. Ich habe Sie mal gesehen, als Sie Jule von einer Party abgeholt haben. Sie waren damals so nett, mich auch nach Hause zu fahren.« Zu Jule gewandt erklärte sie: »Mein Vater hat mich nie irgendwo abgeholt.«

Jetzt reichte es Jule. Sie machte eine betont großzügige Geste: »Weißt du was, Angie? Ich schenk ihn dir!«

Er stieg durch eins der offenen Fenster ein. So mühelos war er selten in ein Haus gekommen. Er musste nur das Fliegengitter herausnehmen. Er hielt es noch in der Hand, als Vivien aus dem Badezimmer kam. Sie hatte sich in ein flauschiges gelbes Saunatuch gewickelt und trug ein zum Turban gebundenes weißes Handtuch auf dem Kopf.

Er ließ das Gitter vor ihre nackten Füße fallen und sagte: »Fliegengitter helfen gegen Fliegen. Gegen diese kleinen Stechmücken meist schon nicht mehr. Gegen den Sensenmann überhaupt nicht.«

Sie öffnete den Mund zu einem stummen Schrei. Er zog das Messer und zeigte es ihr stolz. Sofort bekam er, was ihm, zumindest kurzfristig, so guttat: ihre Angst.

Diese schreckensgeweiteten Augen gefielen ihm. Er sagte es ihr. Er hatte heute seinen ehrlichen Tag.

»Die meisten Männer, die ich kenne, stehen darauf, angehimmelt zu werden. Die liebevollen, schmachtenden Blicke törnen sie an. Ich habe auch immer versucht, daran etwas zu finden, aber ich fahre mehr auf Angst ab. Ja, das hört sich ganz schön krank an, ich weiß. Aber ich behaupte ja auch nicht, gesund zu sein. Ich würde mir gern etwas aus Liebesgeflüster und dem ganzen Herumgeturtel machen, aber ich ... ich ...«

Sie ging langsam rückwärts. Er ahnte, was sie vorhatte. Sie hatte den ersten Schrecken erstaunlich schnell überwunden und wollte sich jetzt eine Waffe beschaffen. Hinter ihr auf dem Sideboard stand ein dreiarmiger Kerzenhalter aus Messing. Das Ding sah fast aus wie ein Dreispitz. Damit wollte sie auf ihn losgehen.

Er versuchte, schneller zu sein, und sprang hin. Er bekam den Kerzenständer vor ihr zu fassen, aber sie landete einen Faustschlag direkt in sein Gesicht. Seine Unterlippe platzte auf. Er schmeckte Blut. Sein eigenes Blut.

»Du bist stark«, sagte er. »Verdammt stark.«

Sie wickelte das große Saunatuch mit einer schnellen Bewegung von ihrem Körper. Damit hatte er nicht gerechnet. Für den Bruchteil einer Sekunde war er irritiert. Das reichte ihr. Sie warf ihm das Tuch über den Kopf. Er sah nichts mehr. Sie wollte ihm in die Eier treten, erwischte aber nur sein rechtes Knie. Es tat trotzdem höllisch weh.

Der Kerzenständer fiel zu Boden. Noch einmal trat sie zu. Diesmal traf sie besser. Er jaulte auf. Vornübergebeugt stand er mit zusammengedrückten Knien da. In der Rechten das lange Messer. Mit links kämpfte er gegen das Saunatuch.

Sie ging mit dem alten Holzstuhl auf ihn los. Dem Lieblingsstuhl ihrer Oma. Fast einhundert Jahre alt. Ostfriesische Handarbeit. Auf seinem Rücken zerbrach eines der so schön gedrechselten Beine.

Weller verbrachte die Nacht vor dem Haus seiner Tochter. Sie hörte oben Hörbücher. Er beobachtete ihr Schlafzimmerfenster und ihre Haustür. Er war sicher, dass Maximilian Fenrich kommen würde.

Weller suchte seine Habseligkeiten zusammen. Das Handy war zwar ausgeschaltet gewesen, hatte aber das Bad im *Fehntjer Tief* trotzdem nicht überlebt. Er hoffte, dass wenigstens die Glock noch funktionierte. Nein, er hoffte es nicht, er war sich sicher, aber vorsichtshalber nahm er alle Patronen aus dem Magazin und trocknete sie ab. So saß er am Straßenrand. Ein geschlagener Mann in einem zerknubbelten Anzug, der seine nicht registrierte Waffe reinigte.

Er fror. So schwül der Tag gewesen war, so kalt wurde die Nacht. Ein scharfer Nordwestwind blies. Er war Jule zu Fuß gefolgt, und keine zehn Pferde würden ihn hier wieder wegbringen. Er blieb ab jetzt auf Sichtkontakt.

Erfahrungsgemäß stand in jeder Straße ein nicht abgeschlossenes Auto herum. So hatte er es auf der Polizeiakademie gelernt, aber das war lange her. Weller versuchte nacheinander, an jedem Fahrzeug, das hier parkte, die Tür zu öffnen. Möglicherweise verriegelten sich diese modernen Dinger inzwischen selbsttätig.

Bei einem gut fünfzehn Jahre alten Passat war die Scheibe an der Beifahrertür nicht hochgefahren worden. Hinten auf dem Rücksitz standen mehrere Kisten mit Tapetenrollen und weiße Wandfarbe.

Weller griff ins Auto, öffnete die Tür und ließ sich auf den Sitz fallen. Immerhin. Hier war er vor dem scharfen Wind sicher, und er konnte Jules Türeingang im Auge behalten.

Da war eine Stimme in ihm, die sagte: *Lass den Scheiß. Geh zurück nach Hause in den Distelkamp. Penn dich aus. Iss etwas! Sprich mit deiner Frau.*

Die Stimme hörte sich an wie Ann Kathrin, aber da war noch eine andere Stimme, und die befahl ihm: *Halt die Stellung. Du bist ihr Vater. Du musst sie beschützen. Väter laufen nicht weg, nur weil es einmal schwierig wird!*

Ann Kathrin saß im Distelkamp im Bett. Der Platz neben ihr war leer. Sie hatte den Laptop auf den Knien, und Wellers Kissen hatte sie sich in den Rücken geklemmt. So spürte sie wenigstens indirekte Unterstützung durch ihn.

Sie hatte mehrfach mit Spanien telefoniert und jetzt endlich alle Daten zusammen. Sie fand, es sei ihre Pflicht, Klatt sofort zu informieren. Sie konnte ihn zwar nicht leiden, aber das durfte jetzt keine Rolle spielen. Sie wählte sein Handy an. Es war zweiundzwanzig Uhr elf, aber er meldete sich direkt nach dem ersten Klingelton mit einem knappen: »Ja?«

»Hier Ann Kathrin Klaasen aus Norden. Ich glaube, ich habe eine Information für Sie. Die Verbindung der Frauen untereinander.«

»Ich höre ...«

Rheinische Begeisterung klingt anders, dachte sie.

»Alle haben auf Lanzarote Urlaub gemacht. Sie haben dort ein Seminar besucht. Es ging um Entspannung, Wellness und darum, sich neu zu finden.«

Er brummte etwas Unverständliches.

»Und um Krafttiere.«

Jetzt wurde er hellhörig. »Aber die Frauen wurden dort nicht tätowiert, sondern ...«

»Nein, das haben sie zu Hause gemacht. Tätowieren ist auch nicht Bestandteil des Seminars. Die Trainerin dort war richtig erstaunt, dass einige ihr Krafttier so ernst nahmen.«

»Warum«, knarzte Klatt, »sind unsere Leute nicht darauf gekommen?«

»Vielleicht«, sagte Ann Kathrin milde, »sind wir hier als Touristenregion einfach näher dran. Bei uns denkt man viel über das Freizeit- und Urlaubsverhalten von Menschen nach.«

Er brummte erneut. »Wir haben Wolfsman hier auf Nummer Sicher. Ein Heer von Anwälten macht uns das Leben mit Anträgen und Beschwerden schwer. An Anrufe aus dem Innenministerium sind wir ja inzwischen gewöhnt, aber nun spielt auch das Auswärtige Amt mit. Ich warte darauf, dass die Bundesregierung hier einen Vorturner vorbeischickt. Es ist zum Mäusemelken ... Jeder versucht, sich einzumischen.«

»Verlieren Sie in all dem Rauch nicht den Blick für die Details des Falles, Kollege Klatt!«

Er nahm ihre Ermahnung durchaus ernst. »Ja, das ist vielleicht der Sinn hinter all dem. Eine Schlappe wie der NSU-Fall reicht. Hauptsache, am Ende stellt sich nicht heraus, dass zwei seiner Bodyguards V-Leute von uns waren. Die Kollegen hier sind alle auf hundert. Annika Voss war sehr beliebt.«

»Ach, Herr Klatt, was ich noch sagen wollte ...«

»Ja?«

»Die meisten Teilnehmer dieser Kurse sind Frauen. Im letzten Jahr gab es nur fünf Männer. Ich habe die Namen. Wir kennen keinen davon. Sowieso unwahrscheinlich, dass sich unser Täter da mit seinem richtigen Namen angemeldet hat.«

Klatts Stimme veränderte sich. Er wirkte abgelenkt. Ann Kathrin vermutete, dass eine andere Person soeben den Raum betreten hatte. »Ich bin mir nicht einmal sicher, dass er überhaupt dabei war.«

Es raschelte. Er hielt wohl die Hand vor das Mikro, aber Ann Kathrin verstand ihn trotzdem.

»Nein, Martha, das ist rein dienstlich. Nun fang doch nicht

wieder so an! Ich habe mit Doris seit Wochen nicht gesprochen. Nein, gesehen habe ich sie auch nicht.«

Er wurde wieder dienstlich. Seine Stimme kam ungefiltert und extra laut: »Nein, Heinz, das ist jetzt nicht relevant. Aber danke für die Info. Bis morgen.«

Er beendete das Gespräch. Ann Kathrin saß noch eine Weile da und sah ihr Handy an. So hat jeder seine eigenen privaten Probleme, dachte sie. Er hatte sie tatsächlich Heinz genannt.

Im Wohnzimmer stand noch eine offene Flasche Rotwein. Weller verstand etwas von Wein und von Kriminalromanen. Sie wog ab, was dagegen sprach, sich einen Schlummertrunk zu genehmigen, entschied sich dann aber doch dagegen. In ihr war so eine bohrende Unruhe, als könne es durchaus möglich sein, dass sie heute Nacht noch einen klaren Kopf brauchen würde.

Ihm tat alles weh. Die Wohnung war geradezu verwüstet. Dabei liebte er so sehr Ordnung um sich herum. Alles sollte einen festen Platz haben. Diesen museumsreifen Stuhl hatte sie auf seinem Rücken zertrümmert. Welch ein Biest! Und welch ein Kraftbündel.

Er bog sich nach hinten und griff sich ins Kreuz. Er konnte seine Wirbelsäule knacken hören. Sein linkes Ei war so sehr angeschwollen, dass sein Sack fast platzte, aber ihr Drache brutzelte in Öl.

Das Tattoo war so groß, dass er Mühe gehabt hatte, es an einem Stück aus ihrem Rücken zu schneiden. Dem Drachen wäre fast der Kopf samt einem Flügel abgerissen worden. Er hatte tiefer schneiden müssen, um ihn komplett abzuschälen. Es wurde sogar ein Problem, eine Pfanne zu finden, die groß genug war. Schließlich nahm er das Backblech.

Er wollte es erst mit Butter einstreichen, aber sie hatte nur Margarine im Kühlschrank. Er fand, Margarine ginge gar nicht. Margarine war echt das Letzte. Da nahm er dann doch lieber Olivenöl.

Er hockte jetzt vor dem Backofen. Der Drache bog sich, als würde das Tier sich dagegen wehren, in Öl gesotten zu werden. Der Drache wirkte im beleuchteten Backofen erschreckend lebendig. Seine Flügel schienen zu flattern. Sie erhoben sich aus dem Sud. Er reckte den Kopf und starrte seinen neuen Besitzer an. Der leckte sich über die Oberlippe. Er schloss die Augen und stellte sich vor, reinzubeißen. Er würde zuerst den Kopf verspeisen, dann den Rest des Drachen.

Im Wohnzimmer lag die tote Vivien Terholz auf dem Boden. Mit den Rückenschmerzen hatte er sich nicht die Mühe gemacht, sie ins Bett zu schleifen. Warum auch?

Er versuchte sich vorzustellen, dass dies sein letztes Mal war. Und ausgerechnet diesmal hatte es solche Schwierigkeiten gegeben. Eine richtige Schlägerei. Unwürdig im Grunde. Oder bereits ein Vorbote auf die Energie des Drachen? Was würde dieses Krafttier in ihm entfalten? Verbunden mit all den anderen? Endlich zu Hause … War der Drache so etwas wie die fehlende Spielkarte beim Rommee? War der Drache der Joker? Würde jetzt alles gut werden?

Er schaltete den Backofen aus und öffnete ihn. Vorsichtig nahm er zwei Topflappen und hob das Blech aus dem Ofen. Er atmete tief ein. Es roch nach gegrilltem Drachenfleisch.

»Nein, ich bin nicht verrückt«, sagte er laut zu sich selbst. »Wenn ich verrückt wäre, hätten sie mich längst erwischt. Verrückten gestattet niemand, so lange unerlaubte Sachen zu tun. Verrückte sperrt man ein. Ich bin frei.«

Weller zuckte zusammen. Er war in dem VW Passat eingenickt. Er rieb sich die Oberarme. Ihm war kalt. Vor dem Auto unterhielten sich lautstark zwei angetrunkene Männer.

»Ich ruf jetzt den Karl an und sag ihm, dass irgend so ein Penner in seinem Auto liegt und schnarcht.«

»Lass uns lieber gleich die Bullen rufen.«

»Nee, das gibt nur Ärger. Auf keinen Fall die Bullen!«

Weller öffnete schwungvoll die Tür und wuchtete sich aus dem Auto. »Kennen Sie den Besitzer dieses Fahrzeugs?«

»Ja klar«, rief der mit dem ungesund roten Kopf und den vorstehenden Augen.

Sein Freund war durch Wellers forsches Auftreten sofort eingeschüchtert und schüttelte den Kopf. »Nee, kenn ich nicht.«

Der mit dem hohen Blutdruck ereiferte sich: »Doch, klar, das Auto gehört dem Karl!«

»Karl?«, wiederholte Weller. »Wie ist sein Nachname und woher kennen Sie ihn?«

»Wir arbeiten manchmal für den.«

»Ja, warum wollen Sie das denn wissen? Sind Sie von der Polizei oder was?«

»Dieses Fahrzeug«, behauptete Weller, »wurde bei mehreren Straftaten als Fluchtfahrzeug benutzt.«

»Der will uns doch verarschen«, orakelte der Vorsichtige, doch sein Kumpel fiel sofort darauf rein: »Mir kam der Karl immer schon komisch vor.«

»Komisch?«, ereiferte sich der andere. »Der ist ein geschiedener Maler und Anstreichermeister. Was ist denn daran komisch?«

Weller beugte sich vor, als würde er die zwei ins Vertrauen ziehen. Er deutete an, sie sollten besser leise sein: »Das ist nur Tarnung. Agenten bauen sich immer eine harmlose bürgerliche Fassade auf …«

»Agenten? Ist der Karl etwa ein Spion?«, fragte der mit den hervorstehenden Augen.

»Psst!«, ermahnte Weller ihn.

»Was soll man denn hier in Emden ausspionieren?«, wollte der andere wissen.

Weller guckte ernst. »Ihr zwei habt echt keine Ahnung, was?«

»Nee, wovon denn?«

»Psst«, machte Weller noch einmal und duckte sich hinters Auto. Er deutete ihnen an, sie sollten es ebenfalls tun. »Eigentlich müsste ich euch mit aufs Revier nehmen. Wir durchforsten nämlich seinen gesamten Freundeskreis. Aber ihr seid hier mitten in einen Zugriff reingerasselt, Freunde. Die Luft könnte gleich sehr bleihaltig werden. Ich würde an eurer Stelle rasch abhauen. Aber bleibt gebückt und in Deckung.«

Die beiden trollten sich auf allen vieren mit hochgereckten Hintern im Schutz der parkenden Fahrzeuge. Weller hörte, wie der eine noch sagte: »Da haben wir aber noch mal Glück gehabt. Der hätte das mit der Schwarzarbeit bestimmt schnell rausgekriegt.«

Es war kurz vor sechs Uhr morgens. Weller beschloss, sich irgendwo einen Kaffee zu besorgen. Er kannte in Emden einen Mann, den sie in Ermittlerkreisen »den Bastler« nannten. Er galt als der Leonardo da Vinci des digitalen Zeitalters. Er konnte Daten aus kaputten Computern auslesen, gelöschte Festplatten rekonstruieren, Spionageviren auf fremden Computern installieren, verdeckte IP-Adressen anlegen und viele andere Sachen, die schon illegal oder den Gesetzgebern noch gar nicht bekannt waren, also kurzfristig legal. Er war mit einem Start-up-Unternehmen pleitegegangen und soff. Er hockte nächtelang am Computer und zockte Spiele oder versuchte, die Weltherrschaft zu erlangen, das war nicht so ganz klar.

Weller hatte ihn zweimal als Zeugen befragt und auch schon seine Dienste als Hacker in Anspruch genommen. Sie behandelten sich gegenseitig mit Respekt und schätzten sich.

Weller klingelte ihn raus. Der Bastler hatte offensichtlich neuerdings eine Freundin. Sie war gut zwanzig Jahre älter als er und dreißig Kilo schwerer. Sie öffnete Weller im Frotteebademantel ihres neuen Freundes. Der war ihr ein paar Nummern zu klein und ging vorne nicht richtig zu. Sie war unausgeschlafen, dafür aber recht freundlich.

Sie brachte Weller, vorbei am zerwühlten Bett, zum Bastler, der mit einem Becher Kaffee, der nach Weinbrand roch, am Computer saß.

»Ich brauche«, sagte Weller, »GPS und Abhörsysteme.«

»So ganz legal ist das aber nicht, Weller«, feixte der Bastler.

»Wäre ich sonst hier?«, fragte Weller.

Der Bastler grinste. Er schob zusätzlich ein Handy über den Tisch. »Brauchst du vielleicht noch ein Prepaid-Handy?«

Weller steckte es ohne zu zögern ein. »Woher weißt du?«

Der Bastler grinste: »Wärst du sonst hier? – Eben. Damit bist du erst mal nicht zu orten, und es ist auch wasserdicht. PIN-Code 1111. Das kannst du doch behalten, oder muss ich dir das aufschreiben, Weller?«

»Ich kann im Moment nicht zahlen.«

Der Bastler tat, als sei er Wellers bester Freund. »Wer redet denn hier von Geld? Ich helfe gerne einem Freund in Not.«

Weller guckte ungläubig, aber dankbar.

Der Bastler fügte fast zu Wellers Erleichterung hinzu: »Außerdem hast du bei mir Kredit. Zweitausend für alles, ohne Rechnung versteht sich.«

Weller nickte. »Versteht sich.«

Zwanzig Minuten später stand Weller wieder vor Jules Haustür. Bei ihr oben ging gerade das Licht an. Sie brühte sich einen Tee auf. Er sah sie hinter der Gardine und bekam wieder das Gefühl, das Richtige zu tun.

Wo, verdammt, hast du dich versteckt, Maximilian? Ahnst du, dass dein letztes Stündchen geschlagen hat, dachte Weller.

Er rief Rupert an, der gerade mit einer sehr männlichen Tätigkeit beschäftigt war: Er rasierte sich, und zwar nass, mit viel Schaum im Gesicht. Trotzdem ging er ans Handy, als das Wort *anonym* aufleuchtete. Er wusste gleich, dass Weller am Apparat war. Für den hatte er eigentlich ein weichgekochtes, aufgeschlagenes Ei eingespeichert, doch das erschien jetzt nicht auf dem Display, weil Weller ein anderes Handy benutzte.

Rupert fand es witzig, die Namen seiner Kollegen durch Fotos zu ersetzen. Für Weller gab es ein weichgekochtes, aufgeschlagenes Frühstücksei. Für Martin Büscher eine zerbeulte Königskrone, die sehr nach Kölner Karneval aussah. Rupert hatte noch nicht für jeden Kollegen das passende Bild, aber er suchte weiter.

Für Jessi hatte er erst zwei Boxhandschuhe, das passte zwar genau, wenn man wusste, wie hart sie zuschlagen konnte, aber ihre weiblichen Züge gefielen Rupert besser. Er traute sich nicht, das Bikinifoto einer Strandschönheit für Jessi hochzuladen. Er ahnte, dass einige Frauen in der Inspektion empört darüber wären.

Für Marion Wolters hatte er einen mit rosa Zuckerguss überzogenen Donut gewählt, für Ubbo Heide einen Marzipanseehund von *ten Cate* kurz vor der Schlachtung.

Er fand, diese Symbole machten das Leben einfacher. Er wusste sofort, wer dran war, und brauchte dazu keine Lesebrille. Er weigerte sich zuzugeben, dass mit den Jahren seine

Sehkraft nachgelassen hatte. Lesebrille ... wie sah das denn aus? Konnte sich jemand einen Actionhelden mit Lesebrille vorstellen?

Ja, der gute alte Sherlock Holmes benutzte vielleicht noch eine Lupe. Aber der war ja auch so etwas von alt ...

Weller sagte nicht einmal *Moin*, sondern fragte sofort: »Weißt du, wo der Sack steckt?«

»Nee, aber ich kann es für dich rausfinden.«

»Ruf mich zurück, wenn du ...«

»Halt, Moment! Ich kann schlecht auf Rückruf drücken. Deine Nummer wird hier nicht angezeigt. Auf meinem Handy steht anonym.«

»Das ist auch besser so«, sagte Weller. »Also gut, ich ruf dich wieder an.«

Weller hatte leise gesprochen, oder die Verbindung war schlecht, jedenfalls hatte Rupert sich das Handy fest ans rechte Ohr gedrückt, um besser verstehen zu können, was Weller wollte. Jetzt klebte Rasierschaum am Handy. Mit einer unwillkürlichen Bewegung hielt Rupert es unter den Wasserstrahl, um den Schaum abzuspülen.

Erstaunlicherweise gab sein Handy nicht sofort den Geist auf. Rupert trocknete es ab und versuchte dann, die verbliebenen feuchten Stellen in den Anschlüssen trockenzuföhnen. Ein Föhn war für Rupert etwas Ähnliches wie ein Staubsauger, eine Waschmaschine oder ein Tampon. Einfach nicht für Männer gemacht. Er stellte sich trotzdem fluchend relativ geschickt an und rettete sein Handy.

Er brachte seine Rasur zu einem unblutigen Ende. Dann rief er Jessi an und bat sie, alle ermittlungsdienstlichen Mittel klammheimlich, aber effektiv zu nutzen, um den Aufenthaltsort von Maximilian Fenrich in Erfahrung zu bringen.

So, wie Rupert redete, deutete Jessi die Situation sofort richtig: »Und das soll ich nicht gerade an die große Glocke hängen.«

»Genau«, freute Rupert sich über Jessis rasche Auffassungsgabe. »Das gehört in keine Dienstbesprechung. Du berichtest nur mir. Gib mir einfach die Koordinaten durch, wenn du sie hast.« Rupert ahmte Manfred Lehmann nach, Bruce Willis' Synchronstimme: »Dieses Gespräch hat nie stattgefunden.«

Sie fühlte sich geehrt, ins Vertrauen gezogen zu werden. Damit gehörte sie endgültig dazu. Diese Polizeiinspektion war insgesamt ein kleiner, verschworener Haufen. Aber es gab Grüppchen, die sich scharf gegeneinander abgrenzten. Ein paar scharten sich um Ann Kathrin und Marion Wolters. Die definierten sich als eine Art Anti-Rupert-Fraktion. Zu denen konnte sie einfach nicht dazugehören, obwohl sie Ann Kathrin eigentlich bewunderte.

Und dann gab es noch diese Gruppe um Rupert. Schrader zählte offen dazu und einige Männer, die aber so taten, als würden sie nicht dazugehören.

Weller war so etwas wie das Bindeglied zwischen allen. Er kam mit fast jedem klar, und ausgerechnet er war nun irgendwie herausgekickt worden. Das konnte gruppendynamisch nicht ohne Folgen bleiben.

Sie positionierte sich am liebsten zwischen Weller und Rupert. In dem Spannungsverhältnis fühlte sie sich wohl. Von ihnen wollte sie lernen und vielleicht irgendwann später einmal so gut werden wie Ann Kathrin.

Inzwischen hatte sie viel über Ann gelesen und begriffen, dass sie mit einer Legende zusammenarbeiten durfte. Vielleicht blieb sie deshalb ein bisschen auf Abstand zu ihr. Einerseits hatte sie zu viel Respekt vor ihr und fürchtete den Vergleich, andererseits machte Ann Kathrins unterkühlte Art es ihr aber auch leicht, Distanz zu wahren.

Sie überlegte, wie sie Rupert am besten Loyalität beweisen konnte, ohne den Rest der Gruppe gegen sich aufzubringen.

Kurz vor neun öffnete Maximilian Fenrichs Mitarbeiterin Imken Meents die Agentur. Sie hatte den Computer noch nicht hochgefahren und den ersten Kaffee noch nicht aufgebrüht, da klingelte das Telefon.

Weller war ihr erster Kunde. Er meldete sich mit »Autohaus Immoor. Wir hatten eigentlich einen Termin mit Herrn Fenrich. Wird da noch etwas draus?«

Imken Meents war sofort verunsichert. Von dem Termin wusste sie gar nichts. Einige Sachen liefen halt auch völlig an ihr vorbei, gab sie zu, aber um elf käme ihr Chef in die Agentur zu einem Treffen mit einem Großkunden.

»Kein Problem«, sagte Weller, »wir melden uns dann später noch einmal.«

Er sah auf die Uhr. Seine Tochter radelte zur Uni. Seminar über frühkindliche Erziehung. Er machte sich auf den Weg nach Oldenburg, bereit, ja fest entschlossen, Max Fenrich zu erschießen.

Er wählte kurz Rupert an: »Kommando zurück. Hab ihn.«
»Viel Erfolg.«

Rupert pfiff Jessi sofort zurück. Es war nicht nötig, dass später irgendein Verdacht der Beihilfe auf sie fiel.

Herta Paul besserte ihre Rente mit drei Putzjobs auf, und es reichte trotzdem am Ende des Monats meistens nicht. Einmal pro Woche schaffte sie bei Vivien Terholz Ordnung. Sie erschien bei der jungen Frau pünktlich wie immer. Normalerweise schloss sie selbst auf und räumte zunächst den Frühstückstisch ab. Sie trank den Rest Kaffee, der immer in einer Thermoskanne auf sie wartete. Manchmal aß sie sogar ein Brötchen mit Quark und Marmelade.

Sie begegneten sich nur selten. Das Geld lag immer unter der Kaffeetasse auf dem Frühstückstisch. Dreißig Euro.

Herta Paul sah beim Arbeiten nicht auf die Uhr. Mittags ab eins putzte sie zwei Straßen weiter bei einem älteren Ehepaar. Er pflegte seine demente Frau liebevoll. Wenn sie die Wäsche machte, ging er einkaufen.

Sie mochte die beiden, genau wie sie Vivien mochte. Für unsympathische Menschen hätte sie nicht arbeiten können.

Als sie die Tür öffnete, glaubte sie noch, einen ganz normalen Tag vor sich zu haben. Heute Abend traf sich die Canasta-Runde. Darauf freute sie sich. Ja, sie freute sich sogar auf den Kaffee aus der Thermoskanne. Sie hatte gelernt, auch kleine Dinge zu schätzen.

Aber auf das, was sie dann sah, hatte sie ihr nicht immer einfaches Leben nicht vorbereitet. Ihre Knie wurden weich. Sie rutschte an der Wand herunter und wurde ohnmächtig.

Als sie erwachte, ragte ihr rechter Fuß in die Blutlache. Ihr tat nichts weh. Sie hatte sich nichts gebrochen. Für ihre fünfundsiebzig Jahre war sie ausgesprochen fit.

Als sie endlich vor dem Haus stand, kam ihr alles merkwürdig unwirklich vor. Die Sonne schien. Die Straße lag friedlich vor ihr. Eine Dohle stolzierte über den Gehweg, als würde die Stadt ihr gehören. Da hinten kam die Müllabfuhr.

Das Blut an ihrem rechten Schuh erinnerte sie daran, dass hinter ihr im Haus wirklich eine Leiche lag. Sie ging davon aus, dass es Vivien Terholz war, aber sie hätte es nicht mit Sicherheit sagen können.

Sie hielt einen Mann an, der ihr völlig unbekannt war. Er trug eine volle Einkaufstüte. Sie flüsterte: »Da drin im Haus ist jemand ermordet worden ...«

Ihre Stimme kam ihr fremd vor, so, als hätte sie sich selbst noch nie reden hören.

»Heute ist aber nicht der erste April, junge Frau«, antwortete er.

»Bitte«, flehte sie und berührte seine Hand. »helfen Sie mir. Einer muss doch jetzt die Polizei rufen.«

Er tat es und blieb dann bei der alten Dame stehen, um mit ihr zu warten. Es tat ihm leid, dass er *junge Frau* zu ihr gesagt hatte. Er befürchtete, sie könne sich verspottet fühlen, und genau das wollte er nicht. Er hatte versucht, nett zu sein.

In seiner Einkaufstüte befand sich eine Flasche Wasser. Er bot ihr einen Schluck an. Sie hatte zwar Durst, lehnte aber ab. Sie wollte nicht auf der Straße aus einer Flasche trinken, und auch wenn es hartherzig klang, musste sie zugeben, dass sie jetzt, nach ihrem ersten Schock, darüber nachdachte, wie sie in Zukunft die mangelnde Einnahme ausgleichen konnte. Dreißig Euro die Woche, das waren immerhin hundertzwanzig im Monat. Geld, das sie dringend brauchte.

Je länger es dauerte, umso nervöser wurde der nette Herr. Er rief noch zweimal bei der Polizei an. Er drängte sie zur Eile. Er gab jedes Mal unwilliger erneut seinen Namen an. Bodo Zittwitz.

»Ich habe«, sagte der nette Herr zu ihr, »in meiner Einkaufstüte Tiefkühlkost. Wenn sie einmal aufgetaut ist, muss sie verbraucht werden. Ich will heute aber nicht mehr kochen. Kann ich Sie alleine lassen?«

Sie wollte ihm keine Umstände machen, fühlte sich irgendwie verantwortlich, wenn nicht gar schuldig. Sie sah ihm hinterher, als er um die Ecke verschwand. Ihr war immer noch schwindlig. Es tat ihr leid, dass sie sein Angebot mit der Mineralwasserflasche nicht angenommen hatte. Konnte es denn sein, dass es schon wieder so schwül war, um diese Tageszeit? Oder ging es ihr einfach nicht gut, fragte sie sich. Kein Wölkchen am Himmel ...

Sie überlegte, ob sie ins Haus gehen sollte, um dort ein Glas Wasser zu trinken. Aber bei dem Gedanken erschauderte sie. Um ins Badezimmer oder in die Küche zu kommen, hätte sie an der Leiche vorbeigemusst.

Sie wartete noch eine gefühlte halbe Stunde auf die Polizei. In Wirklichkeit waren es nur knapp sechs Minuten.

Ann Kathrin glaubte, die Tote in Schortens würde die Lage grundsätzlich verändern. Doch Klatt war völlig anderer Meinung. Er stellte am Telefon kaltschnäuzig klar: »Genau damit haben wir gerechnet.«

Ann Kathrin staunte. Sie saß bei Büscher im Büro. Er hatte sein Telefon auf *Mithören* geschaltet.

»Ihr habt damit gerechnet, dass er in Schortens erneut zuschlägt?«, wollte Büscher kopfschüttelnd wissen.

Die Frage war Klatt zu dämlich. »Nein«, sagte er knapp, »wir wussten nicht wo, aber wohl, dass.«

»Bitte«, hauchte Büscher und griff sich an den Magen. Er musste schon wieder sauer aufstoßen, und es half auch wenig, dass er nur noch Kamillentee trank.

Klatt redete emotionslos wie ein Nachrichtensprecher: »Wir haben ihn hier auf Nummer Sicher. Jetzt inszenieren seine Leute einen neuen Mord, und seine Anwälte beantragen, die Ermittlungen gegen ihn sofort einzustellen.«

»Das ist infam«, sagte Büscher, dem nichts Besseres einfiel.

»Wir haben es«, behauptete Klatt, als sei es eine feststehende Tatsache, »nicht mit einem Serienkiller zu tun, sondern mit einer inszenierten Kopie, um einen bestimmten Mörder unschuldig erscheinen zu lassen. Sie tun alles, um ihn freizukriegen. Seine Leute beauftragen verschiedene Berufsverbrecher. Vermutlich wurde jede Frau von einem anderen Auftragskiller getötet. Wenn wir einen von ihnen weichkochen, kippt das ganze Kartenhaus zusammen, und wir haben zwei seiner Schergen gerade auf dem heißen Stuhl ... Der tödliche Unfall von Annika Voss ...«, er sprach jetzt bedächtig, als würde er befürchten, zu viel auszuplaudern und deswegen lieber gar nichts mehr sagen. »Wir haben zwei seiner Leute kurz nach der Tat geblitzt. Da hatte es wohl jemand zu eilig, vom Tatort wegzukommen.«

Klatt war Ann Kathrin zu zögerlich. Sie mischte sich ein: »Unfallspuren am Fahrzeug? Blut? DNA? Das ist doch ein Fest für die Jungs von der KT ...«

Klatt schluckte laut Speichel herunter. »Sie haben den Wagen direkt in die Waschanlage gefahren, aber aus der Nummer kommen sie trotzdem nicht raus. Das schwöre ich euch.«

»Sehen wir uns gleich in Schortens? Kommen Sie mit dem Heli oder ...«

»Nein, ich bleibe hier. Aber zwei unserer Ermittler sind schon unterwegs zu euch. Ich muss mich hier mit Wolfmans Anwälten herumschlagen, sonst ist der eher draußen, als ihr moin sagen könnt.«

Die örtlichen Kräfte hatten den Tatort in Schortens weiträumig gesichert. Der Notarzt hatte inzwischen eingesehen, dass es für ihn hier nichts mehr zu tun gab, obwohl er von einigen

Insidern *Herr der Zombies* genannt wurde, weil es ihm gelungen war, ein paar Leute ins Leben zurückzuholen, die man bereits aufgegeben hatte.

Ann Kathrin unternahm noch kurz den Versuch, Weller wieder in die Arbeit einzubinden, doch erstens wusste sie nicht, wo er sich aufhielt, und zweitens hatte Büscher ihren Wunsch recht barsch abgebügelt. Als er merkte, dass er sich im Ton vergriffen hatte, fügte er etwas versöhnlicher hinzu: »Das ist wirklich besser für Frank. Er muss sich erst fangen und wieder in die Spur kommen.«

Gemeinsam mit Ann Kathrin betraten Rupert und Jessi den Raum. Rupert hatte schon sein Diktiergerät in der Hand. Er löschte ein vorheriges Diktat, um Platz für neue Eindrücke zu haben. Das alles funktionierte nicht ganz so gut, wie er gehofft hatte. So war er mehr mit dem Aufnahmegerät beschäftigt und hatte nicht die volle Aufmerksamkeit für den Tatort übrig.

Er hörte rein, ob das Löschen gelungen war, während Ann Kathrin und Jessi weiter nach vorn gingen.

»Der Name der Torte – also schreiben Sie jetzt bitte nicht Torte – ich meine natürlich den Namen der Dame …«

Ann Kathrin drehte sich um und warf ihm einen zornigen Blick zu. Das bekam er aber gar nicht mit. Ann Kathrin flüsterte in Jessis Richtung: »Kannst du nicht einen Kaffee mit ihm trinken gehen? Ich brauche hier Ruhe.«

»Nein«, sagte Jessi. »Ich will dabei sein und von dir lernen.«

Ann Kathrin ging sehr langsam durch die Wohnung. Sie betrachtete die Tote und folgte den Blutspuren bis in die Küche. Sie kam Jessi vor wie ein indianischer Spurenleser. Ann

Kathrins Verhalten erinnerte sie auf geradezu absurde Art an einen Western, den sie mit ihrem Vater gesehen hatte.

Ann Kathrin sah sich Fotos an der Wand an. Auf einem war Vivien Terholz von hinten zu sehen, mit nacktem Oberkörper hob sie die Arme und ließ ihre Muskeln spielen, um ihr Tattoo zur Geltung zu bringen.

Jessi fragte sich, ob Ann Kathrin die Fotos ansah, um nicht die ganze Zeit die Leiche oder das Blut sehen zu müssen. Doch sie ahnte, dass sich dahinter mehr verbarg.

Ann Kathrin fasste nichts an. In der Küche stand sie jetzt mit dem Rücken zum Fenster und betrachtete aus der größtmöglichen Entfernung die Arbeitsplatte der Einbauküche. Jessi nahm bewusst die Position neben ihr ein. Sie wollte eine ähnliche Perspektive auf die Dinge haben wie Ann. Am liebsten exakt die gleiche.

Jessi kämpfte gegen die Übelkeit. Als Boxerin im Ring hatte sie sich an den Anblick von Blut gewöhnt. Sie hatte es nie geschafft, genau auf die klaffende Wunde zu schlagen, die ihrer Gegnerin über dem Auge zu schaffen machte. Ihr Trainer hatte ihr vorgeworfen: »Du verspielst damit deinen Sieg.« Aber es gab da eine Sperre in ihr.

Trotzdem. Das viele Blut zu sehen machte ihr weniger aus als der Geruch in dieser abgestandenen Luft. Ein bisschen nach altem Pommesfett und ein bisschen nach Schlachthof.

Rupert stieg über die Leiche und kam zu ihnen. Ann Kathrin sprach, als käme ihre Stimme aus einer anderen Welt: »Wenn du, Rupert, ein Auftragskiller wärst und du solltest mit fünf oder sechs Messerstichen eine Frau töten, ihr dann ein Tattoo aus dem Rücken schneiden und das dann braten. Was würdest du tun?«

Er guckte von Ann zu Jessi und wieder zurück. »Ich würde«, behauptete er und drückte stolz seine Brust raus, »dem Auftraggeber was auf die Fresse hauen. Ihn fragen, ob er blöd ist, und dann die Polizei rufen. Oder am besten gleich mit hinbringen, damit der nicht abhaut.«

Ann Kathrin lächelte verständnisvoll. »Ja, Rupert, das würdest du zweifellos als Rupert tun. Aber als Auftragskiller, für den das hier ein Job ist – ein ungewöhnlicher vielleicht, aber eben ein Job. Wie würdest du dann handeln?«

Jessi hörte aufmerksam zu. Rupert fragte: »Bringt der Job viel Geld?«

»Ich denke schon«, antwortete Ann Kathrin.

Rupert überlegte noch, ob sich in Anns Fragestellung irgendeine Falle verbarg, die dazu diente, ihn später als Idioten hinzustellen. Wenn eine Falle da war, dann fand er sie nicht.

Jessi kam ihm zuvor: »Also ich«, sagte sie für ihn, »würde diesen kranken Mist einfach so schnell wie möglich hinter mich bringen und dann abhauen.«

Rupert nickte und schloss sich ihr an. »Genau. Ich auch.«

»Hm ... Scheint mir logisch. Würde ich auch so machen. Aber unser Täter hier hat sich richtig viel Zeit gelassen.«

»Woran siehst du das?«, fragte Jessi.

Rupert hatte auch keine Ahnung, tat aber so, als wisse er Bescheid und deutete auf Ann, als würde er ihr nur den Vortritt bei der Beantwortung der Frage lassen, weil ein Gentleman eben einer Dame den Raum überlässt.

»Er hat«, erklärte Ann und deutete auf die jeweiligen Gegenstände, »zwei verschiedene Pfannen ausprobiert und sich dann für das Backblech entschieden. Wer macht so etwas?«

»Ein geisteskrankes Arschloch!«, rief Rupert.

»Einer, der wirklich das Hautstück essen will«, mutmaßte Jessi.

Ann Kathrin gab ihr mit einem Blick recht und schilderte ihre weiteren Rückschlüsse aus den Betrachtungen: »Er hat sie getötet, das Hautstück aus ihrem Rücken geschnitten, ein ziemlich großes Stück ... Er hat verschiedene Pfannen ausprobiert und sich dann für den Backofen entschieden, weil er den Drachen nicht teilen wollte. Das Blech hat er auf den Küchentisch gelegt und ein Foto von ihr, das sie mit ihren Tattoos zeigt, vor sich gestellt. Er hat, so vermute ich, das Hautstück direkt vom Blech gegessen und sich dabei das Bild angeschaut.«

»Wie? Was?«, fragte Rupert.

Ann Kathrin deutete auf das Foto an der Wand: »Er hat es von der Wand genommen. Sieh dir die Blutspuren an.«

Tatsächlich, selbst auf zwei Meter Entfernung konnte Jessi erkennen, dass links und rechts am Bilderrahmen Blutspuren zu sehen waren und unter dem Bild zwei feuchte Tropfen Öl.

Ann Kathrin deutete auf den Tisch: »Hier hat das Bild gestanden.«

Die Blutspur war eindeutig. Für Rupert hätte dort genauso gut ein Bleistift gelegen haben können, den der Täter danach mitgenommen hatte.

»Warum«, fragte Jessi, »hat er das Bild nicht mitgenommen, wenn es so wichtig für ihn ist?«

Ann Kathrin fand die Frage klug. »Er braucht es nicht mehr, Jessi. Er hat etwas Stärkeres. Er hat es sich einverleibt.« Sie deutete auf den Boden vor dem Herd. »Dort hat er gesessen und seine Tat genossen oder ...«

»Oder ein Verdauungsnickerchen gemacht«, bemerkte Rupert. Ann Kathrin fand das unpassend. Sie sah Jessi an. »Und was folgt jetzt daraus?«, wollte Ann von ihr wissen.

Rupert war froh, dass der Kelch an ihm vorüberging. Er mochte diese Fragespiele von Ann nicht, er fühlte sich dann immer wie der letzte Idiot.

Jessi guckte ratlos.

»Dass unser Kollege Klatt vom BKA sich irrt. Das hier

war kein logisch denkender Auftragskiller, sondern ein völlig durchgeknallter, verrückter Serientäter. Unsere Wiesbadener Freunde sind auf dem Holzweg.«

Das gefiel Rupert. »Lassen wir sie doof sterben, oder sagen wir es ihnen?«

Ann Kathrin wirkte sehr ernst. »Wer immer das hier war, der wird weitermachen. Und es ist unsere Aufgabe, ihn zu stoppen.«

Ann Kathrin wollte los, doch Jessi hielt sie auf: »Woher«, fragte sie, »wissen wir, dass er weitermachen wird?«

Ann Kathrin nahm Jessis Frage ernst. Allein das schon freute Jessi.

»Er tut das hier, weil er sich etwas Bestimmtes davon verspricht oder erhofft. Und das wird nicht eintreten. Er wird es einfach nicht bekommen. Deswegen machen fast alle Serientäter weiter. Sie sind auf der Suche nach etwas, das es nicht gibt. Die Erlösung von einem Fluch, die Erfüllung eines Traums, einer Phantasie … Aber was sie auch tun, sie kommen ihrem Ziel vielleicht nahe, erreichen es aber nie.«

»Das kenne ich«, gab Rupert zu. »Ich spiele zum Beispiel jede Woche Lotto. Immer die gleichen Zahlen. Manchmal bin ich ganz nah dran, hab sechs Richtige, aber leider in zwei Reihen. Also, in jeder drei. Oder es ist immer genau die Zahl neben der, die ich getippt habe. Das finde ich immer besonders gemein.«

»Ich glaube«, schlug Ann vor, »wir gehen jetzt besser.« Dann ermahnte sie Rupert noch kurz: »Fass bloß nichts an.«

Rupert glaubte, jetzt noch einen Versuch machen zu müssen: »Ich denke, wir sollten diesen Fenrich einkassieren. Vermutlich hat Weller recht, und der …«

Ann Kathrin ermahnte ihn: »Bitte fang du jetzt nicht auch noch damit an. Ich dachte, das sei endlich gegessen.«

Jessi knuffte Rupert in die Seite: »Willst du auch rausfliegen, wie Weller?«

»Er ist nicht rausgeflogen«, stellte Ann Kathrin klar. »Er steckt nur gerade in einer Krise.« Sie klang nicht sehr überzeugend, doch niemand widersprach ihr.

Weller hörte Radio. Antenne Niedersachsen. Eine Sendung mit Schollmayer, der Bettina Göschls neue CD *Ostfriesentango* vorstellte. Es tat ihm im Moment gut, ihre Stimme zu hören. Dabei beobachtete er die Versicherungsagentur.

Der Song wurde unterbrochen. Die Nachricht vom Mord in Schortens traf Weller wie ein Baseballschläger. Ihm wurde kurz schwarz vor Augen, sein Magen krampfte sich zusammen. Er musste raus aus dem Auto. Er brauchte frische Luft und hatte gleichzeitig Angst, sich zu übergeben.

Er wollte unbedingt mehr wissen, doch ein Rauschen in seinen Ohren schottete ihn für einen Moment von allen anderen Geräuschen ab. Er wusste, dass das Radio lief, hörte aber nichts. Sein Kreislauf spielte verrückt.

Ich habe zu lange gezögert, dachte er. Wenn ich nicht so unentschlossen gewesen wäre, könnte diese Frau noch leben. Im Grunde geht sie auf mein Konto. Ich hätte ihn sofort ausknipsen müssen, als klar war, dass er …

Ein anderer Gedanke machte Weller fast irre: Jule hätte diese junge Frau sein können. Alles ergab jetzt einen Sinn. Deshalb hatte er die zwei nicht mehr zusammen gesehen. Fenrich wusste genau, dass Weller auf seine Tochter aufpasste. Deshalb hatte er sich ein anderes Opfer gesucht. Entweder um sich kurz Erleichterung zu verschaffen oder um von sich abzulenken.

Du mieser Drecksack! Du dachtest, wir erwarten deinen nächsten Versuch bei Jule. Du wusstest genau, dass ich sie beschütze. Aber das war deine letzte Schweinerei. Noch heute erledige ich dich. Ich knips dich aus. Du wirst schon bald vor deinen Schöpfer treten, und glaub mir, wenn es einen Himmel und eine Hölle gibt, dann landest du am miesesten und ungemütlichsten Ort, den der Teufel zur Verfügung hat. Und wenn es all das nicht gibt, dann wirst du wenigstens hier auf Erden kein Unheil mehr anrichten.

Der weiße Mercedes fuhr vor. Weller hätte am liebsten von der gegenüberliegenden Straßenseite aus gefeuert. Aber er tat es nicht. Er hatte einen anderen, viel besseren Plan als eine solche Tat am helllichten Tag.

Während Maximilian Fenrich in seinem Büro eine Besprechung abhielt und einen ziemlich lukrativen Deal einstielte, brachte Weller das GPS-System unter seinem Mercedes an.

Ab jetzt, dachte Weller, weiß ich immer ganz genau, wo du bist. Ich erwische dich alleine. Und glaub mir, dann begehst du einen klassischen Selbstmord.

Zurück in seinem Wagen versuchte Weller, während er am Radio drehte, irgendwo noch eine ausführlichere Nachricht zu erhalten. Auf fast allen norddeutschen Sendern wurde von der Tat berichtet, aber kein Radiomoderator erwähnte den Namen der jungen Frau. Weller entschuldigte sich innerlich bei ihr und versprach der Unbekannten: »Du warst das letzte Opfer. Ich zieh das jetzt hier ganz konsequent durch.«

Er rief Rupert an, um von ihm mehr zu erfahren, aber der war kurz angebunden und raunte nur ins Telefon: »Leg das Arschloch endlich um!«

Jule hielt es nicht länger aus. Sie konnte in der Uni nicht zuhören. Die Worte wurden zu einem Geräuschbrei. Es fiel ihr schon schwer, im Seminar einzelne Stimmen herauszufiltern.

Die Fliege, die immer wieder einen Weg nach draußen suchte, klang mit ihrem Brummen genauso intelligent oder dumm wie die Studentin, die gerade ihr Referat über den Einsatz von Musik in der frühkindlichen Erziehung vorlas. Sie unterstützte ihre Gedanken mit einer Power-Point-Präsentation, aber auch das half Jule nicht dabei, ihr zu folgen.

Neben Jule beflirtete ein Student mit einem Haarschnitt, als wolle er zur Armee, eine Studentin mit hellblauem T-Shirt und der Aufschrift *Ich hasse das Internet*. Jule sah, dass er flüsterte, sich sogar eine Hand an die Lippen hielt und die Angesprochene kicherte, aber für Jule hörte es sich an, als würde der junge Mann brüllen.

Wenn Menschen sehr geräuschempfindlich wurden, das Knistern von Bonbonpapier kaum mehr ertragen konnten, dann, so wusste sie aus Erfahrung, waren sie kurz vor einem Nervenzusammenbruch.

Sie konnte sich auf nichts mehr konzentrieren. In ihr tobte eine solche Schlacht, da war sie nicht mehr in der Lage, neue Außenimpulse aufzunehmen. Sie schwankte zwischen Wut auf ihren Vater und aufwallender Liebe zu Maximilian. Sie taumelte zwischen diesen beiden Gefühlen hin und her. Gleichzeitig kam es ihr vor, als würde sie ungebremst auf einen Abgrund zurasen.

Sie hatte den Wagen zur Wohnung ihres Vaters zurückgefahren. Sie wollte ihn zu Hause im Distelkamp zur Rede stellen. Noch einen Versuch machen, ihn zur Vernunft zu bringen. Später hatte sie ihn nachts vor ihrem Haus in Emden gesehen. Er machte den Eindruck eines Gelegenheitsverbrechers oder eines Penners, auf der Suche nach einem Unterschlupf für die

Nacht. Er sah nicht aus wie ein Hauptkommissar. Und schon gar nicht wie ein Vater, der seine Tochter besuchen kommt.

Er tat ihr leid, aber das milderte ihren Zorn nicht. Sie kämpfte gegen die Gefahr an, für ihn verantwortlich zu sein, ihn retten zu müssen. Am liebsten wäre sie abgehauen. Raus aus der Uni. Raus aus Emden. Raus aus Ostfriesland.

Am besten ganz weit weg. Abstand gewinnen und durchatmen.

Wenn du mir das mit Maximilian kaputtmachst, dachte sie grimmig, werde ich dir das nie verzeihen, Vatti. Nie!

Er war früher einmal ein Held für sie gewesen. Inzwischen war das Denkmal vom Sockel gestürzt und zu einem Verkehrshindernis geworden. Je dümmer er sich anstellte, umso toller fand sie Maximilian. Dieser innerseelische Prozess war ihr durchaus bewusst. Sie kam sich vor, als sei sie über die Uni inzwischen hinausgewachsen, als wäre das alles hier eigentlich nur noch lästig. Lärm. Nerviger Alltag.

Sie ging raus in den Flur. Die Wände schienen sich auf sie zuzubewegen. Das Licht war ihr zu grell. Am liebsten hätte sie im Gebäude eine Sonnenbrille aufgesetzt. Es war so hell, dass es vor ihren Augen flackerte. Sie schirmte sie mit beiden Händen rechts und links gegen zu viel Lichteinfall ab. Dabei kam sie sich vor wie ein Pferd mit Scheuklappen. Am liebsten hätte sie sich auch noch die Ohren zugehalten.

Einige Studenten vermuteten, sie würde heulen.

»Liebeskummer?!«, rief jemand hinter ihr her.

»Lass mich in Ruhe, du Arsch«, fauchte sie, ohne zu wissen, von wem die Frage gekommen war.

Sie spürte in sich eine zerstörende Energie aufsteigen. Wie sie sich kannte, würde diese Kraft mit der Zeit noch selbstzerstörerischer werden.

Sie wollte raus aus dem Gebäude. Es war, als fehle ihr hier

Luft zum Atmen. Aber dann kam sie an einer Menschentraube nicht vorbei. Die jungen Leute, die dort standen, scherzten über irgendeinen Dozenten, über den sie kübelweise Spott ausschütteten. Sie waren zutiefst friedlich und ihr, sofern sie sie überhaupt kannten, vermutlich wohlgesonnen. Aber Jule schaffte es trotzdem nicht, an ihnen vorbei oder gar durch ihren Halbkreis hindurchzulaufen. Sie wusste, dass es nicht so war, aber sie konnte nichts dagegen tun. Sie empfand die Gruppe als bedrohlich. Etwas in ihr scheute vor ihnen zurück, als bestünde die Menschentraube aus einem Haufen hungriger Zombies.

Sie rettete sich auf die Toilette. Sie schloss sich ein und setzte sich auf die Schüssel. Sie hörte das Rasseln ihres Atems.

Habe ich eine Panikattacke, fragte sie sich.

Das Handy war wie ein Rettungsring. Sie brauchte etwas, an dem sie sich festhalten konnte.

Jemand klopfte gegen ihre Klotür. »Besetzt!«, rief sie. Es klopfte erneut.

»Lass mich in Ruhe!«, keifte Jule.

Eine besorgte weibliche Stimme fragte: »Was ist los mit dir?«

Jule seufzte. »Hau ab! Ich onaniere.«

Die Provokation saß. Sie hörte eine Frau mit flachen Absätzen weglaufen. Jule lauschte. Da war ihr Atem. Eine defekte Spülung. Und der Lärm vom Flur drang ungefiltert durch die schwere Tür.

Obwohl ihre Hände zitterten, wählte sie Maximilian Fenrichs Nummer, ohne sich zu vertippen. Er hatte sein Handy immer noch ausgestellt.

Sie schlug verzweifelt gegen die Toilettenwand. »Geh ran! Geh endlich ran!«, schrie sie ihr Handy an.

Auf der Toilette neben ihr saß hinter der dünnen Wand die Studentin Inga. Sie haderte mit sich, ob sie ihre Hilfe anbieten sollte. *Hallo, Schwester, alles easy?*, wollte sie rufen, schwieg aber aus Angst, in irgendetwas hineingezogen zu werden. Sie betätigte nicht einmal die verräterische Spülung, sondern schlich sich davon, als hätte sie etwas verbrochen.

Jule rief in Fenrichs Büro an. Frau Meents hob sofort ab.

»Moin, Versicherungsagentur Fenrich, Sie sprechen mit Imken Meents.«

Jule ließ sie nicht ausreden, sondern forderte: »Ich will Maximilian sprechen!«

»Ja, das ist jetzt aber schlecht, Herr Fenrich ist gerade in einer Besprechung«, antwortete Imken Meents spitz. Schwang da ein bisschen Eifersucht mit?

»Holen Sie ihn raus!«, bestimmte Jule.

»Tut mir leid, Frau … Wie war noch mal Ihr Name?«

»Jule Weller! Tun Sie nicht so, als wüssten Sie nicht, wer ich bin! Sagen Sie ihm, Jule ist am Apparat, dann kommt er sofort.«

»Das glaube ich nicht.«

»Das glaube ich aber für Sie mit, verdammt!«

Erneut schlug Jule mit der Handfläche gegen die Trennwand. Ihr Gesicht war tränennass. Sie kam sich erbärmlich vor. Klein, hässlich und erniedrigt. Dabei wäre sie so gerne eine beliebte, selbstsichere Frau gewesen.

»Sie werden schon sehen, was Sie davon haben«, zischte Imken Meents. »Herr Fenrich ist sehr professionell und macht einen wirklich guten Job. Wenn Sie ihn nicht ganz schnell wieder loswerden wollen, dann behindern Sie ihn besser nicht in seiner Karriere.« Schnippisch fügte sie hinzu: »Haben Sie selbst nichts zu tun? Keine Hobbys? Nur den Mann? Das ist nicht gut! Stricken Sie?«

Jule blies heftig aus. Eine Weile war völlige Stille. Jule wusste nicht, ob Imken Meents aufgelegt hatte oder ob der Apparat auf Lautlos geschaltet worden war. Sie harrte endlose Sekunden aus. Sie biss sich auf die Unterlippe, um nicht irgendwelche unflätigen Beleidigungen zu brüllen. Sie befürchtete, genau in dem Moment könnte Maximilian sich einschalten. Sie wollte gerne cool rüberkommen, aber gerade das gelang ihr überhaupt nicht.

Tatsächlich meldete Maximilian Fenrich sich. »Jule?« Seine Stimme war samtig weich. »Ich bin gerade in einer …«

»Es geht mir echt scheiße …«

»Oh, was ist los? Kann ich dir …«

»Was los ist? Mein Vater dreht völlig durch. Er akzeptiert unsere Beziehung nicht, und das heißt für mich letztendlich, er akzeptiert mich nicht. Und jetzt habe ich Angst.«

»Angst wovor?«

Sie hörte eine Tür klappern. Er ging zum Telefonieren in einen anderen Raum. Jule hoffte, dass die blöde Kuh Meents nicht zuhörte. Aber sie hatte größere Sorgen, als sich darum zu kümmern, was irgendwelche eifersüchtigen Mitarbeiterinnen von ihr dachten.

»Ich habe«, schluchzte sie, »Angst davor, alles zu verlieren. Dich. Meinen Vater. Ich stehe innerlich vor einem Höllenschlund.«

Er zeigte sich verständnisvoll und blieb ganz ruhig. »Ich werde dich nicht verlassen, Jule. Ich habe mich in dich verliebt, nicht in deinen Vater.«

Seine Worte brachten sie noch mehr zum Weinen.

Er spürte, wie wichtig es für sie war, sich von ihm angenommen und geliebt zu fühlen. Er, der eingefleischte Junggeselle, der einsame Wolf, hörte sich sagen: »Wir müssen ihn ja nicht zu unserer Hochzeit einladen.«

Hochzeit? Hatte er gerade Hochzeit gesagt? Es klang so unzeitgemäß für sie, so veraltet. Nach den fünfziger, sechziger

Jahren des letzten Jahrtausends. Hochzeit. Ein Wort aus kitschigen Liebesfilmen.

Hatte er das nur so dahingesagt? Einen dummen Spruch losgelassen, oder verbarg sich dahinter seine Sehnsucht? Wollte er im Leben eine klare Entscheidung fällen?

»In einer Zeit«, sagte er, »da immer jeder auf der Suche nach etwas noch Besserem ist und sich deshalb all seine Optionen offenhält, möchte ich etwas wirklich Neues ausprobieren und mich binden.«

»Das sagst du jetzt nur so …«

»Kennst du den *Kleinen Preußen?*«

»Wen?«

»Das ist ein Leuchtturm in Wremen. Nicht Bremen, Wremen«, erklärte er.

»Ich weiß, wo Wremen liegt. Im Wurster Land.«

»Ich glaube, es ist der kleinste Leuchtturm Europas oder auch der Welt … Jedenfalls kann man darin heiraten. Und glaub mir, Platz für viele Gäste ist da nicht. Das kann auch Vorteile haben … Zum Beispiel in unserem Fall.«

Er versuchte, lustig zu sein.

»Du verspottest mich.«

»Nein, das mache ich nicht. Lass uns einfach hinfahren und reinspüren. Ein Tag mit Wattwanderung. Nur wir zwei. Wir schauen uns alles an. Da steht auch eine alte Kirche. Die Willehadi-Kirche. Wunderbare Akustik. Die ist selbst im Hochsommer noch kühl …«

»Was du alles weißt …«

»Was ist jetzt? Ja oder nein? Habe ich dich neugierig gemacht?«

»Ja«, sagte sie. Ihr war jetzt alles egal. Sie wollte mit ihm zusammen sein. Zwei Tage am Meer waren eine gute Idee. Abstand gewinnen. Sich durchpusten lassen.

»Ich kann«, versprach er, »hier in zwanzig Minuten weg. Wo bist du? Ich hol dich ab.«

»Auf der Toilette.« Sie kam sich blöd vor, weil sie das gesagt hatte.

»Ich auch«, lachte er. »Aber damit wir unser Gespräch in einer angenehmeren Atmosphäre fortsetzen können, musst du deinen Aufenthaltsort schon noch etwas genauer lokalisieren.«

»Ich … ich bin noch in der Uni.«

»Ich komme. Aber iss nicht in der Mensa. Ich lade dich in den *Gasthof zur Börse* ein. Da machen sie Rouladen, die sind nicht von dieser Welt. Die zerfallen schon, wenn du sie nur anguckst.«

»Ich … ich liebe dich«, hauchte sie, und er antwortete: »Ich dich auch.«

»Aber, aber«, rief sie, »ich will dich nicht von deiner Arbeit abhalten. Du hast doch bestimmt viel zu tun.«

»Ich lebe nicht, um zu arbeiten. Ich arbeite, um zu leben«, feixte er.

Sie fühlte sich tatsächlich besser und bekam einen Mordshunger auf Rindsrouladen.

Ann Kathrin versuchte, ganz die selbstbewusste Hauptkommissarin zu spielen und völlig professionell, das Private ausblendend, ihren Job zu machen, aber es gelang ihr von Stunde zu Stunde weniger. Nur die Befürchtung, als eifersüchtige Ehefrau, die keine Ahnung hat, wo ihr Mann sich herumtreibt, zum Gespött in der Polizeiinspektion zu werden, hinderte sie daran, jeden nach Wellers Aufenthaltsort zu fragen. Inzwischen war sie sauwütend auf ihn und gestand sich das auch zu.

Rupert stolzierte nicht mehr durch die Gänge wie sonst,

sondern schlich mehr. Sein gockelhaftes Verhalten hatte er völlig abgelegt. Er machte einen auf nachdenklich. Diese Stille-Wasser-sind-tief-Nummer stand ihm überhaupt nicht. Alles wirkte auf Ann Kathrin gespielt. Aufgesetzt. Falsch.

Sie wurde das Gefühl nicht los, dass hinter ihrem Rücken getuschelt wurde. Jeder schien mehr zu wissen als sie. So war es damals vor ihrer Scheidung auch gewesen. Es hatte sich längst herumgesprochen, dass ihr Mann Hero ständig mindestens zwei Eisen im Feuer hatte, aber das hier war schlimmer. Die Vorahnung einer Katastrophe. Das Muttermal auf der Haut, das sich plötzlich veränderte und immer dunkler wurde.

Sie wollte nicht in dunklen Gedanken versinken. Es war, als würde sie in einem Meer aus Negativität und Lüge schwimmen. Sie hielt den Kopf nur mühsam über Wasser, und in der Ferne kamen hohe Wellen auf sie zu.

Am liebsten hätte sie sich zu Ubbo Heide nach Wangerooge geflüchtet. Doch genau das tat sie nicht. Sie verließ die Polizeiinspektion ohne eine Erklärung. Sie wollte ans Meer, sich den Kopf freipusten lassen, um die Probleme einzudeichen. Sie fuhr zu ihrer einsamen Lieblingsstelle. Jetzt, bei Ebbe, roch die Luft metallisch.

Sie ließ ihre Schuhe am Deich stehen. Zunächst wollte sie einfach barfuß ins Watt, doch außer ein paar Möwen und Dohlen gab es hier keine Zuschauer. Sie pellte sich aus der Jeans. Der Wind an den nackten Beinen tat gut. Es war, als würde er die empfindliche verschwitzte Haut in ihren Kniekehlen kühlen und streicheln.

Sie schloss die Augen und atmete tief durch. So stand sie eine ganze Weile und ließ sich vom Wind beschnüffeln. Es gefiel ihr zu spüren, wie er mit ihren Haaren spielte. Gab es einen besseren Friseur als den Wind?

Sie öffnete die Augen wieder. Hier, so wusste sie, veränderte sich oft der Blick auf die Welt.

Es sah aus, als würde die Fähre nach Norderney auf Rädern durchs Watt gleiten, denn die ausgebaggerte Fahrrinne, in der sie schwamm, war aus Ann Kathrins Perspektive nicht zu sehen.

Langsam ging sie ins Watt und genoss, wie der feuchte Meeresboden zwischen ihren Zehen hervorquoll. Bald schon sackte sie bis zu den Knien ein. Weiße Krebschen flohen vor ihr. Hier lebte der Boden. Überall bewegte sich etwas. Es stiegen Luftbläschen auf. Es blubberte und schmatzte.

Sie hob mit beiden Händen Schlick auf und rieb sich damit das Gesicht ein. Er kühlte, und sie hatte das Gefühl, sich eine Schutzschicht aufzulegen, besser als jede Hautcreme. Sie achtete nicht auf ihr T-Shirt. Es störte sie nicht, dass jetzt Meeresboden daran klebte. Wem das nicht passte, der sollte doch wegucken.

Sie trat auf eine Auster. Sie erinnerte sich an die Worte ihres Vaters: »*Meeresfrüchte müssen nicht erst tiefgefroren im Supermarkt ein paar Wochen herumliegen, um genießbar zu werden. Man kann sie auch gleich am Meer essen.*«

Die Auster bekam sie nicht auf. Sie schenkte ihr die Freiheit, aber sie verspeiste eine Miesmuschel. Sie zerkaute das Muschelfleisch langsam. Sand krachte zwischen ihren Zähnen. Es war, als würde etwas von der unglaublichen Kraft des Meeres in sie übergehen. Sie spürte die Naturgewalt in sich und wusste, dass sie jetzt dem Täter näher war als jemals zuvor. Für einen Moment überschätzte sie ihre Fähigkeiten und versuchte, eine Art emotionale Funkverbindung zu ihm aufzubauen. Telepathisch mit ihm zu kommunizieren. Es gelang ihr nicht, und jetzt kam sie sich albern vor.

Sie lief zurück zum Deich. Sie machte viel zu große, schnelle

Schritte. Sie rutschte aus und fiel lang hin. Es tat nicht weh. Sie war nur vollständig eingesaut und ärgerte sich, dass sie nicht nackt ins Watt gegangen war. Aber jetzt wusste sie wenigstens, was sie zu tun hatte.

Sie fuhr, so wie sie war, nach Hause in den Distelkamp. Als sie halb angezogen und voller Schlick aus ihrem Twingo stieg, grüßte Peter Grendel sie, als sei das völlig normal.

»Moin, Ann.«

»Moin, Peter.«

Sie duschte rasch und zog sich frische Kleidung an. Kater Willi bekam noch ein paar Streicheleinheiten, und dann machte sie sich auf den Weg zur Polizeiinspektion.

Das Watt hier im Wurster Land schien endlos. Es ging bis zum Horizont. Es erinnerte Jule auf seltsame Weise an eine Wüste. Nur eben eine feuchte Wüste.

Der Himmel war wolkenlos, und die Sonne ließ die Pfützen im Watt glitzern. Jule hatte keine Sonnenbrille mit und kniff die Augen zusammen. Sie blinzelte Maximilian Fenrich an. Er gab ihr seine Sonnenbrille.

»Damit«, lachte er, »siehst du aus, als wolltest du dich bei den *Blues Brothers* bewerben.«

Die Brille war ihr zu groß, und sie musste sie immer wieder mit dem Zeigefinger auf der Nase höher schieben.

Die Panikattacke war nur noch eine Erinnerung. Hier, in der endlosen Landschaft, waren alle Probleme und Sorgen zwar noch da, aber geschrumpft. Fast unwirklich. Wie eine Erinnerung an einen schlechten Fernsehfilm.

Sie hatte umgeschaltet. Der Film lief weiter, aber sie musste ja nicht die ganze Zeit zusehen.

Maximilian wirkte auf sie wie ein Wesen aus einer anderen Welt. Machten ihm all diese Schläge des Schicksals nichts aus? Litt er nicht am Horror dieser verletzenden Welt? Prallte alles an ihm ab? War er ihrem Vater wirklich nicht böse? Genoss er einfach den herrlichen Tag? Oder war das alles nur Fassade? Zeigte er ihr nicht, wie es ihm wirklich ging?

Er suchte etwas auf dem Meeresboden. Bückte sich immer wieder wie ein Kind, das fasziniert vom glänzenden Perlmutt zum Muschelsammler wird. Er hob eine Auster hoch. Er befreite die Schale vom Matsch.

»Frischer kann man sie nicht essen«, lachte er.

Sie nickte. Sie wusste, wie schwer Austern zu öffnen waren. Ohne das richtige Werkzeug fast unmöglich. Außerdem hatte er hier keinen festen Stand, nicht mal einen Tisch, eine Unterlage. Nein, das konnte nicht funktionieren.

Doch sie staunte. Maximilian hatte plötzlich ein Messer in der Hand. Sie war im Moment so schreckhaft, so auf Katastrophen gepolt, dass sie ihn in ihrer Phantasie schon mit blutender Hand im Watt stehen sah. Der nächste Arzt weit weg, dafür eine Blutvergiftung umso näher.

»Nicht! Pass auf! Du schneidest dich!«, warnte sie ihn.

Sie hatte mal eine Party erlebt, bei der es Sekt und Austern gab. Alles lag auf sehr viel Eis in einer Wanne. Es wurden richtige Austernmesser verteilt, dazu Sicherheitshandschuhe. Schnittfest, aus Edelstahl. Aber die nutzten nichts, wenn betrunkene junge Männer der Meinung waren, nur Weicheier würden so etwas benutzen.

Der Notarzt hatte die Party beendet. »Immerhin«, scherzte der Gastgeber hinterher, »wurden mehr Austern gegessen als Finger abgeschnitten.«

Was Maximilian machte, sah für sie sehr gefährlich aus. Er stand auf wackligen Beinen im Matsch, hielt die Auster in der

Linken und stocherte mit der Messerspitze in der Schale herum. Er brauchte Kraft, um die Auster zu brechen.

»Nicht«, bat sie noch einmal. Er lachte nur.

Maximilian stellte sich sehr geschickt an. Es gelang ihm, die Auster ohne blutende Finger zu öffnen. Er entfernte sorgfältig abgebrochene Schalenstückchen am Rand und hielt Jule die Auster hin. »Für dich! Man sagt der Auster aphrodisierende Wirkung nach.«

Sie zögerte. »Brauche ich nicht«, sagte sie. »Du machst mich auch so scharf.«

Er wollte es ihr vormachen. Er schlürfte die Auster aus der Schale. Er schluckte das Tier lebendig hinunter und richtete dabei seinen Blick zum Himmel. Er warf die Schale weg und behauptete: »Die Auster soll auch die Manneskraft stärken.«

»Das hast du doch gar nicht nötig«, lachte sie. Das gefiel ihm. Trotzdem machte er sich auf die Suche nach weiteren Austern. Jule sah, wie wichtig es für ihn war, und machte mit. Es lenkte sie ab. Die Idee, eine Auster frisch aus dem Watt zu essen, kam ihr merkwürdig vor, so als würde sie erst auf Eis liegend genießbar. Er dagegen hielt sein Messer einsatzbereit in der rechten Hand, so als sei eine Auster ein großes Tier, das sich jeden Moment aus dem Meeresboden erheben und sie angreifen könnte.

Er wollte sich dem Kampf stellen. Ein archaischer Held auf Nahrungssuche. Ja, in ihren Augen war er jetzt den Steinzeitmenschen näher als den zivilisierten Anzugträgern. Er wurde zu einem, der das Mammut jagte. Zum Walfänger mit der Holzharpune. Es ging plötzlich nicht mehr um Studienfächer und Noten. Nicht um Fachliteratur und Karrieren. Zahlen verloren ihre Bedeutung.

Sie sah in seinem Gesicht eine fast erschreckende Verbundenheit mit den basalen Dingen unserer Existenz. Und gleichzeitig kam ihr schon das Wort *basal* in dem Zusammenhang falsch vor. Viel zu akademisch. In der Welt, in der er sich jetzt befand, redete niemand so. Da ging es ums Fressen und gefressen werden. Jenseits von Moral oder Kalorientabellen. Hier im Watt fand er zurück zu den elementaren Grundlagen unseres Seins.

Sie wäre ihm so gerne weiter dahin gefolgt. In seiner Welt schien alles weniger kompliziert. Einfach und klar. Doch sosehr sie sich danach sehnte, etwas schreckte sie ab. Sie, die eigentlich gern Austern aß, scheute jetzt davor zurück, eine in den Mund zu nehmen, die er gerade aus dem Schlamm geholt hatte. Eine richtige kleine Austernbank hatte er gefunden. Sie klebten aneinander wie ein dicker Klumpen. Als er einige abbrach und säuberte, sah sie, dass die Tiere zusammen mit Seepocken an einem morschen Stück Holz siedelten.

Sie schaffte es nicht, zu seinem Angebot nein zu sagen. Sie tat, als würde sie die Meeresfrucht genüsslich aus der aufgebrochenen Schale saugen, aber sie hatte Mühe zu kauen und zu schlucken, ohne den Mund dabei zu verziehen.

Er zerkrachte inzwischen die siebte Auster. »Vielleicht«, freute er sich, »finden wir eine Perle darin. Dann lassen wir dir einen Ring schmieden, darin unsere Perle.«

Er brach die achte Auster auf, roch daran und atmete laut durch die Nase ein. Sie tat es ihm gleich. Er schloss die Augen. »Riechst du das Leben?«

»Ja«, sagte sie, »das Leben.«

Die Auster zuckte noch, als Jule sie hinunterschluckte. Ihr Gehirn erwartete jedes Mal einen modrigen Geschmack, doch was dann kam, war ganz anders. Frisch. Saftig.

Maximilian sah ihr zu und lächelte.

Elvira Brockhaus wäre vermutlich nie erwischt worden, aber die ganze Sache belastete ihr Gewissen so sehr, dass sie bereit war, jede Strafe auf sich zu nehmen. Sie wollte nur nicht länger mit der Lüge leben.

Sie war eine Bäckereifachverkäuferin aus Porz und hatte im Leben nie etwas wirklich Ungesetzliches getan, mal abgesehen von dem ersten und einzigen Ladendiebstahl mit vierzehn Jahren in einem Kaufhaus. Es war eine Mutprobe gewesen, und sie träumte noch heute davon. Sie hatte damals viel über sich gelernt, nämlich, dass sie ein ehrlicher Mensch war und durchs Leben kommen wollte, ohne viel Schaden anzurichten.

Sie meldete sich selbst im Polizeipräsidium. Sie rief nicht an. Sie nahm sich keinen Anwalt, der sie begleitete. Sie kam ganz allein und stellte sich.

Der Polizeibeamte glaubte zunächst, einen kleinen Verkehrsunfall aufzunehmen, so wie Elvira Brockhaus da stand, konnte es für ihn nur um einen Kratzer beim Einparken gehen.

»Es tut mir so leid. Ich habe einen Fehler gemacht, und dann bin ich einfach kopflos geworden und abgehauen, statt auf die Polizei zu warten.«

Er kannte solche Meldungen. Irgendwann wurde den Leuten klar, dass sie jemand gesehen haben könnte. Sie stellten sich dann lieber, bevor sie durch ihr Nummernschild ermittelt wurden. Aus einem kleinen Verkehrsunfall, ein paar Beulen im Blech, wurde dann rasch eine Fahrerflucht.

Er lächelte sie milde, fast ein bisschen gelangweilt, an. Doch dann wurde die Geschichte immer monströser. Sie gab an, eine Radfahrerin überfahren zu haben. Ort und Zeit stimmten. Er wusste, dass es um die Kollegin Annika Voss ging. Sie hatte zu den Frauen gehört, die er aus der Ferne verehrte. Nie hätte er versucht, sie anzugraben oder sich ihr anders als kollegial zu nähern. Aber er mochte sie und ihre offene Art. Er wusste auch, dass ehemalige Kollegen im Verdacht standen, Annika Voss getötet zu haben. Die Gerüchteküche in Köln dampfte nur so. Und jetzt saß hier vor ihm eine Frau und entlastete alle Verdächtigen mit ihrer Aussage.

Er hielt sich nicht an die Dienstwege, sondern rief Klatt direkt an. Zum ersten und einzigen Mal in seinem Leben telefonierte er mit ihm. Er machte ganz knapp Meldung. »Bei mir sitzt Frau Elvira Brockhaus. Sie erstattet Selbstanzeige. Sie behauptet, Annika Voss überfahren zu haben.«

»Ich komme sofort«, sagte Klatt und legte auf.

»Selbstanzeige … heißt das so?«, fragte Frau Brockhaus erschrocken und fügte hinzu: »Voss? War das ihr Name?«

»Ja. So hieß sie.«

»Ist sie tot?«

»Ja.«

Sie hielt sich die rechte Hand an die Stirn. Ihr wurde schwindlig. Es fiel ihr schwer, den Beamten vor ihr deutlich zu sehen. Alles verschwamm vor ihren Augen.

»O mein Gott! Wie alt war sie?«

Er antwortete nicht, sondern bot Frau Brockhaus an, hier zu warten. Er habe gleich Dienstschluss, und ein Kollege würde übernehmen.

Er verließ den Raum und ließ sie allein. Auf dem Flur kam Klatt ihm entgegen. Als Klatt die Tür öffnete, lag Frau Brockhaus schon ohnmächtig auf dem Boden.

Ann Kathrin schnappte sich Rupert auf dem Flur beim Kaffeeautomaten. Er wartete in der Hoffnung, dass der Kasten diesmal keine Gemüsesuppe ausspucken würde, sondern Caffè Crema. Das war ein Irrtum.

Irgendjemand, da war er sich sicher, manipulierte das Gerät so, dass alle Kaffee bekamen, bloß er nicht. Er verdächtigte insgeheim Marion Wolters. Er wusste nicht, wie sie es machte, aber er traute ihr jede Gemeinheit zu.

Wahrscheinlich, dachte er, war sie insgeheim scharf auf ihn, und weil sie sich das nicht verzieh, behandelte sie ihn besonders schlecht. Niemand sollte merken, wie sehr sie auf ihn stand.

Mit dieser Erklärung konnte Rupert gut leben. Sehr gut.

Ann Kathrin zog Rupert wortlos in ihr Büro. Er verschlabberte dabei Gemüsesuppe auf sein Hosenbein, und eine Lache klatschte auf den Boden. Er versuchte, den Becher loszuwerden, und warf ihn im hohen Bogen in den Papierkorb, der vor dem Eingang zu Büschers Zimmer stand. Rupert traf. Leider war nur ein Deckel auf dem Abfalleimer. Auf ihm prallte der Becher ab und klatschte gegen Büschers Tür. Jetzt zierten fettige Gemüsesuppenflecken die Wand, die Tür und den Boden.

Im Büro drängte Ann Kathrin Rupert an die Wand und schloss mit einem Fußtritt die Tür hinter sich. Rupert bekam kaum Luft, so heftig hielt sie ihn im Griff. Er registrierte, dass sie frisch geduscht war. Ihre Haare waren noch nicht ganz trocken. Sie duftete nach einem Shampoo, das seine Frau auch gern benutzte. Eine Mischung aus Mango und Apfel. Er nannte es *Obstsalatshampoo*.

Ann Kathrin drückte seinen Kopf gegen die Wand. Ihr linker Ellbogen hob sein Kinn an. Obwohl sie recht grob war, feixte er: »Mensch, du gehst aber ran …«

»Jetzt keine dummen Sprüche, Rupert. Du weißt doch genau, was los ist.«

»Ich? Was soll denn los sein?«

»Wo ist Weller?« Sie sagte bewusst nicht *mein Mann*, als könne sie so alles professionalisieren.

Rupert hob beide Arme wie jemand, der sich ergibt: »Du glaubst doch nicht etwa, dass ich einen Kumpel verpfeife?!«

Aha. Er wusste also Bescheid. Immerhin, dachte sie, damit sind wir jetzt ein Stück weiter.

»Was läuft hier, Rupert?«

»Wie gesagt, ich verpfeife keinen Kumpel.«

»Ganovenehre oder was?« Sie ließ ihn los. Er blieb an die Wand gelehnt stehen, so als könne gleich nach einer kurzen Pause alles weitergehen. Er rieb sich den Hals und atmete schwer.

»Wie oft, Rupert, haben wir solche Sätze schon gehört?«

»Welche?«

»Na, dass jemand seinen Kumpel nicht verpfeifen will. Die Zusammenarbeit mit uns Scheißbullen ablehnt oder …«

Rupert winkte ab. »Tausend Mal.«

Sie fixierte ihn. Er hielt ihrem Blick stand.

»Und warum tischst du mir dann genau den gleichen Blödsinn auf?«

»Na, weil … also ich …« Er geriet sofort ins Schwimmen.

»Hat uns nicht am Ende jeder alles erzählt?«, fragte Ann Kathrin. »Besonders die, die ihre Kumpels nie verraten würden, schieben denen doch am Ende alles in die Schuhe, um selbst ungeschoren davonzukommen.«

Er wusste, dass sie recht hatte, und versuchte, die letzte Rettungsboje zu erreichen: »Ja, aber ich bin kein Gangster.«

Sie stöhnte: »Warum benimmst du dich dann wie einer?«

Polizeichef Büscher war sauer, weil jemand vor seinem Büro Gemüsesuppe verschüttet hatte. Er war darauf ausgerutscht und schwor dem Übeltäter Rache. Aber dann erhielt er einen Anruf, der dieses kleine Missgeschick unwichtig werden ließ.

Büscher lief zu Ann Kathrin rüber. In ihrem Büro war die

Luft zum Schneiden dick. Rupert und Ann Kathrin sahen aus, als hätten sie sich gerade mörderisch gestritten, taten vor ihm aber so, als sei nichts geschehen.

Ann Kathrin versuchte sogar zu lachen. Rupert reckte sich verlegen, als sei er gerade aus seinem Büroschlaf erwacht.

Büscher berichtete: »Die BKA-Theorie von den bezahlten Killern im Auftrag Wolfmans ist gerade zusammengebrochen. Eine harmlose Verkäuferin hat die Kollegin Voss überfahren. Sie hat sich aus Gewissensnot selbst gestellt. Das bedeutet …«

»… der Serienkiller ist noch auf freiem Fuß …«, ergänzte Ann Kathrin Büschers Worte und fügte mehr für sich als für die anderen hinzu: »Also doch …«

Rupert wirkte plötzlich merkwürdig stolz. Er schwieg trotzig, aber Ann Kathrin sah ihm an, dass er es am liebsten herausgeschrien hätte. Er verschränkte die Finger ineinander und bog sie durch. Es war eine Verlegenheitsgeste.

»Dann hatte Kollege Weller wohl recht, oder? Aber die besten Köpfe werden ja gefeuert, während die Arschgeigen wie dieser dichtende BKA-ler Dürrenmatt …«

Büscher wurde sauer: »Weller wurde keineswegs gefeuert, und von mir schon mal gar nicht! Er hat, wenn ihr es genau wissen wollt, selbst gekündigt. Ich habe nur seine Kündigung offiziell gar nicht angenommen, damit er später, wenn er zur Vernunft kommt …«

Rupert konterte: »Und wieso hat er dann keine Dienstwaffe mehr, wenn er sie am nötigsten braucht?«

Büscher antwortete nicht. Auch Ann Kathrin schwieg. Sie waren beide verhörerfahren genug, um aus Ruperts Worten den richtigen Rückschluss zu ziehen. Sowohl Büscher als auch Ann Kathrin veränderten ihre Position im Raum, als müssten sie sich Rupert aus einer anderen Perspektive ansehen.

Rupert kannte dieses Verhalten der beiden aus Verhören. Es

fehlte nur noch, dass Ann Kathrin in ihren Verhörgang verfiel. Das tat sie aber nicht. Stattdessen konfrontierte sie Rupert mit ihrem Verdacht: »Du hast ihm eine Waffe besorgt?«

Zu Beginn klang es wie ein Vorwurf, am Ende schaffte sie es, indem sie die Stimme hob, daraus eine Frage zu machen.

Büschers Mund stand halboffen, seine Unterlippe hing herab und gab viel Zahnfleisch frei. Er sah aus, als sei er in den letzten Sekunden schockartig verblödet.

Rupert ging einen Schritt rückwärts. »Von mir erfahrt ihr nichts.«

Plötzlich ergab für Ann Kathrin alles einen Sinn. Deshalb war Weller nicht zu erreichen. Er wollte sie vor den Konsequenzen seines Tuns schützen.

»Er will doch nicht etwa …«, hauchte Büscher und hielt sich an der Schreibtischkante fest.

Rupert rettete sich, indem er seinen Kollegen ein Zitat aus *Zwölf Uhr mittags* auftischte: »Manchmal«, sagte Rupert tapfer, »muss ein Mann tun, was ein Mann tun muss.«

»Ja, bist du denn völlig plemplem?«, kreischte Ann Kathrin. »Willst du uns alle unglücklich machen?«

Rupert kniff die Lippen fest zusammen. Am liebsten hätte er sich noch mit einer Hand den Mund zugehalten.

»Wo ist er?«, fragte Büscher streng.

Mit einer Tonlage, die keinen Widerspruch duldete, wiederholte Ann Kathrin das wichtigste Wort: »Wo?«

Rupert sah zwischen den beiden hin und her.

»Wo, verdammt?«, hakte Büscher nach. Er schien größer geworden zu sein.

Rupert druckste nicht länger herum, sondern sagte mit entwaffnender Ehrlichkeit: »Ich weiß es nicht.«

Er wunderte sich darüber, aber die zwei glaubten ihm sofort. Waren sie so erfahren, oder war er so durchschaubar, fragte er sich. Er ärgerte sich ein wenig darüber, gleichzeitig spürte er auch Erleichterung. Der Druck auf ihn ließ nach. Er fragte sich, wie er das mit dem Alibi für Weller jetzt noch hinkriegen sollte.

Büscher sah Ann Kathrin an, und sie nickte ihm entschlossen zu. Offensichtlich war zwischen den beiden alles klar.

»Was ... habt ihr jetzt vor?«, fragte Rupert.

Ann Kathrin antwortete erstaunlich sachlich: »Wir werden Weller zur Fahndung ausschreiben.«

»Weller?«, keuchte Rupert. »Habt ihr nur noch Matsch im Kopf? Seid ihr völlig Banane?« Er machte eine Geste, als müsse er vor seinen Augen Scheiben putzen.

»Nein«, sagte Ann Kathrin, »wir verhindern nur, dass er sich unglücklich macht und seinen zukünftigen Schwiegersohn umbringt.«

Der weiße Mercedes stand auf dem Parkplatz vor dem Gästezentrum. Es war nicht weit zur Strandstraße. Weller sah das *Upstalsboom Hotel Deichgraf*. Er konnte sich nicht vorstellen, dass Fenrich mit Jule in einem gutbesuchten Vier-Sterne-Hotel mit Meerblick absteigen würde, um sie dann umzubringen. Das war doch viel zu belebt. Um ihr das Tattoo herauszuschneiden, brauchte er einen einsamen Ort. Garantiert hatten die zwei im *Upstalsboom* nur einen Kaffee getrunken und gingen jetzt irgendwo spazieren.

Der Leuchtturm *Kleiner Preuße* schien Weller geradezu zu rufen: *Komm zu mir, Weller! Ich biete dir den besten Ausblick!*

Weller folgte dem Ruf des Leuchtturms. Er beobachtete die zwei jetzt durch sein Fernglas. Er stellte sich ungeschickt damit an. Das Bild wackelte sehr und wurde immer wieder unscharf, ja verschwommen. Die Spiegelungen des Wassers, das Glitzern und Flimmern erschwerten ihm den Blick auf seine Tochter. Für ihn gab es hier so gut wie keine Deckung. Er stand jetzt außen auf dem *Kleinen Preußen*. Auch wenn es ein wirklich kleiner Leuchtturm war, ermöglichte er Weller doch, eine Position einzunehmen, um weite Strecken des Watts überblicken zu können. Doch er war kein Tourist, der die Landschaft genießen wollte. Er hatte sich beim Bastler eine Drohne mit Kamera besorgt. Der Bastler hatte behauptet, damit könne er nachts in jedem Hochhaus ins Schlafzimmer gucken, sofern die Rollläden nicht runtergezogen wären.

Jetzt kamen Touristen und wollten Fotos auf dem Leuchtturm machen. Grummelnd verzog Weller sich. Er konnte ebenso wenig Zeugen brauchen wie der Serienkiller.

»Jäger und Gejagte«, hatte Ann Kathrin einmal gesagt, »werden sich im Laufe der Zeit immer ähnlicher.«

Zum ersten Mal im Leben störte es Weller, dass dieses Land so schrecklich platt war. Kein Versteck. Im Watt schon mal gar nicht. Ein paar wie Zinnsoldaten aufgereihte Buschpricken, die den Wattwanderweg markierten, boten keinen Schutz.

Er beschloss, die Drohne einzusetzen. Es gab einen letzten Funken Vernunft in ihm. Sätze schossen durch seinen Kopf wie: *Du machst dich hier zum Affen.* Aber da war noch etwas. Eine Phantasie von einem Maximilian Fenrich, der sich draußen im Watt über Jule beugte und ihr ein Messer an den Hals hielt.

Vielleicht hatte Weller wirklich zu viel Blut gesehen, zu viel Mist erlebt, zu viel Zeit mit Verbrechern verbracht und mit menschlicher Niedertracht. Jedenfalls suchte er genügend Abstand zu den Touristen und ließ dann die Drohne fliegen.

Das klingt leichter, als es für ihn war.

Wenn er die Drohne hoch über sich in der Luft betrachtete, hatte er das Gefühl, sie ganz gut steuern zu können. Er merkte aber, dass er keinen Führerschein für so ein Ding gemacht hatte. Bei dem böigen Nordwestwind wusste er nicht, ob die Drohne gerade machte, was sie wollte, ob sie Spielball des Windes wurde oder ob er einfach zu ungeschickt mit dem Joystick hantierte.

Wenn er auf das Display sah, um aus der Vogelperspektive die Welt zu beobachten, verlor er die Kontrolle über das Fluggerät, denn eigentlich konnte er nur Wattboden erkennen oder das Blau des Himmels.

Die Drohne war laut. Jemanden unbemerkt aus der Luft zu beobachten, das hörte sich gut an, war aber bei dem Lärm kaum möglich.

Möwen wurden nervös und flohen. Eine ganz tapfere versuchte, die Drohne zu attackieren. Sie stieß wütende Kampfschreie aus, um ihr Revier zu verteidigen, aber dann zog sie sich doch vorsichtshalber zu den anderen zurück.

Er glaubte schon, Jule und Maximilian verloren zu haben, da stand ein Junge namens Kevin neben ihm. Er war zwölf Jahre alt und verstand wesentlich mehr von Drohnen als Weller. Er sah ihm amüsiert zu.

»Darf ich auch mal lenken?«, fragte Kevin.

Weller wollte ihn loswerden und sagte barsch: »Das ist nicht so einfach, wie es aussieht, Kleiner.«

Kevin lächelte. »Sie müssen den Stick ruhiger führen, sonst macht die Maschine Sprünge.«

Weller fragte: »Hast du das schon mal gemacht?«

»Klar. Außerdem habe ich den *Angriff auf den Killerplaneten* geflogen. Zigmal bin ich abgeknallt worden oder gegen die Wände gekracht. Bis ich kapiert hatte, dass ich keine ruckartigen Bewegungen machen darf. Nur ganz kleine, sanfte Aktionen. Sie rühren mit dem Stick ja nicht in einer Erbsensuppe herum.«

Wortlos gab Weller dem Kind die Führungskonsole.

»Man kann die auch mit dem Smartphone steuern«, behauptete der Junge und übernahm. Weller konzentrierte sich jetzt ganz auf den Bildschirm. Die Kamerafahrt wurde ruhiger. Tatsächlich schaffte Kevin mühelos, was Weller nicht hingekriegt hatte.

»Suchst du die zwei da?«, fragte der Junge. »Die knutschen.«

Weller konnte Jule und Maximilian deutlich sehen. Ungefragt lenkte Wellers Hilfssheriff die Drohne näher. Weller konnte sehen, dass Maximilians Hand Jules Brust unter ihrem T-Shirt befingerte.

Die Fahndung nach Weller mit dem Hinweis, er sei vermutlich bewaffnet, löste in einigen Polizeiinspektionen Heiterkeit aus. Sie hielten es für einen verspäteten, ziemlich geschmacklosen Aprilscherz. Der moderne Ausdruck *Fake News* wurde benutzt.

Andere reagierten betroffen, ahnten, welches Drama gerade in Norden stattfand. Was musste passiert sein, damit ein geschätzter und geachteter Kollege wie Frank Weller auf die Fahndungsliste gesetzt wurde?

Es ging um eine aktuelle Gefahrenabwehr, nicht um eine Strafverfolgung. Das war klar.

Hauptkommissar Oetjen in Oldenburg wunderte sich nicht. Vermutlich, dachte er, kann man jeden Menschen so weit bringen, dass er ausrastet und zur Gefahr wird. Zum Amokläufer, Attentäter oder schlicht zum Mörder.

Es gab auch in ihm eine empfindliche Stelle. Er versuchte, sie zu verleugnen, denn er wusste: wenn daran gekratzt wurde, konnte er rasch zur abgezogenen Handgranate werden.

Auch innerhalb der Polizeiinspektion Aurich hatten einige Leute Probleme mit der Fahndung, fanden diesen Schritt übertrieben, fragten sich, wer da einen Rachefeldzug gegen Frank führte, und waren nicht bereit, dabei mitzumachen.

Die beiden knutschten in der Einsamkeit. Der Kuss schmeckte nach Salz, Jod, Austern und Meer. Die Weite tat ihnen gut. Um sie herum war nichts. Keine Betonmauern. Keine Berge. Keine Hügel. Da war nur das Watt. Nichts versperrte den Blick. Die Freiheit der Weite.

Einen Moment lang hatte Jule das Gefühl, Max wolle sie jetzt gleich hier lieben. Sie fand die Idee witzig. Sex bei Ebbe im Watt. Aber das hörte sich vermutlich romantischer an, als es war. Sie stellte sich vor, Wattwürmer würden unter ihrem Rücken entlangkrabbeln. Nein, das Watt war nicht für die Missionarsstellung geeignet, die sie eigentlich im Bett bevorzugte.

Vielleicht war das Ganze hier nur eine Art langes Vorspiel, das später nach einer gemeinsamen Dusche zum Höhepunkt im Bett führen würde. Sie wühlte in seinen Haaren.

Dann war da plötzlich dieses Geräusch. Sie guckten beide hoch. Die Drohne mit den vier Propellern wirkte wie ein wütendes Insekt, das die zwei beäugte und dabei mit den Flügeln angriffslustig brummte.

Jule war schockiert. Sie sprach ihren Verdacht fast gegen ihren Willen laut aus. Sie konnte die Worte einfach nicht zurückhalten: »Ja, dreht mein Alter jetzt restlos durch?!«

Maximilian bückte sich und grub die Hände tief in den feuchten Meeresboden. »Ach, Jule, du glaubst doch nicht im Ernst, dass Frankie ... Nein, so verrückt ist er nun wirklich nicht!«

Maximilian richtete sich auf und begann, die Drohne mit Matschklumpen und Muscheln zu bewerfen.

»Die haben uns gesehen! Die bewerfen uns«, rief Wellers zwölfjähriger Gehilfe.

Weller zuckte erschrocken zurück, als die Ladung Watt auf die Drohne prasselte. Auf dem Bildschirm wirkte es, als würde die Ladung durch das Display fliegen und in Wellers Gesicht landen. Er wischte sich sogar unwillkürlich mit rechts über die Wange.

Kevin hatte Mühe, die Kontrolle über die Drohne zurückzuerlangen. Weller half ihm nicht. Er hatte ein anderes Problem. Ein Polizeifahrzeug näherte sich. Darin Hauptkommissar Wolfgang Hütte und Markus Johann aus Dorum.

Johann sang im Chor und übte gern beim Fahren. Hütte empfand das als Zumutung. Er hörte lieber Radio Bremen.

Weller, der keine Ahnung davon hatte, dass nach ihm gefahndet wurde, ging auf die Kollegen zu. Sie stiegen aus dem Auto und machten besorgte Gesichter.

Sie kamen wegen der Drohne. Sie forderten Weller schon von weitem auf, »Das Ding da ...« sofort wieder runterzuholen.

Er gab ihnen beschwichtigend recht: »Kein Problem. Hab nur was ausprobiert. Nettes Hobby ...«

Doch die zwei sahen das Ganze nicht so locker. Sie wollten die Drohne beschlagnahmen. Aber sie war noch in der Luft.

Sie wollten wissen, wie schwer das Ding sei und ob der Kennzeichnungspflicht Genüge getan worden sei.

»Ab zwei Kilo brauchen Sie eine Pilotenlizenz vom Luftfahrtbundesamt«, erklärte Hütte, der ältere Kollege, der keinen Hehl daraus machte, dass er alle Drohnen am liebsten verbieten würde.

Kevin hatte Mühe, das Fluggerät zurückzuholen. »Die gehorcht mir nicht mehr, weil das Pärchen die mit Matsch beworfen hat. Vielleicht ist sie sogar abgestürzt.«

Jetzt wollte Markus Johann Wellers Papiere sehen, und Wolfgang Hütte brummte: »Pärchen filmen ... Das haben wir gerne. Das kann teuer werden. Ist doch klar, oder?«

Weller zeigte seinen Ausweis vor. »Ich bin kein Spanner oder so. Pärchen ist gut. Das ist meine Tochter!«

»Klar«, grinste Johann, der Weller kein Wort glaubte. Er ging mit Wellers Ausweis ein paar Meter weit weg und telefonierte.

Hauptkommissar Hütte maulte: »Sie wissen schon, dass hier Vögel brüten und Menschen ihre Ruhe suchen ... Mit solchen Höllenmaschinen machen Sie das alles kaputt. Sie vertreiben die Tiere. Sie stören die Menschen. Wie kann ein erwachsener Mann seinem Sohn so einen Mist beibringen?«

»Das ist nicht mein Sohn«, erklärte Weller und fügte hinzu: »Haben Sie als Kind keine Windvögel steigen lassen?«

Hauptkommissar Hütte lachte laut: »O ja, ich hab solche Drachen gebaut. Anfangs aus Holz und Papier, später dann ...«

Sein Kollege beendete das Gespräch. Er richtete seine Waffe auf Weller und forderte mit vor Nervosität zitternder Stimme: »Heben Sie die Hände hoch. Ich will Ihre Hände sehen!«

Jetzt wurde auch Hütte hektisch. Er suchte nach seinen Handschellen, hatte die aber schon so lange nicht mehr eingesetzt, dass er sie zunächst fallen ließ.

Kevin rief: »Bist du echt 'n Gangster? Wow!«

»Nein, ich bin selbst Polizist … Gewesen.«

Weller wurde abgetastet, und Johann fand bei ihm die Glock. Hütte zog die Handschellen fester zu.

Von Ferne aus dem Watt, wie eine langsam größer werdende Erscheinung, näherten sich Jule und Maximilian. Jule begann zu rennen, was bei dem Schlickboden nicht ganz einfach war. Sie fiel hin, raffte sich auf und rannte weiter.

Maximilian blieb weit hinter ihr zurück. Er rief: »Nun werde doch nicht gleich hysterisch!«

Jule hatte den festen Boden noch nicht erreicht, als Weller, die Hände in der metallenen Acht auf dem Rücken, hinten in den Polizeiwagen gedrückt wurde. Weller protestierte, weil das weh tat und er so verrenkt nicht sitzen konnte.

Kevin machte ein Foto mit seinem Handy. Er versuchte, sich dann so zu positionieren, dass er selbst noch mit draufkam. »Noch nicht abfahren! Nicht«, rief er. »Wartet! Das glaubt mir doch sonst kein Mensch! Endlich passiert mal was, und ich hab kein richtiges Foto!«

Die beiden Wremer Polizisten von der Wurster Nordseeküste guckten den Jungen an. Sie wussten nicht recht, was sie machen sollten. Er ging auf eine entwaffnende Art unbefangen mit ihnen um.

»Ooch, bitte! Würden Sie die Tür noch mal aufmachen?«, fragte Kevin. »Durch die Scheibe krieg ich ihn nicht richtig drauf. Die Sonne haut da zu sehr rein.«

Wolfgang Hütte war selbst Hobbyfotograf. Er mochte zwar Handyfotos nicht, hatte aber vor kurzem von analog auf digital umgestellt. Es war ihm schwergefallen. Er war immer noch ein Anhänger »richtiger« Fotos. Gleichzeitig faszinierte ihn die Speicherkapazität moderner Chips. Da passten auf Fingernagelgröße mehr Fotos als in all seine Alben zusammen.

Und er hatte den ganzen Hobbykeller voller Fotoalben und Kisten.

Einerseits hatte er ein Herz für den Jungen, andererseits fand er ihn ziemlich dreist.

Markus Johann griff entschlossen ein: »Du kannst doch hier keine Bilder von einer polizeilichen Maßnahme machen!«

»Nein?«, fragte Kevin entschuldigend und knipste dabei Johann, wie er versuchte, dem Kind das Handy abzunehmen. Dabei wurde er gleich dreimal fotografiert.

»Das ist mein Handy! Sie dürfen mir das nicht wegnehmen. Das haben meine Eltern mir gekauft, damit ich sie erreichen kann, wenn ich irgendwo abgeholt werden will. Oder sehen Sie hier eine Straßenbahn?«

Johann schimpfte: »Was hast du mit den Fotos vor?«

»Die tu ich Facebook«, lachte Kevin provozierend.

Jule kam abgehetzt an. Sie sah völlig matschig und verdreckt aus. Selbst in ihren Haaren klebte Meeresboden. Über ihrer rechten Augenbraue krabbelte ein winziges weißes Krebschen mit langen, zittrigen Beinen herum.

Sie zeigte auf Weller: »Das ist mein Vater. Wo bringen Sie ihn hin?«

»Nach Dorum in die Speckenstraße.«

»Ist da die Psychiatrie?«, fragte Jule und wischte sich Wattspuren von den Armen.

»Nein. Unsere Polizeiinspektion.«

Marion Wolters überbrachte die Nachricht und löste damit in Ruperts Gesicht ein entspanntes Grinsen und dann ein seliges Lächeln aus.

»Die Kollegen in Dorum haben ihn also! Freunde, dann

lasst ihn uns persönlich da abholen. Also, ich erledige das gern«, bot er an.

»Warum?«, wollte Polizeichef Büscher wissen, der bei Rupert in dieser Sache grundsätzlich misstrauisch war. Büscher fragte sich, ob Rupert vielleicht nur vorhatte, mit seinem Kumpel Weller gleich eine neue Blödheit auszuhecken.

»In Dorum«, lachte Rupert, »will ich zu *Pommes Peter*.«

»Zu wem?«, fragte Marion Wolters.

Für Büscher, der aus Bremerhaven kam, war *Pommes Peter* ein Begriff. Er erklärte: »Wenn der liebe Gott im Himmel mal Hunger auf Currywurst und Pommes hat, dann schickt er seine Engel runter zu *Pommes Peter*.«

»Denn da gibt es eine göttliche Wurst«, ergänzte Rupert und leckte sich über die Oberlippe, als hätte er sie schon dampfend im Schälchen vor sich stehen.

Marion Wolters wunderte sich, dass Ann Kathrin gar nichts sagte und nur stumm am Fenster stand.

»Eure Sorgen möchte ich haben«, spottete Marion und ließ die drei allein.

Kaum hatte Marion den Raum verlassen, ging Ann Kathrin zur geschlossenen Tür und lauschte. Rupert registrierte das interessiert.

Erst nachdem Ann Kathrin sicher war, dass Marion Wolters' Schritte sich entfernt hatten, sagte sie zu Büscher: »Bitte Martin, wir müssen ihm die Ehre lassen …«

Büscher guckte, als sei ihm das Wort fremd. Er verstand nicht wirklich, was Ann Kathrin von ihm wollte.

Ihre Stimme hatte etwas Flehendes. So kannte er die resolute Kollegin gar nicht. »Wir können jetzt nicht bis Wremen fahren, um ihn da aus der Zelle zu holen und dann wie einen Schwerverbrecher …«

»Was schlägst du vor?«, fragte Büscher.

»Ruf in Dorum an. Sie sollen seine Waffe sicherstellen und ihn freilassen.«

Mit dem Wort »Waffe« warf sie Rupert einen vernichtenden Blick zu.

Büscher verschränkte die Arme vor der Brust. Er hatte Sätze auf den Lippen wie: *Eine Personenfahndung ist eine offizielle Sache, da kann man nicht einfach sagen, danke, war nicht so gemeint …*

Doch einerseits hatte er das Gefühl, damit Weller in den Rücken zu fallen, und andererseits kam es ihm spießig vor. Unostfriesisch. Bürokratisch.

Er fragte sich, wie sie es anstellen würden.

»Du kennst doch da fast jeden, Martin. Du kommst von dort …«, säuselte Ann Kathrin.

Büscher strich sich übers Kinn. »Na ja, ich war in Bremerhaven. Aber ein paar Kollegen aus dem Wurster Land kenne ich natürlich.«

»Ruf an«, bat sie. »Aber sag ihnen, dass ich erst mit Weller sprechen will …« Erklärend fügte sie hinzu: »Am Telefon.«

Büscher suchte in seinem Handy nach Nummern ehemaliger Vertrauter. Er wählte Wolfgang Hütte aus. Er hoffte, dass der alte Kauz noch nicht pensioniert war. Er hatte mal eine Menge Ärger bekommen, weil er als Hobbyfotograf am Tatort für sein privates Fotoalbum Bilder gemacht hatte. Damals hatte Büscher ihn gedeckt.

Er gehörte zu den Menschen, von denen Polizeichef Büscher gern lobend behauptete, man könne mit ihnen Pferde stehlen, was Ann Kathrin als Aussage für einen Polizeichef ziemlich daneben fand. Aber was Büscher dann mit Hütte aushandelte, gefiel ihr. Er sprach ihn mit »Na, du altes Schlachtschiff« an. Sie scherzten ein bisschen, machten sich über einen Politiker lustig, der gerne Personenschutz für sich und seine Frau in Anspruch nahm, um Partygäste zu beeindrucken, sich aber nicht scheute, der Polizei Mittel zu streichen.

»Danke, dass ihr uns in der Sache mit Frank Weller geholfen habt. War der Kollege bewaffnet?«

»Hm. Eine Glock. Wenn du mich fragst, Martin, keine ganz legale Waffe.«

»Ja, da magst du recht haben. Geht es ihm gut?«

Hütte hörte aus der Frage einen leicht vorwurfsvollen oder zumindest ängstlichen Unterton heraus, als könne es sein, dass Weller nach Widerstand gegen die Staatsgewalt nun im Krankenhaus lag und aus der Schnabeltasse trinken musste.

»Er hat sich anständig verhalten und wir uns auch.«

Büscher war erleichtert. »Du könntest mir einen großen Gefallen tun. Weißt du, Weller ist einer meiner besten Männer. Er hat nur gerade ein Tief.«

»Verstehe …«

»Also, wir sind euch echt dankbar, dass ihr das so gut für uns geregelt habt. Er musste kurzfristig aus dem Verkehr gezogen werden. Jetzt bringt ihr ihn am besten zum Bahnhof, kauft ihm eine Fahrkarte nach Norden und setzt ihn in den Zug. Aber vorher hol ihn bitte ans Telefon.«

Hütte brummte etwas wie: »Weil du's bist, Alter.«

Büscher reichte Ann Kathrin das Telefon.

»Frank?«

»Jo.«

»Wir mussten das machen. Du hast uns keine andere Wahl gelassen. Ich hoffe, das weißt du. Die Wurster Kollegen sind sehr kooperativ. Wenn du mir versprichst, keine Dummheiten zu machen, gehst du ohne Handschellen da raus. Sie begleiten dich zum Bahnhof. In Norden holen wir dich ab, und du kristallisierst dich wieder ganz normal an die Truppe an. Kann ich mich auf dich verlassen?«

Ostfriesisch knapp antwortete Weller erneut: »Jo.«
»Frank? Sind wir uns einig?«
»Jo.«

Er kämpfte gegen den Drang an. Er wollte endlich sein wie die anderen. Kein Alien mehr. Er wollte so gerne empfinden wie die Menschen um ihn herum. Wollte sich verlieben, Freundschaften schließen, Trauer empfinden können und Freude. Er hatte das Gefühl, ganz nah dran zu sein – sofern das überhaupt ein Gefühl war und nicht nur eine Überlegung. Aber zwischen ihm und den anderen gab es immer so etwas wie eine unsichtbare Wand.

Selbst bei Berührungen war es so, als würde er nicht wirklich angefasst werden. Er kam sich meist vor wie eine in Plastik verpackte Wurst. Seine Haut war sichtbar, aber auch unberührbar.

Er stellte sich vor, diese Umhüllung abzuschneiden wie eine ungenießbare Käserinde. Er hatte lange gebraucht, bis er wusste, welche Käserinde essbar war und welche nicht. Auf Verpackungshinweise verließ er sich nicht. *Diese Rinde ist nicht zum Verzehr geeignet.*

In ihm breitete sich dieses Wissen aus wie ein injiziertes Gift: »Du wirst nie wie die anderen. Du bist ein Monster. Gegen dich sind die niedlichen Hollywood-Aliens im Kino harmlose Kasperlefiguren.«

Er bekam eine irre Wut auf die Polizei, speziell auf Weller und Ann Kathrin Klaasen. Warum, dachte er vorwurfsvoll, warum beendet ihr die Sache nicht? Was seid ihr nur für Versager? Ihr hättet mich stoppen können. Ihr habt es nicht getan.

Es erleichterte ihn, die Schuld auf sie zu verlagern. So fühlte er sich schon wesentlich besser. Hatte er ihnen nicht genügend Hinweise geliefert? Warum ließen sie ihn weitermachen?

Sie waren selbst schuld, wenn weitere Frauen sterben mussten. Wollten sie das etwa? Brauchten sie einen wie ihn, um ihre Jobs zu rechtfertigen, ihre Bedeutung in der Gesellschaft? Was wäre eine Polizeitruppe ohne ein Monster wie ihn?

Solange die Bevölkerung in Angst und Schrecken vor einem Serienkiller lebte, war jeder Ermittler wichtig. Sie konnten sich bedeutend vorkommen. Sie gaben Pressekonferenzen und konnten zusätzliche Mittel beantragen.

Er wusste, dass es nicht ganz so war, aber er brauchte diese Gedanken als Brennholz für die Flammen seiner Wut. Sein Zorn brauchte Nahrung. Er durfte diesen Hass nicht gegen sich selbst richten, sonst stand er kurz davor, sich selbst zu töten. Aber Selbstmord gehörte nicht zu seiner Spezies. Er wollte sich wandeln. Anders werden. Besser. Vollständig. Auf eine höhere Ebene des Seins steigen.

Brauchte er dazu den Skarabäus?

Er kämpfte immer noch dagegen an, aber es kam ihm fast vor wie ein Alibi. Als wisse er bereits, dass er den Kampf verlieren würde. Dabei wollte er doch so gerne normal sein, redete er sich ein. Hatte er jetzt vielleicht endlich eine Chance? Werden Wesen nur komplett, wenn sie lieben? Sind wir zerrissene Seelen? Immer auf der Suche nach dem anderen Stück, das uns fehlt? Kommt daher der Ausdruck *meine bessere Hälfte*? Gab es deswegen all die Traditionen wie Ehe? Silberhochzeit? Einfamilienhäuser? War es für alle der Versuch, durch eine Verbindung zu einem anderen Menschen heil zu werden, zu einem Ganzen?

Wenn die Menschen, getrieben von dieser Sehnsucht, sich aufeinander einließen und dann merkten, der andere war der falsche Partner, meine fehlende Seelenhälfte läuft noch irgendwo anders herum, wahrscheinlich genauso desperat wie ich, dann kam es zu den großen Trennungskatastrophen. Ehekrisen.

Was mache ich mit dir, Jule? Hole ich mir deinen Skarabäus? Wird er mir helfen, ganz zu werden? Endlich ich? Oder brauche ich, wie die meisten, einen Seelenpartner? Ein lebendiges Gegenüber?

Hauptkommissar Wolfgang Hütte fuhr nach Bremerhaven. Weller hockte merkwürdig zusammengekauert, die Hände zwischen den Oberschenkeln, als müsse er sie wärmen, auf dem Beifahrersitz.

»Ist dir kalt?«, fragte Hütte. Er selbst schwitzte. Sein Hemd klebte auf der Haut. Seit klar war, dass es zwischen Weller und seinem ehemaligen Kollegen Martin Büscher eine positive menschliche Verbindung gab, duzte Hütte Weller. Er war einfach gestrickt und hielt sich an simple Lebensregeln:

Die Freunde meiner Freunde sind auch meine Freunde.

Man muss auch mal alle fünfe gerade sein lassen.

Regeln, Dienstvorschriften und Gesetze sind für den Menschen da, nicht umgekehrt.

Er war für das Gute und gegen das Böse und trank nach dem Essen gern einen Schnaps. Am liebsten Aquavit. Er mochte klare Schnäpse, aber keinen Tequila. Dieses ganze Herumgetue mit Salz und Zitronenscheibe kam ihm affig vor. Und weil er für die Fahrt Gesprächsstoff brauchte, um alle Klippen umschiffen zu können, sprach er genau darüber.

Weller reagierte auf Hüttes Abneigung gegen Tequila nicht. Als er von Linie schwärmte und genau erklärte, wo auf jeder Flasche steht, wann und auf welchem Schiff der Aquavit den Äquator überquert habe, sagte Weller nur knapp: »Ich weiß.«

Hütte suchte ein anderes Thema. »Einmal im Monat besuche ich die Zwölf-Minuten-Andacht, die unser Pastor Dirk Meine-Behr abends im Altarraum der St.-Willehadi-Kirche initiiert hat. Ich meine – ich bin sonst nicht so ein fleißiger Kirchgänger, aber einmal im Monat tut mir das gut. Es bringt mich zu mir zurück. Manchmal habe ich das Gefühl – also so im Alltag –, als würde ich echt neben mir stehen.«

Weller stieg auch auf dieses Gesprächsangebot nicht ein. Hütte machte noch einen Versuch, dann, das nahm er sich vor, würde er stur, ja eisern, schweigen: »Ich soll dir eine Fahrkarte kaufen und dich in den Zug setzen. Sie vertrauen alle darauf, dass du keinen Scheiß baust. Können wir uns wirklich auf dich verlassen? Darf ich fragen, worum es geht?«

Weller sah ihn aus einer vorgebeugten, schrägen Haltung von unten an: »Sie haben Angst, dass ich jemanden umlege.«

Hütte pfiff erstaunt, als habe er so etwas Monströses nicht erwartet.

»Ich denke«, sagte Weller, »dass ein Serienkiller es auf meine Tochter abgesehen hat. Er heißt Maximilian Fenrich. Ich bin mit ihm zur Schule gegangen.«

»Und der ist bei uns im schönen Land der Wurten?«

»Ja, deshalb war ich mit der Drohne da. Ich wollte ihn beobachten …«

»Nur beobachten?«

»Ich gebe gerne zu, ich warte auf eine günstige Gelegenheit, um ihn auszuknipsen. Ich wollte es so diskret wie möglich erledigen, damit meine Tochter es nicht mitkriegt.«

»Hätte ich auch so gemacht. Ich würde es wie einen Unfall aussehen lassen«, hörte sich der Vater zweier erwachsener Töchter sagen und wunderte sich über seine eigenen Worte.

»Ich wie Selbstmord«, sagte Weller trocken.

Hütte nickte. »Auch nicht schlecht.«

»Aber«, bedauerte Weller, »daraus wird jetzt nichts mehr. Meine Kollegen in Norden mussten ja gleich ein Riesending draus machen, mich verhaften lassen und …«

»Sie haben es nur gut gemeint«, verteidigte Hütte das Team um Büscher. »Du wolltest doch hoffentlich nicht wirklich … Ach komm«, er stieß Weller an, »so etwas sagt man doch nur so. Aber man würde doch im entscheidenden Moment Abstand davon nehmen. Du hättest dem Typen vielleicht Angst gemacht, aber mehr doch nicht. Sei doch ehrlich zu dir selbst, Mensch! Du bist doch froh, dass wir dich dran gehindert haben, dein Leben zu verpfuschen. Jetzt kannst du immer sagen: Ich hätte ihn fertiggemacht, ja, wenn die anderen mich nicht aufgehalten hätten. Der verhinderte Held. Besser geht's doch gar nicht.«

Hütte parkte schräg gegenüber vom Bremerhavener Hauptbahnhof vor einem Fischrestaurant. »So«, sagte er, »wenn du willst, gehen wir hier noch zusammen essen. Ich geb einen aus. Und dann erzähle ich dir mal, wozu mein Schwiegersohn mich fast getrieben hätte. Wir haben unser gesamtes Erspartes verloren. Ich muss froh sein, dass wir unser Haus behalten konnten. Inzwischen grüßt der uns nicht mal mehr auf der Straße, hat aber zum Glück eine andere und verwüstet jetzt deren Familie. Wir sind endlich wieder frei.«

Wellers Faust traf ihn völlig unvorbereitet und deckungslos. Hütte sackte augenblicklich bewusstlos zusammen. Weller drapierte ihn so, dass vorbeikommende Fußgänger ihn für einen Polizisten halten mussten, der ein Nickerchen im Auto machte.

Weller nahm Hüttes Dienstwaffe an sich und sein privates Handy. Er überlegte, ob er versuchen sollte, die Funkanlage zu zerstören, doch das erschien ihm ein unnötiger Zeitverlust. Aus Hüttes Portemonnaie lieh Weller sich noch hundertachtundzwanzig Euro.

»Sei nicht sauer, Kumpel«, sagte Weller zu dem Bewusstlosen und tätschelte seine rechte Wange, »es ist nichts Persönliches. Aber ich habe im Moment keine andere Wahl. Dein Kiefer ist hoffentlich nicht gebrochen. Lass dich ein paar Wochen krankschreiben und verbring die Zeit mit deiner Familie. Tschüs. Schöne Grüße an deine Tochter. Bist 'n guter Kerl, Hütte. Echt 'n Kumpel.«

Weller stieg aus. Er ging ohne Eile zum Taxistand.

Hütte wurde wach. Er brauchte einen Moment, bis er begriff, was geschehen war. Er ahnte, dass Weller in dem Taxi saß, das er gerade noch von hinten sah. Er zögerte, die Meldung sofort weiterzugeben. Er hätte nicht sagen können, warum. Wollte er nicht mit unbeweisbaren Vermutungen um sich werfen, oder hatte er ernsthaft vor, Weller eine Chance zu geben? Einen kleinen Vorsprung.

Er griff sich ans Kinn. Der Kiefer schmerzte. Wenn er den Mund öffnete, knackte es. Es kam ihm auf eine verrückte Art wie eine Auszeichnung vor, dass Weller ihn k. o. geschlagen hatte.

Büscher ahnte sofort, was los war, als er Hüttes Stimme hörte. Hütte hatte Schwierigkeiten, klar zu formulieren, und stand emotional unter Druck: »Einer deiner besten Männer …«, zitierte Hütte Büscher, »hat eine wirklich gute Rechte. Könnte als Boxer in der Kreisliga bestimmt Erfolge feiern. Also, unter den Amateuren. Oder meinst du, es reicht bei ihm schon zum Profi?«

Aufgeregt fragte Büscher: »Er hat dich doch nicht etwa …«

»Nein, wo denkst du hin. Ich rede immer so. Den Sprachfehler hatte ich schon von Geburt an.«

»O mein Gott«, stöhnte Büscher.

»Er hat mich ganz freundlich um meine Dienstwaffe gebeten und um mein Handy. Wir haben noch einen Kaffee zusammen getrunken, und dann ist er …«

»Verarsch mich nicht. Hat er deine Waffe?«

»Ja, und das fuchst mich am meisten. Im Laufe meines gesamten Dienstes habe ich nie – nie, verstehst du! – auch nur ein einziges Mal auf einen Menschen geschossen. Wenn jetzt ausgerechnet mit meiner Waffe jemand getötet werden sollte …«

Büscher unterbrach ihn: »Wo ist Weller jetzt?«

»Keine Ahnung. Ich habe ihn zum Bahnhof gefahren. Hier gibt es Züge in alle Richtungen. Taxen, Busse, Straßenbahnen. Er kann praktisch überall sein. Aber wir wissen doch beide, wo er sein wird.«

»Wo?«, hakte Büscher nach.

Hütte lachte bitter: »Wo findest du jeden Junkie?«

»Immer da, wo der Stoff ist«, antwortete Büscher, hatte aber immer noch das Gefühl, auf dem Schlauch zu stehen.

»Dann wird er wohl da sein, wo dieser Maximilian ist. Oder seine Tochter.«

»Klar«, sagte Büscher resignierend.

In dem Moment öffnete Ann Kathrin die Tür zu Büschers Büro. Sie sah ihn an, und es entfuhr ihr wie ein Schrei: »Er ist abgehauen?!«

Büscher starrte sie nur an. Er schluckte schwer, bevor er es heiser aussprach: »Ja! Und er hat wieder eine Waffe.«

Jule war immer noch außer sich. Es fiel ihm schwer, sie zu beruhigen. Selbst unter der Dusche tobte sie noch. Sie hatte keine Augen mehr für die Schönheit des Ferienhäuschens, das er gemietet hatte. Beim Deichbruch war hier ein kleiner See entstanden, deshalb wurde die Häuseransammlung gern Wehldorf genannt.

Er hatte es ganz romantisch geplant. Das Haupthaus, gut zweihundert Jahre alt, war zu Fuß über eine Wiese zu erreichen. Er hatte Hörbücher mit, von denen er glaubte, dass sie Frauenherzen schwach werden ließen.

Mascha Kalékos Gedichte, gesprochen von Katharina Thalbach. Dann noch *Schnee ist auch nur hübsch gemachtes Wasser*, geschrieben und eingelesen von Dora Heldt.

Er war sich sicher, Jule müsse darauf stehen. Er zeigte die Hörbücher vor, aber sie hatte ganz andere Pläne. In ein dickes Saunatuch gehüllt, stand sie dampfend vor ihm. Ihre Augen glänzten fiebrig.

»Lass uns hier abhauen. Hier sind wir nicht sicher.«

Er versuchte, sie zu beruhigen, wollte ihre Haare trocknen, Feuchtigkeit von ihrer Schulter lecken, aber sie wich ihm aus. »Nicht. Ich kann so nicht. Vielleicht steht er schon hinterm Fenster und guckt uns zu.«

Maximilian lachte demonstrativ, aber es klang unecht. »Jule! Er wurde vor unseren Augen verhaftet!«

Sie schüttelte sich. Ein paar Tropfen flogen durch den Raum. »Mensch, der ist Polizist! Eine Krähe hackt der anderen kein Auge aus, sagt man. Die trinken mit dem Kaffee, und dann lassen sie ihn wieder laufen. Wenn wir Pech haben, helfen sie ihm sogar, uns zu beschatten.«

»Och, Julchen, der sitzt auf Nummer Sicher, und ich wette, er führt gerade jetzt ein Gespräch mit einer gutausgebildeten Psychologin.«

Noch einmal streckte er verliebt lächelnd vorsichtig die Hand nach ihr aus. Sie trat schneller als nötig einen Schritt zurück und zog sich das Handtuch fester um den Körper.

»Hättest du Lust, mit mir ins Bett zu gehen, wenn deine Mutter dabei zuguckt?«, fragte sie ihn.

Er versuchte, das wegzulächeln. »Uns guckt niemand zu.«

»Bist du dir da so sicher? Er hat eine Drohne zu uns ins Watt geschickt!«

»Ja, du hast recht. Er ist völlig durchgeknallt. Absolut plemplem. Aber er sitzt jetzt auf Nummer Sicher. Wir müssen aufpassen, dass er unser Leben nicht total beherrscht – selbst, wenn er nicht da ist. Dann erreicht er ja genau das, was er will. Wir können uns nicht mal lieben, obwohl er im Knast sitzt, weil er für uns immer präsent ist ...« Maximilian kasperte herum: »Hinter dem Fenster könnte er stehen. Huhuhuhu!« Er wurde wieder sachlich: »Der Vater als Spanner. Es ist zu verrückt.«

»Streiten wir uns jetzt seinetwegen?«, fragte sie mit wackliger Stimme.

Er zuckte mit den Schultern. »Ich glaube«, sagte er, »Frankie würde sich über unsere Auseinandersetzung sehr freuen.«

Das leuchtete ihr ein. Sie wurde weicher. Ihre körperliche Abwehrhaltung verlor an Strenge. Sie wich nicht mehr aus, als er die Hand nach ihr ausstreckte.

Er streichelte sanft über ihren Hals, fast ohne die Haut wirklich zu berühren. Seine Fingerkuppen umkreisten den Skarabäus.

»Lass uns hier abhauen!«, wiederholte sie.

»Aber Jule, glaubst du im Ernst, in meiner oder deiner Wohnung würdest du dich sicher fühlen? Er kennt beide Adressen.«

Maximilian legte seine Hände auf seine Brust. Die Geste sollte seine Ehrlichkeit unterstreichen, aber sie geriet etwas zu theatralisch. »Sicherheit, liebe Jule, finden wir nur hier, in uns selbst.«

»Komm mir jetzt bloß nicht so. Das alles findet real statt. Das ist nicht nur eine Spinnerei von mir.«

»Aber das sage ich doch gar nicht. Mensch, du bist heute leicht aggressiv, kann das sein?«

»Entschuldige. Ja, ich bin sogar verdammt aggro. Ich könnte gerade vor Wut …« Sie machte eine Bewegung, als würde sie etwas mit Wucht gegen die Wand werfen.

Es musste etwas passieren. Er legte die erste Mascha-Kaléko-CD ein. Sie sah ihm fassungslos dabei zu. Allein dass er es tat, änderte schon die Energie im Raum. Es war, als hätte er etwas Ungeheuerliches angezettelt. Dann ertönte Katharina Thalbachs Stimme. Sie las das erste Gedicht vor.

»Lass mich das Pochen deines Herzens spüren,
dass ich nicht höre, wie das meine schlägt.«

Jule drehte sich zu Max. Sie sah ihn jetzt mit anderen Augen an. Poesie, dachte sie, verändert vielleicht nicht die Welt, wohl aber kann sie eine Situation verwandeln. Eine andere Stimmung erzeugen, uns einen anderen Blick auf die Dinge geben.

Sie schaute zu den Topfpflanzen hinüber. Hier gab es Orchideen und Hibiskus. Sie fragte sich, ob die echt waren. Die Erde in den Töpfen war feucht. Leuchtend rote Hagebutten waren in einer Vase malerisch angeordnet.

Jule kam Maximilian jetzt wieder weicher vor. Ihre Bewegungen wurden fließender. Sie atmete tiefer und gleichmäßiger. Er berührte vorsichtig ihre Schultern und begann, sie zu massieren. Sie ließ es geschehen und lauschte Katharina Thalbach.

Er war klug genug, jetzt nichts zu sagen. Es war, als würden die vorgelesenen Gedichte einen Vorhang vor ein Bühnenbild schieben und so eine Sicht auf andere Bereiche des Lebens eröffnen. Statt die Trümmerlandschaft auf der Bühne zu betrachten, sah sie ins Gesicht ihres Sitznachbarn.

Sie setzte sich aufs Sofa und legte die nackten Beine auf den Tisch. Er brühte in der Küche einen Tee auf. Sie sah ihm dabei zu. Er machte eine richtige kleine Teezeremonie daraus.

Später saß er ihr gegenüber. Der Kandis krachte in der Tasse, und der Teeduft hüllte sie ein wie ein schützender Kokon.

Sie hörten die CD bis zum Schluss. Nach einer Weile des Schweigens, in der sie sich nur angesehen hatten, sagte sie: »Dein Tee ist echt gut. Ich frage mich, warum ich sonst so viel Kaffee trinke.«

Er lächelte. Das Gespräch gefiel ihm.

»Der König von Preußen hat mal versucht, das Teetrinken zu verbieten.«

»Du verarschst mich.«

»Nein. Echt. Er wollte verhindern, dass so viel Geld nach China ging. Von dort kam ja der meiste Tee. Er wurde hier ja nur gemischt. Es gibt einen Erlass der königlich-preußischen Polizeiinspektion zu Aurich, der den Verkauf des *chinesischen Drachengifts* verhindern sollte. Die Ostfriesen sollten stattdessen mehr Bier trinken, meinte der König. Das würde ganz aus den Mitteln des Landes gewonnen. Er hatte Angst, dem Staat könnten sonst Steuern entgehen.«

Obwohl sie in Ostfriesland aufgewachsen war, hatte sie davon noch nie gehört. »Wann war das?«, fragte sie.

Er verzog den Mund. »Siebzehnhundertnochwas.«

»Und was haben die Ostfriesen gemacht? Sind sie alle Säufer geworden?«

»Nein, eher schon Schmuggler. Sehr obrigkeitshörig waren die Ostfriesen ja nie. Es gab hier immer wieder Ärger mit Tee. Unter den Nazis wurde er rationiert. Ich glaube, zwanzig Gramm pro Monat bekam ein Erwachsener. Damit haben sich die Nazis bei den Ostfriesen nicht gerade sehr beliebt gemacht.«

Sie stand auf und ließ das Saunatuch vom Körper gleiten. Es war inzwischen trocken. »Komm«, sagte sie, »verrammeln wir das Schlafzimmer und probieren die Betten aus.«

Er betrachtete sie und freute sich.

»Was grinst du so?«, fragte sie.

»Austern und Ostfriesentee ... haben also doch eine unschlagbar aphrodisierende Wirkung ...«

»Vergiss«, lachte sie, »die Gedichte nicht.«

Weller suchte auf dem Deichhof. Er glaubte, Maximilian Fenrich gut genug zu kennen, und ging davon aus, dass das der richtige Ort sei. Die freistehenden Häuser im Wehldorf waren mit einigen Annehmlichkeiten ausgestattet. Meerblick. Badewanne. CD-Player ... Alles, was für ein romantisches Wochenende nötig war, und abgelegen genug, um in Ruhe ... ja, was? Zu töten?

Weller biss sich bei dem Gedanken die Unterlippe blutig. Er versuchte, es so zu machen wie Ann Kathrin Klaasen, seine große Lehrerin. Er versetzte sich in den Täter, sah die Welt aus seiner Sicht. Da schieden große Hotels aus. Natürlich würde er Jule nicht zu sich nach Hause mitnehmen, und bei ihr war es auch zu riskant. Nein, es musste ein einsames Ferienhaus sein.

Der weiße Mercedes war nicht vom Fleck bewegt worden. Das hieß, sie hatten ihre Sachen zuerst in die Unterkunft gebracht. Dann waren sie zum *Upstalsboom*-Hotel gefahren und hatten beim *Kleinen Preußen* eine Wattwanderung gemacht. Warum waren sie danach nicht mit dem Mercedes zum Ferienhaus zurückgekehrt?

Ganz klar! Max Fenrich hatte Angst, dass Jules Vater – vor Wut kochend – kommen könnte, um seine Tochter zu suchen. Der Wagen vor dem Haus würde sie sofort verraten.

Oder war es einfacher? Hatte der Spießer mit seinem Rein-lichkeits- und Autofimmel nur Angst um seine schönen Au-tositze? So matschig, wie Jule gewesen war, hätte sie die be-stimmt beschmutzt.

Nur in drei Häusern brannte Licht. Unwahrscheinlich, dass er mit Jule ein Apartment in dem großen Haupthaus des Deich-hofs, dem zweihundert Jahre alten Bauernhaus, gemietet hatte. Da war die Gefahr dünner Wände und neugieriger Nachbarn zu groß. Nein, es musste eins dieser freistehenden Häuser sein.

Weller schlich sich gebückt näher.

Ein Eichhörnchen-Tattoo hatte er vergeblich gesucht. Das Eichhörnchen gefiel ihm. Als Krafttier war es der Wanderer zwischen den Welten. Die Leichtigkeit des Wechsels von unten nach oben, von Ast zu Ast.

Für die Zukunft vorsorgen und doch ganz im Hier und Jetzt sein …

Ein Eichhörnchen wäre ihm lieber gewesen als der Skara-bäus, aber, verdammt, er hatte keine mit einem Eichhörnchen gefunden.

Er erinnerte sich an diesen Moment der Klarheit in Playa Quemada, als das Wissen über ihn kam wie eine Erleuchtung. Dieser heiße Tag auf Lanzarote … Er war zu Tino gefahren, weil es dort so guten Fisch gab. Er hatte vorher einem Pär-chen dabei zugesehen, das einen Meerwolf in Salzteig gegessen hatte. Genau das bestellte er sich auch.

Er liebte diesen Moment, als die beiden ihre Nasen über die

Salzkruste hielten und Tino die weiße Schicht aufbrach. Sie hatten sich die Düfte zugefächelt und so getan, als würde der unglaubliche Duft geradezu schockartig verströmen.

Ja, das wollte er für sich auch. Er imitierte die beiden, als er seinen Fisch bekam und Tino den Salzmantel aufbrach.

Gerade in diesem Moment kamen die Frauen. Sie waren fröhlich, trugen alle lockere Sommerkleidchen und zeigten viel braune Haut. Sie schwärmten von dieser mediterranen Erfahrung. Sie alle hatten während des Seminars ihr persönliches Krafttier imaginiert und versprachen sich an diesem Abend mit viel Brandy, Rotwein und gutem Fisch, sich ihr Krafttier als Tattoo stechen zu lassen. Sie waren ausgelassen, voll fröhlichem Optimismus, als hätte die Begegnung mit diesem inneren Tier etwas in ihnen ausgelöst. Etwas, das sie nie wieder verlieren wollten.

Sie redeten ungeniert laut. Sie konnten ja nicht wissen, dass der Mann hinter ihnen, der an seinem Tisch ganz nah am Wasser saß, Deutsch verstand und ihnen fasziniert zuhörte. Manchmal, wenn sich die Wellen an den Felsen und Lavabrocken brachen, spritzte die Gischt bis auf seinen Tisch. Sein rechtes Hosenbein war schon nass. An seinem Rotweinglas klebten salzige Tropfen Meerwasser. Er hatte sie abgeleckt.

Mit seinem Handy machte er zunächst Fotos von den Frauen, später ganze Filmchen. Sie waren arglos und bemerkten nichts. Und wenn – vielleicht wäre es ihnen sogar gleichgültig gewesen. Sie waren so voller Lebensfreude, als seien sie, die jungen Frauen, plötzlich mit uraltem Wissen ausgestattet worden. Einem Wissen, das sie über andere Menschen erhob. Einem Wissen, wodurch Alltagssorgen zum Witz wurden. Einem Wissen, das sie zu freien, unabhängigen Menschen machte.

Sie hielten ihn vermutlich für einen Spanier, der gern gut aß und trank und, während er hier praktisch mit den Füßen im Meer saß, mit seinem Handy Kontakt zum Rest der Welt hielt.

Er hatte sich die Fotos und Filmchen immer wieder angesehen. So wie diese jungen Frauen war er nie gewesen. Er hatte eine Sehnsucht danach, aber er erreichte diesen Zustand – mit sich und der Welt einverstanden zu sein – niemals. Es schmerzte ihn, aber es war ihm fremd.

Er besuchte sie. Damals reifte der Plan noch nicht in ihm. Er nahm sich nur vor, sie alle weiterhin zu beobachten, zu sehen, ob sie ihre Pläne verwirklichten. Eine, mit wunderbar langen blonden Haaren bis zur Hüfte, Luzie Winkel, die in Schermbeck in der Stadtverwaltung arbeitete, hatte ihre Ankündigung nie wahr gemacht. Sie ließ sich kein Tattoo stechen. Sie hatte direkt nach ihrer Rückkehr nach Schermbeck andere Sorgen. Ihr Lebenspartner hatte sich, während sie auf Lanzarote auf ihrem Selbstfindungstrip war, in eine andere verknallt. Die Neue war gut zehn Jahre älter als Luzie und hatte auch wesentlich mehr Kilos auf den Rippen, dafür waren ihre Haare nicht so lang, aber er war ganz vernarrt in sie.

Luzie reagierte mit einer Depression und war für fast ein halbes Jahr dienstunfähig. Danach nahm sie noch mehr ab.

Als Erstes ließ sich Sabine Ziegler ihr Tattoo stechen. Und siehe da, wie auch bei den anderen glaubte er, beobachten zu können, dass sich das Schicksal zu ihren Gunsten drehte. Das Tattoo schien alles zu beeinflussen. Die Dinge liefen plötzlich besser für die Frauen. Sie badeten vielleicht nicht gerade im Glück, aber sie bewegten sich – aus seiner Sicht – klar auf der Sonnenseite des Lebens. Von einer Liebschaft bis zu einer unerwarteten Erbschaft oder der Beförderung im Job hielt das Universum vieles in seiner Wundertüte für sie bereit.

Nachdem sie sich das Tattoo hatten stechen lassen, standen sie alle irgendwie anders da im Leben. Besser.

Er hatte sich ihnen auf viele Arten genähert. Bei dem Grundvertrauen in die Welt, das sie hatten, war es problemlos für ihn gewesen. Einige verspürten schon kurz nach dem Tätowieren den Drang, ihr Leben aufzuräumen oder gar völlig umzukrempeln. Sie verließen ihre Partner, wechselten Jobs oder Wohnungen. Auf jede schien irgendetwas Besseres zu warten.

Es wurde eine Obsession, in die er sich immer weiter hineinsteigerte. Er beobachtete ihre Lebenswege, suchte ihre Nähe. Es war nicht leicht, denn sie trafen sich nie wieder. Jede lebte ihr Leben woanders. Nichts trieb sie zusammen. Sie hatten zu sich selbst gefunden.

Er konnte nicht mehr einschlafen, ohne an sie zu denken und an diesen fröhlichen Tisch bei Tino am Meer. Manchmal weckte das Lachen ihn, so als sei der Tisch in seinem Schlafzimmer. Er bewunderte sie, wollte so sein wie sie. Auch seinem Leben eine entscheidende Wende geben. Aber es gab auch noch eine andere Seite der Bewunderung: den Neid, der manchmal in blanken Hass umschlug, wenn ihm klar wurde, dass er nie dazugehören würde. Er war nicht wie sie. Er war anders.

Er wehrte sich nicht mehr gegen die Phantasie, sie wären alle seine Frauen. Ja, wenn er gut drauf war, hielt er sich einen fröhlichen Harem, scherzte mit ihnen, war gut zu ihnen, aß mit ihnen Fisch am Meer. Sehr ähnlich wie damals bei Tino, nur dass er damals schon nicht dazugehörte, sondern abseits saß.

Er konstruierte Gemeinsamkeiten. Hatten sie nicht alle demselben Meeresrauschen gelauscht? Denselben Duft des Atlantischen Ozeans eingeatmet? Den frisch gefangenen Fisch gegessen? Ja, nur dass er glaubte, nicht wirklich zu schmecken, nicht wirklich zu riechen, sondern sich vorzustellen versuchte, was er riechen und schmecken würde, wenn er es denn könnte.

Er besuchte die besten Restaurants und kam sich dabei jämmerlich vor. Er folgte jeder kulinarischen Empfehlung, nur um herauszufinden, was die anderen dabei empfanden. War alles nur Lug und Trug? Ging es wirklich um mehr, als sich einfach Energie in Form von Nahrung zuzufügen? Den Eiweißbedarf zu decken, damit die Muskulatur nicht verkümmerte?

Er versuchte, indem er anderen zusah, zu schmecken, was sie schmeckten oder zumindest ihre Reaktionen zu imitieren. Manchmal, zum Beispiel auf Lanzarote, da war es ihm fast gelungen, da verwischten die Grenzen zwischen echt oder eingebildet. In den wirklich guten Momenten war er jenseits dieses Nichts. Diese Schutzschicht, diese Rinde, die ihn umgab, wurde dünner. Durchlässiger an einigen Stellen. Darum glaubte er, vielleicht sogar eines Tages lieben zu können.

Nur die Liebe kann uns retten, hatte er im Internet gelesen. Er war zufällig auf die Seite gestoßen.

Solange wir die wahre Welt nicht erkennen, leben wir als Sklaven in einem geistigen Gefängnis. Alles, was wir sehen, haben wir selbst erschaffen.

Wenn ich wirklich lieben könnte, dachte er, könnte ich vermutlich auch schmecken, riechen, fühlen. Dann bräuchte ich keine Krafttiere mehr aus den Frauen herauszuschneiden. Dann kämen endlich Ruhe und Glück. Oder brauche ich noch ein, zwei Krafttiere, um in diesen Zustand zu kommen? Um diese Möglichkeit, ja Fähigkeit zu erlangen – zu lieben?

Vielleicht noch den Skarabäus? Fehlt mir zu meiner Vollkommenheit nur dieser göttliche ägyptische Käfer? Dieser Pillendreher? Der Skarabäus ist ein Glückssymbol. Brauche ich ihn als letztes Puzzleteil zu meinem Glück?

Sie hatten sich geliebt und dann auch noch das zweite Hörbuch, im Bett liegend und aneinandergekuschelt, gehört. Es waren ein paar lustige, aber auch einige bewegende Geschichten dabei. Jule mochte Dora Heldts Stimme. Da war so ein trockener norddeutscher Humor. Lakonisch. Jule spürte das Verschmitzte dahinter.

Irgendwann glaubte sie, Max sei eingeschlafen. Als sie langsam ihren Kopf von seiner Brust hob, öffnete er die Augen. Fragen zur letzten Geschichte konnte er nicht beantworten, aber er behauptete, keineswegs eingeschlafen zu sein. Er tat es so vehement, als sei es ein Verbrechen, im Bett einzunicken.

»Ich habe«, sagte er beschwichtigend, »mich nur so ein bisschen weggeträumt.«

Was immer er damit meinte, verlor plötzlich an Bedeutung für sie, denn sie hörte ein Geräusch, als würde jemand draußen direkt vor dem Fenster stehen.

Sie flüsterte es in sein Ohr. Er nahm sie ernst und raunte: »Ich guck nach. Bleib du ganz ruhig hier.«

»Wenn es mein Vater ist …«, flüsterte sie aufgeregt. Weiter kam sie nicht. Er legte ihr einen Finger über die Lippen: »Psst.«

Er stand auf. In T-Shirt und Unterhose bewegte er sich in Richtung Bad. Er öffnete sogar die Badezimmertür, aber er ging nicht hinein. Er huschte in die Küche, nahm eine Plastiktüte, legte eine halbvolle Glasflasche Mineralwasser hinein und klemmte ein Schälmesser zwischen dem Gummizug der Boxershorts und seinem Bauch ein. Er verließ das Ferienhaus durch das Fenster beim Sofa.

Alle seine Sinne waren voll auf Empfang. Es war, als könne er im Dunkeln sehen. Er befand sich an der dem Meer abgewandten Seite des Hauses, konnte aber den Atem auf der anderen Seite hören. Oder bildete er sich das nur ein?

Er pirschte heran.

Weller hörte etwas heransausen und fuhr herum. Gegen den nachtblauen Himmel hob sich Maximilian Fenrichs Gestalt dunkel ab. Wie eine Peitsche schwang er die Plastiktüte. Weller wusste, dass so eine Einkaufstüte, gefüllt mit Konservendosen, einer Flasche oder einem Stein eine gefährliche Waffe war, aber dieses Wissen nutzte ihm jetzt nichts, denn das Ding traf ihn am Kopf, ziemlich genau auf Ohr und Schläfe. Er wurde mit einem Ausatmen ohnmächtig.

Ann Kathrin Klaasen war nicht einmal bereit gewesen, auf den Hubschrauber zu warten. Rupert saß auf dem Beifahrersitz neben ihr, und all seine Vorurteile über Frauen am Steuer bestätigten sich auf erschreckend monströse Weise. Sie fuhr grundsätzlich doppelt so schnell wie erlaubt.

»Das gilt nicht pro Person«, versuchte er zu scherzen. Ja, er gab seine Angst nicht gerne zu, aber er krampfte seine Finger in den Sitz. Er machte sich Sorgen um sein Leben. Ihren Fahrstil als rücksichtslos zu bezeichnen war eine Verharmlosung. Sie hupte sich den Weg frei, schickte Linksfahrer auf die rechte Spur oder überholte sie rechts.

Er ermahnte sie. Er bot sich an, das Steuer zu übernehmen, aber sie reagierte nicht einmal abweisend auf ihn. Sie beachtete ihn gar nicht.

»Ich wollte das hier eigentlich überleben«, schimpfte Rupert.

»Ich auch«, konterte sie hart.

Rupert hob die Hände zum Himmel. »Danke, o Herr«, betete er, »danke für dein Zeichen. Sie ist also kein Zombie. Sie versteht unsere Sprache. Nun, gib ihr auch noch so was wie ein Gehirn, das könnte uns retten!«

Ann Kathrin wich einem entgegenkommenden Fahrzeug aus. Rupert schützte seinen Kopf mit den Armen. Als er sich traute, sie wieder runterzunehmen, schluckte er schwer. »Und wenn ihr da oben kein Hirn habt, dann gebt ihr wenigstens so etwas wie Überlebenswillen!«

Sie schwiegen beide grimmig.

Als Rupert es gar nicht mehr aushielt, rief er seine Frau Beate an. Er hatte nur einen Balken auf der Handyskala für die Verbindungsqualität, aber einer war besser als keiner. »Ich wollte dir nur sagen ... also, falls ich diesen Tag nicht überlebe ... ich ... ich habe bestimmt im Leben eine Menge Scheiß gebaut im Laufe unserer Ehe, aber ich habe dich immer geliebt ...«

»Was sagst du? Der Empfang ist so schlecht. Meine Mutter ist bei mir. Heute gibt es Matjes Hausfrauenart. Da kann wenigstens nichts verkochen, falls du wieder zu spät kommst ... Oder möchtest du lieber Labskaus? Meine Mutter macht ganz hervorragenden Labskaus.«

»Nein!«, rief Rupert empört. »Zu den vielen Dingen, die deine blöde Mutter nicht kann, zählt auch Labskaus. Überhaupt kocht sie wie eine sadistische Aufseherin im Frauenknast.«

Rupert vernahm die keifende Stimme seiner Schwiegermutter. Offensichtlich hatte Beate das Handy an sie weitergereicht. Eine Unsitte, die ihm schon lange auf den Keks ging. Mitten im Gespräch drückte Beate das Telefon jemand anderem in die Hand und schlug vor: »Rede du doch mit ihm, ich kann gerade nicht.«

»Weißt du, was dieser Lümmel gesagt hat?«, schimpfte sie. Rupert hörte Beate von Ferne abwiegelnd rufen: »Das meint der nicht so, Mama. Du weißt doch, wie er ist!«

Rupert drückte das Gespräch, das von Anfang an schiefgelaufen war, weg. Jetzt hatte sein Handy fünf Balken. Voller

Empfang. Er versuchte noch einmal, Ann Kathrin anzusprechen: »Wenn wir einen Dienstwagen genommen hätten, könnten wir wenigstens mit Blaulicht fahren. Dann hättest du freie Bahn und müsstest nicht ...«

Ein gefährliches Ausweichmanöver warf ihn hart in den Sitz zurück.

»Ja«, sagte sie, »wenn ...«

Sie fuhr nicht gern mit dem neuen Dienstwagen. Rupert hatte keine Ahnung, warum, aber er fand, es müsse auch nicht unbedingt ihr alter, schrottreifer Twingo sein. Ein froschgrünes Auto, gebaut kurz nach dem Fall der Mauer.

Er unterdrückte den Impuls, Weller zu erstechen. Ja, es wäre ein Leichtes gewesen, ihn zu töten, aber etwas hinderte ihn daran. Er wunderte sich über sich selbst.

Maximilian Fenrich ging ins Haus zurück. Er beruhigte Jule: »Da war niemand. Nur ein paar Möwen, die sich um einen Krebs zanken. Du siehst Gespenster, Schönste.«

»Ich war mir so sicher ...«

»Deine Phantasie spielt dir Streiche. Ich koche dir einen Beruhigungstee. Die haben hier Wellnesstee. Wohlfühltee. Gute-Nacht-Tee. Frauentee ...«

Sie stöhnte wohlig.

»Körper-und-Seele-Entspannung gibt's auch. Und Entspannungsoase ... So ein Seelentröster tut dir jetzt gut«, versprach er.

Er wusste, dass Frauen auf so ein Zeug standen. Zwischen dem Geruch dieses Tees und Jauche bestand für ihn kein Unterschied.

Es war so einfach, Frauen zu betören, sie mit kleinen Aufmerksamkeiten glücklich zu machen, dachte er, während er Schlaftabletten in einem Mörser zerstampfte und in den Tee rührte.

Jule trank ihn dampfend heiß und schlief ein, noch bevor Weller wach wurde.

Er musste Weller reinholen. Ein einsamer Spaziergänger, der den herrlichen Blick und den Wind genießen wollte, hätte sonst zum Problem werden können.

Er fesselte Weller mit einer Wäscheleine an einen Küchenstuhl. Er schnürte ihn fest zusammen und platzierte ihn dann so im Wohnzimmer, als seien die bequemen Möbel eine Verhöhnung seiner Situation. Er sah jetzt für Fenrich aus wie ein Weihnachtspaket, das aufgeplatzt war.

Wellers Arme waren auf dem Rücken hinter der Stuhllehne zusammengebunden. Er konnte einen Knoten hinter sich ertasten.

»Du lässt mir keine Wahl, alter Kumpel. Ich werde dich killen müssen.«

Weller riss das linke Auge auf. Es fiel wieder zu. Sein Kopf wackelte bedenklich auf dem Hals herum.

Weller spuckte Blut aus. Er stöhnte. »Das ist doch Wahnsinn ...«

»Ja«, bestätigte Fenrich, »da gebe ich dir recht. Du hast alles versaut, du dummer Hund, du. Es ist deine Schuld. Ganz allein deine. Ich hätte mit Jule eine Chance auf ein normales Leben gehabt. Ich habe das ganz genau gespürt. Mit ihr geht das. Da brauche ich den ganzen Mist nicht mehr. Ich hatte die Hoffnung, sie wirklich lieben zu können, verstehst du? Richtig lieben! Aber du Mistkerl musstest ja Stress machen. Du hast mir die einzige Chance auf ein richtiges Leben versaut. Jetzt bleibt mir nur noch ihr Skarabäus.«

Weller kaute an etwas herum. Es war ein abgebrochenes

Stück von einer Zahnbrücke. Er konnte mit der Zungenspitze die Lücke rechts hinten ertasten. Langsam schob er die Brücke mit der Zunge aus seinem Mund. Es sah aus, als ob ein Insekt zwischen seinen Lippen hervorkriechen würde.

Fenrich glotzte ihn an.

»Man kann einen Menschen doch nicht auf sein Tattoo reduzieren«, sagte Weller. Es klang wie eine Zurechtweisung.

»Spiel hier nicht den Oberlehrer, Frankie! Guck dich doch mal an. Du sitzt gefesselt auf dem Stuhl. Dir fallen Zähne aus dem Mund. Du siehst jämmerlich aus. Du hast alles kaputt gemacht. Deinen Job kannst du vergessen. Die Polizei beschäftigt keine Psychopathen. Deine Tochter hast du so sehr gegen dich aufgebracht! O Mann, Alter, die hasst dich inzwischen! Aber was soll's. Ich werde sie genauso töten wie dich.«

Weller spie die Zahnbrücke in Fenrichs Richtung, als könne er ihn damit erledigen. Sie fiel mit einem klirrenden Geräusch zu Boden.

»Wenn ich sie schon nicht heiraten und glücklich machen kann, dann werde ich mir wenigstens ihr Krafttier einverleiben.«

Weller wusste nicht, ob er es fragte, weil es ihn wirklich interessierte oder ob er nur Zeit gewinnen wollte: »Jetzt kannst du es mir ja sagen: Hast du damals was mit meiner Renate gehabt?«

Fenrich lachte: »Ja, jetzt ist ja doch schon alles egal. Also gut, dann raus mit der Wahrheit. Angesichts des Todes spielen solche Kinkerlitzchen keine Rolle mehr. Du hattest recht. Wir sind ein paarmal zusammen in die Kiste gehüpft. Es hat nichts bedeutet. Überhaupt nichts. Wenigstens mir nicht. Es war so eine Phase von mir, bevor ich begann, mir die Frauen auf andere Art und Weise zu nehmen. Es war, glaube ich, mein Versuch, mich selbst aufzuhalten. Ich habe es echt mit jeder getrieben, die nicht bei drei auf dem Baum war. *Fucking around* war mein Lebensmotto. Es war eine öde, anstrengende Zeit. Glaub ja nicht, dass ich es genossen habe. Nee, du, überhaupt nicht. Habe ich wirklich nicht. Es war mehr eine sportliche, mechanische Pflichtübung. Ich habe es halt durchgezogen. Spaß gemacht hat es mir wirklich nicht. Ich glaube, die Frauen haben es gemerkt. Eine war einmal richtig erschrocken. Sie nannte mich *Fuckmachine*, und das meinte sie nicht nett. Ach, was sag ich – eine? Wenn ich mich recht erinnere, war es sogar Renate. Na klar! Deine Renate. Sie war ja richtig ausgehungert. Aber nicht so sehr nach unseren gymnastischen Übungen, sondern mehr nach Liebe und Anerkennung. Mit deiner Tochter, da hätte es klappen können. Jule und ich, wir haben so eine Seelenverwandtschaft ... Aber das kapierst du materialistischer Schwachkopf natürlich nicht.«

Aus dem Schlafzimmer drangen Hust- und Würgegeräusche. Fenrich kümmerte sich nicht länger um Weller. Stattdessen stürmte er zu Jule. Die übergab sich gerade. Sie hing halb aus dem Bett und stützte sich mit den Händen auf dem Boden ab, während es in heftigen Stößen aus ihr herausschoss.

Weller brüllte: »Er ist der Serienkiller! Er will dir das Tattoo herausschneiden! Hau ab, Kind! Hau ab!«

Weller konnte nicht sehen, was im Schlafzimmer geschah. Umso mehr fuhr seine Phantasie Achterbahn. Es war, als würde er in die Hölle stürzen. Er wäre gern bereit gewesen, das Leid auf sich zu nehmen, ja, die Haut aus sich herausschneiden zu lassen, um Jule zu retten.

»Nimm mich, du Sau!«, forderte er und bedauerte tatsächlich, kein Tattoo zu haben, das er anbieten konnte.

Er erfand einfach eins: »Ich habe ein Känguru am Bauch!«, schrie er. Er stellte sich vor, Fenrichs Gesicht mit seinen Knien zu erwischen, wenn Fenrich versuchen würde, sein Hemd zu öffnen, um an das Tattoo am Bauch zu kommen. Gleichzeitig dachte er: Ein Känguru am Bauch, wie blöd ist das denn? Kein Mensch hat ein Känguru am Bauch.

Aber die Not verlieh seiner Phantasie Flügel. Er wünschte sich Supermankräfte, bekam sie aber nicht. Die Liebe zu seiner Tochter wuchs in dieser Situation schmerzhaft an.

Er brüllte nur noch Urlaute heraus. Sie kamen aus Zeiten, als der Mensch noch keine richtige Sprache hatte.

Fenrich stürmte aus dem Schlafzimmer. In seinen fiebrigen Augen flackerte der blanke Hass. Weller fühlte sich, als könne er durch Fenrichs Augen in das brennende Atomkraftwerk blicken, das in dessen Kopf dem Super-GAU entgegensteuerte. Hier hatte niemand mehr irgendetwas unter Kontrolle.

Wenn er nah genug kommt, dachte Weller, kann ich wenigstens zubeißen. Er wollte ihm ein Ohr abbeißen oder, besser noch, seinen Kehlkopf erwischen. Etwas in Weller wurde im wahrsten Sinne des Wortes zum Tier.

Heute Abend trat Jens Kommnick im Gästezentrum Wremen auf. Der Musiker wohnte in dem Ort, und sein Gitarrenkonzert lockte viele Fans, auch aus Bremen und Bremerhaven, an. So fanden Rupert und Ann Kathrin den weißen Mercedes auf dem Parkplatz vor dem Gästehaus nicht sofort.

Aber dann, als sie davorstanden und Ann Kathrin sich nach Weller und Fenrich umsah, klopfte Rupert auf den Kofferraum und sagte grimmig: »Da ist er drin.«

»Wer?«

»Entweder der tote Fenrich oder der tote Weller. Nur einer von den beiden wird das hier überleben. Da kannst du sicher sein.«

»Wie kommst du darauf, Rupert?«, fragte Ann Kathrin.

Er rieb sich über den Bauch. »Das sagt mir mein Jagdinstinkt.«

Sie nahm ihn nicht ernst, sondern reckte sich, um einen besseren Überblick über den Parkplatz zu bekommen. Vor dem Gästezentrum standen ein paar Raucher. Drinnen war alles hell erleuchtet. Offensichtlich war gerade Pause.

Rupert versuchte, den Kofferraum zu knacken.

»Spinnst du, Rupert?«

Rupert benutzte sein Schweizer Offiziersmesser. Er strengte sich so sehr an, dass er zitterte. »Wer vertraut denn hier immer auf sein Bauchgefühl? Du oder ich?!«, blaffte er.

Der Kofferraum sprang mit einem Knirschen auf, und eine Alarmanlage heulte los.

»Na danke«, stöhnte Ann Kathrin, »das hat uns gerade noch gefehlt.«

»Gefahr im Verzug«, behauptete Rupert. Damit ließ sich in der Tat jede Aktion dieser Art rechtfertigen. Wenn im Kofferraum ein Mensch gelegen hätte, gleichgültig, ob tot oder lebendig, wäre die Sachbeschädigung zu entschuldigen gewesen. Aber der Kofferraum war leer. Zumindest auf den ersten Blick.

Ann Kathrin guckte zu den Sternen hoch, als müsse sie Hilfe aus dem Universum herbeibitten. »Kannst du diesen Lärm abstellen?!«, fragte sie.

»Was sagst du? Ich verstehe dich nicht«, antwortete Rupert.

Ann Kathrin griff an ihm vorbei in den Kofferraum und holte etwas heraus. Für Rupert sah es aus wie abgerissene Griffe eines Eimers. Doch so triumphierend, wie sie die Dinge in der Hand hielt, waren sie für den Fall sehr bedeutsam.

»Das sind seine verdammten Kletterbügel!«, schrie sie heiser. »Damit ist er die Bäume und Strommasten hoch.«

Rupert nickte wissend. »Sag ich doch.«

»Sie haben den Wagen hier stehen lassen. Entweder, weil sie das Fahrzeug gewechselt haben, oder sie sind hier ganz in der Nähe«, sagte Ann Kathrin mehr zu sich selbst als zu ihrem Kollegen.

Der Alarmton zerrte an ihren Nerven. Die Raucher vor der Tür des Gästezentrums wurden schon aufmerksam. Einer glaubte, Autodiebe auf frischer Tat erwischt zu haben, und wählte die 110.

Fenrich trat gegen Wellers Bauch. Weller versuchte, sein Gewicht zu verlagern, um den Stuhl am Umfallen zu hindern. Vergeblich.

Weller drückte sein Kinn auf seine Brust. So wollte er verhindern, dass sein Kopf ungeschützt auf den Boden krachte. Als der Stuhl samt Weller nach hinten kippte, krampfte sich Wellers Muskulatur schon vor dem Aufprall zusammen. Ein brennender Schmerz jagte durch seine Wirbelsäule in sein Gehirn. Es fühlte sich an, als würden im Steißbein und Halswirbelbereich gleichzeitig Explosionen stattfinden. Er spürte seine Arme nicht mehr. Er lag darauf.

Er versuchte, den Knoten hinter seinem Rücken zu ertasten, aber seine Finger gehorchten ihm nicht. Die rechte Hand war wie nicht mehr zu seinem Körper gehörig. Die linke sendete zuckende Hilferufe. Entweder berührte sein Ringfinger etwas Heißes, oder er begann, von innen zu glühen.

Immerhin, besser dieses Brennen als gar kein Gefühl mehr …

Er sah Max Fenrich über sich. Er sagte etwas, das Weller nicht verstand, weil die Schmerzexplosionen in seinem Körper ihn für einen Moment taub machten. Zwischen Fenrichs

Lippen zog der Speichel Fäden. Seine Augen verengten sich. Er wurde lauter. Wie ein wabernder Hall drangen seine Worte zu Weller durch.

»Du machst nur Mist. Du verhinderst Heilung und Glück. Ich hätte dich schon viel früher erledigen müssen. Du warst von Anfang an nur im Weg. Jule und ich könnten längst ein glückliches Paar sein.«

Weller versuchte, auf seinen Armen hin und her zu wippen. Es war der untaugliche, fast verrückte Versuch, sich zu befreien.

Er hörte es knirschen. War das das Brechen seiner Knochen oder das Geräusch der Stuhllehne auf dem Boden?

Er sah das Messer in Fenrichs Hand. Er wand sich so heftig, dass der Stuhl mit ihm ein Stückchen in Richtung Tür hoppelte.

»Mach's uns nicht noch schwerer«, bat Fenrich, als würde er einem Kollegen beim Umzug helfen, Möbelstücke die Treppe hochzutragen.

Max Fenrich steckte das Messer wieder ein. Weller schöpfte Hoffnung, aber dann hatte Fenrich wie aus dem Nichts die Heckler & Koch in der Hand, die Weller seinem Wremer Kollegen in Bremerhaven abgenommen hatte.

»Ich werde dich damit ins Jenseits befördern«, versprach er, und es klang nach einer Wohltat. »Das Messer ist für die Krafttiere und ihre Trägerinnen. Ich will es nicht mit dir entweihen. Das verstehst du doch, oder? Für dich ist eine Kugel aus der eigenen Knarre genau das Richtige. Bevorzugst du eine besondere Stelle?« Er zielte auf Wellers Kopf.

Weller kämpfte mit sich. Er schloss nicht die Augen, obwohl er den Impuls dazu spürte. Stattdessen sah er Fenrich an.

»Ach nein«, sagte der. Er hielt Wellers Blick nicht stand. »Das will ich deiner Ann Kathrin nun doch nicht antun. So ein

Schuss ins Gesicht verunstaltet zu sehr. Da ist eine Kugel ins Herz wohl die bessere Lösung. Was meinst du? Als ehemaliger Klassenkamerad gebe ich dir die freie Wahl.«

»Die Kugel würde besser in dein Gesicht passen als in meins«, fauchte Weller.

Maximilian Fenrich grinste: »Ja, und du bist gekommen, um sie mir zu verpassen. Ich weiß. Du wolltest Schluss machen. Ein für allemal.« Er schüttelte missbilligend den Kopf. »Tststs … Selbstjustiz. Darf man das denn? Ist das neuerdings erlaubt?«

Er fühlte sich so sehr als Gewinner, so nah an seiner Vollkommenheit, dass er sich Zeit nahm, Weller zu verspotten.

Hinter ihm, für Weller nur als Schattenriss zwischen seinen zur Decke ragenden Knien zu sehen, wankte Jule aus dem Schlafzimmer.

Weller versuchte, nicht hinzusehen, um Fenrichs Aufmerksamkeit nicht auf Jule zu lenken. Ihm schossen Sätze durch den Kopf, die er seiner Tochter zurufen wollte. Von »Hau ab, Jule« bis zu »Ich liebe dich, mein Kind« reichte die Palette. Aber er zwang sich, zu schweigen.

Vielleicht, dachte er mit aufeinandergepressten Lippen, ist das die letzte Möglichkeit, ihr überhaupt noch etwas zu sagen. Vermutlich sind dies die letzten Sekunden vor meinem Tod.

Dass Fenrich ihn erschießen würde, stand für Weller fraglos fest. Mit ein bisschen Glück würde der Schuss Leute wecken. Vielleicht, so hoffte Weller, konnte sein Tod die Rettung für Jule bedeuten. Er überlegte, ob er es schaffen könnte, Fenrich dazu zu bringen, mehrmals zu schießen. Das würde bestimmt Menschen aufmerksam machen.

»Mit einer Kugel«, behauptete Weller stolz, »bringt man mich nicht um, Mäxchen. Du bist nicht der Erste, der auf mich schießt.«

Fenrich setzte den Lauf auf Wellers Brust. »Selbst jetzt noch ein Angeber, was?! Sag der Welt tschüs, Alter.«

Weller konnte nicht sehen, was Jule in der Hand hielt. Sie schwang etwas hoch über ihrem Kopf und ließ es von hinten auf Fenrichs Kopf krachen. Der spürte in letzter Sekunde, dass etwas hinter seinem Rücken geschah. Er versuchte noch sich umzudrehen, aber die Blumenvase mit den Hagebutten traf ihn mit voller Wucht. Er wurde sofort ohnmächtig. Die Heckler & Koch fiel neben Wellers Gesicht auf den Boden.

Jule sah leichenblass aus, mit tiefen Rändern unter den Augen. Aber vielleicht empfand nur Weller das so, weil er glaubte zu ahnen, welche Höllen gerade in ihr tobten.

Sie beugte sich über ihren Vater und weinte: »Ich liebe dich, Vatti. Ich liebe dich!«

Er hätte sie gern umarmt, aber er lag immer noch auf seinen Armen, die hinter seinem Rücken gefesselt waren. Er befürchtete, Fenrich könne rasch wieder auf die Beine kommen. »Die Waffe! Nimm die Waffe!«, forderte er sie auf, doch sie hielt ihn umklammert und lag halb auf ihm, als wolle sie ihn mit ihrem Körper schützen.

»Die Pistole und das Messer!«, mahnte Weller. »Jule«, wiederholte er, »die Pistole und das Messer!«

Es war, als würde sie durch seine Worte geweckt werden. Wäre sie wirklich fast auf ihm eingeschlafen?

Sie brachte beides an sich. Sofort versuchte sie, mit Fenrichs Messer die Fesseln ihres Vaters zu durchschneiden. Sie zitterte und verletzte ihn dabei, aber sie schaffte es. Ihr Gesicht war schweißnass.

Weller beobachtete Fenrich. Der kam langsam zu sich. Er blickte sich schon um.

Weller stand, wenn auch wacklig, auf eigenen Beinen mitten

im Zimmer. Seine mehrfach gebrochenen Arme hingen an ihm herunter, als ob sie nicht zu ihm gehörten.

Fenrich erhob sich mühsam. Er war noch auf allen vieren.

Weller nutzte die Situation. Er trat ihm mit Anlauf in die Rippen. Fenrich kippte wieder um.

»Lauf aus dem Haus, Jule! Hol Hilfe! Ruf 110 an! Bring dich in Sicherheit!«, rief Weller.

Seine Worte stachelten Fenrich an. Er sprang hoch wie ein junger Hüpfer, wischte sein Gesicht in der Armbeuge ab und war mit zwei Schritten bei Jule. Er schlug ihr ansatzlos ins Gesicht.

»Spinnst du?«, brüllte er. »Du hast mir die Blumenvase auf den Kopf gehauen! Bist du völlig verrückt?« Er griff sich an die Stirn und zeigte ihr dann das Blut an seiner Hand.

Es war eine Finte. Er bückte sich und nahm ihr das Messer ab.

Weller konnte nichts machen. Seine mehrfach gebrochenen Arme baumelten herab.

Fenrich stand so, dass Jule die Tür nicht erreichen konnte. Er schnappte sich Weller und hielt ihm die Klinge an den Hals. »So, ihr beiden Hübschen«, grinste er. »Jetzt überdenken wir die Situation noch einmal. Gib mir die Pistole, Jule.«

Jule zögerte. Sie sah Weller an, dann Fenrich. Ihre Mundwinkel zitterten, als würde sie unter Strom stehen.

Weller trat so fest er konnte mit seiner rechten Hacke auf Fenrichs Fuß. Fenrich heulte vor Schmerz auf. Er hüpfte durch die Wohnung.

»Schieß, Jule«, schrie Weller. »Schieß, bevor er uns umbringt!«

Sie nahm die Heckler & Koch in beide Hände und feuerte tatsächlich. Sie traf Fenrichs Oberschenkel. Er starrte sie aus irren Augen an. Er wusste, dass es vorbei war.

Er versuchte, zur Tür zu kommen, humpelte zwei Schritte, aber dann brach er am Sideboard zusammen.

Jule wankte. Sie hatte mehr von den Schlaftabletten in sich behalten, als gut für sie war.

Ann Kathrin und Rupert waren schon beim großen Haupthaus des Deichhofs, als der Schuss fiel. Sie rannten sofort los.

Ann Kathrin rief über ihr Handy Verstärkung. Rupert zog die Dienstwaffe.

Die verschlossene Tür bildete für ihn nur wenige Sekunden lang ein Hindernis.

Zuerst sah er Fenrich in seinem Blut auf dem Boden liegen, dann Weller, der zufrieden lächelnd, aber merkwürdig zombiehaft, im Raum stand.

»Er hat ihn tatsächlich umgelegt ...«, raunte Rupert, als Ann Kathrin hinter ihm auftauchte.

»Nein«, stellte Jule klar, »hat er nicht. Ich hab auf ihn geschossen.«

Rupert nahm mit gemischten Gefühlen zur Kenntnis, dass Fenrich noch lebte. Er sicherte den verletzten Gefangenen. Ann Kathrin war bei Weller. Sie traute sich nicht, ihn anzufassen, so demoliert sah er aus.

Weller weinte und schämte sich seiner Tränen nicht. »Ich wollte meine Tochter retten, und jetzt hat sie mich gerettet. Und ich kann sie nicht mal umarmen, meine Arme sind Waffelbruch ...«

Jule kam zu ihm. Sie zog ein Bein nach. Ihre linke Gesichtshälfte wirkte wie gelähmt. In ihren Mundwinkeln hatte sich weißer Schaum angesammelt. Sie roch nach Erbrochenem. Sie küsste ihren Vater. Er sah glücklich aus.

Alarmsirenen näherten sich. Durch die Fenster konnten sie Blaulicht sehen.

»Es wird noch eine Menge Ärger auf uns zukommen«, prophezeite Ann Kathrin. »Aber das stehen wir gemeinsam durch.«

Ann Kathrin freute sich, Vater und Tochter so innig und versöhnt zu sehen.

»Ich geb bei *Pommes Peter* 'ne extrascharfe Currywurst mit Pommes und Mayo aus«, tönte Rupert. Mit Blick auf Wellers Arme ergänzte er: »Ich füttere dich gern, Kumpel.«

»Nein«, erwiderte Jule, »das mach ich.«

ENDE

KLAUS-PETER WOLF

Ostfriesenhölle

Der 14. Fall für
Ann Kathrin Klaasen

Erscheinungstermin:
20. Februar 2020

Am zweiten Ferientag geriet ihr Leben völlig aus den Fugen.

Ein erfrischender Nordwestwind vertrieb die letzten Schäfchenwolken vom stahlblauen Himmel. Sie schaute zum Krabbenkutter, der von einer kreischenden Möwenarmee verfolgt wurde.

Auf dem Weg zum Ostende der Insel fiel ihr Sohn vor ihr vom Rad. Später machte sie sich Vorwürfe. Es hatte so viele Warnsignale gegeben. Sie hatte sie alle missachtet.

Cosmo hatte sich schon bei der Abreise elend gefühlt. Sie hatte das nicht ernst genommen, sondern geglaubt, er habe nur keine Lust, mit seiner Mutter nach Langeoog zu fahren. Die Bürste war voller Haare gewesen, und das Kopfkissen auch. Warum verlor jemand mit fünfzehn so viele Haare?

Die Dohlenschreie klangen im Nachhinein wie Warnungen vor einer drohenden Katastrophe. Eine Dohlengruppe hatte sich mit ihrem schwarzgrauen Gefieder auf dem Radweg versammelt, wie Trauergäste zu einer Beerdigung. Sie hüpften nur kurz zur Seite und gaben geradezu widerwillig den Weg frei.

Sabine Schnell hätte sich jederzeit als sehr bodenständig bezeichnet, aber jetzt, da sie so tief erschüttert war, ließ sie auch Gedanken zu, die sie sonst brüsk von sich gewiesen hätte. Galten Dohlen nicht früher als Begleiter von Hexen, als Spione von Zauberern oder als Vorboten des Todes?

Jedenfalls gingen sie lebenslange Paarbindungen ein, galten

als monogam und eifersüchtig. So einen Mann hatte sie sich immer gewünscht, aber nie getroffen. Also, eifersüchtige gab es genug. Monogame aber waren Mangelware.

Schließlich hatte sie ihre ganze Liebe ihrem Sohn geschenkt, und jetzt, da Cosmo begann, sich für Mädchen zu interessieren, sah sie Männer wieder ganz anders an. Sie war bereit, sich noch einmal auf Neues einzulassen. Vierzig war das neue dreißig, sagte sie sich. Und dann kippte Cosmo einfach vor ihr um.

Das Hinterrad stand hoch und drehte sich weiter. Cosmo zuckte, krümmte sich und hatte Schaum vor dem Mund.

Fast wäre sie über seine Beine gefahren und in sein Fahrrad gekracht. Sie sprang einfach ab und ließ ihr Rad ein paar Meter weitersausen. Sie beugte sich über ihn und wusste gleich: Das ist schlimm. Verdammt schlimm.

Sie schämte sich ihrer Gedanken. Sie schwor sich, niemals irgendjemandem davon zu erzählen. Aber so leid es ihr auch tat, tatsächlich schoss es durch ihr Gehirn: Hätte das nicht am Ende des Urlaubs passieren können statt gleich am Anfang? An diesem schönen, sonnendurchfluteten Tag kam sie sich vom Pech verfolgt vor.

»Was ist?«, schrie sie. »Was hast du genommen?«

Er spuckte nur, hielt sich die Hand gegen den Bauch, krümmte sich in Embryonalhaltung zusammen und verdrehte die Augen. Das machte ihr am meisten Angst.

Er konnte ihr nicht gerade in die Augen sehen. Seine Augäpfel bewegten sich hin und her. Jetzt war nur noch das Weiße zu sehen. Es kam ihr so vor, als wolle er nach innen gucken.

Sie bekam eine irre Wut auf Marvin und dieses schreckliche Mädchen.

»Was«, kreischte sie, »hast du dir eingepfiffen?« Sie schüttelte ihn und versuchte, ihm einen Finger in den Mund zu stecken. Er musste sich übergeben, dann würde es ihm wieder bessergehen, hoffte sie.

Neben ihr hielten andere Radfahrer, die ebenfalls auf dem Weg zur Meierei oder zum Vogelschutzhäuschen waren. Eine junge Frau zückte sofort ihr Handy, um Hilfe zu rufen. Ihr Freund schien geradezu auf so eine Situation gewartet zu haben. Er stellte sich nicht ohne Stolz als Medizinstudent aus Bochum vor und beugte sich über Cosmo, um seine Erste-Hilfe-Kenntnisse anzuwenden.

Der Rettungswagen kam erstaunlich schnell. Inzwischen standen gut zwei Dutzend Touristen um Cosmo herum. Einige machten ungeniert Handyfotos. Andere wunderten sich, dass auf einer autofreien Insel die Rettungssanitäter nicht mit einer Pferdekutsche kamen. Der weiße Einsatzwagen mit den roten Streifen und dem Wasserturm der Insel als Wahrzeichen wirkte komisch in dieser Landschaft am Meer. Einerseits beruhigend, andererseits ein bisschen wie aus der Welt gefallen. Normalerweise sahen Rettungswagen anders aus.

Das junge Team arbeitete präzise und professionell. Eine junge Frau stellte Sabine Schnell Fragen, doch die kam sich plötzlich dumm vor, so als würde sie ihre Muttersprache nicht mehr verstehen.

Jemand forderte mit barschem Ton die Touristen auf, die Schönheit der Landschaft zu fotografieren, aber bitte nicht den Verletzten.

»Hier ist doch niemand verletzt«, grinste ein neugieriges Milchgesicht aus Wuppertal.

»Doch. Gleich – du!«, brüllte der Medizinstudent.

»Mir ist ganz flau«, stammelte Sabine. Sie hörte noch die Frage: »Haben Sie das Gleiche gegessen wie Ihr Sohn?« Dann sackte sie zusammen.

Sie wurde erst durch die Hubschraubergeräusche wieder wach, aber da war ihr Sohn schon tot.

Wellers Haltung hatte sich verändert. Er ging anders. Seine Bewegungen hatten sich verlangsamt. Bevor er einen Schritt machte, sah er genau hin, als müsse er einen Stuhl erst einscannen und auf seine Stabilität überprüfen, bevor er sich – immer noch vorsichtig – darauf setzte. Dadurch bekam Weller etwas Aristokratisches. Er wirkte steif, aber irgendwie auch erhaben, so als würde er nicht wirklich dazugehören, sondern sich alles nur in Ruhe ansehen.

Genauso saß er jetzt in der Dienstbesprechung. Er trug seit fast vier Wochen beide Arme in Gips. Ann Kathrin hatte von seinem Lieblingshemd – blau-weiß, längs gestreift – die Ärmel abgeschnitten. So konnte er es wenigstens tragen.

Auf seinem rechten Gipsarm hatten seine Freunde und Nachbarn unterschrieben. Rita und Peter Grendel. Jörg und Monika Tapper. Ubbo Heide. Bettina Göschl.

Auf dem linken Arm nur Kollegen. Rupert wurmte es, dass er ihn gebeten hatte, links zu unterschreiben. Rupert wollte mehr sein als ein Kollege. Er fand, es hätte ihm zugestanden, sich auf dem rechten Arm zu verewigen.

Er beneidete Weller ein bisschen, denn der hatte jetzt so etwas Clint-Eastwood-mäßiges. Diese Ruhe, diese tiefe Gelassenheit verunsicherten Rupert geradezu. Weller guckte, als wisse er genau, dass die Welt komplett verrückt geworden war, aber es juckte ihn nicht wirklich.

Ann Kathrin hatte gut fünf Kilo abgenommen. Vielleicht, weil Weller nicht mehr für sie kochte oder weil sie jetzt einfach viel mehr Arbeit hatte als vorher. Ihr Mann konnte sich weder selbst anziehen noch seine Gabel zum Mund führen. Er brauchte sie mehr denn je.

Eine Weile sah es so aus, als würde sie es sogar genießen, ihn zu bemuttern und zu umsorgen. Inzwischen zehrte es an ihren Kräften.

Wellers Töchter, Jule und Sabrina, waren jeweils für ein paar Tage eingesprungen. Aber sie führten ein eigenes Leben, und in das mussten sie zurückkehren. Ann Kathrin fand das völlig in Ordnung.

Weller hatte sich durch zwei große Stapel Kriminalromane gelesen. Seitdem lächelte er manchmal wie der durch Meditation erleuchtete Buddha, als habe er bei der literarischen Lösung einiger Fälle einen tieferen Durchblick in den Ermittlungsalltag erhalten.

Er trank seinen Kaffee durch einen dicken, blauen Strohhalm, der, wie er gern betonte, zwar Strohhalm hieß, aber doch aus Plastik war. Plastikhalm klang allerdings selbst ihm zu blöd.

Er hatte sich am Anfang ständig verbrüht und beschlabbert, das war nun vorbei. Er verhielt sich jetzt so, als sei alles nie anders gewesen und als würde er auch nicht erwarten, dass es sich jemals wieder ändern könnte. Er stöhnte auch nicht mehr über das Jucken unter dem Gipsverband. Manchmal stellte er sich aber so in den ostfriesischen Wind, als hoffe er, eine Böe könnte durch den Gips wehen und der Haut Kühlung bringen.

Ann Kathrin wusste sehr zu schätzen, dass seine anfängliche Ungeduld, wenn etwas nicht klappte oder er auf Hilfe warten musste, sich in eine tiefe Gelassenheit dem Leben gegenüber gewandelt hatte.

»Mit meinen zwei gebrochenen Armen«, sagte Weller, »habe ich Demut gelernt.«

Rupert mochte solche Sätze nicht. Wenn er so etwas hörte,

brauchte er gleich dringend Alkohol. Am besten zwei Finger-breit Scotch. Mindestens zwölf Jahre alt. Im Fass gereift. Not-falls tat es aber auch ein eisgekühlter Klarer.

Polizeichef Martin Büscher guckte kritisch zur Tür. Sein Blick sagte alles. Was er zu sagen hatte, war vertraulich: »Auf Langeoog ist ein pubertierender Junge, Cosmo Schnell, gestor-ben. Es sieht so aus, als habe er eine toxische Mischung ver-schiedener Substanzen nicht überlebt …«

Weil Büscher sich so kryptisch äußerte, hakte Ann Kathrin nach: »Drogen?«

Büscher zuckte mit den Schultern, als wisse er es nicht, sagte aber klar: »Nein.«

Rupert mochte dieses Herumgeeiere nicht. Irgendetwas stimmte nicht, das merkten sie alle.

Büscher räusperte sich: »Die Mutter, Sabine Schnell, be-hauptete den Rettungskräften gegenüber, ihr Kind sei vergiftet worden.«

»Vergiftet?«, wiederholte Ann Kathrin ungläubig.

»Ja, sie hat sich auch geweigert, zum Festland zu kommen. Sie ist auf Langeoog, weil sie offensichtlich auch glaubt zu wis-sen, von wem.«

»Nämlich?«, fragte Weller.

Büscher zögerte.

»Nun lass dir doch nicht die Würmer aus der Nase ziehen«, schimpfte Ann Kathrin.

»Von einem jungen Mann namens Marvin Claudius.«

So, wie er den Namen aussprach, verbarg sich dahinter die eigentliche Geschichte.

»Und wo«, fragte Rupert, der gar nicht kapierte, was hier gespielt wurde, »ist nun das Problem?«

»Es handelt sich«, flüsterte Büscher, »um den Enkel unseres Innenministers. Der Minister hat mich gerade angerufen. Seine

Frau ist mit dem Enkel auf Langeoog. Sie fühlen sich bedroht und ...«

»Wir sind«, betonte Ann Kathrin, »die Mordkommission. Keine Bodyguards.«

»Für verzogene kleine Jungs«, fügte Rupert grinsend hinzu.

»Niemand hat gesagt, dass er verzogen ist«, korrigierte Büscher. »Ich bitte euch einfach, die Sache diskret anzugehen und möglichst wenig Staub aufzuwirbeln.«

Rupert lachte: »Also, ich sehe das so ... Die Kids ziehen gemeinsam einen durch, vertun sich in der Dosis ... Der eine wacht mit Kopfweh auf und hat den Kater seines Lebens, der andere geht dabei drauf ... Ist eher was für die Jungs und Mädels vom Rauschgiftdezernat. Eine reine BtMG-Sache.«

Büscher sah Ann Kathrin bittend an. Sie kannte diesen Blick. Er sagte damit wortlos: Ihr wisst doch alle, in welchen Zwängen ich stecke. Macht es mir nicht schwerer, als es ohnehin schon ist.

»Gibt es schon ein konkretes Obduktionsergebnis?«

Büscher schüttelte den Kopf. In dem Moment kam die Nachricht auf seinem Handy an. Er hatte eine Menge Druck gemacht, und inzwischen wusste er auch genau, wie die kurzen Dienstwege hier in Ostfriesland funktionierten.

Er starrte aufs Display.

»Thallium«, las er ab. Er buchstabierte es fast.

»Was für einen Scheiß die Kids sich heutzutage einpfeifen«, staunte Rupert. »Wir haben mal bei Meta einen Joint durchgezogen oder eine Whiskyflasche kreisen lassen. Aber ...«

Ann Kathrin machte eine unwirsche Handbewegung quer über den Tisch. Rupert schwieg sofort.

»Thallium«, erklärte sie, »ist ein metallisches Element. Im Periodensystem nicht weit von Polonium entfernt.«

»Ein silbriges Pulver«, ergänzte Weller, »geruchs- und geschmacklos. Wurde früher auch gern als Rattengift verwendet, ist heute nicht mehr erlaubt. Der Tod tritt erst Tage nach der Einnahme ein ...«

»Woher wisst ihr solchen Scheiß?«, wollte Rupert wissen.

Weller und Ann Kathrin antworteten gleichzeitig.

»Fortbildungskurse«, sagte Ann Kathrin.

»Kriminalromane«, gestand Weller.

Interview mit Klaus-Peter Wolf

Geführt von Holger Bloem

Zum siebten Mal in Folge startete mit »Totentanz am Strand« ein Kriminalroman von Ihnen, Herr Wolf, auf Platz eins der Spiegelbestseller-Liste. Es war der zweite Roman um den falschen Arzt und Serienkiller Dr. Bernhard Sommerfeldt. Können Sie Ihr Glück eigentlich noch fassen?

Ja, vor Ihnen sitzt ein glücklicher Mensch. Das ist die Krönung eines langen, bestimmt nicht immer einfachen Schriftstellerlebens. Ich habe auch andere, sehr schwere Zeiten erlebt. Da hat mir die Bank die Kreditkarte abgenommen, und mich drückten wachsende Schuldenberge. In unserm Viertel gab es zwei Gerichtsvollzieher. Ich habe beide geduzt. Warum soll man einem netten Menschen nicht das Du anbieten, wenn man ihn jede Woche sieht ... Inzwischen besuchen die mich nicht mehr ...

Mit einer verkauften Auflage von weit über 6 Millionen Exemplaren in deutscher Sprache ist Ihre Reihe eine der erfolgreichsten überhaupt ...

Ja, das sind Zahlen, von denen amerikanische Bestsellerautoren träumen, wenn sie zu viel Koks geschnupft haben. Damit hat am Anfang niemand gerechnet. Im Gegenteil. Die ersten Bücher wurden »turtles« genannt, nach diesen kleinen Schildkröten, die in Massen am Strand schlüpfen und dann rennend versuchen, das Meer zu erreichen. Die meisten werden gefressen. Aber einige wenige schaffen es bis ins Wasser. Von denen werden ein paar sehr alt und dick ...

Wie fühlen Sie sich dabei?

Zunächst mal fühle ich mich frei. Mir redet niemand mehr rein. Im Grunde bin ich erst durch den Erfolg zu einem wirklich freien Schriftsteller geworden. Lange Zeit habe ich ja vom Drehbuchschreiben gelebt. Tatort. Polizeiruf 110 und so ... Da habe ich mich an der Fernsehhierarchie wundgerieben. Das ist jetzt zum Glück anders ... Die Freunde im Fischer Verlag sind den sensiblen Umgang mit Literatur gewöhnt.

Aber natürlich ist der Erfolg auch eine gesellschaftliche Verpflichtung. So nutze ich zum Beispiel meinen Bekanntheitsgrad, um als Schirmherr den Förderverein für ein Hospiz am Meer voranzubringen. Ich kann Themen in die Gesellschaft tragen oder den Blick auf etwas lenken. Zum Beispiel auf die Hospizarbeit oder die Leseförderung. Das ist uns sehr wichtig. Wenn die Kinder aufhören zu lesen, sind wir als Kulturnation sowieso verloren.

Wie oft täglich müssen Sie sich kneifen, um zu prüfen, dass Sie das nicht alles träumen?

Ooh, ich nehme das alles recht bewusst wahr. Ich bin zum Glück sehr geerdet. Mein Vater war Lastwagenfahrer und meine Mutter Frisörin. Ich war der Erste in der Familie, der Abitur gemacht hat. Niemand hat geglaubt, dass ich es schaffe. Ich war doch immer nur im Kino und habe dicke Romane gelesen statt Fachliteratur. Ich wollte immer Schriftsteller werden. Die großen Geschichtenerfinder waren die Helden meiner Kindheit. Ich wollte einer sein wie sie. Ich wollte nicht reich werden oder berühmt. Ich wollte meine Geschichten erzählen. Ein Volksschriftsteller werden, der von Millionen Menschen gelesen und verstanden wird.

Das ist Ihnen offensichtlich gelungen. Man sagt Ihnen ein besonders intensives Verhältnis zu ihren Lesern und Leserinnen nach. Es ist ja eine richtige Fankultur um die Bücher entstanden …

Stimmt. Von den Fans bekomme ich heftige Unterstützung. Das ist ja überhaupt das Irre. Der ganze Erfolg basiert im Wesentlichen auf Flüsterpropaganda. Eine Leserin empfiehlt ihrer Freundin ein Buch … Ich fühle mich von den Fans geradezu getragen … Viele Menschen identifizieren sich mit den Figuren meiner Bücher. Sie fiebern dem neuen Roman immer schon Wochen vorher entgegen. Deshalb liegen in den Buchhandlungen lange vor Erscheinen zigtausend Vorbestellungen. Es ist ein großes Glück, so etwas als Künstler erleben zu dürfen.

Verändert das Ihr Schreiben? Macht das nicht auch Druck?

Ja, es spielt beim Schreiben eine Rolle. Als Druck erlebe ich es nicht. Wenn ein neues Buch erscheint, bekomme ich in den ersten Wochen 250 bis 350 E-Mails und Facebook-Nachrichten von meinen Leserinnen und Lesern am Tag. Sie schreiben mir, was sie über die Bücher denken, was sie beim Lesen fühlen. Dazu kommen Hunderte Veranstaltungen im ganzen Land. Ich kenne also meine Leser, ihre Wünsche, Träume, Sehnsüchte recht gut … Neulich schrieb mir eine Leserin: Lieber Herr Wolf, Ihre Kommissarin Ann Kathrin Klaasen ist meine beste Freundin. Aber Sie kann ich nicht leiden. Was sind Sie für ein schrecklicher Mensch, dass Sie meiner Freundin solche schlimmen Sachen antun?

Viele wollen, dass Beate sich endlich von Rupert scheiden lässt. Auch Schauplätze sind oft gefragt. Viele, viele Zuschriften kamen von Borkum- und Langeoog-Freunden. Sie baten mich, doch auch mal einen Mord auf ihrer Lieblingsinsel zu begehen. Da konnte ich dann nicht widerstehen …

Werden Ihre Bücher auch in andere Sprachen übersetzt?
Deutsche Spannungsliteratur hat es im Ausland schwerer. Da gelten deutsche Autoren als schwerverständlich, verkopft und todernst. Das verändert sich langsam. Gerade ist ein Kriminalroman von mir in Frankreich erschienen. In den Niederlanden, in Estland und Polen werde ich auch gelesen. Übersetzungen ins Englische laufen gerade. Die Kinderkrimireihe »Die Nordseedetektive«, die ich gemeinsam mit Bettina Göschl schreibe, wurde gerade nach Rumänien, in die Türkei und nach China verkauft. Da haben wir auch gestaunt. Meine Kinderbücher waren, schon bevor ich die Reihe um mein ostfriesisches Ermittlerteam begann, in 24 Sprachen übersetzt. In Spanien und China hatte ich oft viel mehr Leser als in Deutschland …

Hat dieses Leben nicht auch negative Begleiterscheinungen? Wie hoch ist der Neidfaktor?
Ich mache ja im Grunde etwas, das in unserem Land tabuisiert ist: Ich habe Erfolg und auch noch Spaß dabei. Das macht einige Menschen sauer. Sie halten es kaum aus. In verschiedenen Foren im Internet – auf Amazon und so – lassen die ihren Gefühlen dann freien Lauf. Das ist für Menschen, die sehr in der Öffentlichkeit stehen, eine Art tägliches Hintergrundgeräusch.

Wie erklären Sie sich selbst den Erfolg der Ostfriesenkrimireihe?
Ich glaube, die Leidenschaft, mit der ich meine Geschichten erzähle, überträgt sich auf die Leser. Dabei lerne ich meine Figuren immer besser kennen. Den Lesern geht es ähnlich, sie erfahren immer mehr über die Protagonisten, beginnen sie wirklich zu verstehen … so wie man einen Freund im Laufe der Jahre immer besser kennenlernt. Ich stürze meine Figuren in Krisen. Sie probieren dabei stellvertretend für die Leser oft

neue Verhaltensweisen aus, durchbrechen alte Muster ... Die Romanfiguren entwickeln sich wie richtige Menschen in Krisen und Konflikten ...

Einige Kritiker werfen Ihnen vor, Unterhaltungsliteratur zu schreiben. Für andere haben ihre Krimis Kultstatus.
Das ist ein – ich sage es nicht gerne – typisch deutsches Phänomen. Wer viele Leser hat, muss ein Trivialschriftsteller sein, sprich oberflächlich und schlecht. Dieses Klischee kommt aus einer zutiefst undemokratischen Denkweise. Wenn das wirklich so wäre, dann wäre die Demokratie eine völlig verblödete Staatsform, und wir würden besser von einer erlesenen Elite regiert.

Simmel ging es in den Siebzigern und Achtzigern genauso. Die Literaturkritik hat ihn verspottet oder bestenfalls ignoriert Aber jeder hat ihn gelesen. Ich auch. Vieles, was er beschrieben hat, ist später so geschehen. Er hat uns früh in Geschichten gewarnt. Als er achtzig wurde, haben sich ja einige Literaturkritiker öffentlich bei ihm entschuldigt und zugegeben, ihn kritisiert zu haben, ohne ihn vorher zu lesen. Bis ich achtzig werde, habe ich ja noch ein paar Jahre.

Die Schauspielerin und Emmy-Preisträgerin Christiane Paul, die Ihrer Protagonistin Ann Kathrin Klaasen in der Verfilmung von »Ostfriesenkiller« ein Gesicht gab, erklärte den Erfolg Ihrer Krimis im Exklusiv-Interview mit dem Ostfriesland Magazin *unter anderem so: »Er hat mit Ann Kathrin Klaasen eine Hauptfigur geschaffen, die sehr nahbar ist. Die man glaubt zu kennen. Die einem vertraut ist. Ann Kathrin ist eine Frau wie jede andere, mit allen großen und kleinen Sorgen, die wir alle haben. Sie ist kein Übermensch.« Sehen Sie das auch so?*
Christiane hat sich sehr in die Rolle eingearbeitet. Sie kann mit

Ann Kathrin etwas anfangen. Wir haben lange zusammengesessen und über die Figur gesprochen. Christiane meinte, in Ann Kathrin stecke viel von meiner Frau Bettina Göschl. Das stimmt. Zum Beispiel sammelt Ann Kathrin Bilderbücher wie Bettina.

Im Roman »Ostfriesenfluch« ist Bettina Göschl eine Freundin von Ann Kathrin und ein Song ihrer Frau, Sehnsüchte eines Steins, spielt darin eine besondere, sehr berührende Rolle.
Ja, ich will nicht zu viel verraten, aber dieses Lied war das erste, das ich von Bettina gehört habe. Sie hat damit sogar meinen Vater durch seinen Alkoholdunst erreicht. Er wurde ganz weich und hatte Tränen in den Augen. So kannte ich ihn gar nicht ...

Die Verfilmung von »Ostfriesenkiller« war mit einer Einschaltquote von 7,58 Millionen Zuschauern eine der erfolgreichsten im deutschen TV im Jahr 2017. Gibt es weitere Verfilmungen Ihrer Bücher, und wie konkret sind die Planungen?
Der Regisseur Rick Ostermann hat gerade »Ostfriesenblut« und »Ostfriesensünde« abgedreht ...

Sie sind mit Ihren Büchern oft erschreckend dicht dran an der Realität, ich will gar nicht die alten Fälle aufrollen: Aber Ihr Buch ist gerade auf dem Markt, da stirbt tatsächlich eine Frau im Leeraner Hafenbecken. Und plötzlich taucht im Herbst letzten Jahres im Norder Krankenhaus wirklich ein psychisch kranker Patient als falscher Arzt in der Psychiatrie auf, der dort seit März 2016 gearbeitet hat. Macht so etwas nicht auch nachdenklich?
Es gab noch viel mehr solcher Dinge. Als ich über die erste Facebook-Fahndung schrieb, wurde ich ausgelacht. Ein Jahr

später war es so weit. Auch den Versuch einer Lynchjustiz haben wir in Emden erlebt. Einen Monat, nachdem ich es im Roman erzählt hatte. Wirklich gute Kriminalliteratur ist ein gesellschaftlicher Seismograph. Ich lebe ja ganz im Hier und Jetzt und nehme die Themen auf, die uns alle beschäftigen.

Das Ostfriesland Magazin begleitet Sie, seitdem Sie mit Ihrer Frau Bettina Göschl in Norden leben, und organisiert ja auch von Anfang an die Premierenlesungen zusammen mit der Sparkasse Aurich-Norden in Norden. Die Schalterhalle der Hauptstelle könnten wir locker zwei-, dreimal füllen, so groß ist das Interesse. Aber das ist ja ein deutschlandweites Phänomen. Ihre Tournee ist an den meisten Orten längst ausverkauft?
Wir haben jetzt gut 150 literarisch musikalische Krimiabende vor uns. Bettina Göschl singt, und ich lese vor. Karten gibt es an vielen Orten schon seit Weihnachten keine mehr.

Zu Ihren Lesungen fahren Ihre Fans zum Teil mehrere hundert Kilometer. Zum Kartenvorverkauf der letzten Premierenlesung in Norden fuhr zum Beispiel Thomas Hintemann aus Ahaus in Nordrhein-Westfalen allein über 400 Kilometer nach Norden und wieder zurück, um die begehrten Karten eigens für seine Frau zu Weihnachten unter den Baum legen zu können.
Meine erste Lesung aus einem Ostfriesenkrimi war in Leer. Da hat die Stadt ihrem Namen alle Ehre gemacht.

Ihre Leser machen wegen der Krimis gezielt in Ostfriesland und Norden-Norddeich Urlaub. Es gibt zu den Krimis Stadtführungen und sogar Bustouren. Längst gibt es einen regelrechten Wolf-Tourismus!
Die Stadtführerinnen Susanne Roth und Barbara Klaassen (mit Ann Kathrin nicht verwandt und nicht verschwägert) machen

das klasse. Manchmal geselle ich mich dazu oder sitze gerade bei *ten Cate* und schreibe, wenn sie reinkommen. Für viele Leser ist Norden ja geradezu ein literarisches Ereignis geworden. Sie freuen sich, dass man hier Literatur mit allen Sinnen genießen kann. Es schmeckt und riecht wie beschrieben, und natürlich sieht es auch so aus.

Dabei stoßen Ihre Leser auch immer wieder auf Norder Lokalkolorit: Marzipanseehunde von Café ten Cate, *Ostfriesentorte von* Grünhoff, *Lieblingsmortadella von* Meister Pompe, *Deichlamm im* Smutje, *Nordkoorn vom* Kontor ...
Genau. Ich erzähle mein Ostfriesland. Es gibt alles. Nur die Morde habe ich erfunden.

Manche unterstellen Ihnen aber auch Schleichwerbung!
Das tun Menschen mit sehr engem Realitätsbegriff oder Menschen, die mir unlautere Absichten unterstellen wollen.
Ich nenne es Authentizität. Ich beschreibe, was ich sehe, rieche, schmecke ... Natürlich sind meine Lieblingslokale und Cafés dabei ... Man kann sich nicht in meine Bücher »einkaufen«.

Sonst heißt es in Büchern immer: Alle Ähnlichkeiten mit lebenden Personen und realen Handlungen sind rein zufällig. Bei Ihnen sind sie sogar gewollt: Bettina Göschl, als ostfriesische Sängerin und Nachbarin von Ann Kathrin Klaasen, gibt es wirklich. Rita und Peter Grendel, Monika und Jörg Tapper oder Melanie und Frank Weiß, auch einen gewissen Holger Bloem vom Ostfriesland Magazin ... *Warum sind diese Figuren so wichtig für Sie und Ihre Bücher?*
Ich wollte richtige Menschen erzählen. Die so aussehen, so denken, so reden. Diese Marionetten in vielen Romanen fand ich immer langweilig. Hölzerne Figuren, die sagen, was der

Autor gerne möchte. Das ist bei mir anders. Meine Figuren diktieren mir praktisch die Geschichte. Ich bin ja ständig mit ihnen zusammen. Ich weiß, das würde Peter Grendel nie so machen, sondern so … – und dann folge ich dem … Die Handlung erwächst aus den lebendigen Charakteren.

Ihre Romanfiguren bewegen sich im Allgemeinen zwischen ihrer größten Sehnsucht und ihrer größten Angst: Was sind denn Ihre größte Sehnsucht und Angst?
Ich wollte immer ein guter Vater sein. Vielleicht, weil ich selbst keinen so guten hatte. Das brannte wie eine offene Wunde in mir. Die andere große Sehnsucht war es immer, als Schriftsteller zu leben und mein Publikum zu finden …

Und meine größte Angst ist, dass Politiker, die eigentlich einen Betreuer und Medikamente bräuchten, die Welt in Schutt und Asche legen.

Sie sind einer der wenigen Autoren, die ihre Hörbücher selbst einlesen. Wer sollte die Figuren auch besser interpretieren als ihr Schöpfer?
Ich liebe das. Die Studioarbeit ist immer eine besondere Freude für mich, dann tauchen mein Regisseur Ulrich Maske und ich ganz in die Romanwelt ab und erst eine Woche später wieder auf. Im Studio lerne ich meine Figuren und ihre Sprache noch besser kennen.

Was natürlich alle Fans interessiert: Wird es mit dem Serienkiller Dr. Sommerfeldt weitergehen?
Ganz sicher. Ich schreibe schon am Schluss von Band 3 …

Fans haben mir sehr schöne Kladden und wunderbare Füller geschenkt. Es geht also weiter …